SHERRILYN KENYON

Prinz der Ewigkeit

Buch

Vor elftausend Jahren wurde ein Gott geboren – Acheron, der erste aller Dark Hunter. Doch er stellt eine Gefahr für die gesamte Götterwelt dar, denn laut einer Prophezeiung ist er dazu bestimmt, das Ende derselben herbeizuführen. Seine Mutter Apollymi, eine mächtige Göttin von Atlantis, trifft daher eine schwere Entscheidung: Sie lässt Acheron unerkannt als Menschenprinzen in einer Königsfamilie aufwachsen und bannt seine göttlichen Kräfte, bis er alt genug ist, um sich selbst zu verteidigen. Doch seine silbrigen Augen verraten seine wahre Herkunft. Der König erkennt Acheron als Sohn nicht an, liebt einzig dessen Zwillingsbruder und verstößt die Königin. Auch sein Onkel, der ihn nach Atlantis bringt, misshandelt ihn, sodass Acheron nichts als Hass in seinem Leben begegnet. Lediglich seine Schwester und seine Mutter bringen ihm Liebe entgegen – und eine weitere Frau: die griechische Göttin Artemis. Aber kann ihre vermeintliche Liebe Acheron vor seinem Schicksal bewahren?

Autorin

Die promovierte Historikerin Sherrilyn Kenyon schreibt seit ihrem zehnten Lebensjahr und ist mittlerweile eine der erfolgreichsten Autorinnen weltweit. Unter ihrem Pseudonym Kinley MacGregor veröffentlichte sie höchst erfolgreich Highland-Sagas. Doch vor allem mit ihren *Dark-Hunter*-Romanen begeistert sie ihre Leser und erobert seit Jahren regelmäßig Spitzenplätze der *New-York-Times*-Bestsellerliste. Gemeinsam mit ihrem Mann und drei Söhnen lebt Sherrilyn Kenyon in Tennessee.

Von Sherrilyn Kenyon bei Blanvalet erschienen

Magie der Sehnsucht (36686), Nächtliche Versuchung (36687), Im Herzen der Nacht (36688), Prinz der Nacht (37121), Geliebte der Finsternis (37229), Herrin der Finsternis (37230), Geliebte des Schattens (37606), Wächterin der Dunkelheit (37607), Dunkle Verführung (37833), In den Fängen der Nacht (37953), Gebieter der Träume (26924), Lockruf der Finsternis (26967), Göttin der Nacht (26973), Süße Verdammnis (26974)

Sherrilyn Kenyon

Prinz der Ewigkeit

Roman

Deutsch
von Larissa Rabe

blanvalet

Die Originalausgabe erschien 2008 unter dem Titel
»Acheron« (Seiten 1-428) bei St. Martin's Press, New York.

FSC
www.fsc.org
MIX
Papier aus verantwortungsvollen Quellen
FSC® C014496

Verlagsgruppe Random House FSC® N001967

1. Auflage
Deutsche Erstausgabe Mai 2016
bei Blanvalet, einem Unternehmen der
Verlagsgruppe Random House GmbH,
Neumarkter Str. 28, 81673 München

Umschlaggestaltung und -motiv: www.buerosued.de
Redaktion: Regine Kirtschig
JvN · Herstellung: sam
Satz: DTP Service Apel, Hannover
Druck und Einband: GGP Media GmbH, Pößneck
Printed in Germany
ISBN: 978-3-7341-6045-5

Besuchen Sie uns auch auf www.facebook.com/blanvalet
und www.twitter.com/BlanvaletVerlag.
www.blanvalet.de

Für meinen Mann, mein Auge des Sturms. Wir haben Hand in Hand schon viele Wirbelstürme überstanden, und wir sind noch immer gemeinsam hier. Danke, dass du mein Licht in der Dunkelheit bist und mir zeigst, was Loyalität und Liebe bedeuten. Du bist der sanfte Wind, mit dem ich mich in die höchsten Höhen erheben kann. Dafür danke ich dir!

Und für meine Kinder, die nie meckern, wenn es schon wieder Fertigpizza gibt. Ihr Jungs seid die Allerbesten!

Teil I

9. MAI 9548 V. CHR.

»Tötet dieses Kind!«

Archons zorniger Befehl hallte in Apollymis Ohren wider, während sie durch die Marmorhallen von Katoteros floh. Ein heftiger Wind blies durch den Korridor, drückte ihr das schwarze Gewand an den schwangeren Leib und peitschte ihre weißblonden Locken in die Höhe. Vier ihrer Dämonen rannten hinter ihr her und beschützten sie vor den anderen Göttern, die Archons Befehl nur zu gern ausgeführt hätten. Apollymi und ihre Charonte-Dämonen hatten schon die halbe Götterwelt vernichtet, und sie war bereit, auch noch den Rest zu töten.

Die würden ihr Kind nicht bekommen!

Tief in ihrem Herzen schmerzte sie der Verrat. Seit dem Augenblick ihrer Vereinigung war Apollymi ihrem Mann treu gewesen. Selbst als sie erfahren hatte, dass Archon sie betrogen hatte, hatte sie ihn weiter geliebt und seine unehelichen Kinder in ihrem Haus willkommen geheißen.

Doch jetzt wollte er ihrem ungeborenen Kind ans Leben!

Wie kam er dazu? Jahrhundertelang hatte sie versucht, einen Sohn von Archon zu empfangen – das war alles, was sie je gewollt hatte. Ein eigenes Kind.

Aufgrund einer Prophezeiung von drei kleinen Mädchen – Archons eifersüchtigen unehelichen Töchtern – sollte ihr Kind jetzt geopfert und getötet werden. Wegen irgendeines Unfugs, den diese kleinen Biester von sich gegeben hatten?

Niemals!

Es war ihr Kind, ihr Fleisch und Blut. Und sie würde jeden Einzelnen der atlantäischen Götter töten, der es bedrohte.

»Basi!«, rief sie ihre Nichte.

Basi versetzte sich neben sie in den Korridor und taumelte, dann stützte sie sich an der Wand ab. Als Göttin der Ausschweifung war sie selten nüchtern, und das passte Apollymi genau in den Plan.

Basi hickste und kicherte. »Brauchst du mich, Tantchen? Warum sind eigentlich alle so aufgeregt? Hab ich was Wichtiges verpasst?«

Apollymi packte sie am Handgelenk und teleportierte sie beide von Katoteros, wo die atlantäischen Götter lebten, hinunter in die Sphäre von Kalosis, der Hölle, in der ihr Bruder herrschte.

Hier, an diesem feuchtkalten, verbotenen Ort, war sie zur Welt gekommen. Es war der einzige Ort, wo Archon wirklich Angst hatte. Trotz all seiner Macht wusste er, dass Apollymi hier im Dunkeln uneingeschränkt herrschte. Wenn sie sich mit ihren Kräften hier verschanzte, konnte sie ihn besiegen.

Apollymi war die Göttin des Todes, der Zerstörung und des Krieges, und sie hatte im reichen und tiefschwarzen Palast ihres Bruders einen eigenen Raum, damit sie nie vergaß, woher sie stammte.

Dorthin versetzte sie nun Basi und sich selbst.

Dann verschloss Apollymi die Türen und Fenster des Zimmers, ehe sie die beiden vertrauenswürdigsten Dämonen zu ihrem Schutz heraufbeschwor. »Xiamara, Xedrix – ich brauche euch!«

Die Dämonen, die als Tattoos auf ihr lebten, lösten sich von ihrer Haut und nahmen vor ihr Gestalt an.

Xiamaras Haut, deren Farben sich stets änderten, war gerade rot mit weiß durchsetzt. Langes schwarzes Haar umschloss ein koboldhaftes Gesicht, aus dem zwei große rote Augen besorgt hervorblickten. Xiamaras Sohn Xedrix sah ihr ähnlich, aber seine Haut war rot mit orange durchsetzt, wie immer, wenn er nervös war. »Was brauchst du, Akra?«, fragte Xiamara. Sie sprach Apollymi mit dem atlantäischen Ausdruck für »Herrin« an.

Apollymi wusste nicht, warum Xiamara darauf bestand, sie Akra zu nennen, wo sie einander doch so nahe standen wie Schwestern, nicht wie Herrin und Dienerin. »Bewacht den Zugang zu diesem Raum! Tötet jeden, der hereinwill, und wenn es Archon selbst wäre! Habt ihr verstanden?«

»Dein Wille ist unser Wille, Akra. Niemand wird dich stören.«

»Müssen ihre Hörner eigentlich immer die gleiche Farbe haben wie die Flügel?«, fragte Basi und hielt sich torkelnd am Bettpfosten fest, während sie die Dämonen betrachtete. »Also ehrlich, man sollte doch meinen, wenn sie schon so bunt sind, dann hätten sie mehr Farbkombinationen zur Verfügung. Ich finde, Xedrix würde mit orangefarbenen Hörnern viel besser aussehen.«

Apollymi ignorierte sie. Für Basis dumme Bemerkungen hatte sie jetzt keine Zeit – nicht, wenn sie das Leben ihres Sohnes retten wollte.

Sie wollte dieses Kind, und sie war bereit, alles dafür zu tun.

Wirklich absolut alles.

Mit klopfendem Herzen zog sie ihren atlantäischen Dolch aus der Schublade der Kommode und hielt ihn einen Augenblick fest. Der goldene Griff lag kalt in ihrer Hand. Auf der Klinge aus Stahl, die im Dämmerlicht aufblitzte, waren schwarze Rosen und Knochen eingraviert, die ineinander verschlungen waren. Dieser Dolch diente dazu, Leben zu beenden.

Doch heute würde er Leben spenden.

Der Gedanke an das, was gleich geschehen musste, schreckte Apollymi zutiefst. Doch es gab keinen anderen Weg, um ihr

Kind zu retten. Sie schloss die Augen, packte den kalten Dolch und versuchte, nicht zu weinen, doch ihr glitt eine Träne aus dem Augenwinkel.

Genug! Sie brüllte sich selbst an und wischte die Träne ärgerlich ab. Jetzt musste sie handeln, sie durfte nicht schwach werden. Ihr Sohn brauchte sie!

Vor Zorn und Furcht zitterte ihr die Hand, als sie zum Bett ging und sich niederlegte. Sie zog ihr Gewand hoch und legte ihren Leib frei. Mit der Hand glitt sie über den gedehnten Bauch, in dem ihr Sohn wartete, geschützt und doch in Gefahr. Sie wäre ihm nie wieder so nahe. Nie wieder würde sie spüren, wie er sie trat und sich unruhig in ihr regte, während sie zärtlich und geduldig lächelte. Sie war kurz davor, sie beide voneinander zu trennen, obwohl es noch nicht an der Zeit war, dass Apostolos zur Welt kam.

Aber sie hatte keine Wahl.

»Sei tapfer, sei es für mich, mein Sohn«, flüsterte sie, ehe sie sich selbst den Bauch aufschlitzte und das Kind bloßlegte.

»Igitt, wie ekelhaft!«, heulte Basi auf. »Mir wird …«

»Rühr dich nicht vom Fleck!«, brüllte Apollymi sie an. »Wenn du dieses Zimmer verlässt, reiß ich dir das Herz raus!«

Mit aufgerissenen Augen blieb Basi regungslos stehen.

Als wüsste sie, was passiert war, erschien Xiamara. Die Dämonin mit der rot-weißen Haut war die schönste und loyalste von allen in Apollymis Dämonen-Armee. In ruhigem Einvernehmen hob Xiamara das Baby aus Apollymis Leib und half ihr dabei, sich selbst zu heilen.

Die Dämonin nahm ihr blutrotes Halstuch und wickelte Apostolos hinein, dann hielt sie Apollymi den Säugling hin und verneigte sich tief.

Apollymi verdrängte ihren körperlichen Schmerz, während sie ihren Sohn zum ersten Mal in den Armen hielt. Freude durchströmte sie, als sie merkte, dass er lebendig und gesund war. Er war so winzig, so zerbrechlich – perfekt und einfach wunderschön.

Vor allem aber gehörte er zu ihr, und sie liebte ihn von ganzem Herzen.

»Du sollst leben, Apostolos«, sagte sie, und endlich rannen ihr die Tränen haltlos herunter. Sie fielen ihr wie Eisstückchen von den kalten Wangen und glitzerten in der Dunkelheit. »Wenn die Zeit gekommen ist, sollst du hierher nach Kalosis zurückkehren und Anspruch auf deinen rechtmäßigen Platz als König der Götter erheben. Ich werde dafür sorgen, dass es einst dazu kommt.« Sie drückte ihm die Lippen auf die blaue Stirn.

Er schlug die Augen auf und schaute sie an. Seine Augen schimmerten genau wie ihre eigenen wie Silber und Quecksilber. In ihnen lag eine Weisheit, die weit über die ihre hinausging. An diesen Augen würde die Menschheit seine Göttlichkeit erkennen und ihn dementsprechend behandeln. Er berührte mit seiner winzigen Faust ihre Wange, als würde er verstehen, was ihm beschieden war.

Sie schluchzte. Bei den Göttern, es war einfach nicht gerecht! Er war ihr Kind. Sie hatte ein ganzes Leben lang auf ihn gewartet und jetzt …

»Verdammt sollst du sein, Archon, verdammt! Das werde ich dir nie vergeben!«

Sie drückte ihren Sohn an sich und hätte ihn am liebsten nie wieder losgelassen.

Aber sie musste es tun.

»Basi?«, fuhr sie ihre Nichte an, die sich noch immer am Bettpfosten festklammerte.

»Hmm?«

»Nimm ihn, und leg ihn einer schwangeren Königin in den Bauch. Verstanden?«

Basi ließ den Bettpfosten los und richtete sich auf. »Ja, kann ich machen. Aber was ist mit der Brut der Königin?«

»Vereine die Lebenskraft von Apostolos mit derjenigen des Königskindes. Lass der Königin durch ein Orakel verkünden, dass ihr Kind sterben wird, wenn meines stirbt.« Das würde ihn besser schützen als alles andere.

Eines musste sie noch erledigen. Apollymi riss sich die weiße Sfora vom Hals und hielt sie Apostolos an die Brust. Falls jemand vermutete, er könnte ihr Sohn sein, oder falls irgendein Gott seine Anwesenheit in der Sphäre der Menschen spürte, würde er Apostolos auf der Stelle töten.

Seine Kräfte mussten gebunden und von ihm ferngehalten werden, bis er alt genug war, sich selbst zur Wehr zu setzen. Sie drückte ihm die Kugel an die Brust und sah zu, wie seine Gottheit von ihm weg und in die Sfora glitt. Sein winziger Körper war jetzt nicht mehr blau, er sah aus wie ein ganz gewöhnliches menschliches Baby.

Erst jetzt war er wirklich sicher. Nicht einmal die Götter würden erfahren, was Apollymi getan hatte.

Sie umklammerte die Sfora, kann küsste sie Apostolos noch einmal auf die Stirn und hielt ihn ihrer Nichte hin. »Nimm ihn. Und verrate ja nichts davon, Basi. Wenn doch, wird Archon noch dein kleinstes Problem sein. Ich schwöre dir, ich werde nicht ruhen, bis ich mich in deinen Eingeweiden suhle.«

Basi riss ihre braunen Augen auf. »Baby in einen Bauch. In der Sphäre der Menschen. Niemandem was verraten und die Sache nicht vermasseln. Kapiert.« Sie verschwand augenblicklich.

Apollymi saß da und starrte auf den Fleck, wo Basi gerade noch gestanden hatte. Ihr Herz schrie nach ihrem Kind, sie wollte ihr Baby zurück.

Wenn doch nur …

»Xiamara, folge ihr, und sieh zu, dass sie meinen Befehl auch ausführt.«

Die Dämonin verbeugte sich und verschwand.

Mit gebrochenem Herzen blieb Apollymi in dem blutigen

Bett zurück. Sie hätte am liebsten geweint und geschrien, aber was hätte das genutzt? Es würde nichts bringen. Weder ihre Tränen noch ihr Flehen könnten Archon davon abhalten, ihr Kind zu töten. Seine unehelichen Bälger hatten ihn davon überzeugt, dass Apostolos die Götterwelt zerstören und Archon als obersten Gott ersetzen würde.

So sei es.

Mit schmerzendem Körper erhob sie sich vom Bett. »Xedrix?«

Xiamaras Sohn erschien vor ihr. »Ja, Akra?«

»Bitte besorg mir einen Stein aus dem Meer.«

Er schien verwirrt, aber er führte ihren Befehl sofort aus.

Als er zurückkehrte, wickelte sie den kleinen Stein in Windeln. Die Geburt hatte sie geschwächt, Wut und Furcht verunsicherten sie, deshalb stützte sie sich auf Xedrix. »Bring mich zu Archon.«

»Bist du sicher, Akra?«

Sie nickte.

Der Dämon half ihr, nach Katoteros zurückzukehren. Sie erschienen mitten im Saal, wo Archon mit seinen Töchtern Chara und Agapa stand – ironischerweise die Göttinnen der Freude und der Liebe. Die beiden waren durch Parthenogenese entstanden und gemeinsam seiner Brust entsprungen, als Archon Apollymi zum ersten Mal angeblickt hatte. Seine Liebe zu ihr war legendär gewesen. Bis er sie dadurch zerstört hatte, dass er von ihr das Einzige verlangte, was sie ihm nie geben würde.

Das Leben ihres Sohnes.

Archons Gesichtszüge waren perfekt. Er war groß und muskulös, und sein blondes Haar leuchtete im Dämmerlicht. Er war wirklich der schönste Gott von allen. Schade, dass seine Schönheit bloß oberflächlich war.

Als er das Bündel in ihren Armen sah, kniff er die blauen Augen drohend zusammen.

»Es wurde aber auch Zeit, dass du zur Vernunft kommst. Gib mir das Kind!«

Sie trat vor und legte ihrem Mann das Kind aus Stein in die Arme.

Archon blickte sie finster an. »Was soll das denn?«

»Es ist das, was du verdienst, du Mistkerl, und es ist alles, was du je von mir bekommen wirst!«

Am Flackern in seinen Augen konnte sie erkennen, dass er sie am liebsten geschlagen hätte. Aber das wagte er nicht. Sie wussten beide, wer von ihnen stärker war – er war es nicht. Archon war nur so mächtig, weil er Apollymi an seiner Seite hatte. Sich gegen sie aufzulehnen würde das Ende seiner Herrschaft bedeuten.

Außerdem war es nach dem Gesetz der Chthonier verboten, dass ein Gott einen anderen tötete. Wenn irgendein Dummkopf das wagte, würde er damit den Zorn der Chthonier auf sich ziehen. Die Strafe für eine solche Tat erfolgte rasch, brutal und unwiederbringlich.

Im Moment schaffte Apollymi es, ihre aufgewühlten Gefühle zu unterdrücken und rational zu denken – aber nur mit Mühe und Not. Wenn Archon sie schlug, wäre es mit seiner Macht und ihm vorbei, das wusste er genau. Dann würde sie vergessen, dass sie sich vor den Chthoniern fürchtete, und würde ihrem gesamten Zorn auf ihn freien Lauf lassen. Es wäre ihr egal, wenn sie bestraft würde und sterben müsste.

Der Sieg gehört der Spinne. Sie dachte an das Lieblingssprichwort ihrer Mutter.

Sie würde auf den richtigen Augenblick warten, bis Apostolos erwachsen und seine Zeit gekommen wäre. Dann würde er an Stelle von Archon regieren und dem König der Götter zeigen, was es bedeutete, wirklich mächtig zu sein.

Um ihres Sohnes willen würde sie die launischen Chthonier jetzt nicht reizen. Sie würden sich möglicherweise sogar auf Archons Seite stellen und ihr Kind töten. Nur die Chthonier wären in der Lage, Apollymi ihrer Kräfte zu berauben und Apostolos zu vernichten. Doch die drei unehelichen Töchter von Archon und seiner Geliebten Themis besaßen die Macht über das Schicksal. Aus Dummheit und Angst hatten diese griechischen Schicksalsgöttinnen, kleine Mädchen noch, einen Fluch über Apollymis Sohn ausgesprochen.

Allein das war Grund genug, dass sie ihren Mann am liebsten umgebracht hätte. Er starrte sie verwirrt und mit gerunzelter Stirn an.

»Du würdest uns alle der Verdammnis überantworten – nur für dieses eine Kind?«, fragte Archon.

»Und du würdest mein Kind der Verdammnis überantworten – nur wegen dieser drei halb-griechischen Bastarde?«

Seine Nasenflügel bebten. »Sei doch wenigstens dieses eine Mal vernünftig. Die Mädchen haben nicht begriffen, dass sie ihn verdammt haben, als sie sprachen. Sie lernen ihre Kräfte doch allmählich erst kennen. Sie hatten Angst, dass wir ihn lieber hätten als sie, deshalb haben sie sich an den Händen gehalten und ihrer Angst Ausdruck verliehen. Jetzt ist ihr Wort Gesetz und kann nicht rückgängig gemacht werden. Wenn dieses Kind lebt, dann müssen wir alle sterben.«

»Dann sterben wir, denn er wird leben, so viel ist sicher.«

Archon brüllte auf vor Wut, dann schleuderte er den gewickelten Stein mitten durch die Wand. Er griff nach Agapa und Chara und begann mit einem leisen Singsang.

Apollymis Augen flackerten rot auf vor Wut, als sie merkte, was sie taten: Es war ein Einkerkerungsfluch.

Und zwar für Apollymi!

Weil sie ihre Kräfte miteinander vereinigten, waren sie tatsächlich in der Lage, sie zu unterwerfen.

Trotz allem lachte Apollymi. Aber sie merkte sich ganz genau, welcher Gott einstimmte und ihrem Mann half. »Es wird der

Tag kommen, an dem ihr alle bereuen werdet, was ihr heute tut. Wenn Apostolos zurückkehrt, werdet ihr dafür büßen.«

Xedrix stellte sich zwischen sie und die anderen Götter. Apollymi hielt ihn davon ab, die Götter anzugreifen. »Sie werden uns nichts tun, Xedrix, das können sie gar nicht.«

»Nein«, sagte Archon bitter, »aber du wirst in Kalosis eingesperrt bleiben, bis du uns verrätst, wo du Apostolos versteckt hast, oder bis er stirbt. Erst dann kannst du nach Katoteros zurückkehren.«

Apollymi lachte. »Wenn mein Sohn das Mannesalter erreicht hat, wird er zu mir kommen. Wenn er mich dann befreit, wird die Welt, wie ihr sie kennt, untergehen. Ich werde euch vernichten, euch alle!«

Archon schüttelte den Kopf. »Wir werden ihn finden und ihn töten.«

»Das wird euch nicht gelingen, und ich werde dereinst auf euren Gräbern tanzen!«

Das Tagebuch von Ryssa, Prinzessin von Didymos

23. JUNI 9548 V. CHR.

Meine Mutter, Königin Aara, lag schweißbedeckt und mit aschgrauem Gesicht auf ihrem vergoldeten Bett, eine Dienerin strich ihr das feuchte blonde Haar aus den hellblauen Augen. Trotz ihrer Schmerzen war mir meine Mutter noch nie freudiger erschienen als an diesem Tag, und ich fragte mich, ob sie bei meiner Geburt auch so glücklich gewesen war.

Das Zimmer war voller Offizieller des Hofes, auch mein Vater, der König, stand mit dem Staatsrat neben dem Bett. Die großen Glasfenster waren weit geöffnet und ließen frische Seeluft herein, die an dem heißen Sommertag lindernde Kühle brachte.

»Es ist noch ein wunderschöner Junge!«, rief die Hebamme strahlend und wickelte den neugeborenen Säugling in eine Decke.

»Bei Artemis, Aara, du machst mir Ehre!«, rief mein Vater, und ein lautes Jubeln lief durch die Reihen der Menschen im Raum. »Zwillingssöhne, die einst unsere beiden Inseln regieren werden.«

Ich war erst sieben Jahre alt und sprang voller Freude umher. Endlich, nach mehreren Fehlgeburten und Totgeburten meiner Mutter, hatte ich nicht nur einen Bruder bekommen, sondern gleich zwei!

Mutter lachte glücklich und drückte ihren Zweitgeborenen an die Brust, während eine andere Hebamme den Erstgeborenen säuberte.

Ich schob mich durch die Menge nach vorne und schaute mir ein Baby näher an. Es war winzig klein und wunderschön, der kleine Junge wand sich und kämpfte darum, Luft in die Lunge zu bekommen. Endlich hatte er einen tiefen Atemzug getan, da hörte ich den erschrockenen Schrei der Hebamme, die das Kind hielt.

»Zeus möge Mitleid haben, der Älteste ist missgestaltet, Eure Majestät!«

Meine Mutter schaute auf, die Augenbrauen hatte sie besorgt gerunzelt. »Wieso?«

Die Hebamme brachte das Kind zu ihr hinüber.

Ich hatte schreckliche Angst, dass irgendetwas nicht stimmte. Auf mich wirkte das Baby völlig normal.

Es streckte die Ärmchen nach seinem Bruder aus, der mit ihm in den vergangenen Monaten den Mutterleib geteilt hatte. Es war, als suchte es Trost bei seinem Bruder.

Doch meine Mutter zog seinen Bruder aus seiner Sicht und aus seiner Reichweite. »Das kann nicht sein«, schluchzte sie. »Er ist blind!«

»Er ist nicht blind, Eure Majestät«, sagte die Wahrsagerin und trat hinzu. Ihre weißen Gewänder waren reich mit goldenen Fäden bestickt, und sie trug eine kunstvolle goldene Spange im ergrauten Haar. »Er wurde Euch von den Göttern gesandt.«

Mein Vater kniff misstrauisch die Augen zusammen und schaute meine Mutter wütend an. »Du bist mir also untreu gewesen?«, fragte er anklagend.

»Nein, niemals!«

»Wie kann dieses Kind dann deinem Leib entsprungen sein? Wir alle waren Zeugen.«

Alle im Raum sahen jetzt die weise Frau an, die ausdruckslos auf das winzige, hilflose Baby starrte, das nach jemandem weinte, der es in den Arm nahm und ihm Trost und Wärme spenden würde.

Aber das tat niemand.

»Dieses Kind wird einst etwas zerstören«, sagte die weise Frau, und ihre alte Stimme hallte laut und klar durch den Raum, sodass alle ihre Verkündigung hören konnten. »Seine Berührung wird vielen den Tod bringen. Nicht einmal die Götter selbst werden vor seinem Zorn sicher sein.«

Ich schnappte nach Luft und begriff nicht, was das bedeuten sollte.

Wie konnte denn ein Baby jemandem etwas tun? Es war doch winzig klein und völlig hilflos.

»Dann tötet ihn sofort.« Mein Vater winkte eine Wache heran und befahl dem Mann, sein Schwert zu zücken und das Kind zu erschlagen.

»Nein!«, wandte die weise alte Frau ein und hielt den Mann zurück, ehe er den Befehl des Königs ausführen konnte. »Wenn du dieses Kind tötest, König, dann wird auch dein anderer Sohn sterben. Ihre Lebenskräfte sind miteinander verwoben. Es ist der Wille der Götter, dass du dieses Kind aufziehst, bis es zum Mann herangewachsen ist.«

Der ältere Zwilling schluchzte.

Ich schluchzte auch, denn ich begriff nicht, warum sie ein kleines Kind so hassten.

»Ich werde kein Monster aufziehen«, knurrte mein Vater.

»Ihr habt keine Wahl.« Die Wahrsagerin nahm der Hebamme das Kind ab und legte es meiner Mutter in den Arm.

Ich runzelte die Stirn, als ich einen Hauch von Zufriedenheit in den Augen der Hebamme sah. Dann bahnte sich die auffallend schöne blonde Frau einen Weg durch die Menge und verließ den Raum.

»Er ist Eurem Leib entsprungen, Majestät«, sagte die weise Frau, ich wandte die Aufmerksamkeit wieder meiner Mutter und ihr zu. »Er ist Euer Sohn.«

Das Kind schrie jetzt noch lauter und streckte die Ärmchen

nach meiner Mutter aus. Nach *seiner* Mutter. Sie zuckte vor ihm zurück und drückte ihren zweiten Sohn fester an sich. »Ich werde es nicht stillen. Ich will es nicht anfassen. Schaff es mir aus den Augen.«

Die Wahrsagerin brachte meinem Vater das Kind. »Was ist mit Euch, Majestät? Wollt Ihr ihn nicht als Euer Kind anerkennen?«

»Niemals. Dieses Kind ist nicht mein Sohn.«

Die Frau holte tief Luft und hielt das Kind so, dass alle im Raum es sehen konnten. In ihrer Berührung wurde keinerlei Liebe oder Mitgefühl sichtbar.

»So soll er denn Acheron heißen – nach dem Fluss des Kummers. Wie der Fluss der Unterwelt wird seine Reise dunkel, lang und voller Entbehrungen sein. Er wird Leben spenden und Leben nehmen. Er wird einsam und verlassen durchs Leben schreiten – stets wird er auf der Suche nach Freundlichkeit sein, und stets wird er Grausamkeit erfahren.«

Die Frau schaute auf das Neugeborene in ihren Armen und sprach die einfache und schreckliche Wahrheit, die den Jungen sein Leben lang begleiten würde. »Mögen die Götter Mitleid mit dir haben, mein Kleiner, von keinem sonst wirst du es je erfahren.«

30. AUGUST 9541 V. CHR.

»Warum hassen mich alle, Ryssa?«

Ich hielt in meiner Arbeit am Webrahmen inne und schaute auf, als Acheron schüchtern näher kam. Er war jetzt sieben Jahre alt und ein unglaublich schönes Kind. Sein goldblondes Haar schien den ganzen Raum zu erhellen, als hätten die Götter ihn berührt, die ihn anscheinend aufgegeben hatten. »Niemand hasst dich, Akribos.«

Aber tief im Herzen wusste ich, dass er recht hatte.

Und er wusste es auch.

Er kam zu mir, da erkannte ich auf seinem Gesicht den Abdruck einer Hand. In seinen silbern wirbelnden Augen standen keine Tränen. Er hatte sich so daran gewöhnt, geschlagen zu werden, dass es ihm nichts mehr auszumachen schien.

Oder vielleicht nur noch tief im Herzen.

»Was ist denn passiert?«, fragte ich.

Er schaute zur Seite.

Ich stand auf und ging zu ihm hinüber, kniete mich vor ihn und strich ihm sanft das blonde Haar von der geschwollenen Wange weg. »Sag's mir.«

»Sie hat Styxx in den Arm genommen.«

Ich wusste, wer *sie* war, ohne dass ich fragen musste. Er war bei unserer Mutter gewesen. Ich hatte nie begriffen, wie sie mir und Styxx gegenüber so liebevoll sein konnte und Acheron gegenüber so grausam und kalt. »Und?«

»Ich wollte, dass sie mich auch in den Arm nimmt.«

In diesem Augenblick sah ich die verräterischen Zeichen eines Jungen, der sich nichts sehnlicher wünschte als die Liebe seiner Mutter: das leichte Zittern der Lippen, Augen, die ein wenig feucht wurden.

»Wie kommt es, dass ich genau so aussehe wie Styxx, und gleichzeitig soll ich unnatürlich sein und er nicht? Ich verstehe nicht, warum ich ein Monster sein soll. Ich fühle mich nicht wie ein Monster.«

Ich konnte es ihm nicht erklären, denn ich hatte, im Gegensatz zu allen anderen, niemals einen Unterschied erkennen können. Wie sehr ich mir wünschte, Acheron würde meine Mutter so kennen, wie ich sie kannte!

Aber alle bezeichneten ihn als Monster.

Ich sah nur einen kleinen Jungen, ein Kind, das nichts weiter wollte, als von einer Familie akzeptiert zu werden, die ihn verleugnete. Warum konnten meine Eltern ihn nicht anschauen und erkennen, was für eine freundliche, sanfte Seele er hatte? Er war ruhig und respektvoll und tat nichts und niemandem etwas zuleide. Wir spielten und lachten zusammen, doch vor allem nahm ich ihn in den Arm, wenn er weinte.

Ich ergriff seine Hand, die weiche Hand eines kleinen Jungen. In ihr lagen weder Bosheit noch mörderisches Potential.

Acheron war immer ein liebevolles Kind gewesen. Während Styxx herumjammerte, sich über jede Kleinigkeit beschwerte und sich ständig meine Spielzeuge nahm, versuchte Acheron Frieden zu stiften und alle um sich herum zu trösten.

Er schien älter zu sein als sieben, manchmal erschien er mir sogar älter als ich selbst.

Er hatte merkwürdige Augen. Ihre silberne wirbelnde Farbe verriet, dass er von Geburt an eng mit den Göttern verbunden war. Aber das machte ihn doch nur zu etwas Besonderem und nicht zu etwas Fürchterlichem!

Ich lächelte ihn an und hoffte, das würde seinen Schmerz ein bisschen lindern. »Eines Tages, Acheron, wird die ganze Welt erfahren, dass du ein ganz besonderer Junge bist. Einmal wird der Tag kommen, an dem sich niemand mehr vor dir fürchtet, du wirst schon sehen.«

Ich beugte mich vor und wollte ihn umarmen, aber er wich zurück. Er war es gewohnt, dass andere ihn verletzten, und obwohl er wusste, dass ich nicht zu diesen Menschen gehörte, zögerte er noch immer, sich von mir trösten zu lassen.

Plötzlich ging die Tür zu meinem Zimmer auf, und viele Soldaten kamen herein.

Bei ihrem Anblick bekam ich Angst und trat zurück, denn ich wusste nicht, was sie wollten. Acheron klammerte sich mit seinen kleinen Fäusten an den Rock meines blauen Gewandes und versteckte sich hinter mir.

Mein Vater und mein Onkel schritten zwischen den Männern hindurch, bis sie direkt vor mir standen. Die beiden sahen praktisch genau gleich aus. Sie hatten die gleichen blauen Augen, das gleiche gewellte blonde Haar und die gleiche helle Haut. Kein Mensch wäre je darauf gekommen, dass mein Onkel drei Jahre jünger war als mein Vater. Sie konnten jederzeit als Zwillinge durchgehen.

»Ich hab dir doch gesagt, er ist bei ihr«, sagte mein Vater zu Onkel Estes. »Er verleitet sie schon wieder zu schlechten Dingen.«

»Keine Sorge«, sagte Estes, »ich werde mich darum kümmern. Du brauchst nie wieder an ihn zu denken.«

»Was habt ihr vor?«, fragte ich, erschreckt von ihrem unheilvollen Ton. Wollten sie Acheron etwa töten?

»Das geht dich nichts an«, fuhr mein Vater mich an. Er hatte noch nie so mit mir gesprochen, ich starrte ihn entsetzt an.

Er packte Acheron und schob ihn auf meinen Onkel zu.

Acheron schaute in panischem Schrecken um sich und streckte die Hand nach mir aus, aber mein Onkel packte ihn fest am Arm und riss ihn weg.

»Ryssa!«, rief Acheron.

»Nein!«, schrie ich und versuchte, ihm zu Hilfe zu kommen.

Mein Vater riss mich zurück und hielt mich fest. »Er kommt jetzt an einen besseren Ort.«

»Wohin denn?«

»Nach Atlantis.«

Ich sah entsetzt zu, wie Acheron weggeführt wurde. Noch lange hörte ich ihn schreien, ich solle ihn retten.

Atlantis war weit weg, viel zu weit – und bis vor Kurzem hatten wir gegen dieses Land Krieg geführt. Ich hatte nur Schlimmes über diesen Ort gehört und über alle, die dort lebten.

Schluchzend schaute ich zu meinem Vater hoch. »Er wird Angst haben!«

»Solche wie er haben niemals Angst.«

Acherons Schreie und sein Flehen straften die Worte Lügen.

Mein Vater mochte ein mächtiger König sein, aber er hatte unrecht. Ich wusste genau, wie viel Angst Acheron hatte.

Und ich selbst hatte ebenfalls große Angst.

Würde ich meinen Bruder jemals wiedersehen?

3. NOVEMBER 9532 V. CHR.

Es ist neun Jahre her, seit ich meinen Bruder zuletzt gesehen habe – und nicht ein Tag ist vergangen, an dem ich mich nicht gefragt habe, was er treibt und wie man ihn behandelt.

Immer wenn Estes bei uns zu Besuch weilte, nahm ich ihn zur Seite und fragte ihn über Acheron aus.

»Es geht ihm gut, er ist gesund, Ryssa. Ich gebe gut auf ihn Acht, er hat alles, was er braucht. Ich erzähle ihm gern, dass du dich nach seinem Wohlergehen erkundigt hast.«

Doch etwas in mir war mit dieser Antwort nie richtig zufrieden. Ich hatte Vater schon wiederholt gebeten, nach Acheron zu schicken, ihn wenigstens einmal für einen Festtag heimzuholen. Eigentlich hätte man ihn als Prinzen niemals wegschicken dürfen. Und doch lebte er in einem Land, das immer auf der Schwelle zum Krieg mit uns stand. Obwohl Estes den Posten eines Gesandten bekleidete, würde man den griechischen Prinzen Acheron töten, wenn es einen neuen Krieg gäbe.

Vater lehnte meine Bitten immer wieder ab.

Ich hatte Acheron jahrelang geschrieben, und normalerweise schrieb er gewissenhaft zurück. Seine Briefe waren immer sehr kurz und enthielten nur wenige Einzelheiten, trotzdem hielt ich jeden einzelnen Brief in Ehren.

Als ich also vor ein paar Wochen einen weiteren Brief bekommen hatte, hatte ich mir nichts dabei gedacht.

Nicht, bis ich ihn las.

Seid gegrüßt, hochverehrte, gnädige Prinzessin Ryssa, vergebt mir meine Dreistigkeit und meine Unverfrorenheit. Ich habe einen der Briefe gefunden, die Ihr an Acheron gerichtet habt, und habe mich, unter größter Gefahr für Leib und Leben, entschieden, Euch zu schreiben. Ich kann Euch nicht sagen, welches Übel ihm widerfahren ist, aber wenn Ihr Euren Bruder wirklich liebt, wie Ihr schreibt, dann bitte ich Euch, kommt her und seht nach ihm.

Ich hatte niemandem von diesem Brief erzählt. Er trug nicht einmal eine Unterschrift. Es hätte genauso gut ein übler Scherz sein können.

Und doch wurde ich das Gefühl nicht los, dass Acheron mich brauchte.

Tagelang rang ich mit mir, ob ich nach Atlantis reisen sollte, bis ich es schließlich nicht mehr aushielt.

Ich nahm meine persönliche Wache Boraxis zu meinem Schutz mit, schlich mich aus dem Palast und wies meine Mägde an, meinem Vater zu sagen, ich würde eine Tante in Athen besuchen. Boraxis hielt es für töricht, dass ich den ganzen Weg nach Atlantis reiste, nur wegen eines Briefes, der nicht einmal unterzeichnet war, aber das war mir egal.

Wenn Acheron mich brauchte, dann würde ich kommen.

Doch dieser Mut verließ mich einige Tage später, als ich im Haus meines Onkels in der Hauptstadt von Atlantis eintraf. Das große rot glänzende Gebäude schüchterte den Betrachter noch mehr ein als unser Palast auf Didymos. Er wirkte, als wäre er nur aus diesem einen Grund errichtet worden – um den Menschen Angst einzujagen und ihnen Ehrfurcht einzuflößen. Natürlich gehörte es zu Estes' Aufgaben als unser Gesandter, unsere Feinde auf diese Art zu beeindrucken.

Das Inselreich von Atlantis war viel weiter entwickelt als meine griechische Heimat. Hier leuchtete und funkelte alles. Es war mehr Leben um mich herum, als ich je zuvor gesehen hatte. Es war wirklich eine geschäftige Metropole.

Ich ignorierte meine Angst und schaute Boraxis an. Er war größer als die meisten anderen Männer, mit struppigem schwarzem Haar, das er zum Zopf geflochten trug, der ihm den Rücken hinunterhing. Boraxis war groß und kräftig, er konnte tödlich sein. Und er war mir treu ergeben, obwohl er nur ein ganz gewöhnlicher Diener war. Er bewachte mich schon, als ich noch ein Kind war.

Er würde nie zulassen, dass mir ein Leid geschah.

Das rief ich mir ins Gedächtnis, ehe ich die Marmorstufen hinaufstieg und auf den Eingang aus Gold zuschritt. Ein Diener öffnete mir, noch ehe ich die Tür erreicht hatte.

»Herrin«, sagte er diskret, »kann ich Euch helfen?«

»Ich bin gekommen, um Acheron zu sehen.«

Er neigte den Kopf und bat mich, ihm ins Innere des Hauses zu folgen. Ich fand es merkwürdig, dass mich der Bedienstete nicht fragte, wer ich war oder was ich von Acheron wollte. Zu Hause wurde niemand auch nur in die Nähe der königlichen Familie gelassen, ohne dass man ihn zuvor gründlich befragte.

Einem Unbekannten Zugang zu unseren privaten Gemächern zu gestatten war ein Verbrechen, das mit dem Tode bestraft wurde. Doch dieser Mann dachte sich offenbar nichts dabei, uns quer durch das Haus meines Onkels zu führen.

Als wir einen weiteren Flur erreichten, wandte sich der ältere Mann nach mir um und schaute Boraxis an. »Wird der Wächter bei Eurer Begegnung mit Acheron anwesend sein?«

Bei dieser merkwürdigen Frage runzelte ich die Stirn. »Ich denke nicht.«

Boraxis sog scharf den Atem ein, und in seinen braunen Augen lag Sorge. »Prinzessin …«

Ich legte ihm die Hand auf den Arm. »Es ist gut. Warte hier, ich werde rasch wieder zurück sein.«

Er schien nicht besonders erfreut über meine Entscheidung, und ehrlich gesagt, ich selbst war es auch nicht, aber im Haus meines Onkels würde mir sicher nichts zustoßen. Also ließ ich Boraxis stehen und ging weiter den Flur hinunter.

Mir fiel auf, wie ungeheuer ruhig es im Haus meines Onkels war. Man hörte nicht einmal ein Flüstern, niemand lachte, niemand sprach.

Nur unsere Schritte hallten im langen, dunklen Flur wider. So weit ich schauen konnte, war alles mit schwarzem Marmor gefliest, der unsere Bilder zurückwarf, während wir durch die reichlich ausgestatteten Räumlichkeiten schritten: nackte Statuen, exotische Pflanzen und Blumen.

Der Diener führte mich zu einem Raum auf der anderen Seite des Hauses und öffnete die Tür.

Ich trat ein und zögerte, als ich bemerkte, dass ich in Acherons Schlafzimmer stand. Wie außerordentlich merkwürdig, dass er mich in dieses Zimmer führte, ohne zu wissen, dass ich Acherons Schwester war. Andererseits – vielleicht wusste er es ja? Das würde manches erklären.

Ja, das musste es sein. Er musste bemerkt haben, dass ich meinen beiden Brüdern sehr ähnlich sehe. Abgesehen von Acherons göttlichen silbernen Augen haben unsere Haare und unsere Haut den gleichen Farbton.

Ich entspannte mich und schaute mich um. Ich befand mich in einem außergewöhnlich großen Zimmer mit einem übergroßen Kamin, davor standen zwei Sofas mit einer merkwürdigen Stangenkonstruktion dazwischen. Es erinnerte mich an eine Folterbank, aber das ergab keinen Sinn. Vielleicht war das etwas, was es nur in Atlantis gab. Ich hatte schon oft gehört, dass die Leute hier sehr merkwürdige Sitten hatten.

Das Bett selbst war im Vergleich zum Zimmer recht klein, und die vier großen Bettpfosten waren mit kunstvollen Schnitzereien verziert, die Raubvögel darstellten. Oben an jedem Pfosten war der Kopf des Vogels so verdreht, dass der Schnabel ausgestreckt war wie ein Haken und den Bettvorhang halten konnte, nur dass es gar keine Bettvorhänge gab.

Wie überall waren auch hier die Wände aus schimmerndem schwarzem Marmor, der mein Spiegelbild deutlich und klar zurückwarf. Als ich mich umschaute, fiel mir auf, dass der Raum gar keine Fenster hatte. Es gab auch keinen Balkon. Das einzige Licht kam von den Wandleuchten, die über das Zimmer verstreut waren. Es verlieh dem Raum etwas Dunkles und Unheilvolles.

Das war wirklich sehr merkwürdig …

Drei Dienerinnen machten Acherons Bett, und eine vierte Frau überwachte sie dabei. Diese Aufseherin war eine zerbrechlich wirkende Frau von kleiner Statur, vielleicht vierzig Jahre alt.

»Es ist nicht die rechte Zeit«, sagte sie zu dem Mann, der mich durchs Haus hierhergeführt hatte. »Er bereitet sich noch vor.«

Der Mann verzog verächtlich den Mund. »Soll ich Gerikos sagen, dass ich eine Kundin warten ließ, während Acheron herumtrödelt?«

»Aber er hat noch nicht einmal Zeit gehabt zu essen.« Die Frau bestand darauf. »Er hat den ganzen Morgen ohne eine einzige Pause gearbeitet.«

»Hol ihn.«

Ich runzelte die Stirn, während ich ihrer geflüsterten Unterhaltung folgte. Hier stimmte irgendetwas ganz und gar nicht. Mein Bruder, ein Prinz, arbeitete?

Die Frau wandte sich zu einer Tür am anderen Ende des Zimmers.

»Warte«, sagte ich und hielt sie auf. »Ich hole ihn selbst. Wo ist er?«

Die Frau warf dem Mann einen ängstlichen Blick zu.

»Es ist ihre Zeit mit ihm«, sagte der Mann mit fester Stimme. »Lass die Dame tun, was sie wünscht.«

Die ältere Frau trat zurück und öffnete die Tür, die zu einem Vorzimmer führte. Als ich hindurchtrat, hörte ich, wie sie und der Mann die anderen Dienerinnen riefen und alle das Zimmer verließen.

Auch das fand ich wieder außerordentlich merkwürdig …

Zögernd betrat ich den Raum und erwartete, meinen Bruder vorzufinden, der genauso wäre wie Styxx: Ein arroganter junger Mann, der meinte, er wüsste alles über die Welt. Ein beleidigender, großspuriger Jugendlicher in der Entwicklung zum Mann, mürrisch und verwöhnt, der sich fragen würde, warum ich mir die Mühe machte und mich auf diese törichte Suche nach ihm begeben hatte.

Ich war völlig unvorbereitet auf das, was ich vorfand.

Acheron saß allein in einer großen Badewanne. Sein makelloser nackter Rücken war mir zugewandt, er hatte seinen blonden Kopf vornübergeneigt und auf den Rand der Wanne gelegt, als wäre er zu müde, um aufrecht zu sitzen. Das Haar reichte ihm knapp bis über die Schultern und war feucht, aber nicht nass.

Mir schlug das Herz bis zum Hals, ich trat näher und bemerkte einen starken Duft nach Orangen. Ein kleines Tablett mit Brot und Käse stand unberührt neben ihm auf dem Boden.

»Acheron?«, flüsterte ich.

Er erstarrte einen Augenblick, dann spülte er sich das Gesicht ab, stieg aus der Wanne und trocknete sich rasch mit einem Handtuch ab, als wäre er völlig unbeeindruckt davon, dass ich ihn soeben beim Baden gestört hatte.

Ihn umgab eine Aura von Macht, als er sich mit kurzen schnellen Bewegungen abtrocknete, dann warf er das Handtuch auf einen Haufen anderer.

Einen Augenblick lang war ich gefesselt von seiner jugendlichen, männlichen Schönheit und von der Tatsache, dass er keinerlei Anstalten machte, sich anzuziehen oder sich zu bedecken.

Ihn zierten nur einige goldene Bänder, ein dünnes um den Hals, an dem ein kleiner Anhänger befestigt war, und breitere Goldreifen, die jeweils seinen Bizeps und seine Ellenbogen umschlossen. Weitere goldene Bänder lagen um seine Handgelenke. Eine Kette mit kleinen Kettengliedern verband die Bänder den Arm hinunter miteinander. Auch um die Fußknöchel trug er ein Goldband mit einem kleinen Kreis daran.

Als er sich mir näherte, war ich sprachlos. Er sah äußerlich ganz genauso aus wie Styxx, und doch bemerkte ich einige Unterschiede zwischen den beiden.

Styxx bewegte sich rasch wie Quecksilber.

Acheron dagegen war langsam und gründlich, wie ein sinnlicher Schatten, jede Bewegung war ein poetisches Zusammenspiel von Muskeln, Sehnen und Anmut.

Er war dünner als Styxx, viel dünner, so als ob er nicht genug zu essen bekommen würde, und doch waren seine Muskeln sehr gut geformt und perfekt gestählt.

Er hatte noch immer diese unheimlichen silbernen Augen, aber ich bekam sie nur ganz kurz zu sehen, dann wich er meinem Blick aus und schaute auf den Boden zu meinen Füßen.

Da war noch etwas anderes. Eine Atmosphäre von hoffnungsloser Resignation umgab ihn. Es war etwas, das ich zahllose Male bei Landarbeitern und Bettlern wahrgenommen hatte, die ans untere Palasttor kamen, um sich dort Almosen abzuholen.

»Vergebt mir, Herrin«, sagte er sanft mit merkwürdig verführerischer und leiser Stimme, als spreche er zwischen zusammengebissenen Zähnen hindurch. »Ich wusste nicht, dass Ihr kommen würdet.«

Seine Ketten klirrten sacht in der Stille. Er trat hinter mich wie ein geschmeidiger, verführerischer Geist, griff mir an den Hals und löste meinen Mantel.

Ich war völlig verblüfft und dachte gar nicht daran zu protestieren, als er mir das Kleidungsstück abnahm und es auf den

Boden legte. Erst als er mir das Haar aus dem Nacken strich und mir den Hals küsste, zuckte ich vor ihm zurück.

»Was tust du da?«, fragte ich.

Er schaute genauso verwirrt wie ich, aber er hielt noch immer den Blick auf den Boden zu meinen Füßen gerichtet. »Man hat mir nicht gesagt, wofür Ihr bezahlt habt, Herrin«, sagte er leise. »Eurem Aussehen nach zu urteilen nahm ich an, dass Ihr mich sanft haben wollt. Oder irre ich mich?«

Ich war zuerst vollkommen verdutzt von seinen Worten und dann von der Tatsache, dass er nichts weiter sagte. Warum sprach er so mit mir? »Wofür soll ich bezahlt haben? Acheron, ich bin es, Ryssa!«

Er runzelte die Stirn, als ob er sich an niemanden dieses Namens erinnerte, und streckte erneut die Hand nach mir aus.

Ich trat einen Schritt zurück und hob meinen Mantel vom Boden auf. »Ich bin deine Schwester, Acheron. Kennst du mich nicht mehr?«

Seine Augen blitzten zornig, als er einen Augenblick meinem Blick begegnete. »Ich habe keine Schwester.«

Ich war völlig durcheinander, während ich versuchte, die ganze Sache zu verstehen. Das war nicht mehr der Junge, der mir mehr oder weniger jeden Tag schrieb, der Junge, der mir von seinen Tagen voller Müßiggang berichtete.

»Wie kannst du das sagen, nach all den Geschenken und Briefen, die ich dir geschickt habe?«

Sein Gesicht entspannte sich, als hätte er endlich begriffen. »Ach so, es ist ein Spiel, das Ihr mit mir spielen möchtet, Herrin. Ihr möchtet, dass ich Euren Bruder darstelle.«

Ich starrte ihn frustriert an. »Nein, Acheron, das ist kein Spiel. Du bist wirklich mein Bruder, ich schreibe dir fast jeden Tag, und du schreibst mir immer zurück.«

Ich konnte spüren, dass er mich gerne angeschaut hätte, und doch tat er es nicht.

»Ich bin Analphabet, Herrin. So kann ich Euer Spiel nicht mitspielen.«

Die Tür hinter mir schwang auf, und ein kleiner, rundlicher Mann mit einem langen atlantäischen Gewand, einer Formesta, trat ein. Er schaute auf ein Pergament und achtete nicht auf uns.

»Acheron, warum bist du nicht in deinem …« Er verstummte, als er aufschaute und mich entdeckte, drohend kniff er die Augen zusammen.

»Was soll das?«, knurrte er. Er wandte sich wütend an Acheron, der zwei Schritte zurücktrat. »Nimmst du etwa Kunden an, ohne mich vorher zu benachrichtigen?«

Ich sah die Furcht auf Acherons Gesicht.

»Nein, Despotis«, sagte Acheron und verwendete das atlantäische Wort für Gebieter. »Das würde ich nie tun.«

Der Mann verzog zornig die Lippen. Er packte Acheron am Haar und zwang ihn auf dem harten Steinboden in die Knie. »Was tust du dann hier? Gibst du dich umsonst hin?«

»Nein, Despotis«, sagte Acheron und ballte die Fäuste, als versuche er, nicht nach oben zu greifen und den Mann zu berühren, der ihn an den Haaren riss. »Bitte, ich schwöre, dass ich nichts Unrechtes getan habe.«

»Lass ihn los!« Ich packte den Mann bei der Hand, damit er meinen Bruder losließ. »Wie kannst du es wagen, einen Prinzen zu bedrohen! Ich werde dafür sorgen, dass man dich enthauptet!«

Der Mann lachte mir geradewegs ins Gesicht. »Er ist kein Prinz. Oder bist du etwa einer, Acheron?«

»Nein, Despotis. Ich bin ein Nichts.«

Der Mann rief nach den Wächtern, die mich hinausbegleiten sollten.

Sie kamen sofort herein und wollten mich ergreifen.

»Ich werde nicht gehen«, stellte ich klar. Ich drehte mich zu den Wachen um und schenkte ihnen meinen hochmütigsten Blick. »Ich bin Prinzessin Ryssa aus dem Geschlecht des Arikles von Didymos. Ich verlange meinen Onkel Estes zu sehen, und zwar augenblicklich.«

Zum ersten Mal sah ich Zweifel in den Augen des Mannes. »Vergebt mir, Prinzessin«, sagte er, aber es klang nicht so, als würde er irgendetwas bedauern. »Ich werde Euch ins Empfangszimmer Eures Onkels führen lassen.«

Er nickte den Wachen zu.

Angewidert von seiner Arroganz, drehte ich mich um. In der Spiegelung des schwarzen Marmors sah ich, wie er Acheron etwas zuflüsterte.

Acheron wurde blass. »Idikos hat versprochen, ich müsste ihn nicht mehr sehen.«

Der Mann riss Acheron am Haar. »Du wirst tun, was man dir sagt. Steh auf, und mach dich bereit.«

Die Wachen schlossen die Tür und drängten mich hinaus. Sie führten mich durchs Haus zurück, bis wir zu einem kleinen Empfangszimmer kamen, das bis auf drei kleine Sitzbänke leer war.

Ich begriff nicht im Geringsten, was hier vor sich ging. Wenn irgendjemand mich oder Styxx so angefasst hätte wie dieser Mann Acheron eben, dann hätte mein Vater ihn auf der Stelle töten lassen.

Mit uns sprach man ausschließlich respektvoll und voller Ehrerbietung.

»Wo ist mein Onkel?«, fragte ich die Wachen, als sie sich aus dem Zimmer zurückzogen.

»Er ist in der Stadt, Hoheit, und wird in Kürze zurückkehren.«

»Schickt nach ihm … auf der Stelle!«

Ein Wächter neigte den Kopf und schloss die Tür hinter sich.

Ich hatte erst kurze Zeit gewartet, da öffnete sich eine Geheimtür neben dem Kamin. Die Aufseherin, die in Acherons Zimmer gewesen war, als ich eingetroffen war, die ältere Frau, die um sein Wohlergehen besorgt gewesen war, betrat den Raum.

»Eure Hoheit?«, fragte sie zögernd. »Seid Ihr es wirklich?«

Da begriff ich, wer sie sein musste. »Du bist diejenige, die mir geschrieben und um meinen Besuch gebeten hat?«

Sie nickte.

Ich seufzte erleichtert auf. Endlich jemand, der mir etwas erklären konnte! »Was geht hier vor?«

Die Frau holte tief und zitternd Luft, als würde das, was sie sagte, sie heftig verletzen. »Sie verkaufen Euren Bruder, Herrin. Sie tun ihm Dinge an, die niemand erleiden sollte.«

Bei ihren Worten verkrampfte sich mein Magen. »Was meinst du damit?«

Sie krallte ihre Hände in den Ärmel ihres Kleides. »Wie alt seid Ihr, Herrin?«

»Dreiundzwanzig.«

»Seid Ihr eine Jungfrau?«

Ich war erzürnt, dass sie es wagte, mir eine so intime Frage zu stellen. »Das geht dich nichts an.«

»Vergebt mir, Herrin. Ich wollte Euch nicht beleidigen. Ich will nur sehen, ob Ihr begreifen könnt, was man ihm antut. Wisst Ihr, was ein Tsoulus ist?«

»Selbstverständlich weiß ich, was ein …« Da packte mich blankes Entsetzen. Es war ein atlantäischer Ausdruck, für den es keine griechische Entsprechung gab, aber ich kannte dieses Wort. Es bezeichnete junge Männer und Frauen, die als Sex-Sklaven für die Edlen und Mächtigen abgerichtet wurden. Anders als Prostituierte und derlei Leute wurden sie sehr sorgfältig erzogen und schon in ganz jungen Jahren von allen anderen abgesondert.

Im gleichen Alter, in dem mein Bruder gewesen war, als Estes ihn von zu Hause weggeführt hatte.

»Acheron ist ein Tsoulus?«

Sie nickte.

In meinem Kopf drehte sich alles. Das konnte nicht wahr sein. »Du lügst!«

Sie schüttelte den Kopf. »Deshalb habe ich Euch gebeten zu kommen, Herrin. Ich wusste, Ihr würdet es nicht glauben, wenn Ihr es nicht mit eigenen Augen seht.«

Und noch immer glaubte ich es nicht. Es war einfach unmöglich. »So etwas würde mein Onkel nie zulassen.«

»Es ist Euer Onkel selbst, der ihn verkauft. Wovon, glaubt Ihr, hat er dieses Haus bezahlt?«

Mir wurde übel bei diesen Neuigkeiten, und doch stritt immer noch ein Teil von mir alles ab, was so offensichtlich war. »Ich glaube dir nicht.«

»Dann folgt mir, wenn Ihr es wagt, und seht selbst.«

Ich wollte eigentlich nicht, doch wie unter Zwang folgte ich ihr in die geheimen Gänge des Hauses. Wir gingen endlos lange, bis wir zu dem Vorzimmer kamen, in dem Acheron gebadet hatte.

Sie hielt den Finger an die Lippen, um mich zur Stille zu gemahnen.

Und da hörte ich es. Ich mochte eine Jungfrau sein, aber naiv war ich nicht. Ich hatte gehört, wie Menschen bei den Partys, die mein Vater mir zu besuchen verbot, miteinander kopulierten.

Aber schlimmer als die Laute der Befriedigung waren die Schmerzensschreie, die ich von meinem Bruder hörte. Der Mann verletzte Acheron, und er zog große Befriedigung daraus, dass er ihn verletzte.

Ich ging auf die Tür zu, doch sofort stellte sich die Frau mir in den Weg.

Sie sprach in leisem, tödlichem Ton. »Wenn Ihr sie jetzt stört, Herrin, dann wird Euer Bruder leiden, wie Ihr es Euch nicht vorstellen könnt.«

Ihre geflüsterten Worte trafen mich mitten ins Herz. Meine Seele schrie mir zu, die Sache sofort zu beenden. Aber die Frau hatte bisher mit allem recht behalten. Sie kannte meinen Bruder und meinen Onkel bei Weitem besser als ich.

Das Letzte, was ich wollte, war, dass Acheron noch übler verletzt wurde.

Endlich, nach einer Zeitspanne, die sich anfühlte wie eine Ewigkeit, herrschte Stille.

Ich hörte schwere Fußtritte das Schlafzimmer durchqueren, dann öffnete sich eine Tür und schloss sich wieder.

Ich stand da wie betäubt und konnte weder atmen noch mich rühren.

Die Dienerin öffnete die Tür zu seinem Zimmer, und ich sah Acheron, der ans Bett gekettet war. Die Ringe an seinen Hand- und Fußgelenken waren an die Vogelschnäbel aus Holz gehakt, die die Bettpfosten zierten.

Und ich, dumm wie ich war, hatte angenommen, es wären Haken für die Bettvorhänge.

»Man hat mir nicht gesagt, wofür Ihr bezahlt habt, Herrin«, hatte er leise gesagt. *»Eurem Aussehen nach zu urteilen nahm ich an, dass Ihr mich sanft haben wollt. Oder irre ich mich?«*

Diese Worte schnitten mir ins Herz, während ich zusah, wie die Frau ihn losmachte.

Ich konnte meine Augen nicht von ihm wenden, wie er dalag, nackt, verletzt, blutend.

Mein Bruder.

Mir traten Tränen in die Augen, als ich daran dachte, wie ich ihn als Kind zuletzt gesehen hatte. Sein rundliches Gesicht war verletzt gewesen, aber nicht so wie jetzt. Jetzt hatte er aufgeplatzte Lippen, sein linkes Auge war geschwollen und seine Nase blutig. Auf dem ganzen Körper waren Abdrücke von Händen zu sehen, es bildeten sich blaue Flecke.

Niemand verdiente so etwas.

Ich trat einen Schritt vor, und zur gleichen Zeit öffnete sich die Tür. Die Dienerin scheuchte mich aus dem Zimmer nach nebenan.

Voller Schrecken drückte ich mich in die Schatten, wo ich etwas hören, aber nicht gesehen werden konnte.

Man hörte einen Fluch. »Was ist hier passiert?« Ich erkannte die Stimme von Onkel Estes.

»Es geht mir gut, Idikos«, sagte Acheron mit belegter Stimme, der man die Schmerzen anhörte. Es klang, als ob er aufgestanden war und stolperte.

Ich erwartete, dass mein Onkel zornig auf den Mann wäre, der Acheron verletzt hatte, aber das war er nicht. Sein Zorn richtete sich gegen meinen Bruder.

»Du bist wertlos«, knurrte Estes. »Schau dich doch mal an. So bist du nicht mal eine bleierne Münze wert.«

»Es geht mir gut, Idikos«, beharrte Acheron mit so unterwürfiger Stimme, dass sich mir der Magen umdrehte. »Ich kann …«

»Auf die Bank«, unterbrach Estes ihn.

Ich hörte, wie Acheron protestierte, aber ich verstand die Worte nicht, denn seine Stimme klang so gedämpft, als würde ihn etwas am Reden hindern.

Ich wünschte mir den Mut, ins Zimmer hineinzuplatzen und Estes den Befehl zu erteilen aufzuhören, aber ich konnte meine Füße nicht dazu bringen, mir zu gehorchen. Ich war zu entsetzt, um auch nur einen Schritt zu tun.

Ich hörte, wie Ketten klirrten, und dann hörte ich den Klang von Holz, das auf einen Körper schlug.

Acheron schrie auf, ein gedämpfter Schmerzensschrei.

Das Schlagen ging weiter, bis Acheron endlich still war. Ich sank zu Boden und weinte um ihn. Ich presste mir die Faust vor den Mund und schluchzte im Stillen, während ich darüber nachdachte, was ich tun sollte. Wie konnte ich dem ein Ende setzen?

Wer in aller Welt würde mir je Glauben schenken? Estes war der Lieblingsbruder meines Vaters. Er würde niemals mein Wort über seines stellen und mir glauben.

»Sperr ihn in die Kiste«, sagte Estes.

»Wie lange?«, fragte der andere Mann.

Ich hörte Estes angewidert seufzen. »Selbst mit seiner Fähigkeit, schnell zu heilen, wird es mindestens einen Tag dauern, ehe es ihm wieder gut genug geht, um Kunden zu bedienen. Geh zu Ores, und lass dir unseren Verdienstausfall bezahlen. Sag Acherons Termine ab, und lass ihn bis morgen Früh hier drin.«

»Was ist mit dem Essen?«, fragte die Dienerin.

Estes schnauzte sie an. »Wenn er nicht arbeiten kann, dann braucht er auch nicht zu essen. Er hat sich sein Essen heute nicht verdient.«

Ich hörte, wie sich eine Tür öffnete und wieder schloss.

»Weiter jetzt – wo ist meine Nichte?«

»Sie ist im Empfangszimmer«, sagte der Mann.

»Da war sie nicht, als ich eben dort war.«

»Sie sagte, sie wollte in die Stadt gehen«, warf die Aufseherin rasch ein. »Sie ist sicher bald zurück.«

»Sag mir sofort Bescheid, wenn sie wieder da ist«, knurrte Estes. »Und richte ihr aus, Acheron wäre unterwegs und besucht Freunde.«

Die Männer verließen den Raum.

Ich saß auf dem Fußboden und starrte die Badewanne an, starrte auf die spiegelnden Wände des Zimmers.

Wie viele Kunden hatte mein Bruder bedienen müssen? Wie viele Tage hatte er mit dem leben müssen, von dem ich gerade Zeugin geworden war?

Er war neun Jahre fort gewesen. Sicher war es nicht immer so für ihn gewesen. Oder etwa doch?

Allein bei dem Gedanken daran wurde mir übel.

Die Dienerin kehrte zurück. Ich sah das Entsetzen in ihren

Augen und fragte mich, ob in meinen Augen der gleiche Ausdruck lag.

»Seit wann tun sie ihm das an?«, fragte ich.

»Ich arbeite fast ein Jahr hier, Herrin. Es ging schon so zu, ehe ich gekommen bin.«

Ich versuchte nachzudenken, was ich jetzt tun sollte. Ich war eine Frau, und das bedeutete, in einer Welt, wo allein die Männer die Macht hatten, war ich ein Nichts. Mein Onkel würde nicht auf mich hören und mein Vater noch viel weniger.

Er würde niemals glauben, dass sein Bruder zu so etwas fähig wäre. Genau wie ich nicht glauben konnte, dass der Onkel, den ich immer geliebt und bewundert hatte, zu so etwas fähig war.

Und doch gab es keinen Zweifel.

Wie konnte Estes in unseren Palast kommen und mit mir und Styxx zu Abend essen, wenn er wusste, dass er hier zu Hause einen Jungen verkaufte, der Styxx in jeder Hinsicht glich, abgesehen von seinen Augen!

Es ergab einfach keinen Sinn.

Das Einzige, was ich wusste, war, dass ich Acheron nicht hierlassen konnte. Nicht so, wie er hier leben musste.

»Kannst du meinen Leibwächter herbringen, ohne dass euch jemand sieht?«, fragte ich sie.

Die Dienerin nickte.

Sie ließ mich allein, ich wartete voller Angst still in meiner Ecke und rührte mich nicht.

Als sie mit Boraxis zurückkehrte, fand ich endlich den Mut, mich aufzurichten.

Boraxis runzelte die Stirn, als er mir auf die Füße half. »Geht es Euch gut, Herrin?«

Ich nickte benommen. »Wo ist Acheron?«, fragte ich die Dienerin.

Sie führte mich in sein Schlafzimmer.

Wieder sah ich das Bett, das noch immer zerwühlt und blutig war. Ich vermied es dorthinzusehen und folgte ihr zu einer Tür.

Als sie sie öffnete, sah ich Acheron. Er kniete auf einer harten Unterlage aus rauem Material, sodass ihm die Knie wehtun mussten. Der Raum war winzig. Ich wusste sofort, dass er einzig und allein dazu diente, Acheron zu bestrafen. Er war nackt, sein Körper war voller blauer Flecken und blutig. Die Bänder an seinen Handgelenken waren hinter dem Rücken zusammengebunden, aber was meine Aufmerksamkeit am meisten fesselte, waren seine Fußsohlen.

Sie waren voller Striemen.

Jetzt konnte ich das Geräusch einordnen, das ich gehört hatte. Konnte es ein besseres Körperteil geben, um jemanden zu bestrafen, wenn man seinen Körper nicht schädigen wollte? Niemand würde je Acherons Fußsohlen betrachten.

So sanft wir konnten, hoben die Aufseherin und ich ihn heraus. Um seinen Kopf war ein merkwürdiger Riemen geschnallt. Als die Dienerin ihn löste, begriff ich, dass er eine stachelige Kugel unter seiner Zunge festhielt. Aus seinen Mundwinkeln trat frisches Blut aus.

Ich wand mich, als sie die Kugel entfernte und er vor Schmerz zischte.

»Steckt mich wieder dort rein«, sagte er durch die zusammengebissenen Zähne, während die Dienerin ihm die Handfesseln löste.

»Nein«, widersprach ich ihm. »Ich hole dich hier heraus.«

Noch immer hielt er die Zähne fest aufeinandergepresst. »Ich darf nicht fort, Herrin. Nie. Bitte, Ihr müsst mich wieder zurückbringen. Wenn ich mich wehre, wird es nur noch schlimmer.«

Bei diesen Worten brach mir das Herz. Was hatten sie ihm angetan, dass er sogar für einen Fluchtversuch zu viel Angst hatte?

Er versuchte, in seine Folterkammer zurückzukehren, aber ich versperrte ihm den Weg.

»Ich werde nicht zulassen, dass sie dich weiter verletzen, Acheron, das schwöre ich. Ich nehme dich mit nach Hause.«

Er schaute mich an, als hätte er diesen Begriff noch nie gehört. »Ich *muss* hierbleiben«, insistierte er. »Da draußen bin ich nicht sicher.«

Ich ignorierte ihn und wandte mich an die Dienerin. »Wo sind seine Kleider?«

»Er besitzt keine, Herrin. Wofür sie ihn missbrauchen, braucht man keine Kleidung.«

Bei ihren Worten zuckte ich zusammen.

»Nun gut.« Ich warf ihm meinen Mantel um und brachte ihn mit Hilfe von Boraxis aus dem Haus, obwohl Acheron die ganze Zeit protestierte. Vor lauter Furcht, dass wir jeden Moment von Estes oder einem seiner Diener entdeckt werden könnten, zitterten mir Hände und Knie.

Zum Glück aber kannte die Dienerin jeden einzelnen verborgenen Gang im Haus und aus dem Haus hinaus.

Irgendwie schafften wir es, zu einer geschlossenen Mietkutsche hinter dem Haus zu gelangen. Boraxis stieg außen auf und saß oben beim Fahrer, während Acheron und ich drinnen saßen. Alleine.

Gemeinsam.

Ich konnte erst wieder richtig atmen, als das Haus von Estes aus dem Blickfeld verschwand und wir uns außerhalb der Stadtmauern befanden, über die Brücke fuhren und auf die Straße, die uns zum Hafen brachte.

Acheron hockte in einer Ecke, schaute durch die kleinen Fenster hinaus und schwieg.

Seine Augen waren leblos, als hätte er zu viele schreckliche Dinge gesehen.

»Brauchst du einen Arzt?«, fragte ich.

Er schüttelte verneinend den Kopf.

Ich hätte ihn gern beruhigt und getröstet, aber ich wusste nicht, ob es überhaupt irgendetwas auf der Welt gab, was dieses Ziel erreicht hätte.

Wir fuhren in völligem Schweigen dahin, bis wir in einen kleinen Ort gelangten. Hier wechselte der Kutscher die Pferde, während wir in einem Haus warteten. Von einer älteren Frau mietete ich ein Zimmer, sodass wir uns frisch machen und ausruhen konnten.

Boraxis fand oder kaufte irgendwo Kleidung für Acheron. Sie war ihm ein bisschen zu klein und aus grobem Gewebe, aber er beschwerte sich nicht. Er nahm sie schweigend entgegen und zog sich in unserem Zimmer an, während ich draußen auf dem engen Flur wartete.

Als er herauskam, fiel mir auf, dass er hinkte. Bei dem Gedanken daran, dass er auf seinen verletzten Füßen laufen musste, brach mir das Herz, und doch beschwerte er sich noch immer mit keinem Wort.

»Komm, Acheron, wir sollten etwas essen, solange wir hier sind.«

Sofort trat Panik in seine Augen, dann folgte ein resignierter Blick.

»Stimmt etwas nicht?«, fragte ich.

Er antwortete nicht, sondern zog sich nur die Kapuze seines Mantels über den Kopf, als wollte er sich von der Welt abschirmen. Mit gesenktem Kopf und um den Leib geschlungenen Armen folgte er mir zu dem kleinen Esszimmer im Erdgeschoss.

Ich ging auf einen Tisch hinten im Raum in der Nähe des Feuers zu.

»Wem muss ich das Essen bezahlen?«, fragte Acheron ruhig. Sein Gesicht war unter der Kapuze nicht zu sehen.

Ich schaute stirnrunzelnd auf. »Hast du denn Geld?«

Er schaute bei meiner Frage genauso verständnislos wie ich bei seiner.

»*Wenn er nicht arbeiten kann, dann braucht er auch nicht zu essen. Er hat sich sein Essen heute nicht verdient.*« Mir zog sich der Magen zusammen, als mir einfiel, was Estes gesagt hatte, und ich wäre fast an meinen Tränen erstickt.

Er dachte, ich wollte, dass er …

»Ich bezahle unser Essen, Acheron, und zwar mit Geld.«

Die Erleichterung auf seinem Gesicht zerriss mir fast das Herz.

Ich setzte mich. Acheron ging um den Tisch herum und kniete sich rechts hinter mir auf den Boden.

Ich schaute ihn finster über die Schulter hinweg an. »Was tust du da?«

»Vergebt mir, Herrin. Ich wollte Euch nicht erzürnen.« Rasch rutschte er auf den Knien ein bisschen zurück.

Ich war völlig verblüfft, drehte mich um und starrte ihn an. »Warum kniest du auf dem Boden?«

Er sah sofort enttäuscht aus. »Ich werde im Zimmer auf Euch warten.«

Er wollte gehen.

»Warte«, sagte ich und packte ihn am Arm. »Hast du denn keinen Hunger? Man hat mir gesagt, du hättest heute noch nichts gegessen.«

»Ich habe Hunger«, sagte er schlicht zwischen zusammengebissenen Zähnen hindurch.

»Dann setz dich.«

Er kniete sich wieder auf den Boden.

Was hatte er vor? »Acheron, warum kniest du auf dem Boden und sitzt nicht mit mir zusammen am Tisch?«

Sein Blick war leer und unaufdringlich. »Huren sitzen nicht mit ehrbaren Leuten zu Tisch.«

Das sagte er mit klarer Stimme, als würde er etwas wiederholen, das er so oft gehört hatte, dass es für ihn keine Bedeutung mehr hatte.

Aber die Worte schnitten mir ins Herz.

»Du bist keine Hure, Acheron.«

Er sagte nichts, doch ich konnte den Widerspruch in seinen silbern wirbelnden Augen sehen.

Ich streckte die Hand aus und wollte ihn im Gesicht berühren, da wurde er sofort starr.

Ich ließ die Hand wieder fallen. »Komm«, sagte ich sanft. »Setz dich mit mir an den Tisch.«

Er tat wie befohlen, aber er sah aus, als sei es ihm schrecklich unangenehm und als fürchtete er, dass ihn jeden Moment jemand am Haar reißen würde. Immer wieder zog er die Kapuze fester um sich.

Und da begriff ich, was ebenfalls eine Art war, jemanden zu verletzen, ohne dass es sichtbare Spuren hinterließ: der Kopf. Wie oft hatte man ihn wohl an den Haaren gerissen?

Ein Diener kam und nahm unsere Bestellungen entgegen.

»Was möchtest du gern essen, Acheron?«

»Dein Wille ist mein Wille, Idika.«

Idika. Ein atlantäisches Wort, mit dem ein Sklave seinen Besitzer anredete.

»Hast du denn nichts, was du besonders gerne isst?«

Er schüttelte den Kopf.

Ich bestellte unser Essen und betrachtete ihn. Er hielt den Blick zu Boden gerichtet und seine Arme fest um den Körper geschlungen.

Als er hustete, sah ich etwas Merkwürdiges in seinem Mund.

»Was ist das?«, fragte ich.

Er schaute mich an, dann schaute er wieder zu Boden. »Was ist was, Idika?«, fragte er mit angespanntem Kiefer.

»Ich bin deine Schwester, Acheron, du kannst mich ruhig Ryssa nennen.«

Er reagierte nicht.

Ich seufzte und kehrte zu meiner Frage zurück. »Was hast du da im Mund? Zeig mir mal deine Zunge.«

Er öffnete gehorsam den Mund. Seine Zunge war fast auf der ganzen Länge durchstochen, und er trug in der Mitte der Zunge eine ganze Reihe kleiner goldener Kugeln, die im Licht schimmerten. So etwas hatte ich noch nie im Leben gesehen.

»Was ist das?«, fragte ich stirnrunzelnd.

Acheron schloss den Mund, und daran, wie er Lippen und Kiefer bewegte, merkte ich, dass er die Verzierungen gegen das Dach seiner Mundhöhle rieb. »Erotiki Sfairi.«

»Diesen Begriff verstehe ich nicht.«

»Sexkugeln, Idika. Diejenigen, die ich bediene, empfinden, wenn ich sie lecke, größere Befriedigung.«

Ich hätte nicht überraschter sein können, wenn er mir ins Gesicht geschlagen hätte. Er sprach ganz ungezwungen über etwas, das in der Welt, die ich kannte, das allergrößte Tabu darstellte.

»Tun sie weh?« Ich konnte kaum fassen, dass ich ihn das fragte.

Er schüttelte den Kopf. »Ich muss nur vorsichtig sein, dass sie mir nicht an die Zähne schlagen und sie abbrechen.«

Deswegen also sprach er immer mit so verkrampftem Kiefer.

»Es ist ein Wunder, dass du überhaupt sprechen kannst.«

»Niemand bezahlt eine Hure, damit sie die Zunge zum Sprechen benutzt, Idika.«

»Du bist keine Hure!« Mehrere Köpfe drehten sich nach uns um, und ich merkte, dass ich lauter gesprochen hatte, als ich gewollt hatte.

Ich bekam einen roten Kopf, Acheron hingegen war gar nicht verlegen. Er akzeptierte, dass er eine Hure war, und glaubte, er hätte nichts anderes verdient.

»Du bist ein Prinz, Acheron. Ein Prinz!«

»Warum habt ihr mich dann verstoßen?«

Seine Frage erschreckte mich. Nicht nur die Worte selbst, sondern der tiefe Schmerz in seiner Stimme.

»Wie meinst du das?«

»Idikos hat mir erzählt, was ihr alle gesagt habt.«

Idikos. Die männliche Form des Wortes, mit dem ein Sklave seinen Herrn und Meister anredete.

»Meinst du Estes?«

Er nickte.

»Er ist dein Onkel, nicht dein Idikos.«

»Man legt sich nicht mit einer Peitsche oder mit einem Folterwerkzeug an, Herrin. Zumindest nicht lange.«

Bei diesen Worten musste ich schlucken. Das glaubte ich ihm aufs Wort. »Was hat er dir erzählt?«

»Der König wollte, dass ich sterbe. Ich bin nur am Leben, weil der Sohn, den er liebt, auch stirbt, wenn ich sterbe.«

»Das ist nicht richtig. Vater hat gesagt, er hätte dich fortgeschickt, weil er fürchten musste, dass jemand dir etwas antun würde. Du bist sein Erbe.«

Acheron hielt den Blick weiterhin gesenkt. »Idikos sagt, dass ich eine Schande für die ganze Familie bin. Nicht würdig, mit euch zusammenzuleben. Darum hat der König mich fortgeschickt und allen erzählt, ich wäre tot. Ich bin nur für eines gut.«

Er musste mir nicht sagen, worum es sich bei diesem einen handelte. »Estes hat dich angelogen.« Ich konnte ihm nicht die Wahrheit erzählen, dann wäre mir das Herz gebrochen. »Genauso wie er mich und Vater angelogen hat. Er hat uns erzählt, du wärst gesund und glücklich und würdest eine gute Ausbildung bekommen.«

Er lachte bitter. »Ich habe eine gute Ausbildung bekommen, Idika. Glaubt mir, ich bin der Beste bei dem, was man mich gelehrt hat.«

Wie konnte er darüber Witze machen?

Ich schaute weg, während ein Diener unser Essen brachte. Als ich anfing zu essen, fiel mir auf, dass Acheron sich nicht rührte. Er starrte das Essen vor sich hungrig an.

»Iss!«, sagte ich.

»Ihr habt mir meine Portion noch nicht zugeteilt, Herrin.«

»Was meinst du damit?«

»Ihr esst, und wenn ich Euch erfreue, während Ihr esst, dann bestimmt Ihr, wie viel Essen ich erhalte.«

»Mich erfreuen … nein, warte, antworte lieber nicht, ich bin nicht sicher, dass ich das wirklich wissen will.« Ich seufzte und deutete auf seinen Teller und seinen Becher. »Das alles ist dein Anteil. Du kannst so viel oder so wenig essen, wie du magst.«

Er schaute das Essen zögerlich an, dann warf er einen Blick auf den Boden hinter mir.

Da begriff ich, warum er dort gekniet hatte. »Du isst normalerweise auf dem Boden, stimmt's?«

Wie ein Hund.

Er nickte. »Wenn ich ihm besonders gut zu Diensten war«, sagte er sanft, »füttert mich Idikos manchmal mit der Hand.«

Bei seinen Worten verging mir der Appetit.

»Iss in Frieden, kleiner Bruder«, sagte ich, und mir brach vor unterdrückten Tränen fast die Stimme. »Iss so viel, wie du möchtest.«

Ich trank einen Schluck Wein, versuchte, meinen Magen zu beruhigen, und sah Acheron beim Essen zu. Er hatte ausgezeichnete Manieren, und es verwunderte mich, wie langsam er aß und wie akribisch er sich bewegte.

Jede Geste war schön. Präzise.

Und sie war auf Verführung angelegt.

Er bewegte sich wie eine Hure.

Ich schloss die Augen und hätte am liebsten geschrien, so

ungerecht war das alles. Er war der Erstgeborene. Er hätte der Thronerbe sein sollen, und stattdessen war er nun hier …

Wie hatte man ihm das nur antun können?

Und warum bloß?

Weil er außergewöhnliche Augen hatte? Weil den Menschen beim Anblick seiner Augen unbehaglich zumute war?

An diesem Jungen war nichts Bedrohliches. Er war nicht wie Styxx, der dafür bekannt war, dass er Leute einkerkern und bestrafen ließ, nur weil sie ihn beleidigt hatten. Er hatte einen Bauern auspeitschen lassen, weil er ohne Schuhe zum Palast gekommen war – er konnte sich keine Schuhe leisten.

Acheron hatte mir keine Streiche gespielt, und er hatte auch nie jemanden ausgelacht. Er verurteilte niemanden, und keiner musste sich in seiner Nähe herabgesetzt fühlen.

Er saß einfach nur da und aß schweigend.

Eine Familie kam herein und nahm am Nebentisch Platz. Acheron hielt einen Moment inne, als er sie bemerkte. Der Junge war ein paar Jahre jünger als er und das Mädchen ungefähr in seinem Alter.

An seinem Gesichtsausdruck konnte ich erkennen, dass er noch nie eine Familie gesehen hatte, die sich gemeinsam zum Essen setzte. Er betrachtete sie neugierig.

»Darf ich sprechen, Herrin?«

»Selbstverständlich.«

»Setzt Ihr und Styxx Euch mit Euren Eltern so zum Essen nieder?«

»Sie sind auch deine Eltern.«

Er wandte sich kommentarlos wieder seinem Essen zu.

»Ja«, sagte ich. »Wir essen manchmal gemeinsam so mit ihnen.« Aber Acheron hatte das nie erleben dürfen. Sogar als er noch bei uns zu Hause gelebt hatte, war er vom Tisch der Familie ausgeschlossen gewesen.

Danach sprach er nicht mehr, und er schaute auch nicht

mehr zu der Familie hinüber. Er aß einfach nur mit seinen tadellosen Manieren.

Ich würgte ein paar Bissen herunter, fühlte mich aber nicht besonders hungrig.

Wir gingen in unser Quartier zurück und warteten, dass der Kutscher seine Ruhepause beendete und die Pferde fütterte. Es dämmerte schon beinahe, und ich war nicht sicher, ob wir heute Abend noch weiterreisen sollten oder nicht.

Ich setzte mich auf den Schemel und schloss müde die Augen. Es war ein langer Tag gewesen. Ich war erst heute Morgen in Atlantis angekommen und hatte nicht erwartet, dass ich so schnell wieder aufbrechen würde. Ganz zu schweigen von dem unglaublichen Problem, dass ich meinen Bruder aus dem Haus meines Onkels entführt hatte. In diesem Augenblick wollte ich nur noch eines, nämlich schlafen.

Ich spürte Acheron vor mir.

Ich öffnete die Augen und sah, dass er bis auf seine Goldreifen wieder nackt war.

Ich runzelte die Stirn. »Was tust du da?«

»Ich bin Euch etwas schuldig für die Kleidung und das Essen, Herrin.« Er kniete zu meinen Füßen nieder und hob den Saum meines Gewandes.

Ich schoss hoch und packte seine Hand. »Familienmitglieder rührt man nicht auf diese Art an, Acheron, das ist falsch.«

Er runzelte verwirrt die Stirn.

In diesem Moment erkannte ich die schrecklichste aller Wahrheiten. »Estes … hat er … hast du …« Ich brachte es nicht über mich, die Worte auszusprechen.

»Ich bezahle ihn jede Nacht dafür, dass er so freundlich ist und mich aufgenommen hat.«

Ich hatte mein ganzes Leben lang noch nicht so sehr weinen wollen, und doch waren meine Augen merkwürdig trocken – obwohl Wut und Abscheu über das, was Estes meinem Bruder angetan hatte, in mir aufwallten. Wenn ich nur Hand an meinen Onkel hätte legen können … »Zieh deine Kleider wieder an, Acheron. Du musst mich nicht bezahlen.«

Er verließ mich und tat, was ich ihm gesagt hatte.

Den restlichen Abend betrachtete ich ihn, während er still und regungslos in der Ecke saß. Offenbar war er auch dazu erzogen worden. Ich ging im Geiste die Schrecknisse durch, die ich an diesem Tage erfahren hatte.

Das Grauen, das sein Leben gewesen sein musste.

Mein armer Acheron!

Ich sagte ihm, wie froh Vater wäre, ihn zu Hause zu begrüßen. Wie glücklich Mutter wäre, ihn wiederzusehen.

Ich erzählte ihm Geschichten über unseren Palast und wie prächtig er ausgestattet war.

Er hörte schweigend zu, und ich konnte an seinen Augen ablesen, dass er mir nicht ein einziges Wort glaubte.

Huren lebten nicht in einem Palast.

Ich konnte seine Gedanken deutlich hören.

Allmählich begann ich tatsächlich selbst an meinen Worten zu zweifeln.

4. NOVEMBER 9532 V. CHR.

Acheron blieb auf der ganzen restlichen Fahrt zum Hafen so schweigsam, dass ich mir allmählich Sorgen machte. Er sah schlecht aus, brach in Schweiß aus und zitterte, ohne dass es dafür einen erkennbaren Grund gab. Auf seiner Haut lag ein unheimlicher aschgrauer Schimmer.

Immer wenn ich ihn fragte, ob etwas los war, sagte er nur, dass es ihm manchmal so ergehe.

Wenn mehr Leute in unserer Nähe waren, wurde er noch nervöser.

»Estes wird dich nicht finden«, sagte ich und hoffte, seine Angst würde nachlassen.

Es funktionierte nicht, er wurde nur noch unruhiger.

Boraxis kehrte mit unseren Billets zurück. Die Überfahrt würde uns über die Ägäis zurück nach Didymos führen. Ich wusste, dass auch meine Sorgen erst enden würden, wenn das Schiff in See gestochen war.

Ich hatte Angst, dass uns mein Onkel jeden Augenblick finden und Acheron mit nach Atlantis zurücknehmen könnte.

Kurz nach Mittag erhielten wir die Erlaubnis, an Bord zu gehen. Boraxis ging voraus, ich folgte ihm, und Acheron kam hinter mir.

Der Erste Offizier nahm Boraxis die Billets ab und erklärte den Weg zu den Kabinen, aber als wir an ihm vorbeigingen, hielt er Acheron an.

»Nimm die Kapuze ab.«

Ich sah, wie Panik in Acherons Augen aufstieg, ehe er gehorchte. Sobald er die Kapuze heruntergeschlagen hatte, spürte ich etwas Merkwürdiges, fast wie eine Welle, die über alle hinwegging, die sich in unserer Nähe befanden. Alle Augen richteten sich auf meinen Bruder.

Der Erste Offizier schüttelte den Kopf und schaute mich missbilligend an. »Herrin, Sklaven dürfen nicht auf dem Oberdeck mitreisen.«

Ich warf ihm einen vernichtenden Blick zu. »Er ist kein Sklave.«

Der Erste Offizier lachte mir mitten ins Gesicht. Er griff sich das Band um Acherons Hals und zog den Anhänger heran, der das Symbol einer flammenden Sonne trug.

Acheron rührte sich nicht und sagte auch nichts. Er hielt nur den Blick gesenkt.

Der Erste Offizier schaute mich wieder an. »Ich verstehe ja, dass Ihr Euren Tsoulus bei Euch haben wollt, Herrin, aber er wird unter Deck bei den anderen Sklaven bleiben müssen.«

Es war mir nie der Gedanke gekommen, Acherons goldene Bänder entfernen zu lassen. In Griechenland trugen unsere Sklaven niemals Gold, also hatte ich nicht gewusst, dass ihn das verraten würde.

»Nexus«, rief der Erste Offizier einem anderen Seemann zu. »Begleite diesen Sklaven unter Deck!«

Acherons angstvoller Blick richtete sich auf mich. »Bitte, Idika, schickt mich nicht allein dorthin! Das dürft Ihr nicht tun!«

»Ich zahle Euch mehr«, sagte ich zu dem Offizier.

»Es tut mir leid, Herrin, aber unsere Regeln sind sehr streng. Die anderen Passagiere wären ungeheuer aufgebracht, wenn wir Euretwegen dagegen verstoßen würden.«

Ich fühlte mich schrecklich. »Es wird alles gut, Acheron. Es ist nur für ein paar Tage, dann sind wir zu Hause.«

Meine Worte schienen ihm noch mehr Angst einzujagen. Aber er sagte nichts mehr, als Nexus vortrat und ihn wegführte.

Er zog seine Kapuze wieder auf und schaute sich nervös um.

»Er wird es gut haben, Hoheit«, versicherte mir Boraxis. »Er bekommt keine besonders schöne Unterkunft, aber immerhin bewohnbar und sauber.«

Boraxis kannte sich sicherlich gut aus. Er war einst ein Sklave gewesen, ehe mein Vater ihn freigelassen hatte.

»Danke, Boraxis.«

Schweren Herzens begab ich mich zu meiner Kabine und fragte mich, was Acheron in den nächsten vier Tagen tun würde.

8. NOVEMBER 9532 V. CHR.

Ich wartete mit angehaltenem Atem darauf, dass Acheron nach oben kam. In den vergangenen vier Tagen hatte ich mein Bestes getan, damit man mich zu ihm ließ, aber die Besatzung blieb eisern. Offenbar waren die freien Passagiere unter Deck genauso wenig erlaubt wie Sklaven an Deck.

Inzwischen waren fast alle Passagiere von Bord gegangen und sogar die Seemänner, während Boraxis und ich noch immer warteten.

Endlich tauchte Acheron auf. Genau wie an dem Tag, als man ihn unter Deck gebracht hatte, hielt er die Kapuze über den Kopf gezogen und den Kopf gesenkt.

Man konnte nicht das kleinste bisschen von seinem Körper oder seinem Gesicht erkennen.

»Da bist du ja«, sagte ich voller Freude, ihn wiederzusehen.

Er antwortete nicht.

Als ich versuchte, ihn zu umarmen, zuckte er zurück, und als ich ihm ins Gesicht schauen wollte, ging er an mir vorbei.

Sein Verhalten irritierte mich. War das der Dank dafür, dass ich ihn aus dem Haus meines Onkels gerettet hatte? Sicher war die Unterbringung der Sklaven auf dem Schiff sehr einfach gewesen, aber es war doch allemal den Belästigungen durch andere vorzuziehen.

»Sei nicht so bockig, Acheron, ich hatte doch keine andere Wahl.«

Noch immer sagte er nichts.

Ich hätte ihn am liebsten geschüttelt. Zum ersten Mal erinnerte mich sein Verhalten an Styxx. »Was ist los mit dir? Antworte mir!«

»Ich will nach Hause.«

Ich war völlig verblüfft über seine geflüsterte Bitte, die einen Hauch von Wut in sich trug.

»Bist du verrückt? Warum solltest du je nach Atlantis zurückkehren wollen?«

Er antwortete nicht.

Ich seufzte frustriert und führte ihn vom Schiff hinunter. Sobald wir im Hafen waren, ging Boraxis los und besorgte uns eine geschlossene Kutsche für die Reise nach Hause.

Noch immer blieb Acheron stumm. Er sah sich nicht um und zeigte auch nicht die geringste Freude daran, dass er den Klauen von Estes endgültig entronnen war.

»Jetzt sind wir in Griechenland und nicht mehr weit von zu Hause weg.«

Als er nicht antwortete, seufzte ich und war dankbar, als ich die Kutsche auf uns zukommen sah. Vielleicht würde die Fahrt sein Unbehagen lindern.

Als sie vor uns hielt, rief mich ein Edelmann an.

»Ja, Herr?«, fragte ich, als er näher kam. Er war nicht viel älter als ich. Seine Kleidung und sein Habitus verwiesen darauf, dass er äußerst wohlhabend war, obwohl ich ihn nicht als Aristokraten oder Würdenträger erkannte.

Er schaute mich kaum an. Es war Acheron, für den er sich interessierte, und Acheron schreckte vor dem Mann zurück. »Gehört er Euch, Herrin?«

Ich zögerte mit der Antwort. »Warum wollt Ihr das wissen?«

»Ich will ihn kaufen. Nennt mir Euren Preis, und ich werde ihn zahlen.«

Mich durchfuhr Wut. »Er ist nicht zu verkaufen.«

Der Mann schaute mir endlich ins Gesicht. Ich schwöre, dass ich in seinen blauen Augen den Wahnsinn sehen konnte. »Ich zahle Euch, was immer Ihr für ihn verlangt.«

Boraxis kam herbei und trat stirnrunzelnd und bedrohlich auf den Mann zu. »Steig in die Kutsche, Acheron.«

Acheron sagte nichts und stieg rasch ein.

Als ich ihm folgen wollte, hielt der Mann mich doch tatsächlich auf. »Bitte, Herrin! Ich muss ihn einfach haben! Ich gebe Euch für ihn, was Ihr wollt!«

Boraxis drängte ihn zur Seite.

Ich stieg ein, während der Mann noch immer auf mich einredete und mich mit allem Reichtum der Welt zu bestechen versuchte.

»Ich fasse es einfach nicht«, murmelte ich. »Passiert dir so etwas häufiger?«

»Ja.« Acherons Antwort war kaum mehr als ein Flüstern.

Boraxis verriegelte die Tür der Kutsche. »Ich fahre oben auf dem Kutschbock mit, Herrin.« Er reichte mir einen Weinschlauch und etwas, das sich anfühlte wie Brot, das in ein Stück Stoff gewickelt war. »Wenn Ihr irgendetwas braucht, so ruft mich.«

»Danke, Boraxis.«

Er nickte und kletterte auf den Kutschbock.

Ich hatte auf dem Schiff ein ausgiebiges Frühstück zu mir genommen und hatte keinen Hunger, aber ich spürte, wie Acheron das Essen anstarrte. Noch immer blieb er in seinen Umhang gewickelt. »Möchtest du etwas essen?«, fragte ich und reichte ihm das Bündel.

Als die Kutsche losfuhr, schlug er die Zähne ins Brot wie ein ausgehungertes Tier. Dabei erhaschte ich einen Schimmer auf seinem Unterarm.

Um das goldene Band an seinem Handgelenk war verkrustetes Blut. Aber er schien es nicht wahrzunehmen, sondern schob sich große Brotstücke in den Mund.

»Geht es dir gut, Acheron?«

Er aß wortlos weiter, als wäre er ausgehungert.

Als das Brot aufgegessen war, nahm er sich mit derselben Inbrunst den Weinschlauch vor. Erst nach einigen Minuten ließ er ihn wieder sinken und seufzte erleichtert.

Ich griff nach seinem verletzten Arm.

Er regte sich nicht, als ich auf dem Sitz nach vorne rutschte, sein Armband verschob und eine hässliche Wunde entdeckte. Während ich sein blutiges Handgelenk betrachtete, entdeckte ich Prellungen auf dem Unterarm.

Und dann sah ich sein Gesicht.

Ich hielt vor Schreck den Atem an. Ehe ich darüber nachdenken konnte, was ich tat, riss ich ihm die Kapuze herunter. Seine Haut sah noch immer matt und aschgrau aus, und sein Haar war strähnig und verfilzt.

Aber sein Gesicht war es, das mir solchen Schrecken einjagte. Unter seinen Augen lagen dunkelrote Ringe, als hätte er tagelang nicht geschlafen. Seine Lippen waren aufgesprungen, rau und blutig und seine Wangen voller Blutergüsse, als hätte ihn jemand wiederholt geschlagen. Ein Auge war vor geplatzten Äderchen ganz rot.

Seine Kleidung war zerrissen und schmutzig.

»Was ist mit dir geschehen?«

Er schaute mich offen und mit geradezu unverschämtem Blick an, der mich regelrecht durchbohrte. »Ich bin ein gelernter Tsoulus, Idika. Ein Sex-Sklave, den Ihr vier Tage unbewacht gelassen habt. Was glaubt Ihr wohl, haben sie mit mir gemacht?«

Völlig schockiert schrie ich nach Boraxis, während Acheron sich wieder die Kapuze überzog.

Die Kutsche hielt augenblicklich an, Boraxis sprang herunter und öffnete die Tür. »Ja, Hoheit?«

»Fahr zurück zum Schiff.«

»Darf ich nach dem Grund dafür fragen, Hoheit?«

»Sie haben … man hat …« Ich brachte es nicht über mich, es auszusprechen. »Ich will jeden, der Hand an Acheron gelegt hat, in Ketten sehen!«

Boraxis runzelte die Stirn.

Ich zog die Kapuze wieder von Acherons Gesicht und zeigte Boraxis sein geschundenes Gesicht. »Schau nur, was sie ihm angetan haben!«

Acheron begegnete Boraxis' Blick, und zwischen ihnen schien ein seltsames Einverständnis zu herrschen.

»Hoheit«, sagte Boraxis leise und ruhig. »Ich kann Euch zurückbringen, wenn Ihr wollt, aber nur Acherons rechtmäßiger Eigentümer kann für den Schaden Ersatz verlangen.«

Ich knirschte mit den Zähnen. »Er ist kein Sklave.«

»Er ist als Sklave gekennzeichnet, Hoheit. Das ist alles, was in diesem Falle zählt.«

»Und das gibt ihnen das Recht, ihn zu misshandeln?«

»Noch einmal, Hoheit, ich kann es nur wiederholen: Nur sein rechtmäßiger Eigentümer kann Schadensersatz verlangen. Und das Einzige, was das Gesetz ihm zugesteht, ist eine finanzielle Entschädigung. Kein freier Mann wird dafür bestraft, dass er sich eines Sklaven bedient hat.«

»Ein Sklave kann ausgepeitscht werden, wenn er ihn derart verletzt hat! Und ich will, dass das auch geschieht!«

»Hoheit, kein Sklave würde es wagen, ihn so zu berühren.«

Ich schluckte. »Wie meinst du das?«

Boraxis schaute an mir vorbei zu Acheron. »Acheron, wer hat dich so zugerichtet?«

»Es waren die Seeleute, und als sie mit mir fertig waren, haben sie mich an die Edelleute verkauft und sie vom Oberdeck hereingeschmuggelt.«

Boraxis schaute mich wieder an. »Ihr seid eine Dame, und ich bin Euer Diener. Niemand wird sich um unsere Meinung scheren, genauso wenig, wie es sie kümmert, was man einem Sklaven angetan hat.«

Da durchfuhr mich eine schreckliche Furcht. »Hast du gewusst, dass sie ihm das antun würden?«

»Nein, Hoheit. Ich habe angenommen, man würde ihn zu den anderen Sklaven sperren. Hätte ich auch nur die geringste Ahnung gehabt, dass man ihm Übles wollte, hätte ich Euch gewarnt.«

Ich glaubte ihm.

Und doch war ich in meinem ganzen Leben noch nie so zornig gewesen. Wären wir nur im Königreich meines Vaters gewesen …

Aber das waren wir nicht, und Boraxis hatte recht. Hier, außerhalb von meines Vaters Reich, hatte ich keinerlei Einfluss.

Mich machte diese ganze Sache krank. »Halte an einem Ort, wo wir seine Bänder entfernen lassen können, Boraxis.«

»Ihr dürft sie nicht entfernen«, sagte Acheron voller Panik. »Ein Tsoulus wird mit dem Tod bestraft, wenn jemand außer seinem Idikos die Bänder entfernt!«

»Du bist kein Sklave, und du wirst auch nicht die Zeichen eines Sklaven tragen!«

Er schreckte vor mir zurück.

Ich seufzte und schaute Boraxis an. »Acheron braucht noch etwas zu essen und einen sicheren Ort, wo er ruhen und baden kann. Er könnte auch frische Kleidung gebrauchen.«

»Ich werde den Kutscher nach einer Unterkunft fragen, Herrin.«

Ich nickte ihm zu. Er verließ uns, stieg wieder auf den Kutschbock, und wir fuhren weiter.

»Es wird dich niemand mehr verletzen, Acheron.«

Ihm standen Tränen in den Augen, dann zog er die Kapuze wieder auf und verbarg sein Gesicht vor mir.

»Sprich mit mir, kleiner Bruder. Sag mir, was du denkst.«

»Mein Wille ist Euer Wille, Idika.«

»Hör auf, mich so zu nennen! Ich bin Ryssa. Ich bin nicht deine Besitzerin!«

Wieder antwortete er nicht.

Verärgert überließ ich ihn sich selbst, und wir fuhren noch eine weitere Stunde, bis Boraxis eine Unterkunft für uns fand, wo ich für Acheron ein Zimmer mietete, sodass er baden und sich ausruhen konnte.

Kurze Zeit später kam Boraxis mit einem Schmied.

Ich klopfte an Acherons Tür, dann machte ich sie auf und fand ihn nackt auf dem Bett liegend. Ich bedeutete Boraxis und dem Schmied, noch im Flur zu bleiben, und trat ein.

»Acheron«, sagte ich sanft, streckte die Hand aus und wollte ihn wachschütteln.

Ich hielt inne, als ich die unzähligen Kratzer und Wunden sah, die seine perfekte Haut verunstalteten. An manchen Stellen waren die Abdrücke von Händen zu sehen. Welche Grauen musste er im Bauch des Schiffes ganz alleine durchgestanden haben!

Als ich begriff, dass ich komplett versagt hatte, ihn zu schützen, drehte sich mir der Magen um. Wie konnte ich nur so naiv gewesen sein? Ich zog eine Decke über ihn, dann schüttelte ich ihn ganz sanft und schwor mir, dass er nie wieder derart verletzt werden würde.

Er schreckte voller Angst hoch.

»Es ist alles in Ordnung«, versicherte ich ihm.

Er schaute sich um, als ob er nicht ganz sicher war, dass er mir glauben könnte.

»Boraxis?«, rief ich.

Er trat ein, und der Schmied folgte ihm. Sobald Acheron die Werkzeuge sah, die er bei sich trug, geriet er in Panik und versuchte wegzulaufen.

»Halt ihn auf!«

Das tat Boraxis. Er packte ihn und drückte Acheron zu Boden, während der Schmied eine große Zange ansetzte, um die Bänder zu durchtrennen.

Acheron schrie und wehrte sich, als würden wir ihm die Glieder abschneiden.

»Hört auf, bitte!«, bat er heiser. »Bitte!«

Sein Flehen traf mich ins Herz, aber dieses Werk musste vollendet werden. Kein Mensch sollte ihn mehr fälschlicherweise für einen Sklaven halten. »Es ist alles gut, Acheron. Du bist frei.«

Noch immer kämpfte er, bis auch das letzte Band entfernt war. Dann lag er bewegungslos und wie benommen da.

»Du kannst das Gold behalten«, sagte ich dem Schmied, der mir dankte und rasch verschwand.

Ich schaute Boraxis an, bestürzt über Acherons Verhalten. »Warum will er nicht, dass die Bänder entfernt werden?«

»Ihr habt ihm seine Erfassungsmarke genommen. Wenn ihn ein Sklavenhändler findet, muss er ihn nicht an seinen Besitzer überstellen. Jeder kann ihn jetzt für sich beanspruchen.«

Ich knurrte, als ich diese Worte vernahm, die ich nicht hören wollte. »Er ist kein Sklave!«

»Er ist an der Hand als Sklave gebrandmarkt, Prinzessin. Jeder, der diese Markierung sieht, weiß, dass er nicht als freier Mann geboren ist.«

Ich runzelte die Stirn. »Welches Brandmal?«

Boraxis hielt Acherons rechte Hand in die Höhe und zeigte mir ein schartiges Brandmal in der Handfläche. Es sah aus wie ein X, das eine Pyramide durchkreuzt. Merkwürdig, dass mir das zuvor noch nicht aufgefallen war. Aber für mich machte das keinen Unterschied.

»Niemand muss das sehen.«

»Der Schmied hat es bereits gesehen, Hoheit. Aus diesem Grund würde ich vorschlagen, dass wir so schnell wie möglich weiterreisen und das Königreich Eures Vaters erreichen, ehe man uns womöglich aufhält.«

Mir blieb der Mund offen stehen. »Ist das dein Ernst?«

An seinem Gesicht konnte ich ablesen, dass es sein voller Ernst war. »Bitte, Hoheit, hört auf meinen Rat. Das Letzte, was ich will, ist, dass Ihr oder Acheron verletzt werdet. Wir müssen gleich abreisen.«

»Warum hast du mir nichts von dem Brandmal gesagt, bevor der Schmied die Bänder entfernt hat?«

»Hoheit, ich bin ein freigelassener Sklave. Es liegt nicht in meiner Natur, das in Frage zu stellen, was Höhergestellte sagen. Ich liebe Euch, und ich diene Euch, und sollten die Götter es so entscheiden, gebe ich mein Leben für das Eure.«

Er hatte recht. Ich hatte schon oft gesehen, wie mein Vater und Styxx ihre Diener bestrafen ließen, weil diese gezögert hatten, einen Befehl von ihnen augenblicklich auszuführen.

Ich nickte und ging zu Acheron, der sich noch immer nicht bewegt hatte. »Komm, Acheron, wir müssen uns beeilen.«

Er schaute mich voller Verzweiflung an. »Idikos wird mich hart bestrafen. Habt Ihr die geringste Vorstellung davon, was Ihr getan habt?«

»Estes wird dir nie wieder etwas tun. Ich bin deine Schwester, du hast mein Wort: Du bist in Sicherheit.«

Er schüttelte vehement den Kopf. »Er wird mich finden. Das tut er immer.«

»Wie oft bist du ihm denn schon entkommen?«

»Oft genug, um zu wissen, dass es sich nicht lohnt.«

»Dieses Mal wird es sich lohnen.« Zumindest hoffte ich das. Bei allen Göttern, ich würde dafür Sorge tragen! Niemand verdiente ein Leben in Angst und Schrecken. Niemand verdiente es, dass man sich über ihn lustig machte und ihn missbrauchte. Ganz besonders verdiente das kein Junge, der als Prinz zur Welt gekommen war.

Aber als ich mir selbst gelobte, dass ich ihn beschützen würde, fragte sich ein Teil von mir, ob ich das Versprechen wirklich einhalten konnte.

Wie Acheron und Boraxis war auch ich eine Gefangene meines Standes. Auch mir wurden die Flügel oft gegen meinen Willen gestutzt.

15. NOVEMBER 9532 V. CHR.

Es war jetzt eine Woche her, seit wir Atlantis verlassen hatten. Eine Woche, in der ich mit meinem Bruder auf der Reise war, der weder lachen noch lächeln konnte. Der keine eigene Meinung äußern konnte. Was auch immer ich ihn fragte, seine Antwort war stets dieselbe: »Euer Wille ist auch mein Wille, Idika.«

Ich hätte beinahe vor Wut geschrien.

Der letzte Teil unserer Reise führte uns wieder auf ein Schiff, aber diesmal nahmen wir ein eigenes Boot, das uns zu den Inseln brachte, über die mein Vater als König herrschte. Ich wollte keine weiteren Risiken eingehen, was Acheron und seine Sicherheit anging. Je länger ich mit ihm zusammen war, desto besser begriff ich das Ganze. Von ihm ging eine unnatürliche sexuelle Anziehung aus.

Jeder, der ihn sah, wollte ihn am liebsten berühren. Ihn besitzen. Deshalb hielt er sich immer völlig bedeckt, wenn wir unter Menschen kamen. Deshalb duckte er sich, wenn ihm jemand zu nahe kam. Nicht einmal ich war völlig immun gegen diesen unheiligen Drang, und es machte mich krank, dass ich so für meinen eigenen Bruder empfand. Am schlimmsten war, dass ich genau wusste, dass er meine Gedanken lesen konnte. Er spannte sich an, als würde er erwarten, dass ich ihn gleich anspringe.

Aber ich würde ihn nie verletzen und ihn nie auf solch eine Art berühren. Noch immer vertraute er mir nicht, und ich konnte ihm wirklich keinen Vorwurf daraus machen, wenn ich an seine Erfahrungen dachte.

Er sagte, dass Estes ihn beschützt habe. Ich wusste es besser. Das, was unser Onkel getan hatte, war kein Schutz, er behielt nur die Kontrolle darüber, wie viele Leute er auf Acheron losließ.

Die Götter sollten ihn dafür strafen!

Wie konnte ich nur die ganzen Jahre diesem Monster gegenüber derart blind gewesen sein!

Wie hatte mein Vater das jemals zulassen können? Ich zog es vor zu denken, dass er nichts von alledem wusste, nur so konnte ich damit leben. Ich hoffte mit jeder Faser meines Seins, dass ich meinen Onkel niemals wiedersehen müsste.

Am fünften Tag unserer Reise erklärte mir Boraxis endlich, warum Acheron so blass war und so häufig unter extremen Anfällen von Schwitzen und Erbrechen litt.

Es waren die Drogen, die Estes ihm eingeflößt hatte, um ihn kontrollieren zu können. Der Geruch nach Orangen, den ich wahrgenommen hatte, kam von einem Aphrodisiakum, das man benutzt hatte, um ihn nach Sex schmachten zu lassen, und das andere war eine Substanz, die man ihn einatmen ließ, damit er gefügiger wurde und alles mit sich machen ließ, was man ihm antat.

Acheron war jetzt so schwach, dass es mir Angst machte. Wir mussten einen Arzt finden, der uns helfen konnte. Boraxis sagte mir immer wieder, das Beste wäre es, einen eigenen Vorrat an Drogen zu kaufen und sie ihm kontrolliert zu verabreichen. Aber das konnte ich meinem eigenen Bruder nicht antun. Er musste ohne diese Drogen leben können.

Sicher wäre er nicht ewig davon abhängig. Das Gift musste doch irgendwann ganz aus seinem Körper herausgehen. Doch Acheron schien mit jedem Tag schwächer zu werden.

Dann waren wir endlich zu Hause.

Der Palast ragte vor uns auf, als wir in einer geschlossenen Kutsche näher kamen. Ich wagte es nicht, mit Acheron in einem offenen Wagen zu reisen, wo ein Windstoß seine Kapuze hinunterwehen und ihn entblößen könnte. Die Menschen konnten ziemlich gewalttätig werden, wenn sie ihn sahen, es war schon nötig geworden, dass Boraxis einige besonders aufdringliche Leute hart hatte anfassen müssen.

Ich schluckte, als wir durch die Tore des Palastes fuhren und uns dem Eingang näherten. Nachdem ich Acheron gegenüber die ganze Zeit geprahlt hatte, wie freundlich seine Familie ihn willkommen heißen würde, spürte ich, dass mir der Mut schwand.

Was war, wenn er recht behielt? Wenn es Vater egal wäre? Nach allem, was ich wusste, hätte Vater sehr wohl wissen können, was Estes ihm antat. Er könnte es sogar gebilligt haben. Allein der Gedanke daran machte mich krank, aber ich musste darauf vorbereitet sein. Es war immerhin möglich.

Acheron war schon so sehr verletzt worden, dass ich Angst hatte, ihm noch mehr Schaden zuzufügen. Vertrauen war eine zerbrechliche Angelegenheit, und er fing gerade erst an, es mir zu schenken. Das wollte ich nicht aufs Spiel setzen.

Und sein Leben auch nicht.

Also führte ich ihn durch einen Seiteneingang in meine Gemächer, wo ihn niemand stören würde.

»Ich gehe zu Vater. Warte hier, ich bin bald zurück.«

Acheron antwortete nicht. Er zitterte wieder unkontrollierbar und nickte nur, ging in eine Ecke und hockte sich mit dem Rücken an die Wand gedrückt auf den Boden. Er war so vollständig in seine Kleidung eingehüllt, dass er aussah wie ein Sack voller Getreide.

Ich nahm ein tönernes Gefäß von der Feuerstelle und stellte es neben ihn. »Falls dir schlecht wird.«

Wieder gab er keinen Mucks von sich.

Das machte mich traurig, und ich kehrte zu Boraxis zurück. »Bleib bei ihm und stell sicher, dass ihn keiner stört.«

»Ja, Hoheit.«

Ich hoffte das Beste, ließ die beiden in meinen Räumen zurück und machte mich auf, um Vater allein zu sprechen.

Ich fand ihn mit Styxx im äußeren Hof. Die beiden saßen auf gepolsterten Lehnstühlen und aßen eine leichte Mahlzeit aus Honigbrot, während Vater Styxx in Staatsgeschäften unterrichtete. Sie waren von Dienern umgeben, die jedem ihrer Wünsche nachkamen, und boten einen wahrhaft luxuriösen Anblick.

Das blonde Haar von Styxx glänzte im Licht der Sonne. Seine Haut strahlte vor Lebenskraft, auf ihr lag kein grauer Schimmer, der daher rührte, dass man ihn gezwungen hatte, Drogen zu nehmen, damit andere ihn missbrauchen konnten. Sogar aus der Entfernung konnte ich sehen, wie arrogant er die Diener herumkommandierte.

Ich dachte an Acheron und hätte bei der ganzen Ungerechtigkeit am liebsten laut geschrien.

»Hallo, da kommt ja unser Schäfchen«, sagte Styxx, als er meiner ansichtig wurde. Der Dummkopf hatte sich schon immer über mein lockiges blondes Haar lustig gemacht. »Wo kommst du denn her?«

»Von weit weg«, sagte ich. Styxx sollte nichts von meinen Angelegenheiten erfahren. »Vater, darf ich Euch unter vier Augen sprechen?«

Er warf Styxx einen selbstzufriedenen Blick zu. »Alles, was du mir zu sagen hast, kann auch vor deinem Bruder ausgesprochen werden. Eines Tages wird Styxx dein König sein, und du wirst dich ihm gegenüber zu verantworten haben.«

Allein bei dem Gedanken daran stockte mir das Blut in den Adern.

»Sehr richtig«, sagte Styxx höhnisch. »Das heißt, du musst mir dann die Füße küssen, genau wie alle anderen auch.«

Vater lachte ihn an. »Du bist ein Schelm!«

Ich biss mir auf die Lippen, um nicht zu schreien. Warum erkannte er nicht, was für ein verwöhnter, widerwärtiger kleiner Mistkerl Styxx war? Andererseits war Vater ihm gegenüber immer schon blind gewesen.

»Also, warum bist du hier, Kätzchen?«, fragte Vater. »Möchtest du gern ein neues Schmuckstück oder neue Kleider?« Er hatte mich immer verwöhnt, zumindest in allen Belangen, die nichts mit Acheron zu tun hatten.

»Nein. Ich will Acheron heimholen.«

Bei diesen Worten redete mein Vater hastig drauflos. »Was hast du dir denn da wieder in den Kopf gesetzt? Ich habe dir schon so oft gesagt, was ich davon halte. Dieses Monster gehört nicht hierher.«

Styxx verzog den Mund. »Warum willst du ihn denn hier haben? Er stellt für uns alle eine Gefahr dar.«

»Eine Gefahr … inwiefern denn?« Die Diskussion, die jetzt folgen würde, kannte ich schon so gut, dass ich alle Ausreden aufzählen konnte, die sie mir gleich liefern würden.

Mein Vater presste die Lippen zusammen. »Man kann nie wissen, wozu ein Halbgott in der Lage ist. Er könnte deinen Bruder im Schlaf ermorden. Er könnte mich ermorden. Er könnte uns alle töten.«

Warum behauptete er so etwas? Acheron hatte nie auch nur versucht, mich anzugreifen. Er hatte gegen mich nicht einmal die Stimme erhoben. »Und um Estes hast du keine Angst?«

»Estes hat ihn unter Kontrolle.«

Mit Drogen. Also wusste Vater zumindest darüber Bescheid. Ich durfte meine Wut nicht zeigen, aber ich fragte mich, was er sonst noch darüber wusste, wie Acheron behandelt wurde.

»Acheron gehört hierher, zu uns.«

Vater stand auf. »Du bist eine Frau, Ryssa, und noch dazu eine junge Frau. Am besten kümmerst du dich um Mode und

Raumausstattung. Entwirf doch ein Festkleid! Acheron hat nie zu unserer Familie gehört, und er wird auch nie zu ihr gehören. Jetzt geh zu deiner Mutter, dass ihr beide euch ein bisschen Klatsch und Tratsch erzählen könnt. Styxx und ich haben Wichtiges zu besprechen.«

Zum Beispiel, welche Magd Styxx als Nächste in sein Bett holen würde, Dinge, die so viel wichtiger waren als das Leben seines ältesten Sohnes.

Ich starrte ihn an. »Dinge, die wichtiger sind als dein eigener Sohn?«

»Er ist nicht mein Sohn!«

Ich schüttelte den Kopf und konnte nicht fassen, dass er ihn so vehement verleugnete. Also hatte Acheron doch recht gehabt. Vater hatte ihn vorsätzlich fortgeschickt und würde nie erlauben, dass er zurückkehrte. Warum hatte ich die Wahrheit nicht schon früher erkannt? Weil ich meinen Vater liebte. Zu mir war er immer gütig und liebevoll gewesen.

Zumindest kannte ich jetzt die Wahrheit.

Und ich sah ihn so, wie er wirklich war. Herzlos.

»Dann ist also die ganze Geschichte erlogen, die du mir erzählt hast? Dass Acheron bei Estes sicherer ist?«

»Wovon redest du denn bloß?«

Also erinnerte er sich nicht einmal mehr an seine eigenen Lügen. »Damals, als man Acheron hier weggeholt hat, hast du gesagt, es würde zu seinem Schutz geschehen. Du hast gesagt, dass man zwei Erben niemals zusammen aufwachsen lässt, weil das ein besonderes Ziel für Feinde darstellen würde. Du hast gesagt, du würdest Acheron nach Hause holen, sobald er alt genug wäre. Du hast nie vorgehabt, ihn zurückzuholen, oder?«

»Lass uns allein!«

Etwas anderes blieb mir wohl nicht übrig. Beim Anblick von ihm und Styxx wurde mir jetzt wirklich richtig schlecht. Und mit jedem Schritt, der mich weiter von meinem Vater entfernte, verlor ich den Respekt vor dem Mann, den ich einmal verehrt hatte.

Wie konnte er das tun? Wie konnte es ihm so völlig egal sein? Wie konnte derselbe Mann, der mich und Styxx verwöhnt hatte, seinem Thronerben den Rücken zukehren?

Ich kehrte in meine Gemächer zurück und fand Acheron auf dem Balkon sitzend.

Er schwitzte wieder, seine Augen wirkten leer und hohl. Er sah so krank und zerbrechlich aus! Wie konnte mein Vater sich vor einem Jungen fürchten, der es nicht einmal schaffte, jemandem ins Gesicht zu blicken?

Ich kniete neben ihm nieder und streckte die Hand nach ihm aus. Er erstarrte, wie er es immer tat.

Acheron mochte es nicht, wenn man ihn berührte. Davon hatte er zweifellos für den Rest seines Lebens genug.

»Vater ist nicht hier«, log ich, obwohl ich an diesen Worten beinahe erstickt wäre.

Wie konnte ich ihm die Wahrheit sagen? Ich hatte ihn um sein Vertrauen angefleht, und jetzt musste ich herausfinden, dass ich eine Närrin war.

Ich konnte ihm unmöglich sagen, dass er, wenn es nach seinem Vater ging, wieder zu Estes geschickt würde, der ihn jedem zur Prostitution anbot, der willens war zu zahlen!

Acheron durfte die Wahrheit genauso wenig erfahren, wie er nach Atlantis zurückkehren durfte.

»Ich werde dich mit in den Sommerpalast nehmen, dort warten wir auf ihn.«

Er stellte keine weiteren Fragen, also musste ich mit meiner Lüge leben. Aber was machte das schon? Ich würde ihn an einen sicheren Ort bringen, wo er geschützt war. An einen Ort, wo ihn niemand verletzen und beschämen würde.

Ich stand auf und bedeutete ihm, mir zu folgen, was er ohne weitere Frage tat.

Wir gingen wieder die schmalen Flure entlang, den gleichen Weg, auf dem wir den Palast betreten hatten – wie armselige, furchtsame Diebe und nicht wie der Thronerbe und die Prinzessin des Landes. Acheron begriff nicht, dass wir geheimniskrämerisch waren oder dass ich Angst davor hatte, was mit uns geschehen könnte, wenn wir jemandem begegneten.

Zum Glück geschah das nicht, und in kürzester Zeit hatten wir den Palast verlassen. Aber in meinem Herzen fragte ich mich, wie lange ich fortbleiben konnte, ehe Vater mich nach Hause zurückzitierte.

Was würde dann aus Acheron?

18. NOVEMBER 9532 V. CHR.

Der Sommerpalast war zu dieser Jahreszeit leer, nur eine Handvoll Diener hielt sich dort auf. Petra, unsere Köchin, ihr Kind und ihr Mann, der gleichzeitig der Verwalter war. Eine Wirtschafterin und eine Aufseherin vervollständigten die kleine Schar.

Zum Glück waren sie mir alle treu ergeben und würden meinem Vater niemals sagen, dass ich mit einem Gast hier war, der dem Thronerben geradezu verblüffend ähnlich sah. Ich erklärte Acherons Anwesenheit nicht, und sie fragten nicht. Sie akzeptierten es einfach und machten ihm ein Zimmer fertig, das nur zwei Türen von meinem entfernt lag.

Acheron war außerordentlich zögerlich, als er diesen Raum betrat. So, wie er sich umschaute, wusste ich genau, dass er an sein altes Zimmer zurückdachte, in dem unser Onkel ihn an andere verkauft hatte.

»Darf ich sprechen, Idika?«

Ich hasste es, wenn er mich so nannte. »Ich habe dir schon mehrmals gesagt, dass du mich nicht vorher fragen musst, wenn du mit mir sprechen willst, Acheron. Sag einfach, was dir durch den Kopf geht.« Unser Onkel hatte ihn so oft geschlagen, wenn er außer der Reihe gesprochen hatte, dass er die Gewohnheit, vorher um Erlaubnis zu bitten, offenbar nicht ablegen konnte.

»Mit wem werde ich dieses Zimmer teilen?«

Als er diese Frage flüsterte, blutete mir das Herz. Es fiel ihm noch immer schwer zu glauben, dass er seinen Körper nicht hergeben musste, um für jede Freundlichkeit oder Nahrung zu zahlen. »Es ist dein Zimmer, Acheron. Du teilst es mit niemandem.«

Als ich die Erleichterung in den silbrigen Augen sah, musste ich schlucken.

»Danke schön, Idika.«

Ich wusste nicht, was ich mehr verachten sollte, sein Beharren darauf, dass er mich als seine Besitzerin anredete, oder dass er mir dafür dankte, dass ich ihn nicht verkaufte.

Ich seufzte und tätschelte ihm sanft den Arm. »Ich lasse dir ein paar alte Kleider von Styxx holen, damit du etwas zum Anziehen hast.«

Er wandte sich ab, ehe er sprach. »Er wird zornig sein, wenn er erfährt, dass ich sie berührt habe.«

»Er wird nicht zornig sein, Acheron, glaub mir.«

»Wie Ihr meint, Idika.«

Angesichts seiner Unterwürfigkeit knirschte ich mit den Zähnen. Während Styxx unerträglich dominant war und Leute oft einen Auftrag ein zweites Mal ausführen ließ, nur um das Gefühl seiner Macht zu genießen, akzeptierte Acheron klaglos alles, was ihm angetan wurde.

Ich wünschte mir, es gäbe etwas, das ich für ihn tun konnte, damit er sich sicher und wohler fühlte, ließ ihn allein und ging in mein Zimmer, um mich auszuruhen. Ich brauchte eine kurze Pause von der Sorge um ihn. Die Diener hier waren fast alle älter, und mir war aufgefallen, dass ältere Leute gegenüber Acherons Aura eher immun zu sein schienen. Oder wenn sie nicht immun waren, so waren sie doch weniger geneigt, ihrem Verlangen nachzugeben.

Ganz zu schweigen davon, dass die Dienerschaft merken würde, dass er zur Familie gehörte. Das allein würde sie von ihm fernhalten.

Das hoffte ich zumindest.

Müde ging ich hinüber zu meinem Schreibpult und verfasste rasch eine Notiz, um Vater wissen zu lassen, dass ich einige Zeit fern von Didymos brauchte. Er war meine Reisen gewöhnt, denn ich besuchte häufig meine verwitwete Tante in Athen oder kam hierher in den Sommerpalast, wo ich allein sein konnte. Genau wie Acheron wusste ich das Alleinsein zu schätzen. Solange ich Boraxis bei mir hatte und meinem Vater von Zeit zu Zeit Bescheid über mein Wohlergehen gab und darüber, wo ich mich aufhielt, stand mein Vater meinen spontanen Reisen nachsichtig gegenüber.

Der einzige Ort, den er mir zu besuchen verboten hatte, war Atlantis – inzwischen wusste ich auch warum. Erstaunlich, dass ich ihm tatsächlich geglaubt hatte, als er mir erklärte, es sei eine zu weite und zu gefährliche Reise für eine junge Frau meines Alters, als dass ich sie ohne angemessene Begleitung antreten sollte! Ich hatte damals nicht den kleinsten Verdacht gehegt, dass er das alles nur gesagt hatte, um seinen Bruder Estes und dessen Zuchtlosigkeit zu schützen.

Ich hatte die Notiz gerade fertig geschrieben, in der ich meinem Vater mitteilte, ich sei in Athen, als ich aufstand und zögerte. Eine Bewegung vor meinem Fenster, draußen im Garten, hatte mich irritiert. Zunächst konnte ich gar nicht glauben, was ich sah.

Es war Acheron.

Es sah ihm überhaupt nicht ähnlich, irgendetwas zu tun, ohne zuvor ausdrücklich um Erlaubnis zu bitten. Er rührte sich sonst kaum von der Stelle, bis man ihn dazu aufforderte. Ich musste zweimal hinschauen, um sicherzugehen, dass ich nicht träumte. Aber nein, er war es.

Obwohl es ein milder Wintertag war, war es doch kalt genug, dass man draußen einen Mantel tragen musste. Trotzdem stand er barfuß da und ging durch das Gras beim Brunnen. Er hielt den Kopf gesenkt und schien seine Zehen ins Gras zu krallen. Es sah aus, als würde ihm dieses Gefühl gefallen, aber weil er nie lächelte, war das schwer zu beurteilen.

Was um alles in der Welt tat er da?

Ich schnappte mir meinen Mantel und lief heraus, um nach ihm zu sehen.

Sobald er mich näher kommen sah, wich er vor mir zurück, bis er an der entlegenen Steinmauer stand. Weiter konnte er nicht weg, er sank auf die Knie und hielt den Arm hoch, wie um sein Gesicht und seinen Kopf zu schützen. »Vergebt mir, Idika, bitte, ich habe nichts Böses gewollt.«

Ich kniete an seiner Seite nieder und nahm sein Gesicht zwischen die Hände, um ihn zu beruhigen. Er verspannte sich bei meiner Berührung so sehr, dass es ein Wunder war, dass er keinen Krampf bekam. »Acheron, es ist alles in Ordnung. Niemand ist zornig auf dich. Du hast nichts falsch gemacht. Ganz ruhig …«

Er schluckte, und seine Furcht verwandelte sich in Verwirrung. Bei den Göttern, was hatte man mit ihm angestellt, dass er so zitterte, wo er doch nichts getan hatte, was das gerechtfertigt hätte?

»Ich war nur neugierig, warum du ohne Schuhe hier draußen bist. Es ist kalt, und ich möchte nicht, dass du Fieber bekommst.«

Meine Besorgnis machte ihn sprachlos, genauso, wie seine Furcht mich sprachlos gemacht hatte.

Er deutete auf sein Zimmer, das eine kleine Terrasse hatte, die, genau wie meine, in den Garten hinausführte. Die Tür stand noch immer offen. »Ich habe hier draußen niemanden gesehen, also habe ich es für sicher gehalten. Ich wollte nur das Gras spüren. Ich wollte nichts Böses, Idika. Ich wäre sofort wieder in mein Zimmer zurückgegangen, das schwöre ich.«

»Ich weiß«, sagte ich und strich ihm wieder übers Gesicht, dann ließ ich ihn los.

Er entspannte sich ein bisschen, nachdem ich ihn nicht mehr berührte. »Es ist wirklich alles in Ordnung. Ich bin nicht wütend auf dich. Aber ich verstehe nicht, warum du das Gras spüren wolltest, wo es doch so kalt ist. Zu dieser Jahreszeit ist es ganz vertrocknet.«

Er strich mit der Hand darüber. »Fühlt es sich immer so an?«

Bei dieser Frage runzelte ich die Stirn. »Hast du noch nie Gras berührt?«

»Ich glaube, als ich noch klein war, aber daran kann ich mich nicht erinnern.« Er strich wieder mit der Hand über das Gras, ganz sanft, und ich spürte wieder einmal einen Stich ins Herz. »Ich wollte es bloß ein Mal berühren. Ich werde mein Zimmer nicht mehr verlassen, Idika. Ich hätte zuerst um Erlaubnis bitten sollen. Vergebt mir.« Er ließ den Kopf hängen.

Ich hätte am liebsten die Hand ausgestreckt und ihn noch einmal berührt, aber ich wusste, wie sehr er das hasste. »Du musst mich nicht um Erlaubnis bitten, Acheron. Du kannst immer hier herausgehen, sooft du willst. Du bist jetzt frei.«

Er schaute auf sein Brandmal in der Handfläche, dann ballte er die Hand zur Faust. »Idikos hat gesagt, er musste dem König versprechen, dass ich das Haus nie verlasse.«

Bei dieser Enthüllung schnappte ich nach Luft. »Du bist in deinem Zimmer eingesperrt gewesen, seit du nach Atlantis gekommen bist?«

»Nicht immer. Wenn Idikos von einer Reise zurückkehrt, dann begrüße ich ihn im Empfangszimmer. Ich bin immer der Erste, den er zu sehen wünscht. Manchmal kettet er mich auch am Fußgelenk in seinem Arbeitszimmer oder an sein Bett an. Und abends gehe ich ins Esszimmer und in den Ballsaal, wenn ein Fest gefeiert wird.«

Und jede Nacht hatte er im Bett von Estes verbracht. So viel hatte er mir schon enthüllt.

»Aber du bist nie draußen gewesen?«

Er schaute mich an, dann wandte er den Blick ab. Das hatte Estes ihn gelehrt, denn viele Leute hatten sich von seinen silbrigen Augen abgestoßen gefühlt. »Ich darf mit den Kunden zusammen auf dem Balkon sitzen, damit ich nicht so blasse Haut habe. Meara lässt mich sogar manchmal draußen essen.«

Ich hatte von ihm erfahren, dass Meara die Dienerin war, die mir geschrieben und uns bei der Flucht geholfen hatte. Sie war die gütigste seiner Wächterinnen gewesen und die einzige, die sich darum gekümmert hatte, dass er etwas aß und dass es ihm gutging, wenn er keine Kunden unterhalten musste. Außerdem hatte ich von ihm erfahren, dass Estes Nahrung dazu benutzte, ihn zu kontrollieren.

Acheron aß nur, wenn er anderen zu Gefallen gewesen war. Wie viel er essen durfte, hing davon ab, wie viele Klienten er an diesem Tag bedient hatte und wie zufrieden sie mit ihm gewesen waren.

Allein der Gedanke daran machte mich krank.

»Du hast Meara gern, oder?«

»Sie ist immer gut zu mir. Sogar wenn ich mich schlecht benommen habe, tut sie mir nicht weh.«

Schlecht benommen. Das hatte Estes so definiert: Wenn ein Klient roh mit Acheron umging und einen blauen Fleck auf seinem Körper hinterlassen hatte. Acheron hatte die Aufgabe, seinen Klienten auf jede nur mögliche Art zu Gefallen zu sein, die sie von ihm verlangten. Doch wenn sie brutal sein wollten und er es ihnen gestattete, wurde er dafür bestraft. Wenn er ihnen nicht gestattete, ihn zu verletzen, waren sie ungehalten, und dann bestrafte ihn Estes doppelt so hart dafür, dass er ihnen nicht das gegeben hatte, wofür sie bezahlt hatten. Acheron zog also immer den Kürzeren.

Ich ballte meine Hände zu Fäusten, damit ich sie nicht nach ihm ausstreckte. Ich hätte ihn am liebsten in die Arme genommen und ihn an mich gedrückt, bis der Albtraum, der sein Leben gewesen war, völlig aus seinem Gedächtnis ausgelöscht war.

Aber wie sollte ich das machen? Wie konnte ich ihm verständlich machen, dass er jetzt in Sicherheit war? Dass niemand ihn je wieder ohne seine ausdrückliche Erlaubnis berühren würde? Dass er seine eigenen Entscheidungen treffen konnte und dass ihn niemand schlagen würde, wenn er seine Meinung äußerte?

Oder wenn er hinausging, um das Gras unter seinen Füßen zu spüren.

Es würde einige Zeit dauern. »Ich gehe jetzt in mein Zimmer zurück.« Ich deutete auf die Tür, die zu meinem Raum führte. »Du kannst so lange hier draußen bleiben, wie du möchtest. Wenn du Hunger hast, dann sag Petra Bescheid, der großen älteren Frau, die wir gesehen haben, als wir angekommen sind. Sie wird dir zubereiten, was immer du möchtest. Wenn du mich brauchst, kannst du jederzeit in mein Zimmer kommen. Der Tag gehört dir, und du kannst tun, was du möchtest, kleiner Bruder. Das Einzige, was ich von dir verlange, ist, dass du Schuhe anziehst, damit du nicht krank wirst.«

Er nickte und rührte sich nicht, bis der Abstand zwischen uns groß genug war, damit er sicher sein konnte, dass ich ihn nicht schlagen würde. Am liebsten hätte ich geweint.

Ich konnte nichts tun, außer ihm zeigen, dass ich tatsächlich ganz genau das meinte, was ich sagte. Sein Leben gehörte jetzt ihm selbst.

Ich zog mich in mein Zimmer zurück und schaute zu, wie er sich die Schuhe anzog, die er unter seinem Mantel verborgen haben musste. Dann verbrachte er Stunden damit, den kleinen Garten zu erkunden. Er musste offenbar alles berühren, was es dort draußen gab, die Beschaffenheit der Dinge fühlen und riechen.

Erst als die Sonne unterging, kehrte er in sein Zimmer zurück. Ich wartete ein paar Minuten, ehe ich in die Küche ging und Petra anwies, ihm ein Tablett mit Essen zu bringen.

»Eure Hoheit?«, fragte sie, als ich gerade gehen wollte.

»Ja, Petra?«

»Unser Gast … geht es ihm gut?«

»Es ist alles in Ordnung. Er ist nur sehr scheu und ruhig.«

Sie nickte, richtete das Tablett für ihn her und ging damit hinaus. Ihre Tochter, an deren Namen ich mich nicht erinnern konnte, lächelte mich aus der Ecke an, wo sie am Feuer spielte.

»Dein Freund sieht aus, als ob er sich verlaufen hätte, Hoheit. Wie der kleine Hund, den ich letzten Sommer gefunden habe. Zuerst hatte er Angst und ließ niemanden an sich heran. Aber ich habe immer weiter mit ihm geredet und ihm etwas zu essen hingestellt.« Sie wies auf den Hund, der einen Meter von ihr entfernt dalag und schlief. »Und jetzt ist er der beste Hund auf der ganzen Welt. Er weicht mir nie von der Seite.«

»Alles auf der Welt braucht Freundlichkeit, mein Kind.«

Sie nickte und kehrte wieder zu ihrem Spiel zurück.

Ich schaute sie an und erinnerte mich an unsere gemeinsame Kindheit. Acheron hatte nie Spielzeug bekommen, auch nicht, bevor Estes ihn mitgenommen hatte. Damals hatte ich meine Spielsachen mit ihm geteilt, aber das war alles, was er je an Spielzeug gesehen hatte.

Das Mädchen hatte recht. Mein Bruder war wie jemand, der sich verlaufen hatte. Ich hoffte bloß, er würde sich mit der Zeit hier wohlfühlen, genau wie es offensichtlich bei ihrem Hund der Fall war. Dass er lernen würde, sich in einer Welt willkommen zu fühlen, die ihn so offensichtlich hasste.

19. NOVEMBER 9532 V. CHR.

Ich hatte lange ausgeschlafen, ohne dass ich es geplant hatte, und es war schon fast Mittag, als ich erwachte. Mich weckte ein Geräusch, das mich sehr überraschte.

Es war das Lachen eines Kindes.

Ich stand auf und zog meinen wollenen roten Umhang über, ehe ich ans Fenster trat und nach draußen schaute.

Dort im Garten war Acheron mit der kleinen Tochter der Köchin. Sie saßen auf einer Decke und hatten Brot, Fleisch, Oliven und Feigen neben sich liegen, sie unterhielten sich und machten ein Würfelspiel. Ich konnte nicht verstehen, was sie sagten, aber das kleine Mädchen brach immer wieder in Gelächter aus.

Als sie aufstehen wollte, streckte sie die Hand aus und stützte sich auf Acherons Schulter ab. Er zuckte nicht zurück. Zu meiner Überraschung hob er sie tatsächlich hoch und stellte sie auf die Füße, sodass sie nach drinnen laufen konnte.

Zum ersten Mal, seit ich ihn gefunden hatte, schien er entspannt. Er aß ohne Furcht, und seine Gesichtszüge waren nicht verkniffen. Er schaute offen umher und blickte dem Mädchen geradewegs ins Gesicht.

Das Mädchen kehrte mit seiner Puppe zurück und überreichte sie Acheron. Er nahm sie und tat so, als würde er sie mit einer Olive füttern. Das Mädchen quiekte verzückt.

Ich war ganz bezaubert von ihrem Spiel und lief zu ihnen hinaus. Sobald Acheron mich sah, erlosch das Licht in seinen

Augen. Ich schaute zu, wie er sich buchstäblich in sich selbst zurückzog und sofort Angst bekam.

»Du gehst jetzt besser, Maia«, flüsterte er dem Mädchen zu.

»Aber ich spiele doch so gern mit dir, Acheron. Du wirst nicht wütend auf mich, weil ich dumm bin oder Fragen stelle.«

»Sie kann bleiben«, sagte ich rasch. »Ich wollte euch nicht stören.«

Acheron hielt den Blick zu Boden gerichtet.

Ich seufzte und schaute das Mädchen an. »Maia, holst du mir bitte ein Glas Wein aus der Küche?«

»Ja, Hoheit, ich bin gleich wieder da.«

Sobald sie fort war, wandte ich mich an Acheron, der wieder zurückhaltend und ängstlich geworden war. »Bist du viel mit Kindern zusammengekommen?«

Er schüttelte den Kopf. »Das war verboten.«

»Aber du scheinst dich mit Maia sehr wohlzufühlen. Wie kommt das?«

Er wickelte den Mantel enger um sich, ehe er sprach. »Sie will nichts von mir, ich soll nur ihr Spielkamerad sein. Für sie bin ich nichts anderes als ein Erwachsener. Meine Augen sind ihr egal, und sie merkt nicht, wie unnatürlich ich bin.«

»Du bist nicht unnatürlich, Acheron.«

Er schaute auf und sah mich mit seinen gespenstischen Augen an. »Ihr spürt meine Anziehungskraft doch auch. Ihr habt ihr bisher nur noch nicht nachgegeben, aber Ihr spürt sie, wie alle anderen auch. Euer Herz schlägt schneller, wenn Ihr mir zuschaut, wie ich mich bewege. Euer Mund wird trocken, und Eure Pupillen erweitern sich. Ich kenne die körperlichen Anzeichen. Ich habe sie zu oft gesehen, als dass ich es nicht erkennen könnte.«

Es war leider die Wahrheit, und ich hasste die Tatsache, dass er mich durchschaute. »Ich würde dich nie auf diese Art berühren.«

Ein Muskel zuckte in seiner Kinnpartie, und er schaute weg. »Gerikos und andere haben das auch gesagt. Doch als sie nicht mehr widerstehen konnten, haben sie mich gehasst und mich bestraft, als ob ich Kontrolle darüber hätte. Als ob es meine Schuld wäre, dass sie mich begehrten.« Als er meinem Blick diesmal begegnete, konnte ich die Wut sehen, die tief in seinem Inneren brannte. »Früher oder später wird jeder mich ficken, der in meiner Nähe ist, Idika. Jeder!«

Nun wurde auch ich zornig. »Ich werde dich *niemals* so berühren, Acheron!«

Der Zweifel in seinen Augen traf mich tief.

»Was ist mit Meara?«, fragte ich und versuchte ihm zu beweisen, dass nicht jeder ein Tier war, das ihn bespringen wollte. »Sie hat dich nicht angerührt, oder?«

Der Blick, mit dem er mich anschaute, verriet mir die Wahrheit. Mir drehte sich der Magen um.

»Sie war liebevoller als die meisten.«

Kein Wunder, dass er mir nicht vertraute. Wie beim heiligen Olymp sollte ich ihn je überzeugen, dass ich nicht so war, wo doch alle anderen ihn missbrauchten? Es stimmte, ich fühlte diese unnatürliche Anziehungskraft, von der er sprach. Aber ich war kein Tier und konnte meine Begierde unter Kontrolle halten. Es machte mich krank, wie wenig Selbstkontrolle andere besaßen.

»Ich werde es dir beweisen, Acheron. Du kannst mir vertrauen. Ich verspreche es dir.«

Bevor er antworten konnte, kehrte Maia mit meinem Wein zurück. Ich lächelte sie an und nahm ihn entgegen. »Spielt ihr beiden ruhig weiter. Ich muss baden und mich ankleiden.«

Ich stand auf und kehrte in mein Zimmer zurück. An der Tür warf ich einen raschen Blick zurück auf die beiden.

Acheron würfelte, und Maia hielt ihre Puppe in der Hand. Er hatte recht, es war ein unnatürliches Etwas an ihm, das auch auf meinen Körper Eindruck machte. Sogar jetzt, wo er regelrecht krank aussah, war er schön. Unwiderstehlich.

Er schaute zu mir hinüber, und ich sah rasch weg, ehe ich ins Zimmer trat.

»Du bist mein Bruder, Acheron«, flüsterte ich. »Ich werde dir nicht wehtun.« Das war ein Versprechen, das ich nicht nur ihm, sondern genauso auch mir selbst gab.

15. DEZEMBER 9532 V. CHR.

Der Winter blieb weiterhin mild, an einigen Tagen war es sogar so warm, dass man sich ohne Mantel herauswagen konnte.

Dass ich mit Acheron geflohen war, war nun einen Monat her. Ich schickte weiterhin Briefe mit falschen Ortsangaben an meinen Vater, was uns Sicherheit verschaffen sollte. Genauso sollten die Männer und Frauen, die ich mit Geld bestach, damit sie sagten, sie hätten mich an den betreffenden Orten gesehen, meine Geschichte untermauern. Ich hoffte nur, der König würde auf diese List hereinfallen, bis es Frühling wurde und es für uns sicherer war zu reisen.

Die Drogen waren nun vollständig aus Acherons Körper heraus, und ich erkannte den Jungen, den ich an ein Bett gekettet vorgefunden hatte, kaum noch wieder.

Sein Haar schimmerte goldblond, er hatte ein bisschen Gewicht zugelegt, und jetzt konnte man ihn leicht mit Styxx verwechseln – abgesehen von seinen silbrig wirbelnden Augen und seiner ruhigen, introvertierten Persönlichkeit. Er war kein ungestümer Angeber, kein nervtötender Prahlhans.

Acheron war nachdenklich und hatte Respekt vor anderen. Er war dankbar für jede Freundlichkeit, die man ihm erwies. Er konnte stundenlang dasitzen, ohne sich zu rühren und ohne zu sprechen. Seine Lieblingsbeschäftigung schien darin zu bestehen, einfach nur auf dem Balkon zu sitzen, der auf das Meer hinausging, und den Wellen zuzuschauen, wie sie an die Küste schlugen. Den Sonnenaufgang und Sonnenuntergang beobachtete er mit einer Faszination, die mich komplett in Erstaunen versetzte.

Oft spielte er mit Maia Fangen oder machte Würfelspiele. Die beiden verband eine gute Freundschaft, und das tat mir im Herzen wohl. Acheron tat dem Mädchen nie weh oder erhob auch nur die Stimme. Er berührte sie so gut wie nie. Wenn sie ihm unablässig Fragen stellte, hatte er mehr Geduld als jeder andere, den ich je gesehen hatte. Sogar Petra machte eine Bemerkung darüber, wie dankbar sie war, dass Maia einen so willigen Spielgefährten gefunden hatte.

Heute waren wir im Obstgarten gewesen und hatten versucht, frische Äpfel zu finden, obwohl die Jahreszeit dafür eigentlich schon vorüber war. Acheron hatte endlich zugegeben, dass er diese Frucht am liebsten aß – ich hatte ihn wochenlang bedrängt, ehe er endlich einmal eine Vorliebe für irgendetwas geäußert hatte.

»Glaubst du, Vater wird bald kommen?«, fragte er.

Ich schluckte voller Furcht. Ich wusste auch nicht, warum ich diese Lüge aufrechterhalten hatte. Ich dachte mir nur, dass die Wahrheit über die Gefühle unseres Vaters etwas war, das er besser nicht erfahren sollte. Es war leichter, ihm zu sagen, dass seine Familie ihn liebte, dass sie alle so empfanden wie ich.

»Vielleicht.«

»Ich würde ihn gern treffen«, sagte er und schälte seinen Apfel mit dem Messer. Es war der einzige Apfel, den wir gefunden hatten, dass er nicht mehr frisch war, schien Acheron nichts auszumachen. »Aber Styxx würde ich am allerliebsten wiedersehen. Ich kann mich nur noch schwach an ihn erinnern.«

Erinnern. Das war das erste Mal, dass er sich auf die Zeit vor Atlantis bezog.

Er hatte aufgehört, von sich selbst als Hure zu sprechen, nichts über Folter oder Missbrauch gesagt, nicht einmal, als ich ihn nach Einzelheiten gefragt hatte. Seine Augen bekamen dann einfach nur einen gehetzten Ausdruck, und er ließ den Kopf hängen. Also lernte ich, nichts zu fragen und ihn an nichts zu erinnern, was in den Jahren seines Lebens geschehen war, die er bei unserem Onkel verbracht hatte.

Das einzige verräterische Zeichen seiner Zeit dort war noch immer die Art, wie er sich bewegte, langsam und verführerisch. Er war derart intensiv für die Prostitution erzogen worden, dass er diese Bewegungen nicht einfach so abschütteln konnte.

Das Einzige, was sonst noch an seine Vergangenheit erinnerte, waren die Kugeln in seiner Zunge, die zu entfernen er sich weigerte, und das Brandmal auf seiner Handfläche.

»Es hat zu sehr wehgetan, als sie durchbohrt wurde«, hatte er mir gesagt, als ich ihn nach den Kugeln gefragt hatte. »Meine Zunge war so geschwollen, dass ich tagelang nichts essen konnte. Ich will diese Erfahrung nicht noch einmal machen.«

»Aber das wirst du nicht, Acheron. Ich habe dir doch gesagt, ich werde nicht zulassen, dass du dorthin zurückkehrst.«

Er schaute mich mit der gleichen Nachsicht an, die er auch Maia gegenüber an den Tag legte, wenn sie ihm erzählte, dass Pferde fliegen konnten – wie ein Vater, der seinem Kind nicht mit der Wahrheit die Freude an der Fantasie verderben wollte.

Also blieben die Kugeln drin.

Andererseits blieb auch Acheron.

20. JANUAR 9531 V. CHR.

Heute habe ich Acheron stundenlang zugeschaut. Er war früh erwacht, wie so oft, und zum Strand hinuntergegangen. Es war so kalt, dass ich fürchtete, er werde krank werden, aber ich wollte seine Freiheit nicht einschränken. Er hatte so lange mit Regeln leben müssen, die ihm jede einzelne Bewegung und jede Meinungsäußerung vorschrieben, dass ich ihm keine Grenzen setzen wollte.

Manchmal war die Gesundheit des Geistes wichtiger als die des Körpers. Und ich glaubte, dass er seine Freiheit mehr brauchte als den Schutz vor einem kleinen Fieber.

Ich hielt mich im Schatten und wollte ihm einfach nur zuschauen. Er ging beinahe eine Stunde lang in der eiskalten Meeresbrandung umher. Ich hatte keine Ahnung, wie er der Kälte widerstand, doch er schien sogar Gefallen an dem Schmerz zu finden.

Immer wenn ein Tier aus dem Meer an Land gespült wurde, kümmerte er sich mit größter Sorgfalt darum, dass es wieder ins Wasser kam.

Nach einiger Zeit kletterte er die zerklüfteten Felsen hinauf, setzte sich hin und stützte das Kinn auf die Knie. Er schaute aufs Meer hinaus, als warte er auf irgendetwas. Der Wind blies ihm das blonde Haar ins Gesicht und um seinen Kopf und zerrte heftig an seinen Kleidern, die Gischt klebte ihm auf der Haut.

Noch immer regte er sich nicht.

Es war schon fast Mittag, als er zurückkehrte. Er kam zu mir ins Esszimmer, um das Mittagsmahl einzunehmen, und ich entdeckte eine klaffende Schnittwunde an seiner linken Hand.

»Oh, Acheron!« Ich schnappte nach Luft, weil ich mir Sorgen über die Wunde machte. Ich nahm seine Hand und untersuchte sie näher. »Was ist denn passiert?«

»Ich bin auf den Felsen ausgerutscht.«

»Warum hast du denn dort oben gesessen?«

Er zog die Hand weg und schien sich unwohl zu fühlen.

Das machte mir nur noch mehr Sorgen. »Acheron? Was ist denn los?«

Er schluckte und senkte den Blick zu Boden. »Du wirst mich für verrückt halten, wenn ich es dir sage.«

»Nein, das werde ich sicher nicht. Das würde ich nie über dich denken.«

Er schaute mich an, als fühlte er sich sogar noch unbehaglicher, dann sagte er leise: »Manchmal höre ich Stimmen, Ryssa. Wenn ich nahe am Meer bin, dann sind sie lauter.«

»Was für Stimmen?«

Er schloss die Augen und wollte sich zurückziehen.

Ich fasste ihn leicht am Arm und hielt ihn in der Nähe meines Stuhles. »Acheron, antworte mir.«

Als er meinem Blick begegnete, sah ich Angst und Qual darin liegen. Ganz sicher hatte er auch dafür in der Vergangenheit Prügel einstecken müssen. »Es sind die Stimmen der Götter von Atlantis.«

Ich starrte ihn erschüttert über diese unerwartete Antwort an.

»Sie rufen mich. Ich kann sie sogar jetzt hören, es ist wie ein Flüstern in meinem Kopf.«

»Und was sagen sie?«

»Sie sagen mir, ich soll nach Hause in die Halle der Götter kommen, damit sie mich willkommen heißen können. Alle sagen das Gleiche, nur eine Stimme nicht. Sie ist lauter als die anderen und sagt mir, ich soll wegblieben und die Lügen der anderen Stimmen nicht glauben. Sie sagt, dass sie eines Tages kommen, mich holen und mich nach Hause bringen wird, dorthin, wo ich hingehöre.«

Bei seinen Worten runzelte ich die Stirn. An seinen Augen konnte jedermann erkennen, dass Acheron der Sohn eines Gottes war. Aber meines Wissens hatte kein Halbgott je die Stimmen anderer Götter hören können.

»Mutter sagt, dass du ein Sohn des Zeus sein musst«, sagte ich ihm. »Sie sagt, dass er sie irgendwann einmal nachts besucht haben muss, verkleidet als mein Vater, und dass sie nicht gewusst hat, dass er in ihrem Bett gewesen ist, bis du auf die Welt gekommen bist. Warum solltest du also die Stimmen der atlantäischen Götter hören, wo wir doch Griechen sind und dein Vater entweder Zeus oder ein griechischer König ist?«

»Ich weiß es nicht. Idikos hat mich immer unter Drogen gesetzt, wenn ich sie gehört habe, bis ich so benommen und betäubt war, dass ich nichts mehr mitbekommen habe. Er sagt, es ist pure Einbildung. Er sagt …« Sein Gesicht sah geplagt aus, und er schaute weg.

»Was hat er gesagt?«

»Dass die Götter mich allesamt verflucht haben. Es ist ihr Wille, dass ich als das diene, was ich bin. Deshalb bin ich auf so unnatürliche Weise auf die Welt gekommen, und deswegen wollen alle mit mir schlafen. Die Götter hassen mich und wollen mich für meine Geburt strafen.«

»Die Götter hassen dich nicht, Acheron. Wie sollten sie auch?«

Er entriss mir seinen Arm und schaute mich so unverfroren an, dass ich ganz schockiert war. Er hatte noch nie so viel Kampfgeist gezeigt. »Wenn sie mich nicht hassen, warum bin ich dann so? Warum hat mein Vater mich verleugnet? Warum hat meine Mutter nie auch nur einen Blick für mich übrig gehabt? Warum hat man mich gehalten wie ein Tier, dessen einzige Aufgabe im Leben darin besteht zu dienen, wie mein Herr es mir befiehlt? Warum können die Menschen mich nicht anschauen, ohne dass sie mich anpacken wollen?«

Ich nahm sein Gesicht zwischen die Hände und war dankbar, dass er nicht mehr erstarrte, sobald ich ihn berührte. »Das hat nichts mit den Göttern zu tun, sondern mit der Dummheit der Menschen. Ist dir nie in den Sinn gekommen, dass die Götter mich zu dir geschickt haben könnten, um dich zu befreien, weil sie dich nicht länger leiden sehen wollten?«

Sein fester Blick wurde weicher. »Das kann ich nicht hoffen, Ryssa.«

»Warum nicht?«

»Weil ich Angst vor der Hoffnung habe. Was ist, wenn ich nur das bin, was ich bin? Eine Hure, die man eintauscht und verkauft. Die Götter schaffen Könige und Huren. Und es ist ganz offensichtlich, welche Rolle sie mir zugedacht haben.«

Bei seinen Worten zuckte ich zusammen und erinnerte mich sehnsüchtig an die kurze Zeit, in der er nicht mehr ständig erwähnt hatte, dass er eine Hure war. Ich hasste die Erinnerung daran, was man ihm gegen seinen Willen angetan hatte, und ganz besonders verabscheute ich die verdammten Kugeln in seiner Zunge, die jedes Mal aufblitzten, wenn er sprach.

»Du bist nicht verflucht!«

»Warum bin ich dann nicht erblindet, als ich versucht habe, mir die Augen auszustechen?«

Ich war schockiert und bekam sekundenlang keine Luft. »Wie bitte?«

»Ich habe dreimal versucht, mir die Augen auszustechen, sodass sie niemanden mehr beleidigen konnten, und jedes Mal sind sie ganz von selbst wieder in meinen Kopf zurückgekehrt. Wenn ich nicht verflucht bin, warum sonst sollte das geschehen?« Er hob die Hand, um mir zu zeigen, dass die Schnittwunde schon heilte. »Verletzungen, die bei anderen Menschen wochenlang brauchen, um zu heilen, heilen bei mir in Tagen, wenn nicht Stunden.«

Angesichts des Schmerzes in seiner tiefen Stimme traten mir die Tränen in die Augen. Ich wusste nicht, was ich antworten sollte. »Aber dir wird doch zum Beispiel auch schlecht. Das habe ich selbst gesehen.«

»Aber das dauert nie lange. Nicht wie bei einem normalen Menschen. Und ich kann drei Wochen aushalten, ohne einen einzigen Krümel zu essen und ohne einen Tropfen Wasser zu trinken, jeden anderen würde das umbringen.« Die Tatsache, dass er so genau wusste, wie lange er ohne Nahrung aushielt, verriet, dass er es tatsächlich ausprobiert hatte. Obwohl er so lange aushalten konnte, ohne etwas zu sich zu nehmen, und dabei nicht starb, empfand er dabei wie wir anderen auch Hunger. Das wusste ich, denn ich hatte es selbst gesehen.

Ich fasste seine Hand. »Ich kenne den Willen der Götter nicht, Acheron, niemand kennt ihn. Aber ich weigere mich zu glauben, dass es ihr Wille ist, dich zu verletzen. Du bist ein wertvolles Geschenk, und diejenigen, die dich hätten lieben und wertschätzen sollen, haben dieses Geschenk verschmäht. Das ist eine menschliche Tragödie, die man nicht den Göttern anlasten sollte. Die Priester sagen oft, dass die Geschenke der Götter manchmal schwer zu akzeptieren oder zu begreifen sind, aber ich weiß tief in meinem Herzen, dass du etwas ganz Besonderes bist. Zweifle niemals daran, dass du aus einem höheren Grund hier bist. Du bist nicht hier, damit man dir Schaden zufügen oder dich missbrauchen soll.«

Ich schluckte, dann küsste ich seine verletzte Hand. »Ich liebe dich, kleiner Bruder. Ich sehe in dir Güte, Intelligenz, Mitgefühl und Wärme. Eines Tages, so hoffe ich, wirst du das auch sehen.«

Er legte seine andere Hand auf meine. »Ich wünschte, das könnte ich, Ryssa. Aber alles, was ich sehe, ist eine Hure, die es leid ist, benutzt zu werden.«

15. FEBRUAR 9531 V. CHR.

Die Zeit ist nur so dahingeflogen, während ich zugesehen habe, wie Acheron sich von einem schüchternen, ängstlichen Jungen zu einem jungen Mann entwickelt hat, der mit zunehmend mehr Selbstvertrauen seine Meinung kundtut. Er katzbuckelt nicht mehr oder senkt den Kopf. Wenn ich mit ihm rede, begegnet er meinem Blick auf Augenhöhe. Diese Veränderungen sind das Schönste, was ich je erlebt habe.

Ich bin nicht sicher, ob ich den größten Anteil daran habe oder ob es Maia war, die schließlich zu ihm durchgedrungen ist und diese neue Seite an ihm zum Vorschein gebracht hat. Die beiden sind unzertrennlich.

Heute waren sie in der Küche, während Petra kochte. Ich stand in der Tür und beobachtete sie.

»So musst du den Brotteig kneten.« Maia schlug mit ihren kleinen Händen auf den Teig ein. Sie kniete auf einem großen Stuhl, damit sie überhaupt bis zum Tisch hinaufreichte. »Stell dir vor, es wäre jemand, den du nicht leiden kannst«, flüsterte sie laut, als würde sie ihm ein Geheimnis verraten.

Acherons Gesichtsausdruck wurde weich. »Ich kann mir gar nicht vorstellen, dass es jemanden gibt, den du nicht leiden kannst.«

»Hm, den gibt es auch nicht, aber du hast doch bestimmt jemanden, oder?«

Die Qual in seinen Augen entging mir nicht, als er seinen

Blick abwandte. Ich fragte mich, wer ganz oben auf seiner Liste stand. Unser Vater oder unser Onkel?

»Wir brauchen noch mehr Milch.«

Acheron reichte sie ihr pflichtbewusst.

Petra warf einen Blick herüber, lächelte und schüttelte den Kopf, als Maia viel mehr Salz in den Teig warf, als nötig gewesen wäre.

Maia wischte sich die Schniefnase ab und steckte die Hände wieder in den Teig. Ich wand mich innerlich und nahm mir vor, von diesem Brot nichts zu essen, aber Acheron war da nicht so heikel. Vor ein paar Tagen hatte er sogar ein Stück von ihrem Schlammkuchen gekostet, um Maia eine Freude zu machen.

»Jetzt müssen wir Brotlaibe formen. Komm, wir machen kleine, die mag ich am liebsten.«

Acheron gehorchte wieder pflichtschuldig.

Der Hund begann zu bellen.

»Sei still!«, sagte Maia, riss ein Stück Teig ab und reichte es Acheron, damit er einen Laib daraus formen konnte. »Wir arbeiten hier.«

Der Hund stieß sie an, und Maia verlor das Gleichgewicht. Acheron stützte sie ab, doch im gleichen Moment sprang der Hund an seinem Bein hoch und brachte auch ihn aus dem Gleichgewicht. Im einen Moment standen sie noch beide aufrecht da, und im nächsten Augenblick lagen sie auf dem Boden, Acheron auf dem Rücken und Maia auf seiner Brust. Der Hund bellte, sprang um sie herum und stieß an den Tisch.

Die Schüssel mit Mehl fiel zu Boden und landete auf den beiden. Ich musste mir die Hand vor den Mund halten, um nicht laut herauszulachen, als ich die beiden übersät mit Teig, Mehl und Milch am Boden sah. Alles, was man von ihren Gesichtern noch erkennen konnte, waren die erschrocken aufgerissenen Augen.

Maia quiekte vor Lachen, und zu meiner äußersten Überraschung lachte auch Acheron.

Der Klang seines Lachens und die entspannten Gesichtszüge brachten mich aus der Fassung. Er war wunderschön, wenn er lächelte … sogar wenn er dabei voller Mehl und Teig war.

Seine Augen leuchteten, als er sich das Mehl aus dem Gesicht wischte und Maia dabei half, sich zu säubern.

Petra schnaubte wütend und jagte den Hund aus der Küche. »Ihr beiden seht aus wie Schatten, die auf der Erde unterwegs sind, um mich zu Tode zu erschrecken. So ein Durcheinander!«

»Wir räumen alles wieder auf, Petra, ich versprech's dir«, sagte Acheron und stellte Maia auf die Füße. »Du hast dir doch nicht wehgetan, oder?«

Maia schüttelte den Kopf. »Jetzt sind unsere Brotlaibe ruiniert.« Sie klang sehr bekümmert.

»Das stimmt, aber wir können ja neue machen.«

»Die werden bestimmt nicht so gut.«

Ich musste mich zurückhalten, um nicht zu lachen. Ja, das stimmte, der Rotz von Maia hätte dem Brot sicher die perfekte Würze verliehen. Ohne sie würde der nächste Schwung Brot nicht ansatzweise so gut werden. Aber ich hielt mich mit einem Kommentar zurück, während Acheron das Kind tröstete.

Er brachte Maia hinaus, sodass sie sich das Mehl aus der Kleidung und den Haaren schütteln konnten, während Petra sich daranmachte, die Küche zu putzen. Nach ein paar Minuten waren sie zurück, um zu helfen.

Es imponierte mir, dass ein Prinz so rücksichtsvoll sein konnte. Acheron scheute nie davor zurück, Petra zu helfen, wenn er und Maia bei ihr in der Küche waren. So war er nun einmal.

Und er war in Maia vernarrt wie ein geduldiger älterer Bruder.

»Acheron?«, fragte Maia, als er eine neue Schüssel für sie holte. »Warum hast du eigentlich diese Golddinger in der Zunge?«

Er schaute weg. »Sie wurden eingesetzt, als ich ungefähr so alt war wie du.«

»Warum denn?«

Er machte spielerisch ein drohendes Gesicht. »Damit ich kleine Mädchen erschrecken kann, wenn sie mich ärgern.«

Sie kicherte, als er sie sanft kitzelte. »Ich glaube nicht, dass du jemanden erschrecken kannst. Dafür bist du viel zu nett.«

Er sagte nichts dazu, während er ihr half, das Mehl abzuwiegen.

Maia kratzte sich am Kopf und sah ihn mit unschuldiger Neugierde an. »Tun sie nicht weh?«

»Nein.«

»Oh.« Sie legte den Kopf schief und starrte auf seine Lippen. »Machst du sie manchmal raus?«

»Maia«, sagte Petra sanft, während sie wieder dazu überging, das Lamm zu würzen, »ich glaube, Acheron möchte darüber nicht sprechen.«

»Warum nicht? Ich finde sie schön. Darf ich auch welche haben?«

»Nein«, sagten Acheron und Petra wie aus einem Munde.

Maia schmollte. »Ich weiß nicht, warum ich das nicht darf. Prinzessin Ryssa hat kleine Silberkügelchen in den Ohren, und Acherons Kugeln sind auch sehr schön.«

Acheron zwickte sie in die Nasenspitze. »Es tut weh, wenn sie reingemacht werden, Akribos. Das ist ein Schmerz, den du niemals kennenlernen sollst, deswegen nehme ich sie auch nicht raus. Ich will nicht, dass mir noch einmal jemand so wehtut.«

»Oh. Ist das so wie mit dem Brandmal auf deiner Hand, von dem du mir erzählt hast?«

Petra wandte sich ihnen zu. »Was für ein Brandmal?«

»Das hat Acheron gemacht, als er klein war. Es ist auch sehr schön, wie eine Pyramide. Er sagt, er hat es bekommen, weil er nicht auf seine Mutter gehört hat. Deswegen soll ich immer auf dich hören, wenn du mir sagst, was ich machen soll.«

Ein Licht der Erkenntnis trat in Petras Augen, was Acheron nicht entging. Er senkte unterwürfig den Kopf, murmelte eine Entschuldigung und verschwand.

Ich folgte ihm. »Acheron?«

Er blieb stehen und wandte sich zu mir um. »Ja?«

»Sie weiß nicht, was sie da redet.«

»Das weiß ich doch«, seufzte er. »Aber das macht die Sache nicht weniger schmerzhaft, oder?«

Ich hätte ihn verzweifelt gern umarmt – wenn er es nur zugelassen hätte. Aber nur Maia in ihrer Unschuld durfte ihm nahekommen. »Du kannst die Kugeln herausnehmen, und wir können deine Hand verhüllen. Dann würde es nie jemand erfahren.«

»Ich weiß es aber immer.« Er lachte bitter. »Du kannst die Vergangenheit nicht ungeschehen machen, Ryssa. Ob mein Körper Zeichen trägt oder nicht, die Vergangenheit ist immer da, und sie ist grausam.« Seine Augen durchbohrten mich, und ich sah darin eine Qual, die ein Junge in seinem Alter nie hätte kennen dürfen. »Alles heilt doch so schnell bei mir. Hast du eine Ahnung, wie oft und wie tief sie das Zeichen in meine Hand gebrannt haben, damit es bleibt?«

Mir wurde übel. Darüber hatte ich nie nachgedacht. »Deine Vergangenheit ist vergangen, Acheron. Was davon geblieben ist, sind diese beiden Dinge, die du einfach nicht loslässt.«

Er schüttelte verneinend den Kopf, dann bewegte er den Arm durch die Luft, in einer Geste, die den Palast und alles andere mit einschloss. »Das hier … das alles ist nur ein Traum, das weiß ich genau. Eines Tages, nur allzu bald, werde ich aufwachen, und der Traum ist ausgeträumt. Ich werde wieder genau dort landen, wo ich war, man wird mich begrapschen, herumschubsen und verprügeln. Es nützt nichts, sich etwas vorzumachen.«

Wie konnte ich es nur schaffen, dass er sich sicher und beschützt fühlte? »Warum glaubst du mir nicht? Die Vergangenheit ist vorüber, du hast jetzt eine neue Zukunft. Boraxis ist auf dem Weg ins Reich der Sumerer und wird meiner besten Freundin einen Brief überbringen. Sobald ich etwas von ihr höre, werden wir wissen, wo es einen sicheren Ort für dich gibt. Dort wird dir nie wieder jemand ein Leid antun.«

Sein Gesichtsausdruck war kalt und trostlos. »Ich weiß nicht, wie man jemandem vertraut, Ryssa. Weder dir noch sonst jemandem. Die Menschen verhalten sich immer anders, als man es erwartet, und für die Götter gilt das erst recht. Es geschehen Dinge, über die wir keine Macht haben. Ich würde dir gerne glauben, wirklich! Aber ich höre die Stimmen der Götter, und ich höre deine Stimme. Und dann sehe ich solche Dinge … Dinge, die ich nicht sehen will.«

»Was für Dinge?«

Er wandte sich ab und ging zu seinem Zimmer.

Ich rannte hinter ihm her und hielt ihn auf. »Erzähl mir davon. Was siehst du für Dinge?«

»Ich sehe, wie ich um Gnade flehe, die ich niemals erfahren werde. Ich sehe, wie ich auf die Straßen hinausgetrieben werde und keinen Platz finde, an dem ich mich ausruhen kann, keinen Menschen finde, der willens ist, mir zu helfen, ohne dass er dafür eine Gegenleistung erwartet, die ich ihm nicht geben will.«

Bei den Göttern – wie sehr ich mir wünschte, dass er Vertrauen in mich und in die Zukunft hatte, die ich ihm sichern wollte. »Das alles hier ist kein Traum, Acheron. Es ist die Wirklichkeit, und ich werde nicht zulassen, dass du nach Atlantis zurückkehrst. Wir werden für dich einen Ort finden, an dem du in Sicherheit bist.«

Er schaute weg, und sein Blick war aufgewühlt. »Warum ist

Vater noch nicht gekommen? Wenn er mich liebt, so wie du sagst, warum ist er dann die ganzen Monate nicht hier gewesen, um mich zu sehen? Und warum versuchst du, eine neue Heimat für mich zu finden?«

»Er hat viel zu tun.« Ich konnte es auch jetzt nicht über mich bringen, ihm die harte Wahrheit zu sagen.

»Das sagst du immer wieder, und ich versuche, dir zu glauben. Aber weißt du, woran ich mich erinnere, wenn ich an ihn denke?«

Ich hatte beinahe Angst, ihm diese Frage zu stellen. »Woran erinnerst du dich?«

»Ich sehe, wie er dich festhält, während Idikos mich aus dem Zimmer zerrt. Ich habe den Hass nie vergessen, der in seinen Augen brannte, während er mich anstarrte. Ich habe jahrelang Albträume davon gehabt. Und jetzt sagst du mir, dass er diesen Hass vergessen hätte.« Ein Muskel zuckte in seinem Kinn. »Kann ich dir das wirklich glauben?«

Nein, das konnte er nicht. Ich log, aber er durfte die Wahrheit einfach nicht erfahren. »Irgendwann einmal wirst du mir glauben können, Acheron.«

»Das hoffe ich, Ryssa. Ich möchte es so sehr. Ich will dir verzweifelt gerne glauben, aber ich kann es mir nicht leisten, wieder enttäuscht zu werden. Ich habe es satt.«

Ich sah zu, wie er sich umdrehte und mich auf dem Flur stehen ließ. Er war einfach wunderschön: groß und stolz. Trotz allem strahlte er immer eine Würde aus, die ich nicht fassen konnte.

»Ich liebe dich, Acheron«, flüsterte ich und wünschte, dass ich nicht die Einzige in meiner Familie wäre, die für ihn so empfand.

Warum konnten die anderen nicht das sehen, was ich sah?

Es tat mir unendlich leid, und ich wusste genau, dass Acheron recht hatte. Früher oder später würde unser Vater hier auftauchen. Vater würde mir niemals vergeben, dass ich Acheron aus Atlantis entführt hatte. Er würde mir niemals vergeben, dass ich ihn in zahlreichen Briefen über meinen Aufenthalt belogen hatte, und er würde auch den Leuten niemals vergeben, die ich von Boraxis bestechen ließ, damit sie falsches Zeugnis ablegten. Ich zweifelte nicht daran, dass inzwischen sowohl Vater als auch Estes nach uns suchten, während Boraxis einen sicheren Ort für Acheron auskundschaftete, der in einem anderen Königreich, in einem anderen Land liegen musste.

Aber ich tat das, was ich für meinen Bruder als das Beste erachtete. Alles, was ich für ihn erhoffen konnte, war, dass ich seine Freiheit und sein Glück bewahren und mein Versprechen halten konnte. Sobald er sicher auf dem Weg war, würde ich nach Didymos zurückkehren und mich meinem Vater und seinem Zorn stellen.

Für Acheron würde ich alles tun, sogar meine eigene Freiheit aufs Spiel setzen. Ich hoffte bloß, Boraxis würde zurückkehren, ehe mein Vater auf den Gedanken kam, hier im Sommerpalast nach uns zu suchen.

Wenn das geschah, mochten die Götter Mitleid mit uns haben!

18. MÄRZ 9531 V. CHR.

Wunderbarerweise wurde das Wetter wärmer, Persephone musste zu ihrer Mutter heimgekehrt sein. Schon immer war mir der Frühling die liebste Jahreszeit gewesen, die Wiedergeburt der Natur und der Schönheit. Ganz besonders lieblich war unsere Insel, wenn die Landarbeiter kamen, um zu säen, und wenn sie dabei sangen.

Aber dieses Jahr fürchtete ich mich, während ich auf Nachricht von Boraxis wartete. Er hatte erst vor wenigen Tagen ein Schreiben gesandt, dass Acheron möglicherweise im Königreich Kiza unterkommen könnte. Dort gab es eine ältere Königin, von der man sagte, sie sei sehr wohlwollend. Ihre eigenen Söhne waren alle gestorben, und sie würde möglicherweise einen exilierten Prinzen willkommen heißen.

Ich hoffte aus ganzem Herzen, dass es so wäre.

Während ein Tag nach dem anderen verging, fürchtete ich, dass Vater seine Suche auf unsere Oase ausdehnen würde. Aber ich blieb weiterhin voller Hoffnung, dass er einen Ehemann für mich fand, denn dann würden wir Acheron in unserem Haushalt aufnehmen, sodass ich ihn beschützen könnte. Dann wäre er für alle Zeit vor dem Zugriff meines Vaters und meines Onkels sicher.

Das Beste an unserem Aufenthalt im Sommerpalast war, dass die Dienerschaft Acheron und seine Marotten voll und ganz akzeptiert hatte und wir eine Art Familie bildeten. In Acheron hatte ich den Bruder gefunden, den ich mir immer gewünscht hatte. Während Styxx unberechenbar launisch war, hatte Acheron schließlich gelernt zu lachen, ohne Angst vor unerwünschter Aufmerksamkeit zu haben.

Heute fand ich ihn mit Maia draußen im Garten. Sie hatte mit einem Stöckchen Buchstaben in den Boden gekratzt.

Da fiel mir wieder ein, dass er mir in Atlantis erzählt hatte, er sei Analphabet – er hatte sich bei diesem Geständnis sichtbar geschämt.

»Kann ich euch helfen?«, fragte ich, als ich auf sie zuging.

Maia lehnte sich an Acheron und sprach in ihrem typischen lauten Flüsterton, der ebenso charmant wie süß war. »Sie ist eine viel bessere Lehrerin als ich. Sie kennt alle Buchstaben und weiß, wie man Wörter daraus macht, ich kenne nur ein paar.«

Acheron lächelte mir zu. »Bitte.«

Seine Aufforderung traf mich bis ins Mark. Er hatte mich nie zuvor um irgendetwas gebeten.

»Aber gern.« Ich übernahm das Stöckchen von Maia und begann, den beiden das Lesen beizubringen.

Acheron war ein gelehriger Schüler und nahm alles, was ich ihm erklärte, mit einer verblüffenden Gelehrigkeit auf. »Sind die atlantäischen Buchstaben anders als die griechischen?«, fragte er, als ich mich durchs Alphabet vorarbeitete.

»Ein paar schon. Die Sprache hat ein paar andere Vokaldiphthonge.«

Maia runzelte die Stirn. »Ist deren Sprache wie unser Griechisch?«

Ich lächelte über ihre arglose Frage. »Ihre Sprache kann der unseren sehr ähnlich sein. So sehr, dass du sie manchmal verstehen kannst, auch wenn du nicht genau weißt, was die einzelnen Wörter bedeuten. Aber es ist eine eigene Sprache. Ich selbst beherrsche nur wenige Worte, aber Acheron spricht sie fließend.«

Ihr Gesicht hellte sich auf, und sie schaute ihn an. »Kannst du mir das beibringen?«

In seinen Augen war tiefer Vorbehalt zu sehen. »Wenn du magst. Aber es ist keine besonders schöne Sprache.«

Ich war da anderer Meinung. Anders als das Griechische hatte für mich die atlantäische Sprache einen melodischen Tonfall, und mir schien es, als würden ihre Sprecher eher singen als reden. Es war eine Freude, diese Sprache zu hören, aber wenn man bedachte, welche Erfahrungen Acheron in Atlantis gemacht hatte, konnte ich sehr gut nachvollziehen, dass er die Menschen und ihre Sprache hässlich fand.

Acheron wandte seine Aufmerksamkeit wieder mir zu. »Haben die Atlantäer und die Griechen auch die gleichen Götter?«

Maia lachte. »Kennst du denn die Götter nicht, Acheron?«

Er schüttelte den Kopf. »Ich kenne nur den Namen von Zeus, weil so viele Menschen diesen Namen bei Verwünschungen verwenden, und dann weiß ich noch, dass es Archon und Apollymi gibt.«

Ich runzelte die Stirn, als ich die Namen des Königs und der Königin der atlantäischen Götterwelt hörte. »Woher kennst du denn diese Namen?«

Er antwortete nicht, aber sein Blick ließ mich vermuten, dass sie zu denen gehörten, die er in seinem Kopf hören konnte.

»Nun ja«, sagte ich und versuchte die plötzlich unbehagliche Stimmung zu mildern, »Zeus ist der oberste Gott der Olympier, und seine Königin ist Hera.«

»Ich mag Artemis«, sagte Maia. »Sie ist die Göttin der Jagd und der Geburt. Sie hat meiner Mutter das Leben gerettet, als ich zur Welt kam und wir beide so schwach waren. Die Hebamme war überzeugt, wir würden alle beide sterben, aber mein Vater hat Artemis Opfer dargebracht und Gelübde abgelegt, da hat sie uns gerettet.«

Acheron lächelte. »Sie muss wirklich eine wunderbare Göttin sein, und ich verdanke ihr viel, weil sie dich auf der Welt gelassen hat.«

Maia strahlte vor Glück und Zufriedenheit.

Im Lauf des Nachmittags gab ich ihnen einen kurzen Überblick über die griechische Götterwelt, aber anders als beim Schreiben tat sich Acheron schwer, sich die vielen Namen und ihre Aufgabengebiete zu merken. Es war, als wären sie ihm so fremd, dass er einen nicht vom anderen unterscheiden konnte, und er brachte sie pausenlos durcheinander.

So verbrachten wir einige Stunden, bis Maia im Sitzen einschlief.

Acherons Züge wurden weich, als er auf sie hinunterschaute und den Arm um sie schlang. »Das macht sie oft. Im einen Augenblick plaudert sie munter drauflos, und im nächsten Moment ist sie eingeschlummert.«

Ich lächelte, als mich eine Wärme durchdrang. Es sah so süß aus, wie er sie festhielt, als wäre er ihr Vater und würde sie beschützen. Wenn man seine brutale Vergangenheit bedachte, überraschte es mich immer wieder, dass er Mitgefühl empfinden und Zärtlichkeit zeigen konnte. »Du liebst sie sehr, oder?«

Sein Gesichtsausdruck veränderte sich und zeigte jetzt pures Entsetzen und offensichtlichen Zorn. »Ich würde sie nie und nimmer so berühren!«

Seine Bitterkeit verblüffte mich, bis mir dämmerte, warum er so wütend war. In seiner Welt war Liebe ein körperlicher Akt und kein Gefühl. Allein bei dem Gedanken daran wurde mir schwer ums Herz. »Liebe muss nichts Sexuelles sein, Acheron. In ihrer reinsten Form hat sie nichts mit dem körperlichen Akt zu tun.«

Er sah verwirrt aus. »Wie meinst du das?«

Ich wies auf das kleine Mädchen, das er so schützend in seinen muskulösen Armen hielt. »Wenn du Maia anschaust, geht dir das Herz auf, oder?«

Er nickte.

»Du schaust sie an und willst sie vor allem Bösen beschützen und dich um sie kümmern.«

»Ja.«

Ich lächelte ihn an. »Du willst nichts von ihr, außer sie glücklich machen.«

Er neigte neugierig den Kopf und sah mir mitten ins Gesicht. »Woher weißt du das?«

»Weil ich genau das Gleiche für dich empfinde, kleiner Bruder. Die Liebe, die du für sie verspürst, ist dieselbe, die ich spüre. Wenn du mich brauchst, würde ich alles auf mich nehmen, um so schnell wie möglich bei dir zu sein.«

Er schluckte, und in seine wirbelnden silbrigen Augen trat ein gequälter Ausdruck. »Du liebst mich?«

»Mit jeder Faser meines Herzens. Ich würde alles tun, damit du in Sicherheit bist.«

Zum ersten Mal, seit er hergekommen war, hatte ich das Gefühl, als wäre ich endlich zu ihm durchgedrungen. Und dann passierte etwas völlig Überraschendes.

Acheron ergriff meine Hand. »Dann liebe ich dich auch, Ryssa.«

Die Gefühle erstickten mir die Stimme, und vor lauter Tränen konnte ich nicht klar sehen. »Ich liebe dich auch, Akribos. Und ich will nicht, dass du je daran zweifelst.«

»Das werde ich nicht.« Er drückte mir die Hand. »Danke, dass du gekommen bist, um mich zu holen.«

Noch nie hatte mir ein Satz so viel bedeutet, noch nie hatte mich etwas derart tief berührt. Meine Kehle war so zugeschnürt, dass ich nicht einmal sprechen konnte, als er meine Hand losließ und mit Maia in den Armen aufstand, um sie zu ihrer Mutter zu bringen. Ich schaute zu, wie er davonging, und hoffte aus tiefster Seele, dass er mir gegenüber immer so empfinden würde. Ich würde alles ertragen, nur den Hass meines Bruders nicht.

19. MÄRZ 9531 V. CHR.

Heute entschloss ich mich, Acheron das Lesen beizubringen, dazu nahm ich einige Schriftrollen, die ich in meinem Zimmer aufbewahrte. Wir hatten gerade erst angefangen, als mir auffiel, dass irgendetwas an ihm anders war als zuvor.

Die Kugeln in seiner Zunge waren verschwunden!

»Du hast sie herausgenommen«, flüsterte ich und konnte kaum fassen, was ich sah.

Sein Ausdruck war eine Mischung aus Verlegenheit und Stolz. »Ich habe mich dazu durchgerungen, dir zu vertrauen. Du sagst, dass ich hier in Sicherheit bin und mich niemand wieder fortholt. Ich will das glauben. Also habe ich sie rausgenommen und vertraue auf die Götter, dass sie mich auf Dauer bei dir lassen.«

Ich umfasste sein Gesicht und freute mich noch mehr, als er nicht erstarrte. Ich zog ihn in die Arme und umarmte ihn fest. »Du bist hier in Sicherheit, kleiner Bruder, das schwöre ich dir.«

Zum ersten Mal schlang er die Arme um mich und umarmte mich seinerseits.

Nie zuvor hatte mich etwas so sehr berührt.

Ich hörte, wie jemand sich räusperte, machte mich los und sah Petra mit Wein und Käse in der Tür stehen. »Ich dachte, Ihr könntet eine Kleinigkeit vertragen.«

Ich nickte und machte mich los. »Das wäre wunderbar, vielen Dank.«

Sie verbeugte sich leicht vor mir und stellte das Tablett auf einem kleinen Tisch ab.

Acheron sah zu, bis sie uns wieder verlassen hatte, dann erst sprach er. »Denkst du je darüber nach zu heiraten, Ryssa?«

Ich zögerte, dann schenkte ich uns ein. »Ja, das tue ich manchmal und frage mich, warum Vater noch keinen Ehemann für mich ausgesucht hat. Die meisten Prinzessinnen sind längst verheiratet, wenn sie so alt sind wie ich. Aber Vater sagt, er findet niemanden, den er würdig genug erachtet.« Ich lächelte. »Ehrlich gesagt habe ich es nicht besonders eilig mit dem Heiraten. Ich habe zu viele Freundinnen gesehen, die mit einem Monster verheiratet worden sind. Wenn sich Vater also mehr Zeit lässt, um einen sanfteren Mann für mich zu finden, dann warte ich gerne. Warum fragst du?«

»Ich habe an Petra und ihren Mann gedacht. Ist dir aufgefallen, wie die beiden lachen, wenn sie beieinander sind? Und wenn sie getrennt sind, dann haben sie eine gewisse Traurigkeit um sich. Es ist, als könnten sie es nicht ertragen, auch nur für ein paar Minuten getrennt zu sein.«

Ich nickte. »Die beiden lieben einander sehr. Es ist schade, dass nicht alle Ehepaare so sind wie diese beiden.«

»Sind unsere Eltern so?«

Ich schaute zur Seite, als meine Erinnerung Bilder hervorbrachte, wie meine Eltern gewesen waren, bevor Styxx und Acheron zur Welt gekommen waren. Damals hatten sie einander leidenschaftlich geliebt. Sie hatten sich nur selten voneinander getrennt, und mein Vater war meiner Mutter mit einer Liebe zugetan gewesen, die unermesslich zu sein schien.

Dann waren ihre Söhne zur Welt gekommen. Seit jenem schicksalhaften Tag ertrug es mein Vater nicht mehr, in der Nähe meiner Mutter zu sein. Er machte sie für Acheron verantwortlich.

»Du hast mit einem Gott Hurerei getrieben, du brauchst es gar

nicht abzustreiten! Es gibt keine andere Möglichkeit, wie dieses Balg aus deinem Leib hat kommen können.«

Je mehr meine Mutter ihre Unschuld beteuerte, desto mehr schien mein Vater sie zu hassen. Schließlich behauptete sie, dass Zeus sie betrogen habe und dass sie keine Ahnung gehabt hatte, dass er in ihrem Bett gewesen war.

Doch dieses Geständnis brachte ihr meinen Vater nicht wieder näher, im Gegenteil, es entfremdete die beiden noch mehr, inzwischen vermied er jeglichen Kontakt mir ihr.

»Nein, Acheron«, sagte ich ruhig und reichte ihm seinen Becher. »Sie sehen einander kaum, wenn es nicht für die Regierungsgeschäfte unbedingt notwendig ist. Vater verbringt viel Zeit mit Styxx und mit seinem Staatsrat, während Mutter viel Zeit mit Trinken verbringt.« Das hasste ich. Früher war meine Mutter wunderbar gewesen, doch jetzt war sie eine verbiesterte Säuferin.

Er sah verwundet aus, als begreife er, warum dem so war. »Glaubst du, dass mich je eine Frau lieben könnte?«

»Natürlich! Zweifelst du etwa daran?«

Er schluckte, ehe er so leise antwortete, dass ich ihn kaum verstehen konnte. »Wie könnte irgendjemand mich lieben? Idikos sagt, dass ich allen anständigen Leuten Schande mache. Ich bin ein vaterloser Bastard und eine wertlose Hure. Sicher würde keine anständige Frau jemanden wie mich zum Mann nehmen wollen.«

»Das ist ganz und gar nicht richtig«, sagte ich heftig. »Du bist diese ganze Welt wert, und ich versichere dir, dass du eine Frau finden wirst, die genau wie ich sieht, wie wunderbar du in Wirklichkeit bist.«

Er schluckte hörbar. »Wenn ich je dieses Glück haben sollte, dann schwöre ich, dass sie nie an meiner Zuneigung für sie wird zweifeln müssen.«

»Du wirst dieses Glück haben.«

Er lächelte mich an, aber sein Lächeln war hohl, und der Zweifel in seinen Augen ließ mir die Tränen in die Augen treten.

Ich räusperte mich und versuchte ihn abzulenken. »Jetzt lass uns wieder an die Buchstaben gehen, ja?«

Er kehrte zu den Schriftstücken zurück, und ich sah stundenlang zu, wie er sich damit mit einer Inbrunst beschäftigte, die ich noch nie an ihm gesehen hatte. Und jedes Mal, wenn er ohne die Kugel in seiner Zunge sprach, hüpfte mein Herz. Das war ein großer Sieg, eines Tages, bald schon, würde ich diesen Krieg gewinnen, und seine Vergangenheit würde endgültig zur Ruhe gebettet werden.

9. MAI 9531 V. CHR.

Ich war allein in meinem Zimmer, als Maia die Tür öffnete.

»Ist Acheron krank?«

Ich legte meinen Federkiel nieder und runzelte die Stirn. »Ich habe ihn heute noch nicht gesehen. Warum fragst du?«

Sie kratzte sich an der Nase und sah überrascht aus. »Ich wollte ihn abholen, damit wir backen können, aber es schien ihm nicht gut zu gehen. Er hat gesagt, sein Kopf tut weh, und er war nicht besonders freundlich. Acheron ist sonst nie unfreundlich zu mir. Als ich ihm etwas Wein für seinen Kopf bringen wollte, da war sein Zimmer leer. Muss ich mir jetzt Sorgen machen?«

»Nein, Akribos«, sagte ich und lächelte, obwohl ich mich ganz und gar nicht danach fühlte. »Lauf in die Küche, ich werde nach ihm sehen.«

»Danke, Prinzessin!« Sie lächelte mich an und schlüpfte aus dem Zimmer.

Ich machte mir Sorgen um Acheron und öffnete die Türen, die in den Hof führten. Er hatte im Gras und bei den Blumen viel Zeit verbracht, aber jetzt war er dort nicht zu finden.

Danach versuchte ich es im Obstgarten, aber auch da war er nicht.

Nachdem ich rasch das Haus durchsucht hatte, fing ich an, mir ernsthaft Sorgen zu machen. Acheron ging alleine nie besonders weit weg. Und es war wirklich selten, dass er Maia aus dem Weg ging.

Ich geriet in Panik, als ich aus dem Haus lief, um daußen noch einmal zu suchen.

Wo konnte er nur sein?

Wenn er Styxx wäre, würde ich ihn sehr wahrscheinlich finden, wie er sich in seinen Privatgemächern mit einer Magd verlustierte. Aber ich wusste, Acheron würde so etwas nie tun.

Dann dämmerte es mir.

Das Meer.

Seit dem Winter war er nicht mehr dorthin gegangen, aber mir fiel kein anderer Platz ein, an dem ich noch nicht gesucht hatte. Er musste an der Küste sein! Ich flüsterte ein rasches Gebet zu den Göttern, dass ich recht haben möge, und machte mich auf den Weg zum Strand und zu den Felsen, auf denen er zu sitzen pflegte.

Doch auch hier fand ich ihn nicht.

Erst als ich auf den Felsen umherkletterte, sah ich ihn auf dem Rücken im Sand liegen. Die Wellen schlugen über ihm zusammen. Mir stockte der Atem. Er schien sich überhaupt nicht zu bewegen.

Triefend nass lag er mit geschlossenen Augen mitten in der Brandung.

Der Anblick erschreckte mich fast zu Tode. Ich kletterte herunter und rannte zu ihm. Noch ehe ich bei ihm war, sah ich, wie blass sein schönes Gesicht war.

»Acheron!«, rief ich mit Tränen in den Augen. Ich hatte Angst, er wäre tot.

Zu meiner großen Erleichterung öffnete er die Augen und schaute mich an, doch er bewegte sich noch immer nicht.

»Was tust du da?«, fragte ich und sank neben ihm auf die Knie. Mein Gewand war völlig durchnässt und ruiniert, aber das war mir egal. Meine Eitelkeit war jetzt nicht von Bedeutung. Nur mein Bruder war wichtig.

Er kniff die Augen zusammen, und dann sprach er so leise,

dass ich ihn über die Wellen hinweg kaum verstehen konnte. »Es tut nicht so weh, wenn ich hier liege.«

»Was tut nicht so weh?«

Er griff nach meiner Hand. Seine Hand zitterte so sehr, dass meine Furcht zehnmal so stark wiederkehrte. »Die Stimmen in meinem Kopf. Sie sind jedes Jahr um diese Zeit besonders qualvoll.«

»Das verstehe ich nicht.«

»Sie sagen immer wieder, dass es der Jahrestag meiner Geburt ist und dass ich zu ihnen kommen soll. Aber Apollymi schreit mir zu, ich soll mich verbergen und nicht auf sie hören. Je lauter sie schreit, desto lauter rufen die anderen. Es ist einfach unerträglich. Ich will nur noch, dass es aufhört. Jetzt werde ich sicher wahnsinnig, oder?«

Ich umklammerte seine Hand, wischte ihm das feuchte Haar aus der Stirn und merkte, dass er sich nicht rasiert hatte. Die Stoppeln eines Tages bedeckten Kinn und Wangen – das ließ er sonst nie zu. Acheron war stets untadelig gepflegt und gekleidet. »Heute ist nicht der Jahrestag deiner Geburt, du bist im Juni zur Welt gekommen!«

»Ich weiß, trotzdem rufen es die Stimmen. Ich bin gestürzt, als ich versuchte, die Felsen zu erreichen, und habe herausgefunden, dass ich die Stimmen nur gedämpft höre, wenn ich im Meer liege.«

Das alles ergab für mich keinen Sinn. »Warum sollte das denn helfen?«

»Ich weiß es auch nicht, aber es ist so.«

Eine Welle schlug an die Küste und überspülte ihn völlig. Er bewegte sich nicht, doch mich trieb die Welle zur Seite hin ab. Ich richtete mich auf und sah, wie er Wasser spuckte. Noch immer hatte er sich nicht gerührt, um aus dem Meer herauszukommen.

»Du wirst dir den Tod holen, wenn du hier liegen bleibst!«

»Das ist mir egal. Ich werde lieber krank, als dass ich sie weiterhin so laut brüllen höre.«

Ich wollte ihm nur zu gerne helfen, also bewegte ich seinen Kopf, setzte mich in den Schneidersitz und legte seinen Kopf in meinen Schoß. »Besser so?«

Er nickte wieder, verschränkte seine Finger mit meinen, führte meine Hand zu seinem Herzen und hielt sie dort fest. An dem Klammergriff merkte ich, dass sein Kopf noch immer unbarmherzig schmerzte.

Wir schwiegen stundenlang, während er dort lag und meine Hand auf seiner Brust hielt. Ich verlor das Gefühl in den Beinen, aber das war mir egal. Wir blieben dem Haus so lange fern, dass Petra herauskam, um mich zu suchen. Sie war von Acherons Erklärung genauso verwirrt wie ich, aber sie ließ uns pflichtbewusst allein und brachte Essen und Wein.

Acheron hatte zu starke Schmerzen, als dass er essen wollte, doch ich zwang ihn dazu, ein bisschen am Brot zu knabbern.

Als die Nacht hereinbrach, waren die Stimmen leise genug geworden, dass er sich aufsetzen konnte. Er stand noch sehr unsicher auf den Füßen.

»Geht es dir jetzt besser?«, fragte ich besorgt.

»Mir ist von den Stimmen ein bisschen schwindelig, aber jetzt sind sie nicht mehr so laut.«

Er legte mir einen Arm um die Schultern, und wir machten uns auf den Weg zurück.

Ich bat Petra, ihm ein heißes Bad zu bereiten, während ich ihn in ein Handtuch einschlug. Er war noch immer blass, und sein Gesicht war gequält verzogen.

Maia kam mit zwei Gläsern warmer Milch angerannt. »Ich habe mir Sorgen um dich gemacht, Acheron«, sagte sie mahnend.

»Das tut mir leid, meine Kleine, ich wollte dich nicht beunruhigen.«

»Geht es dir besser?«

Er nickte.

»Maia«, sagte Petra von der Tür aus, »komm weg, dass Acheron in Ruhe baden kann.«

»Ich habe Zucker in die Milch getan«, vertraute Maia ihm an, ehe sie ihrer Mutter folgte. »Ich hoffe, es geht dir bald besser!«

Ganz gerührt darüber, wie besorgt sie war, folgte ich ihr.

»Ryssa?«

Ich blieb in der Tür stehen und schaute zu Acheron zurück, der noch immer in sein Handtuch gewickelt dastand. »Ja?«

»Danke, dass du um mich besorgt warst und dass du heute bei mir geblieben bist. Jetzt wärm dich auch selbst auf, ehe du krank wirst!«

»Zu Befehl«, sagte ich lächelnd.

Ich verließ ihn und machte die Tür zu, ehe ich in meine Gemächer ging. Die Türen standen noch immer offen, also machte ich sie zu, und in diesem Augenblick passierte etwas ganz Merkwürdiges.

Ich hörte ein schwaches Flüstern im Wind.

»Apostolos.«

Ich runzelte die Stirn und schaute mich um, aber ich konnte niemanden sehen. Wo um alles in der Welt war diese Stimme hergekommen? Außerdem kannte ich niemanden mit Namen Apostolos.

Ich schüttelte den Kopf, um ihn wieder klar zu bekommen. »Jetzt höre ich schon Acherons Stimmen!«

Das Ganze war wirklich sehr merkwürdig.

Aber auch nachdem ich es eigentlich abgetan hatte, beschäftigte sich ein Teil von mir weiterhin mit dem Phänomen. Mehr noch, ich fragte mich, ob es eine Drohung meinem Bruder gegenüber war.

Doch das könnte nur die Zeit zeigen.

23. JUNI 9531 V. CHR.

Endlich erhielten wir Nachricht, dass die Königin von Kiza zugestimmt hatte, Acheron aufzunehmen. Der Bote hatte gemeldet, dass Boraxis bereits unterwegs war, um Acheron von hier aus sicher nach Kiza zu geleiten. Er würde schon in drei Tagen eintreffen!

Begeistert plante ich, Acheron die Neuigkeit am Abend zu erzählen, während wir ein Überraschungsfest zum Jahrestag seiner Geburt feierten.

Mein Bruder wäre schon bald in Sicherheit – und zwar für immer!

Tagsüber hatten wir fröhlich draußen im Obstgarten gesessen. Wir hatten den ganzen Vormittag dort verbracht, gelacht und die preisgekrönten Früchte des Gärtners probiert. Der Obstgarten war wirklich wunderschön und ungeheuer friedlich. Die Blätter waren zu dieser Jahreszeit von einem hellen, atemberaubenden Grün, das von goldenen Äpfeln durchbrochen wurde, die süß und saftig schmeckten. Sogar die alten Steinmauern wirkten heiter und waren mit blühenden Kletterpflanzen bewachsen.

Kein Wunder, dass Acheron diesen Obstgarten jedem anderen Ort vorzog. Die Sommerluft war frisch und warm, und ich hätte Stunden damit verbringen können, Acheron zuzuschauen, wie er die einfachsten Dinge genoss: das Gefühl der Sonne auf seiner Haut und das Gras unter seinen nackten Füßen.

Ihm war es in seinem bisherigen Leben selten vergönnt gewesen, sich in der Natur aufzuhalten. Ich wünschte mir, ich hätte ihm ein anderes Leben schenken können, ein besseres. Das Leben, das er verdiente und in dem ihn nie jemand verletzte. Ein Leben, in dem die Menschen in Acheron die Schönheit wahrnahmen, die ich in ihm sah, und in dem sie begriffen, was für eine wunderbare Seele er hatte.

Ich beobachtete ihn dabei, wie er den Duft eines Apfels einsog, ehe er ihn zu den anderen legte, die er schon gepflückt hatte, und ich konnte kaum fassen, wie sehr er sich in den letzten paar Monaten verändert hatte.

Zum einen wirkte er auf mich jetzt wie ein Siebzehnjähriger und nicht mehr wie ein verbrauchter, erschöpfter alter Mann. Er hatte gelernt, mir zu vertrauen. Mir insofern zu vertrauen, dass er hier sicher und geschützt war. Dass keiner Angst vor ihm hatte und dass niemand ihn verführen wollte. Er konnte er selbst sein, ohne sich zu unterwerfen oder zu befürchten, dass man ihn begrapschte oder verletzte. Ich betete, dass er im Königreich Kiza den gleichen Frieden finden würde.

Mir schauderte, wenn ich an sein Leben in Atlantis dachte! Wie konnte unser Onkel ihm das alles nur angetan haben? Noch immer hatte ich lebhaft vor Augen, wie Acheron in Ketten gehalten worden war. Ich erinnerte mich an den leeren Blick in seinen Augen, als er mich das erste Mal angeschaut und keine Ahnung gehabt hatte, wer ich war.

Und wer *er* war.

Ich mochte ihn früher nicht beschützt haben, aber ich hatte gelobt, dass ich es in Zukunft tun würde. Hier hatte er Frieden und Glück gefunden. Ich versuchte mein Bestes, ihn von der Welt fernzuhalten, in der man ihn nicht verstand oder ihn nicht ausstehen konnte.

Wie er die Äpfel pflückte, erinnerte er mich an ein Eichhörnchen, das von einem Baum zum anderen sprang und seine

Schätze sammelte. Er war ein unglaublich gutaussehender Junge. Ich wusste, dass er und Styxx Zwillinge waren, und doch erschreckte es mich, während ich ihn betrachtete, wie unterschiedlich sie waren.

Acheron bewegte sich mit viel mehr Anmut und viel fließender. Er war schlanker, sein Haar einen Tick goldener, und seine Muskeln traten klarer hervor. Seine Haut war weicher.

Und diese Augen …

Sie waren verführerisch und beängstigend.

Nachdem er fertig war, brachte er mir seine Schätze und legte sie vor mir in einem Kreis aus, sodass ich wählen konnte, welchen Apfel ich als erstes essen wollte. Er war immer unglaublich zuvorkommend und dachte erst an die anderen, ehe er an sich selbst dachte.

»Glaubst du, dass Vater bald kommen und uns besuchen wird?«, fragte er, als er auf der Seite lag und zusah, wie ich meinen Apfel verspeiste.

Ich spürte, dass er mich aushorchen wollte, um herauszufinden, ob ich log. Seine silbernen, wirbelnden Augen waren ungemein verstörend, wenn sie einen so durchdringend ansahen. Das war der Grund, warum der Onkel ihn schlagen ließ, wenn er die Leute anschaute. Es war wirklich beunruhigend und sogar erschreckend, einer solchen Musterung unterzogen zu werden.

Aber er verdiente es nicht, für etwas geschlagen zu werden, für das er nichts konnte.

»Ich glaube, du und ich sollten in ein paar Tagen eine Reise machen, um eine Königin zu besuchen.«

Er sah enttäuscht zur Seite und spielte mit seinem Apfel herum.

Ich wollte ihn trösten und ihn beruhigen, also streckte ich die Hand aus, um ihm das goldene Haar aus den Augen zu streichen.

»Ist das die Zärtlichkeit der ehrlichen Zuneigung, von der du gesprochen hast?«, fragte er zögernd. »Diejenige, bei der die Leute, die dich lieben, dich berühren, ohne dass sie im Gegenzug irgendetwas verlangen?«

»Ja«, antwortete ich.

Er lächelte mich an, offen und ehrlich wie ein Kind. »Ich glaube, das gefällt mir.«

Dann hörte ich Schritte von mehreren Leuten, die sich näherten, und mir blieb fast das Herz stehen.

Ich wusste, dass in unserem Paradies außer uns niemand sein dürfte. Petra und Maia waren in der Küche beschäftigt, Petras Mann war in die Stadt gegangen, und der Rest der Dienerschaft war mit seinen Pflichten beschäftigt.

Es gab nur eine Person, die mit Begleitung hierherkommen würde.

Als Acheron sich aufsetzte und überglücklich aussah, wusste ich, dass es Vater war.

Ich schloss die Augen, und vor Schreck tat mir alles weh, während ich mich zwang, aufzustehen und mich umzudrehen, damit ich ihm gegenübertreten konnte. Vater stand mit zornigem Gesicht zwischen den alten steinernen Säulen, die den Eingang zum Obstgarten flankierten, neben ihm sah ich Styxx.

Mir gefror das Blut in den Adern.

Ich wollte Acheron sagen, er sollte davonrennen und sich verstecken, aber es war zu spät, sie waren uns schon zu nahe gekommen.

Nur noch drei Tage, und Acheron wäre in Sicherheit gewesen. Ich hätte am liebsten geweint.

»Vater«, sagte ich leise. »Warum bist du hier?«

»Wo warst du?«, wollte er wissen und kam näher. »Ich habe dich überall gesucht, bis ich auf die Idee kam, einmal hier nachzuschauen!«

»Wie ich dir schon gesagt habe, ich brauchte Zeit, um …«

»Vater?« Acherons aufgeregte Stimme erklang in meinen Ohren. Es war das erste Mal, dass er ihn sah, seit Vater ihn fortgeschickt hatte.

Voller Schrecken sah ich ihn loslaufen, um seinen Vater zu umarmen. Aber anders als Acheron wusste ich, wie Vater ihn empfangen würde.

Er hatte mich in dieser Hinsicht noch nie enttäuscht. Vater stieß Acheron unbarmherzig zurück und starrte ihn angewidert an.

Acheron runzelte verwirrt die Stirn und schaute sich ratsuchend nach mir um.

Ich brachte kein Wort heraus. Wie konnte ich ihm sagen, dass ich ihn belogen hatte, wo ich doch nur das eine wollte: sein Leben besser machen!

»Wie konntest du es wagen, ihn aus Atlantis zu entführen!«, schnauzte Vater mich an.

Ich öffnete den Mund, um etwas zu sagen, aber ich wurde davon abgelenkt, wie die Zwillinge einander betrachteten. Ich war hingerissen, wie neugierig sie beide schienen. Obwohl jeder wusste, dass es den anderen gab, hatten sie sich länger als ein Jahrzehnt nicht gesehen. Keiner von ihnen erinnerte sich wirklich an damals.

Auf Acherons Gesicht lag Freude. Ich wusste, wie gern er Styxx umarmt hätte, aber nach der Reaktion von Vater traute er sich nicht recht.

Styxx sah alles andere als begeistert aus. Er starrte Acheron an, als wäre er ein böser Traum, der Gestalt angenommen hatte.

»Wachen!«, brüllte Vater.

»Was hast du vor?«, fragte ich und begriff nicht, warum mein Vater wegen seines eigenen Sohnes die Wachen herbeorderte.

»Ich schicke ihn dorthin zurück, wo er hingehört.«

Acheron blieb der Mund offen stehen, und er drehte sich mit Schrecken in den Augen zu mir um.

Mein Herz schlug wild aus Furcht, dass man ihn nach Atlantis zurückbringen würde. »Das kannst du nicht machen!«

Vater wandte sich mir mit so hasserfülltem Blick zu, dass ich tatsächlich vor Schreck einen Schritt rückwärts tat. »Hast du den Verstand verloren, Mädchen? Warum verhätschelst du ein solches Monster?«

»Bitte, Vater«, bat Acheron und fiel vor ihm auf die Knie. Er umschlang Vaters Fußknöchel in der unterwürfigsten Pose, die ich je an ihm gesehen hatte, seit wir Atlantis verlassen hatten. »Bitte schick mich nicht zurück! Ich tue alles, was du von mir verlangst, das schwöre ich. Ich verhalte mich tadellos, ich werde niemanden auch nur anschauen, ich werde niemandem etwas tun.« Acheron küsste ihm ehrfürchtig die Füße.

»Ich bin nicht dein Vater, du Wurm«, sagte Vater grausam und trat ihn von sich. Er starrte mich böse an. »Ich habe dir doch gesagt, dass er nicht zur Familie gehört. Warum hast du dich mir widersetzt?«

»Er ist dein Sohn«, sagte ich durch Tränen des Zorns und der Verzweiflung. »Wie kannst du ihn ablehnen? Er sieht aus wie du. Er sieht aus wie Styxx. Wie kannst du den einen lieben und den anderen nicht?«

Vater beugte sich nach unten und fasste Acherons Kinn. Ich wusste, dass er seine Finger schmerzhaft in Acherons Wangen krallte, während er ihn brutal auf die Füße riss und Acherons Gesicht in meine Richtung drehte. »Das sind nicht meine Augen. Das hier sind nicht die Augen eines Menschen!«

»Styxx«, sagte ich, denn ich wusste, wenn ich ihn auf meine Seite ziehen könnte, würde er es schaffen, Vaters Einstellung zu ändern. »Er ist dein Bruder, schau ihn doch an!«

Styxx schüttelte den Kopf. »Ich habe keinen Bruder.«

Vater stieß Acheron zurück.

Er stand schweigend und benommen da. An seinem Gesicht konnte ich ablesen, dass er jeden Albtraum, den er in Atlantis erfahren hatte, noch einmal durchlebte, jede einzelne Herabwürdigung.

Er erschlaffte vor meinen Augen.

Der junge Mann, der endlich, nach Monaten sanften Drängens, Lächeln und Vertrauen gelernt hatte, war verschwunden, und an seiner Stelle stand wieder die besiegte, hoffnungslose äußere Hülle, die ich in Atlantis gefunden hatte.

Seine Augen waren jetzt leer und hohl. Ich hatte ihn angelogen, und das wusste er. Er hatte mir vertraut, doch jetzt hatte unsere empfindliche Verbindung schweren Schaden genommen.

Acheron ließ den Kopf hängen und schlang die Arme um sich, als ob ihn das vor der Brutalität einer Welt, die ihn verachtete, schützen könnte.

Als die Wachen in den Garten kamen und mein Vater ihnen befahl, Acheron nach Atlantis zurückzubringen, folgte er ihnen ohne ein Wort und ohne jeden Widerstand. Er hatte keinen eigenen Willen mehr, nicht einmal mehr eine Stimme. Er war, was er zuvor gewesen war.

Mit wenigen harten Worten hatte Vater alles zerstört, was ich in monatelanger sorgfältiger Erziehung aufgebaut hatte.

Ich starrte meinen Vater an und hasste ihn für das, was er tat. »Estes missbraucht ihn, Vater, und zwar andauernd! Er verkauft ihn an …«

Für diese Worte schlug mir mein Vater ins Gesicht. »Es ist mein Bruder, von dem du sprichst! Wie kannst du es wagen!?«

Mein Gesicht brannte, aber das war mir egal. Ich konnte nicht einfach hier stehen und zulassen, dass sie die Seele eines unschuldigen Jungen zerstörten, den man eigentlich hätte hegen und pflegen sollen. »Und es ist mein Bruder, den du verstößt! Wie kannst *du* es wagen!?«

Ich wartete nicht ab, was er antworten und tun würde, sondern rannte hinter Acheron her, der schon von den Wachen weggeführt wurde.

Sie warteten am Vordereingang des Palastes auf die Pferde. Acheron hatte den Kopf so tief gesenkt, dass er mich an eine Schildkröte erinnerte, die nichts anderes wollte, als in ihren Panzer zu kriechen, sodass niemand sie mehr sehen konnte. Er hielt seine Ellenbogen so fest umklammert, dass seine Knöchel weiß waren, und stand da wie eine Statue.

»Acheron?«

Er schaute mich nicht an.

»Acheron, bitte. Ich wusste nicht, dass sie heute kommen würden. Ich dachte, wir wären in Sicherheit.«

»Du hast mich angelogen«, sagte er schlicht, während er ausdruckslos zu Boden starrte. »Du hast mir gesagt, mein Vater würde mich lieben. Dass niemand mich je von hier wegschicken würde. Das hast du mir geschworen.«

Mir liefen die Tränen über die Wangen. »Ich weiß, Acheron.«

Da schaute er mich an, und seine Silberaugen waren gequält. »Ich habe dir vertraut.«

Ich war bis in die tiefste Seele hinein beschämt und wusste nicht, was ich sagen sollte. Es fiel mir einfach nichts Vernünftiges ein. »Es tut mir so leid.« Das war eine lahme Entschuldigung, sogar in meinen eigenen Ohren klang sie lahm.

Er schüttelte den Kopf. »Ich durfte niemals ohne Begleitung auch nur meine Gemächer verlassen. Ich durfte niemals aus dem Haus gehen. Idikos wird mich dafür bestrafen, dass ich ihn verlassen habe. Er wird …« Er zog sich noch mehr in sich zusammen, und mich überkam entsetzliche Angst.

Ich konnte mir nicht einmal ansatzweise vorstellen, was ihn in Atlantis erwarten würde

Dann wurden die Pferde gebracht.

Als Acheron sprach, war es ein sanftes, herzzerreißendes Flüstern. »Ich wünschte, du hättest mich gelassen, wie ich war.«

Er hatte recht, und tief im Herzen wusste ich es auch. Alles, was ich in meiner Dummheit unternommen hatte, hatte ihn nur noch mehr verletzt. Ich hatte ihm ein besseres Leben gezeigt, in dem er respektiert wurde und selbst entscheiden konnte.

In Zukunft hätte er bei absolut gar nichts in seinem Leben etwas zu sagen. Er wäre in Atlantis weniger als nichts.

Ich schluchzte, als eine Wache ihn grob am Arm fasste und in den Wagen zwang. Acheron schaute nicht ein einziges Mal zu mir zurück. Ich begriff, wie sehr er mich für das hassen musste, was ich ihm angetan hatte, und ich konnte es ihm noch nicht einmal übelnehmen.

Mit verwundetem Herzen stand ich da und sah sie davonziehen.

»Acheron«, schrie Maia und kam in Tränen aufgelöst aus dem Haus gerannt.

Erst da schaute er sich um. Sein Gesicht war unbewegt, aber ich sah, dass er Tränen in den Augen hatte, als er ihr einen Abschiedsgruß zuwinkte.

Ich sank in die Knie und zog Maia an mich, während sie verzweifelt schluchzte.

Acheron war fort, und es gab keinerlei Hoffnung, ihn jemals wieder zu befreien. Vater würde dafür sorgen.

Dann erinnerte ich mich an die Worte, die die alte Wahrsagerin am Tag seiner Geburt gemurmelt hatte.

Mögen die Götter Mitleid mit dir haben, mein Kleiner, von keinem sonst wirst du es je erfahren.

Ich wusste jetzt, wie recht sie gehabt hatte. Acheron hatte recht, er war von den Göttern verflucht.

Sonst hätten sie uns diese drei Tage noch geschenkt.

23. JUNI 9530 V. CHR.

Es war jetzt ein Jahr her, seit ich Acheron zuletzt gesehen hatte. Maia und ich saßen im Obstgarten des Sommerpalastes und dachten an diesem Nachmittag ständig an ihn, fragten uns, was er wohl machte und wie es ihm ging. Ich sagte Maia, ich sei mir sicher, dass es ihm gut ging, aber tief im Herzen kannte ich die Wahrheit – es ging ihm alles andere als gut. Es geschah Unaussprechliches mit ihm, während wir beide in der warmen Sonne saßen und Oliven und Käse knabberten.

Ich hatte viele Briefe an Acheron nach Atlantis geschickt – ohne Erfolg. Niemand konnte mir irgendetwas über ihn sagen. Die Dienerin, die mich einst angeschrieben hatte, war unter mysteriösen Umständen ums Leben gekommen, das immerhin hatte ich bei einer Unterhaltung zwischen meinem Vater und meinem Onkel zufällig mitgehört, nicht lange, nachdem Acheron nach Atlantis zurückgekehrt war.

Estes hatte seitdem kein Wort mehr an mich gerichtet.

Ich hatte versucht, meinen Onkel bei seinem letzten Besuch nach Acheron zu fragen. Er tat es mit einer ungnädigen Geste ab. Er hasst, dass ich weiß, was er tut, und er wird mich nie wieder auch nur zur Kenntnis nehmen.

Für meinen Onkel bin ich gestorben. Nicht dass mir das irgendetwas ausmachen würde. Er ist für mich in dem Moment gestorben, als ich meinen Bruder wegen seiner Gier an ein Bett gekettet sah.

Aber ich fragte mich, wie Acheron mir gegenüber empfand. Ob er überhaupt noch an mich dachte. Hasste er mich für alles, was geschehen war? Oder war er so mit Drogen vollgepumpt, dass er sich nicht einmal mehr an meinen Namen erinnerte?

Ich wusste es nicht.

Ich habe keine Hoffnung, dass ich ihn je werde retten können. Vater hält mich jetzt immer unter strenger Bewachung. Ich habe nicht mehr die Freiheiten von früher, als ich ohne seine ausdrückliche Genehmigung reisen konnte. Boraxis wurde degradiert und muss nun die Ställe reinigen. Er wurde durch einen Diener ersetzt, der noch nicht einmal mit mir spricht.

Sogar Styxx nimmt meine Gegenwart kaum zur Kenntnis.

»Wie kannst du deinen Zwillingsbruder nur so leiden lassen?«, hatte ich ihn damals kaum eine Woche später gefragt.

»Estes würde so etwas niemals tun. Das ist bloß wieder so eine Lüge von dir, damit wir Acheron befreien. Du solltest wirklich dankbar sein, dass ich noch nicht König bin. Ich hätte dich für einen solchen Verrat nämlich auspeitschen lassen.«

Am liebsten hätte ich ihn für seinen Starrsinn erwürgt.

Noch mehr beunruhigten mich die Gerüchte, die ich über die politische Situation zwischen Griechenland und Atlantis gehört hatte. Der Waffenstillstand schien in Gefahr zu sein. Was würde mit Acheron geschehen, wenn es wieder Krieg gab? Obwohl Vater und Styxx das abstritten, war Acheron doch ein griechischer Prinz. Er wurde womöglich gefangen genommen und hingerichtet.

Ich fragte mich, ob Vater die Tatsache bedacht hatte, dass, wenn Acheron getötet wurde, er auch Styxx verlieren würde. Wahrscheinlich hatte er diesen Teil der Prophezeiung vergessen.

Aber ich erinnerte mich daran. Ich sehnte mich nach dem Bruder, den ich wahrscheinlich nie wiedersehen würde.

Acheron war für mich verloren.

Wenn ich ihn doch nur noch ein letztes Mal treffen könnte.

21. SEPTEMBER 9529 V. CHR.

Estes ist vor zwei Tagen gestorben, während er hier bei uns auf Didymos zu Besuch war. Styxx und mein Vater sind natürlich untröstlich. Aber mich hat es nicht gerade betroffen gemacht. Weil Estes für den Anfall, der ihn das Leben gekostet hatte, noch ziemlich jung war, konnte ich nicht anders als mich fragen, ob der Tod eine Strafe der Götter war, für das, was er Acheron angetan hatte. Vielleicht war es lieblos von mir, so etwas zu denken. Doch ich tat es trotzdem.

Jetzt waren wir unterwegs nach Atlantis, um Acheron abzuholen und ihn endlich nach Hause zu bringen.

Dorthin, wo er hingehörte.

Wegen des bevorstehenden Krieges mit Atlantis wollte Vater das Haus von Estes verkaufen. Über diese Aussicht war ich hocherfreut. Ich war sicher, dass Acheron es noch mehr war. Zweifellos wollte er das Haus noch weniger erhalten als ich.

Ehe wir die Heimat verließen, waren im Palast Gemächer für Acheron eingerichtet worden. Ich konnte kaum erwarten, ihn wiederzusehen. Fast fand ich es amüsant, dass Vater und Styxx, nachdem sie mir so lange aus dem Weg gegangen waren, mir jetzt gestatteten, sie zu begleiten. Natürlich taten sie das nur, damit ich ihnen Acheron vom Leib halten konnte. Aber das war mir völlig egal, wenn ich ihn nur wiedersah.

In wenigen Tagen würden wir Atlantis erreichen. Wenn ich Acheron diesmal holte, wäre er endgültig in Sicherheit.

26. SEPTEMBER 9529 V. CHR.

Ich war unglaublich nervös, als ich das Haus von Estes wiedersah. Seit meinem letzten Besuch hatte sich nicht viel verändert, sogar der gleiche Diener öffnete uns die Tür. Er schien überrascht, uns drei zu sehen, und ganz besonders meinen Vater.

»Ich bin hier, um Acheron abzuholen«, kündigte mein Vater an. »Bring mich zu ihm!«

Wortlos führte uns der verdrießliche alte Mann den gleichen Korridor entlang, den ich einst betreten hatte, und hinunter zu dem Zimmer, das mich in meinen Albträumen verfolgte.

Meine fröhliche Stimmung erstarb, als wir das Zimmer erreichten und die Wirklichkeit auf mich niederstürzte.

Es hatte sich nichts verändert – absolut gar nichts.

Ich wusste es, noch ehe der Diener die Tür öffnete.

Als sie aufschwang, bestätigten sich meine schlimmsten Befürchtungen.

»Was soll das?«, brüllte mein Vater.

Ich hielt mir erschrocken die Hand vor den Mund, als ich Acheron mit einem Mann und einer Frau auf seinem Bett sah. Sie waren alle splitternackt und in den leinenen Decken ineinander verschlungen. Ich war schockiert, was sie mit Acheron machten – oder was Acheron mit ihnen machte.

In meinem ganzen Leben hatte ich noch nie etwas so Sittenloses gesehen.

Der Mann zog sich mit einem wilden Fluch von Acheron zurück. »Was soll das?«, rief er gebieterisch. An seinem Verhalten konnte ich ersehen, dass er ein wohlhabender und mächtiger Atlantäer war. »Wie könnt ihr es wagen, uns zu stören!?«

Acheron versetzte dem Körper der Frau einen letzten Stoß und leckte ihn ab, dann rollte er sich auf den Rücken. Er lag nackt und unverfroren auf dem Bett und grinste hämisch.

»Prinz Ydorus«, sagte er zu dem wütenden Mann, »darf ich vorstellen: König Xerxes von Didymos.«

Der königliche Name ließ das wütende Geschrei des Prinzen verebben.

»Lasst uns allein«, verlangte mein Vater.

Beleidigt sammelte der Prinz seine Kleidung zusammen, schnappte sich die Frau und verschwand.

Acheron wischte sich am Betttuch den Mund ab. Seine Haut hatte wieder diesen kränklichen grauen Schimmer, und er war noch dünner als beim letzten Mal, als ich ihn in seinem Zimmer gesehen hatte. Seine Gesichtszüge wirkten hager. Man hatte ihn wieder mit den schmalen Goldreifen geschmückt, er trug sie um den Hals, an den Oberarmen, den Handgelenken und den Fußknöcheln.

Am Allerschlimmsten war, dass ich die Kugeln in seiner Zunge aufblitzen sah, als er sprach. Er presste nicht länger die Zähne zusammen, als schäme er sich für das, was er war. Jetzt schien er fast stolz darauf zu sein.

»Was führt Euch her, Majestät?«, fragte Acheron in spöttischem, kaltem Ton. »Wollt Ihr auch ein bisschen Zeit mit mir buchen?«

Da begriff ich, dass der verletzte junge Mann verschwunden war, den ich gerettet hatte. Der Mann auf dem Bett war bitter, wütend und aufsässig.

Es war nicht der Junge, der sich furchtsam aus seinem Zimmer geschlichen hatte, um das Gras unter den nackten Füßen zu spüren.

Das hier war ein Mann, der einmal zu oft missbraucht worden war. Er wollte, dass die Welt erfuhr, wie sehr er sie hasste – sie und jeden Einzelnen, der ein Teil von ihr war.

»Steh auf!«, fuhr mein Vater ihn an. »Bedecke deine Blöße!«

Sein Mundwinkel zuckte spöttisch. »Warum denn? Die Leute bezahlen fünfhundert Goldstücke die Stunde, damit sie mich nackt sehen dürfen. Ihr solltet Euch geehrt fühlen, dass Euch dieser Anblick umsonst zuteilwird.«

Vater ging zu ihm hinüber, packte ihn rau am Arm und riss ihn vom Bett herunter.

Acheron legte seine Hand auf Vaters und schüttelte missbilligend den Kopf. »Wenn Ihr mir blaue Flecke zufügen wollt, kostet das tausend Goldstücke die Stunde.«

Mir stieg die Galle hoch.

Vater ohrfeigte Acheron so stark, dass er zu Boden fiel und nackt auf dem Rücken lag.

Er lachte nur und leckte sich das Blut von den Lippen, dann wischte er den Rest mit dem verschrammten Handrücken ab. »Wenn ich bluten soll, kostet es fünfzehnhundert Goldstücke.«

Mein Vater verzog den Mund. »Du bist einfach widerlich.«

Mit ironischem Grinsen rollte sich Acheron auf die Seite und erhob sich anmutig. »Vorsicht, Vater, Ihr verletzt möglicherweise meine Gefühle.« Er ging um meinen Vater herum wie ein stolzer Löwe, der seine Beute umkreist, und sah ihn von oben bis unten an. »Ach ja, das hatte ich ganz vergessen. Huren haben ja gar keine Gefühle. Wir haben keine Würde, die Ihr verletzen könntet.«

»Ich bin nicht dein Vater.«

»Ja, ja, die Geschichte kenne ich. Sie ist mir vor Jahren schon eingeprügelt worden. Du bist nicht mein Vater, und Estes ist nicht mein Onkel. Es sollte seinen Ruf retten, dass alle denken, ich wäre irgendein armes, verwahrlostes Kind, das er auf der Straße aufgegriffen und bei sich aufgenommen hat. Es ist kein

Problem, einen heimatlosen Bettler zu verschachern, einen wertlosen Bastard. Aber wenn jemand seinen eigenen Blutsverwandten verkauft, dann runzelt der Adel die Stirn.«

Vater schlug ihn erneut.

Acheron lachte unbeeindruckt von der Tatsache, dass jetzt nicht nur seine Lippe, sondern auch seine Nase blutete. »Wenn du mir wirklich wehtun willst, musst du nach den Peitschen läuten. Aber wenn du mir weiterhin ins Gesicht schlägst, wird Estes wahnsinnig wütend auf dich. Er kann es nicht ausstehen, wenn jemand meine Schönheit verdirbt.«

»Estes ist tot«, brüllte mein Vater.

Acheron blieb wie angewurzelt stehen, dann zwinkerte er, als könnte er nicht glauben, was er da hörte. »Estes ist tot?«, wiederholte er mit hohl klingender Stimme.

Mein Vater lächelte ihn höhnisch an. »Ja. Wärst du doch nur an seiner Stelle gestorben!«

Acheron holte tief Luft, und die Erleichterung in seinen Augen war regelrecht mit Händen zu greifen.

Ich konnte seine Gedanken fast in meinem Kopf hören.

Es ist vorbei. Endlich ist es vorbei!

Acherons offensichtliche Erleichterung machte meinen Vater zornig. »Wie kannst du es wagen, nicht um ihn zu trauern! Er hat dir eine Heimat gegeben und dich beschützt!«

Acheron schaute ihn trocken an. »Glaub mir, ich habe ihn für diese sogenannte Heimat und seinen Schutz bezahlt, und zwar jede einzelne Nacht, die er mich zu sich in sein Bett geholt hat, und jeden einzelnen Tag, wenn er mich an jeden verkauft hat, der seinen Preis bezahlt.«

»Du lügst!«

»Ich bin eine Hure, Vater, kein Lügner.«

Da stürzte Vater sich auf ihn. Er trat nach ihm und prügelte zornig auf ihn ein, während Acheron sich nicht einmal die Mühe machte, sich zu verteidigen. Er war zweifellos darin geübt, alles über sich ergehen zu lassen. Ich rannte zu Acheron und versuchte, mich schützend vor ihn zu stellen.

Styxx zerrte Vater zurück. »Vater, ich bitte dich!«, sagte er. »Beruhige dich! Das Letzte, was du jetzt gebrauchen kannst, ist eine Anstrengung für dein Herz. Ich will nicht, dass du auch so stirbst wie Estes.«

Acheron lag schon wieder am Boden. Sein Gesicht war blutig, voll blauer Flecke und schwoll bereits an.

»Nicht!«, sagte er und schubste mich weg. Er spuckte Blut, das einen dunkelroten Fleck auf dem Boden bildete.

»Raus hier!«, herrschte Vater ihn an. »Ich will dich nie wiedersehen.«

Acheron lachte darüber und warf Styxx einen Blick zu. »Das dürfte wohl schwierig werden, was?«

Vater trat drohend auf ihn zu, aber Styxx stellte sich zwischen die beiden.

»Wachen!«, rief er.

Die Männer erschienen augenblicklich.

Styxx wies mit dem Kinn auf Acheron. »Werft diesen Dreck auf die Straße, wo er hingehört.«

Acheron rappelte sich hoch. »Ich brauche keine Hilfe, ich kann das Haus alleine verlassen.«

»Du brauchst Kleidung und Geld«, sagte ich ihm.

»Er verdient nichts«, sagte mein Vater, »nur unsere Verachtung.«

Acherons geschundenes Gesicht war völlig stoisch. »Damit bin ich in der Tat reich von dir beschenkt worden.« An der Tür blieb er stehen und grinste meinen Vater ein letztes Mal höhnisch an. »Weißt du, ich habe sehr lange gebraucht, bis ich begriffen habe, warum du mich so sehr hasst.« Sein Blick wanderte hinüber zu Styxx. »Aber eigentlich bin nicht ich es, den du hasst, nicht wahr? Du hasst dich selbst dafür, wie gerne du deinen eigenen Sohn ficken würdest.«

Mein Vater brüllte vor Wut.

Mit hoch erhobenem Kopf verließ Acheron den Raum.

»Warum bist du so blind?«, fragte ich Vater. »Ich habe dir schon vor Jahren gesagt, was Estes ihm angetan hat, doch du wolltest mir nicht glauben. Wie kannst du Acheron jetzt dafür verantwortlich machen?«

Mein Vater knurrte mich an. »Estes hat nichts damit zu tun, es ist Acheron selbst, der sich allen an den Hals wirft. Estes hat mir gesagt, wie er sich anbietet, wie er alle Welt in Versuchung führt. Er ist ein Zerstörer, genau wie bei seiner Geburt geweissagt worden ist. Er wird nicht ruhen, bis er alle Menschen ruiniert hat, in deren Nähe er ist.«

Ich war entsetzt. Wie konnte ein Mann, den man für seinen Pragmatismus bewunderte, so blind und dumm sein?

»Er ist bloß ein verwirrter Junge, Vater. Er braucht eine Familie.«

Mein Vater ignorierte mich – wie immer.

Ich fühlte mich von ihm und Styxx angewidert und eilte aus dem Zimmer und Acheron hinterher.

Ich holte ihn ein, als er gerade das Haus verließ, und hielt ihn an. Die Qual und der Schmerz in seinen silbernen Augen trafen mich ins Herz. Diesmal gab es kein Flehen, keine Fragen nach dem Warum. Er akzeptierte es als das, was ihm zustand.

»Wohin gehst du?«, fragte ich.

»Ist das wichtig?«

Mir war es wichtig. Aber ich wusste, dass er mir nicht antworten würde.

Ich zog meinen Mantel aus und legte ihn ihm um die Schultern, sodass wenigstens seine Blöße bedeckt war. Die Kapuze zog ich ihm über, um seinen Kopf und seine Schönheit zu verbergen, aber ich wusste, dass es nur ein sehr dürftiger Schutz vor der Welt um ihn herum war.

Er legte seine Hände auf meine, dann zog er meine rechte

Hand an seine blutigen Lippen und küsste mir die Fingerknöchel.

Ohne ein weiteres Wort drehte er sich um und ging.

Ich stand in der Tür und sah ihm nach, als er durch die belebte Straße davonschritt, und ich merkte, dass er unrecht hatte. Er besaß sehr wohl Würde. Er ging die Straße in der stolzen Haltung eines Königs hinunter.

17. MAI 9529 V. CHR.

Heute war ich mit meiner Magd Sera auf dem Markt, um einzukaufen, als ich einen außergewöhnlich großen Mann an mir vorbeigehen sah. Zuerst dachte ich, es wäre Styxx, als ein plötzlicher Windstoß ihm die Kapuze vom Kopf blies und ich sein wunderschönes Gesicht erblickte.

Aber als ich ihn anrufen wollte, bemerkte ich, dass er das scharlachrote Gewand eines männlichen Prostituierten trug. Das Gesetz verbot ihnen, in der Öffentlichkeit in irgendeiner anderen Kleidung zu erscheinen, und sie mussten ihren Kopf stets bedeckt halten. Wenn einer erwischt wurde, der sich ohne dieses Gewand unter die Leute wagte, die dann nicht vor ihm »gewarnt« waren, konnte er auf der Stelle hingerichtet werden.

Acheron zog rasch die Kapuze wieder hoch, während er sich weiter durch die Menge drängte.

Er sah wesentlich besser aus als beim letzten Mal, als ich ihn gesehen hatte. Seine Haut war golden und gebräunt, und er war nicht mehr so schauderhaft dünn. Sein Gewand bedeckte die eine Schulter und ließ die andere frei. Ein mit Gravur verzierter goldener Reifen umschloss seinen linken Bizeps über einem Arm, der wunderschön bemuskelt war.

Er war wirklich der bestaussehendste Mann hier – auch wenn er mein Bruder war. Ich hätte blind sein müssen, um das nicht zu bemerken.

Ich überließ es Sera, sich an den Stoffen zu weiden, und folgte ihm, dankbar, dass er lebte und gesund aussah.

Aber es brach mir das Herz, dass er noch immer seinen Körper verkaufte.

Er traf an einem der Stände auf eine attraktive ältere Frau, die ihm einen Ring entgegenhielt.

»Passt er?«, fragte sie.

Er gab ihn ihr zurück. »Ich will keinen Ring, Catera. Aber danke, dass du daran gedacht hast.«

Sie gab dem Verkäufer den Ring zurück und glitt mit der Hand an seinem nackten Arm entlang, eine vertraute Liebkosung.

Die Liebkosung einer Liebenden.

Er reagierte überhaupt nicht darauf.

»Mein kostbarer Acheron«, sagte sie lachend. »Du bist so ganz anders als meine anderen Angestellten! Du nimmst nur, was du verdienst, nicht mehr, du gibst den Dienern im Bordell Trinkgelder, deshalb sind alle freundlich zu dir. Ich glaube nicht, dass ich dich je verstehen werde.« Sie nahm ihn bei der Hand und führte ihn an den Marktständen vorbei. »Ein weiser Rat für dich, Akribos: Du musst lernen, Geschenke anzunehmen.«

Er spottete. »Geschenke gibt es nicht. Wenn ich von dir etwas annehme, dann erwartest du früher oder später im Gegenzug einen Gefallen von mir. Nichts im Leben wird je ohne Erwartung geschenkt.«

Catera schüttelte missbilligend den Kopf. »Du bist viel zu jung, um so abgeklärt zu sein. Was ist dir bloß widerfahren, dass du so misstrauisch bist?«

Er antwortete nicht.

Aber ich wusste um die Schrecken seiner Vergangenheit. Ich wusste, was ihm das Vertrauen geraubt hatte. Zweifellos gehörte ich zu denen, die Acheron in diesen bitteren Fremden verwandelt hatten, den ich kaum wiedererkannte.

Als sie weitergingen, plauderte die Frau munter drauflos und versuchte, ihm andere kleine Schmuckstücke und Ähnliches aufzuschwatzen. Er warf nur einen kurzen Blick auf die Gegenstände, schwieg und wandte sich ab.

Ich hielt mich zurück und passte auf, dass sie mich nicht bemerkten, was nicht besonders schwierig war. Acheron hielt die Augen niedergeschlagen, als wäre er nicht willens, irgendjemanden anzuschauen, während Catera nur Augen für ihn hatte.

Ein Mann kam auf sie zu und zog sie zur Seite.

Acheron spazierte ein paar Stände weiter, während die beiden miteinander sprachen. Es schmerzte mich, ihm zuzuschauen, zu sehen, wie die Verkäufer verächtlich den Mund verzogen, wenn er auf sie zukam. Wie die »anständigen« Leute die Augen abwandten oder abschätzige Blicke auf seine Kleidung warfen.

Aber schrecklicher noch war die Art, wie sich die Gesichter veränderten, sobald sie Acheron anblickten: Glühende Begierde erschien sofort in den Augen, und es war erschreckend, wie intensiv sie war.

Niemand ahnte, dass Acheron ihr künftiger König gewesen wäre, hätte es den unbegründeten Hass meines Vaters nicht gegeben. Das ließ mich vor Wut erzittern, und doch gab es nichts, was ich tun konnte, um ihm zu helfen.

Wie ich es verabscheute, dass ich als Frau geboren war – in einer Welt, wo Frauen kaum mehr wert waren als Dreck!

Catera kehrte an Acherons Seite zurück.

Er warf dem Mann, der sie noch immer beobachtete, einen Blick zu. Auch dessen Augen sahen begehrlich.

Acherons Augen dagegen waren leer. »Er wollte mich kaufen.« Das sagte er ganz lakonisch, als wäre er daran gewöhnt.

Sie lachte. »Sie wollen dich alle kaufen, Akribos. Wenn ich dich je als Sklaven verkaufen wollte, würde ich zweifellos reicher werden als König Midas.«

Bei ihren Worten verdunkelten sich seine Augen. »Ich gehe besser zurück und bereite mich vor …«

»Nein«, schnitt sie ihm das Wort ab. »Dieser Tag gehört dir, und du sollst tun, was dir gefällt. Du arbeitest zu viel. Du kannst nicht die ganze Zeit drinnen sitzen.«

Seine Kinnpartie verkrampfte sich bei ihren Worten. »Ich bin nicht gern in der Nähe anderer.«

»Und doch macht es dir nichts aus, Sex mit ihnen zu haben. Ich verstehe dich einfach nicht.«

Er wandte sich ab.

»Acheron«, sagte sie und hielt ihn fest, ehe er gehen konnte. »Es tut mir leid, ich wollte nur …« Sie schwieg einen Moment und fasste seine Hände. »Du kannst so nicht weitermachen. Keiner kann von früh bis spät Klienten bedienen, Tag für Tag, ohne Pause. Versteh mich nicht falsch, es gefällt mir gut, dass du Geld für mich verdienst, aber bei diesem Tempo bist du tot, ehe du einundzwanzig wirst.«

Er lachte kurz und bitter auf. »Ich habe Euch ja gesagt, ich bin hart im Nehmen.«

»Und ich habe dir gesagt, ich lasse nicht zu, dass du in meinem Haus zu Schaden kommst. Ich kümmere mich um meine Angestellten, besonders um die, die so beliebt sind wie du.« Sie drückte ihm eine kleine Börse in die Hand. »Genieß den restlichen Tag. Geh ins Theater oder betrink dich, geh und genieß es, dass du jung bist, solange du noch kannst. Wir sehen uns heute Abend.«

Die Frau ging davon.

Acheron umklammerte die Börse und schob sie in sein Gewand. Dann drehte er sich um und ging in die entgegengesetzte Richtung.

Ich stand hin- und hergerissen da und wusste nicht, wem von den beiden ich folgen sollte.

Schließlich schickte ich meine Leibwache hinter der Frau her.

Ich wusste, dass ich in der Öffentlichkeit nicht mit ihr zusammentreffen konnte, noch viel weniger durfte uns jemand zusammen sehen und es meinem Vater hinterbringen. Also ließ ich ihr durch meinen Leibwächter ausrichten, ich würde sie gern in einem kleinen Gasthaus treffen.

Ich gab dem Wirt Geld, damit er mir ein Hinterzimmer überließ, wo ich mit Catera reden konnte, ohne dass uns jemand belauschte.

Ein paar Minuten später erschien mein Leibwächter mit Catera. Er ließ uns allein und stand vor der Tür Wache.

»Herrin«, sagte Catera und trat von einem Fuß auf den anderen, als wäre ihr unbehaglich zumute. »Was kann ich für Euch tun?«

»Bitte nehmt Platz.« Ich wies auf den Stuhl vor mir.

Sie setzte sich hin, wobei sie nervös an einem Taschentuch nestelte.

Ich schaute sanfter drein und hoffte, das würde sie beruhigen. »Ich wollte Euch fragen wegen …« Ich zögerte bei den Worten »meines Bruders«. Sie musste die Wahrheit nicht erfahren, es würde ihm möglicherweise schaden. » … wegen Acheron«, vollendete ich meinen Satz. »Wo habt Ihr ihn gefunden?«

Sie lächelte wissend. »Er ist ein schöner Mann, nicht wahr? Aber leider ist er unverkäuflich. Wenn Ihr an seinen Diensten interessiert seid, Herrin …«

»Nein!«, rief ich schockiert von ihrem Vorschlag. Andererseits begriff ich, dass sie annehmen musste, dass ich eine Kundin sei. »Es ist nur so … er erinnert mich an jemanden.«

Sie nickte. »Ja, er sieht Prinz Styxx ungeheuer ähnlich. Viele meiner Kunden finden das auch, und es ist sehr lukrativ für ihn.«

Sie hatte offensichtlich keine Ahnung. »Wo habt Ihr ihn gefunden?«, wiederholte ich.

»Weshalb wollt Ihr das wissen?«

Ich wagte es nicht, ihr die Wahrheit zu sagen. »Bitte«, sagte ich leise. »Ich zahle Euch jeden Preis, Ihr müsst mir nur ein paar Fragen über ihn beantworten.« Ich drückte ihr ein Dutzend goldener Solas in die Hand.

Sie steckte sie ein. »Ich weiß nicht, woher er stammt, er spricht nicht darüber. Aber nach seinem Akzent zu urteilen kommt er aus Atlantis.«

»Wie ist er zu Euch gekommen?«

»Vor einigen Monaten stand er an der Hintertür, barfuß und in Lumpen gekleidet. Er sah aus wie ein ganz gewöhnlicher Bettler, nur dass er frisch gewaschen war und seine Kleidung so aussah, als hätte er versucht, sie sauber zu halten. Er war blass, dünn und so schwach vor Hunger, dass er kaum aufrecht stehen konnte.«

Ich war entsetzt von dem Bild, das sie von ihm zeichnete.

»Er sagte, er suche nach Arbeit, und wollte wissen, ob ich irgendetwas für ihn hätte. Ich sagte ihm, dass ich keine Bediensteten suchte, aber er hatte in einem anderen Bordell gehört, dass ich eine neue Prostituierte suchte. Ich konnte mich gerade noch zurückhalten, sonst hätte ich ihn rundheraus ausgelacht. Ich konnte mir einfach nicht vorstellen, dass irgendjemand für den Umgang mit einer so erbärmlichen, mitleiderregenden Kreatur zahlen würde. Mein erster Impuls war, ihn hinauszuwerfen.«

»Und warum habt Ihr es nicht getan?«

»Das weiß ich auch nicht genau. Obwohl er so abgerissen aussah, hatte er etwas an sich, dem man nicht widerstehen konnte. Etwas Verlockendes, sodass es mich heiß und kalt überlief. Ich wollte ihn berühren, obwohl er so dünn und zerbrechlich war. Dann sagte er etwas ganz Unglaubliches: Ich solle ihm fünf Minuten gewähren, dann würde er mir drei Orgasmen bescheren.«

Bei diesen Worten schnappte ich nach Luft.

Sie lachte, als sie meinen Gesichtsausdruck sah. »Ich war auch überrascht. Ich habe in meinen besten Zeiten genug angeberische Männer erlebt und eine solche Behauptung nicht zum ersten Mal gehört. Aber ich war ein bisschen neugierig, weil sie aus dem Mund eines so jungen Menschen kam. Zuerst dachte ich, er wäre wie die anderen jungen Kerle, die zu mir kommen, die meisten mit wenig bis gar keiner Erfahrung. Sie meinen, Prostitution wäre ein einfacher Weg, um an Geld zu kommen, und haben keine Ahnung, was es für eine körperliche Anstrengung bedeutet und wie viel es einem seelisch abverlangt. Ich dachte zuerst, er stamme von irgendeinem Hof draußen auf dem Land und wäre jetzt in die Stadt gekommen, um sein Glück zu machen.«

Ich schluckte ängstlich, ehe ich fragte: »Und, habt Ihr ihn den Beweis für seine Worte antreten lassen?«

Sie lachte. »Verehrte Herrin, in meinem Alter habe ich schon Glück, wenn ich drei Orgasmen im Jahr erlebe. Also sagte ich ihm, wenn er so gut sei, wie er sagte, dann würde ich ihn einstellen. Ich fand heraus, dass der halb verhungerte Junge sogar noch besser war, als er behauptet hatte. Ich habe die Besten kennengelernt, doch seine Fähigkeiten sind wirklich unerreicht.«

Bei ihren Worten zog sich mir der Magen zusammen. Ich wusste leider nur zu gut, wie viel Übung er gehabt hatte. »Also habt Ihr ihn aufgenommen.«

Sie nickte. »Und diese Entscheidung habe ich nicht bereut. Ich hatte keine Ahnung, wie wunderschön er werden würde, wenn er erst einmal anständig gegessen und geschlafen hatte. Ich habe auch nicht geahnt, dass er Prinz Styxx so unglaublich ähnelt. Ich behielt ihn drei Wochen bei mir, dann ließ ich ihn arbeiten. Schon nach der ersten Nacht war er so gefragt, dass wir eine Warteliste einrichten mussten. Wenn Ihr daran interessiert seid, eine Stunde mit ihm zu verbringen, setze ich Euch gern auf die Liste, aber so, wie es aussieht, wird es gut und gern zehn Wochen dauern, ehe die Reihe an Euch kommt.«

Ich saß völlig sprachlos da und wunderte mich, was aus dem kleinen Jungen geworden war, den ich früher auf den Knien geschaukelt hatte.

Was hatte man ihm angetan? Wie konnte sein Leben nur so verlaufen sein? Es war nicht fair, und ich hätte am liebsten geweint.

»Gibt es irgendeine Möglichkeit, ein paar Worte mit ihm allein zu wechseln?«

Bei dieser Frage schaute Catera mich skeptisch an. »Er spricht normalerweise nicht mit seinen Kunden.«

»Ich will keine Kundin werden«, sagte ich eindringlich. »Ich kenne ihn.«

Catera hob eine Augenbraue. »Er ist ein Freund von Euch?«

»So etwas in der Art«, sagte ich. Ich wollte ihr nicht die Wahrheit sagen, sondern zog stattdessen noch mehr Geld aus der Tasche und gab es ihr. »Bitte. Ich werde Euch noch mehr zahlen, wenn Ihr mir die Möglichkeit verschafft, ein paar Minuten allein mit ihm zu reden. Mehr will ich nicht.«

Sie überlegte einige Herzschläge lang, dann antwortete sie. »Nun gut, wenn Ihr heute Nacht ins Bordell kommen könntet …«

»Niemand darf mich an einem solchen Ort sehen.«

»Das verstehe ich gut, aber ich bezweifle, dass er das Haus verlassen wird, um Euch zu sehen. Er weigert sich, überhaupt jemanden außerhalb des Hauses zu sehen. Heute habe ich es zum ersten Mal seit seiner Ankunft geschafft, dass er einen Schritt vor die Tür gemacht hat. Aber«, sagte sie umsichtig, »kommt gleich bei Anbruch der Dämmerung, da ist das Bordell so gut wie leer. Wir gehen nach den Geschäften der Nacht zur Ruhe, und die Klienten sind alle fort. Dann könnte ich Euch einlassen, und Ihr könnt ihn sehen.«

Ich lächelte erleichtert. »Danke. Ich werde bei Einbruch der Dämmerung da sein.«

18. MAI 9529 V. CHR.

Der frühe Morgen war kalt, und vor lauter Angst fror ich auch innerlich. Ich schlich mich aus dem Palast, eilte durch die Stadt und folgte Cateras Angaben, bis ich beim Bordell war.

Wie sie vorausgesehen hatte, war um die Uhrzeit niemand mehr dort.

Sie ließ mich durch die Hintertür ein und führte mich leise zu einem Zimmer auf der Rückseite des Hauses. Ich hielt Kopf und Gesicht immer gut bedeckt und tat mein Bestes, die armen Seelen, denen wir begegneten, nicht anzuschauen.

Catera öffnete eine Tür.

Ich trat zögerlich ein und erwartete, Acheron zu sehen. Aber er war nicht dort. Im Nebenraum hörte ich Wasser plätschern, er nahm offenbar ein Bad.

Der dumpfe Geruch nach Sex hing im Raum, und ich versuchte, nicht auf das frisch gemachte Bett zu schauen. Ich schloss die Augen, als ich an Styxx dachte und daran, dass er in Frieden und Wohlstand lebte, während Acheron zu diesem Leben hier gezwungen war.

Ich konnte mir nicht vorstellen, welche Erniedrigungen er tagtäglich erdulden musste, welchen Schmerz.

Er kam völlig nackt herein und frottierte sich das Haar. Als er mich sah, wie ich an der Tür stand, fast noch auf der Schwelle, blieb er plötzlich stehen.

»Vergebt mir, Herrin«, sagte er mit seiner sinnlichen Stimme, die den Hauch eines atlantäischen Akzents hatte. Ich war dankbar, dass er zumindest die Kugeln nicht mehr in der Zunge trug. »Ich dachte, ich wäre für heute Nacht fertig.«

Ich zog mir die Kapuze ab.

Er erkannte mich sofort und kniff misstrauisch die Augen zusammen. »Na, wenn das nicht Schwester Ryssa ist! Bist du gekommen, um mich zu retten oder um mich zu ficken? Ach, Moment, das hatte ich ganz vergessen. Wenn du mich rettest, bin ich ja sowieso gefickt, oder?«

Angesichts der feindseligen Verachtung, die mir entgegenschlug, traten mir Tränen in die Augen. Andererseits konnte ich ihm seine Verbitterung kaum übelnehmen. »Du musst nicht so vulgär sein.«

»Du wirst entschuldigen, wenn es mir an guten Manieren mangelt. Als Hure bin ich nicht besonders geübt darin zu reden wie ein anständiger Mensch. Anständige Menschen sprechen schließlich nur mit mir, um mir Anweisungen zu geben, wie ich sie besser flachlegen soll.« Er ließ das Handtuch aufs Bett fallen und ging zu einem Stuhl am Fenster.

Er setzte sich und öffnete ein Kästchen, das auf dem Tisch stand. Ich schaute schweigend zu, während er mehrere fremdartige Kräuter und Blumen in eine kleine Wasserpfeife steckte. Er zündete die Kräuter an und inhalierte tief.

»Was tust du da?«

Er nahm mehrere Züge, ehe er die Pfeife aus dem Mund nahm. »Ich benutze Xechnobia.« Als ich verständnislos die Stirn runzelte, erklärte er es mir. »Das ist eine Droge, Ryssa.«

»Bist du krank?«

Er lachte, dann inhalierte er weiter. »Das ist Ansichtssache«, sagte er nach einer kurzen Pause. Ein Muskel zuckte in seinem Kinn, während er mich genau anschaute. »Ich benutze sie, damit ich vergessen kann, wie viele Hände an einem einzigen Tag auf mir liegen. Sonst kann ich nicht in Ruhe schlafen.«

Ich hatte von solchen Drogen gehört, aber in meiner Welt existierten sie nicht. Zweifellos hatte Estes ihn den Umgang damit gelehrt. Ich hätte am liebsten darüber geweint, was aus dem Acheron geworden war, der Brot gebacken und mit Maia gespielt hatte.

»Was führt dich her, Prinzessin?«, fragte er.

»Ich wollte dich gern sehen.«

»Weshalb?«

»Ich habe mir Sorgen um dich gemacht. Heute habe ich dich auf dem Markt gesehen und wollte wissen, wie es dir geht.«

Acheron stopfte noch mehr Kräuter in die Pfeife, dann pustete er sanft darauf, um die glühende Asche wieder zu entfachen. »Es geht mir gut. Jetzt kannst du nach Hause gehen und in Wohlstand und mit gutem Gewissen schlafen.« Der höhnische Tonfall traf mich tief.

Ich schüttelte den Kopf, und mir traten Tränen in die Augen. »Wie kannst du dir das nur selbst antun?«

Er hob spöttisch die Augenbrauen. »Ich bin wie ein trainierter Hund, Ryssa. Ich tue nur das, was man mir beigebracht hat.«

»Das ist so erniedrigend. Warum bist du nur zu diesem Metier zurückgekehrt?«

Seine Augen brannten, und ich sah den Zorn, den er gegen mich hegte. »Wieder zu diesem Metier zurückkehren? Warum, große Schwester, sprichst du von *diesem Metier*, als wäre es etwas Schlechtes? Für mich ist es das Paradies! Ich muss nur zehn bis zwölf Leute pro Nacht ficken, und in der Regel immer nur nacheinander. Ich darf endlich an einem Tisch essen, nicht vom Boden oder von jemandes Schoß. Ich muss bei niemandem um Essen betteln, niemand bestraft mich die paar Tage im Jahr, an denen ich krank bin und niemanden ficken kann. Wenn mich jemand verletzt oder schlägt, bekommt er von Catera Hausverbot. Sie bezahlt mich sogar für meine Arbeit, und ich habe einen Tag in der Woche frei. Was am allerbesten ist: Wenn ich mich schlafen lege, dann tue ich das allein. Mir ist es noch nie so gut gegangen.«

Bei dem Horror, den er beschrieb, hätte ich am liebsten geschrien. Dass es die nackte Wahrheit war, die er da aussprach, verletzte mich nur noch mehr. »Heißt das, du bist zufrieden, so wie du jetzt lebst?«

Er stellte die Wasserpfeife auf den Tisch und durchbohrte mich mit seinem quecksilbrigen Blick. »Was denkst du, Prinzessin?«

»Ich denke, dass dir mehr zusteht als das hier.«

»Tja, da bist du aber etwas ganz Besonderes, wenn du in mir etwas anderes siehst als eine Hure. Ich will dir mal erklären, wie der Rest der Welt mich sieht. Ich habe Atlantis verlassen und war sechs Wochen krank von den Drogen, die Estes mir aufgezwungen hatte.«

Ich erinnerte mich noch gut daran, wie er unter dem Entzug gelitten hatte, als ich ihn entführt hatte.

»Ich besaß nichts außer dem Mantel, den du mir gegeben hast. Kein Geld, keine Kleidung, gar nichts.«

»Also bist du zur Hurerei zurückgekehrt.«

»Hatte ich denn eine andere Wahl? Ich bin überall herumgezogen und habe versucht, Arbeit zu finden, irgendetwas anderes, aber niemand wollte mich einstellen. Sobald die Leute mich sehen, wollen sie nur noch eine einzige Sache von mir, und in dieser Sache bin ich nun mal zufällig sehr gut. Sag mir, Prinzessin, wenn Vater dich morgen auf die Straße setzen würde, nackt und mittellos, was würdest du dann tun? Was kannst du gut?«

Ich hob das Kinn. »Ich würde etwas finden.«

»Probier es doch mal aus, Prinzessin.« Er wies auf die Tür hinter mir. »Na los! Ich weiß nicht mal, wie man Böden wischt. Alles, was ich kann, ist meinen Körper benutzen, um anderen zu Gefallen zu sein. Ich war krank und allein, ohne Hilfe, ohne Freunde, Familie oder Geld. Ich war vor Hunger so schwach, dass mir ein Bettler sogar deinen Mantel gestohlen hat, als ich am Boden lag und sterben wollte, ich konnte ihn nicht daran hindern. Also komm mir jetzt nicht mit deinem verächtlichen Blick, schau mich nicht an, als würde ich unter dir stehen! Ich brauche deine Mildtätigkeit nicht, und ich brauche auch dein Mitleid nicht! Ich weiß genau, was du siehst, wenn du mich anschaust.«

»Weißt du das wirklich?«

Er stand auf, breitete die Arme aus und präsentierte mir seinen perfekten nackten Körper. »Ich kann es ganz klar an deinem Gesicht ablesen. Du siehst den armseligen Jungen, der seinem Vater die Füße geküsst und ihn gebeten hat, ihn nicht in die Hurerei zurückzuschicken. Du siehst die Hure, die einem Prinzen zu Gefallen gewesen ist und dann aus seinem Haus geworfen wurde.«

Ich schüttelte den Kopf. »Nein, Acheron. Ich sehe den kleinen Jungen, der früher auf mich zugerannt kam und mich fragte, warum seine Eltern ihn nicht liebten. Denselben kleinen goldhaarigen Cherub, der in meinem Zimmer Sonnenstrahlen gejagt hat und lachte, wenn sie auf seine Handfläche fielen. Du bist mein Bruder, und ich werde nie etwas Schlechtes in dir sehen.«

Die Wut in seinem Gesicht wurde so intensiv, dass ich einen Augenblick fürchtete, er würde mich schlagen. »Verschwinde!«

Ich warf mir die Kapuze über, drehte mich um und ging.

Ich wartete darauf, dass er mich aufhalten würde, aber das tat er nicht.

Mit jedem Schritt, mit dem ich mich von ihm entfernte, weinte ich mehr über das, was ich heute Morgen herausgefunden hatte. Mein lieber Acheron war fort, und an seine Stelle war ein Mann getreten, der nichts mit mir zu schaffen haben wollte.

Das Schlimmste war, dass ich es ihm nicht einmal übelnehmen konnte. Es war unerträglich. Er sollte eigentlich in seinen königlichen Gemächern leben, mit Dienern, die ihm auf Abruf zur Verfügung standen.

Stattdessen war er in einem Albtraum gefangen, aus dem keiner ihn erlösen konnte. Das konnte doch nicht sein ganzes Leben lang so weitergehen. Sicher war Acheron zu Höherem bestimmt als zu dem hier.

Doch wie konnte ich leugnen, was ich sah? Er hatte recht. Die Menschen wollten alle nur das eine von ihm. Und weil Vater nicht willens war, ihn zu beschützen, war Catera besser als nichts.

Mein kleiner Bruder war eine Hure. Es war an der Zeit, dass ich der Wahrheit ins Gesicht blickte.

23. AUGUST 9529 V. CHR.

Der Tag verhieß nichts Gutes. Mein Vater und seine Senatoren hatten beschlossen, dass der Versuch unternommen werden sollte, den Gott Apollo mit einem Menschenopfer zu beschwichtigen.

Dieses Opfer sollte ich sein.

Schon seit dem Beginn des Krieges zwischen Griechenland und Atlantis hatten die griechischen Könige nach einem Weg gesucht, um ihn abzuwenden. Aber die Apolliten, die über Atlantis herrschten, hassten uns und hatten beschlossen, ganz Griechenland zu einer Provinz von Atlantis zu machen.

Die griechischen Stadtstaaten hatten in ihrer Angst, durch die überlegene Technologie der Atlantäer versklavt zu werden, alles in den Kampf geworfen, was sie aufbieten konnten.

Leider schien das nicht genug zu sein. Apollo stand auf Seiten der Atlantäer und der Apolliten, die er geschaffen hatte und die mit den Atlantäern in Atlantis residierten. Solange sie tagsüber kämpften, waren diese Truppen unbesiegbar.

Die Griechen waren am Ende. Also hatten sich die Priester und Orakel versammelt, um zu sehen, ob es irgendetwas gab, womit man Apollos Gunst wiedererlangen konnte.

»Der Gott kann nur durch die schönste aller Prinzessinnen besänftigt werden«, hatte das Orakel von Delphi verkündet.

Irgendein Verrückter hatte mich ins Spiel gebracht.

Diesen Mann hätte ich erwürgen können!

»Vater, bitte«, bat ich, während ich ihm und Styxx folgte. Sie gingen auf den Senatsraum zu und hatten keine Zeit für mich – nicht, dass das etwas Ungewöhnliches gewesen wäre.

»Genug jetzt, Ryssa«, sagte er streng. »Die Entscheidung ist gefallen. Du wirst Apollo angeboten. Wir brauchen ihn auf unserer Seite, wenn wir den Krieg gegen die Atlantäer gewinnen wollen. Solange er ihnen seine Gunst gewährt und ihnen hilft, haben wir nicht die geringste Chance. Wenn du aber seine Geliebte bist, wird er mit mehr Nachsicht auf unser Volk blicken und sich uns möglicherweise wohlgesonnen zuwenden.«

Es ging mir gegen den Strich, dass ich verschachert und verkauft werden sollte, ohne auch nur …

Ich taumelte, als ich an Acheron dachte. Endlich begriff ich genau, wie er sich fühlte. Wie es war, wenn man kein Mitspracherecht darüber hatte, was dem eigenen Körper angetan wurde.

Es war ein schauderhaft grässliches Gefühl. Kein Wunder, dass er mich hinausgeworfen hatte. Zweifellos hatte ich in meiner Unschuld ziemlich scheinheilig gewirkt, ich hatte damals überhaupt nichts begriffen.

Entschlossen folgte ich Vater und Styxx in den hinteren Korridor. Ich wollte nicht so schnell aufgeben.

Als wir uns der großen Halle näherten, blieb ich plötzlich stehen, denn ich hörte eine kleine Gruppe Senatoren draußen im Atrium miteinander reden.

»Er sieht ganz genauso aus wie Styxx.«

Auch mein Vater und Styxx blieben jetzt stehen.

»Was sagst du da?«, fragte ein anderer.

»Es ist wahr«, sagte der erste Senator. »Sie könnten einander nicht ähnlicher sehen, wenn sie Zwillinge wären. Der einzige Unterschied ist die Augenfarbe.«

»Seine Augen sehen zum Fürchten aus«, unterbrach sie ein dritter Senator. »Man sieht genau, dass er der Sohn eines Gottes ist, aber er sagt nicht, wessen Sohn.«

»Er lebt in einem Bordell, sagst du?«

»Ja«, versicherte einer der Männer. »Ich sage dir, Krontes, du musst ihm unbedingt einen Besuch abstatten. Ich habe mir vorgestellt, er wäre Styxx, das hat mir unglaublich geholfen, mit dem königlichen Scheißkerl klarzukommen. Wenn du eine Stunde mit Acheron verbringst, der vor dir auf den Knien rutscht, dann wirst du Styxx bei der nächsten Begegnung mit völlig anderen Augen sehen.«

Sie lachten.

Ich fühlte, wie ich blass wurde, mein Vater und Styxx hingegen wurden rot vor Zorn.

»Du hättest gestern Nacht bei unserem Bankett sein sollen«, sagte der erste Mann wieder. »Wir haben ihm königliche Kleidung angezogen und ihn herumgereicht wie eine rollige Hündin.«

Plötzlich wurde mir übel.

Vater stürmte in den Raum und rief seine Leibwache, um die Männer festnehmen zu lassen, weil sie Styxx verunglimpft hatten.

Styxx verunglimpft!

Hysterisches Gelächter stieg in mir hoch, während ich mich vor Schmerz vornüberbeugte. Zeus möge verhüten, dass Styxx jemals beleidigt würde! Dass es Acheron war, der herabgewürdigt wurde und jedermann dienen musste, war meinem Vater egal.

Acheron war niemandem wichtig.

Niemandem außer mir.

23. JUNI 9529 V. CHR.

Bei Anbruch der Dämmerung verließ ich allein den Palast. Es war eine törichte Aufgabe, die ich angehen wollte, aber ich konnte einfach nicht anders. Heute wurde Acheron neunzehn.

Ich wusste, dass ihm noch nie jemand etwas zum Jahrestag seiner Geburt geschenkt hatte, und fragte mich, ob er überhaupt den genauen Tag kannte, an dem er auf die Welt gekommen war. Ich dachte an die Feier, die ich für ihn geplant hatte, bevor unser Vater alles ruiniert und ihn nach Atlantis zurückgeschickt hatte.

Ich hielt ein Geschenk unter dem Mantel umklammert, während ich durch die menschenleeren Straßen zu dem Bordell ging, das ich schon einmal aufgesucht hatte.

Ich klopfte an die Hintertür und fragte nach Catera. Nach kurzer Zeit erschien sie mit gerunzelter Stirn.

»Herrin, warum seid Ihr wieder hier?«

Ich lächelte sie sanft an. »Ich wollte Acheron noch einmal sehen. Nur ein paar Minuten.«

Ihre Augen verdunkelten sich traurig. »Ich wollte, ich könnte Euch helfen, Herrin, aber er ist nicht mehr hier.«

Kalte Furcht ergriff mein Herz. »Was? Wo ist er denn?«

»Ich weiß nicht, wohin man ihn gebracht hat.«

»Man hat ihn fortgebracht?«, flüsterte ich vorsichtig und hoffte, sie meinte nicht das, was ich befürchtete.

Doch leider meinte sie genau das. »Er ist vor einigen Monaten festgenommen worden. Die Wachen des Königs kamen früh am Nachmittag. Sie brachen durch die Vordertür und verlangten, zu dem königlichen Blender geführt zu werden. Acheron wurde aus dem Bett gezerrt, in dem er schlief, und in Ketten gelegt, dann führten sie ihn ab, und seitdem habe ich nichts mehr von ihm gehört.«

Ich spürte, wie meine Finger taub wurden und mein liebevoll verpacktes Geschenk zu Boden fiel. Ich war so fassungslos, dass ich mich nicht rühren konnte.

Mein Vater hatte ihn festnehmen lassen?

Natürlich hatte er das. Ich hätte selbst darauf kommen müssen! Zweifellos hatte er seine Männer noch am gleichen Tag losgeschickt, an dem wir zufällig die Unterhaltung der Senatoren mitgehört hatten. Was war ich für eine Idiotin, dass ich nicht damals schon daran gedacht hatte!

Ich war zu sehr damit beschäftigt gewesen, über mein eigenes bevorstehendes Schicksal mit Apollo nachzugrübeln. Ich sollte mich schämen, dass ich nicht Acheron an erste Stelle gesetzt hatte! Was mochten sie ihm inzwischen wieder angetan haben?

Mein einziger Trost bestand darin, dass Vater ihn nicht töten konnte, denn damit hätte er auch Styxx getötet.

Catera hob das Geschenk auf und reichte es mir.

Ich dankte ihr und ging.

Acheron musste irgendwo im Palast sein. Egal, was es mich kosten würde, ich würde ihn finden und befreien.

23. JUNI 9529 V. CHR.
IM PALAST VON DIDYMOS

Die Mittagsstunde war bereits angebrochen, als ich endlich herausgefunden hatte, wo Acheron gefangen gehalten wurde. Vater hatte ich natürlich nicht fragen können – das hätte seinen Zorn auf mich nur wieder aufs Neue entfacht, und ich hätte nicht mehr erfahren als das, was ich ohnehin schon wusste. Also verlegte ich mich darauf, die Palastwachen zu bestechen.

Aber auch das war leichter gesagt als getan, denn die meisten von ihnen wussten nichts, und diejenigen, die informiert waren, hatten zu viel Angst vor dem Zorn meines Vaters, als dass sie gesprochen hätten.

Endlich fand ich doch heraus, wo Acheron steckte. Mein Bruder war in den untersten Bereich des Palastes gebracht worden, unter die Fundamente, wo die übelsten Kriminellen gefangen gehalten wurden: Vergewaltiger, Mörder, Verräter …

Und ein junger Prinz, dessen Vater ihn grundlos hasste – einfach nur deshalb, weil er auf die Welt gekommen war.

Ich wollte nicht dort unten hingehen, wo man die Schreie und das Stöhnen der Verdammten hören konnte, wo man riechen konnte, wie sie bei lebendigem Leib verrotteten, wo sie gefoltert wurden. Nur das Wissen darum, dass Acheron dort war, ließ mich den Mut finden, den ich brauchte, um ihn dort unten zu suchen.

Ich ging die gewundenen Korridore entlang und zog meinen Umhang enger um mich, um mich warm zu halten. Es war schrecklich feucht und kühl hier, dunkel und unerbittlich. Nicht einmal meine Fackel konnte die Dunkelheit bannen.

Als ich an den Zellen vorüberkam, flehten mich diejenigen, die mich sehen konnten, um Gnade an. Doch nicht ich konnte ihnen die Freiheit schenken, es war die Gnade meines Vaters.

Leider hatte er keine Gnade für sie übrig.

Der Hauptmann der Wachen führte mich zu einer kleinen Tür ganz am Ende des Korridors, aber er weigerte sich, sie für mich zu öffnen. Ich hörte, dass drinnen Wasser tropfte, aber sonst vernahm ich nichts. Ein übelriechender Gestank drang heraus und nahm mir den Atem. Ich hatte keine Ahnung, woher er rührte. Das war ein wahrhaft furchterregender Ort.

»Gib mir einfach den Schlüssel. Ich schwöre, es wird nie jemand erfahren.«

Der Hauptmann wurde blass. »Das kann ich nicht tun, Hoheit. Seine Majestät hat klare Anordnung gegeben, dass jeder, der diese Tür öffnet, zum Tode verurteilt wird. Ich habe Frau und Kinder.«

Ich hatte Verständnis für seine Angst und zweifelte nicht daran, dass mein Vater ihn tatsächlich würde töten lassen. Die Götter wussten, dass er schon für kleinere Vergehen Todesurteile ausgesprochen hatte. Also dankte ich dem Mann und wartete, dass er mich allein ließ. Dann kniete ich mich auf den kalten, feuchten Boden und öffnete die kleine Klappe, durch die das Essen vom Flur in die Zelle geschoben wurde.

»Acheron?«, rief ich. »Bist du da drin?«

Ich legte mich der Länge nach auf den dreckigen Boden und versuchte, durch die kleine Öffnung zu spähen, aber ich konnte nichts sehen, weder einen Körper, noch Kleidung oder Licht.

Endlich hörte ich ein leises Rascheln.

»Ryssa?« Seine Stimme war schwach und rau, aber ich spürte eine unmäßige Freude.

Er lebte.

Ich streckte meine Hand durch die Öffnung. »Ich bin es, Akribos.«

Ich spürte, wie er meine Hand ergriff. Sie zitterte ganz leicht. Seine Finger waren dünn und skelettartig, sein Griff sanft.

»Du solltest gar nicht hier sein«, sagte er mit krächzender Stimme. »Niemand darf mit mir sprechen.«

Bei seinen Worten schloss ich die Augen und holte zitternd Luft. Ich wollte ihn fragen, ob es ihm gut ging, aber ich kannte die Antwort bereits. Er vegetierte in einer kleinen Zelle wie ein Tier dahin.

Ich packte seine Hand fester. »Wie lange bist du schon hier?«

»Ich weiß es nicht. Ich kann Tag und Nacht nicht unterscheiden.«

»Hast du dort drin kein Fenster?«

Er lachte bitter. »Nein, Ryssa, ich habe kein Fenster.«

Ich hätte am liebsten um seinetwillen geweint.

Er ließ meine Hand los. »Du musst gehen, Prinzessin. Du gehörst nicht hierher.«

»Du gehörst auch nicht hierher.« Ich versuchte erneut, seine Hand zu ergreifen, aber ich fühlte nur noch schmutzigen Boden. »Acheron?«

Er antwortete nicht.

»Acheron, bitte! Ich will nur deine Stimme hören. Ich muss wissen, dass es dir gut geht.«

Nur Schweigen kam zurück.

Ich lag lange Zeit dort, meine Hand steckte immer noch in seiner Zelle, und hoffte, er würde sie wieder ergreifen, aber das tat er nicht. Während ich wartete, sprach ich weiter mit ihm, obwohl er mir nicht antwortete, was ich ihm kaum übelnehmen konnte.

Er hatte jedes Recht, zornig und mürrisch zu sein. Ich konnte mir nicht vorstellen, wie grauenhaft es gewesen sein musste, erst durch die Straßen gezerrt und dann hier an diesem Ort eingesperrt zu werden.

Und wofür?

Wegen einer eingebildeten Kränkung, die mein Vater verspürte? Dem Bedürfnis, Styxx' Würde zu bewahren? Mich packte Abscheu.

Ich ging erst, als ein Diener die Abendmahlzeit brachte, eine Schale dünne Suppe und übelriechendes Wasser. Ich starrte voller Entsetzen darauf.

Heute Abend würde Styxx seine Lieblingsmahlzeiten serviert bekommen, er würde essen, bis er satt und zufrieden war, während der Adel sich versammelte, ihm gute Wünsche übermittelte und sich jeder seiner Launen beugte. Vater würde ihn mit Geschenken überhäufen und ihn mit Liebe und Glückwünschen überschütten.

Während Acheron hier in einer dreckigen Zelle hockte, allein, hungrig und in Ketten.

Mit Tränen in den Augen sah ich zu, wie der Diener die Klappe in der Tür schloss und uns wieder allein ließ.

»Alles Gute zum Geburtstag, Acheron«, flüsterte ich, obwohl ich wusste, dass er mich nicht hören konnte.

22. OKTOBER 9529 V. CHR.

In den letzten Monaten hatte ich mich auf meine Verbindung mit Apollo vorbereitet. Während der frühen Morgenstunden, ehe der Palast zum Leben erwachte, hatte ich es mir zur Gewohnheit gemacht, Acheron in seiner Zelle zu besuchen. Er sprach selten, aber ab und zu bekam ich ein paar Worte aus ihm heraus.

Ich wusste jedes einzelne Wort zu schätzen.

Ich wünschte mir, er würde mehr mit mir sprechen. Leider muss ich sagen, dass ich manchmal recht kurz angebunden und wütend auf ihn war. Ich gab mir solche Mühe und riskierte so viel, um ihn zu sehen, ich brachte ihm kleinste Stückchen Brot und Reste von Süßspeisen – da konnte er doch wenigstens einmal ein bisschen freundlich sein!

Aber das war offenbar zu viel verlangt.

Es war Nachmittag, und ich war mit Vater, Styxx und dem Hohepriester in Vaters Räumen zusammengetroffen, um zu beraten, welche Gewänder ich bei der Zeremonie tragen sollte, während der man mich Apollo übergeben würde.

Ursprünglich wollte der Rat mich dem Gott nackt überreichen, doch zum Glück hatte der Priester ihnen das ausgeredet, deshalb wurde jetzt ausgiebig über das richtige Gewand und den passenden Schmuck dazu diskutiert.

Während der Schreiber sich Notizen machte, wurde es Styxx plötzlich übel. Er konnte sich nicht mehr auf den Beinen halten, brach zusammen, lag wie ein kleines Kind am Boden und zitterte. Zusehends schien er blasser und schwächer zu werden.

Erschrocken sah ich zu, wie Vater ihn nahm und in seine Gemächer trug. Ich folgte ihnen ängstlich und fragte mich, was über ihn gekommen sein mochte. Obwohl wir viel miteinander stritten, so liebte ich meinen Bruder doch, und ich wollte ihn keineswegs leiden sehen.

Vater legte ihn aufs Bett und schickte nach dem Arzt. Ich trat hinzu und versuchte zu helfen, aber ich konnte nichts tun. Styxx konnte nicht einmal sprechen, er keuchte, als wäre seine Kehle ausgedörrt und seine Lunge geschädigt. Er starrte mich nur an, und seine Augen waren voll verständnisloser Panik.

Ich sprach ein Gebet für ihn und hielt seine Hand, wie ich es oft bei Acheron getan hatte. Styxx ließ meine Berührung nur selten zu, allein das zeigte schon, wie schlecht es ihm ging.

Bis die Ärzte endlich eintrafen, war sein Gesicht gespenstisch bleich und hager geworden.

Ich trat beiseite, sodass sie ihn untersuchen konnten.

»Was hat er?«, fragte mein Vater voller Besorgnis.

Die Ärzte schienen verwirrt. »Wir haben so etwas noch nie gesehen, Herr.«

»Was?«, fragte ich, und meine Stimme brach.

Der oberste Arzt seufzte. »Es ist, als stehe er kurz davor, vor Hunger und Durst zu sterben, dabei weiß ich doch, dass er nicht eine Mahlzeit ausgelassen hat. Seinem Aussehen nach zu urteilen bezweifle ich, dass er diesen Tag überleben wird. Es ergibt einfach keinen Sinn. Wie kann denn ein wohlgenährter Prinz unter diesen Symptomen leiden?«

Bei diesen Worten blieb mir das Herz stehen, und der Grund für Styxx' Krankheit wurde mir augenblicklich klar. »Acheron«, sagte ich zu meinem Vater. »Er stirbt.«

Er hörte mir nicht zu, sondern brüllte die Ärzte an, den Thronerben gefälligst zu retten.

»Vater!«, schrie ich und zerrte ihn am Arm, um auf mich aufmerksam zu machen. »Styxx stirbt, weil *Acheron* stirbt. Erinnerst du dich nicht an die Weissagung der alten Wahrsagerin bei der Geburt der beiden? Wenn Acheron stirbt, so stirbt auch Styxx. Acheron ist derjenige, der in seiner Zelle verhungert. Wenn wir ihn heilen, dann wird auch Styxx genesen.«

Zornig schrie er nach den Wachen und befahl ihnen, Acheron in den Thronsaal zu bringen.

Ich rannte hinter den Wachen her, als sie den riesigen Palast durchquerten und zu den unterirdischen Zellen hinabstiegen. Wie immer war es hier nasskalt, und es stank. Ich hasste diesen Ort, an dem Acheron seit so vielen Monaten eingesperrt war.

Mir hämmerte das Herz, während ich hinter den Soldaten stand und zusah, wie man die Tür der Zelle öffnete. Endlich würde ich ihn wiedersehen!

Die Soldaten traten zurück.

Noch nie im Leben hatte ich laut geflucht, aber jetzt gebrauchte ich die übelsten Schimpfworte, als ich sah, wie man meinen Bruder gefangen gehalten hatte.

Die Zelle war so klein, dass er nur gebückt darin sitzen konnte. Sie war noch kleiner als der Raum, in dem Estes ihn in Atlantis bestraft hatte, Acheron musste sich regelrecht zusammenkauern, um überhaupt hineinzupassen. In der Zelle gab es keinerlei Licht.

Mein Bruder hatte fast ein ganzes Jahr in völliger Dunkelheit und im Dreck gelebt! Er konnte sich kaum bewegen, von Hygiene gar nicht zu reden. Nicht einmal Tiere behandelte man so! Warum hatte mir Acheron nie gesagt, wie es auf seiner Seite der Zellentür aussah?

Eine Wache zerrte ihn heraus. Acheron war zu schwach, um zu protestieren, und flog der Länge nach auf den Boden des Gangs. Aus der Zelle stank es so übelerregend, dass sich mir fast der Magen umdrehte, auch Acheron stank unerträglich. Ich musste mir ganz fest die Nase zuhalten, sonst hätte ich mich übergeben.

Acheron lag auf dem Rücken und atmete flach und unregelmäßig. Er war so dürr, dass er schon nicht mehr aussah wie ein Mensch. Ich konnte jeden einzelnen Knochen in seinem Körper erkennen. Ihm war ein langer Bart gewachsen, sein Haar hing um ihn herum wie ein Spinnennetz. Er sah aus wie ein alter Mann, nicht wie ein junger Bursche von neunzehn Jahren.

Ich kniete mich neben ihn und zog seinen Kopf auf meinen Schoß. »Acheron?«

Er antwortete nicht. Genau wie Styxx war er zu schwach und konnte mich nur verständnislos anstarren.

»Bringt ihn nach oben in meine Gemächer«, befahl ich dem Mann, der ihn aus der Zelle gezogen hatte.

Er verzog voller Abscheu die Lippen. »Herrin, er ist widerwärtig.«

»Ihr bringt ihn in mein Zimmer, oder ich lasse euch wegen Ungehorsam auspeitschen.«

Kurze Zeit sah er unentschlossen aus, dann fügte er sich. Ich befahl einem anderen Wächter, etwas zu essen und zu trinken zu holen, und folgte den beiden.

Das Ganze dauerte mir viel zu lange. Ich konnte nicht glauben, dass diese Hülle von einem Menschen in den Armen des Palastwächters der wunderschöne Junge war, der mit Maia im Garten Fangen gespielt hatte. Wie konnte mein Vater nur so grausam sein?

Der Wachmann trat in mein Schlafzimmer und legte Acheron aufs Bett, dann verließ er schleunigst den Raum. Ich schickte meine Dienerinnen nach Wasser und Tüchern, sodass wir Acheron von dem schlimmsten Dreck befreien konnten.

Es war einfach schrecklich, ihm so nahe zu sein, während er so heruntergekommen und verwahrlost aussah. Er roch unglaublich schrecklich und wirkte fürchterlich schwach. Wie konnte überhaupt irgendjemand eine solche Tragödie überstehen? Ich fühlte mich vollkommen hilflos.

Ich nahm mein Bettlaken und versuchte, ihm den Schmutz aus dem Gesicht zu wischen.

Meine Dienerinnen kamen zurück, und zur gleichen Zeit traf auch das Essen ein.

Ich drückte Acherons Kopf an mich und fütterte ihn vorsichtig mit kleinen Stücken Brot, aber er schien sie nicht kauen zu wollen. Ich wusste nicht, ob er zu schwach war oder nicht mitbekam, dass er Brot im Mund hatte.

»Herrin«, sagte Kassandra, »Ihr werdet Eure Kleidung ruinieren, wenn Ihr ihn berührt.«

»Das ist mir gleich.« Und das war es tatsächlich. Ich wollte nur eines: sein Leben retten. Langsam träufelte ich ihm Wein in den Mund. »Iss, Acheron«, flüsterte ich.

Er wandte schwach den Kopf ab. »Bitte lass mich sterben«, flüsterte er rau und heiser.

Ich schluchzte, als ich begriff, dass er vorsätzlich nichts mehr aß und trank. Zweifellos hatte er einfach aufgehört, etwas zu sich zu nehmen, und gebetet, dass ihn der Tod aus dem Loch befreien würde, in dem man ihn gefangen hielt.

Das Gütigste wäre gewesen, ihn jetzt gehen zu lassen.

Aber das konnte ich nicht tun. Ich würde nicht nur ihn verlieren, sondern auch Styxx, und ich liebte meine Brüder alle beide.

»Bleib bei mir, Acheron«, flüsterte ich.

Aber das wollte er nicht. Er wollte sterben und kämpfte darum. Während die Tage vergingen, sah ich zu, wie die Ärzte meines Vaters ihn gewaltsam fütterten und zwangsernährten und wie er immer wieder versuchte, das Essen auszuspucken. Aber sie waren unerbittlich und stets aufmerksam.

Sie fesselten ihn an mein Bett, zwangen seine Lippen auseinander und flößten ihm Milch, Wein und Honig ein. Wenn er versuchte, es wieder auszuspucken, schlugen sie ihn und hielten ihm Mund und Nase zu, bis er schluckte.

Er verfluchte sie, und er verfluchte auch mich.

Ich konnte es ihm nicht übelnehmen.

Jeder Tag war ein Albtraum für ihn, während Styxx es ganz bequem hatte und immer kräftiger wurde. Alle lobten seine Genesung überschwänglich und lasen ihm jeden Wunsch von den Augen ab. Acherons Haut hingegen war malträtiert und voller blauer Flecken, vor allem sein Kiefer, weil man ihm immer wieder den Mund aufriss. Die Ärzte hatten angeordnet, dass er mindestens alle zwei Stunden essen müsse.

Jedes Mal, wenn die Wachen und Diener erschienen, um ihn zum Essen zu zwingen, wurde er ganz starr und warf mir Blicke zu, mit denen er mich verwünschte.

Als er kräftiger wurde, kämpfte er energischer gegen die Zwangsernährung an, bis er zum Schluss aufgab und sich nicht mehr wehrte. Er schickte mir nicht einmal mehr wütende, hasserfüllte Blicke, sondern verfiel in eine hoffnungslose Resignation, die mich fast noch stärker traf. Während all der Zeit blieb er gefesselt, und ich merkte, dass sich seine Lage überhaupt nicht verändert hatte. Er war noch immer ein Gefangner, nur an einem anderen Ort.

Für ihn war alles beim Alten geblieben.

1. NOVEMBER 9529 V. CHR.

Heute ließ Vater Acheron in ein anderes Zimmer bringen, quer über den Flur, ganz in meiner Nähe. Er wurde wieder mit Händen und Füßen an die Bettpfosten gefesselt, aber diesmal immerhin bekleidet. Er wurde auch weiterhin gefüttert, allerdings nur noch fünfmal am Tag.

Ich gewöhnte mir an, Acheron bei jeder sich bietenden Gelegenheit zu besuchen, und jedes Mal brach mein Herz.

Er regte sich nicht und sprach auch nicht mit mir. Er lag einfach nur da und starrte an die Decke, als hätte er nichts mit alldem zu tun, was um ihn herum vorging.

»Ich wünsche mir so sehr, dass du mit mir redest, Acheron.«

Er tat, als wäre ich gar nicht da.

»Ich liebe dich. Ich will dich nicht in diesem schrecklichen Zustand sehen. Bitte, kleiner Bruder, kannst du mich nicht wenigstens einmal anschauen?«

Er zuckte nicht mit der Wimper.

Dass er so gar nicht antwortete, ärgerte mich, und ich hätte ihn manchmal am liebsten beschimpft. Aber ich hielt den Mund. Vaters Beleidigungen, die Wachen und Diener, die ihn fütterten, waren schon Missbrauch genug.

Ich konnte nichts für ihn tun, und das Wissen darum machte mich krank. Ich verließ ihn und kümmerte mich wieder um die Vorbereitungen für meine Übergabe an Apollo.

20. NOVEMBER 9529 V. CHR.

Acheron lag weiterhin regungslos auf seinem Bett. Wie immer starrte er an die Decke und ignorierte mich, während ich versuchte, mit ihm zu sprechen.

»Ich würde so gern mit dir reden, Acheron. Ich vermisse unsere Gespräche so sehr. Wir haben uns doch früher immer unterhalten. Du warst mein bester Freund, der einzige Mensch, mit dem ich je reden konnte und von dem ich wusste, er würde Vater nicht jedes meiner Worte hinterbringen.«

Noch immer keine Antwort.

Was würde es ihn denn kosten, mich wenigstens zur Kenntnis zu nehmen? Er konnte doch nicht ewig im Bett liegen bleiben! Wenn man andererseits bedachte, dass er monatelang in einem winzigen Loch gesessen hatte, dann war er wahrscheinlich mehr als daran gewöhnt, regungslos zu verharren.

Doch als ich diesmal vom Bett wegtrat, fiel mir etwas Merkwürdiges auf. Ich runzelte die Stirn und ging zum Bettpfosten, wo ihn die eiserne Fußfessel festhielt. Ich brauchte eine Sekunde, um zu begreifen, was ich dort sah: Das Metall war voller Blut, frisches und getrocknetes.

Ich zuckte zusammen, als ich seine raue, blutende Haut sah, die durch das Metall fast ganz vor meinem Blick verborgen blieb. Also lag Acheron nicht immer so reglos wie jetzt auf dem Bett! Die Wunden an seinen Hand- und Fußgelenken verrieten, dass er wie wild um seine Freiheit rang, wenn er allein war.

Als ich das Blut sah, packte mich die Wut. Jetzt hatte ich endgültig genug von diesen Misshandlungen!

Voller Zorn ging ich hinaus und suchte meinen Vater.

Ich erfuhr, dass er im Waffensaal war und Styxx zuschaute, der sich im Schwertkampf übte.

»Vater?«

Er schaute mich wütend an, weil ich es wagte, seine Anfeuerungsrufe für Styxx zu unterbrechen. »Gibt es etwas Wichtiges?«

»Allerdings. Ich will, dass Acheron freikommt. Ich verlange es!«

Bei meiner Forderung grinste er höhnisch. »Wozu? Was soll er denn mit seiner Freiheit anfangen?«

Warum begriff Vater bloß nicht, dass er jemanden quälte, der ihm nie auch nur das Geringste getan hatte? Acheron war zudem sein eigen Fleisch und Blut! »Du kannst ihn nicht dort anketten wie ein wildes Tier, Vater. Das ist grausam! Er kann nicht mal seinen einfachsten Bedürfnissen selbst nachkommen.«

»Und er kann uns auch keine Schande machen.«

»Wie sollte er uns denn Schande machen?«

»Frauen!«, schnaubte er. »Ihr seid alle blind! Begreifst du denn nicht, was er ist?«

Ich wusste ganz genau, wer und was mein Bruder war. »Er ist ein Junge, Vater.«

»Er ist eine *Hure.*« In diesen Worten lag mehr Gift als in der Schlangengrube, in die mein Vater seine Feinde werfen ließ.

Ich kochte vor Wut. »Er war ein gequälter Sklave, den du auf die Straße geworfen hast. Was hätte er denn tun sollen?«

Vater antwortete mit einem wilden Knurren.

Aber ich gab nicht nach. »Das lasse ich nicht länger zu, Vater, keine einzige Minute. So wahr mir die Götter helfen, wenn du ihn nicht von diesen Fesseln befreist, werde ich mir das Haar scheren und das Gesicht zerschneiden, dass weder Apollo noch sonst jemand je Verwendung für mich haben wird.«

»Das wagst du nicht.«

Zum ersten Mal im Leben starrte ich ihn an und fühlte mich ebenbürtig. Ich würde meine Drohung wahrmachen. »Für das Leben von Acheron werde ich es tun. Er verdient es, besser behandelt zu werden.«

»Er verdient gar nichts.«

»Dann musst du eine andere Frau finden, die du Apollo zur Hure geben kannst.«

Seine Augen wurden so dunkel, dass ich sicher war, er würde mich für meine Unverfrorenheit strafen.

Aber erstaunlicherweise gewann ich diese Schlacht.

Noch am gleichen Nachmittag wurde Acheron von seinem Bett losgemacht. Er lag reglos da, als die Fesseln gelöst wurden, und ich sah das Misstrauen in seinen Augen. Er erwartete, dass ihm jetzt etwas noch Schlimmeres zugefügt würde.

Sobald er befreit war, befahl ich den Wachen, den Raum zu verlassen. Acheron regte sich nicht, bis wir allein waren. Langsam rappelte er sich dann endlich hoch und starrte mich wütend an. Er stand nur unsicher auf den Beinen, seine Muskeln waren schwach, weil er sie so lange nicht benutzt hatte.

Sein langes blondes Haar war verfilzt und fettig, seine Haut voller Pickel und blass von der Dunkelheit, in der er so lange hatte ausharren müssen. Ein dichter Bart bedeckte seine Wangen. Unter den Augen hatte er tiefe Schatten, aber er war nicht mehr so ausgemergelt, durch die entsetzlichen Fütterungen hatte er so viel an Gewicht gewonnen, dass er zumindest wieder menschlich aussah.

»Du darfst dieses Zimmer nicht verlassen«, warnte ich ihn. »Vater hat ausdrücklich gesagt, dass du dich nur hier drin frei bewegen und dich nicht draußen blicken lassen darfst.«

Bei meinen Worten erstarrte Acheron und warf mir einen durchdringenden, kalten Blick zu.

»Wenigstens bist du nicht länger gefesselt.«

Er sagte nichts. Er sprach überhaupt nicht mehr. Aber seine silbern wirbelnden Augen sprachen Bände. Sie erzählten vom Schmerz und den Qualen, die sein Leben ausmachten, sie klagten an, und sie litten.

»Meine Gemächer sind nur zwei Türen weiter, falls du …«

»Ich kann nicht raus«, schnauzte er mich an. Er hatte recht. Das hatte ich schon wieder vergessen. »Dann werde ich dich besuchen kommen.«

»Spar dir die Mühe.«

»Acheron …«

Er sah mich mit schneidendem Blick an. »Erinnerst du dich noch an deine Worte, als du mich das letzte Mal an meiner Zelle besucht hast?«

Ich versuchte, mich zu erinnern. Ich war wütend auf ihn gewesen, weil er nicht mit mir sprach, aber die Einzelheiten hatte ich vergessen. »Nein.«

»Dann stirb doch, wenn du willst! Keiner kann von mir verlangen, dass ich mich weiterhin um dich kümmere.«

Ich zuckte zusammen, als ich diese Worte aus seinem Mund hörte, die ich niemals hätte aussprechen dürfen. Sie schnitten mir tief in die Seele, aber das war nichts im Vergleich dazu, wie sie sich für ihn hatten anfühlen müssen. Wenn ich nur gewusst hätte, wie elend er damals gewesen war. »Ich war wütend.«

Er verzog den Mund. »Und ich war zu schwach, um zu antworten. Das Sprechen fällt einem sehr schwer, wenn man immer im Dunklen hockt und nur Ratten als Gesellschaft hat. Aber du hast ja keine Ahnung, wie es ist, wenn dich Ratten und Flöhe beißen, oder? Wie es ist, in deiner eigenen Scheiße zu liegen.«

»Acheron …«

Seine Nasenflügel bebten. »Lass mich in Ruhe, Ryssa. Ich will dein Mitleid nicht. Ich will überhaupt nichts von dir.«

»Aber …«

Er schob mich hinaus und schlug mir die Tür vor der Nase zu.

Ich blieb wie benommen stehen, und dann sah ich die Wachen und begriff, dass sie wegen Acheron hier waren. Zwei Männer standen dort, um aufzupassen, dass er nicht gegen Vaters Anordnungen verstieß.

Das also war das Schicksal meines Bruders. Ich hatte nur den Ort verändert, an dem man ihn gefangen hielt, er war noch immer nicht frei.

Meine Seele schmerzte für ihn. Er lebte, aber wozu? Möglicherweise wäre es doch barmherziger gewesen, ihn sterben zu lassen. Aber wie hätte ich das verantworten können? Er war mein Bruder, und ich liebte ihn sehr, auch wenn er mich hasste.

Mir war übel, und ich ging in meine Gemächer zurück, aber auch dort fand ich keinen Frieden. Ich war mitleidlos gegenüber Acheron gewesen, lieblos, gedankenlos. Kein Wunder, dass er nicht mit mir sprechen wollte.

Aber so konnte es nicht ewig bleiben. Ich würde ihm Zeit lassen. Vielleicht würde er irgendwann auf mich zukommen.

Zumindest hoffte ich tief im Inneren, dass er mir irgendwann vergeben könnte, dass ich so war wie die anderen und ihn verletzt hatte, als ich für ihn hätte kämpfen müssen.

1. DEZEMBER 9529 V. CHR.

Im Lauf der Tage erfuhr ich mehr über Vaters Anordnungen, wie mit Acheron umzugehen war. Niemand außer mir durfte sein Zimmer betreten, und er weigerte sich, mich zu sehen. Alles, was er berührt hatte, musste vernichtet und verbrannt werden – absolut alles.

Die Teller, die Bettlaken, sogar seine Kleidung. Das war Vaters öffentliche Demütigung für Acheron.

Es machte mich regelrecht krank.

Bis zu dem Tag, als ich die erschreckendste Entdeckung überhaupt machte.

Ich war mit einigen Freundinnen ausgegangen, und wir hatten uns die mittägliche Vorstellung eines Theaterstücks angeschaut. So etwas taten wir normalerweise nicht, aber Zateria war ganz schrecklich in einen der Schauspieler verliebt und hatte darauf bestanden, dass ich ihn mir ansah, damit ich mir ein Urteil über ihn bilden konnte.

Wir hatten miteinander gelacht, als ich zufällig jemanden bemerkte, der zwei Reihen vor uns saß, auf den Rängen für das einfache Volk. Er saß allein und trug nur ein Peplos. Die Kapuze hatte er über den Kopf gezogen, sodass ich seine Gesichtszüge nicht erkennen konnte, und doch schien er mir merkwürdig vertraut.

Erst als das Theaterstück zu Ende war und der Mann aufstand, begriff ich, warum das so war.

Es war Acheron!

Er zog die Kapuze weiter herunter, aber ich hatte sein schönes Gesicht schon gesehen, und ich wusste, dass Styxx sich niemals dazu herablassen würde, so etwas Gewöhnliches wie ein mittägliches Theaterstück zu besuchen. Und wenn doch, dann hätte er niemals auf diesen Plätzen gesessen.

Ich entschuldigte mich bei meinen Freundinnen und folgte ihm.

»Acheron?«

Er zögerte kurz, dann zog er die Kapuze noch tiefer und ging weiter.

Ich eilte ihm nach und hielt ihn an.

Er schaute mir kalt ins Gesicht. »Wirst du es ihm sagen?«

»Nein«, sagte ich leise und wusste, er meinte unseren Vater. »Warum sollte ich das tun?«

Er ging weiter, aber ich hielt ihn erneut an.

Er sah verärgert aus. »Was ist denn, Ryssa?«

»Wie kommt es, dass du hier bist? Die Wachen …«

»Ich habe sie bestochen«, sagte er kurz und bündig.

»Womit denn? Du hast doch gar kein Geld.«

Der Blick, den er mir zuwarf, beantwortete meine Frage zur Genüge. Mir wurde allein beim Gedanken daran übel, was er eingesetzt hatte, um aus dem Palast zu kommen.

Er kniff die Augen zusammen. »Schau nicht so entsetzt, Ryssa. Ich bin schon für wesentlich weniger verschachert worden als für einen Nachmittag in Freiheit. Zumindest gehen sie sanft mit mir um.«

Mir brannten die Tränen in den Augen. »Du kannst so nicht weitermachen.«

»Warum nicht? Für mehr bin ich ohnehin nicht zu gebrauchen.«

»Das ist nicht wahr.«

»Ach nein?«

Ich sah zu, wie er ärgerlich seine Kapuze abzog, und spürte das Raunen, das durch die Menge ging und alle um uns herum zu ergreifen schien, als die Leute ihn zu Gesicht bekamen.

Die plötzliche Stille war ohrenbetäubend. Sie war mit Händen zu greifen, und es war ganz klar, dass die gesamte Aufmerksamkeit sich sofort auf ihn richtete, und nur auf ihn.

Frauen steckten die Köpfe zusammen, kicherten und versuchten, ihn nicht ganz so auffällig anzustarren. Die Männer waren weniger subtil. Es war nicht zu übersehen, dass ihn jeder Einzelne mit Verlangen und Begierde anstarrte.

Ich war genauso wenig immun gegen seine unglaubliche Anziehungskraft wie die anderen, aber weil wir miteinander verwandt waren, wusste ich meine Begierde zu zügeln.

»Willst du wissen, warum unser Vater mich hasst?«

Ich schüttelte den Kopf, denn ich kannte die Antwort bereits: Acheron hatte es an dem Tag gesagt, als Vater ihn in Atlantis verstoßen hatte. Auch er fühlte sich zu Acheron hingezogen, und er verachtete den Jungen dafür.

Acheron ging an mir vorüber aus dem Theater. Bei jedem Schritt wurde er mit Angeboten bedrängt. Sogar nachdem er die Kapuze wieder übergeworfen hatte, hörten die Leute nicht auf, ihm hinterherzurufen, und verfolgten ihn die Straße hinunter.

Ich eilte hinter ihm her.

»Nun komm schon, hab dich nicht so«, sagte ein Mann, der Acheron folgte. »Ich wäre ein sehr vorteilhafter Mentor für dich.«

»Ich brauche keinen Mentor«, sagte Acheron und ging weiter.

Der Mann packte ihn brutal am Arm. »Was willst du?«

»Ich will meine Ruhe.«

Der Mann riss ihm die Kapuze vom Kopf. »Nenn mir deinen Preis. Ich zahle alles, egal wie viel, wenn ich dich nur dafür haben kann.«

In Acherons Augen kehrte der hohle, leere Blick zurück, und er stieß den Mann weg.

»Was ist hier los?«

Mir blieb das Herz stehen, als ich die feindselige Stimme meines Vaters erkannte. Ich hatte mich so auf Acheron und den Unbekannten konzentriert, dass ich gar nicht gemerkt hatte, wie Vater und sein Begleitschutz sich näherten.

Jetzt hatte er seine ganze Aufmerksamkeit auf Acheron gerichtet, dessen Gesichtszüge versteinert waren.

Vater zog ihm grob die Kapuze wieder über den Kopf, stieß ihn auf die Wachen zu und befahl ihnen, ihn in Gewahrsam zu nehmen. Acheron wurde in den Palast eskortiert, und Vater ließ ihn für seinen Ungehorsam auspeitschen.

Ich versuchte, die Strafe zu mildern, aber Vater hörte nicht auf mich. Acheron wurde auf den Hof vor dem Thronsaal gezerrt, wo alle Bestrafungen stattfanden. Die Wachen rissen ihm die Kleider vom Leib und bestraften ihn mit fünfundsechzig Hieben auf den Rücken. Ich konnte nicht hinschauen, aber ich hörte bei jedem neuen Schlag die Peitsche pfeifen, während ihre Schnur durch die Luft sauste, und ich hörte jeden einzelnen Schlag, der Acheron in die Haut schnitt.

Er stöhnte und fiel einige Male zu Boden, aber mein Vater befahl den Wachen, ihn wieder zum Stehen zu bringen. Nicht ein einziges Mal schrie er laut auf.

Als es endlich vorüber war, wandte ich mich um und sah Acheron blutend an den Pfahl gelehnt, die Hände noch immer gefesselt. Die Wachen warfen ihm eine raue Decke über, schnitten ihm die Fesseln durch, zerrten ihn in sein Zimmer und schlossen ihn ein.

Ich konnte nichts anderes tun, als hinterher bei ihm zu sitzen. Dieses Mal wies er mich nicht ab. Er lag da, den Kopf in meinem Schoß, wie damals, als wir noch Kinder gewesen waren und er mich gefragt hatte, warum seine Eltern ihn so hassten.

Ich wartete, dass jemand kommen und sich um seinen geschundenen Rücken kümmern würde.

Aber niemand kam.

Erst später erfuhr ich, dass Vater es verboten hatte. So saß ich stundenlang bei Acheron und drückte seinen Kopf fest an mich, während er vor Schmerzen leise wimmerte.

Aber ob er wegen der pochenden Schmerzen seiner Wunden weinte oder wegen des Schmerzes in seinem Herzen, das wusste ich nicht. Bei den Göttern – wie sehr ich mir diesen Tag im Obstgarten zurückwünschte, an dem wir drei gespielt und miteinander gelacht hatten und an dem Acheron glücklich gewesen war. Ich hätte ihn nur zu gern an einen Ort geführt, wo er frei sein könnte, ein ganz normaler Junge von neunzehn Jahren.

Als er endlich einschlief, strich ich weiter mit der Hand durch sein goldenes Haar und starrte auf die gezackten Striemen auf seinem Rücken. Ich konnte mir nicht vorstellen, wie man einen so schrecklichen Schmerz ertragen konnte.

»Ich liebe dich, Acheron«, flüsterte ich und wünschte mir, meine Liebe würde reichen, um ihm all das hier zu ersparen.

10. DEZEMBER 9529 V. CHR.

Ich sprach nie darüber, dass Acheron weiterhin heimlich aus dem Palast schlüpfte und ins Theater ging. An vielen Tagen folgte ich ihm, um sicherzugehen, dass ihn keiner belästigte und keiner sein Geheimnis entdeckte.

Er hielt sich stets unauffällig im Schatten, und sein Gesicht hielt er sorgfältig unter einer Kapuze verborgen, damit niemand erkannte, wer und wie schön er war. Er ließ den Kopf hängen und schaute zu Boden, wenn er durch die nichtsahnende Menge ging.

Acheron riskierte sehr viel, das wussten wir beide. Ich hatte ihn einmal gefragt, warum er so viel wagte, und er hatte schlicht geantwortet, dass es das Einzige war, was ihm Trost spendete.

Er schaute den in den Dramen dargestellten Menschen gerne zu und stellte sich vor, er sei einer von ihnen. Und wie hätte ich ihm einen Vorwurf daraus machen können, wo ihm doch so wenig in seinem Leben Freude machte?

Meine Verbindung mit Apollo rückte immer näher, und ich verbrachte mehr Zeit in Acherons Zimmer. Er war der Einzige, der die geplante Verbindung nicht als ein besonderes Ereignis beurteilte, dem ich begeistert und voller Vorfreude entgegensehen sollte.

Er erkannte die schreckliche Tatsache.

Auch ich wurde jetzt als Hure verkauft, nur betrachtete Vater meine Hurerei als edel und wunderbar.

»Wird es sehr wehtun, wenn er mich nimmt?«, fragte ich Acheron, als wir auf seinem Balkon saßen und auf das Meer hinausblickten.

Ich saß auf dem Boden, während Acheron auf der Balustrade thronte, wie er das immer tat. Er balancierte gefährlich nahe an der Kante, von der es senkrecht zum stürmischen Meer hinunterging.

Ich hatte schreckliche Angst vor der Höhe, er hingegen schien die Gefahr gar nicht wahrzunehmen.

»Es hängt von Apollo und seiner Laune ab. Es hängt immer von den Liebhabern ab und davon, wie viel Gewalt sie anwenden. Wie viel Vergnügen es ihnen bereitet, einem Schmerzen zuzufügen.«

Diese Auskunft tröstete mich nicht, denn die Laune anderer konnte ich nicht beeinflussen. »Hat es dir beim ersten Mal wehgetan?«

Er deutete ein Nicken an. »Wenigstens gibt es bei dir keine Zuschauer.«

»Gab es bei dir Zuschauer?«

Er antwortete nicht, aber das war auch gar nicht nötig. Sein Gesichtsausdruck sagte alles.

Ich litt mit ihm angesichts der Qualen, denen er ausgesetzt gewesen sein musste. Ich schaute auf die Schnur in meiner Hand. »Glaubst du, dass Apollo mir wehtun wird?«

»Ich weiß es nicht, Ryssa.« Er klang ungeduldig. Er hasste es, über Sexualität zu sprechen. Andererseits hasste er Reden überhaupt. So war er nun einmal.

Aber ich wollte wissen, was auf mich zukam, und außer ihm hatte ich niemanden, der mit mir über diese Dinge sprach. Ich begegnete seinem wirbelnden Blick. »Wie weh kann es denn tun?«

Er schaute zur Seite aufs Meer hinaus. »Versuch, nicht daran zu denken. Mach einfach die Augen zu, und stell dir vor, du wärst ein Vogel. Stell dir vor, dass du irgendwo hoch oben in den Wolken lebst und dass es nichts gibt, was dich dort berühren kann. Du kannst fliegen, wohin du willst.«

»Machst du das so?«

»Manchmal.«

»Und wenn du es nicht machst?«

Er antwortete nicht.

Also saßen wir schweigend da und hörten den Wellen zu, die unten an die Felsen schlugen. Zum ersten Mal begriff ich einen Teil seiner Schmerzen und Demütigung. Ich wollte das nicht, was mir bevorstand, doch ich hatte keine Wahl.

Als ich den Wellen lauschte, erinnerte ich mich an die Zeit, die wir miteinander verbracht hatten, als er jünger gewesen war, an die Stunden, die er auf den Felsen gesessen und dem Meer gelauscht hatte und den Stimmen, die ihn riefen. »Hörst du immer noch die Stimmen der Götter, Acheron?«

Er nickte.

»Kannst du sie auch jetzt hören?«

»Ja.«

Vor vielen Jahren hatte er mir erzählt, dass die Götter ihn riefen und ihm sagten, er solle nach Hause kommen. »Denkst du je darüber nach, das zu tun, was sie sagen?«

Er schüttelte den Kopf. »Ich will nie mehr nach Atlantis zurück. Ich hasse dort alles.«

Das konnte ich gut verstehen, und ich fragte mich, wie sehr er sein Leben hier hasste. Der Kummer schien ihm überallhin zu folgen, und nie war es seine Schuld. Wie schrecklich, wenn man sein Gesicht nicht öffentlich zeigen konnte, aus Angst, dass die Menschen einen belästigten. Wohin er auch ging, jeder, der ihn sah, begehrte ihn auf der Stelle. Es ergab einfach keinen Sinn.

Sogar ich begehrte ihn. Ich war bloß dankbar, dass er die unkeuschen Gedanken nicht lesen konnte, die mich in den unpassendsten Momenten überkamen.

Aber anders als die anderen Menschen würde ich sie niemals

in die Tat umsetzen. Er war mein Bruder, und ich wollte nichts, als ihn zu beschützen. Er war nicht wie der Rest meiner Familie, er sah mich, wie ich wirklich war, und liebte mich trotz meiner Fehler. Genau wie ich ihn trotz seiner Fehler liebte.

»Kommst du morgen mit mir zum Tempel?«, fragte ich leise.

Er schaute bei dieser Frage völlig verblüfft drein.

»Bitte, Acheron. Ich habe solche Furcht vor allem, was geplant ist. Ich will nicht die Geliebte eines Gottes werden. Mich hat noch nie ein Mann berührt, ich bin noch nie geküsst worden. Ich glaube nicht, dass ich das alles durchstehen werde.«

»Es ist nicht schwer, Ryssa. Du musst einfach nur daliegen und so tun, als würdest du Gefallen daran finden.«

»Und wenn ich keinen Gefallen daran finde?«

»Dann tust du trotzdem so. Er wird so auf sein eigenes Vergnügen konzentriert sein, dass er nicht einmal merkt, ob du das Gesicht verziehst oder weinst. Sag ihm einfach, wie wunderbar er das macht und wie gut du dich fühlst. Darauf kommt es an.«

Ich streckte von meinem Platz auf dem Boden die Hand aus und ergriff die seine. Er hatte schon so viel durchgemacht. Ich hatte wirklich kein Recht, mich zu beschweren oder über mein Schicksal zu klagen. Niemand war je für ihn da gewesen, um ihn zu trösten, wenn er all das unmenschliche Leid ertragen musste.

Aber ich war nicht so stark wie Acheron. Ich würde das nicht alleine schaffen. Ich wollte … nein, ich brauchte jemanden, der dabei war. Jemanden, dem ich vertrauen konnte, dass er mir die Wahrheit sagte, und der den kommenden Tag als den Schrecken erkannte, der er für mich war. »Bitte komm mit mir.«

Noch immer lag Vorbehalt in seinen Augen. Er wollte es nicht tun, aber trotzdem nickte er.

Dankbar küsste ich ihm die Hand und drückte sie. Er allein begriff meine Ängste. Er wusste, wie es sich anfühlte, gegen seinen Willen verkauft zu werden.

In dieser Hinsicht waren wir Leidensgenossen.

11. DEZEMBER 9529 V. CHR.

Ich hatte versucht zu schlafen, aber es war bestenfalls ein unruhiger Schlaf. Heute brach der schlimmste Tag meines Lebens an. Heute würde mein eigener Vater mich einem Gott übergeben …

Als es Zeit war, zum Tempel aufzubrechen, fand ich Acheron im Flur vor meinem Zimmer. Er trug den farblosen Peplos, den er immer anhatte, wenn er ins Theater ging, wie sonst auch hatte er ihn über den Kopf gezogen, um sich vor den Blicken der Menschen zu schützen.

Es war wunderbar von ihm, dass er mich begleitete, obwohl er es eigentlich nicht wollte. Ich hätte ihn am liebsten an die Hand genommen, damit sein Mut auf mich abfärbte, aber das wagte ich nicht, aus Angst, dass man dann auf ihn aufmerksam werden könnte. Das Letzte, was ich wollte, war, dass er wegen mir erneut leiden müsste.

Er folgte mir und meinen Dienerinnen wortlos, als wir den Palast verließen. Ich hatte vermutet, wir würden Vater draußen vorfinden, aber mir wurde gesagt, er sei bereits beim Tempel.

Ich zögerte, denn mich verließ der Mut, und mir zitterten die Knie. Ich wandte mich um und sah Acheron an. »Soll ich fliehen?«

»Man hat mich immer wieder zurückgebracht, wenn ich es versucht habe, und man hat dafür gesorgt, dass ich den Versuch bereute.«

Mein Magen krampfte sich noch stärker zusammen, als ich mich daran erinnerte, wie ich ihn aus Atlantis entführt hatte. Er hatte mir gesagt, dass man ihn für meine Tat bestrafen würde, aber er hatte mir nie offenbart, wie die Strafe ausgefallen war. »Was hat Estes dir angetan, nachdem ich dich aus …«

Er legte mir den Finger auf die Lippen und schüttelte den Kopf. »Das willst du gar nicht wissen.«

Ich starrte in seine silbernen Augen und sah den Schmerz in ihnen, und in diesem Augenblick begriff ich voll und ganz, warum er das Leben, das unser Onkel ihn gelehrt hatte, nicht hinter sich hatte lassen können. Ich erinnerte mich daran, was er im Bordell zu mir gesagt hatte.

Keiner von uns beiden hatte ohne eine Ausbildung die Möglichkeit, sich durchzuschlagen. Wir konnten nicht selbständig für uns sorgen.

Ich bin überall herumgezogen und habe versucht, Arbeit zu finden, irgendetwas anderes …

Seine Worte klangen mir im Ohr.

Acheron hatte recht. Man würde mich finden und bestrafen.

Ich holte tief Luft, um neuen Mut zu fassen, dann wandte ich mich um und ging los in Richtung Tempelbezirk.

Am Eingang wartete mein Vater. Er lächelte mich an, bis er über meine Schulter hinweg Acheron erkannte.

»Was tut der denn hier?«, knurrte er zornig.

»Ich habe ihn gebeten, mich zu begleiten.«

Vater schubste Acheron zurück. »Er darf den Tempelbezirk nicht betreten, er ist unrein.«

»Ich will, dass er dabei ist.«

»Nein!«

Ich schaute mich um und sah, wie Acheron das Kinn hob, als würden die Worte ihn nicht verletzen, aber ich sah den Schmerz in seinem Blick.

»Ich werde draußen auf dich warten, Ryssa.«

Vater knurrte angewidert, und ich wusste, dass er sich nur deshalb zurückhielt, weil er fürchtete, vor Apollo schlecht dazustehen. Er würde Acheron später zweifellos bestrafen.

Ich streckte die Hand nach meinem Bruder aus, aber Vater schob mich in den Tempel. Ich schluckte mit Tränen in den Augen und wollte Acheron an meine Seite rufen, aber meine Stimme gehorchte mir nicht.

Er verschwand in der Menge.

Ich wollte ihn sehen. Ich brauchte ihn und seine Stärke, aber ich konnte nichts weiter tun.

Gegen meinen Willen zog man mich in den Tempel und zwang mir ein Schicksal auf, das ich niemals gewollt hatte …

Acheron
9529 v. Chr. – 7382 v. Chr.

11. DEZEMBER 9529 V. CHR.

Acheron wandte sich vom Tempel des Apollo ab. In ihm brodelte ohnmächtige Wut. Er war es so verdammt leid, immer wieder an seinen Platz in dieser Welt erinnert zu werden!

Daran erinnert zu werden, dass er nichts wert war.

Zweifellos würde sein Vater ihn später bestrafen – nicht dass es ihm etwas ausmachte.

Er spürte den körperlichen Schmerz nicht mehr wie andere Menschen, er war zu lange ausgenutzt und missbraucht worden, deshalb empfand er nicht mehr viel außer Hass und Wut.

Hass und Wut aber kochten ständig in ihm.

Er war gegen seinen Willen zur Hure gemacht worden, und das hielt man ihm jetzt vor. Als ob er je eine Wahl gehabt hätte! Als ob er es genießen würde, wenn man ihn begrabschte und sich darum prügelte, wer ihn besitzen durfte!

Aber so war es nun leider einmal.

Er suchte nach einer Möglichkeit, sich an denen zu rächen, die ihn zu diesem Schicksal verdammt hatten, und ging auf den Tempel zu, der auf der anderen Seite der Straße lag, dem Tempel des Apollo direkt gegenüber.

Er war leer. Wahrscheinlich waren alle, die hierhergehörten, jetzt im Tempel des Apollo, um den Opfergang seiner Schwester mitzuerleben.

Die verdammten Schweine!

Die Menschen sahen nichts lieber, als wenn jemand anders

gedemütigt wurde, ganz besonders, wenn es jemand von königlichem Geblüt war. Das verlieh ihnen ein Gefühl von Macht, ein Gefühl von Überlegenheit. Aber tief in ihrem Inneren musste ihnen die Wahrheit doch klar sein: Sie waren dankbar, dass sie es nicht selbst waren, die gedemütigt wurden.

Acheron schritt den Mittelgang entlang, der von riesigen Säulen gesäumt war, die sich bis zum Himmel hinaufstreckten. Der Säulengang führte auf die Statue einer Göttin zu. Er war noch nie im Inneren eines Tempels gewesen, denn es war Huren verboten, die heiligen Hallen zu betreten. Sie waren Menschen, die von den Göttern aufgegeben und von den Menschen verurteilt worden waren.

Herausfordernd schob er die Kapuze herunter und starrte zu dem Götterbild empor. Es war aus purem Gold, und die Göttin war wunderschön. Ihr Peplos schien von einem unsichtbaren Windhauch gebläht, in der Hand hielt sie einen Bogen, und auf dem Rücken trug sie einen Köcher mit Pfeilen. Ihre linke Hand ruhte auf einem stolzen Hirsch, der sich an ihr Bein schmiegte.

Acheron starrte die Buchstaben auf der steinernen Tafel an, die zu ihren Füßen befestigt war, aber er konnte sie nicht lesen.

Er erinnerte sich nur noch schemenhaft daran, dass Ryssa vor vielen Jahren versucht hatte, ihm das Lesen beizubringen. Seither hatte er keine Schriftrolle mehr zu Gesicht bekommen und nicht ein einziges Wort mehr entziffert.

Als er den ersten Buchstaben vom Namen der Göttin mit dem Finger nachzog, glaubte er ihn zu erkennen.

Es war ein A. Ryssa hatte ihm gesagt, dass auch sein Name mit einem A anfing.

Er rief sich das wenige Wissen über die Götter ins Gedächtnis, über das er verfügte, und versuchte, auf einen Namen zu kommen, der ähnlich klang wie sein eigener.

»Du musst Athene sein«, sagte er laut. Das schien ihm sinnvoll zu sein, denn Athene war die Göttin des Krieges, und die Gestalt hielt schließlich einen Bogen in der Hand.

»Wie bitte? *Athene?!*«

Als er die wütende Stimme hinter sich hörte, wandte er sich rasch um. Die Frau, die vor ihm stand, war ungeheuer sinnlich, mit langem lockigem rotbraunem Haar und dunkelgrünen Augen. Ihre Schönheit war natürlich und bestechend. Hätte er jemanden sexuell anziehend finden können, dann hätte er sie möglicherweise begehrt. Aber er hatte schon mit so vielen Menschen geschlafen, dass er den Rest seines Lebens sehr gut ohne einen anderen Körper unter, über oder neben sich verbringen konnte.

Sie trug ein fließendes weißes Gewand und hatte die Hände in die kurvigen Hüften gestemmt. »Bist du blind, oder bist du einfach nur dumm?«

Bei dieser Beleidigung knurrte er. »Weder noch.«

Sie kniff die Augen zusammen und kam auf ihn zu, dann wies sie auf die Statue hinter ihm. »Wieso erkennst du dann das Bildnis der Artemis nicht?«

Acheron verdrehte die Augen, als er den Namen von Apollos Zwillingsschwester hörte. Er hätte es wissen müssen, wo doch ihre Tempel so nah beieinanderlagen! »Ist sie genauso wertlos wie ihr Bruder?«

Der Frau blieb der Mund offen stehen, sie schien von seiner Frage schockiert. »Wie bitte?«

Ihn packte die Wut, als er die Opfergaben sah, die auf dem Altar vor dem Bildnis der Göttin ausgebreitet lagen. Er sprang darauf zu und schleuderte alles zu Boden. Kostbare Schalen, Blumen, Luxusgegenstände und viele andere Gaben rollten über den Marmorboden. »Warum bringen die Menschen den Göttern Opfer dar? Es ist doch ganz offensichtlich, dass keiner auf dem Olymp sie erhört und dass den Göttern die Menschen völlig gleichgültig sind.«

»Bist du wütend?«

»Ja, das bin ich«, sagte er mit zusammengebissenen Zähnen. »Ich bin wütend auf diese Welt, in der wir den Göttern nichts wert sind, und auf die Schicksalsgöttinen, die zu ihrem Vergnügen mit uns spielen. Ich wünschte, die Götter wären alle tot!«

Die Frau knurrte und ging auf ihn los, aber Acheron fing ihre Hand ab, ehe sie ihn schlagen konnte.

Sie schrie auf, und irgendetwas traf ihn und warf ihn zu Boden. Er spürte, wie sich der Schmerz in seinem Körper ausbreitete.

Eine unsichtbare Kraft ergriff ihn und schleuderte ihn gegen die Wand. Er schnappte nach Luft, als er merkte, dass er gut und gerne drei Meter über dem Boden hing.

Die Frau starrte ihn an. »Ich sollte dich töten.«

»Bitte tu es.«

Artemis hielt den letzten göttlichen Blitz zurück, der diesen Menschen geradewegs in den Tartarus geschickt hätte, wo er hingehörte, und ließ ihn stattdessen zu Boden stürzen. Sie war noch nie jemandem begegnet, der sie nicht auf Anhieb erkannt hatte, der ihre göttliche Existenz und ihre göttlichen Kräfte nicht spürte – doch dieser Mensch hier schien dagegen immun zu sein.

Sie sah zu, wie er sich aufrappelte und ihr herausfordernd gegenübertrat. Er war ein sehr gutaussehender junger Mann, das musste sie zugeben. Sein Gesicht war von einer makellosen Schönheit, dunkelblonde Brauen überschatteten wirbelnde silberne Augen, die sie hasserfüllt anstarrten. Noch nie hatte es jemand gewagt, sie so anzusehen.

Sein langes blondes, welliges Haar umrahmte perfekte Gesichtszüge. Es schien weich wie Daunen und sah auch genauso einladend aus.

Sein Körper war schlank und muskulös, von der Sonne gebräunt und einfach umwerfend. Er hatte etwas an sich, das ihr das Wasser im Mund zusammenlaufen ließ, und sie hätte gern gewusst, wie seine Haut schmeckte. Noch nie hatte sie sich so sehr zu einem Menschen hingezogen gefühlt.

Mehr noch – er war größer als sie, was bei Sterblichen ganz selten vorkam, das wusste sie zu schätzen.

»Du hast nicht die Spur einer Ahnung, wer ich bin, oder?«, fragte sie.

»Deiner Wut nach zu urteilen und nach dem, wie du mich gerade behandelt hast, nehme ich an, du bist Artemis.«

Ganz so dumm war er also doch nicht.

»Dann fall auf die Knie, und entschuldige dich gefälligst!«

Statt das zu tun, schaute er sie so durchdringend an, dass sie es bis ins Mark spürte. Er stolzierte arrogant auf sie zu und wirkte dabei so elegant wie ein Panther. Ein ihr fremdes, schmerzhaftes Begehren pochte plötzlich in ihrer Brust. Sie begriff nicht, was sie empfand, aber was immer es war, es nahm ihr den Atem und machte sie schwach.

Er legte ihr eine warme Hand auf die Wange und starrte sie mit seinen betörenden, hypnotischen Augen an. »Du bist also eine Göttin«, sagte er und musterte sie unverfroren und kühn von oben bis unten. Seine Pupillen weiteten sich …

Ihr Magen zog sich noch stärker zusammen. So nahe bei ihm wurde ihr glühend heiß. Er hielt seinen Blick auf sie gerichtet.

Noch nie hatte sie so etwas empfunden.

Ehe sie begriff, was er vorhatte, zog er sie in die Arme und küsste sie.

Artemis bekam keine Luft mehr, als seine Lippen sie berührten. Einerseits war sie überaus zornig darüber, was er sich herausnahm, aber andererseits erregten sie seine zärtlichen Lippen und seine Zunge, die ihren Mund erforschte, unglaublich.

Seine Arme umfassten sie, er zog sie näher an sich.

Ihr wurde schwindelig, als er von ihrem Mund abließ und seine Lippen zu ihrem Hals glitten. Kleine Schauer überliefen sie, und gleichzeitig verspürte sie eine unglaubliche Hitze. Sie wollte nur noch eines: ihn näher bei sich haben.

Jeden Zentimeter seines Körpers spüren.

Er gab einen anerkennenden Laut von sich. »Du schmeckst göttlich.«

Er fiel vor ihr auf die Knie.

»Was tust du da?«, fragte sie, als er einen ihrer Füße anhob. Sie begriff nicht, was hier vorging, es war, als würde sie die Kontrolle über sich verlieren. Dieses Wesen trieb sie zu merkwürdigen Empfindungen.

Er schaute zu ihr hinauf, und es fühlte sich erneut an, als würde sich ihr Magen umdrehen. »Ich küsse dir die Füße, Göttin. Ist es nicht das, was du von mir erwartest?«

Nun ja, er knabberte an ihrem Spann, sodass sie ein lustvolles Stöhnen nicht unterdrücken konnte. Artemis lehnte sich gegen die Wand, während sein Mund ihren empfindlichen Fuß bearbeitete.

Sie hatte noch nie ein solch intensives, tiefes Brennen gespürt. Er beließ es nicht bei ihrem Fuß, sondern ließ seine Lippen ihr Bein hinaufgleiten bis zur Beuge ihres Knies.

Artemis rang nach Luft.

Dann bewegte er seinen Mund noch weiter nach oben.

»Und was tust du jetzt?«, keuchte sie, als sie seinen warmen Atem am Hintern spürte.

»Ich küsse dir den Hintern. Erwartest du nicht genau das von den Menschen?«

»Aber doch nicht so!«

Sie stöhnte, als er an ihren Pobacken knabberte. Sie hätte ihn stoppen können. Er hatte nicht das Recht, sie so zu berühren, doch es fühlte sich einfach zu gut an.

Er schob ihre Beine weiter auseinander, und sie gehorchten ihm. Artemis blickte hinunter und sah, wie er sie mit geschlossenen Augen genüsslich folterte.

Sie spürte seine Hände, die sie dort berührten, wo sie noch nie zuvor ein Mann berührt hatte. Seine Finger glitten ihre Spalte hinunter und schienen sie regelrecht in Brand zu versetzen, dann spürte sie seinen Mund.

Sie griff nach unten und krallte die Hand in sein Haar, während er sie leckte.

Sie gab sich ihm hin, und seine Zunge schickte sie auf unvorstellbare Höhen der Lust. Jede einzelne seiner Berührungen schickte einen glühendheißen Schauer durch sie. Ihre Kehle wurde trocken, dann schien ihr Körper zu explodieren.

Artemis schrie laut auf, als sie ihren ersten Orgasmus erlebte.

Erschrocken und verlegen verschwand sie.

Acheron hockte verblüfft und ungläubig auf dem Boden und spürte ihren Geruch und ihren Geschmack an sich. Sein Körper brannte vor schmerzhafter Begierde. Nie zuvor hatte er wirkliches Verlangen verspürt, sein Körper hatte immer nur reagiert, wenn er von Drogen oder von Menschen stimuliert worden war. Aber nie zuvor wollte er irgendjemanden von sich aus freiwillig berühren.

Bis gerade eben.

Jetzt begehrte er eine Frau … nein, er begehrte eine Göttin, und das ergab für ihn keinen Sinn.

Er lachte bitter. »Du hättest mich wenigstens töten können, Artemis!«, rief er. Denn allein das war seine Absicht gewesen, als er sich ihr unziemlich genähert hatte.

Aber sobald er sie berührt hatte, hatte er echtes Verlangen verspürt.

Acheron konnte es einfach nicht fassen. Er wischte sich den Mund ab und stand auf. Als er sich umdrehte, schaute er an der Statue empor, die ihr überhaupt nicht ähnlich sah, und grüßte sarkastisch.

Voll von merkwürdig hungrigem Verlangen verließ er den

Tempel und machte sich auf den Rückweg, und mit jedem Schritt, den er tat, stieg seine Wut.

Es war geradezu unheimlich still im Palast seines Vaters, als er ohne ein bestimmtes Ziel durch die marmornen Korridore schritt. Alle waren fort, um Ryssas Opfergang beizuwohnen. Er fragte sich, ob der Plan der Griechen aufgehen würde, ob Apollo den Atlantäern seine Gunst entziehen und sich den Griechen zuwenden würde.

Eigentlich war es ihm vollkommen gleichgültig. Weder die Atlantäer noch die Apolliten hatten sich ihm gegenüber menschlicher gezeigt als die Griechen.

Alle diese Leute wollten nur eins: ihn ficken.

Er seufzte und fand sich im großen, eindrucksvollen Thronsaal wieder. Es war das erste Mal, dass er ihn aus freien Stücken betrat, beim letzten Mal hatte er in Ketten gelegen und war hereingezerrt worden.

Er kniff die Augen zusammen, als er die beiden vergoldeten Thronsessel am hinteren Ende des Saales sah. Sie waren ursprünglich für seine Mutter und seinen Vater gedacht, aber weil seine Mutter nach seiner Geburt verbannt worden war, hatte Styxx ihren Platz eingenommen. Zu dumm, dass die verdammte Königin in der Verbannung gestorben war, sie hätte sicher gerne gesehen, wie ihr geliebter Styxx zum Thronfolger wurde.

Styxx, sein jüngerer Bruder!

Acheron fluchte. Ohne seine beängstigenden Augen wäre er derjenige, der an der Seite seines Vaters säße.

Niemand würde es wagen, sich über ihn lustig zu machen. Niemand hätte ihn je auf die Knie gezwungen, damit er ….

Er knurrte wütend.

Das Leben war ungerecht.

Er hatte nie um dieses Leben gebeten, nie darum gebeten, geboren zu werden, nie darum gebeten, ein Halbgott zu sein.

Im Kopf hörte er die Stimme von Estes. *»Schaut ihn euch an,* *den Sohn eines Olympiers! Wie viel zahlt ihr für einen griechischen Gott?«*

Acheron wusste nicht einmal, wer sein Vater war. Seine Mutter hatte stets ihre Unschuld beteuert, und nie war ein Gott aufgetaucht, der ihn als Sohn anerkannt hätte.

Acheron durchquerte zornig den Raum, um sich auf den Thron seines Vaters zu setzen. Wenn er ihn hier sehen könnte, würde der König überschnappen, die Vorstellung bereitete ihm einen Augenblick der Genugtuung. Sein Vater würde den Thron augenblicklich ins Feuer werfen lassen.

Vielleicht sollte er hier sitzen bleiben, bis der König ihn fand. Es würde ihm recht geschehen, wenn er wüsste, dass eine Hure seinen geliebten Thron entehrt hatte.

Eine Hure … bei diesem Gedanken zuckte er zusammen.

Nach seinem Geburtsrecht wäre all das hier sein. Er schloss die Augen und versuchte sich vorzustellen, wie sein Leben verlaufen wäre, wenn er mit blauen Augen zur Welt gekommen wäre, so wie Styxx.

Die Leute würden ihm Respekt zollen.

Respekt!

Dieses Wort verweilte in seinen Gedanken. Respekt war das Einzige, was er je ersehnt hatte.

»Und Liebe nicht – willst du denn nicht geliebt werden?«

Er öffnete die Augen und sah Artemis, die mitten im Saal stand und ihn neugierig betrachtete.

»Jedermann behauptet, dass er mich liebt.« Zumindest während sie ihn vögelten. Leider war diese Zuneigung sofort zu Ende, wenn sie gekommen waren. »Liebe habe ich von anderen mehr als genug bekommen. Ich kann sehr gut ohne sie leben.«

Artemis runzelte die Stirn. Es war ein Gesichtsausdruck, den er sonderbar reizend fand. »Du bist ein merkwürdiger Mensch.«

Er spottete. »Ich bin ein Halbgott, spürst du das nicht?«

Sie runzelte die Stirn noch stärker, als sie auf ihn zukam. »Aus wem bist du hervorgegangen?«

»Man sagt, es wäre Zeus.«

Sie schüttelte den Kopf. »Du bist kein Sohn des Olympiers, ich wüsste es, wenn es so wäre. Wir können unsere Verwandten immer erspüren.«

Ihre Worte trafen ihn wie ein Messer ins Herz. »Wessen Sohn bin ich dann?«

Sie ergriff mit ihrer warmen, weichen Hand sein Kinn, sodass er zu ihr aufsah und sie in seine sonderbaren Augen schaute, Augen, die er sein ganzes Leben lang gehasst hatte, Augen, die ihn verrieten.

»Du bist ein Mensch.«

»Aber meine Augen …«

»Sie sind eigenartig, aber bei den Menschen treten häufig Geburtsfehler auf. Du besitzt keine göttlichen Kräfte. Nichts kennzeichnet dich als göttlich. Du bist ein Mensch.«

Acheron schloss enttäuscht die Augen. Also war er doch der Sohn seines Vaters!

Das war das Letzte, was er hören wollte. Ein Geburtsfehler. Ein einfacher Zufall bei der Geburt hatte ihn eines glücklichen Lebens beraubt. Er hätte vor Wut am liebsten losgebrüllt.

»Warum bist du hier?«, fragte er, öffnete die Augen und sah, dass Artemis ihn noch immer anstarrte.

Sie überging seine Frage. »Warum hast du keine Angst vor mir?«

»Sollte ich Angst vor dir haben?«

»Ich könnte dich töten.«

»Ich habe dich darum gebeten, aber du hast es nicht getan.«

Sie hielt den Kopf schief, als hätte er sie vollkommen überrascht. »Für einen Menschen bist du sehr schön.«

»Ich weiß.«

Artemis warf ihm bei dieser Antwort einen finsteren Blick zu.

Er klang nicht arrogant, sondern eher wütend, als würde seine Schönheit ihm zu schaffen machen. Er war ganz anders als all die Menschen, denen sie bisher begegnet war.

Wenn sie es nicht besser gewusst hätte, würde sie glauben, was er behauptete: dass er göttlicher Abstammung war. Es lag etwas Unnatürliches in der Begierde, die er in ihr hervorrief.

Aber Götter und ihre Abkömmlinge hatten einen Wesenszug, der unverkennbar war, und alles, was sie bei diesem Menschen spürte, waren Hass und Verzweiflung. Er war so schwer verletzt, dass es sogar für sie fast schmerzhaft war, ihm nahe zu sein.

»Warum bist du so traurig?«

»Das verstehst du ohnehin nicht.«

Wahrscheinlich nicht. Sie konnte keine Traurigkeit empfinden, ebenso wenig Verzweiflung.

Es war ihr vollkommen fremd.

Noch nie hatte sie bisher das Bedürfnis empfunden, einen Menschen zu trösten, doch heute wollte sie es, ohne zu wissen warum.

»Lächelst du auch manchmal?«, fragte sie ihn.

Er schüttelte den Kopf.

»Nie?«

»Nein, das zieht die Leute nur noch mehr an, dann begehren sie mich noch stärker.«

»Aber sehnen die Menschen sich denn nicht danach, begehrt zu werden?«

Er spottete wieder. »Kennst du den atlantäischen Ausdruck Tsoulus?«

»Sex-Sklave?«

Er starrte sie ausdruckslos an.

Artemis schnappte nach Luft, als sie begriff, was er damit sagen wollte. »So einer bist du?«

»So einer war ich.«

Ihr Blick verdunkelte sich. »Und du hast es gewagt, mich anzurühren?«

»Wirst du mich jetzt töten?«

Ihre Wut geriet ins Wanken, sie war völlig verwirrt. Wer war dieser Mann, der sie herausforderte wie kein anderer je zuvor? »Wenn du so gerne sterben willst, warum nimmst du dir dann nicht selbst das Leben?«

Er verzog den Mund, und seine Augen glühten vor Wut. »Jedes Mal, wenn ich es versucht habe, wurde ich zurückgeholt und bestraft. Offenbar wollen die Götter nicht, dass ich sterbe, deswegen glaube ich, wenn einer von euch mich tötet, habe ich endlich meine Ruhe.«

»Dann ist es dir vom Schicksal nicht bestimmt, dass du stirbst.«

Er sprang mit einem so wütenden Knurren auf, dass Artemis vor Schreck rasch einen Schritt rückwärts tat.

»Sprich mir ja nicht vom Schicksal! Ich weigere mich zu glauben, dass dies hier mein Schicksal ist. Es ist mir nicht bestimmt. Ich sollte nie …« Der Schmerz in seinen Augen traf sie im Innersten. »Das kann nicht alles sein, wofür ich geboren bin.«

»Das Schicksal der Menschheit besteht darin, dass sie leiden muss. Warum sollte es dir anders gehen?«

Acheron bekam kaum noch Luft. Ihre Worte trafen ihn im Innersten. Er sah seine Vergangenheit vor sich, die Schrecken und Erniedrigungen, die er hatte erdulden müssen.

Aber die entsetzlichsten Gedanken waren die an die Zukunft. Immer allein, nur Verachtung und Missbrauch als Gefährten. Gegen seinen Willen zum Essen gezwungen oder, schlimmer noch, behandelt zu werden wie ein Sack Weizen.

Er war zu wütend, um zu sprechen, und stürzte in sein Zimmer, sein Gefängnis. Es war zwar besser als das Loch, in das ihn sein Vater zuerst hatte werfen lassen, aber es war letztlich das Gleiche: wieder ein Gefängnis.

Das war alles, was er je kennenlernen würde, wenn es nach seinem Vater ging, würde er den Rest seines Lebens hier eingesperrt bleiben.

Wenigstens standen heute keine Wachen vor der Tür. Sogar sie hatten den Tag geschenkt bekommen, einen Tag, an dem sie tun konnten, was sie wollten.

»Warum bist du weggelaufen?«

Er blieb erschrocken stehen, als Artemis vor ihm erschien. »Warum folgst du mir?«

»Du hast mich neugierig gemacht.«

»Worauf?«

»Auf dich.«

Er lachte bitter. Sogar eine Göttin war um nichts besser als die Menschen, die ihn verfolgten. »Willst du mich nackt sehen, damit du mich besser erforschen kannst?«

Ihre Wangen wurden dunkel, aber er sah ihren begehrlichen Blick.

Ihm fiel auch auf, dass sie ihm nicht widersprach. Nun denn.

Artemis sah zu, wie ihr neu entdeckter Mensch langsam die Nadel aus seinem Peplos zog. Sie wusste, sie hätte ihn davon abhalten sollen, doch sie brachte es nicht über sich.

Sie zitterte vor Erwartung, wie er nackt aussehen würde. Kein Wunder, dass ihr Bruder so viel Zeit mit Menschenfrauen verbrachte. Wenn sie nur halb so sinnlich waren wie Acheron …

Er ließ den Peplos zu Boden fallen.

Ihre Gedanken setzten aus, als sie ihn nackt sah. Er war sogar noch schöner, als sie erwartet hatte.

Seine Haut schimmerte lohfarben und einladend, bedeckte einen Körper, der schön geformt und muskulös war.

Gegen ihren Willen fiel ihr Blick auf den Teil von ihm, der einzigartig männlich war. Er war sehr gut ausgestattet, und als sie ihn anstarrte, schwoll sein Schaft an, hob sich langsam und krümmte sich zum Bauch hin. Seine Hoden zogen sich zusammen.

Sie hatte noch nie so einen Mann gesehen, voller Begierde, so kühn und furchtlos ihr gegenüber.

Er trat einen Schritt auf sie zu. »Willst du mich nicht berühren?«

Das wollte sie schon, aber sie konnte sich nicht bewegen und kaum noch atmen. Sie spürte die Hitze, die von seinem Körper ausging, sie spürte seinen Atem dicht bei ihrem Gesicht.

Seine Nähe war berauschend.

Er nahm ihre Hand, hob sie hinauf an seine Erektion und führte ihre Handfläche sanft über seine Schwanzspitze. Er war so weich und doch gleichzeitig so hart.

Sie schluckte, als er ihre Finger langsam seine ganze Länge hinaufgleiten ließ, bis sie an seinen weichen Sack stieß. Sie biss sich auf die Lippen, während er sich an ihrer Handfläche rieb. Sein Körper war so ganz anders als ihrer, so betörend und verführerisch.

Er ließ ihre Hand los.

Instinktiv wollte sie sie zurückziehen, aber stattdessen strich sie mit dem Handrücken unter seinem Sack entlang, hob ihn an und ließ ihn dann wieder sinken. Sein Körper fühlte sich sehr fremd an.

Sie hob die Hand und strich schweigend über seinen Bauch und seine Brust.

Er regte sich nicht und berührte sie auch nicht. Er starrte sie nur schweigend an, während sie jeden Zentimeter seines Körpers erkundete. Seine unheimlichen silbrigen Augen waren unglaublich, so etwas hatte sie noch nie gesehen – und noch nie etwas gespürt, was sich besser anfühlte als seine Haut unter ihrer Hand.

Er war einfach zum Anbeißen.

»Willst du, dass ich dich ficke?«

Als sie seine Stimme wahrnahm, seine Frage, die sie bis ins Innerste hätte beleidigen müssen, erzitterte sie. Sie begehrte ihn, als hätte der Wahnsinn von ihr Besitz ergriffen.

Wenn sie das doch nur zulassen könnte!

»Nein«, sagte sie ruhig und schaute zu ihm empor. »Ich will, dass du das machst, was du vorhin gemacht hast. Ich will das noch einmal spüren.«

Er nahm sie bei der Hand und führte sie zum Bett.

Sie hätte das eigentlich nicht tun dürfen, sie war schließlich eine jungfräuliche Göttin, unberührt von einem Mann oder einem Gott.

Zumindest bis heute.

Niemand hatte sie je geküsst, niemand war je in sie eingedrungen. Sie war dafür bekannt, dass sie Männer hatte töten lassen, nur weil sie sie nackt gesehen hatten, doch jetzt war sie bereit, sich von ihm verführen zu lassen.

Sie wusste nicht warum, genauso wenig wie sie wusste, warum sie den Drang verspürte, mit ihm zusammen zu sein.

Mit ihm fühlte sie sich merkwürdig glücklich und begehrt.

Acheron drückte sie sanft auf die Matratze. Sie war nervös – das kannte er von Frauen, denen es an Erfahrung mangelte. Und doch war sie wunderschön. Ihr Haar breitete sich wie ein Fächer über die Kissen aus, und das machte ihn noch härter. Ein solches Gefühl war er nicht gewöhnt.

Ihre Haut duftete nach Rosen. Er küsste sie leicht auf die Lippen, während er mit der Hand an ihrem Bein hinaufglitt und den Saum ihres Gewandes hob. Sie erstarrte leicht, aber sie entspannte sich rasch wieder. Sie war schüchtern.

Er wollte sie nicht in Verlegenheit bringen und rutschte von ihren Lippen zu ihrem Körper hinunter.

Artemis war unsicher, als sie sah, wie er zwischen den Falten ihres weißen Gewandes verschwand. Sie konnte spüren, wie er sich bewegte, wie sein Bart kratzte, als er eine heiße Spur von

Küssen auf der Innenseite ihrer Schenkel hinterließ, bis er zu dem Teil kam, der ihn so sehr begehrte.

Sie stöhnte auf, als seine Lippen und seine Zunge diesen Punkt fanden. Sie biss sich in die Hand und ergab sich der Lust, die er ihr bereitete. Es war grell und beglückend. Kein Wunder, dass die anderen Götter und die Menschen für ein solches Erlebnis so viel riskierten!

Als sie diesmal kam, begriff sie voll und ganz, was mit ihrem Körper passierte. Zumindest begriff sie es, bis er sie immer wieder kommen ließ.

Als er ihren Geschmack auf der Zunge spürte, knurrte er, ihre Schreie klangen ihm in den Ohren. Er liebte es, wie sie schnurrte, und das Gefühl ihrer Hand in seinem Haar, wenn sie ihn streichelte.

Sie schlug mit der freien Hand neben sich auf die Matratze. »Hör auf, bitte, ich kann nicht mehr!«

Er leckte sie ein letztes Mal, lang und gedehnt, dann zog er sich zurück. »Bist du sicher?«

Sie nickte.

Widerstrebend tat er, worum sie ihn gebeten hatte, zog sich zurück und streckte sich neben ihr aus, obwohl sein Körper in keiner Weise befriedigt war.

Artemis kuschelte sich an seine Brust und lauschte seinen keuchenden Atemzügen. Er war noch immer hart und steif.

»Tut es weh, wenn du so bleibst?«, fragte sie und strich mit der Hand über seinen Schwanz.

Er zog scharf den Atem ein, als ob ihre zarte Berührung schmerzen würde. »Ja.«

»Kannst du dich nicht selbst befriedigen?«

»Das kann ich machen.« Er schaute ihr ins Gesicht. »Würdest du das gern sehen?«

Ehe sie antworten konnte, umschloss er ihre Hand mit seiner und drückte ihre Handfläche an sich.

Als er ihre warme Hand auf seinem Schwanz spürte, schloss er die Augen. Sex bedeutete ihm nichts und hatte es nie getan. Es war einfach etwas, das man von ihm erwartete.

Er hatte vor Zuschauern und mit Liebhabern schon häufiger masturbiert, als er sich erinnern konnte. Aus irgendeinem Grund schien es anderen Leuten Lust zu bereiten, wenn sie ihn kommen sahen. Er spürte bei seiner eigenen Erleichterung kaum etwas, es war ein kurzes Lustgefühl und schnell vorbei.

Er wusste schon lange, es musste mehr geben als das.

Aber es war ihm nicht beschieden, mehr zu erfahren, und er wusste ohnehin nicht, was genau er eigentlich begehrte. Artemis war hier, weil sie, wie viele andere vor ihr, neugierig auf seinen Körper gewesen war. Vielleicht würde sie wiederkommen und ihn besuchen, vielleicht auch nicht.

Es hatte eine Zeit gegeben, in der er verprügelt worden war, wenn ein Kunde nicht wiederkam.

Damals in Atlantis hatte alles von seiner Fähigkeit abgehangen, die Begierde anderer Leute zu wecken. Davon hing es ab, wie viel er schlafen durfte, wie viel Essen er bekam.

Wie viel Würde.

Wenn seine Kunden ihn nicht völlig befriedigt verließen, wurde er dafür verprügelt.

Heutzutage würde sein Vater ihn auspeitschen lassen, wenn er je hiervon erfuhr. Der König verlangte ein zölibatäres Leben von einem Mann, der so etwas nie kennengelernt hatte. Er war tatsächlich gern mit Artemis zusammen. Sie berührte ihn zärtlich, und ihre Haut war weich und warm.

Er holte tief Luft und stellte sich vor, wie es wäre, in ihren Körper zu gleiten. Nein, besser noch, er stellte sich vor, wie es wäre, wenn sie ihn an sich gedrückt hielt, als wäre er ihr wichtig. Allein der Gedanke daran, dass sich jemand um ihn sorgte, ihn für *wirklich* wichtig hielt, reichte beinahe, um ihn zum Lächeln zu bringen. Aber er wusste es besser.

Das war nur ein dummer Traum aus der Zeit mit Ryssa und Maia, als er noch leichtgläubig gewesen war. Diese Illusionen waren schon lange zerstört.

Artemis war eine Göttin. Er hatte Glück, dass sie sich überhaupt dazu herabließ, mit ihm im gleichen Zimmer zu sein. Er bereitete ihr Lust, weil er darauf abgerichtet worden war.

Zwischen ihnen konnte niemals irgendeine Art von Beziehung sein. Zweifellos würde sie sofort verschwinden, wenn das hier vorüber war, und er wäre wieder allein.

In seinem Leben änderte sich nie etwas.

Artemis betrachtete Acherons Gesicht, während er sich mit ihrer Hand streichelte. Es war merkwürdig, einen Mann auf diese Weise zu berühren, und sie fragte sich, was er dachte. Normalerweise konnte sie die Gedanken von Menschen hören, wenn sie wollte, aber bei ihm konnte sie es nicht.

Das war merkwürdig.

Er spannte sich noch einmal leicht an, und dann schoss sein heißer Samen durch ihre Finger. Statt aufzuschreien, wie sie es getan hatte, seufzte er nur zitternd und ließ ihre Hand dann los.

Sie fuhr mit der Hand durch die Flüssigkeit und betrachtete sie genau. »Davon werden die Frauen also schwanger.«

»In den meisten Fällen.«

»In den meisten?«

Er zuckte die Achseln. »Mein Samen ist harmlos.«

»Wieso?«

»Ich bin in der Pubertät sterilisiert worden, Göttin. Das wird so einer wie ich immer. Keiner will von einer Hure geschwängert werden.«

Artemis hob die Augenbrauen. »So etwas können die Menschen tun?«

»Nein, aber die Atlantäer können es. Und sie haben es den Apolliten beigebracht.«

Sie betrachtete seine Flüssigkeit erneut. »Es ist eine Schande, dass sie dir das angetan haben«, sagte Artemis ruhig. »Du bist viel zu schön, als dass man dich sterilisieren sollte. Soll ich das rückgängig machen?«

»Nein, es gibt keinen Grund dafür. Ich sagte ja schon, niemand würde ein Kind willkommen heißen, das er von mir empfangen hätte.«

Bei diesen Worten zeigte sich großer Kummer in seinen silbrigen Augen, und sie verspürte einen ungewohnten Schmerz in der Brust.

Ihr armer Mensch!

Er sah umwerfend aus, wie er ausgestreckt auf dem weißen Leintuch dalag, das seinen kräftigen braunen maskulinen Leib noch stärker betonte. Jeder Muskel seines Körpers war vollkommen. Er war so einladend, so warm, und er schien keinerlei Scham bei seiner Nacktheit zu verspüren oder bei dem, was er getan hatte. Er verhielt sich nicht dreist oder arrogant, nur weil er sie berührt hatte.

Er behandelte sie, als wäre sie …

Eine Frau.

Die meisten ihrer Verwandten konnten sie nicht ausstehen, und die Menschen fürchteten sich ohnehin vor ihr. Sogar ihre Dienerinnen lachten über sie, aber sie hüteten sich davor, sobald Artemis in ihrer Nähe war.

Doch dieser Mann …

Er war anders. Er fürchtete nichts und niemanden. Er war kühn und mutig wie ein starkes, ungezähmtes Tier. Selbst in ihrer Anwesenheit war er unerbittlich. Jetzt war er sanftmütig, aber seine Kraft war nicht zu übersehen, sogar sie fürchtete sich davor.

»Hast du Freunde?«, fragte sie.

Er schüttelte den Kopf.

»Warum nicht?«

»Ich fürchte, ich habe keine verdient.«

Bei dieser Antwort schüttelte Artemis den Kopf. »Das kann nicht sein. Ich habe auch keine Freunde, und ich hätte sie mehr als verdient. Vielleicht stimmt mit uns irgendetwas nicht.« Sie hielt kurz inne und dachte nach. »Nein, das kann auch nicht sein. Mit mir stimmt absolut alles, und doch bin ich genauso allein wie du.«

Artemis war noch nie aufgefallen, wie einsam sie eigentlich war. Ihr Zwillingsbruder hatte Freunde, und er hatte seine Menschenfrauen. Apollo kam für sie einem Freund am nächsten, aber sogar er war in ihrer Nähe zurückhaltend. Er lud sie nie ein, etwas mit ihm zu unternehmen, wenn es nicht gerade um Zerstörung oder eine Strafaktion ging. Er lachte nicht mit ihr und fragte sie auch nicht, ob sie ihn zum Zechen oder zum Spielen begleiten wollte.

Zum ersten Mal im Leben begriff sie, wie einsam sie war.

»Willst du mein Freund werden?«

Acheron war von dieser unerwarteten Frage völlig überrascht. »Du willst dich mit mir anfreunden?«

Sie neigte den Kopf und betrachtete ihn, dabei legte sie ihre Götterstirn in leichte Falten. Sie war ein ätherisches Wesen, und sie stand weit über ihm. »Na ja, eigentlich schon. Es darf natürlich niemand etwas davon erfahren. Es gefällt mir sehr, was du mir da vorhin gezeigt hast. Ich möchte mehr über diese Welt erfahren – und mehr über dich.« Sie lächelte ihn warm an, als wäre es ihr wirklich ernst. Das erinnerte ihn daran, wie selten man Ehrlichkeit fand. Und Freundschaft.

Es war ein trügerischer Traum, den er sich nie erlaubt hatte. Leute wie er kannten keine Freundschaften, genauso wenig wie Liebe oder Freundlichkeit. Und doch gab es einen verschütteten Teil in ihm, der sich vor Sehnsucht danach regelrecht verzehrte.

Der sich vor Begierde nach ihr verzehrte.

»Also, sind wir jetzt Freunde? Ich verspreche dir, du wirst es nicht bereuen.«

Das war sicher der merkwürdigste Augenblick in seinem Leben, und wenn man bedachte, was er schon alles Eigenartiges erlebt hatte, dann besagte das einiges. Wie konnte eine Hure der Freund einer Göttin werden?

Acheron zog die Decke vom Bett und wischte sich ab. »Ich glaube, du würdest es bereuen, meine Freundin zu sein.«

Sie zuckte mit den Achseln. »Das bezweifle ich. Du bist ein Mensch. Du lebst sowieso nur noch … nun ja, vielleicht zwanzig Jahre. Das ist eine so kurze Zeitspanne, dass es sowieso keine Rolle spielt, und ich bezweifle, dass ich noch mit dir befreundet sein will, wenn du erst einmal alt und schlaff bist. Außerdem können olympische Götter gar keine Reue empfinden.«

Sie lächelte und fuhr ihm mit dem Finger über die Lippen. »Küss mich. Küss mich, und sag mir, dass wir Freunde sind.«

Es war lächerlich, und doch tat er, worum sie ihn bat.

Freunde.

Sie beide! Er hätte bei dem Gedanken daran beinahe gelacht. Stattdessen schloss er die Augen und sog ihren Duft ein. Ihre Hände in seinem Haar fühlten sich einzigartig an. Als sie sich küssten, begehrte er ihre Freundschaft mit einer solchen Verzweiflung, dass er es geradezu schmerzhaft spürte. Er hoffte bloß, dass er sich ihrer würdig erwies.

13. DEZEMBER 9529 V. CHR.

»Was machst du hier?«

Acheron öffnete die Augen und sah, dass Artemis nur wenige Schritte von ihm entfernt auf seinem Balkon stand. Obwohl es eiskalt war, saß er auf der Balustrade und lehnte sich an eine Säule, während er dem aufgewühlten Meer unter sich zuhörte. »Ich habe ein bisschen frische Luft geschnappt. Und was machst *du* hier?«

Sie schob schmollend die Unterlippe vor. »Mir war langweilig.«

Das erheiterte ihn. »Wie kann sich denn eine Göttin langweilen?«

Sie zuckte die Achseln. »Ich habe nicht besonders viel zu tun. Mein Bruder ist mit deiner Schwester verschwunden, Zeus hält eine Beratung ab, dazu werde ich nie eingeladen, Hades ist bei Persephone, meine Dienerinnen baden und tollen herum und ignorieren mich – also ist mir langweilig. Ich dachte, du hättest vielleicht eine Idee, was wir zusammen machen könnten.«

Acheron seufzte lange und müde. Er wusste, worauf sie hinauswollte, doch er sah sich genötigt, die rhetorische Frage zu stellen. »Darf ich wenigstens erst ins Warme reingehen, ehe ich mich ausziehe?«

Sie runzelte die Stirn.

»Ziehen die Menschen sich aus, wenn ihnen langweilig ist?«

»Sie ziehen mich aus.«

»Und gefällt dir das?«

»Eigentlich nicht«, antwortete er ehrlich.

»Oh.« Sie schwieg einen Augenblick, dann fuhr sie fort. »Und was machst du, wenn du dich amüsieren willst?«

»Ich gehe ins Theater.«

Sie verschränkte die Arme vor der Brust und trat auf ihn zu. »Theater – das sind doch diese erfundenen Geschichten, wo Leute so tun, als wären sie jemand anderes, oder?«

Er nickte.

An ihrem Gesicht konnte er erkennen, dass sie nicht begriff, wie man sich für so etwas begeistern konnte. »Und das machst du lieber, als nackt zu sein?«

So hatte er das bisher noch nicht betrachtet, aber … »Ja, denn im Theater kann ich eine Zeitlang vergessen, wer ich bin.«

Sie schaute verwirrt. »Es gefällt dir, wenn du dich selbst vergisst?«

»Ja.«

»Aber bringt dich das nicht durcheinander?«

Nicht halb so sehr wie diese Unterhaltung. »Nein.«

»Nun ja, wenn ich keine Göttin wäre, würde ich wahrscheinlich auch nicht gern daran denken, wer ich bin. Irgendwie verstehe ich, warum die Menschen so empfinden. Wird jetzt ein Stück gespielt, wo wir hingehen könnten?«

»In der Stadt wird jeden Nachmittag ein Stück gespielt.«

»Dann gehen wir«, sagte sie fest.

Er schnaubte und wünschte, es wäre so einfach, wie sie sich das offenbar vorstellte. »Ich kann hier nicht weg.«

»Warum denn nicht?«

Er blickte zu den geschlossenen Türen seines Zimmers, die zugeworfen und verriegelt worden waren, seit man ihn hier hereingestoßen hatte. »Meine komplette Wachmannschaft ist hingerichtet worden, weil sie mir erlaubt hat, mich von hier zu entfernen, und meine neuen Wächter sind wesentlich vorsichtiger. Sobald ich versuche, mit ihnen zu sprechen, ziehen sie die Schwerter, drängen mich zurück ins Zimmer und verriegeln die Tür.«

Artemis zuckte mit den Achseln. »Das ist für mich kein Problem. Ich kann dich trotzdem in die Stadt bringen.«

Acheron schwang die Beine von der Brüstung. Hoffnung keimte in ihm auf. Er hasste es, gefangen zu sein wie ein tollwütiges Tier, er hatte es schon immer gehasst. In den letzten Tagen hatte er ohne Unterlass davon geträumt, diesem Ort zu entkommen, und sei es nur für kurze Zeit. Aber der einzige Weg aus diesem Zimmer hinaus führte durch die Tür – sonst hätte er von dem steinernen Balkon springen müssen, der hoch über den Felsen und dem Meer schwebte. »Wirklich?«

Sie nickte. »Wenn du gerne ins Theater gehen möchtest, können wir das machen.«

Es fühlte sich an, als würde eine schwere Last von seiner Brust genommen. Er hätte sie küssen können. »Ich hole nur rasch meinen Mantel.«

Artemis folgte ihrem neuen Freund in sein Zimmer und sah zu, wie er unter der Matratze aus Stroh seinen Mantel hervorholte. »Warum bewahrst du denn deinen Mantel unter dem Bett auf?«

Er schüttelte ihn aus. »Ich muss ihn verstecken, sonst verbrennen ihn die Mägde.«

»Und warum?«

Er schaute sie ausdruckslos an. »Ich habe dir doch gesagt, dass ich hier nicht wegdarf.«

Das begriff sie nicht. Warum war er denn in diesem kleinen Zimmer eingesperrt? »Hast du etwas Schlimmes gemacht, dass man dich hier gefangen hält?«

»Mein einziges Verbrechen bestand darin, dass ich als Kind von Eltern zur Welt gekommen bin, die mich nicht haben wollten. Mein Vater will nicht, dass irgendjemand erfährt, dass sein ältester Sohn verunstaltet ist, also werde ich hierbleiben müssen, bis ich an Altersschwäche zugrunde gehe.«

Ein fremdartiger Schmerz zuckte in ihrem Magen auf, sie fühlte mit ihm. Manchmal fühlte sie sich auch gefangen, obwohl ihr nie jemand das Gefühl gab, sie wäre nicht normal.

Sie schaute an seinen muskulösen Beinen hinunter. »Gehst du deswegen barfuß?«

Er nickte, warf seinen Mantel um und zog sich die Kapuze über. »Ich bin so weit.«

»Was ist mit deinen Schuhen?«

Bei ihrer Frage schaute er verblüfft. »Ich habe keine. Ich sage dir doch, ich darf den Palast nicht verlassen.«

Jetzt, als sie darüber nachdachte, fiel ihr ein, dass er auch in ihrem Tempel keine Schuhe getragen hatte. »Kriegst du denn keine kalten Füße?«

»Das bin ich gewöhnt.«

Sie krallte die Zehen in die Schuhe bei dem Gedanken daran, im Winter barfuß über die eiskalten Steine zu laufen. Es wäre ein schreckliches Gefühl, das nicht mal ein Mensch ertragen würde. Sie schüttelte den Kopf und ließ ein Paar warme Lederschuhe an seinen Füßen erscheinen. »So, das ist doch schon viel besser.«

Acheron schaute verblüfft auf die dunkelbraunen gefütterten Schuhe. Sie fühlten sich merkwürdig auf der Haut an, sie waren unglaublich warm und weich. »Danke schön.«

Sie lächelte ihn an, als ob ihr die Schuhe genauso gut gefielen wie ihm. »Bitte, gerne.«

Ohne dass er wusste, wie ihm geschah, waren sie plötzlich mitten in der Stadt. Acheron schnappte nach Luft, als sie unversehens neben einem Brunnen standen. Niemand in der geschäftigen Menge schien bemerkt zu haben, dass sie geradewegs aus dem Nichts aufgetaucht waren. Sofort zog er sich die Kapuze tiefer ins Gesicht, um sicherzustellen, dass er vor den Menschen um sich herum gut geschützt war.

»Was machst du da?«, fragte Artemis.

»Ich will nicht, dass mich irgendjemand sieht.«

»Oh, das ist eine gute Idee.« Nur Sekunden später trug sie einen prächtigen handgewebten Mantel, dessen Kapuze tief ins Gesicht gezogen war, genau wie bei ihm. »Na, wie sehe ich aus?«

Bei ihrer unschuldigen Frage musste er unwillkürlich lächeln, aber er unterdrückte es rasch. Er wusste, dass er nicht lächeln durfte, sonst geriet er in Schwierigkeiten. »Du bist sehr schön.«

»Warum ist es dir unangenehm, das zu sagen?«

Acheron biss die Zähne zusammen, als er die schlichte Wahrheit aussprach, die ihn sein ganzes Leben heimgesucht hatte. »Wenn die Menschen Schönheit sehen, zerstören sie sie.«

Sie neigte den Kopf. »Wieso denn das?«

»Es liegt in ihrer Natur. Die Menschen sind engherzig und eifersüchtig. Sie beneiden das, was sie selbst nicht haben, bei anderen, und wenn sie nicht wissen, wie sie etwas selbst erreichen können, zerstören sie denjenigen, der es besitzt. Schönheit gehört zu den Dingen, die sie bei anderen am meisten hassen.«

»Glaubst du wirklich?«

»Ich bin oft genug wegen meiner Schönheit angegriffen worden, also bin ich mir ganz sicher. Was immer die Menschen nicht besitzen können, versuchen sie zu zerstören.«

Artemis war verblüfft über seinen Zynismus. Von einigen Göttern hatte sie Ähnliches gehört. Ihr Vater Zeus machte auch immer solche Bemerkungen. Aber ein so junger Mensch wie Acheron …

Er durchschaute viele Dinge besser als andere. Sie hätte ihm fast geglaubt, dass er göttlicher Abstammung war, aber das konnte nicht sein. Er war einfach nur ein bisschen scharfsinniger als die meisten Menschen.

»Wie geht es jetzt weiter?«, fragte sie und wechselte das Thema.

»Der Eingang für das Volk ist hier.« Er führte sie zu einem

schmalen Durchgang, wo eine Gruppe ungewaschener und ärmlich angezogener Menschen stand.

Sie verzog angeekelt den Mund und hielt ihn am Ärmel fest. »Gehen wir etwa mit *einfachen* Leuten durch den Eingang fürs primitive Volk?«

»An allen anderen Eingängen muss man Eintritt zahlen.«

Wie konnte das denn ein Problem sein? »Hast du denn kein Geld?«

Er runzelte die Stirn. »Nein.«

Sie seufzte, griff eine kleine Börse aus der Luft und hielt sie ihm hin. »Hier. Kauf uns anständige Sitzplätze. Ich bin eine Göttin, ich sitze nicht beim *einfachen* Volk.«

Er zögerte, dann gehorchte er. *Er zögerte!* Das tat nie jemand. Es schien ihm gar nicht bewusst zu sein, dass sie eine Göttin war. Einerseits fand sie es beleidigend, dass er so ungezwungen war, auf der anderen Seite faszinierte es sie. Es gefiel ihr, dass sie sich bei ihm wie eine normale Frau mit einem normalen Mann fühlen konnte.

Mit einem so gutaussehenden Mann.

Aber er musste auch ihre Gottheit respektieren. Sie war schließlich eine Tochter des Zeus! Sie konnte ihn töten, wenn sie wollte.

Und warum hast du es nicht getan?

Sie hatte seine Herausforderung noch im Ohr und sah ihn wieder stolz und aufrecht in ihrem Tempel stehen. Er war wirklich ein außergewöhnlicher Mensch.

Genau das reizte sie nach seiner Schönheit am meisten an ihm.

Er zahlte den Eintritt und führte sie in einen Bereich, der von den Sitzen für die einfache Landbevölkerung abgeteilt war. Hier war es weniger voll, hier saßen die Adeligen und die Familien der Senatoren. Acheron zahlte noch einmal für ein Kissen und legte es für sie auf den Stein, damit sie es bequemer hatte.

»Kaufst du für dich keins?«, fragte sie, als sie darauf Platz nahm.

»Ich brauche keins.« Er gab ihr die Geldbörse zurück.

Sie zog die Nase kraus und starrte auf den harten Stein, wo er saß und die Kälte offenbar gar nicht wahrnahm. »Ist dir das nicht zu unbequem?«

»Nein, wirklich nicht, ich bin es gewöhnt.«

Er war an viele Dinge gewöhnt, die nicht normal waren. Sie spürte ein merkwürdiges Gefühl in der Brust. Es kümmerte sie tatsächlich, dass er sich selbst benachteiligte. Er sollte auf diese Dinge nicht verzichten, erst recht nicht, wenn er mit ihr zusammen war. Sie schnippte mit den Fingern, und schon hatte er ein Kissen unter sich liegen.

Er schaute so verblüfft, dass es schon fast komisch war.

»Du musst nicht auf dem kalten Stein sitzen, Acheron.«

Acheron strich ungläubig über das gepolsterte blaue Kissen. Nur Ryssa hatte sich je darum gekümmert, dass er es bequem hatte. Nun ja – und manchmal auch Catera. Aber bei ihr rührte es daher, dass sie noch mehr Geld aus ihm herausschlagen wollte. Artemis hatte keinen Grund, sich darum zu kümmern, ob er blaue Flecken hatte oder ob ihm kalt war. Er bedeutete ihr nichts – und doch hatte sie etwas wirklich Freundliches für ihn getan. Er hätte am liebsten gelächelt, aber er vertraute ihr noch nicht vollkommen. Er war zu häufig von der Freundlichkeit von Menschen getäuscht worden, die einzig und allein in ihrer Selbstsucht wurzelte.

Ihm wurde eng in der Brust, als seine Erinnerungen heranfluteten. Er erinnerte sich an die Zeit, als er auf der Straße gelebt hatte, nachdem sein Vater ihn aus Estes' Haus geworfen hatte.

»Ich hab Arbeit für dich, Junge …«

Er kniff die Augen zusammen und versuchte, die Schrecken zu bannen, die auf sein naives Vertrauen gefolgt waren. Es stimmte, er hasste die Menschen. Sie missbrauchten einander und waren grausam zueinander.

Alle waren grausam zu ihm.

»Wein für die Herrschaften?«

Acheron brauchte einen Moment, bis er merkte, dass der alte Verkäufer ihn angesprochen hatte. Er war verblüfft, dass man ihm so viel Respekt entgegenbrachte, und konnte gar nicht antworten.

»Ja«, sagte Artemis gebieterisch. Sie reichte ihm eine Münze und erhielt dafür zwei Becher Wein.

Der Verkäufer verbeugte sich tief vor ihnen. »Danke, Herrin, danke, Herr. Ich hoffe, das Stück wird Euch Vergnügen bereiten.«

Acheron brachte kein Wort heraus, als er Artemis den Becher aus der Hand nahm. Niemand hatte ihn so respektvoll behandelt, seit er mit Ryssa und Maia im Sommerpalast gelebt hatte. Und noch nie hatte sich jemand vor ihm verbeugt.

Noch nie!

Mit zugeschnürter Kehle schlürfte er seinen Wein.

Artemis hielt inne und schaute ihn an. »Ist irgendwas?«

Acheron schüttelte den Kopf und konnte nicht fassen, dass er tatsächlich neben einer Göttin saß. In aller Öffentlichkeit. Mit Kleidung am Leib. Wie merkwürdig das alles war!

Artemis legte den Kopf schief und suchte seinen Blick.

Aus Gewohnheit vermied Acheron, sie anzublicken.

»Warum schaust du mich nicht an?«, fragte Artemis.

»Ich schaue dich doch an.«

»Nein, tust du nicht. Du schaust weg, sobald jemand in unsere Nähe kommt.«

»Ich sehe dich trotzdem. Das hab ich schon vor langer Zeit gelernt: Dinge zu sehen, ohne sie direkt anzublicken.«

»Das verstehe ich nicht.«

Acheron seufzte und drehte den Becher in den Händen. »Es

liegt an meinen Augen. Die Leute fühlen sich unwohl, wenn ich sie ansehe, also verberge ich meine Augen, so gut ich kann. Dann wird niemand wütend auf mich.«

»Die Leute werden wütend, wenn du sie anschaust?«

Acheron nickte.

»Und wie fühlt sich das an?«

Er schluckte, als Erinnerungen in ihm hochstiegen, die ihm in die Seele schnitten. »Es tut weh.«

»Dann solltest du ihnen sagen, dass sie es nicht mehr machen sollen.«

Wenn es doch nur so einfach wäre! »Ich bin kein Gott, Artemis. Mir hört niemand zu, wenn ich spreche.«

»Ich höre dir zu.«

Sie schien ihm wirklich zuzuhören, und das bedeutete ihm viel. »Du bist etwas Besonderes.«

»Das stimmt. Vielleicht solltest du mehr Zeit mit anderen Göttern verbringen.«

Allein bei dem Gedanken daran schnaubte er. »Ich hasse die Götter – erinnerst du dich?«

»Aber mich hasst du doch nicht, oder?«

»Nein.«

Artemis lächelte. Sie war bei seinen Worten erleichtert, aber sie wusste nicht, woran das lag. Sie war fasziniert von ihm, streckte die Hand aus und berührte ihn am Rücken. Er zog die Luft scharf durch die Zähne ein und wich ihr aus. »Was ist los?«

»Mir tut der Rücken noch weh.«

»Wovon denn?«

Er schaffte es, sie seltsam und überheblich anzublicken. »Ich habe dir doch gesagt, dass ich mein Zimmer nicht verlassen darf. Für den Ausflug zu deinem Tempel habe ich bezahlt.«

»Was hast du denn bezahlt?«

Er seufzte, als das Theaterstück anfing. »Bitte lass uns jetzt hier zuschauen.«

Sie wandte ihre Aufmerksamkeit den Schauspielern zu und lauschte der geistlosen Geschichte, die für sie ohne jedes Interesse war. Der Mensch neben ihr hingegen … das war eine ganz andere Sache. Er faszinierte sie ungeheuer.

Jedes Mal wenn sie sich je einem Menschen genähert hatte, hatte er oder sie gekatzbuckelt und um Anerkennung gebuhlt, sogar die Menschen von königlichem Geblüt. Oder sie hatten sie angestarrt, als wäre sie etwas ganz Außergewöhnliches – was sie natürlich auch war. Aber er tat nichts von alledem. Er schien sich gar nicht bewusst zu sein, dass sie ihn mit einem einzigen Blick töten könnte. Sogar jetzt ignorierte er sie völlig.

Das war mehr als merkwürdig.

»Warum singen die Leute dahinten die ganze Zeit?«

»Das ist der Chor«, flüsterte er, die Aufmerksamkeit weiterhin auf die Schauspieler unten auf der Bühne gerichtet.

»Sie stehen daneben.«

Er runzelte die Stirn. »Sie stehen daneben?«

»Ihr Singen … da stimmt was nicht.«

»Sie liegen daneben«, korrigierte er und wandte sich wieder der Bühne zu. »Nein, das tun sie nicht. Sie singen völlig richtig.«

Bei seinem verärgerten Tonfall hob sie eine Augenbraue. »Willst du dich mit mir streiten?«

»Ich will mich nicht mit dir streiten, Göttin. Ich versuche zu verstehen, was die Schauspieler sagen. Pssst!«

Nein, das würde er nicht wagen! Hatte er sie wirklich zum Schweigen aufgefordert? Zorn durchfuhr sie. »Wie bitte, Acheron? Pssst?«

Jetzt endlich schaute er ihr ins Gesicht, und es war nicht zu übersehen, dass seine silbrig wirbelnden Augen verärgert wirkten. »Ich bin nicht derjenige, der ständig dazwischenredet, Artemis.« Er wandte sich wieder zur Bühne.

Jetzt wurde sie allmählich wütend und riss ihm die Kapuze

vom Kopf, um seine Aufmerksamkeit auf sich zu lenken. Im gleichen Moment merkte sie, dass sie einen Fehler gemacht hatte. Alle Menschen um sie herum waren plötzlich von Acheron fasziniert, und er war ganz bleich geworden.

Wortlos zog er sich die Kapuze wieder über den Kopf und eilte in Richtung Ausgang. Mehrere Leute, die um sie herum gesessen hatten, liefen ihm nach.

Neugierig folgte sie ihnen die Stufen hinauf und aus dem Theater hinaus, sie sah, dass Acheron von immer mehr Menschen umringt wurde. Er schien Panik zu bekommen und versuchte, sich einen Weg durch die Menge zu bahnen, während immer wieder Leute versuchten, mit ihm zu sprechen.

Ein Mann packte ihn grob am Arm.

»Lass mich los!«, fuhr Acheron ihn an und schubste den Fremden beiseite.

Der Mann hingegen verstärkte seinen Griff so sehr, dass Acheron vor Schmerz zusammenzuckte.

Zornig darüber, wie er ihren Freund misshandelte, grub Artemis dem Mann die Nägel in die Hand, und er verzog schmerzhaft das Gesicht. Er ließ Acheron los, im gleichen Augenblick fasste sie ihn bei der Hand und teleportierte sie zurück in sein Zimmer.

Sie erwartete, dass er ihr dankbar wäre.

Aber das war er nicht. Stattdessen wandte er sich zornig an sie: »Wie konntest du mir das antun?«

»Ich habe dich gerettet.«

Sein unduldsamer Blick war anklagend, obwohl er sie nicht anschaute, aber er klang ruhig. »Du hast mich bloßgestellt!«

Sie begriff nicht, wofür er sie verantwortlich machte. »Du hast mich nicht beachtet.«

»Ich wollte mir in Ruhe das Stück anschauen. Deswegen waren wir ja schließlich im Theater, oder?«

»Nein, wir waren da, damit ich mich nicht mehr langweilen

musste, weißt du das nicht mehr? Und mir wurde schon wieder langweilig.«

Das Argument besänftigte ihn nicht im Geringsten, im Gegenteil, es schien ihn noch mehr zu verärgern. »Dann kannst du dich ja anderswo langweilen.«

Artemis war fassungslos. »Wirfst du mich etwa hinaus?«

»Ja.«

Ihre Augen verdunkelten sich vor Zorn. Noch nie hatte jemand ihr gegenüber einen solchen Ton angeschlagen. »Für wen hältst du dich eigentlich?«

»Für denjenigen, der fast angegriffen worden wäre, weil du so gedankenlos gewesen bist.«

»Ich bin nicht gedankenlos.«

Er wies auf die Tür in ihrem Rücken. »Geh einfach. Ich bin nicht gerne in Gesellschaft, ich bin lieber allein.«

Sie runzelte die Stirn. »Jetzt bist du wirklich richtig böse auf mich, was?«

Er verdrehte die Augen, als würde sie ihn zur Verzweiflung bringen.

Schockiert starrte Artemis ihn an. »Menschen werden aber nie böse auf mich.«

»Ich schon. Jetzt geh bitte.«

Sie sollte gehen, doch sie konnte sich nicht dazu überwinden. Sie war zu fasziniert von diesem Mann, auf den sie zornig hätte werden müssen und doch nicht wirklich zornig war. Etwas in ihr war sogar versucht, sich bei ihm zu entschuldigen. Aber eine Göttin entschuldigte sich nie bei einem Menschen.

»Warum haben sich die Leute um dich versammelt?«, fragte sie, denn sie wollte ihn und seine unberechtigte Feindseligkeit ihr gegenüber verstehen.

»Du bist doch die Göttin, sag's mir!«

»Menschen machen das normalerweise nicht ohne Grund. Du bist nicht zufällig verflucht?«

Er lachte bitter. »Offenbar schon.«

»Was hast du denn gemacht?«

»Ich bin zur Welt gekommen. Offenbar ist nicht mehr nötig, damit die Götter einen ruinieren.« Er riss sich die Schuhe von den Füßen und hielt sie ihr hin. »Nimm deine Schuhe und geh.«

»Die sind ein Geschenk.«

»Ich will dein Geschenk nicht.«

»Und warum nicht?«

Er schaute zu Boden, aber der Zorn und die Geringschätzung in seinen Augen waren nicht zu verhehlen. »Weil du mich irgendwann dafür bezahlen lässt, und ich habe es satt, für Dinge bezahlen zu müssen.« Er ließ die Schuhe fallen, drehte sich um und ging auf den Balkon hinaus.

Artemis beachtete die Schuhe nicht und folgte ihm. »Wir haben uns doch amüsiert. Es hat mir gut gefallen, bis du mich verärgert hast.«

Er schaute wieder zu Boden und der gesamten Ärger verschwand aus seinem Gesicht. »Vergib mir, Herrin. Ich wollte dich nicht beleidigen.« Er sank vor ihr auf die Knie.

»Was machst du da?«

»Mein Wille ist der deine, Akra.«

Artemis riss ihm den Mantel ab. Er zuckte weder zusammen noch regte er sich, er blieb dort knien wie ein stumpfsinniger Bittsteller. »Warum benimmst du dich so?«

Er hielt den Blick zu Boden gerichtet. »Das ist es doch, was du willst, oder? Einen Diener, der dich unterhält.«

Ja, aber das wollte sie nicht von ihm. »Diener habe ich schon. Ich dachte, wir wären Freunde.«

»Ich weiß nicht, wie man sich als Freund verhält. Ich weiß nur, wie man ein Sklave oder ein Liebhaber ist.«

Artemis öffnete den Mund und wollte etwas sagen, aber in diesem Moment ging die Tür hinter ihr auf. Sie trat augenblicklich ins Dunkle zurück, damit man sie nicht sah.

Zwei Wachen kamen herein.

Sobald Acheron sie sah, stand er auf und wich zurück auf den Balkon. Sie gingen auf ihn zu, sein Gesicht wurde kalt und ausdruckslos.

Wortlos packten sie ihn und zerrten ihn auf den Flur. Sie fragte sich, was sie mit ihm vorhatten, und folgte ihnen, achtete aber darauf, dass sie sich verborgen hielt.

Acheron wurde in den Thronsaal geführt, wo sie drei Tage zuvor auf ihn gestoßen war. Die Wachen zwangen ihn auf die Knie. Auf den Thronstühlen saßen ein älterer und ein junger Mann, der ganz genauso aussah wie Acheron, nur hatte er keine silbrigen Augen, und ihm fehlte auch das einnehmende Wesen. Der auf dem Thron war genauso wie alle anderen Menschen, er missfiel ihr vom ersten Augenblick an.

»Wie Ihr befohlen habt, Herr, hat er sein Zimmer nicht verlassen«, sagte der Wächter zu Acherons Linken mit fester Stimme. »Wir sind uns ganz sicher.«

Der König sah ihn mit durchdringendem Blick an. »Du bist nicht vorhin auf dem Marktplatz gewesen, Teritos?«

Artemis riss die Augen auf, denn der König hatte Acheron »Schlampe« genannt.

Er schaute den König herausfordernd an. »Warum hätte ich denn auf dem Marktplatz sein sollen, Vater?«

Der König verzog den Mund. »Sechsunddreißig Hiebe für seine Unverschämtheit, dann bringt ihn zurück auf sein Zimmer.«

Acheron schloss die Augen, als die Wachen ihn an den Haaren rissen und durch eine Reihe von Doppeltüren auf einen kleinen Hof schleiften. Finster sah Artemis zu, wie sie ihm die Kleider vom Leib rissen und ihn an einen Pfahl banden. Sein perfekt geformter Rücken war mit dunklen Flecken, roten Striemen und Schnitten übersät. Kein Wunder, dass er vor Schmerz zusammengezuckt war, als sie ihn berührt hatte. Er musste große Schmerzen haben.

Der jüngere Wärter nahm sie nicht wahr, als er auf sie zukam, ganz in ihrer Nähe eine Peitsche aus einem Halter zog und dann wieder zu Acheron zurückkehrte.

Acheron versteifte sich und klammerte sich an den Pfosten für das, was folgen würde.

Die Peitsche pfiff durch die Luft, dann fuhr sie auf seinen geschundenen Rücken nieder.

Acheron schnappte nach Luft und klammerte sich so fest an den Pfahl, dass man jeden einzelnen angespannten und konturierten Muskel in seinen Armen und Beinen erkennen konnte. Es war, als versuchte er, mit dem Pfosten zu verschmelzen.

Fasziniert von seinem Anblick, schaute Artemis zu, wie ein Schlag nach dem anderen auf seinen Rücken niederging. Nicht einmal schrie er oder bat um Gnade. Er rang höchstens nach Luft und verfluchte seine Peiniger und ihre Abkunft.

Als es vorbei war, machten die Wachen ihn los. Mit aschgrauem Gesicht hob Acheron seinen Chiton vom Boden auf, wo die Wachen ihn hingeworfen hatten, aber sie ließen ihm keine Zeit, sich anzuziehen, sondern zerrten ihn schon zurück zu seinem Zimmer und stießen ihn hinein. Die Türen krachten mit einem dumpfen Donnern, das ein Echo hervorrief, hinter ihm zu.

Artemis ging geradewegs durch die verschlossenen Türen hindurch und fand Acheron so auf dem Boden liegen, wie die Soldaten ihn hingeschleudert hatten. Sein blutiges blondes Haar war wirr und hinter ihm ausgebreitet, Blut sickerte aus den Wunden an seinem Rücken. Er bewegte sich nicht, versuchte nicht sich zu bedecken und schluchzte auch nicht. Er lag einfach nur da und starrte ins Leere.

»Acheron?«

Er antwortete nicht.

Sie erschien vor ihm und kniete an seiner Seite nieder. »Warum hat man dich ausgepeitscht?«

Er holte zitternd Luft und fasste seinen zusammengeknüllten Chiton fester. »Hör auf, mir Fragen zu stellen, die ich nicht beantworten will.«

Sein Herz schlug heftig, als sie die Hand ausstreckte und eine blutige Strieme berührte, die quer über seine rechte Schulter verlief. Er zischte vor Schmerz. Sie zog ihre Hand zurück und runzelte die Stirn. Sie hatte sein warmes, klebriges Blut an den Fingerspitzen. Sie wich zurück und starrte seinen nackten Körper an. Zum ersten Mal verspürte sie in ihrer Brust eine Welle von Schuldgefühl.

Dass er bestraft worden war, war ihre Schuld. Hätte sie ihn nicht aus seinem Zimmer herausgebracht, wäre er auch nicht bestraft worden. Sie war richtig wütend, dass er derart verletzt worden war.

»Es gefällt mir nicht, dich so zu sehen«, flüsterte sie.

»Bitte lass mich einfach nur allein.«

Aber das konnte sie nicht. Sie wollte ihn trösten, legte ihm die Hand auf die Schulter und schloss die Augen, dann heilte sie ihn.

Acheron keuchte, als ein glühender Schmerz seinen gequälten Körper durchfuhr. Sekunden später war jeglicher Schmerz verschwunden. Er spannte sich an und erwartete, der Schmerz würde jeden Moment zurückkehren.

Doch das tat er nicht.

»Ist es so besser?«

Er starrte die Göttin ungläubig an. »Was hast du gemacht?«

»Ich bin die Göttin der Heilung, also habe ich dich geheilt.«

Er drehte sich auf den Rücken und war überrascht, dass der Schmerz wegblieb. In den letzten drei Tagen war er schon geschlagen worden, weil er es gewagt hatte, mit Ryssa zum Tempel zu gehen. Er hatte ernsthaft zu fürchten begonnen, dass seine Haut nie wieder ganz heilen würde.

Aber Artemis hatte ihm geholfen. »Danke schön.«

Die Göttin lächelte ihn an und strich ihm das Haar aus dem Gesicht. »Ich will nicht, dass du meinetwegen verletzt wirst.«

Acheron legte seine Hand auf ihre und küsste ihre Handfläche, die nach Rosen und Honig schmeckte. Schockiert spürte er, wie sein Körper sich regte. Allein schon deshalb erwartete er, dass Artemis gleich auf ihn springen würde.

Stattdessen betrachtete sie seinen Schwanz, wie er immer härter wurde. »Tut er das immer?«

»Nein.« Er wurde kaum jemals hart, wenn man es nicht von ihm verlangte oder er unter Drogen stand.

Ihre Brauen zogen sich zusammen, als sie seine Brust berührte. Er war daran gewöhnt, dass die Leute neugierig auf ihn waren. Seit das Gerücht im Umlauf war, er sei der Sohn eines Gottes, wollte ihn jeder berühren.

Doch sie zögerte. Ihre Hand glitt leicht über seinen Bauch, als hätte sie Angst, den Teil von ihm zu berühren, den sie anstarrte.

»Ich tue nichts, was du nicht willst«, sagte er ruhig.

Ihre Augen blitzten auf. »Natürlich nicht. Ich würde dich töten, wenn es anders wäre.«

Noch nie hatte jemand das so unverblümt ausgesprochen, aber die Drohung hatte immer in der Luft gehangen. Nachdem er Atlantis verlassen hatte, hatte er eine Menge Klienten gehabt, die ihn aus den unterschiedlichsten Gründen bedroht hatten, meistens ging es um Politik oder Besitzgier. Sie hatten Angst, er würde sein Wissen darüber verkaufen, was sie gerne mit Prinz Styxx gemacht hätten, oder sie wollten Acheron einfach mit niemand anderem teilen.

Drei Mal war er fast umgekommen.

Er wusste nicht, warum die Menschen so auf ihn reagierten, wie sie es taten, er hatte es nie begriffen. Sogar Artemis, die immerhin eine Göttin war, schien nicht anders auf ihn zu reagieren als der ganze Rest.

Abgesehen davon, dass ihre Berührung ein Feuer in ihm entzündete.

Acheron schloss die Augen, als ihre Hand sanft über die Spitze seines Schwanzes strich. Das Verlangen, das er für sie verspürte, war unerwartet und schockierte ihn. Er hätte eigentlich zornig sein müssen für das, was sie ihm angetan hatte, und doch verspürte er jetzt keinerlei Ärger in sich, sondern nur ein Verlangen, sie zufriedenzustellen, das er nicht verstand.

Aus dem Flur drang Lärm herein.

Artemis hielt erschrocken den Atem an und zog sich zurück. »Man könnte uns sehen.«

Als Nächstes standen sie in einem hellen, mit weißem Marmor ausgekleideten Schlafzimmer. Acheron sprang auf, drehte sich langsam und versuchte zu begreifen, wo er war.

An einer Wand stand ein unglaublich großes Bett. Die Laken und Vorhänge waren genauso weiß wie alles andere. Die einzige Farbe bildete das Gold in den Borten.

»Wo bin ich?«

»Auf dem Olymp.«

Ihm blieb der Mund offen stehen. »Wie ist das möglich?«

»Ich habe dich in meinen Tempel gebracht. Keine Sorge, es betritt nie jemand mein Schlafzimmer. Es ist mir heilig.«

Artemis kam lächelnd auf ihn zu. Sie rieb ihre Wange an seiner, und Sekunden später trug er einen roten Chiton. »Hier haben wir unsere Ruhe.«

Acheron konnte keine zusammenhängenden Gedanken fassen, als er sich umschaute und die Pracht in sich aufnahm, die ihn umgab. Die Decke über seinem Kopf war aus purem Gold mit fulminanten Waldszenerien. Wie war das möglich? Wie konnte eine Hure im Schlafzimmer einer Göttin sein, die für ihre Jungfräulichkeit bekannt war? Allein der Gedanke daran war lachhaft.

Und doch stand er hier.

Artemis nahm ihn bei der Hand und führte ihn auf ihren Balkon, der auf einen Garten hinausging, in dem Blumen prangten. Die vielfältigen Farben waren fast so schön wie die Göttin an seiner Seite.

»Wie gefällt es dir hier?«, frage Artemis.

»Es ist ganz erstaunlich.«

Sie lächelte. »Ich habe mir gedacht, dass es dir gefallen würde.«

Er runzelte die Stirn. »Wie kann dir hier nur langweilig werden?«

Sie schaute zur Seite und schluckte, und eine tiefe Trauer trat in ihre grünen Augen. »Ich bin einsam. Es ist selten jemand hier, der mit mir spricht. Manchmal gehe ich in die Wälder, und das Wild kommt zu mir, aber auch die Tiere haben mir nicht besonders viel zu sagen.«

Er seufzte ehrfürchtig beim Anblick des unglaublichen Ortes. »Ich könnte mich glücklich in den Wäldern verlieren und den Rest meines Lebens mit keiner lebenden Seele mehr sprechen.«

»Aber du wirst nur noch ein paar Jahre leben. Du hast keine Ahnung, wie sich die Ewigkeit anfühlt. Die Zeit hat dann keine Bedeutung mehr. Sie streckt sich ewig hin, und es wiederholt sich immer das Gleiche.«

»Ich weiß nicht. Ich glaube, ich könnte ewig leben … wenn ich nach meinen eigenen Vorstellungen leben könnte.«

Sie lächelte ihn an. »Dann könnte ich dich in tausend Jahren sehen, und du wärst noch genauso wie jetzt.« Ihre Augen leuchteten auf. »Da gibt es noch etwas, das ich dir zeigen will.«

Sie schnippte mit den Fingern, und auf ihrer Handfläche erschien ein seltsames braunes Päckchen. Sie hielt es ihm hin.

»Was ist das?«

»Schokolade«, sagte sie atemlos. »Von Hershey. Du musst sie unbedingt probieren.«

Er nahm das Päckchen entgegen und schnüffelte daran. Es

roch süß, aber er war sich nicht sicher, was den Geschmack anging. Als er hineinbeißen wollte, riss Artemis es ihm aus der Hand.

»Du musst erst das Papier abmachen, du Dummkopf.« Lachend riss sie die braune Verpackung und ein merkwürdiges silbernes Material ab, dann brach sie ein Stück von der Schokolade ab und reichte es ihm.

Acheron nahm vorsichtig einen Bissen. Sobald die Schokolade auf seiner Zunge schmolz, fühlte er sich wie im Himmel. »Das schmeckt ganz wunderbar.«

Sie gab ihm die Tafel Schokolade. »Ich weiß. Es stammt aus der Zukunft. Wir sollen eigentlich nicht dorthin, aber ich kann einfach nicht anders. Es gibt dort ein paar Dinge, auf die ich nicht warten kann, und Schokolade gehört dazu.«

Er leckte sich die geschmolzene Schokolade von den Fingerspitzen. »Könntest du mich in die Zukunft versetzen?«

Sie schüttelte rasch den Kopf. »Mein Vater würde mich umbringen, wenn ich einen Sterblichen dorthin mitnehme.«

»Götter können einander nicht töten.«

»Doch, das können sie, glaub mir. Sie sollen es nicht, aber das hält sie nicht immer davon ab.«

Acheron biss ein weiteres Stück Schokolade ab und dachte über ihre Worte nach. Er wäre ungeheuer gern aus seiner Zeit weggereist, an einen Ort, wo niemand ihn oder seinen Bruder kannte. Wo er frei von seiner Vergangenheit war und ein Leben führen könnte, in dem niemand versuchte, ihn zu besitzen.

Das wäre der Idealzustand. Aber er hatte auf die harte Art lernen müssen, dass es einen solchen Ort nicht gab.

Artemis nahm ihm die Schokolade ab und biss selbst noch ein bisschen ab. Ein kleines Stück landete auf ihrem Kinn und schmolz dort.

Acheron streckte die Hand aus und wischte es weg.

»Wie machst du das?«, fragte sie ihn.

»Wie mache ich was?«

»Mich berühren, ohne dass du Angst hast. Alle Menschen erzittern vor den Göttern, aber du nicht. Warum?«

Er zuckte mit den Achseln. »Wahrscheinlich weil ich keine Angst vor dem Tod habe.«

»Du hast keine Angst vor dem Tod?«

»Nein. Ich habe Angst, meine Vergangenheit noch einmal durchleben zu müssen. Mit dem Tod würde alles hinter mir liegen. Ich glaube, das wäre eine Erleichterung für mich.«

Sie schüttelte den Kopf. »Du bist ein merkwürdiger Mensch, Acheron. Anders als alle, denen ich je begegnet bin.« Sie ging rückwärts, griff ihn bei der Hand und zog ihn in ihr Schlafzimmer.

Acheron kam willig mit.

Artemis sagte nichts, als sie sich auf das Bett kniete und ihn anschaute. Sie zog ihn für einen leidenschaftlichen Kuss in ihre Arme.

Acheron schloss die Augen und atmete in ihren Mund, während ihre Zungen einander umkreisten. Wie merkwürdig … wenn er sie im Arm hielt, fühlte er sich nicht wie eine Hure. Vielleicht weil sie nichts von ihm wollte, außer dass er da war. Kein Geld wechselte den Besitzer. Keiner von ihnen wollte etwas anderes als eine Pause von der Einsamkeit.

War es so, wenn man sich normal fühlte? Das hatte er sich schon immer gefragt.

Artemis machte sich los und starrte zu ihm hinauf. »Versprich mir, dass du mich nie verraten wirst, Acheron.«

»Ich würde nie etwas tun, das dich verletzt.«

Ihr Lächeln blendete ihn fast, dann zog sie ihn aufs Bett und drehte ihn auf den Rücken. Sie setzte sich rittlings auf seine Hüften und strich ihm das Haar vom Hals.

»Du bist so schön«, flüsterte sie.

Acheron sagte nichts. Sie hypnotisierte ihn mit ihren blitzenden grünen Augen und mit ihrer Haut, die so weich und geschmeidig war. Dann sah er plötzlich Fangzähne aufblitzen.

Einen Augenblick später spürte er einen grellen Schmerz am Hals. Er wollte sich wehren, aber er konnte sich nicht rühren, nicht einen Muskel konnte er bewegen.

Sein Herz hämmerte, bis der Schmerz nachließ und an seine Stelle eine unbeschreibliche Lust trat. Erst dann konnte er sich wieder regen. Er drückte ihren Kopf an seinen Hals, während sie weiterhin saugte und leckte, bis sein Körper mit dem intensivsten Orgasmus explodierte, den er je erfahren hatte.

Dann fielen ihm die Augen zu. Er versuchte, gegen die Dunkelheit anzukämpfen, aber er schaffte es nicht.

Artemis zog sich von ihm zurück und leckte sich das Blut von den Lippen, als sie merkte, dass Acheron das Bewusstsein verlor. Sie hatte noch nie das Blut eines Menschen geschmeckt … es war einfach unglaublich. Kein Wunder, dass ihr Bruder sich so häufig vom Blut der Menschen ernährte. In ihm lag eine Lebendigkeit, die den Unsterblichen fehlte. Es war so berauschend, dass sie ihre ganze Willenskraft zusammennehmen musste, um nicht noch mehr zu trinken. Aber das könnte Acheron töten.

Und das war das Letzte, was sie wollte. Acheron faszinierte sie. Er wich nicht vor ihr zurück, und er umschmeichelte sie auch nicht. Obwohl er ein Sterblicher war, begegnete er ihr wie seinesgleichen.

Sie war sehr zufrieden mit ihrer neuesten Eroberung, legte sich neben Acheron und kuschelte sich an ihn.

Das war ganz sicher der Beginn einer wunderbaren Freundschaft.

14. DEZEMBER 9529 V. CHR.

Acheron erwachte mit hämmernden Schmerzen im Kopf. Als er die Augen öffnete, fand er sich nackt in seinem Bett wieder. Erst als er sich bewegte und keine anderen Schmerzen hatte, erinnerte er sich daran, was am Tag zuvor geschehen war.

An alles.

Ihm stockte der Atem, und er griff sich an den Hals. Dort, wo Artemis ihn gebissen hatte, war eine kleine Spur trockenen Blutes, aber das war die einzige Narbe auf seinem Körper. Alle Zeugnisse seiner Peitschenstrafen waren verschwunden.

Was war im Vergleich dazu schon ein kleiner Biss?

Er schaute sich im Raum um. »Wie bin ich hierhergekommen?« Daran konnte er sich nicht erinnern. Seine letzte Vorstellung war die von Artemis, wie sie ihn in ihrem Bett gebissen hatte und er dann völlig erschöpft das Bewusstsein verlor.

Jemand klopfte an seine Türe und trat ein. Noch bevor er die kleine blonde Frau hereinkommen sah, wusste er, dass es Ryssa war, niemand außer ihr hätte vorher angeklopft.

Rasch versuchte er, sich das Blut abzuwischen, und schob sich die Haare über den Hals, ehe sie nahe genug kam, um die Wunde zu sehen.

Sie hatte rote Wangen und trug dicke purpurfarbene Gewänder. Er sah sie zum ersten Mal wieder, seit man sie Apollo übergeben hatte.

Ehe er etwas sagen konnte, warf sie sich ihm in die Arme und weinte. Acheron hielt sie fest und wiegte sie. »Was ist geschehen? Hat er dir wehgetan?«

»Er war ganz sanft«, sagte sie zwischen ihren Schluchzern. »Aber er hat mir Angst gemacht, und zwischendurch tat es auch weh.« Sie umarmte ihn fester. »Wie hältst du das nur aus?«

Das hatte er sich auch schon oft gefragt. »Das wird schon werden, Ryssa.«

»Wirklich?« Sie ließ ihn los und starrte ihn an, als wollte sie an seinem Gesicht ablesen, ob sie ihm glauben konnte oder nicht. »Was ist, wenn er mich wiederhaben will?«

Acheron umfasste ihr Gesicht. »Du wirst es ertragen, und du wirst es überstehen.«

Bei diesen Worten biss Ryssa die Zähne zusammen. Ihr war klar, dass Acheron ganz genau wusste, wovon er sprach. »Ich will nicht wieder zurück zu ihm. Ich fühle mich so nackt und bloß, obwohl er nicht unbedingt gemein oder grausam war. Aber du hattest recht. Es war ihm völlig egal, was ich dachte oder wie ich mich fühlte. Alles, worauf es ihm ankam, war seine eigene Lust.« Sie schüttelte den Kopf, als würde sie ihren Bruder auf eine völlig neue Art verstehen.

Ihre Schande hatte nur kurze Zeit gedauert, Acherons hingegen währte schon sehr lange. Es war schrecklich, der Gnade anderer ausgeliefert zu sein. Kein Recht zu haben bei dem, was dem eigenen Körper widerfuhr. Sie fühlte sich missbraucht.

»Ich würde am liebsten davor fliehen.«

Er ergriff ihre Hand. »Ich weiß. Aber es wird dir bald wieder besser gehen, wirklich. Du wirst dich daran gewöhnen.«

So fühlte es sich aber nicht an. Sie war fürchterlich wund und blutete noch immer vom Eindringen Apollos in ihren Körper. Er hatte sich um sie gesorgt, und doch war er gefühllos gewesen. Sie wollte ihm wirklich nicht noch einmal ausgesetzt sein.

»Ryssa!«

Als sie ihren Vater rufen hörte, sprang sie auf.

Acheron erstarrte. »Du gehst jetzt wohl besser.«

Sie wollte nicht gehen, aber sie fürchtete, dass sie Acheron in Schwierigkeiten bringen würde, also wischte sie sich die Tränen ab, kletterte vom Bett und sah das Mitgefühl in seinen wirbelnden silbrigen Augen. »Ich liebe dich, Acheron.«

Acheron hielt diese Worte in Ehren. Ryssa war die Einzige, die ihn je geliebt hatte. Manchmal hatte er diese Liebe gehasst, denn Ryssa tat ihretwegen Dinge, die ihn verletzten, aber anders als bei anderen Menschen wusste er, dass ihre Handlungsweise in ihrer Liebe wurzelte.

Sie schoss vom Bett hoch und rannte hinaus auf den Flur.

Er hörte die wütenden Flüche seines Vaters durch die Mauern hindurch. »Was hast du da drinnen gemacht?«

Acheron zuckte zusammen. Zumindest musste Ryssa nicht befürchten, dass man sie schlagen würde.

»Du bist jetzt die Geliebte eines Gottes. Mit solchen wie dem da darfst du keinen Umgang mehr pflegen, nie mehr, hast du verstanden? Was würde Apollo dazu sagen? Er würde dich anspucken und hinauswerfen!«

Ryssas Antwort konnte er nicht mehr hören.

Aber die Worte seines Vaters gingen ihm durch und durch. Er war also der Gegenwart Ryssas nicht würdig, aber er konnte Artemis Gesellschaft leisten. Er fragte sich, wie sein Vater mit diesem Wissen umgehen würde. Würde er ihn dann mit etwas anderem als mit Hohn anblicken?

Wahrscheinlich nicht.

Seine Türen flogen so schwungvoll auf, dass sie gegen die Wand knallten, und der König trat mit harten, wütenden Schritten ein. Acheron schaute weg und zwang sich, keinerlei Gefühl auf seinem Gesicht zu zeigen.

Verdammt – wenn sein Vater ihn hassen wollte, dann sollte er es eben tun. Er war es leid, sich zu verstecken und vor ihm zu katzbuckeln. Schläge und Beleidigungen konnte er ertragen.

Acheron begegnete dem wütenden Blick seines Vaters, ohne mit der Wimper zu zucken. »Guten Morgen, Vater.«

Er versetzte ihm eine so harte Ohrfeige, dass Acheron spürte, wie ihm das Blut aus dem Schädel schoss. Er schnappte nach Luft und schüttelte den Kopf, um ihn wieder klar zu bekommen.

»Ich bin nicht dein Vater!«

Acheron wischte sich mit dem Handrücken das Blut ab. »Kann ich bei irgendetwas behilflich sein?«

»Bitte, Vater!«, rief Ryssa und kam angerannt. Sie ergriff seinen Arm, ehe er wieder auf Acheron losgehen konnte. »Ich bin gleich zu ihm gegangen, als ich hier ankam. Acheron hat nichts falsch gemacht. Es ist meine Schuld und nicht seine.«

Der König hob in einer verdammenden Geste einen knochigen Finger gegen Acheron. »Du wirst dich von meiner Tochter fernhalten, ist das klar? Wenn ich dich noch einmal in ihrer Nähe erwische, wirst du dir wünschen, du wärst nie geboren.«

Acheron lachte bitter. »Wie sollte sich das denn von jedem anderen Tag unterscheiden?«

Ryssa stellte sich vor ihren Vater, als er auf Acheron losgehen wollte. »Vater, bitte hör auf. Du wolltest mich doch etwas zu Apollo fragen. Wollen wir uns nicht lieber darauf konzentrieren?«

Er warf Acheron ein überlegenes, vernichtendes Hohnlächeln zu. »Du bist es gar nicht wert, dass ich meine Zeit mit dir vergeude.«

Damit zog er Ryssa aus dem Zimmer. »Versiegelt seine Türen, er wird heute ohne Essen auskommen.«

Acheron lehnte sich gegen die Wand und schüttelte den Kopf. Wenn sein Vater ihn mit Essensentzug unter Kontrolle bringen wollte, dann hatte er keine Ahnung, was Acheron bei Estes erlebt hatte. Dieser Dreckskerl hatte es wirklich verstanden, jemanden mit Hunger zu quälen.

Seine Eingeweide zogen sich zusammen, als er daran dachte, wie er Estes angebettelt hatte: wenigstens ein Tropfen Wasser, um den Durst zu stillen.

»Du hast nichts verdient, und deswegen bekommst du auch nichts … Und jetzt runter auf die Knie, bereite mir Lust, dann werden wir sehen, ob du dein Essen wert bist.«

Er kniff die Augen fest zusammen und zwang die Bilder aus seinem Kopf. Er hasste es, zu betteln und zu kriechen. Aber die Erinnerungen verschwanden nur, wenn er an die Göttin dachte, die ihn für sich haben wollte.

»Artemis?«, flüsterte er, voller Furcht, dass jemand ihn hören könnte, wenn er sie laut rief. Er erwartete, dass sie ihn ignorieren würde, genau wie alle anderen.

Aber das tat sie nicht.

Sie erschien tatsächlich vor ihm. Acheron riss überrascht den Mund auf. Ihr langes rotbraunes Haar schien im Dämmerlicht zu funkeln, ihre Augen strahlten warm und einladend. Nichts an ihrem Auftreten wies darauf hin, dass sie ihn verurteilte oder sich über ihn lustig machte. »Wie fühlst du dich?«, fragte sie.

»Besser, jetzt wo du hier bist.«

Ein kleines Lächeln umspielte ihre Mundwinkel. »Wirklich?«

Er nickte.

Ihr Lächeln wurde breiter, sie kletterte auf sein Bett und krabbelte auf ihn.

Acheron schloss die Augen, als ihm der süße Duft ihrer Haut in die Nase stieg. Er hätte am liebsten das Gesicht in ihrem Haar vergraben und den Geruch einfach nur genossen. Sie setzte sich rittlings auf seine Hüften, strich ihm das Haar vom Hals, und dann streichelte sie dort über die Haut, wo sie ihn gebissen hatte.

»Für einen Menschen bist du außerordentlich stark.«

»Man hat mich so gedrillt, dass ich viel Durchhaltevermögen habe.«

Sie beachtete seine Worte nicht und runzelte die Stirn. »Du schaust mich immer noch nicht an.«

»Ich sehe dich, Artemis.« Das tat er wirklich. Er sah jede einzelne Linie ihres Gesichts, jede Rundung ihres sinnlichen Körpers.

Sie nahm sein Gesicht zwischen die Hände und drehte es zu sich, bis sie ihm geradewegs in die Augen schauen konnte. Doch Acheron hielt seinen Blick noch immer auf ihre Knie gerichtet, die unter ihrem Kleid hervorschauten. »Schau mich an!«

Er wäre am liebsten davongerannt. Er hatte sein ganzes Leben lang niemals andere direkt angeschaut. Das hatte er nur getan, wenn er wollte, dass sie seinen offenen Ungehorsam sahen. Und immer wenn er das gewagt hatte, war er brutal dafür bestraft worden.

»Acheron, schau mich an!«

Er wappnete sich für ihren Angriff und gehorchte. Sein Herzschlag stockte, sein ganzer Körper spannte sich in der Erwartung, verletzt zu werden.

Artemis setzte sich mit erfreutem Gesicht wieder auf seine Lenden. »Na endlich. Das war doch gar nicht so schwer, oder?«

Schwerer, als sie es sich vorstellen konnte. Doch als eine Sekunde nach der anderen verging und sie ihn nicht dafür schlug, dass er sie anschaute, entspannte er sich leicht.

Sie lächelte. »Mir gefallen deine Augen. Sie sind fremdartig, aber sehr schön.«

Schön? Seine Augen? Sie waren abstoßend! Jeder, sogar Ryssa, fürchtete sich vor seinen Augen. »Macht es dir nichts aus, dass ich dich anschaue?«

»Ganz und gar nicht. Zumindest weiß ich so, dass du mir zuhörst. Ich mag es nicht, wenn deine Blicke durch den Raum wandern, als ob du zerstreut wärst.«

So etwas hörte er zum ersten Mal. »Wie könnte mich irgendetwas ablenken, wenn du bei mir bist? Ich versichere dir, sobald du in der Nähe bist, sehe ich nur dich.«

Sie strahlte zufrieden. »Nun, warum hast du mich gerufen?«

»Ich weiß nicht genau. Ehrlich gesagt habe ich gar nicht geglaubt, dass du kommen würdest. Ich habe nur deinen Namen geflüstert und gehofft, du würdest vielleicht antworten.«

»Du bist so ein dummer Mensch. Bist du heute wieder hier drinnen eingesperrt?«

Er nickte.

»Komm!« Sie hatte das Wort kaum ausgesprochen, da standen sie schon in ihrem Schlafzimmer.

Acheron war wieder in Rot gekleidet, und das fand er merkwürdig, wo doch ringsumher alles entweder weiß oder golden war. »Warum kleidest du mich immer in Rot?«

Sie biss sich auf die Lippen, während sie ihn umrundete und ihn mit den Fingern berührte. »Du gefällst mir in Rot.« Sie blieb kurz vor ihm stehen, stellte sich auf die Zehenspitzen und küsste ihn.

Acheron gab ihr, was sie haben wollte. Es war Teil seiner sogenannten Ausbildung gewesen, denjenigen zu befriedigen, in dessen Gesellschaft er gerade war. Seine eigenen Bedürfnisse waren nicht wichtig, er war nur ein Werkzeug, das man benutzte und dann einfach liegen ließ und vergaß.

Aber in Artemis Gegenwart fühlte er sich nicht so. Genau wie bei Ryssa hatte er bei ihr das Gefühl, dass er ein Mensch war, dass er seine eigenen Gedanken haben konnte und dass das nicht falsch war. Er konnte sie anschauen, und sie verfluchte ihn nicht.

Artemis seufzte, als Acheron sie an sich zog. Sie liebte es, wie er sie umarmte und seine Muskeln ihren Körper umspielten. Er war so schön und stark, so verführerisch. Sie wollte nur noch allein mit ihm sein und spüren, wie sein Herz gegen ihre Brüste schlug.

Sein Atem mischte sich mit dem ihren. Sie spürte, wie ihre Fangzähne sich regten und ihre Lust auf ihn immer mehr wuchs.

Sie machte sich los und blickte ihn an, sodass er ihr wahres Ich sehen konnte. Er zuckte nicht einmal zusammen, als er ihre Fangzähne sah. Stattdessen legte er den Kopf zur Seite und bot ihr dar, was sie am meisten begehrte. Niemand hatte sich je so entgegenkommend ihr gegenüber verhalten. Normalerweise ernährte sie sich von ihrem Bruder oder von einer ihrer Dienerinnen. Aber denen war sie egal.

Ihr Herz hämmerte, und sie glitt mit den Händen über seinen Hals, dann grub sie ihre Zähne tief in ihn hinein.

Acheron zischte auf, als sich der Schmerz in seinem Körper ausbreitete. Aber er wurde schnell durch eine Lust ersetzt, die so stark war, dass sein Schwanz hart wurde. Geschwächt taumelte er, doch Artemis folgte ihm und packte ihn fester.

Ihm wurde schwindelig, und alles um ihn herum nahm harte Konturen an. Er spürte ihren Atem auf seiner Haut und hörte, wie das Blut durch ihre Adern rauschte. Jeder Teil seiner selbst war lebendig, so stark und doch so schwach. Er taumelte erneut und prallte an die Wand hinter ihm.

»Acheron?«

Er hörte ihre Stimme, aber er konnte nicht antworten.

Artemis leckte sich das Blut von den Lippen, als sie sah, wie seine Haut sich bläulich verfärbte. Seine Atmung war so flach, dass sie beinahe fürchtete, er würde sterben. »Acheron?«

Seine Augen waren halb geöffnet, doch an seinem Blick war nicht zu erkennen, ob er sie sah oder hörte.

Sie hatte Angst, dass sie ihn zu sehr verletzt hatte, versetzte ihn auf ihr Bett und legte ihn sanft nieder. Dann nahm sie seine Hand zwischen ihre Hände und rieb sie. »Acheron, bitte sag doch was!«

Er flüsterte etwas auf Atlantäisch, aber sie konnte es nicht verstehen. Mit einem Seufzer fiel er in Ohnmacht. Artemis zuckte zurück, als sein ganzer Körper plötzlich leuchtend blau wurde, seine Lippen, die Nägel und sein Haar dagegen schwarz. Einen Augenblick später wirkte er wieder normal.

Was beim heiligen Berg Olymp war das denn? So etwas hatte sie noch nie gesehen. War das dadurch gekommen, dass sie sich von ihm ernährt hatte?

Sie schluckte, krabbelte näher zu ihm heran und piekte ihn mit dem Finger. Er war bewusstlos.

Sie holte ein warmes Fell, deckte ihn zu und beobachtete, wie er flach atmete. Während er schlief, fuhr sie die Konturen seiner Lippen nach, die Länge seiner Nase. Seine Gesichtszüge waren scharf und makellos, genau wie sein ganzer Körper. Sie begriff nicht, warum er sich ihr gegenüber verpflichtet fühlte. Als Kind hatte sie schon Angst davor gehabt, man könnte sie einst dominieren, und sie hatte ihren Vater gebeten, sie der Liebe gegenüber immun zu machen und ihr ewige Jungfräulichkeit zu schenken. Zeus war dieser Bitte nachgekommen. Doch als sie Acheron anschaute, wie er dort lag, fragte sie sich, was sie für ihn empfand. Es war anders als alles, was sie je zuvor empfunden hatte.

Es gefiel ihr, wie er mit ihr sprach. Wie er sie in den Armen hielt und sie vor Lust aufschreien ließ, wenn er sie berührte und leckte. Am meisten liebte sie, wie sein Blut schmeckte, wenn sie sich von ihm ernährte.

Er ist nur eine Eroberung.

Ja, genauso war es. Sie hatte keine echten Gefühle für ihn. Er war eher wie ein Hirsch im Wald, schön anzusehen und zu berühren. Auch die Hirsche leckten an ihr und stupsten sie an. Und genau wie bei ihren Hirschen war sie sicher, dass auch er sie mit der Zeit langweilen würde. Es wurde einfach alles langweilig mit der Zeit.

Aber jetzt wollte sie ihn erst einmal so lange wie möglich genießen.

Acheron erwachte mit riesigem Hunger. Der Schmerz war so heftig, dass er zuerst dachte, er wäre wieder in dem dunklen Loch unter dem Palast seines Vaters. Aber als er die Augen aufschlug und die goldene Decke über sich sah, erinnerte er sich, dass er mit Artemis zusammen gewesen war.

Er setzte sich langsam auf und sah, dass er allein in ihrem Bett war. Von draußen hörte er Stimmen. Er wollte erst aufstehen und ihnen folgen, aber dann überlegte er es sich anders. Artemis hatte ihre Gründe, wenn sie ihn hier allein ließ. Wer wusste, was passierte, wenn er die Türen öffnete.

Also blieb er im Bett sitzen, sein Magen schmerzte, während er Worten lauschte, die für ihn keine rechte Form annahmen. Sie waren durch die goldenen und steinernen Wände gedämpft. Er hatte keine Ahnung, wie spät es war und wie lange er geschlafen hatte.

Es schien eine Ewigkeit zu dauern, ehe Artemis erschien. Sie blieb stehen und lächelte. »Du bist wach!«

Er nickte. »Ich wollte euch nicht stören, es klang, als ob du beschäftigt wärst.«

Sie kam zu ihm hinüber und umfasste seine Wange. »Hast du Hunger?«

»Ich bin kurz vorm Verhungern.«

Sie streckte den Arm aus, und neben dem Bett erschien ein Tisch mit Essen.

Acheron starrte das Festmahl an.

»Wenn du gern etwas anderes hättest, sag es mir.«

»Nein, das ist ganz wunderbar so.« Er verließ das Bett und machte sich über einen Laib Brot her. Bei seinem Geschmack riss er die Augen weit auf. Das Brot war noch warm und hatte eine Honigkruste, das leckerste Gebäck, das er je gegessen hatte.

Artemis schenkte ihm einen Becher Wein ein. »Du liebe Zeit, du bist aber wirklich hungrig.«

Er nahm den Becher dankbar entgegen, trank einen großen

Schluck und genoss den köstlichen Geschmack. »Danke schön, Artie.«

Ob dieser Abkürzung, die ihm einfach so herausgerutscht war, zog sie eine Augenbraue hoch. »Artie?«

Acheron wand sich, als er merkte, was er gesagt hatte. »Artemis. Ich wollte eigentlich Artemis sagen.«

Sie stupste ihn mit der Nase an. »Mir gefällt Artie. So hat mich noch nie jemand genannt.«

Acheron senkte den Kopf und küsste ihr die Hand.

Sie bekam kaum noch Luft, als die einfache Berührung ihr regelrecht einen elektrischen Schlag versetzte. Was hatte dieser Mann nur an sich, dass er sie in Flammen setzen konnte? Sie hätte ihn am liebsten umarmt und beschützt. Mehr noch, sie wollte jeden Zentimeter seines Körpers verschlingen.

Sie schloss die Augen, lehnte sich an ihn und sog den berauschenden Duft ein, der ganz männlich und ganz und gar Acheron war. »Iss, Acheron«, flüsterte sie. »Ich will nicht, dass du Hunger leiden musst.«

Er trat einen Schritt von ihr weg, und sie fühlte die plötzliche Kälte wie einen Schlag in die Magengrube. Sie schaute zu, als er das Brot in eine kleine Schale mit Honig tauchte. Dann nahm er einen Bissen und lächelte ein so schönes Lächeln, dass ihr Herz einen Satz machte.

Er tunkte ein weiteres Stück Brot ein und wandte sich an sie. »Möchtest du auch etwas?«

Sie nickte. Er hielt ihr das Brot hin, und sie öffnete den Mund. Als er ihr das Brot auf die Zunge legte, leckte sie seine Finger ab, die einfach wunderbar schmeckten, salzig und süß zugleich, sie machten Appetit auf mehr.

Seine Augen wurden dunkel, und eine Welle der Begierde überrollte sie aus der Tiefe ihres Körpers hinaus. Er tauchte seine Fingerspitzen in den Honig, dann fuhr er damit ihre Lippen nach und zog sie für einen heißen Kuss zu sich heran. Sein Geschmack vermischt mit dem des Honigs war mehr, als sie ertragen konnte.

Sie zog ihn aufs Bett, legte sich hin und zog ihn hinunter, bis er auf ihr lag.

Acheron knurrte, als er Artemis unter sich spürte. »Du bist so unglaublich schön.«

Artemis konnte nicht antworten. Sie war völlig gefesselt von dem zärtlichen Blick auf seinem Gesicht. Niemand hatte sie je so angeschaut. Als er seine Lippen an ihre Kehle drückte, konnte sie vor innerem Feuer keinen vernünftigen Gedanken mehr fassen.

Sie war noch nie völlig nackt mit jemandem zusammen gewesen. Aber als er ihr Gewand löste, protestierte sie nicht. Mit quälender Langsamkeit schob er die Kleidung ihren Körper hinunter, bis sie nackt dalag. Er selbst machte keine Anstalten, sich auszuziehen.

Stattdessen hob er ihren Fuß und knabberte an ihrem Spann. Bei dieser süßen Folter biss sie sich auf die Lippen und sah ihm zu, wie er sich ihren Körper hinauf nach oben arbeitete.

Er machte eine kleine Pause und leckte sanft die Innenseite ihrer Schenkel. »Soll ich aufhören?«

Artemis schüttelte den Kopf. »Ich liebe es, wenn du mich berührst.«

Sein Blick versengte sie fast, ehe er ihre Schenkel ein wenig weiter spreizte und sie dort berührte, wo sie am meisten nach ihm verlangte. Sie versenkte die Finger in seinem Haar und ballte sie zur Faust.

Acheron zog sich mit einem Zischen zurück, als hätte sie ihm wehgetan.

Sie runzelte die Stirn. »Stimmt etwas nicht?«

»Bitte krall dich nicht in mein Haar, und zerr mich nicht daran. Ich hasse es, wenn das jemand macht.«

»Warum?«

»Ich fühle mich dann wie der letzte Dreck.«

Der tiefe Schmerz in seiner Stimme war nicht zu überhören. »Das verstehe ich nicht.«

»Die Leute reißen mich am Haar, um mich unter Kontrolle zu bringen oder um mich vor ihnen auf den Knien zu halten. Sie reißen mich am Haar, wenn sie mir Gewalt antun und mich demütigen. Ich kann es nicht ausstehen.«

Artemis strich ihm über die Wange und wollte ihn trösten. »Es tut mir leid, Acheron, das wusste ich nicht. Gibt es noch irgendwas, das du nicht magst?«

Acheron erstarrte bei dieser Frage. Kein Liebhaber hatte ihm diese Frage je gestellt. Er konnte immer noch nicht glauben, was hier vor sich ging. Er hatte ihr wirklich gesagt, dass er es nicht mochte, wenn man sein Haar berührte. Normalerweise sagte er nie etwas, aber weil sie gefragt hatte, fühlte er sich verpflichtet, sich ihr weiter zu offenbaren. »Ich mag es nicht, wenn jemand mir in den Nacken pustet. Es erinnert mich an die Zeit, als ich ein Sklave ohne eigenen Willen war, ich bekomme Gänsehaut davon.«

»Dann werde ich das nie tun.«

Diese Worte rührten ihn so tief, dass ihm Tränen in die Augen traten. Er schluckte den Klumpen in der Kehle herunter, dann liebkoste er sie. Es gab nichts, was er für diese Göttin nicht tun würde. Artemis verkörperte alles, was gut und freundlich war. Er konnte sich nicht vorstellen, warum sie sich mit etwas anfreunden wollte, das so tief unter ihr stand wie ein ehemaliger Sklave, aber er war dankbar, dass er mit ihr zusammen sein konnte.

Er wollte ihr Lust bereiten – nicht weil er es tun musste, sondern weil er es wollte, also ließ er sich Zeit und liebkoste ihren Körper, bis sie laut seinen Namen schrie. Sie hielt sich an das, was sie vorhin gesagt hatte, und griff ihm nicht ins Haar, als sie kam, sondern krallte die Fingernägel in seine Schulter.

Dankbar, dass sie Wort gehalten hatte, glitt er an ihrem Körper empor und zog sie in die Arme.

Artemis seufzte und kuschelte sich an ihn. Er war noch immer voll bekleidet. »Warum sorgst du nie dafür, dass du auch befriedigt bist?«

»Ich empfinde beim Sex kein echtes Vergnügen.«

Sie runzelte die Stirn. »Wie ist es möglich, daran keinen Gefallen zu finden?«

Er überlegte, wie er erklären sollte, dass er bei nichts, was mit Sex zu tun hatte, ein gutes Gefühl hatte. Er berührte sie gerne, aber er reagierte auf ihre Berührung nicht genauso wie sie auf seine. Ein Orgasmus war ein angenehmes Erlebnis – keine Frage. Es war ihm aber ziemlich egal, ob er einen hatte oder nicht.

»Es gefällt mir«, log er. Es würde ihr guttun, das zu hören. Er würde die Wahrheit in sich begraben und sie nicht aussprechen. Er war wirklich außerordentlich gern mit ihr zusammen, er fühlte sich dann wie ein Mensch ohne Vergangenheit. Sie betrachtete ihn als Freund, und wenn eine Göttin ihn mochte, dann konnte er nicht ganz so abstoßend sein, wie sein Vater und sein Bruder immer behaupteten.

Sie rieb sich an seinem Körper.

Acheron schloss die Augen und genoss das Gefühl ihres warmen Körpers an seinem. »Ich wünschte, ich könnte ewig mit dir hier liegen.«

»Wenn du eine Frau wärst, könntest du das auch, aber meinen Tempel darf nur ein Mann betreten: mein Bruder.«

»Aber ich bin doch jetzt hier.«

»Ich weiß – und das muss unser Geheimnis bleiben. Du darfst mit niemandem darüber sprechen.«

»Das werde ich nicht tun.«

Sie stützte sich auf und runzelte streng die Stirn. »Das meine ich sehr ernst, Acheron. Nicht einmal im Schlaf darfst du meinen Namen flüstern.«

»Vertrau mir, Artie, Geheimnisse zu bewahren habe ich schon früh im Leben gelernt. Ich weiß genau, wann ich den Mund halten muss. Es redet eh kaum jemand mit mir.«

»Gut. Und jetzt musst du nach Hause.«

In der einen Sekunde lag er noch neben ihr im Tempel, in der nächsten lag er wieder nackt auf dem Bett im Palast seines Vaters. Zu spät merkte er, dass er gar nichts mehr gegessen hatte. Verdammt! Aber zumindest war es inzwischen schon dunkel, er hatte den Großteil des Tages verpasst. Wenn sein Vater keine Wachen geschickt hatte, um ihn auspeitschen zu lassen, würde niemand etwas von seinem Besuch auf dem Olymp erfahren.

Acheron seufzte und legte den Arm über die Augen. Vielleicht konnte er einfach schlafen, bis Artemis wieder zu ihm kam.

Die Beziehung hätte keinen Bestand. Eine Hure schloss keine Freundschaft mit einer Göttin, das war schlicht unmöglich. Früher oder später würde Artemis ihn genauso behandeln, wie alle andern es taten.

Und doch war tief in seinem Herzen ein winziger Funken Hoffnung, dass vielleicht, aber auch wirklich nur vielleicht, Artemis anders wäre, weil sie nun einmal eine Göttin war.

»Ich würde meine Seele verkaufen, um dich zu retten, Artie«, flüsterte er und fragte sich, ob sie ihn hören konnte. Wenn er doch auch ein Abkömmling der Götter wäre …

Er schüttelte den Kopf angesichts der harten Realität. »Wenn Wünsche Pferde wären, dann wäre ich schon in meiner Kindheit zertrampelt worden.«

Nein, das Leben hier war alles, was er je bekäme. Er konnte nur eines tun: sicherstellen, dass niemand je davon erfuhr. Die Götter mochten ihm beistehen, wenn die Wahrheit je ans Licht kam.

12. JANUAR 9528 V. CHR.

Acheron saß auf der Brüstung seines Balkons und vermisste Artemis. Sie war bei einem Fest, das ihr zu Ehren abgehalten wurde, und wollte sich die Menschen dort einmal persönlich ansehen und ein bisschen ausspionieren. Sie war in dieser Hinsicht merkwürdig: Sie tat, als wäre sie eine ganz gewöhnliche Sterbliche, und schaute sich an, wie die Menschen sie verehrten.

Er fand das seltsam rührend und musste zugeben, dass die letzten Wochen die besten seines Lebens gewesen waren.

Artemis war die Einzige, bei der er je er selbst hatte sein dürfen. Wenn ihm etwas nicht gefiel, konnte er ihr das sagen, und sie versprach, sie würde es nicht wieder zulassen.

Sie hielt immer Wort. Das – mehr noch als alles andere – war für ihn ein Traum, der Wirklichkeit geworden war. Weil sie so viel Zeit miteinander verbrachten, machte Acheron seinem Vater keinen Ärger mehr. Er schlich sich nicht mehr heimlich an den Wachen vorbei aus dem Palast, und sein Vater ließ ihn allmählich in Ruhe. Er konnte sich an keine Zeit seines Lebens erinnern, abgesehen von den Monaten mit Ryssa, in der er so lange am Stück nicht geschlagen oder ausgepeitscht worden war.

Diese Atempause war göttlich.

Doch plötzlich wurden die Türen aufgerissen.

Er spürte einen Knoten im Bauch, aus Furcht, sein Vater würde kommen, und klammerte sich an die steinerne Wand in seinem Rücken.

Aber er war es nicht. Ryssa kam mit dem strahlendsten Lächeln, das er je auf ihren Zügen gesehen hatte, ins Zimmer gestürmt. »Guten Tag, kleiner Bruder.«

»Einen guten Tag auch dir«, grüßte er zögernd zurück und fragte sich, warum sie so guter Stimmung war und warum die Türen hinter ihr weit offen geblieben waren. »Stimmt etwas nicht?«

Vielleicht war sein Vater endlich gestorben? Das war das Beste, was er erhoffen konnte. Sie blieb vor ihm stehen, zog eine kleine Börse hinter dem Rücken hervor und streckte sie ihm hin. »Du bist frei!«

Sein Vater *musste* gestorben sein!

Acheron schwang die Beine vom Bett. »Wie meinst du das?«

»Ich habe herausgefunden, dass ich als Geliebte des Apollo einen großen Vorteil habe: Vater hört jetzt auf mich. Dein Zimmer wird nicht länger bewacht, und du bekommst jeden Monat eine bestimmte Summe, die du nach Gutdünken ausgeben kannst.« Sie drückte ihm die Börse in die Hand. »Ich habe auch dafür gesorgt, dass bei jeder Theateraufführung ein Platz für dich reserviert ist. Niemand anders darf dort sitzen – nur du.«

Er konnte nicht fassen, was er da hörte. »Und wie lauten seine Bedingungen für diese Vergünstigungen?«

Ihr Lächeln verblasste, und sie biss leicht verärgert die Zähne zusammen. »Ein typischer Ausspruch von Vater: Du darfst ihm und der Familie keine Schande machen. Er hat das nicht weiter ausgeführt, aber solange du mit niemandem in der Öffentlichkeit herumtollst, ist wohl alles gut.«

Allein bei dem Gedanken daran spottete Acheron. »Ich habe nicht vor, mit irgendjemandem herumzutollen.« Zumindest nicht in der Öffentlichkeit. Das war er schon vor langer Zeit leid geworden. Er stand nicht gern im Zentrum des öffentlichen Interesses.

Sie beugte sich vor. »Würdest du gern mit mir ein Theaterstück sehen?«

»Was ist mit Apollo?«

»Es ist mit seiner Schwester unterwegs. Ich habe den Großteil des heutigen Tages für mich.« Sie streckte ihm die Hand hin. »Was meinst du, kleiner Bruder? Wollen wir deine Freiheit feiern?«

Acheron lächelte sie wahrhaftig an, was er fast nie tat. »Danke schön, Ryssa. Du ahnst nicht, wie viel mir das bedeutet.«

»Ich glaube, ich habe eine grobe Vorstellung.«

Acheron zog seinen Mantel unter der Matratze hervor … und die Schuhe, die Artemis ihm geschenkt hatte. Einen Augenblick hielt er sie in der Hand und vermisste die Göttin mehr denn je. Wie sehr er sich wünschte, er könnte mit ihr zusammen feiern! Aber das musste warten.

Nachdem er sich rasch angezogen hatte, folgte er Ryssa. Er trat in den Flur und schaute sich um. Mit Ausnahme des Tages, an dem man Ryssa dem Gott Apollo übergeben hatte, war er nie durch diese Türen getreten, ohne dass er zuvor seine Wächter mit Sex hatte bestechen müssen.

Die Vorstellung, wie sehr sich sein Leben dadurch änderte, traf ihn mit voller Wucht. Er war nicht länger ein Sklave, nicht länger ein Gefangener. Er war frei!

Acheron hob stolz den Kopf, in dem Wissen, dass er Geld hatte und mit niemandem schlafen musste, um irgendetwas zu erreichen. Mehr noch, er hatte eine Freundin und eine Geliebte, die ihn behandelte, als liege ihr etwas an ihm.

Zum ersten Mal im Leben fühlte er sich wie ein vollwertiges menschliches Wesen und nicht wie ein Besitz oder ein Objekt. Es war ein unglaublich gutes Gefühl, und er wünschte sich, es würde nie enden.

Ryssa nahm ihn an der Hand und führte ihn durch die Flure und durch den Haupteingang des Palastes hinaus, als wäre sie nicht im Geringsten beschämt, mit ihm gesehen zu werden. Aber als sie sich unter Menschen bewegten, merkte Acheron, dass sich eine Sache nicht geändert hatte: Die Menschen reagierten nach wie vor auf seine Schönheit.

Er zog sich die Kapuze weit ins Gesicht und hielt den Blick zu Boden gerichtet. Er hatte so viel Zeit mit Artemis verbracht, dass er ganz vergessen hatte, wie sehr seine Augen die normalen Leute erschreckten.

Als sie über den Marktplatz gingen, blieb er stehen. Eine Gruppe Kinder stand mit ihrem Lehrer vor einem Tempel. Ein Junge von etwa sieben las den Text, der zu Füßen des Gottes geschrieben stand.

»›Mäßigung in allen Dingen. Der Schlüssel zur Zukunft liegt im Verständnis der Vergangenheit.‹«

»Acheron?«

Er zwinkerte, als er Ryssas Stimme hörte, und wandte sich zu ihr. Sie starrte stirnrunzelnd zu ihm auf. »Können alle Kinder lesen?«, fragte er.

Sie schaute die Kinder an. »Nicht alle. Das hier sind die Söhne der Senatoren. Sie kommen hierher, um alles über die Götter zu lernen und um zu erfahren, wie die Priester den Göttern Opfer darbringen, während ihre Väter die Gesetze machen, um das Volk zu regieren.«

Acheron starrte auf die Inschrift, die für ihn keinerlei Sinn ergab. Er schämte sich zu sehr, als dass er zugegeben hätte, dass er sich an fast nichts mehr aus den Schulstunden mit ihr und Maia erinnerte. »Alle Adeligen können also lesen?«

Sie zog ihn an der Hand weiter und antwortete nicht. »Wir kommen noch zu spät ins Theater!«

Acheron drehte sich um und folgte ihr. »Hast du Nachricht von Maia?«

Ryssa lächelte. »Sie hat im vergangenen Jahr geheiratet und erwartet ihr erstes Kind.«

Diese Neuigkeiten trafen ihn sehr. Ihm gefiel der Gedanke nicht, dass ein Mann das Mädchen verletzte, das er so gern gehabt hatte. Er hoffte, dass der Mann, den sie geheiratet hatte, wer immer er war, sie mit dem Respekt behandelte, den sie verdiente. »Ist sie nicht zu jung dafür?«

»Eigentlich nicht. Die meisten Mädchen heiraten in ihrem Alter. Ich bin eine seltene Ausnahme, aber Vater hat alle Freier abgewiesen, die um meine Hand angehalten haben.«

»Und wieso?«

»Ganz ehrlich – ich weiß es nicht. Er hat es mir nie erklärt. Ich sollte Apollo wahrscheinlich dankbar sein. Wenn er nicht wäre, hätte ich mein Leben als alte Jungfer gefristet.«

Er konnte sich einiges vorstellen, was schlimmer war. Aber er musste seiner Schwester nun einmal ihre irrigen Vorstellungen erlauben. »Macht Apollo dich jetzt glücklich?«

»Meistens ist er sanft.« In ihren schönen blauen Augen lag eine Trauer, die ihre Worte Lügen strafte.

»Aber …?«

Sie berührte nervös ihren Hals, und er begriff. »Ich darf nicht über das reden, was wir tun, wenn wir zusammen sind.«

Also ernährte sich Apollo auf die gleiche Weise von ihr wie Artemis von ihm, er trank ihr Blut. Er fragte sich, ob die Götter das alle taten oder ob es etwas Einzigartiges war, das nur bei Artemis und Apollo vorkam. »Du hast verdient, glücklich zu sein, Ryssa. Mehr als jeder andere Mensch, den ich kenne.«

Sie lächelte ihn an. »Das stimmt nicht. Du bist derjenige, der es verdient, glücklich zu sein. Ich könnte Vater für seine Blindheit erwürgen.«

»Es macht mir nicht mehr so viel aus«, sagte er ehrlich. »Ich werde lieber ignoriert als misshandelt.«

Sie schüttelte den Kopf, dann ging sie an der Menge vorbei und zeigte ihm den besonderen Eingang zur königlichen Loge, die für ihn reserviert war.

Acheron zögerte. Sie waren durch ein Seil von der Menge getrennt, und auf jedem der zehn Plätze lag ein Kissen. Was ihm nicht gefiel, war, dass dieser Bereich so herausstach und dass die Leute immer wieder zu ihnen herüberstarrten. Er hasste es, wenn er im Mittelpunkt stand.

Aber er wollte Ryssas Geschenk nicht schlechtmachen. Er zog seinen Mantel enger um sich und folgte ihr zur Loge.

Sie sprachen nicht miteinander, als die Schauspieler auf die Bühne traten. Acheron schaute ihnen zu und dachte an die Kinder, die sie auf dem Weg hierher gesehen hatten. Er wollte gern lesen können, genau wie sie. Artemis verdiente einen Gefährten, der lesen konnte.

Wenn er lesen konnte, müssten sie vielleicht ihre Freundschaft nicht mehr geheimhalten …

Artemis spürte die Anwesenheit ihres Bruders hinter sich wie eine körperliche Berührung. Als Zwillinge hatten die beiden eine ganz besondere Beziehung zueinander.

Und auch einen ganz besonderen Hass aufeinander.

Sie war nicht sicher, wann sie freundschaftlich gesinnte Feinde geworden waren, aber es war eine Tatsache. Obwohl es nichts gab, was sie nicht füreinander tun würden, konnten sie es kaum ertragen, im gleichen Raum zu sein.

Dennoch konnte sie nicht leugnen, dass Apollo einer der bestaussehendsten Götter war. Sein leuchtend blondes Haar trug er kurz geschnitten, und ein kleiner Kinnbart betonte die starken schmalen Gesichtszüge. Seine blauen Augen verrieten Intelligenz, Macht und einen Hauch von Grausamkeit.

Er zog eine Augenbraue hoch. »Ich bin überrascht, dich hier zu sehen.«

»Das Gleiche könnte ich zu dir sagen. Es ist an der Zeit, dass du aus dem Bett deiner neuen Menschenfreundin kriechst. Man könnte ja fast meinen, du stehst unter dem Pantoffel.«

Sein Blick wurde eiskalt. »Und was nimmt *dich* so sehr in Anspruch? Vater sagt, du bist schon seit Wochen nicht mehr in den Hallen des Olymp gewesen.«

Sie zuckte die Achseln. »Es ist dort langweilig.«

»Das hat dich doch früher nie davon abgehalten hinzugehen.«

Sie verdrehte die Augen. »War's das jetzt? Ich möchte gerne wieder zuschauen, wie die Menschen mir huldigen.«

Ehe sie gehen konnte, nahm Apollo sie beim Arm und zog sie näher zu sich heran, sodass er ihr ins Ohr flüstern konnte. »Du bist schon eine ganze Weile nicht mehr bei mir gewesen, um mein Blut zu saugen. Von wem hast du dich ernährt?«

»Was geht dich das an?«

Er packte sie am Hals, und seine Fangzähne wurden länger. »Man kann sich nur eine bestimmte Zeit von einem Menschen ernähren, dann bekommt man wieder Lust auf etwas Nahrhafteres.« Er beugte sich zu ihrem Nacken hin.

Artemis trat von ihm weg. »Ich habe kein Interesse.«

Apollos Augen glühten rot auf. »Erinnerst du dich noch, was beim letzten Mal geschehen ist, als du dich mit einem Mann abgegeben hast?«

Bei dem Gedanken daran zuckte sie zusammen. Orion! Artemis hatte sich sehr für ihn interessiert, aber ehe sie sich ihm auch nur nähern konnte, hatte Apollo sie eifersüchtig in eine Falle gelockt, und sie hatte Orion mit einem ihrer Pfeile töten müssen. Dann hatte ihr Bruder Orion als Sternbild an den Himmel versetzt, um sie immer daran zu erinnern, dass er das einzige männliche Wesen war, von dem sie sich ernähren durfte.

»Ich habe mich nicht mit Orion abgegeben.«

Er zwang sie, ihm ins Gesicht zu sehen. »Du musst essen.«

Ja, aber sie wollte nicht das Blut ihres Bruders trinken. Sie wollte Acheron.

Apollo zog sie in den Schatten seines Tempels, während die

Menschen draußen versammelt waren, um ihr Tribut zu zollen. Sie wollte ihm nicht folgen, aber wenn sie es nicht tat, wüsste er, dass sie mit jemand anderem zusammen gewesen war – und dann konnte nur noch Zeus Acheron helfen! Ihr Bruder würde ihn zerfetzen.

Mit schwerem Herzen bemühte sie sich, nicht zusammenzuzucken, als Apollo sie an sich drückte und ihr seinen Hals darbot. Sie nahm ihn und stellte sich vor, es wäre Acheron. Doch sie konnte den Unterschied schmecken. Apollos Blut fehlte das gewisse Etwas. Als sie es trank, spürte sie nichts, kein Feuer, das dazu geführt hätte, dass sie ihn hätte an sich drücken wollen.

Es war einfach nur Blut.

Als sie so viel getrunken hatte, dass er zufrieden sein konnte, zog sie den Kopf zurück und leckte sich die Lippen.

Dann fiel Apollo über sie her. Seine Zähne bohrten sich durch die Sehnen ihres Halses, sodass er vor Schmerzen pochte. Sie hätte ihn dafür am liebsten geschlagen, oft genug hatte sie das auch schon getan. Hera sollte für ihren Fluch verdammt sein! Die eifersüchtige Kuh hatte versucht, sie alle beide bei der Geburt zu töten, und weil Artemis ihrer Mutter geholfen hatte, Apollo zur Welt zu bringen, war das schließlich ihre Strafe gewesen. Es gab nicht Schlimmeres, als wenn man gezwungen war, sich von seinesgleichen zu ernähren. Das war eine Lektion, die sie und Apollo ihr Leben lang nicht vergaßen.

Sie versuchte, einen klaren Kopf zu bewahren. Apollo trank zu viel von ihrem Blut, wie immer, wenn er wütend war.

Sie fletschte die Zähne und stieß ihm das Knie zwischen die Beine. Er zuckte fluchend zurück und zerrte an ihrem Hals. Sie stimmte in sein Fluchen ein und bedeckte die klaffende Wunde mit der Hand. »Du bist vielleicht ein Dreckskerl!«

Er packte sie so hart am Oberarm, dass es wehtat. »Denk daran, was ich dir gesagt habe. Wenn ich dich mit einem Sterblichen erwische, werde ich ihn töten.«

Artemis riss sich los. »Geh mit deinen Menschenfrauen spielen, und lass mich in Ruhe!«

Ihr war die Freude an der Veranstaltung völlig verdorben, also versetzte sie sich in ihren Tempel zurück. Aber hier war es einsam, ihre Koris waren heute alle fort.

Sie schaute auf ihr Bett und stellte sich vor, Acheron läge dort mit einem Lächeln auf den Lippen, während er ihr mit Küssen und sanftem Streicheln Lust bereitete.

Sie wollte ihn verzweifelt gern sehen und versetzte sich in sein Zimmer. Sobald sie ihn sah, wie er im Schneidersitz mit dem Rücken zu ihr auf dem Boden saß, wurde ihr leicht ums Herz. Ohne nachzudenken und ohne zu zögern, rannte sie auf ihn zu und umarmte ihn.

Acheron war überrascht, als Artemis sich gegen seinen Rücken warf und ihn eng umschlungen hielt. Ihr Duft stieg ihm in die Nase.

»Ich habe dich heute vermisst«, flüsterte sie ihm ins Ohr, und ein Schauer überlief ihn.

»Ich habe dich auch vermisst.«

Sie drückte ihn noch einmal, dann ließ sie ihn los und legte ihm das Kinn auf die Schulter. »Was machst du da?«

Acheron hob die Schriftrolle vom Boden auf und schob sie zusammen, sodass sie nicht sehen konnte, was er tat. »Gar nichts.«

»Du machst doch irgendwas …« Sie schnappte ihm die Rolle weg, ehe er es verhindern konnte, und rollte sie wieder auf. Angesichts der kindlichen Zeichen runzelte sie die Stirn. »Was bedeutet das?«

Er spürte, wie ihm die Hitze ins Gesicht stieg, weil er erwischt worden war. »Ich versuche, schreiben und lesen zu lernen.«

»Warum?«

»Ich kann es nicht und möchte es gerne lernen.«

Sie ließ die Schriftrolle sinken und schaute ihn ungläubig an. »Kannst du nicht lesen?«

Acheron ließ den Kopf hängen, und Scham überflutete ihn. »Nein.«

Artemis hob sanft sein Kinn, bis er sie anschaute. Bei ihrem freundlichen Blick wurde ihm warm ums Herz. »Jetzt kannst du es.«

Acheron schnappte nach Luft, als ihn ein leichter Schmerz durchzuckte. Sie gab ihm die Schriftrolle zurück.

»Schreib deinen Namen!«

Verblüfft über das, was gerade geschehen war, hob er den Federkiel auf und konnte auf einmal Buchstaben schreiben. Mühelos schrieb er seinen Namen. »Das verstehe ich nicht.«

»Ich bin eine Göttin, Acheron. Und ich will nicht, dass du den Kopf senkst und dich schämst. Macht es dir Freude?«

»Mehr als alles andere.«

Ihr Lächeln blendete ihn fast. »Komm mit mir, ich will auf die Jagd gehen!«

»Ich kann nicht jagen.«

»Du wirst es können.«

Sie reichte ihm Pfeil und Bogen, sobald sie in den Wäldern waren, und wie beim Schreiben wusste er auf wundersame Weise ganz genau, was er tun musste.

Erstaunlich, dass er auf einmal etwas konnte, ohne es jahrelang lernen zu müssen! Aber es gab etwas, das ihm noch wichtiger war als die Fähigkeit zu lesen und schreiben und zu jagen. »Kannst du mir auch beibringen, wie man kämpft?«

Artemis drehte sich um und sah ihn überrascht an. »Wie bitte?«

»Ich will wissen, wie man kämpft.«

Sie guckte mürrisch und stellte die eine Frage, die sie immer stellte: »Warum?«

»Ich bin es leid, misshandelt zu werden. Ich will wissen, wie ich mich verteidigen kann.«

Artemis war verblüfft. Ihr ging ein Bild von Apollo durch

den Kopf, wie er sie herumstupste, und sie zuckte ein wenig zusammen. Wie die meisten Männer, denen sie begegnet war, war Apollo ein Dreckskerl, der immer die Kontrolle über alles besitzen wollte. Das Letzte, was sie wollte, war, sich Acheron gegenüber verwundbar zu machen. Einem Mann das Kämpfen beizubringen konnte zu nichts Gutem führen. »Ich glaube nicht. Ich werde nicht zulassen, dass dich irgendjemand verletzt, Acheron. Ich bin dein Schutz, mehr Schutz brauchst du nicht.«

»Und was ist, wenn es dir langweilig mit mir wird?«

Sie umfasste sein Kinn. »Wie sollte es mir mit dir jemals langweilig werden?«

Acheron lächelte sie an, aber seine Augen lächelten nicht mit, sondern nur sein Mund. »Ich wünschte mir wirklich, du würdest es mich lehren.«

Seine Beharrlichkeit reizte sie. »Ich habe Nein gesagt«, fuhr sie ihn an.

Acheron schwieg bei ihrem feindseligen Ton. Er kannte diesen Ärger und wusste, wo er herrührte. »Wer schlägt dich?«

Artemis ließ ihren Bogen sinken. »Ich glaube, da drüben ist Wild.«

»Artie …« Er hielt sie zurück. »Ich kenne diesen Klang in deiner Stimme. Ich habe ihn zu oft in meiner eigenen Stimme gehört, als dass ich nicht erkennen würde, was er bedeutet. Wer hat dich geschlagen?«

Sie zögerte so lang, dass er keine Antwort mehr erwartete, aber als sie sprach, war es so leise, dass er es kaum hörte. »Andere Götter.«

Er war völlig verblüfft. »Was? Warum?«

»Warum schlägt man einen anderen?« Sie schaute ihn wütend an. »Damit man Macht verspürt. Ich werde nicht zulassen, dass du mich schlägst, niemals!«

»Das würde ich auch niemals tun«, sagte er voller Überzeugung. »Ich würde jemand anderem niemals das antun, was man mir angetan hat, eher würde ich mir das Herz herausreißen. Ich will mich nur selbst schützen können.«

»Ich habe dir doch schon gesagt, ich werde dich beschützen!«

Er liebkoste ihren Arm, dann ließ er die Hand sinken und trat einen Schritt zurück. »Dann werde ich dir vertrauen, Artie. Aber du sollst eines wissen: Ich verschenke mein Vertrauen nicht leicht. Bitte sei nicht so wie alle anderen, die ihr Wort gebrochen haben. Ich hasse es, wenn man mich belügt.«

Sie küsste ihn leicht auf die Wange. »Lass uns jagen!«

Acheron nickte, dann legte er einen Pfeil ein, um die einzige echte Freundin, die er je gehabt hatte, zu besänftigen. Sie mied ihn nicht, er musste sich nicht vor ihr verstecken. Doch was ihm Angst machte, waren seine Gefühle für sie.

Er war dabei, sich in eine Göttin zu verlieben, und er wusste genau, wie idiotisch das war. Er war zwar alles Mögliche, aber ein Dummkopf war er sicher nicht.

Bis heute.

Bei ihr fühlte er sich ganz. Er war glücklich. Und er wollte diese Gefühle nie mehr missen.

Er schob den Gedanken zur Seite und zielte auf einen Bock. Als er ihn ins Visier nahm, drängte sich Artemis an ihn und kitzelte ihn. Der Pfeil bohrte sich weit vom Ziel entfernt in einen Baum, wo er ein Eichhörnchen störte, das daraufhin doch tatsächlich eine Nuss nach ihm warf.

Acheron lachte, dann schaute er Artemis verärgert an. Er warf seinen Bogen zur Seite und schritt auf sie zu. »Du hast mir einen perfekten Schuss verdorben. Das wirst du bereuen.«

Artemis ließ ihren Bogen fallen und stürzte davon.

Er rannte ihr hinterher in die Wälder, in denen sie verschwinden wollte. Sie verspottete ihn lachend, und er musste erst recht lächeln. An einem kleinen Flusslauf holte er sie ein.

Er schlang ihr die Arme um die Taille und wirbelte sie in den Armen herum.

Artemis bekam keine Luft mehr, als Acheron sie mit seinem vollen Gewicht traf. Der Anblick seines Lächelns, das Licht in diesen magischen Augen …

Sie hätte am liebsten vor lauter Entzücken geschrien.

Er wirbelte sie herum, und die Vögel sangen eine besondere Melodie für sie. Sie war ganz im Hier und Jetzt – mit ihm. Das hatte sie sich immer gewünscht und immer gebraucht.

Acheron waren ihre Marotten und ihre Launenhaftigkeit egal. Er zuckte nicht zusammen, wenn sie sich von seinem Blut ernährte. Er nahm sie, so wie sie war, und umarmte sie trotzdem. Anders als ihre Familie machte er sie nicht schlecht oder hielt ihr vor, dass sie zu wenig Anhänger hatte und er selbst mehr. Diese Dinge waren ihm alle egal.

Sie wollte sich an diesen Augenblick verlieren – und an ihn, für den Rest der Ewigkeit.

»Du sollst mich lieben, Acheron.«

Er erstarrte bei ihren Worten, und sein Lächeln erstarb ihm auf den Lippen. »Wie bitte?« Er setzte sie auf den Boden nieder.

Sie strich ihm das schöne Haar aus dem Gesicht. »Ich will dich erfahren wie eine Frau. Ich will dich in mir spüren.«

Er ließ sie los und trat einen Schritt zurück, sein Gesichtsausdruck war zurückhaltend. »Ich glaube nicht, dass das eine gute Idee ist.«

»Warum nicht?«

Er schluckte, und sie sah Furcht in seinen silbernen Augen. »Ich will nicht, dass sich irgendetwas zwischen uns ändert. Ich bin sehr gerne dein Freund, Artie.«

»Aber du berührst mich doch schon an Stellen, die keiner zuvor je gesehen hat. Warum willst du nicht gern in mir sein?«

»Du bist eine Jungfrau.«

»Das ist doch nur Formsache. Bitte, Acheron, ich will mich dir ganz hingeben.«

Acheron schaute zur Seite, innerlich aufgewühlt. Was sie ihm anbot, war unvorstellbar. Und doch waren viele Prinzessinnen und adelige Damen zu ihm gekommen, damit er in ihre Körper eindrang und sie sanft auf den Verkehr mit anderen Männern vorbereitete.

Parthenopaeus … Der die Jungfräulichkeit durchdringt – so hatten Estes und Catera seine Dienste bei den Klientinnen beschrieben. Acherons Ruf war legendär. Die Tatsache, dass er extrem gut ausgestattet war und doch vorsichtig und sanft mit ihnen umging, hatte alle fasziniert.

Und jetzt bot sich ihm eine Göttin an. Jeder andere Mann hätte diese Chance auf der Stelle ergriffen. Jeder andere Mann wäre wahrscheinlich längst splitternackt.

Aber anders als jeder andere Mann begriff Acheron die Vielschichtigkeit der körperlichen Intimität voll und ganz. Obwohl sie darum gebeten hatten und dafür bezahlt hatten, weinten einige Frauen beim Verlust ihrer Unschuld. Andere verfluchten ihn und sich selbst. Eine war sogar gewalttätig geworden. Und nur eine kleine Handvoll jubelte.

Er wusste nicht, zu welcher Gruppe Artemis gehören würde.

»Ich will dir nicht wehtun.«

Sie legte sich ihm in die Arme. »Bitte, Acheron … ich will dich in mir spüren, wenn ich dein Blut sauge.«

»Ich finde wirklich, wir sollten das nicht tun.«

Aus ihren Augen schossen zornige Blitze. »Na gut, dann geh. Verschwinde – geh mir aus den Augen!«

»Artie …«

Es war zu spät. Er war zurück in seinem Zimmer – allein. »Es tut mir leid«, flüsterte er und hoffte, sie würde ihn hören.

Falls sie ihn hörte, gab sie kein Zeichen von sich.

Du hättest mit ihr schlafen sollen. Hätte es denn wirklich so viel ausgemacht? Er hatte auch mit allen anderen geschlafen. Aber die anderen waren einfach nur Körper gewesen, denen er Lust verschaffen musste. Mit Artemis war es etwas anderes.

Er liebte sie.

Nein, so einfach war es auch wieder nicht. Was er für sie empfand, ließ sich kaum erklären. Er brauchte sie, wie er es nie für möglich gehalten hätte, und jetzt hatte er sie verärgert.

Schweren Herzens hoffte er, er würde einen Weg finden, um sie zurückzugewinnen. Sie musste ihm unbedingt vergeben.

26. JANUAR 9528 V. CHR.

Es war zwei Wochen her, seit Acheron Artemis zuletzt gesehen hatte, und mit jedem Tag, der verstrich, war er bedrückter. Sie weigerte sich, seine Rufe zu erhören.

Er ging nicht einmal mehr ins Theater. Nichts konnte den Schmerz in ihm lindern. Er wollte bei ihr sein, er wollte sie unbedingt wiedersehen.

Er legte den Kopf in den Nacken und kippte den restlichen Wein aus der Flasche hinunter. Wütend schleuderte er sie über die Balustrade und ließ sie auf den Felsen dort unten zerschmettern. Er griff nach einer neuen Flasche und versuchte, den Korken herauszuziehen, doch er war zu betrunken.

»Acheron?«

Beim Klang der Stimme, um die er so gefleht hatte, erstarrte er. »Artie?« Er wollte sich hochstemmen, aber er fiel wieder hin. Als er aufschaute, sah er sie im Schatten im Zimmer stehen.

Sie trat hervor, das Gesicht sah blass und verhärmt aus. Das linke Auge war geschwollen, und auf ihrem Gesicht sah man den schwachen Abdruck einer Hand.

Seine Augen wurden dunkel vor Zorn und Rachsucht. »Wer hat dich geschlagen?«

Artemis trat zurück, denn sie hatte Angst vor dem Mann, den sie da vor sich sah. Sie hatte Acheron noch nie betrunken erlebt, aber immer wenn Apollo trank, wurde er gewalttätig. »Ich komme ein andermal wieder …«

»Nein«, flüsterte er heiser. »Bitte geh nicht weg.« Er streckte die Hand nach ihr aus.

Ihr Instinkt sagte ihr, sie solle fortrennen, aber dann schluckte sie und dachte daran, dass sie ja schließlich eine Göttin war und er bloß ein Mensch, also konnte er sie gar nicht verletzen. Ihr zitterten die Knie, sie streckte langsam die Hand aus und ergriff die seine.

Acheron zog ihre Hand an seine Wange und schloss die Augen, als könnte er nun zufrieden sterben, als wäre es das größte Vergnügen, das er sich vorstellen konnte, dass er sie nur berührte. Er barg sein Gesicht an ihrer Hand und atmete tief ein. »Ich habe dich so sehr vermisst.«

Sie hatte ihn auch vermisst. Jeden Tag hatte sie sich aufs Neue geschworen, dass sie ihn nicht mehr sehen wollte, aber heute …

Nachdem Apollo sie geschlagen hatte, brauchte sie jemanden, der sie in den Arm nahm, jemanden, vom dem sie wusste, dass er sie nicht verletzen würde. »Du siehst fürchterlich aus«, sagte sie und runzelte angesichts seines dichten, kratzigen Bartes die Stirn. »Und du riechst schlecht.«

Er lachte. »Es ist deine Schuld, dass ich so aussehe.«

»Wieso denn das?«

»Ich dachte, ich hätte dich verloren.«

Diese angstvollen Worte berührten sie so tief, dass ihr Tränen in die Augen traten. Sie fiel auf die Knie und schüttelte den Kopf.

Ehe sie etwas sagen konnte, flüsterte er ihr ins Ohr: »Ich liebe dich, Artie.«

Ihr stockte der Atem. »Was hast du gesagt?«

»Ich liebe dich.« Er lehnte sich an sie und umarmte sie, dann brach er zusammen und verlor das Bewusstsein.

Artemis saß da und hielt ihn in den Armen, während seine Worte in ihr widerhallten. Acheron liebte sie …

Sie sah auf sein Gesicht hinunter, das noch immer unglaublich schön war, selbst jetzt, wo er so ungepflegt aussah. Er liebte sie! Sie weinte darüber so sehr, wie sie seit ihrer Kindheit nicht mehr geweint hatte. Und sie hasste die Tatsache, dass er sie so berührte. Sie hasste die Tatsache, dass diese Worte ihr so viel bedeuteten, wo sie doch eigentlich überhaupt nichts bedeuten sollten.

Aber es war nun einmal so, sie konnte die Wahrheit nicht leugnen.

»Ich liebe dich auch«, flüsterte sie und wusste, das könnte sie ihm niemals sagen, wenn er wach wäre. Es würde ihm, einem Sterblichen, zu viel Macht über sie verleihen.

Aber jetzt in diesem Augenblick konnte sie ihm eine Wahrheit sagen, die sie am liebsten mit jeder Faser ihres Seins abgestritten hätte. Wie konnte eine Göttin in einen Menschen verliebt sein? Und besonders sie? Sie sollte eigentlich dagegen immun sein. Irgendwie hatte sich dieser Sterbliche in ihre Seele geschlichen.

Wenn er doch nur ein Gott wäre.

Er war es nicht und würde es auch nicht werden. Er war ein Mensch. Und zwar nicht einfach irgendein Mensch. Er war auch noch ein Sklave, eine Hure, brutal missbraucht von allen um ihn herum. Man machte sich über ihn lustig, und man würde sich auch über sie lustig machen, wenn sie mit ihm zusammen wäre. Bei diesem Gedanken schauderte sie. Sie hatte bei den anderen Göttern schon genug Probleme mit ihrer Glaubwürdigkeit. Wenn sie je etwas davon erfuhren, würden sie ihr die göttlichen Kräfte nehmen und sie in die Sphäre der Menschen verbannen.

Das konnte sie auf gar keinen Fall zulassen.

Nicht einmal für Acheron. Das war mehr, als sie ertragen konnte. Sie hatte gesehen, wie grausam die Menschen zueinander waren. Sie wollte keinesfalls der Gnade von Menschen ausgesetzt sein, die herzlos waren. Man musste sich ja nur einmal anschauen, was sie Acheron angetan hatten. Er konnte nicht einmal in der Öffentlichkeit spazieren gehen, ohne dass ihn jemand verletzte.

Sie konnte sich vorstellen, was solche Leute mit ihr anstellen würden, wenn sie erfuhren, dass sie eine Göttin war.

Man würde sie zerfetzen!

Schluchzend drückte sie Acheron an sich und nahm ihn fort aus dieser dummen, gemeinen Welt.

Sie versetzte sie beide in ihr Bett auf dem Olymp, streichelte und wusch ihn, sodass er bald wieder wie der Acheron aussah, den sie liebte. Sein Haar war frisch und sauber, seine Wangen glatt und weich, und er lag nackt auf ihrer mit Federn gefüllten Matratze. Jeder Muskel seines Körpers zeichnete sich genau ab. Die Linien seines Bauches …

In ein so perfektes Gesicht und so einen perfekten Körper musste sich einfach jede Frau verlieben!

Sie wollte ihm so nahe wie möglich sein, zog sich aus, kroch ins Bett und legte sich neben ihn. Sie ließ ein Fell erscheinen und deckte sie beide damit zu, während sie sich an ihn schmiegte und seinen Atemzügen lauschte.

Während er schlief, glitt sie mit der Hand über die Muskeln seiner Brust. Sein Körper war makellos. Schlank und muskulös sah er aus, kraftvoll, selbst jetzt, wo er nicht bei Bewusstsein war. Ihr wurde heiß, als sie seine Brustwarze liebkoste. Als Reaktion auf ihre Berührung wurde sie hart, und darüber musste sie lächeln.

Sie fragte sich, wonach sie wohl schmecken würde … Acheron leckte sie immer ab, aber sie hatte das bei ihm noch nie getan. Sie war schüchtern, was seinen Körper anging. Aber als er jetzt schlafend dalag, traute sie sich mehr.

Sie neigte den Kopf und leckte über die hochgereckte Brustwarze. Hmm, das war ein wunderbarer Geschmack! Seine Haut war salzig und roch ganz nach Acheron. Ihr Körper schmerzte vor Verlangen, sie bewegte sich langsam über seine Brust voran und erkundete jeden einzelnen Zentimeter.

Erst als sie seinen Bauch erreichte, zog sie sich zurück. Sein ganzer Oberkörper war unbehaart, abgesehen von einem schmalen Streifen, der an seinem Nabel begann und sich hinunter zu seiner Körpermitte zog. Sie vergrub ihre Hand darin, und das raue Haar kitzelte an ihren Fingern. Es war viel rauer als das auf seinem Kopf, und als sie mit den Fingern hindurchglitt, begann sein Schwanz hart zu werden.

Artemis berührte ihn vorsichtig. Sie war fasziniert von diesem Teil von ihm, der so völlig anders war als ihr Körper. Zuerst konnte sie ihn noch bewegen, wie sie wollte, aber bald war er so steif und hart, dass sie nur noch mit der Hand an ihm entlanggleiten konnte, sein Schwanz zuckte bei ihrer Berührung.

Wie merkwürdig.

Noch merkwürdiger war die Flüssigkeit, die an der Spitze austrat. Sie schaute in sein Gesicht, um sicherzugehen, dass er noch immer bewusstlos war. Dann biss sie sich auf die Lippen und kroch weiter nach unten. Ihr Herz hämmerte vor Angst und Neugierde, als sie den Kopf beugte und an ihm leckte.

Artemis stöhnte tief in der Kehle. Hier gab es nichts, was ihr Angst machen konnte. Acheron hatte überhaupt nichts, was ihr auch nur im Geringsten Angst machte. Sie lächelte, zog sich zurück und nahm ihn in die Hand.

Er schlief weiter und hatte keine Ahnung, dass sie ihn erforschte.

Sie glitt wieder an seinem Körper entlang nach oben und küsste seine Lippen, die sie in den letzten Tagen bis in ihre Träume verfolgt hatten. Sie konnte es nicht mehr aushalten.

»Wach auf, Acheron!«

Er war noch leicht benommen und versuchte, seine Gedanken zu ordnen, aber dann sah er Artemis und nur sie. Sie beugte sich über ihn, und ihre grünen Augen flackerten.

»Du nimmst mir den Atem«, flüsterte er.

Sie lächelte unglaublich süß, dann knabberte sie an seinem Kinn.

Er war schon hart und wollte unbedingt ihre Haut schmecken. War das ein Traum? Sein Kopf war so benebelt, dass er es nicht wusste. Über allem lag ein Schleier.

»Zeig mir deine Liebe«, flüsterte sie ihm ins Ohr. Das wollte er gern, und während sie auf ihm lag, wusste er nicht mehr, wieso er je Bedenken gehabt hatte. Er drehte ihr das Gesicht zu und küsste sie. Er hatte nie zuvor jemanden lieben wollen, aber sie begehrte er jetzt so sehr, wollte so sehr in ihr sein, dass es ihn fast zerriss.

Ihn schwindelte, und er rollte sich mit ihr herum, beugte den Kopf zu ihr herunter und liebkoste ihre rechte Brust.

Bei der Berührung seiner Zunge schnappte Artemis nach Luft. Ihr Magen zog sich heftig zusammen, jedes Mal, wenn er sie so aufreizend leckte, erlebte sie einen Orgasmus.

Keuchend drückte sie seinen Kopf an sich und erzitterte, als eine Welle der Lust nach der anderen über sie glitt. Sie hatte keine Ahnung gehabt, dass er sie noch intensiver erregen konnte!

Er knurrte unerwartet, dann bewegte er sich an ihrem Körper hinunter. Er schob ihre Schenkel sanft auseinander und starrte sie mit einer Begierde an, die so gebieterisch war, dass sie erzitterte.

»Berühr mich, Acheron. Zeig mir, was du alles kannst.«

Er glitt mit einem langen Finger an ihr hinunter, und sie schauderte. Einen Augenblick später presste er den Mund an sie, und sie schrie auf, als seine Zunge sie quälte. Es war unerträglich lustvoll.

Sie wollte mehr!

Er glitt mit einem Finger in sie, während er sie leckte. Es war erschreckend und zugleich unglaublich erregend. Doch als er mit einem weiteren Finger in sie glitt, spannte sie sich an.

»Was machst du da?«

Er begegnete ihrem Blick und leckte sie noch einmal ganz besonders erlesen. »Ich bereite deinen Körper für mich vor, damit ich dich nicht verletze, wenn ich in dich eindringe.« Er zog sich zurück. »Oder hast du es dir anders überlegt?«

Sie schüttelte den Kopf. »Ich will dich, Acheron.«

Er küsste sich langsam an ihrem Körper empor, während er sie weiterhin mit der Hand reizte.

Artemis umklammerte ihn, als ein weiterer Orgasmus sie durchzuckte, und genau in dem Moment glitt Acheron tief in ihren Körper. Er bewegte sich so schnell und geschmeidig, dass sie keine Schmerzen empfand, sondern von ihrem Orgasmus in ungeahnte Höhen getrieben wurde.

Ihr Kopf schlug auf dem Kissen hin und her, während sie versuchte zu begreifen, was mit ihr geschah. Aber sie begriff es nicht. Als Acheron langsam und tief in sie stieß, stöhnte sie ekstatisch auf.

Acheron verlor sich in den zufriedenen Seufzern von Artemis, die sie im Rhythmus seiner Stöße von sich gab. Sie hielt ihn auf eine Art an sich gedrückt, wie es noch nie jemand getan hatte.

Als ob er ihr etwas bedeutete.

Er spürte, wie ihm die Tränen kamen, als er sich noch tiefer in sie versenkte. Er war nicht mehr betrunken, er war im Himmel. Alles, was er sehen konnte, war ihr wunderschönes Gesicht.

Ihre Augen wurden dunkel, und einen Moment später strich sie ihm das Haar vom Hals und schlug die Zähne in ihn. In dem Moment, als sie das tat, kam sie noch einmal.

Das Gefühl, wie sie aus ihm trank, während ihr Körper sich um ihn krampfte, brachte auch ihn zum Höhepunkt. Er ertrug es nicht länger und kam in einer Welle greller Lust.

Er brach auf ihr zusammen, während sie noch an ihm saugte.

Durch den Orgasmus und den Blutverlust war er jetzt vollkommen erschöpft. Sie drehte ihn auf den Rücken, sodass sie noch mehr trinken konnte.

In diesem Augenblick hätte Acheron alles gegeben, was sie von ihm verlangt hätte, sogar sein Leben.

Artemis zog sich zurück, als ihr Bein etwas Feuchtes im Bett berührte. Sie schaute hinunter und sah ihr eigenes Blut, vermischt mit seinem Samen, auf der Matratze. Jetzt kam ihr mit voller Macht zu Bewusstsein, was sie getan hatte, und jegliches Glücksgefühl war auf einmal wie zerschmettert.

Sie war keine Jungfrau mehr.

Wenn Apollo oder die anderen Götter das herausfanden.

Sie wäre erledigt! Lächerlich gemacht. Gedemütigt.

Was hatte sie nur getan?

Du hast dich von einer menschlichen Hure entweihen lassen!

Mit halb geschlossenen Augen streckte Acheron die Hand nach ihr aus. Sie zog sich zurück, während ihr Herz in der Brust hämmerte. Es war schrecklich! Schauderhaft. Sie war zutiefst erschrocken über das, was sie ihm gestattet hatte, und stieg aus dem Bett. Ihr war hundeelend zumute.

Acheron folgte ihr. »Artemis?«

»Fass mich nicht an!«, schnauzte sie, als er versuchte, sie zu berühren, und stieß ihn weg.

»Habe ich dir wehgetan?«

Die Besorgnis in seiner Stimme traf sie mitten ins Herz. Aber das war nichts im Vergleich zu der Scham und der Angst, die sie verspürte. »Du hast mich ins Verderben gestürzt.«

In diesem Moment hasste sie ihn für das, was sie beide getan hatten. Wie hatte er es wagen können, sie zu solcher Begierde anzustacheln? So sehr, dass sie vergessen hatte, wer sie war und warum ihre Jungfräulichkeit so wichtig war.

Bei den Göttern, was hatte sie getan!?

Sie wollte ihn töten, und doch konnte sie es nicht. Wie

konnte sie ihn so sehr hassen und ihn doch gleichzeitig so begehren?

»Warum hast du mich berührt?«

Bei ihrer Frage schaute er völlig verblüfft drein. »Weil du mich darum gebeten hast.«

»Ich habe dich nicht gebeten, mich in meinem Tempel zu küssen«, sagte sie anklagend. »Mich hat noch nie jemand geküsst. Und dann hast du mich berührt …« Für diese Beleidigung schlug sie ihn heftig.

Acheron taumelte erschrocken zurück, als seine Wange brannte. Ehe er sich von dem Schlag erholen konnte, stürzte Artemis sich auf ihn. Sie schlug ihn und trat auf ihn ein. Als ihr das nicht mehr zu reichen schien, schleuderte sie ihn gegen die Wand und hielt ihn mit ihren göttlichen Kräften dort fest.

Ich werde dich beschützen …

Ihre Worte klangen ihm im Ohr, während er zu ihr hinunterstarrte und darauf wartete, dass sie ihn endlich umbringen würde. Er wäre wirklich lieber tot gewesen als zu spüren, wie sein Herz in tausend Teile zersprang.

Sie hatte gelogen.

Plötzlich stürzte er zu Boden. Die gleiche unsichtbare Kraft drehte ihn um und hielt ihn auf den Marmorboden gedrückt, während Artemis mit tödlichem Blick auf ihn zutrat. »Wenn du je auch nur ein Wort davon zu einer Menschenseele sprichst, werde ich dafür sorgen, dass dein Tod so schmerzhaft ist, dass deine Schreie um Gnade durch die Ewigkeit klingen werden – so wahr ich lebe!«

Bei diesen Worten traten ihm die Tränen in die Augen, denn sie erinnerten ihn an so viele andere, die ihn gehasst hatten, weil sie ihn begehrten. Wie viele Würdenträger und Adelige waren zu ihm gekommen und hatten ihn dann verflucht, sobald er ihnen Lust bereitet hatte?

Sie lebten in der Furcht, dass eine Hure ihren wertvollen Ruf ruinieren würde. Sie hatten ihn aus ihren Betten gestoßen oder ihn niedergeschlagen, ihn für ihre eigene Lust verflucht, als ob er derjenige gewesen wäre, der um ihre Lust gebeten hätte.

Wie hatte er auch nur eine Minute lang glauben können, dass Artemis anders wäre?

Letztlich blieb er doch immer, was er war.

Nichts.

»Hörst du mich?«, zischte Artemis ihn böse an.

»Ich höre dich.«

»Ich werde dir die Zunge rausreißen lassen.«

Er musste sich zusammennehmen, um bei dieser Drohung nicht zu lachen, denn er hatte damit schon Erfahrungen gesammelt. Die Wahrheit war, dass seine Zunge wertvoller als alles andere an ihm war, denn sie bereitete den Menschen die größte Lust. »Dein Wille ist mein Wille, Akra.«

Sie packte ihn an den Haaren, zerrte seinen Kopf herauf und zwang ihn, ihr in die Augen zu sehen. »Ich bin die Göttin Artemis.«

Und er war Acheron Parthenopaeus. Eine Hure, auf der ein Fluch lag. Ein mit Verachtung gestrafter Sklave. Niemand konnte ihn lieben.

Wie dumm von ihm, auf ihre Lügen hereinzufallen, auch nur eine einzige Minute lang zu glauben, dass etwas wie er für eine Göttin je einen Wert haben könnte.

Artemis sah den Schmerz in seinen Augen, und er schnitt ihr durchs Herz. Sie wollte ihm das nicht antun – aber sie hatte keine andere Wahl. Er wäre in ein paar Jahrzehnten tot, aber ihre Schande würde ewig währen, wenn auch nur ein einziges Wort an die Ohren der Götter drang.

Den Menschen konnte man nicht trauen. Niemals.

»Denk daran, dass mein Zorn schrecklich sein wird!« Sie zerrte noch einmal als Warnung an seinem Haar, ehe sie ihn in seine Welt zurückschickte.

Am Boden zerstört, hockte Acheron in seinem Zimmer. Völlig erschüttert darüber, dass sie ihn weggestoßen und angegriffen hatte, kroch er hinaus auf den Balkon, der übers Meer blickte, und legte seinen Kopf an die steinerne Brüstung. Er hörte die Stimmen der Atlantäer, die ihn riefen.

Mehr als jemals zuvor war er versucht, ihnen zu folgen. Was würde es schon ausmachen, wenn sie ihn töteten?

Wenn er sicher sein konnte, dass sie ihn nicht noch mehr missbrauchten, dann würde er zu ihnen gehen. Aber tief im Herzen trug er die Furcht, dass sie ihn nur riefen, damit sie ihn ebenfalls foltern konnten. Er senkte den Kopf und weinte, und mit jeder Träne, die fiel, hasste er Artemis mehr.

Seit Jahren hatte ihn niemand mehr so zum Weinen gebracht. Nicht seit dem Tag, als Estes seine Jungfräulichkeit an den Meistbietenden versteigert und dann ein großes Fest veranstaltet hatte, bei dem alle dem brutalen Akt beigewohnt hatten. Es hatte noch tagelang geschmerzt und geblutet, noch jetzt verfolgten ihn das Gelächter und der Spott.

Entehre mal schön die Hure für uns alle mit …

Acheron schlug mit der Faust gegen den Stein, damit der Schmerz die Scham in ihm auslöschte. Aber es gab keine Erleichterung, keine Gnade. Nichts konnte die Scham lindern.

Die Hure war jetzt müde. Er war endlich gebrochen. Und das war nicht durch die Hand seines Herrn oder durch einen Klienten geschehen.

Es war durch die Hand der einzigen Person geschehen, die er je geliebt hatte. Acheron lag besiegt auf dem kalten Balkon, schloss die Augen und betete, dass der Tod endlich kommen und diesem Albtraum, der sein Leben war, ein Ende setzen möge.

28. JANUAR 9528 V. CHR.

Ryssa hielt sich mit ihrem Vater, Styxx und Apollo im Thronsaal auf, aber während die drei Männer miteinander lachten, beachteten sie Ryssa überhaupt nicht. Es war inzwischen zur Gewohnheit geworden, dass Apollo sie um sich haben wollte, wenn er in den Palast kam, aber sie hasste es. Er behandelte sie wie ein Besitztum, dessen einziger Zweck es war, sich zu freuen, dass der Liebhaber da war, und ihn anzuhimmeln. Sie fragte sich, ob Acheron sich bei Estes genauso gefühlt hatte.

Was machte es schon, dass Apollo außergewöhnlich gutaussehend war? Sie verachtete ihn dafür, dass er sie behandelte, als wäre sie vollkommen unbedeutend. Das Einzige, was noch schlimmer war, war das Gerede ihres Vaters, dass sie gesegnet sei, sich auch nur in der Nähe des Gottes aufhalten zu dürfen.

Wenn das ein Segen war, dann hätte sie gerne einmal gewusst, wie ein Fluch aussah.

Sie wandte den Kopf und sah, dass eine Dienerin unsicher in der Tür stand. Hübsch und schüchtern war sie, ein paar Jahre jünger als Styxx. »Stimmt etwas nicht, Hestia?«, fragte sie die Magd.

Hestia schaute die Männer ängstlich an und eilte dann an Ryssas Seite, sodass sie leise mit ihr flüstern konnte. »Seine Majestät wollte, dass ich ihm Bescheid gebe, falls …« Hestias Blick kehrte wieder zum König zurück, ehe sie ihren Satz beendete. »… der königliche Gefangene aufhört zu essen.«

Der königliche Gefangene. Acheron. Ryssas Herz klopfte furchtsam. »Ist er krank?«

Sie räusperte sich. »Ich weiß es nicht, Hoheit. Ich habe ihn seit Tagen nicht gesehen. Ich stelle ihm das Essen hin, und wenn ich zurückkehre, ist es unberührt. Und er hat nicht in seinem Bett geschlafen.«

»Was?« Das Brüllen ihres Vaters ließ sie beide hochfahren. »Wachen! Folgt mir!« Er stürmte aus dem Saal in Richtung ihres Palastflügels.

Voller Angst um ihren Bruder rannte Ryssa ihm hinterher.

»Was geht hier vor sich?«, fragte Apollo Styxx, während die beiden ihr folgten.

Styxx gab einen angeekelten Laut von sich, der tief aus seiner Kehle kam. »Es geht um Acheron. Er ist ein wertloser Sklave, der früher ein Lustknabe gewesen ist. Leider ist sein Leben an meines gebunden, sodass wir dafür sorgen müssen, dass er gesund bleibt. Aber ich fühle mich gut, also bin ich sicher, er macht das nur, um Aufmerksamkeit auf sich zu lenken. Mögen die Götter gewähren, dass wir ihn mal einen einzigen Tag vergessen können!«

Ryssa knirschte mit den Zähnen. Das Letzte, was Acheron wollte, war die Aufmerksamkeit seines Vaters oder die von Styxx auf sich zu lenken. Aber Styxx' egoistisches Hirn konnte einfach nicht begreifen, dass Acheron sich ihrer glorreichen Anwesenheit entziehen wollte.

Ihr Vater stürmte in Acherons Zimmer und blieb wie angewurzelt stehen. Sie trat hinter ihm ein und warf einen Blick durch das leere Zimmer. Weit und breit war nichts von Acheron zu sehen.

Ihr Vater wandte sich an sie und starrte sie wütend an. »Ich hab dir doch gesagt, man kann ihm nicht trauen!«

Ryssa beachtete ihn nicht und ging an den einzigen Ort, wo ihr Bruder sich gerne aufhielt: auf den Balkon.

Zuerst sah sie ihn nicht, aber als sie einen Schritt unter dem Vorsprung heraustat, der sie vor dem draußen tobenden Sturm schützte, sah sie aus dem Augenwinkel eine Gestalt. Acheron saß mit angezogenen Knien da, die Arme darum geschlungen. Er war völlig nackt und starrte ins Leere, als würde er die eisige Kälte und den Regen, der an ihm hinunterrann, gar nicht bemerken. Sein Haar klebte ihm am Kopf, und die Bartstoppeln auf seinem Gesicht waren mindestens zwei Tage alt.

Bemüht, sich nicht dem Regen auszusetzen, trat sie langsam zu ihm hin. »Acheron?«

Er antwortete nicht. Irgendetwas stimmte nicht mit ihm. Es war, als wäre er gestorben und als hätte die Seele den Körper noch nicht verlassen.

Sie kniete neben ihm nieder. »Kleiner Bruder?«

Er richtete diesen Blick auf sie, mit einer Wut, die sie bei ihm nicht mehr erlebt hatte, seit er sie an jenem Morgen aus dem Bordell geworfen hatte. »Lass mich in Ruhe«, knurrte er so bösartig, dass ihr angst und bange wurde.

Aus dem Augenwinkel sah sie, wie ihr Vater zornig wurde. »Wag es nicht, so mit ihr zu sprechen!«

»Du kannst mich mal, du Mistkerl.«

Styxx knurrte ganz tief in der Kehle, während er sich auf Acheron stürzte.

Ryssa wich zurück, als Acheron aufsprang und voller Zorn auf Styxx losging. Sie hielt sich erschrocken die Hand vor den Mund, als die beiden im strömenden Regen aufeinanderprallten. Noch nie hatte sie gesehen, dass Acheron ein anderes lebendiges Wesen angegriffen hätte. Aber jetzt kämpfte er mit aller Kraft gegen Styxx.

Apollo riss sie zurück, damit sie nicht versehentlich zwischen die beiden geriet.

Styxx war, seit er fünf war, von den besten Lehrern, die sein Vater angeheuert hatte, im Kampf trainiert worden. Er schlug

Acheron im Regen nieder. Doch Acheron kämpfte so hart, wie er nur konnte.

Letztlich war er seinem Zwilling nicht gewachsen. Styxx trat ihm in die Rippen. »Du bist armselig!«

Acheron wälzte sich herum und stemmte sich hoch. Als er wieder auf Styxx losging, schlug der ihn zurück. Der Regen rann ihm übers Gesicht und mischte sich mit dem Blut, das ihm aus Wunden an Augen, Nase und Mund lief. Und doch rannte er gegen Styxx an, immer wieder, als würde allein sein Wille ausreichen, um den Bruder zu besiegen.

»Wachen, ergreift ihn!«, befahl ihr Vater.

Acheron versuchte, sich gegen die Wachen zu wehren, als sie auf ihn zukamen, um ihn zu überwältigen, aber der Kampf gegen Styxx hatte ihn schon geschwächt. Sie schleppten ihn in sein Zimmer zurück, wo ihr Vater wartete.

Er griff ihm ins nasse Haar und riss seinen Kopf zurück, sodass Acheron die ganze Verachtung sehen konnte, die der König für seinen ältesten Sohn hatte. »Peitscht ihn aus, bis er keine Haut mehr auf dem Rücken hat. Wenn er das Bewusstsein verliert, dann weckt ihn auf und schlagt ihn weiter!«

Acheron lachte kalt. »Ich liebe dich auch, Vater!«

Der Vater ohrfeigte ihn. »Schafft ihn weg!«

»Vater?«, fragte Apollo mit erhobenen Augenbrauen.

Der König spottete. »So nennt er mich, aber er ist nicht mein Sohn. Meine frühere Königin hat sich als Hure dargeboten und diese Abscheulichkeit gezeugt.«

Ryssa spürte, wie ihr die Tränen kamen, als ihr Vater Acheron verurteilte. »Er ist auch ein Mensch, Vater!«

Alle lachten sie aus. Diesen Hohn ertrug sie nicht, sie folgte den Wachen, um Acheron beizustehen.

Als sie den Hof erreichte, wo sie ihn auspeitschten, war er schon von Blut überströmt. Aber anders als sonst, kämpfte er gegen seine Fesseln an.

»Los, schlagt mich noch einmal!«, schrie er die Wache an. »Fester!«

Der ungezügelte Zorn in ihm schockierte sie. Er lachte die Wachen tatsächlich aus, als würde ihm gefallen, was sie taten.

Hatte er den Verstand verloren?

Was war bloß mit ihm geschehen?

Acheron verhöhnte sie, bis er das Bewusstsein verlor. Die Wachen warfen einander einen skeptischen Blick zu, ehe der größere von den beiden Männern nach einem Eimer Wasser griff, um ihn wieder ins Bewusstsein zurückzuholen.

Ryssa legte ihm die Hand auf den Arm. »Bitte nicht«, flehte sie.

»Hoheit … Euer Vater wird zornig, wenn er erfährt, dass wir seinen Befehl nicht ausgeführt haben.«

»Ich werde es ihm nicht sagen. Bitte! Er hat schon so viel durchgemacht!«

Der Mann nickte, dann schnitt er Acheron vom Pfahl los. Sie sah das Mitleid in den Augen der Männer, als sie Acheron in sein Zimmer zurücktrugen und ihn mit dem Gesicht nach unten aufs Bett legten. Sie wandten sich um und ließen Ryssa mit ihrem Bruder alleine. Er sah bedauernswert verletzlich aus, während er blutend auf seinem Bett lag.

Ryssa hatte keine Ahnung, wohin Apollo, ihr Bruder und ihr Vater verschwunden waren, und es war ihr auch egal. Sie hätten ihretwegen mit ihrer ganzen Grausamkeit verrotten können!

Vor Mitleid mit ihrem Bruder zitterten ihr die Hände, als sie ihm das Haar von der Wange strich. Er brannte fiebrig. »Keine Sorge, Acheron, ich kümmere mich um dich.«

»Nun, das war doch sehr amüsant.«

Artemis riss den Blick von ihren Koris los, die im Brunnen vor ihrem Tempel plantschten, und sah ihren Bruder neben sich stehen. »Was ist denn?«

»Meine neue Eroberung hat einen illegitimen Bruder, den alle hassen.«

Ihr blieb das Herz stehen, als sie begriff, dass er von Acheron sprach. »Ach wirklich?«, sagte sie und hoffte, er würde nicht merken, dass ihre Stimme gestockt hatte.

Er nickte und setzte sich neben sie. »So etwas habe ich noch nie gesehen. Er saß nackt im Regen, völlig bewegungslos, tat keiner Menschenseele etwas zuleide, und doch haben sie ihn übel verprügelt, ihn dann hinausgezerrt und auspeitschen lassen.«

Artemis zwang sich, so gelangweilt wie möglich auf diese Neuigkeiten zu reagieren. »Und wieso?«

»Keine Ahnung. Aber ich schwöre, der Thronerbe hatte einen Steifen, als er den Jungen zu Boden schlug und ihn verprügelte.«

Artemis schaute weg und dachte daran, wie oft Apollo sie ähnlich behandelt hatte. Merkwürdig, dass er nicht merkte, wie seine eigene Tat der der Menschen glich. Ihr armer Acheron! Sie wäre am liebsten sofort zu ihm geeilt, aber das wagte sie nicht.

Apollo lachte. »Eins muss man dem Typen lassen, er hat wie ein Löwe gegen sie gekämpft, sie sogar dazu herausgefordert, ihn immer weiter zu schlagen.«

Sie drohte an ihren unterdrückten Tränen zu ersticken und blinzelte schnell, um sie zu vertreiben. »Ich werde diese Menschen nie verstehen.«

»Deshalb werden meine Apolliten sie auch eines schönen Tages unterjochen. Die Menschen sind zu sehr mit Mängeln behaftet.«

Sie schüttelte den Kopf über die Pläne ihres Bruders, die Menschen zu unterwerfen, die doch ihr Vater erschaffen hatte. »Wissen die griechischen Menschen, dass du in ihrem Kampf gegen die Atlantäer und die Apolliten nicht auf ihrer Seite stehst?«

»Bist du wahnsinnig? Natürlich wissen sie das nicht. Sie sollen mir mal schön ihre Töchter anbieten und mir Opfer darbringen.«

Artemis hob die Augenbraue. »Aber an deiner neuen Eroberung liegt dir doch etwas, oder?«

Er zuckte nachlässig die Achseln. »Im Moment amüsiert sie mich noch ganz gut. Aber es gibt eine Menge Frauen auf der Welt, die auserlesener sind. Außerdem wird sie irgendwann altern, dann werde ich sie sowieso ausrangieren.«

»Sie altern einfach viel zu rasch.« Das sagte sie jetzt mehr zu sich als zu ihm. Acheron würde auf sie sicher auch keinen Reiz mehr ausüben, wenn seine Schönheit erst verblasst war.

Apollo sagte nichts dazu.

Sie fragte sich, was er eigentlich in ihrem Tempelgarten wollte. »Warum bist du nicht bei deiner Eroberung?«

»Sie ist bei dem Sklaven und kümmert sich um ihn. Als der Tanz losging, wurde sie viel zu missmutig für meinen Geschmack.«

»Und das hast du zugelassen?«

Wieder zuckte er die Achseln. »Ich glaube, ihr illegitimer Bruder muss ihr ein paar Tipps gegeben haben, wie sie mir Lust bereiten kann. Sie weiß viel zu viel und ist viel zu gefügig für eine Jungfrau. Styxx hat mir gesagt, dass sie den Bastard für Sex an andere Menschen verkauft haben. Offenbar ist das eine Familientradition.«

Diese Neuigkeiten überraschten sie. Normalerweise scheute ihr Bruder vor jedem zurück, der nicht tugendhaft war. »Du meinst, Ryssa hatte schon andere?«

»Nein, dann würde ich sie töten. Wenn ich nicht da bin, wird sie streng bewacht. Aber ich finde es faszinierend, dass sie sie mir angeboten haben. Mit meiner eigenen Tochter würde ich so etwas niemals machen.«

Artemis warf einen Blick auf Satara, Apollos Tochter, die mit einer Kori im Brunnen tanzte. »Nein, du hast sie mir bloß gegeben, damit sie meine Dienerin wird.«

»Ich habe dir meine Tochter gegeben, damit du dich notfalls von ihr ernähren kannst, wenn ich nicht da bin. Außerdem bleibt sie so den Menschen fern. Es soll sie nie ein Mann anrühren.«

»Sie ist noch sehr jung. Wie soll es weitergehen, wenn sie älter wird und sich einen Gefährten wählt?«

Apollos Augen blitzten zornig auf. »Dann werde ich sie alle beide töten.«

Artemis war fassungslos. »Du würdest dein eigenes Kind umbringen?«

Sein Blick durchbohrte sie regelrecht. »Ich würde meine eigene Zwillingsschwester umbringen, wenn sie mit einem Mann huren würde. Satara ist nur eines von vielen Kindern, die ich habe. Aber keines von ihnen wird Schande über mich bringen, ohne das volle Gewicht meines Zornes zu spüren.«

»Selbst wenn sie diesen Gefährten liebte?«

Er verzog verächtlich den Mund. »Wer bist du eigentlich? Aphrodite, die Göttin der Liebe? Sprich mir bloß nicht von Liebe. Du bist eine Göttin, und für uns Götter gibt es keine Liebe. Es gibt nur Lust – und die vergeht. Ein Mann kann sich Liebhaberinnen suchen, aber eine Frau, die das Gleiche tut …«

Wurde zur Hure. Sie kannte die Haltung ihres Bruders in dieser Sache.

Als hätte sie gehört, dass ihr Vater von ihr sprach, hielt Satara in ihrem Spiel inne und schaute zu ihrem Vater herüber.

»Ich bin dann mal weg.« Damit verschwand Apollo.

Artemis entging nicht, wie enttäuscht Satara aussah, weil ihr Vater kein Wort mit ihr geredet hatte. Einen Augenblick später schubste sie die Kori neben sich und machte sich ebenfalls davon.

Artemis schüttelte den Kopf. Die Gewalttätigkeit lag ihnen offenbar allen im Blut.

Ihre Gedanken kehrten zu Acheron zurück, und Schuldgefühle stürzten auf sie ein. Was sie ihm angetan hatte, war falsch, das wusste sie. Aber wie konnte sie ihm entgegentreten, nachdem sie sich derart benommen hatte?

Du bist eine Göttin. Er sollte dankbar sein, dass du überhaupt von ihm Notiz nimmst.

So war sie erzogen worden. Doch Acheron war anders. Er war kein Mensch wie alle anderen. Sie waren Freunde gewesen.

Aus lauter Furcht hatte sie ihn verletzt. Sie hatte ihm genau das angetan, von dem sie geschworen hatte, sie würde es nie tun. Dinge, von denen sie wusste, dass sie ihn verletzten und demütigten.

Warum hatte sie das nur getan?

Sie schloss die Augen und konnte sehen, wie er sie durch den Wald jagte. Sein Lachen hören, als er sie foppte.

Bei niemand anderem fühlte sie sich so … bei niemandem.

Weil sie dumm war, hatte sie all das ruiniert.

Er ist nur ein Mensch, was soll's!? Das wäre Apollos Haltung dazu. Wenn sie doch nur der gleichen Meinung wäre! Doch tief in ihrem Inneren kannte sie die Wahrheit. Sie vermisste Acheron, und der Gedanke daran, dass sein Vater ihn erneut bestrafen würde, schmerzte sie.

Denk nicht mal dran …

Es war zu spät. Sie hatte sich schon aus ihrem Garten in sein Zimmer versetzt, schwebte im Schatten und sah, dass seine Schwester sich über ihn beugte.

»Bitte iss etwas, Acheron«, flüsterte Ryssa. »Ich will nicht, dass sie dich noch einmal misshandeln. Vater hat gesagt, dass er dich wieder zwangsernähren lässt, wenn du nichts isst.« Sie hielt ihm ein Stück Brot vor den Mund.

Er wandte den Kopf ab.

Artemis sah den Schmerz auf Ryssas Gesicht.

»Na gut. Ich werde aber nicht zulassen, dass sie dich weiterhin verletzen.« Die Prinzessin schob sich das Brot in den Mund und schluckte es herunter. Dann aß sie das ganze Tablett leer.

Mit sorgenvollem Blick stand sie auf. »Ich sage ihnen, du hättest es gegessen.« Als sie die Hand nach Acheron ausstreckte, ergriff er sie und schob sie weg.

Sie schaute verletzt drein und seufzte. »Schlaf friedlich, kleiner Bruder. Ich sorge dafür, dass dich niemand stört.«

Artemis rührte sich nicht, bis Ryssa sie allein gelassen hatte. Dann erschien sie in ihrer menschlichen Gestalt und trat aus dem Schatten hervor.

Acheron verzog nur den Mund. »Geh weg!«

»Du solltest mir gegenüber keinen solchen Ton anschlagen.«

Er lachte, dann zuckte er zusammen, als habe er Schmerzen. »Es ist mir scheißegal, was du mir antust. Beweg deinen Arsch hier raus, und lass mich allein!«

»Acheron …«

»Geh!«, fuhr er sie an und zischte dann, als hätte er heftige Schmerzen. »Du hast mir deutlich gezeigt, was ich dir wert bin. Wie du sehen kannst, musst du mich nicht mehr schlagen oder auspeitschen. Um diese Ehre wetteifern schon viele andere Leute miteinander.«

Sie kniete sich neben das Bett, und ihr brach das Herz angesichts der Wunden in seinem Gesicht und der schrecklichen Wunden, die seinen Rücken verunstalteten. »Ich kann dich heilen.«

»Ich will von dir nicht geheilt werden. Ich will nichts, außer dass du verschwindest.«

»Sag das nicht, Acheron!«

Acheron fluchte. »Ich hab es satt, um Gnade zu bitten. Es achtet sowieso niemand darauf. Besser sterbe ich im Stehen mit aller Würde einer Hure, die ich aufbringen kann, als dass ich wie ein nichtswürdiger Sklave auf dem Bauch krieche.«

Sie schüttelte den Kopf und versuchte, ihm zu erklären, was

geschehen war. »Was da zwischen uns geschehen ist – ich hatte Angst davor.«

Sein Blick durchbohrte sie wie ein Dolch. »Und ich habe es satt, dass es alle bedauern, wenn sie mit mir zu tun haben. Meine Mutter ist in Schande gestorben, weil sie mich geboren hat. Mein Vater und mein Bruder verachten mich, und meine Schwester kann mir kaum in die Augen schauen. Und du … du hast mich tatsächlich an etwas glauben lassen. Ich habe dir vertraut, doch auch du hast mich belogen.«

»Das weiß ich … und es tut mir wirklich leid.« Sie legte die Hand auf seine bärtige Wange und hoffte, er würde verstehen, wie ernst sie es meinte. »Ich bin jetzt hier, nicht als Göttin, sondern als Freundin. Ich vermisse dich, wenn du nicht da bist.«

Acheron wollte sie von sich stoßen, aber er konnte es einfach nicht. Wie gern er sie auch gehasst hätte – er wusste nicht, wie er das anstellen sollte.

Artemis schaute ihn an, schloss die Augen und heilte ihn.

Er seufzte müde, als der Schmerz nachließ. »Erwarte ja nicht, dass ich mich bei dir bedanke.«

»Sei nicht so. Ich entschuldige mich normalerweise nicht bei Menschen, das tue ich nie. Doch bei dir habe ich mich entschuldigt …«

Er begriff, was sie da sagte, aber es linderte den Schmerz in seinem Herzen nicht, denn sie hatte ihn tief verletzt. »Ich will deine Freundschaft nicht mehr, Artie. Du musst dir eine andere Hure suchen, die dich unterhält.«

Ehe er auch nur zwinkern konnte, setzte sie sich auf ihn und drückte ihn aufs Bett zurück. Acheron zog scharf den Atem ein, als sie ihm die Fangzähne in den Hals hieb. Diesmal war es kein Vergnügen für ihn. Schmerz plagte ihn, bei jedem einzelnen Tropfen, den sie aus ihm saugte. Schlimmer noch, sie hielt ihn gelähmt, sodass er sich nicht regen und nicht gegen sie kämpfen konnte.

Sie demonstrierte ihre Verachtung, das wusste er. Ihn hatten schon genug Leute angegriffen, um ihre Macht zu demonstrieren. Er wusste genau, was hier geschah.

Bettel um Gnade, Hure! Sag mir, wie sehr du es genießt!

Acheron kämpfte darum, bei Bewusstsein zu bleiben, als die Stimmen aus der Vergangenheit in seinem Kopf widerhallten. Schmerz und Frust türmten sich in ihm auf, während es vor machtlosem Zorn tief in ihm kochte.

Endlich machte Artemis sich los. An ihrem verwirrten Gesichtsausdruck konnte er sehen, dass sie überrascht war, ihn noch wach zu sehen.

Acheron schluckte und starrte voller Verachtung zu ihr herauf. »Sind wir jetzt quitt? Oder willst du meinen Körper genauso vergewaltigen wie meine Seele?«

Schmerz durchzuckte ihn, als alle seine Wunden und Blutergüsse wiederkehrten. Er schrie auf, so intensiv war der Schmerz, schlimmer, als er zuvor gewesen war.

Artemis stand auf und blickte auf ihn herunter. »Du machst dich nicht mehr über mich lustig, Mensch! Ich habe genug von deinem Spott.« Damit verschwand sie.

Acheron schloss die Augen, Erleichterung durchströmte ihn. Vielleicht würde man ihn jetzt endlich in Ruhe lassen.

Aber als er Trost in inneren Bildern suchte, sah er nicht den Obstgarten, in dem er einst an einem Sommertag gespielt hatte. Stattdessen verfolgten ihn Bilder von Artemis und ihrer kurzen Freundschaft, ehe sie so bösartig geworden war.

Er vermisste diese kurze Zeitspanne schon jetzt.

»Das ist vorbei«, flüsterte er. Er hatte es satt, ihr Spielzeug zu sein. Sein Leben war schon viel zu lange von anderen kontrolliert worden. Es war an der Zeit, dass er aufhörte, jedem zu Willen zu sein, und endlich lernte, selbst zu leben. Er würde nie wieder jemandem gestatten, Macht über ihn zu besitzen.

Ganz besonders nicht den Göttern.

13. FEBRUAR 9528 V. CHR.

Acheron durchquerte auf dem Weg zum Stadion, wo er sich das neueste Theaterstück ansehen wollte, das Stadtzentrum. Als er den Marktplatz betrat, blieb er stehen, denn aus dem Augenwinkel sah er einen Schatten. Rasch wandte er sich um, aber er sah nichts Verdächtiges. Unsicher, ob es Artemis war, die ihm folgte, versteckte er sich hinter einer kleinen Gruppe Leute.

Er fühlte sich hohl und ausgenutzt. Er wollte sie wirklich nie wiedersehen. Allein der Gedanke an sie versetzte ihn in Wut, und doch war in ihm auch eine Trauer um den Verlust von allem, was zwischen ihnen hätte sein können. Diese Traurigkeit zwang ihn fast in die Knie.

Er wollte nicht mehr missbraucht werden. Nicht einmal aus Liebe.

Warum nicht? Du bist schon für viel weniger verschachert worden.

Bei der brutalen Wahrheit biss er die Zähne zusammen, er wollte nicht daran denken.

»Großmutter, er betrügt uns.«

Die Stimme des kleinen Jungen machte ihn auf einen Tisch in der Nähe aufmerksam. Dort stand eine ältere Frau mit geflochtenem grauem Haar, das von schwarzen Strähnen durchsetzt war. Ihre Augen waren milchig weiß, und sie hatte eine Hand auf der Schulter des Jungen liegen. Er war nicht älter als sieben oder acht, hatte dunkles Haar und ein so unschuldiges

Gesicht, dass es Acheron berührte. Obwohl die Kleidung der beiden abgetragen war, waren sie doch sauber gewaschen und reinlich.

Der Verkäufer hob warnend die Hand, als wollte er das Kind gleich schlagen.

Der Junge trat einen Schritt zurück und wurde blass.

»Merus?«, fragte seine Großmutter leise. »Was ist los?«

»N…nichts, Großmutter. Ich h…habe mich wohl geirrt.«

Acheron wusste nicht warum, aber dass der Junge sich vor dem Verkäufer duckte, durchfuhr ihn wie ein Dolch. Wie konnte der Mann es wagen, eine alte Frau und ihren Schützling zu übervorteilen, wo es doch offensichtlich war, dass keiner der beiden auf dieser Welt viel besaß.

Ehe er darüber nachdenken konnte, trat er hinzu. »Du musst ihnen geben, wofür sie bezahlt haben.«

Der Mann wollte schon anfangen zu streiten, als er merkte, dass Acheron einen guten Kopf größer war als er selbst. Obwohl er schmal war, war Acheron doch muskulös genug, um einschüchternd auszusehen. Zum Glück hatte der Verkäufer keine Ahnung, dass Acheron nicht kämpfen konnte. Schließlich riss er die Augen auf, als er sah, von welch guter Qualität die Kleidung war, die Acheron trug – eine königliche Tunika. Ryssa hatte darauf bestanden, dass er sie immer trug, wenn er ins Theater ging.

»Ich habe sie nicht betrogen, Herr!«

Acheron schaute hinunter auf den Jungen, der nach Luft schnappte, als er sah, wie groß Acheron war. »Was genau hast du gesehen, mein Kind?«

Merus schluckte und winkte ihn mit dem Finger zu sich herunter.

Acheron machte ein möglichst freundliches Gesicht, damit er den Jungen nicht noch mehr verschreckte, und beugte sich zu ihm.

»Er hatte seinen Daumen auf der Waage. Meine Yaya hat mir

aufgetragen, ihr immer zu sagen, wenn das jemand macht. Sie sagt, dann betrügen uns die Leute«, flüsterte ihm der Junge ins Ohr.

»Das stimmt genau.« Acheron tätschelte ihm den Arm, richtete sich wieder auf und wandte sich an den Verkäufer. »Wie viel Mehl wolltest du kaufen, Merus?«

»Drei Pfund.«

»Dann werde ich zusehen, während es noch einmal abgewogen wird.«

Der Verkäufer wurde knallrot, als er das Mehl auf die Waage kippte, und Acheron sah, dass es tatsächlich weniger war. Leise schimpfend fügte der Verkäufer Mehl hinzu, bis das richtige Maß erreicht war. Er sah Merus böse an, sobald er den Beutel wieder verschlossen hatte, und schob ihn dem Jungen hinüber.

»Merus?«, fragte Acheron und schaute den Verkäufer weiterhin an, der sein Gesicht unter der Kapuze nicht erkennen konnte.

Der Junge schaute zu ihm hinauf. »Ja, Herr?«

»Solltest du je wieder sehen, dass deine Yaya betrogen wird, oder sollte dir irgendjemand ein Leid antun, so gehe hinauf zum Palast und frage nach Prinzessin Ryssa. Sag ihr, Acheron hat dich geschickt, sie wird sich dann darum kümmern, dass du gerecht behandelt wirst und dass jeder, der dir etwas antut, bestraft wird.«

Seine Augen leuchteten auf, die des Verkäufers hingegen verdunkelten sich. »Danke, Herr!«

Seine Großmutter legte eine sanfte Hand auf Acherons Arm. »Mögen die Götter Euch für Eure Freundlichkeit segnen, Herr. Wahrhaftig, Ihr seid ein Gewinn für diese Welt. Ich danke Euch.«

Ihre Worte berührten sein Herz, und er spürte einen Kloß im Hals. Wenn es doch nur wahr wäre, was sie sagte! Aber das war es nicht, und die alte Frau würde entsetzt zurückschrecken, wenn sie gewusst hätte, wessen Arm sie da berührte. »Mögen die Götter mit Euch sein«, sagte sie leise, als er sich abwandte.

Aber er war noch nicht weit gekommen, als Merus ihm hinterhergerannt kam.

»Herr?«

Es war merkwürdig, dass ihn jemand so anredete. »Ja?«

»Ich weiß, dass wir weit unter Euch stehen, Herr, aber meine Yaya wollte, dass ich Euch frage, ob Ihr das Brot mit uns brecht, damit sie Euch für Eure Freundlichkeit danken kann. Sie ist blind, aber eine wunderbare Köchin. Wir backen Brot für einen Bäcker, der es an den Königshof verkauft.«

Acheron schaute zu der stolzen alten Frau, die so viel Würde ausstrahlte, obwohl sie nichts von dem sehen konnte, was um sie herum vorging. *Ich weiß, dass wir weit unter Euch stehen …* Wenn das Kind wüsste, wer er wirklich war, würde er ihn meiden, wie alle anderen auch.

Das würden sie alle beide tun.

Doch Acheron zögerte. Er sollte besser gehen, ehe die beiden die Wahrheit über ihn erfuhren, aber er wollte sie nicht beleidigen. Er wollte sie nicht so herabsetzen, wie andere Leute es ständig mit ihm machten.

Also nickte er. »Das würde ich gern, Merus. Danke für das Angebot.«

Der Junge lächelte, dann führte er ihn zu seiner wartenden Großmutter an den Rand des Marktes.

»Er ist bei mir, Yaya.«

Die Falten im Gesicht der alten Frau vertieften sich, als sie lächelte und in eine Richtung sprach, wo er nicht stand. »Danke Euch, Herr. Es wird nicht so nobel sein, wie Ihr es gewohnt seid, aber ich verspreche Euch, nie habt Ihr besseres Brot gegessen.«

»Hier stehen wir, Yaya.«

Ihre Wangen färbten sich rosa. »Vergebt mir, Herr. Ich fürchte, ich bin ein bisschen ungeschickt.«

»Das macht nichts.« Er nahm Merus die Einkäufe ab, die er trug. »Ich nehme das hier, und du hilfst deiner Yaya nach Hause.« Er war überrascht, wie schwer die Lasten für ein Kind waren.

Strahlend ergriff Merus die Hand seiner Großmutter und führte sie durch die Menge.

»Ich heiße Eleni, Herr.«

»Bitte, nennt mich einfach Acheron. Ich lebe im Palast, aber ich bin nicht wichtig.«

»Er sieht aber wichtig aus, Yaya. Er trägt sehr schöne Kleidung und Schuhe, und er ist mächtig groß.«

Sie tadelte ihren Enkel. »Es ist nicht höflich, jemandem zu widersprechen, Merus. Denk daran, was ich dir gesagt habe. Das Aussehen kann oft täuschen. Ein armer Mann kann das Kleid eines Prinzen tragen, und ein Prinz kann barfuß über die Straßen laufen. Wir beurteilen die Menschen nach ihren Handlungen, nicht nach der Kleidung, die sie tragen.« Ihr Lächeln war vollkommen ehrlich. »Weil Herr Acheron so gehandelt hat, wissen wir, dass er edel und freundlich ist.«

Acheron hielt inne, und ihre Worte rührten ihn tief. Noch nie hatte er sich als etwas anderes gefühlt denn als eine Hure, doch hier, mit den beiden Menschen, die in Lumpen gekleidet waren, fühlte er sich wie ein König. Es war ein so fremdes Gefühl, dass er sein Kinn tatsächlich ein bisschen anhob.

Merus öffnete die Tür zu einem kleinen Häuschen, das zwischen andere geklemmt stand. Acheron musste sich tief hinabbeugen, damit er durch die niedrige Tür passte, als er den beiden nach drinnen folgte. Der Raum war klein und vollgestellt, aber es war ein gemütliches Heim. An diesem Ort herrschte eine sehr positive Energie, und Acheron begriff, dass Merus und Eleni hier sehr glücklich miteinander waren.

Doch er nahm auch wahr, dass kaum Platz war, um sich zu bewegen. Die Dachsparren waren so niedrig, dass er sich den Kopf anschlug.

»Seid Ihr wohlauf, Herr Acheron?«, fragte Merus.

Acheron nickte, ohne seine Hand von der Stirn zu nehmen, und der es noch immer gewaltig klopfte, weil er an die Decke gestoßen war.

»Was ist passiert?«, fragte Eleni erschrocken.

»Wie ich schon sagte, ist Herr Acheron sehr groß. Er hat sich an der Decke den Kopf gestoßen.«

Eleni riss die Augen auf. Sie ging mit ausgestreckter Hand auf ihn zu. Acheron ergriff sie bei der Hand und legte sie auf seine Schulter, damit sie spürte, wie groß er war.

»Ach du liebe Zeit«, flüsterte sie. »Ihr seid wirklich ein Riese. So groß wie ein Gott.«

Das war noch etwas, das ihn von den anderen Menschen unterschied und ihn zum Außenseiter machte – und es hatte auch dazu beigetragen, dass Estes und Catera viel Geld verdient hatten, denn diejenigen, die kleiner waren als er, genossen das Gefühl der Macht über einen so großen Menschen.

Mit einer unfassbaren Anmut bewegte sich Eleni, als könnte sie jeden einzelnen Gegenstand im Raum sehen, und zog einen Stuhl für ihn heran. »Am besten, Ihr setzt Euch hin, Herr. Ich kann mir nur dunkel vorstellen, wie erdrückend Euch unser winziges Haus vorkommen muss.«

»Nein, gar nicht«, sagte er ehrlich. Obwohl er Angst hatte, mit weiteren Einrichtungsgegenständen zusammenzustoßen, gefiel ihm das friedliche Heim recht gut.

»Hol uns etwas Milch, Merus.«

Der Junge schoss aus der Tür.

Acheron sah Eleni zu, wie sie zum Herd ging und mühelos das Feuer schürte. Er war überrascht, dass sie so sicher wusste, wo alles war. Sie griff nie daneben und verbrannte sich auch nicht.

»Herr?«, fragte sie und zog ein Messer aus seiner Halterung. »Darf ich Euch eine neugierige Frage stellen?«

»Warum nicht.«

»Weshalb seid Ihr so traurig?«

Er wollte es abstreiten … aber warum eigentlich? Sie kannte ihn nicht, und er kannte sie nicht. Er war ehrlich überrascht, dass sie, ohne irgendetwas zu sehen, ausmachen konnte, wie er sich fühlte. »Woher … wie …«

»Ich höre es an Eurer Stimme. Es liegt eine große Trauer darin, und Ihr sprecht mit starkem atlantäischem Akzent.«

Sie war scharfsinnig und traf den Nagel auf den Kopf. Sie schnitt das Brot und legte es auf einen Steinteller, um es aufzuwärmen. »Habt Ihr einen Menschen verloren, seid Ihr deswegen so traurig?«

Beim Gedanken an Artemis wurde er wehmütig. »Ich habe eine Freundin verloren.«

»Dann trauere ich mit Euch«, sagte sie tröstend. »Ich habe über die Jahre hinweg viele Freunde verloren, und auch meine Kinder sind alle tot. Ein Verlust ist immer schlimm. Aber ich habe Merus und bin sehr stolz auf ihn, er ist ein wunderbarer Junge. Ihr habt keine Ahnung, wie viel ein Sohn seinen Eltern bedeutet. Ich bin sicher, Eure Eltern lächeln jedes Mal, wenn sie Euch sehen.«

Acheron ertrug die Wunden kaum, die sie damit aufriss. Er erhob sich. »Ich sollte jetzt besser gehen.«

Sie schaute schuldbewusst. »Habe ich etwas Falsches gesagt?«

»Nein.« Er wollte nicht, dass sie sich schlecht fühlte, wo sie ihn doch nur hatte trösten wollen. Es war nicht ihre Schuld, dass die einzige Person, die ihn liebte, seine Schwester war und dass seine Eltern ihn alle beide seit dem Augenblick seiner Geburt verflucht hatten. »Ich war unterwegs ins Theater und wollte einem Schauspiel beiwohnen, als ich am Markt stehen blieb. Ich sollte jetzt gehen, ehe ich noch das ganze Stück verpasse.«

Sie nahm seine Hand und erstarrte, als sie sein Brandmal berührte. Sie griff fester zu. »Ihr seid ein Sklave?«

Er spürte, wie sein Gesicht vor Demütigung heiß wurde. Er hätte über ihre zufällige Entdeckung am liebsten geflucht. »Ich war einst ein Sklave. Es tut mir leid, ich hätte nicht herkommen sollen.«

Aber sie ließ ihn nicht los, sondern legte auch die andere Hand auf seine und lächelte ihn freundschaftlich an. »Legt Euren Mantel ab, und setzt Euch, Acheron. Ihr habt nichts getan, wofür Ihr Euch entschuldigen müsstet. Ich bewundere Euch umso mehr dafür, dass Ihr stehen geblieben seid und uns geholfen habt. Für ein Mitglied des Adels ist das kaum der Rede wert, und doch kümmern sie sich so selten darum, denen zu helfen, die weniger glücklich sind als sie. Ein Freigelassener hingegen benötigt viel Mut und Persönlichkeit, um sich zur Verteidigung eines anderen starkzumachen. Was Ihr getan habt, ist nobel und freundlich, und es wäre mir eine Ehre, wenn Ihr Euch mit uns zu Tisch setzen würdet.«

Acheron bekam kaum Luft, Emotionen überwältigten ihn und schnürten ihm die Kehle zu. Er war es nicht gewöhnt, außerhalb eines Bettes ein Kompliment zu hören. »Danke.«

Sie lächelte und tätschelte ihm die Hand. »Wisst Ihr, als ich klein war, hat mein Vater mir immer gesagt, wenn wir jemandem begegneten, würden wir uns hinterher nie daran erinnern, was er gesagt hat oder was er anhatte. Woran wir uns am stärksten erinnern, ist, wie wir uns in Anwesenheit dieser Person gefühlt haben. Dadurch, dass Ihr meinen Enkel verteidigt habt, hat er sich wichtig gefühlt, für diese selbstlose Handlung werde ich Euch ewig dankbar sein.«

Und durch diese beiden Menschen hatte er selbst Würde gespürt. Sie hatte recht, er würde sich immer daran erinnern.

Merus kehrte atemlos mit einem Tonkrug zurück. »Ich habe ganz viel Milch, Yaya. Ist das Brot schon fertig?«

»Fast, mein Liebling.« Sie nahm ihm die Milch ab und goss sie in Becher.

Merus brachte Acheron einen Becher und stellte ihn vor ihm ab. »Habt Ihr viele Schlachten geschlagen, Herr?«

Er schob die Kapuze vom Kopf und lächelte über die unschuldige Frage. »Nein, Merus. Keine einzige, und nenn mich bitte Acheron.«

»Das ist schon recht, Akribos«, sagte Eleni sanft. »Acheron mag keine Titel.«

Merus nahm sich seinen Becher und rannte damit zurück zum Tisch. Er kletterte auf den Stuhl neben Acheron. »Könnt Ihr mit einem Schwert kämpfen?«

»Nein, überhaupt nicht.«

»Oh …« Er sah enttäuscht aus. »Was tut Ihr dann?«

»Merus«, schalt ihn seine Großmutter. »Man fragt seine Gäste nicht aus.« Sie schüttelte den Kopf. »Vergebt ihm, Acheron, er ist erst sieben und muss noch viel lernen.«

»Das macht mir nichts aus. Ich bin neunzehn und muss auch noch viel lernen.«

Merus quiekte vor Lachen.

Eleni brachte das Brot zum Tisch und stellte es mit Butter und einem Krug Honig vor Acheron. »Ihr seid sehr großherzig. Das ist heutzutage selten.«

Merus kratzte sich am Ohr, als würden ihn die Worte seiner Großmutter verwirren. »Aber was, wenn er nicht so ist, wie er scheint? Du sagst mir immer, dass die Leute sich manchmal verstellen und wir nicht wissen, was sich hinter der Maske verbirgt.«

Eleni fuhr ihm durchs Haar. »Du hast recht, du Schlingel. Wir können den anderen nicht ins Herz sehen. Als ich nicht viel älter war als du heute, berechnete mein Vater meinen Brüdern Kost und Logis. Alle hielten ihn für knauserig, weil er seine eigenen Kinder so behandelte, und meine Brüder hassten ihn dafür.«

»Dafür, dass er arm war?«, fragte Acheron.

Sie schüttelte den Kopf. »Nein. Im Gegenteil, meine Familie

hatte sogar relativ viel Geld, weil mein Vater ein Geizhals war, der jede Münze zweimal umdrehte. Dafür hassten ihn die Leute auch, aber sie begriffen nicht, dass er als Junge mit seiner Familie aus dem Haus vertrieben worden war, weil sie kein Geld hatten. Seine kleine Schwester, die er über alles liebte, erkrankte daraufhin und verhungerte in seinen Armen. Da schwor er, dass niemand, den er liebte, mehr aus Armut sterben sollte.«

Acheron fühlte mit diesem armen Mann. Er hatte solche Armut am eigenen Leib erfahren, er begriff, warum der Mann so handelte. Nichts war schlimmer, als zu verhungern, nichts schlimmer, als auf der Straße zu leben, ohne Schutz vor Wind und Wetter … und ohne Schutz vor anderen Menschen.

Merus neigte den Kopf. »Aber warum hat er deinen Brüdern etwas berechnet, wenn er doch so viel Geld hatte?«

Ihre Züge wurden weich, als sie sein pausbackiges Gesicht zwischen die Hände nahm. »Er hat das ganze Geld zur Seite gelegt für die Zeit, wenn meine Brüder heiraten würden.«

»Warum, Yaya?«

Sie verlor nicht die Geduld mit ihm. »Weil ein Mann nicht heiraten kann, wenn er den Brautpreis nicht zahlen kann. Und er muss ein Haus haben, in das er mit seiner Frau einziehen kann. Als meine Brüder die Frauen gefunden hatten, die sie heiraten wollten, holte mein Vater das ganze Geld heraus, das sie ihm über Jahre hinweg gezahlt hatten. So hatte jeder meiner Brüder ein kleines Vermögen und konnte damit seinen eigenen Hausstand gründen. Er war letztlich nicht der gemeine Mensch, für den ihn alle gehalten hatten. Was er getan hatte, war zu ihrem Nutzen, denn sie hätten das Geld damals für Dummheiten verprasst. Aus der Geschichte kann man lernen, dass wir niemals wissen, was in den Herzen anderer Menschen vorgeht. Handlungsweisen, die manchmal gemein wirken, sind es vielleicht nicht. Derjenige, der uns liebt, tut vielmehr etwas, um uns zu schützen, ohne dass wir es wissen.«

Merus hielt Acheron den Teller mit Brot hin. »Yaya sagt, dass der Besuch immer zuerst wählen darf.«

Acheron lächelte, nahm ein Stück Brot und schmierte sich Butter darauf. »Danke schön, Merus.«

Der Junge bediente sich selbst und dann seine Großmutter. Dass Acheron sein Gesicht hier nicht verstecken musste, rührte ihn. Obwohl sein Kopf unbedeckt war, schreckte keiner der beiden auch nur im Geringsten vor ihm zurück. Es gab keine lauernden, lustvollen Blicke, die sie zu verbergen versuchten, keine nervösen Bewegungen.

Er war für sie eine ganz normale Person – die Götter allein wussten, wie viel ihm das bedeutete!

»Es stimmt«, sagte er, nachdem er das Brot hinuntergeschluckt hatte. »Das ist das beste Brot, das ich je gegessen habe.«

Eleni hob stolz das Kinn. »Danke schön. Ich habe diese Kunst von meiner Mutter gelernt. Sie war die beste Bäckerin von ganz Griechenland.«

Acheron lächelte. »Vermutlich die beste der ganzen Welt. Ich kann mir nichts Besseres vorstellen als das hier.«

»Yayas Pasteten«, sagte Merus mit vollem Mund. »Da würdet Ihr weinen.«

Acheron lachte. »Mir scheint, es würde merkwürdig aussehen, wenn ein Mann über seinem Essen weint.«

Merus schmatzte mit den Lippen. »Glaubt mir, es ist die Demütigung wert.«

Eleni fuhr ihm durchs Haar. »Iss, Kind, du musst groß und stark werden wie Acheron.«

Acheron sagte nichts und aß sein Brot auf. Er zögerte es heraus, aber er war allzu schnell fertig und musste gehen.

»Danke noch einmal«, sagte er zu ihnen.

Eleni erhob sich mit ihm. »Es war uns ein Vergnügen, Acheron. Kommt jederzeit wieder, wenn Ihr meine Pasteten probieren möchtet.«

Merus grinste ihn an. »Ich werde ein Taschentuch bereithalten.«

»Das werde ich sicher benötigen.« Acheron zog die Kapuze über, sodass sein Gesicht völlig bedeckt war. »Ich wünsche euch einen guten Tag.«

»Mögen die Götter mit Euch sein!«

Wenn sie nur wüsste! Acheron duckte sich vorsichtig aus der Tür und ging zum Palast zurück. Merkwürdig – er hatte sich in die Welt der Fantasie flüchten und ein Theaterstück sehen wollen, doch stattdessen war er durch eine unerwartete Begegnung mit echten Leuten sehr froh gestimmt. Eleni und Merus waren für ihn mehr als eine Flucht ins Theater gewesen.

Sie hatten ihm Normalität vermittelt, wenn auch nur für kurze Zeit. Und das bedeutete ihm alles. Seit Langem hatte er sich nicht mehr so gut gefühlt.

Zumindest, bis er nach Hause zurückkehrte.

In der Eingangshalle zögerte er, als er eine Ansammlung von Adeligen und Senatoren sah, die von ihren Familien begleitet wurden. Nicht dass das im Palast ungewöhnlich war, aber es hatte ihm niemand mitgeteilt, dass ein Fest stattfand.

Hätte er es gewusst, dann hätte er sich in seinem eigenen Raum eingeschlossen. Mit solchen Veranstaltungen hatte er keine guten Erfahrungen gemacht. Natürlich war er in vergangenen Tagen bei Festen die Hauptattraktion und das Faszinosum für die Gäste gewesen. Ihn überlief ein Schauder, als er sich an die Zeiten erinnerte, als er vorgeführt und angegrabscht worden war, ehe ihn jemand aus der Menge zu Boden geworfen hatte …

Er zog die Kapuze weiter ins Gesicht und hielt sich im Schatten, als er auf die Treppen zuging. Mit ein bisschen Glück würde sich ihm niemand nähern.

Doch als er am Tanzsaal vorbeikam, hielt ihn die Stimme seines Vaters auf.

»Danke, dass ihr alle gekommen seid, um mit mir zu feiern. Selbst als König ist man nicht jeden Tag so gesegnet.«

Acheron schlich sich näher heran und sah seinen Vater auf dem Podium stehen. Ryssa stand zu seiner Linken, Apollo an ihrer Seite. Der Gott hatte seinen Arm besitzergreifend um ihre Schultern gelegt. Styxx stand zur Rechten seines Vaters und hielt eine große, schöne dunkelhaarige Frau an der Hand.

»Lasst uns alle unsere Gläser auf meine einzige Tochter, die menschliche Gefährtin des Gottes Apollo, die nun sein Kind erwartet, und auf meinen einzigen Sohn, der die ägyptische Prinzessin Nefertari heiraten wird, erheben!«

Eine bittere Eifersucht durchzuckte ihn und traf ihn so tief im Herzen, dass er sich gerade noch zurückhalten konnte, nicht seine Kapuze vom Kopf zu reißen und seinem Vater zuzurufen, dass er noch einen anderen Sohn habe. Aber was hätte das gebracht?

Sein Vater hätte ihn verleugnet und ihn dann für die Unverschämtheit und die peinliche Situation, in die er ihn gebracht hätte, auspeitschen lassen.

Seine Wut war stärker als die Eifersucht, als sein Vater stolz zuerst Ryssa und dann Styxx küsste.

»Auf meine geliebten Kinder«, sagte er noch einmal zur Menge. »Lange mögen sie leben!«

Alle jubelten lautstark, alle außer Acheron, der vor lauter Pein und Zurücksetzung kaum Luft bekam.

Ich bin der älteste Sohn …

»Du bist eine abscheuliche Hure und ein Sklave.« Estes' Stimme drang aus der Vergangenheit zu ihm. *»Du sprichst nur, wenn dich jemand zuerst angesprochen hat. Du blickst niemandem ins Gesicht. Du solltest dankbar sein, dass ich dich überhaupt in meinem Hause dulde. Auf die Knie jetzt, und sei mir zu Gefallen!«*

Acheron wäre am liebsten gestorben, Scham erfüllte ihn. Sein Vater hatte recht. An ihm war nichts, was sich zu lieben lohnte, und nichts, was irgendeine Art von Stolz rechtfertigte. Mit hängendem Kopf ging er die Treppen hinauf und in seinen Raum.

Schweren Herzens schlug er die Kapuze hinunter, dankbar, dass kein Spiegel in der Nähe war, der ihn daran erinnerte, warum er außer dem Hohn anständiger Menschen nichts verdiente.

»Acheron?«

Bei dem Flüstern hinter sich erstarrte er. »Was willst du, Artemis?«

»Ich will meinen Freund zurück.«

Acheron schossen Tränen in die Augen. Er wünschte sich so sehr, für jemanden einen Wert zu besitzen – für irgendjemanden. Nicht danach beurteilt zu werden, wie viel Geld er für denjenigen verdiente, sondern weil er sich um ihn sorgte.

Artemis kam näher und stellte sich direkt hinter ihn, so nahe, dass er ihre Gegenwart spüren konnte, als berührten sie einander. »Ich habe dich vermisst.«

Er wollte sie beschimpfen, laut hinausschreien, wie sehr er verabscheute, was sie ihm angetan hatte.

Sie bitten, ihn nie wieder zu verletzen.

Aber wozu wäre das gut? Die Menschen waren nur ein Spielball der Götter. Und er stand einer Göttin nur ein bisschen näher als andere.

»Heißt das, du vergibst mir?«, fragte er und hasste sich selbst für diese unterwürfige Frage.

»Ja.« Sie drückte sich von hinten an ihn und schlang die Arme um ihn.

Er knirschte mit den Zähnen und zwang sich, sich nicht steif zu machen oder sie abzuschütteln. »Danke.«

Artemis hätte am liebsten geweint, so freute sie sich. Sie hatte ihren Acheron wieder. Sie konnte kaum fassen, wie sehr sie ihn vermisst hatte. Wie viel Angst sie gehabt hatte, er würde sie abweisen.

Sie wünschte sich, dass er wusste, wie froh sie war, seine

Freundschaft wiedergewonnen zu haben. »Ich verspreche dir, dass ich dich nie wieder verletzen werde.«

Acheron glaubte ihr nicht einen einzigen Augenblick. Sie hatte sein Vertrauen in sie in dem Moment zerstört, als sie ihn an den Haaren gerissen hatte, obwohl sie wusste, wie sehr er es verabscheute. Obwohl sie wusste, wie erniedrigend es für ihn war.

Sie hätte ihm genauso gut einfach ein paar Münzen ins Gesicht werfen und hinausspazieren können.

Sie zog ihn an sich und küsste ihn wie einen Geliebten, und er erwiderte den Kuss mit der ganzen Inbrunst von jemandem, der dafür bezahlt worden war. Wie traurig, dass sie den Unterschied zwischen einem Kuss, bei dem er wirklich etwas empfand, und einem, der gekauft und bezahlt war, nicht erkannte. Andererseits war er die beste Hure, die es gab.

Als sie sich von ihm löste, sah er die Freude in ihrem Blick. Wie sehr er sich wünschte, er könnte auch so empfinden!

»Du wirst nie wieder an meiner Zuneigung zweifeln müssen«, flüsterte sie an seinen Lippen.

Acheron antwortete nicht, als sie vor ihm auf die Knie ging. Er runzelte verwirrt die Stirn, bis sie mit der Hand über seinen Schwanz strich und seine Spitze in den Mund nahm. Er keuchte vor Schock und Lust auf und wäre fast zurückgetaumelt. Das hatte noch nie jemand mit ihm gemacht.

Seine Arbeit hatte darin bestanden, anderen Lust zu bereiten. Es war nicht die Aufgabe der anderen, und ganz besonders nicht die einer Göttin, *ihm* Lust zu bereiten. Seine ganze Wut löste sich unter den Liebkosungen ihrer Zunge auf. So hatte er sich noch nie gefühlt … nicht einmal davon geträumt, wie wunderbar so etwas sein könnte. Ihre Hand streichelte seine Hoden und umfasste sie, während ihr warmer Atem ihn versengte. Die Liebe zu ihr, die er in sich verborgen und verleugnet hatte, kehrte zurück, und mit ihr ein Zorn, der so intensiv war, dass er auf der Stelle einen Orgasmus bekam.

Artemis zog sich zurück und spuckte aus, während sie ihn rasch mit seinem Chiton bedeckte. »Das ist vielleicht ekelhaft. Wie kann man so was bloß mögen?«

Acheron konnte nicht antworten.

Sie schaute mit einem zögernden Lächeln zu ihm hoch und leckte sich die Lippen. »Das hat dir gefallen, oder?«

»Ja«, sagte er mit heiserer Stimme.

»Hast du mir vergeben?«

Acheron glitt mit dem Daumen über ihre Unterlippe, wo noch ein Rest Samen klebte. Mit unverwandtem Blick ließ sie ihre Zunge über seinen Finger gleiten und probierte ihn. Dieser Anblick, das Gefühl ihrer heißen Zunge auf seiner Haut war das Unglaublichste, was er je erfahren hatte.

Erschöpft und zufrieden konnte er nur nicken.

Ihr Lächeln wurde noch breiter, als sie aufstand und ihn für einen weiteren Kuss an sich zog. Als Nächstes befanden sie sich in ihrem Schlafzimmer im Tempel, und er war völlig nackt. Sie knabberte an seinen Lippen und glitt mit den Händen über seine Brust. »Mach Liebe mit mir, Acheron.«

Bei ihren Worten überlief ihn ein kalter Schauer. »Ich will heute nicht geschlagen werden, Artie. Ich habe heute Nachmittag schon genug gelitten.«

Sie lachte und zog seinen Kopf zu sich hinunter, sodass sie ihn heftig küssen und an seiner Haut knabbern konnte, bis er fürchtete, er werde blaue Flecken bekommen. »Ich schlage dich nicht, versprochen.« Sie nahm ihn bei der Hand und führte ihn zu ihrem Bett, legte sich auf den Rücken und zog ihn auf ihren nackten Körper.

Noch immer war Acheron unschlüssig.

Artemis rollte sie beide herum, sodass er auf dem Rücken lag. Sie war unerbittlich in ihren Forderungen, und sein Körper tat das, wozu er erzogen worden war … er wurde hart für sie.

Er schloss die Augen und wünschte sich, er wäre als Kind

kastriert worden. Sein Leben wäre so unendlich viel einfacher gewesen.

Als sie sich auf ihn setzte und er in sie glitt, fragte er sich, wieso eine Göttin nicht begriff, was in ihm vorging. Wieso sie keine Ahnung hatte, wie wenig er jetzt Sex mit ihr haben wollte. Er befriedigte sie, so gut er konnte, doch der Gedanke, wie sie ihn missbrauchen würde, wenn sie mit ihm fertig war, ließ ihn erschauern.

Als sie endlich befriedigt war, war er wund. Sie glitt von ihm hinunter und seufzte zufrieden, dann streckte sie die Hand nach ihm aus, doch er drehte rasch den Kopf weg, weil er einen Schlag erwartete.

»Was ist los?«

Er schluckte, als sie über ihn hinweg nach einem Kissen griff und es sich unter den Kopf schob. »Nichts.«

Sie stützte sich auf einen Ellenbogen, sodass sie mit den Fingerspitzen die Linien seines Gesichts entlangfahren konnte. »Ich glaube, ich werde dich heute Nacht bei mir behalten.«

Ehe er antworten konnte, erschien eine goldene Fessel an seinem Fußgelenk, und die Kette schlang sich um einen Bettpfosten. »Was soll denn das?«

»Damit ich sicher sein kann, dass du nicht umherspazierst, während ich schlafe.«

Acheron bewegte den Fuß, und die Kettenglieder klirrten. Er schaffte es gerade noch, seine Wut zu verbergen und nicht vor Frust loszubrüllen. »Das gefällt mir nicht, Artemis. Ich bin kein Hund, den du vor dem Haus anketten kannst, weil du Angst hast, er würde dir auf den Teppich pissen.«

Sie schüttelte den Kopf. »Sei nicht so trotzig. Es dient nur deiner eigenen Sicherheit.«

Die brutale Zwangsernährung war auch nur zu seinem Besten gewesen. Er ertrug es nicht, angekettet zu sein. Damit fühlte er sich – mehr als durch alles andere – wieder wie eine Hure. »Bitte tu mir das nicht an. Ich verspreche, dass ich das Bett nicht verlasse, während du schläfst.«

Artemis zögerte. Sie wusste nicht, ob er noch immer wütend genug war, sich an ihr zu rächen. Er hätte ja aus lauter Gehässigkeit auch geradewegs in die Halle der Götter marschieren können.

Die Menschen waren so unglaublich heimtückisch.

Aber schließlich beschloss sie, ihm zu vertrauen. Die Kette verschwand. »Wenn du mich betrügst, Acheron …«

»Dann wirst du mich bis in alle Ewigkeit dafür büßen lassen, ich weiß. Ich habe deine Drohung schon beim ersten Mal verstanden, als du sie ausgestoßen hast.«

»Gut. Und jetzt sei brav und lass mich an deinen Hals.«

Pflichtbewusst strich er sich das Haar zurück und legte die Schönheit seiner gebräunten Haut und die appetitliche Kurve seiner Kehle bloß.

Ihr lief das Wasser im Mund zusammen, sie bog den Kopf hinunter und biss ihn voller Vergnügen. Sie ließ ihn den Biss voll spüren. Er drückte ihren Kopf an sich, und er kam in ihren Armen, während sie von ihm trank.

Zufrieden schaute Artemis zu, als ihm die Augen zufielen. »Du gehörst mir, Acheron, solange deine Schönheit besteht. Ich werde dich mit niemandem teilen – niemals.«

Eher würde sie ihn töten.

3. APRIL 9528 V. CHR.

Langsam begann Acheron, Artemis wieder zu vertrauen. Vielleicht wurde er auch einfach ein gehorsameres Schoßtier. Manchmal wusste er selbst nicht, wie er seine Situation einschätzen sollte.

Sie kam zu ihm, wenn ihr langweilig war oder wenn sie Hunger hatte, und ignorierte ihn, wenn sie anderes zu tun hatte.

Aber wenigstens hatte sie Wort gehalten und ihn nicht mehr geschlagen. Er war tatsächlich schon seit Wochen nicht mehr verletzt worden, denn seit Artemis wieder zu ihm kam, sah er nicht mehr viel von seinem Vater.

Jetzt saß er in ihrem Tempel auf der weißen Chaiselongue, die in der Mitte ihres Empfangszimmers stand. Eine ihrer Dienerinnen hatte sie gerufen, und sie hatte ihn eingeschlossen, ehe sie gegangen war. Er war zu Tode gelangweilt und ließ seinen Blick durch den Raum schweifen, da sah er eine goldene Kithara auf einem Kissen in einer Ecke auf dem Boden liegen.

Fasziniert nahm er das Instrument und hielt es ehrfürchtig in der Hand. Er hatte keine Musik mehr gemacht, seit er Atlantis verlassen hatte. Er war in Musik unterrichtet worden, um seine Klienten zu unterhalten, und er hatte eine natürliche Begabung dazu.

Am meisten hatte er immer das Gefühl geliebt, das sich beim Musikmachen einstellte. Wie beim Besuch eines Theaterstücks konnte er sich in Gesang und Noten verlieren.

Er schlug die Saiten an und schüttelte sich, weil das Instrument verstimmt war. Bald hatte er es gestimmt, war endlich zufrieden und fing an zu spielen.

Artemis zögerte, ehe sie in ihrem Tempel wieder Gestalt annahm. Zunächst hatte sie gedacht, ihre Nichte Satara würde die Kithara spielen, mit der sie Artemis und ihre Koris unterhielt, bis sie die schöne, tiefe Männerstimme hörte, die in einer perfekten Tonlage sang. Das zärtliche und herzzerreißende Lied trieb ihr Tränen in die Augen.

Sie hätte nie gedacht, dass Acheron ein solches Talent besaß. Nicht einmal die Musen konnten da mithalten.

Sie erschien in ihrer Gestalt im Zimmer und hörte zu. Er saß mit dem Rücken zu ihr und nahm sie nicht wahr. »Du bist ganz erstaunlich«, flüsterte sie und wollte sich hinter ihn setzen.

Er hörte sofort auf zu spielen.

Als er das Instrument wegstellte, hielt sie ihn davon ab. »Bitte spiel weiter!«

»Ich spiele nur gerne, wenn ich alleine bin.«

»Warum?«

»Weil mich die Leute sonst ficken wollen.«

Sie schüttelte den Kopf. »Solche Wörter solltest du in meiner Gegenwart nicht benutzen, Acheron. Ich bin eine Göttin, du musst mir gegenüber mehr Respekt zeigen.«

»Vergib mir, Akra.«

Artemis lehnte sich angesichts seiner Unterwürfigkeit seufzend zurück. Sie hasste es, wenn er diesen Ton anschlug, und liebte das Feuer und den Trotz in ihm. Diese Seite von sich zeigte er ihr, sobald er entspannt und zufrieden war. Aber wenn sie ihn zurechtwies, fiel er augenblicklich in die Rolle, die er auch jetzt einnahm.

Und das hasste sie.

Sie schob ihm das Instrument hin. »Bitte spiel etwas für

mich. Hier sind nur wir beide, ich würde sehr gern deine Stimme hören.«

Er stellte sich die Kithara wieder auf den Schoß und zupfte träge an ihr.

Sie lehnte sich gegen seinen Rücken und umarmte ihn. »Welche Talente hast du mir noch verschwiegen?«

»Ich beherrsche alles, womit ich andere unterhalten kann.«

»Zum Beispiel?«

»Musikinstrumente, Gesang, Strega, Massage, Tanz und Ficken.«

»Acheron!« Sie verbarg ihr Lächeln an seiner Schulter. Also war er letztlich doch nicht so unterwürfig.

»Ich habe nur deine Frage beantwortet.«

Natürlich hatte er das. Ihr Acheron konnte manchmal ganz schön schwierig sein. »Kannst du genauso gut tanzen wie spielen?«

»Besser.«

Das konnte sie nur schwer glauben. »Zeig's mir!«

»Wenn ich aufhöre zu spielen, haben wir keine Musik mehr, zu der wir tanzen können.«

Sie zog ihm die Kithara aus den Händen. »Doch.« Sie benutzte ihre Kräfte dazu, dass das Lied weiter erklang. »Jetzt zeig mir, was du kannst.«

Er stand auf, wandte sich ihr zu, streckte ihr die Hand hin und wartete, dass sie sie ergriff, ehe er sie auf die Füße zog. Genau wie er angekündigt hatte, war er ein eleganter Tänzer. Er bewegte sich mit einer anmutigen Schönheit, die nahezu göttergleich war.

Je länger sie tanzten, desto mehr verlangte es sie danach, ihn zu schmecken. Ihr Körper brannte, und sie riss ihn in die Arme, mit dem Vorsatz, ihn nackt auszuziehen.

»Artemis!«, hörte sie da voller Schreck die Stimme Apollos.

Acheron sah, wie sich die Türen zu Artemis' Tempel öffneten, als Nächstes stürzte er in seinem eigenen Schlafzimmer zu Boden. Er landete auf dem Rücken und spürte den Steinboden hart und schmerzhaft unter sich. Mit einem lauten Geräusch wich die Luft aus seiner Lunge.

»Du hättest mich auch auf die Füße oder in mein Bett werfen können«, knurrte er zwischen den Zähnen hervor.

Ein helles Licht blitzte im Zimmer auf, und eine Sekunde später landete die Kithara auf seinem Bauch. Acheron fluchte vor Schmerzen. Es war ein guter Gedanke von ihr gewesen, aber verdammt … für eine Göttin, die bekannt für ihre Zielgenauigkeit bei der Jagd war, ließen ihre Fähigkeiten doch sehr zu wünschen übrig.

Er stand kaum wieder auf den Füßen, als auch die Türen in seinem Zimmer aufschwangen und Ryssa vor ihm stand.

»Wo warst du denn?«, fragte sie in einem Ton, den er selten bei ihr gehört hatte – Ärger und Besorgnis mischten sich darin.

Er legte die Kithara aufs Bett, ehe er antwortete. »Ich weiß nicht, was du meinst.«

»Ich hab dich gesucht, du warst stundenlang weg.«

Es war merkwürdig, dass die Zeit, die im Olymp verstrich, sich in der Länge so sehr von der Zeit hier unterschied. Ihm schien es, als wären nur Minuten vergangen. »Es ist nicht von Bedeutung, wo ich war.«

Sie kniff misstrauisch die Augen zusammen und kam näher. Es war ein forschender Blick, als versuchte sie, ein Geheimnis zu lösen. »Irgendwas ist an dir anders.«

»Es ist gar nichts anders.«

»Doch, etwas hat sich verändert. Du duckst dich nicht so wie sonst. Du schaust mich an, wenn ich mit dir rede. Da ist ein Selbstvertrauen und ein Frieden an dir, die vorher nicht da waren. Wie kommt es, dass du dich verändert hast?«

»Ich hab keine Ahnung, wovon du redest.«

Ryssa trat näher zu ihm und erstarrte. Ihr Blick richtete sich auf seinen Nacken, und ehe er sie zurückhalten konnte, streckte sie die Hand aus und schob ihm das Haar vom Hals. Sie schnappte nach Luft. »Du warst mit Artemis zusammen!«

Er erschrak, verbarg es aber und fluchte nur innerlich. »Ich war mit niemandem zusammen.«

»Ich bin keine Idiotin, Acheron. Ich kenne die Bisswunden, die die Götter hinterlassen.« Sie schaute die Kithara an. »Und ich kenne auch ihre Geschenke.«

Verdammt, daran hätte er denken müssen! Aber es war zu spät. Er konnte sie nur noch belügen und hoffen, dass sie ihm glauben würde. »Ich war mit niemandem zusammen.«

Sie wandte sich um und wollte gehen.

Acheron packte sie am Arm. »Hör zu, Ryssa, ich war mit *niemandem* zusammen. Ich weiß nicht, wovon du sprichst. Wenn du mich auch nur das kleinste bisschen liebst, dann wirst du das hier vergessen und so tun, als hättest du nichts gesehen. Bitte.«

Sie legte ihm sanft die Hand auf die Wange. »Ich liebe dich, kleiner Bruder. Ich würde dich niemals verraten. Wenn du nicht willst, dass ich es Vater oder jemand anderem sage, dann werde ich das auch nicht tun.«

Er zog ihre Hand an die Lippen und küsste sie dankbar. »Warum hast du mich gerade heute so dringend gesucht?«

»Ich wollte zum Markt gehen, aber nicht mit einem Diener. Ich dachte, ein Ausflug würde dir gefallen.«

»Und warum hast du nicht mich gefragt?«

Acheron schaute an ihr vorbei und sah Styxx mit wütendem Gesichtsausdruck vor der Tür stehen.

Ryssa runzelte die Stirn. »Ich bin nicht auf die Idee gekommen, dass du dich für so etwas begeistern könntest. Einkaufen ist für dich doch etwas ziemlich Primitives, oder?«

Styxx verzog den Mund. »Du gehst also lieber mit diesem Abschaum aus als mit mir?«

»Acheron ist kein Abschaum.«

Der Schmerz in Styxx' Augen war nicht zu übersehen, und Acheron war überrascht, dass sein Bruder so nach Zuneigung hungerte, wo ihn doch alle liebten, respektierten und bewunderten.

»Wieso verteidigst du ihn immer?«, fragte Styxx zugleich gekränkt und wütend. »Immer wenn man dir den Rücken dreht, verschwindest du heimlich und bist bei ihm.«

Ryssa war völlig verblüfft. »Bei allen Göttern ... du bist doch nicht etwa eifersüchtig?«

»Auf diese Made? Niemals!«

Aber das war er, sogar Acheron sah es klar und deutlich.

Styxx drehte sich auf dem Absatz um und marschierte davon. Ryssa lief ihm nach und hielt ihn mitten auf dem Flur an. Acheron trat unter die Tür und schaute ihnen zu.

»Styxx, was ist denn mit dir?«

»Was mit mir ist? Meine Schwester spaziert mit einer Hure herum und setzt sich selbst herab, indem sie um Begünstigungen für ihn bettelt, und währenddessen nimmt sie ihren Bruder, der sie liebt, nicht einmal wahr.«

»Du wolltest noch nie in meiner Nähe sein. Du hast mich und alles, was ich tue, immer nur verhöhnt, genau wie jetzt.«

Er schüttelte den Kopf. »Du erinnerst dich an gar nichts, oder?«

»Woran soll ich mich erinnern?«

»Immer wenn Acheron und ich uns gestritten haben, bist du zu ihm gerannt und hast ihn in den Arm genommen, mich hast du völlig übersehen. Wenn ich die Hand nach dir ausgestreckt habe, wolltest du dich nie mit mir abgeben. Es war immer nur Acheron, der dir wichtig gewesen ist.«

Ryssa schüttelte ungläubig den Kopf, genau wie Acheron. »Du kannst doch nicht ernsthaft eifersüchtig auf Acheron sein!«

»Wage es ja nicht, über mich zu lachen.« Er kniff drohend die

Augen zusammen. »Ich bin der Prinz und der Thronerbe. Ich kann dich töten lassen, auch wenn du meine Schwester bist.«

Acheron sah Tränen in Ryssas Augen, als sie diese Drohung hörte, und wurde zornig. Er trat in den Flur und verteidigte seine Schwester. »Wag es nicht, so mit ihr zu sprechen!«

Styxx versetzte ihm eine so heftige Ohrfeige, dass Acheron Blut aus Lippen und Nase spritzte. »Sprich mich nie wieder an, du dreckige Hure! Ich wünschte bei den Göttern, du würdest die gleiche Demütigung erfahren, die du mir zugefügt hast. Immer wenn ich einen Raum betrete, sehe ich die abfälligen Blicke, höre das Geflüster und den Hohn über meinen *Zwillingsbruder* und seine unübertroffenen Fähigkeiten. Wegen dir habe ich meine Mutter nie kennengelernt! Ich kenne meine Schwester kaum. Ich hasse dich so inbrünstig, dass ich mir kein schöneres Vergnügen vorstellen kann, als dich zu töten. Wenn die Götter mir nur diesen einen Wunsch erfüllen würden!«

»Styxx!«, fuhr Ryssa ihn an. »Wie kannst du nur?«

Er verzog den Mund. »Wag es nicht, mich zu kritisieren. Letztlich seid ihr alle beide bloß Huren. Ihr steht weit unter mir!« Damit stürmte er davon.

Acheron blutete das Herz für seine Schwester, als er sah, wie sie zu weinen begann. Er nahm sie in den Arm. »Du bist keine Hure, Ryssa.«

»Ach nein, bin ich nicht? Dann erklär mir mal den Unterschied zwischen uns beiden.«

»Du wirst geliebt, und dich holt nur einer in sein Bett. Glaub mir, das ist ein gewaltiger Unterschied.«

Nein, seine Schwester war sanft und lieb. Sie war eine echte Dame. Styxx hingegen war ein Arsch. Und derjenige in dieser Familie, der wirklich komplett angeschmiert war, war ganz klar Acheron.

23. JUNI 9528 V. CHR.

»Herzlichen Glückwunsch zum Geburtstag, Acheron!«

Beim Klang von Ryssas Stimme drehte Acheron sich um. Er war völlig erschöpft von der Nacht, die er mit Artemis verbracht hatte, und noch nicht wieder ganz bei sich. Er war auf dem Olymp zu Bett gegangen, aber irgendwann in der Nacht musste Artemis ihn in sein eigenes Zimmer zurückversetzt haben.

»Guten Morgen, Schwester.« Sie sah heute ganz besonders strahlend aus. Ihr blondes Haar war in kleine Zöpfe geflochten, die um den Kopf festgesteckt waren und von einer Reihe silberner Kämme gehalten wurden, die er vor ein paar Wochen für sie gekauft hatte, als sie gemeinsam auf den Markt gegangen waren. Sie trug ein hellblaues Gewand, das ihre leuchtenden Augen gut zur Geltung brachte, und sie legte sich eine Hand auf den Bauch. Man konnte inzwischen sehen, dass sie schwanger war.

»Steh auf und zieh dich an! Ich habe den Koch ein ganz besonderes Frühstück für dich zubereiten lassen, nur für uns beide, zum Feiern. Das Essen ist schon aufgetischt worden.«

Er schaute an ihr vorbei, sah aber nichts. »Wo ist es denn?«

»Unten.«

Acheron schüttelte den Kopf. »Ich darf nicht im Speisesaal essen, das weißt du doch.«

Sie winkte ab. »Vater hat bis früh in den Morgen mit Styxx gefeiert. Die beiden werden erst in einigen Stunden aufwachen.

Ich will dir ein kleines bisschen Normalität schenken, kleiner Bruder, du hast es verdient. Zieh dich rasch an und komm mit!«

Acheron wollte eigentlich nicht. Er hasste es, sich ins Erdgeschoss des Palastes zu schleichen, wo er nicht erwünscht war, das hatte man ihm deutlich zu verstehen gegeben. Aber Ryssa hatte sich ordentlich für ihn ins Zeug gelegt, da sollte er ihr die Freude machen.

Er stieg aus dem Bett, zog sich schnell an und ging zu ihr in den Flur. Sie nahm ihn in den Arm und lächelte. »Das ist das erste Mal, dass wir den Jahrestag deiner Geburt zusammen begehen. Du bist jetzt zwanzig, nächstes Jahr wirst du volljährig.«

Als ob das für ihn einen Unterschied machen würde. »Ist heute eine Feier für Styxx geplant?«

Sie schaute bekümmert zur Seite. »Ja, heute Abend, genau wie jedes Jahr.«

»Dann werde ich mich rar machen.«

Ihre Augen spiegelten den Kummer, den er in seinem Herzen spürte. Aber sie wussten beide, dass er auf dem Fest so willkommen wäre wie eine Froschplage. Ohne ein weiteres Wort führte sie ihn in den Speisesaal, wo ein großes Büffet angerichtet war.

»Ich wusste nicht genau, was du magst, also habe ich von allem ein bisschen bestellt.« Sie nahm eine Servierplatte und reichte sie ihm, dann küsste sie ihn auf die Wange. »Herzlichen Glückwunsch, kleiner Bruder!«

Nichts hätte ihn mehr berühren können. »Danke schön.«

Er folgte ihr den Tisch hinunter, während sie ihm die unterschiedlichen Gerichte erklärte.

Als Acheron nach einer Frucht griff, packte sie seine Hand und lachte. »Die essen wir nicht mit, die liegen nur zur Dekoration hier.« Sie klopfte mit dem Finger darauf. »Siehst du, sie sind aus Gips.«

Sie lachten gemeinsam über seine Unwissenheit.

»Ach, was tut das einem Vater gut, wenn er seine Kinder miteinander lachen hört.«

Acheron erstarrte, als er hörte, wie sein Vater hinter ihnen den Raum betrat. Ihm wurde eiskalt vor Furcht.

Ryssa verbarg ihre Panik hinter einem strahlenden Lächeln. »Guten Morgen, Vater. Mir wurde gesagt, du würdest heute lange schlafen!«

»Ich habe zu viel mit den Vorbereitungen für Styxx' Geburtstagsfest zu tun, um lange zu schlafen.« Er gab Acheron einen liebevollen Klaps auf die Schulter und küsste ihn auf die Wange.

Acheron schloss die Augen und hielt die Luft an. Er genoss die Berührung, und zugleich verfluchte er sie auch. Seine silbrigen Augen würden ihn verraten. Sie verrieten ihn immer.

»Ich bin überrascht, dass du schon auf bist, du Schlingel. Ich habe gehört, du hast letzte Nacht drei Frauen mit ins Bett genommen. Du wirst dich gut amüsiert haben, nehme ich an.«

Ryssa räusperte sich. »Vater, könnte ich kurz draußen mit dir sprechen?«

»Natürlich.«

Acheron ließ einen winzigen erleichterten Seufzer hören, als sein Vater von ihm wegtrat. Er setzte seinen Teller ab und machte einen Schritt auf die Tür zu, als die nächste Katastrophe nahte.

Styxx und einer seiner Freunde betraten den Raum. »Was machst du denn hier?«

Ihr Vater drehte sich um und fluchte, dann starrte er Ryssa an. »Du hast mich betrogen!«

»Nicht direkt.«

Wut verzerrte sein Gesicht, als er zu Acheron zurückging und ihn so heftig schlug, dass er ihn aus dem Gleichgewicht brachte. Acheron stürzte benommen zu Boden, die Vorderzähne wackelten, und die Nase brach.

»Du wagst es, meinen Tisch zu entehren!«

Ryssa trat vor. »Bitte, Vater! Ich bin diejenige, die ihn hierhergeführt hat. Es war meine Idee.«

Er wandte sich ihr voller Bosheit zu. »Wag es nicht, ihn zu verteidigen. Er sollte es selbst besser wissen.« Er riss Acheron am Haar hoch und stieß ihn gegen die Wand. »Ich will, dass alles verbrannt wird, was er angerührt hat. Sofort!«, brüllte er die Diener an. »Werft das Essen weg!«

Acheron lachte. »Es muss dich wirklich wahnsinnig ärgern, dass du mich nicht einfach so loswerden kannst.«

Sein Vater schlug ihn heftig in den Bauch.

»Vater, bitte«, sagte Styxx, »du musst an dein Herz denken!«

Sein Vater schleuderte Acheron zur Seite und riss ihm dabei eine Handvoll Haare aus. »Schafft mir diesen Dreck aus den Augen!«

»Wachen!«, brüllte Styxx. »Bringt diesen Dreckskerl hinaus, und peitscht ihn aus!«

Acheron richtete sich auf und ging auf seinen Zwillingsbruder zu. »Sag mir eines, Bruder. Was ärgert dich an mir am meisten? Dass du und ich das gleiche Gesicht haben oder dass ich ganz genau weiß, was dein bester Freund von dir will und wie oft er es will?« Er schaute den Mann hinter Styxx bedeutungsvoll an, der wurde knallrot und schaute zur Seite. Acheron lächelte ihn an. »Schön, Euch wiederzusehen, Herr Dorus, besonders, da Ihr diesmal angezogen seid.«

Styxx stieß einen Wutschrei aus, dann rannte er gegen Acheron an. Der versuchte, sich zu verteidigen, aber es war zwecklos. Sein Bruder trainierte jeden Tag viele Stunden, deshalb konnte er nur seinen Kopf und sein Gesicht einigermaßen schützen. Styxx ließ einen Schlag nach dem anderen auf Acheron herunterprasseln, bis ihn die Wachen schließlich fortzogen.

»Er soll die Peitsche spüren!«

Acheron spuckte Styxx Blut vor die Füße. »Ich gratuliere dir auch zum Geburtstag.«

Nachdem er das Pochen seines Blutes nicht mehr in den Ohren spürte und Styxx nicht mehr fluchen hörte, vernahm er jetzt das Schluchzen seiner Schwester, als sie ihren Vater um Gnade bat, die der König natürlich nicht gewährte.

Eine Wache krallte seine Hand in Acherons Haar und riss ihn hinaus auf den Hof, den er schon so gut kannte. Sie hätten gleich sein Bett hier aufstellen können und sich damit viel Arbeit sparen.

Acheron biss die Zähne zusammen, als sie ihm die Hände fesselten und ihm die Kleider vom Leib rissen. Nach dem ersten Peitschenhieb, der ihm die Haut auf dem Rücken aufriss, verfluchte er die Götter. Verdammt sollten sie sein! Es war schlimm genug, dass sie ihn aufgegeben hatten, aber dass die körperlichen Wunden so schnell heilten, machte die Strafen noch schlimmer. Statt dass das Narbengewebe dicker wurde und ihn vor weiterem Missbrauch schützte, wuchs ihm die Haut jedes Mal neu, was bedeutete, dass bei jeder neuen Strafe unberührtes Fleisch ausgepeitscht wurde.

Es schmerzte unglaublich.

Er hörte auf, die Schläge zu zählen, und versuchte, sich auf etwas anderes zu konzentrieren. Sein Schweiß vermischte sich mit dem Blut, das ihm aus den Wunden im Gesicht lief, und ließ sie brennend schmerzen. Immer weiter schlugen sie auf ihn ein.

»Genug!«

Acheron runzelte durch den Schleier und Dunst der Schmerzen die Stirn, als er die Stimme von Styxx erkannte. Er keuchte und konnte nicht begreifen, warum er die Strafe stoppen sollte, die er selbst angeordnet hatte.

Nicht, bis sein Bruder zu ihm trat, sodass sie einander Auge in Auge gegenüberstanden. Der Hass in Styxx' Blick durchbohrte ihn. »Lasst uns allein!«, befahl er den Wachen.

Acheron hörte, wie sie den Hof verließen. Er machte den

Mund auf und wollte seinen Bruder verhöhnen, aber ehe er ein Wort sagen konnte, schlug Styxx ihn mit einer Eisenstange so heftig in die Rippen, dass es ihn von den Füßen warf. Die Luft entwich aus seiner Lunge.

»Du glaubst wohl, du wärst verdammt schlau«, höhnte Styxx. »Jetzt werden wir sehen, wie schlau du wirklich bist!«

Er verschwand aus seinem Blickfeld und kam einen Augenblick später mit einem rotglühenden Schüreisen zurück. Panisch riss Acheron mit aller Kraft an seinen Fesseln, aber er war schon geschwächt, und man hatte ihn gekonnt gefesselt.

Mit einem Schimmer sadistischer Befriedigung presste Styxx ihm das Eisen ins Gesicht. Acheron schrie auf und versuchte, den Kopf wegzudrehen, aber er roch den Gestank verbrannten Fleisches und spürte den tiefen, durchdringenden Schmerz.

Grinsend riss Styxx das Eisen weg und trat wieder hinter Acheron.

Er hing schlaff da und schrie über die schrecklichen Schmerzen in seinem Gesicht. Als Styxx wieder vor ihn trat, hatte er ein neues Eisen in der Hand.

»B…bitte, Erbarmen!«, flehte er. »Bitte tu das nicht … Bruder!«

»Wir sind keine Brüder, du Dreckskerl!«, brüllte Styxx und presste das glühende Eisen an Acherons Lenden.

Acheron brüllte auf. Tränen rannen ihm übers Gesicht, als er um den Tod flehte, damit diese Schmerzen ein Ende hatten.

»Lachst du jetzt immer noch?«, rief Styxx triumphierend und warf das Eisen zur Seite. »Mach dich nie wieder über mich lustig, du gottverdammte Hure!«

Acheron spürte, wie sich etwas Kaltes und Scharfes in seine Seite bohrte, und als er hinunterschaute, sah er den Dolch in Styxx' Hand. Er hatte ihn bis zum Heft in ihn hineingestoßen. Er schmeckte Blut im Mund, hustete und bekam vor lauter Schmerzen keine Luft mehr.

»Keine Sorge«, sagte Styxx und riss den Dolch wieder heraus. »Du wirst es überleben.« Er zog die Klinge über Acherons unverbrannte Wange und riss sie bis zum Wangenknochen tief auf.

Dann schnitt er ihm die Fesseln durch und ging fort, ohne auch nur einen Blick zurückzuwerfen.

Acheron lag auf dem Boden, unvorstellbare Schmerzen peinigten ihn. »Bitte, ihr Götter«, flüsterte er verzweifelt, »lasst mich sterben!«

Er tat einen tiefen Seufzer und überließ sich dem Dunkel.

Artemis versuchte, Geduld aufzubringen, als sie die Gaben betrachtete, die die Menschen an ihren Altar brachten. Aber diese Dinge interessierten sie einfach nicht.

Sie hatte Acheron seit zwei Tagen nicht gesehen, und heute hatte er Geburtstag – das hätte sie nicht gewusst, wenn Apollo nicht von der Feier heute Abend gesprochen hätte. Sie wusste nicht, warum Acheron ihr nichts davon erzählt hatte, in dieser Beziehung war er nun mal komisch.

Apollo ging nicht zu der Feier, aber seine kleine Eroberung schon.

Artemis hätte deshalb später Zeit, um Acheron zu besuchen.

Doch sie war den ganzen Tag aus Pflichtgefühl in ihrem Tempel geblieben. Die Sonne war vor fast einer Stunde untergegangen, und die Nacht war gekommen. Artemis war schon außerordentlich unruhig.

Ein alter Mann mit einer Ziege trat heran.

Das war ja wohl völlig sinnlos. Was sollte sie denn mit einer Ziege? Sie schnippte mit den Fingern und gewährte ihm seine Bitte, ehe sie sie auch nur gehört hatte.

Dann nahm sie den Ring, den sie für Acheron hatte anfertigen lassen, und verließ die Menschen, die ihr weiterhin Gaben darbrachten, an denen sie keinerlei Interesse hatte. Anders als diese wimmernden, armseligen Menschen würde Acheron ihr Freude machen.

Selbst wenn er ihr keine Lust bereitete, erfreute er sie doch.

Sie lächelte, nahm auf seinem Balkon Gestalt an und erwartete, ihn wie üblich auf seiner Balustrade vorzufinden.

Doch sie war leer. Stirnrunzelnd schaute sie um die Ecke und sah, wie die Adeligen und Würdenträger sich zum Fest versammelten. Dort war Acheron sicher nicht, er mochte solche Feste nicht.

Artemis trat durch die Türen, ohne sie erst zu öffnen. Ihr Stirnrunzeln verschwand, als sie sah, dass Acheron schon im Bett lag. Sehr gut! Da konnte sie sich dazulegen.

Aber als sie sich ihm näherte, verlangsamte sie ihren Gang. Sein Atem ging flach und ruckartig. Er lag mit dem Rücken zu ihr, und als sie näher kam, sah sie die roten Flecken, die seine Laken verunzierten.

Blut! Acheron blutete.

Es war viel mehr Blut, als sie je zuvor gesehen hatte.

Erschrocken ging sie ums Bett herum und sah, dass er lautlos weinte. Aber was sie sprachlos machte, war der Anblick seines schönen Gesichts. Oder das, was davon übrig war.

Auf der einen Seite hatte er eine böse klaffende Wunde, die einen Teil des Knochens sehen ließ, und auf der anderen Seite eine Verbrennung, durch die sein Auge halb zugeschwollen war und die sein Fleisch versengt und seinen Mund entstellt hatte.

»Was ist geschehen?«, fragte sie wütend.

Er antwortete nicht, aber die Scham in seinen Augen zerriss ihr das Herz. Sie kniete sich auf den Boden und legte die Hand auf seine verbrannte Wange.

»Töte mich!«, flüsterte er. »Bitte!«

Die mühsam hervorgestoßenen Worte trieben ihr Tränen in die Augen. Sie wollte alles verstehen und benutzte ihre Kräfte, um zu sehen, was ihm zugestoßen war. Als sie die Szenen in ihrem Kopf sah, wurde sie immer wütender.

Wie konnten sie es nur wagen, ihm so etwas anzutun?

Sie spürte, wie ihre Fangzähne wuchsen, ihr Bedürfnis, für ihn einzutreten und ihn zu rächen, wuchs ins Unermessliche.

Acheron schrie auf, als Artemis seinen misshandelten Körper heilte. So schmerzhaft wie seine Verletzungen waren, war auch ihre Heilung.

Sobald er geheilt war, schloss Artemis ihn in die Arme und wiegte ihn, wie das noch nie zuvor jemand getan hatte – als ob ihr etwas an ihm liegen würde. »Es tut mir so leid, Acheron. Warum hast du mich nicht gerufen?«

»Du wärst doch ohnehin nicht gekommen.«

»Doch, das wäre ich.«

Aber er wusste es besser. Sie hätte niemals riskiert, dass man sie gesehen hätte. »Jetzt bist du hier, das reicht mir.«

Sie nickte und strich ihm das Haar aus dem Gesicht. »Und wehe diesen Dreckskerlen für diese Schandtat. Sie werden diesmal nicht ungestraft davonkommen.« Sie zog ihn an der Hand vom Bett.

Als sie auf die Tür zuging, erstarrte er. »Was tust du da?«

»Sie werden für das büßen, was sie dir angetan haben.«

»Und wie?«

Sie lachte böse. »Vertrau mir, meine Rache wird dir gefallen.«

Als Nächstes standen sie unsichtbar für die Feiernden im Ballsaal. Artemis ging zu Styxx hinüber, der neben seiner Braut stand und selbstgefällig mit einer Gruppe Freunde lachte, die sich über eine unattraktive junge Frau in der Ecke lustig machten. Die Frau hatte Tränen in den Augen und versuchte, das Lachen und die harten Kommentare zu ignorieren.

Artemis beugte sich vor und flüsterte Styxx ins Ohr: »Du willst Demütigungen erleben, du kleiner Scheißkerl? Dann wirst du jetzt eine Lehrstunde aus erster Hand bekommen.«

Im einen Moment lächelte Styxx noch, doch im nächsten übergab er sich auf Nefertari und seine Freunde. Er musste sich so sehr übergeben, dass er auch die Kontrolle über seine Blase verlor und sich einnässte. Als er versuchte, den Saal zu verlassen, stolperte er und stürzte in die unappetitlichen Körpersäfte.

Acheron schaute weg, er war genauso angewidert wie alle anderen.

Aber Artemis war noch nicht fertig. Sie hob die Hand und öffnete die Doppeltüren, die in den Garten führten. Ein Rudel wütender Hunde rannte herein und stürzte sich auf Styxx.

Der König rannte zu seinem Thronerben, der am Boden lag und nach Hilfe schrie.

Artemis grinste Acheron verschlagen an, dann wurde es allen Festgästen übel – nur Ryssa und die Frau, die gerade gedemütigt worden war, blieben verschont. Die Wachen versuchten, Styxx von den Hunden zu befreien, doch auch sie leerten ihre Mägen über dem Prinzen aus.

Artemis rieb sich zufrieden die Hände. »Ich weiß nicht, wie es dir geht«, sagte sie mit bösem Glitzern in den Augen, »aber ich fühle mich plötzlich besser.« Sie schaute sich stolz im Saal um. »Morgen Früh wird es allen wieder einigermaßen gutgehen, aber es wird keiner lange aufstehen können. Was Styxx angeht, der wird die Auswirkungen seiner Grausamkeit noch mindestens eine Woche lang spüren.«

Acheron wünschte, er könnte sich an dem Schmerz um sich herum freuen, aber das konnte er nicht. Niemand verdiente das, was Artemis ihnen heute Abend angetan hatte, genauso wenig, wie er das verdient hatte, was Styxx ihm angetan hatte.

Sie legte den Kopf schief. »Bist du nicht zufrieden?«

Acheron schaute die armen Wichte um sich herum an. »Danke, dass du mich gerächt hast. Das bedeutet mir sehr viel, Artie, wirklich. Aber weil ich mein ganzes Leben lang unter Grausamkeiten gelitten habe, ist es für mich kein Vergnügen, anderen Leid zuzufügen. Also macht es mich nicht glücklich, diese Menschen so gedemütigt zu sehen, besonders diejenigen, die mir nie etwas getan haben.«

»Du bist ein Dummkopf, wenn du das nicht genießt, glaub mir! Sie hätten mit dir bestimmt nicht so viel Nachsicht.«

Nach seiner Erfahrung hatte sie da leider recht. Und doch konnte er sich nicht dazu aufraffen, über die Demütigungen zu lachen, die sie erfuhren.

Artemis knurrte unzufrieden. »Du bist vielleicht ein komischer Kauz.« Sie legte ihm die Hand auf die Wange. »Aber ich warne dich, wenn er deinem Gesicht jemals wieder Wunden zufügt, werde ich Qualen über ihn kommen lassen, von denen er sich nie wieder erholen wird.«

Die Wut und Ernsthaftigkeit in ihrem Blick trafen ihn. Nur Ryssa war je aufgebracht gewesen, wenn er bestraft wurde. Dass es Artemis auch etwas ausmachte, trug viel dazu bei, seine Wut auf die Göttin zu mildern.

Sie hielt jetzt schon lange Zeit Wort und hatte ihn nicht mehr verletzt oder gedemütigt.

Vertrau ihr nicht!

Er konnte sich nicht darauf verlassen, dass sie ihn auf irgendeine Art liebte und dass sie sich wirklich um ihn sorgte.

Sie richtete sich auf und küsste ihn. Als ihre Lippen sich trafen, versetzte sie sie beide in ihren Tempel. Acheron spürte einen merkwürdigen Riss durch sich gehen.

»Was …«

Artemis' Augen leuchteten hell auf. »Ich habe dir die Kraft verliehen, dass du kämpfen kannst, um dich selbst zu schützen. Du hattest recht. Ich kann nicht immer da sein, wenn du mich brauchst. Aber«, sie legte ihm einen Finger auf die Lippen, »du darfst diese Fähigkeiten nur Menschen gegenüber gebrauchen, greife niemals einen Gott an.«

»Warum sollte ich einen Gott angreifen wollen?«

Artemis lehnte den Kopf an seine Schulter und atmete den maskulinen Geruch ein. Sie liebte seine Unschuld – er begriff nicht einmal, dass er auch sie verletzen könnte. »Manche Menschen tun das eben.«

»Menschen tun eine Menge Dinge, mit denen ich nicht einverstanden bin.«

»Deswegen habe ich dir die Kräfte verliehen, die du brauchst. Ich will nicht, dass du je wieder so verletzt wirst.«

Acheron versuchte, die überwältigende Woge von Liebe in sich zu unterdrücken. Aber er konnte es nicht. Nicht, wenn sie ihm so viel schenkte. Nicht, wenn sie ihn so berührte und er sich dadurch anständig und begehrenswert fühlte.

Artemis drückte ihn fest, dann zog sie sich zurück und überreichte ihm eine kleine Schachtel.

»Was ist das?«

»Mein Geschenk, um deine Geburt zu feiern. Mach es auf!«

Verblüfft starrte er sie an. Er konnte nicht begreifen, was er da in Händen hielt. »Du machst mir ein Geschenk?«

»Natürlich.«

Aber so einfach konnte das nicht sein … so einfach war es nie. »Was soll ich dir dafür zahlen?«

Sie schaute ihn finster an. »Ich will keine Bezahlung, Acheron. Es ist ein Geschenk.«

Noch immer schüttelte er abwehrend den Kopf. »Es gibt nichts umsonst.«

Sie legte seine Hand um das Geschenk und streichelte seine Finger. »Dies bekommst du ohne jede Bedingung, Akribos. Und ich will sehen, wie du es öffnest.«

Er konnte es noch immer nicht fassen. Warum sollte Artemis ihm etwas schenken?

Mit klopfendem Herzen öffnete er die Schachtel und fand einen Ring darin. Er holte ihn heraus und sah eine Gravur mit doppeltem Bogen und Pfeil, aber als er den Ring im Licht bewegte, verwandelte sich das Bild in eines von Artemis mit einem Hirsch.

Sie lächelte glücklich. »Dieser Ring ist ein Rangabzeichen. Ich gebe ihn meinen Getreuen, denen ich die Fähigkeit verleihe, mich zu rufen. Die meisten von ihnen müssen einen Baum finden, ein Ritual ausführen und die richtigen Worte sprechen. Aber du, mein lieber Acheron, darfst mich jederzeit rufen.«

Als er den Ring auf den Finger schieben wollte, hielt sie ihn zurück. »Er soll über dem Herzen getragen werden.« Eine goldene Kette erschien, und als Artemis sie ihm überstreifte, kam ihm noch ein anderer Gedanke. Den Ring würde er auf diese Weise nicht nur über dem Herzen tragen, sondern auch außer Sicht.

Wenigstens denkt sie so weit an dich, dass sie dir überhaupt ein Geschenk macht.

Das stimmte.

Sie küsste ihn auf die Wange, dann erschien ein Schwert in ihrer Hand. Sie reichte es ihm und zwinkerte ihm zu. »Zeig mir, was du kannst!«

»Wie meinst du das?«

Sie wies mit dem Kopf auf zwei Schattensoldaten hinter sich. »Kämpf gegen sie, Acheron. Was immer du brauchst, um sie zu besiegen, wirst du bekommen.«

Er trat skeptisch einen Schritt weg von ihr. Aber in dem Moment, in dem die Männer näher traten, wusste sein Körper automatisch, was er tun musste.

Artemis lächelte zufrieden, als sie zusah, wie Acheron mit den Schatten kämpfte. Sie hatte ihrem Menschen etwas Gutes getan. Während sie zuschaute, wurde ihr ganz heiß. Er war flink wie ein Wiesel. Seine Muskeln zogen sich zusammen und streckten sich, strengten sich an und zeichneten sich bei jedem Schlag, den er parierte und austeilte, neu ab. Ihr Verlangen stieg, und sie fragte sich, warum sein Blut so süchtig machte … sogar noch mehr als das ihres Bruders.

Warum hatte sie ein solches Verlangen nach Acheron?

Sie konnte seiner Verlockung nicht widerstehen. Sie hätte ihn am liebsten auf der Stelle auf ihr Bett geworfen und ihn für den Rest der Ewigkeit dabehalten.

Nachdem er seine Gegner besiegt hatte, lächelte er sie an, und sie schmolz dahin.

»Ich hab es dir ja gesagt«, lächelte sie und trat zu ihm hin.

Acheron hielt das Schwert mit einem Selbstvertrauen in der Hand, das er außerhalb eines Bettes noch nie gehabt hatte. Er konnte nicht fassen, dass er endlich kämpfen konnte, und zwar auf einem unvorstellbar hohen Niveau. Es war eine berauschende Erfahrung.

Er spürte Macht.

Er war Artemis dankbar, warf das Schwert beiseite und nahm sie in die Arme. Irgendetwas Merkwürdiges durchlief ihn, es war, als wäre ein Teil seiner Selbst entfesselt worden, das erschütterte ihn bis ins Mark.

Artemis zitterte, als sie sah, wie seine silbernen Augen rot aufblitzten, im gleichen Moment wurden seine Lippen schwarz. Das Ganze geschah so rasch, dass sie nicht sicher war, ob sie es sich nicht nur eingebildet hatte.

Dann nahm Acheron ihren Mund so wild in Besitz, dass ihr schwindelig wurde. Sie spürte seine Kraft und erzitterte. Ihr Herz schlug rasend, und sie gab sich ihm hin. Er drückte sie an die Wand, seine Lippen und Zunge verbrannten sie schier und zeigten ihr genau, wie sehr er sich in den vergangenen Monaten nach ihr gesehnt hatte.

Das war eine ganz neue Seite an ihrem Schoßhündchen. Als er in sie eindrang, verging sie vor purer Lust.

Er war so wild und ungezähmt wie ein Raubtier. Der Klang seines Atems, durchbrochen vom Grunzen der Lust, versetzte sie in Flammen. In ihr stieg ein Lachen auf. Hätte sie die geringste Ahnung gehabt, dass es diese Auswirkungen hatte, hätte sie ihm die Fähigkeit zum Kämpfen schon längst geschenkt!

Sie schrie auf, als ihr Orgasmus sie durchzuckte, und krallte ihm die Nägel in die Haut. Aber er hörte nicht auf, sondern stieß immer tiefer und härter in sie. Sie hätte es nicht für möglich gehalten, aber ihre Lust stieg erneut, und sie bekam einen zweiten Orgasmus.

Als er schließlich kam, war sie schon ganz schwach und befriedigt. So sehr, dass sie erst da merkte, dass sie gar nicht sein Blut gesaugt hatte.

Beim Olymp, wie war das denn möglich?

Ohne jede Anstrengung hob Acheron sie hoch und trug sie zurück in ihren Tempel und in ihr Schlafzimmer.

»Wie kannst du dich nach alldem überhaupt noch rühren?«, fragte sie atemlos.

»Göttin, ich könnte auch fliegen, wenn du mich darum bitten würdest.«

Lachend und zufrieden, lag sie auf dem Bett, und ihr Körper prickelte noch immer von der Erinnerung an ihn.

Acheron legte sich neben sie und küsste sie auf die Lippen und die Brust.

Sie schüttelte lachend den Kopf. »Du bist aber munter!«

Bei ihren Worten hielt Acheron inne. Er war nicht einfach nur munter. Er war wieder in sie verliebt, weil sie so viel für ihn getan hatte. Jetzt erinnerte er sich auch wieder, warum er sich ihr gegenüber geöffnet hatte. Artemis konnte ungeheuer freundlich sein – wenn sie wollte.

Wenn sie sich nicht um ihn gesorgt hätte, dann wären ihr heute auch seine Wunden egal gewesen. Nicht einmal Estes hatte sich emotional um ihn gesorgt, wenn er verletzt war. Wunden bedeuteten für ihn nur entgangene Einnahmen. Aber Artemis war seinetwegen wahrhaft wütend geworden.

Er nahm ihre Hand und führte sie an die Lippen, sodass er ihr einen Kuss in die Handfläche geben konnte. »Ich bin dein Diener, Göttin. Ich biete mich dir für alle Ewigkeit an.«

Sie kicherte. »Mein Acheron, du hast keine Ahnung von der Ewigkeit.«

»Dann gelobe ich, dir den Rest meines Lebens zu dienen.«

Sie strich ihm das Haar aus dem Gesicht. »Ich nehme deine Dienste an, doch jetzt komm und nähre mich, denn ich habe schrecklichen Hunger.«

Acheron glitt an ihrem Körper hinauf und bot ihr seinen Hals dar. Der stechende Schmerz ihres Bisses erinnerte ihn daran, wie Styxx ihm das Brandeisen auf die Haut gedrückt hatte.

Er zischte und zuckte instinktiv zurück. Dabei riss er sich eine große Wunde, aus der das Blut lief. Er wollte sie bedecken, aber das Blut rann ihm zwischen den Fingern durch und verschmierte das weiße Leintuch.

Artemis holte tief Luft, als sie merkte, was Acheron getan hatte. Sein Blut überströmte sie alle beide. Sie packte ihn am Hals, zog ihn an sich und heilte seine Wunde. Er zitterte am ganzen Körper.

»Das solltest du nie tun, Acheron.«

Jetzt war er zu schwach für sie. Sie unterdrückte ihren Ärger. Normalerweise hätte sie ihn bestraft, aber er hatte schon genug durchgemacht. Sie wischte das Blut ab und legte ihn wieder aufs Bett, damit er sich ausruhen konnte.

Er versuchte, wach zu bleiben, aber schließlich fielen ihm die Augen zu. Artemis betrachtete seine nackte Schönheit. Seine Arme und Beine waren so lang, anmutig und unglaublich gut geformt. Seine Bauchmuskulatur war so scharf konturiert, dass sie aussah wie gemeißelt. Und als sie sich daran erinnerte, wie er sie geliebt hatte, wurde ihr wieder ganz heiß.

»Du solltest mich immer so berühren.«

Wenn er sie nur hören könnte!

Sie strich ihm durchs Haar, und als sie ihn berührte, wurde sein Haar plötzlich kohlrabenschwarz. Sie zuckte zurück und sah, dass seine helle Haut plötzlich eine blaue Marmorierung aufwies.

Erschrocken sprang sie vom Bett. Die Zahl einundzwanzig erschien plötzlich auf seiner Wirbelsäule, dann verblasste alles wieder, und seine Haut sah aus wie zuvor.

Sie runzelte verwirrt die Stirn. War das eine Reaktion auf ihr Geschenk oder darauf, dass sie ihn gebissen hatte? Sie hatte nie zuvor das Blut eines Menschen getrunken. Ob das bei allen so war?

Wieder hörte sie ihn auf Atlantäisch flüstern.

»Es war kein glücklicher Geburtstag. Ich will jetzt nach Hause kommen.«

»Acheron?« Sie näherte sich ihm langsam und schüttelte ihn wach.

Er machte die Augen auf. Statt silbern waren sie so schwarz, dass sie nicht einmal seine Pupillen sehen konnte. Dann fielen ihm die Augen wieder zu, und er schlief ein.

Das war eindeutig nicht normal. »Was bist du nur, Acheron?«

Ihr Wissen als Göttin sagte ihr, dass er ein Mensch war. Aber das hier war gar nicht typisch für diese Spezies.

»Artemis!«

Sie zuckte zusammen und zog sich an, als sie Apollo rufen hörte. Sie ließ Acheron schlafend zurück und materialisierte sich mitten in ihrem Empfangszimmer, wo ihr Bruder stand und sie höhnisch ansah.

»Stimmt etwas nicht?«

»Ich will trinken!«

Sie verschränkte die Arme vor der Brust. »Warum bist du so wütend?«

»Ich will meine Menschenfrau, aber sie ist schwanger, und ich kann sie nicht haben.«

»Du hast doch noch andere.«

»Die will ich aber nicht!« Er packte sie, und im gleichen Moment stockte er und schnüffelte an ihrem Haar. »Warst du mit einem Mann zusammen?«

Ihr Herz setzte einen Schlag aus. Sie wollte Acheron nicht verraten und schlug Apollo auf die Hand. »Wie kommst du denn auf die Idee?«

»Da ist ein fremder Geruch an dir, und es ist der Geruch eines Mannes.«

Sie verdrehte die Augen, um ihre Furcht zu verbergen. »Ich bin den ganzen Tag mit Menschen zusammen gewesen und musste ihre Gaben annehmen. Ich stinke vermutlich aus jeder Pore nach Mensch.«

Er krallte die Faust in ihr Haar. Artemis verzog das Gesicht und begriff endlich, warum Acheron diese Geste so beleidigend fand. Apollo strich ihr mit dem Finger hinter dem Ohr entlang und betrachtete dann den Finger. »Blut? Hast du etwa bei jemand anderem getrunken?«

Sie wappnete sich und begegnete seinem Blick ganz ruhig. »Ich wusste nicht, wann du kommst, und ich hatte Hunger.«

Seine Augen blickten immer schärfer. »Hast du dir etwa ein männliches Schoßhündchen gesucht?«

Sie stieß ihre Nägel in seine Hand, die noch immer an ihren Haaren riss. »Du bist mein jüngerer Bruder und nicht mein Liebhaber. Jetzt lass mich los, oder du bekommst meinen vollen Zorn zu spüren!«

Er stieß sie zurück. »Du solltest lieber mal überlegen, wer ich bin und wer du bist, Schwester.« Er verzog den Mund, als ob sie ihn plötzlich anekeln würde. »Ich werde mich lieber von einem Diener ernähren.«

Artemis hielt den Atem an, bis Apollo endlich weg war. Aus Angst vor seiner Wut zitterte sie am ganzen Körper.

Die Tür zu ihrem Zimmer ging auf, sie drehte sich um und

sah Acheron dastehen und sie anstarren. Er hatte einen Arm an den Türrahmen gestützt und lehnte sich gegen die Tür. Die Mischung aus Macht und Schwäche war einfach unwiderstehlich. »Ich würde für dich gegen ihn kämpfen, wenn du dadurch nicht entehrt würdest.«

Bei dem Gedanken wurde ihr warm ums Herz. »Du kannst niemals gegen ihn kämpfen, Acheron. Du hast die Kraft nicht, um gegen einen Gott zu kämpfen. Er würde dich töten, ohne mit der Wimper zu zucken.« Sie ging auf ihn zu und legte den Arm um seine schlanke Taille. »Komm, mein Süßer. Du musst dich ausruhen.«

Aber als sie ihn zum Bett zurückführte, wuchs ihre Angst. Sollte Apollo je von Acheron erfahren, könnte keine Macht des Olymp sein Leben retten.

25. AUGUST 9528 V. CHR.

Acheron lag in seinem Bett und vermisste Artemis. Er packte den Ring über seinem Herzen und lächelte bei der Erinnerung an die letzte Nacht. In den vergangenen Wochen war sie ihm gegenüber so sanft und freigebig gewesen. Niemand, nicht einmal seine Schwester, war je so aufmerksam gewesen.

Er schloss die Augen und konnte sie sehen, wie sie in ihrem Garten auf ihn zugelaufen kam und lachte. Sie hatten Stunden auf der Jagd und mit Schießübungen verbracht oder hatten einfach nur zusammen im Garten gelegen, während er für sie die Kithara spielte und sie ihm vorlas.

Wie sehr er sich wünschte, es könnte alles so bleiben!

Aber leider konnte sie sich einen Makel wie ihn bei ihrem Ruf nicht leisten, und das verstand er, sosehr er es auch hasste.

Es klopfte an seiner Tür.

Er drehte sich um und sah Ryssa. Sie machte die Tür sorgfältig wieder zu, ehe sie zu ihm eilte. Sie war erstaunlich beweglich, wenn man bedachte, wie dick ihr Bauch inzwischen war. »Kommst du mit?«

Diese Frage war er von seiner Schwester nicht gewohnt. »Wohin denn?«

»Zum Artemistempel?«

»Wovon redest du eigentlich?«, fragte Acheron.

»Heute ist doch ihr Festtag. Es gibt den ganzen Tag Festspiele und Opfer. Vater hat sein Opfer schon zum Tempel gesandt und überwacht alles, aber ich dachte, du würdest vielleicht auch gerne hingehen.«

Aber doch nicht gemeinsam mit seinem Vater! War sie etwa verrückt geworden? Er hatte streng darauf geachtet, jeglichen Kontakt mit ihm und Styxx zu vermeiden.

Acheron schüttelte den Kopf. »Ich glaube nicht, dass ich das tun sollte.«

Sie riss den Mund auf. »Bist du wahnsinnig? Glaubst du nicht, Artemis wäre beleidigt, wenn jemand, der ihr nahesteht, nicht auftaucht und ihr seinen Respekt erweist?«

Acheron runzelte die Stirn. Wäre sie beleidigt? Nun ja, sie konnte schon sehr temperamentvoll werden.

Ich werde den ganzen Tag im Tempel verbringen, aber wir sehen uns dann später. Ich wünschte, ich müsste nicht so lange warten, bis ich dich wiedersehe.

War das möglicherweise eine verkappte Einladung gewesen?

Nein, Artie war nicht gerade subtil.

»Ich habe nichts, was ich ihr als Gabe darbringen könnte.«

Ryssa stupste ihn an der Schulter. »Dann bring ihr eine Gabe des Herzens. Es wird ihr egal sein, was es ist. Aber du musst deiner Wertschätzung Ausdruck verleihen, Acheron. Es ist unklug, die Götter nicht zu ehren, besonders wenn einer einem ein gewisses Maß an Bevorzugung zugestanden hat.« Sie lächelte ihn an. »Jetzt zieh dich schon an! Ich muss los und kann nicht auf dich warten. Aber ich werde beim Tempel Ausschau nach dir halten – beeil dich!«

Acheron bewegte sich nicht vom Bett weg, bis Ryssa fort war. Er war noch immer nicht sicher, ob es eine gute Idee war. Aber solange er sich bedeckt hielt, sollte es keinen Ärger geben. Er könnte einfach hingehen, opfern und wieder verschwinden.

Niemand außer Artemis würde erfahren, dass er überhaupt dort gewesen war. Und wenn er ihr damit eine Freude machen konnte, warum nicht.

Wie hätte er sie an ihrem Festtag nicht ehren können, nach allem, was sie ihm gewährt hatte? Sie sollte wissen, wie sehr er sie liebte. Sie sollte sehen, dass er willens war, sein Leben für sie zu riskieren.

Allein der Gedanke daran, sie glücklich zu machen, zauberte ein Lächeln auf sein Gesicht. Er stieg aus dem Bett und überlegte hin und her, was Artemis eine Freude machen könnte. Sie hörte ihn gern spielen, liebte seinen Körper und sein Blut. Aber das konnte er alles nicht öffentlich darbringen, ohne ihren Zorn zu riskieren.

Blütenblätter einer weißen Rose – für ihre Reinheit und Anmut. Und Perlen. Die Göttin liebte Perlen! Sie hatte ihn sogar einmal zum Perlentauchen mitgenommen.

Das war das Richtige, es wäre ein perfektes Geschenk, um ihr zu zeigen, wie rein seine Liebe und Bewunderung war.

Er zog sich rasch an, dann lief er zum Markt und kaufte, was er brauchte.

Zur Mittagszeit war er an ihrem Tempel, der von vielen Menschen umgeben war. Adelige und Ministeriale hatten einen eigenen Eingang, wo die Priester ihre Opfergaben segneten. Obwohl er eigentlich berechtigt war, durch diesen Eingang zu gehen, stellte sich Acheron in die Schlange zu den einfachen Leuten. Er wollte nichts tun, womit er Aufmerksamkeit auf sich ziehen konnte, und er wollte nicht riskieren, seinen Vater zu verärgern, der auf einem Thron gleich zur Rechten der Statue von Artemis saß und das Volk beobachtete. Apollo, Styxx und Ryssa standen bei ihm.

Vorsichtig schaute Acheron auf und hoffte bei allen Göttern, dass sein Vater ihn nicht sehen würde. Er würde rasch sein Opfer darbringen und wieder verschwinden.

Niemand würde je davon erfahren.

Er hielt sein Gesicht bedeckt und reichte seine Gaben dem Priester, damit er sie auf den Altar legen konnte.

»Was erbittest du von der Göttin, Paidi?«

Acheron schüttelte den Kopf. »Nichts, Papas. Ich will ihr nur meinen Respekt und meine Liebe zeigen.«

Der Priester nickte anerkennend, dann ergriff er die kleine Schale mit den Rosenblättern und Perlen. Als Acheron zur Seite trat, stieß ihn irgendjemand in der Menge an, sodass er in eine Frau hineinstolperte, die ein Baby auf dem Arm hielt. Sie schrie auf, als sie das Gleichgewicht verlor und ihr das Kind entglitt.

Acheron erstarrte, als er begriff, dass das Kind auf dem Boden aufschlagen würde, wenn er nicht seinen Umhang losließ und es auffing. Wenn er das tat, würde man ihn allerdings erkennen, und so nahe bei seinem Vater war es unmöglich, dass es ihm entgehen würde.

Aber er hatte keine andere Wahl.

Er fing das Baby auf, während seine Mutter stürzte. Sie klammerte sich an seinen Mantel und riss ihn herunter.

Acheron zuckte zusammen, als sich alle im Tempel nach ihm umschauten. Er hatte es immer schon gehasst, und wenn es in seiner Macht gestanden hätte, hätte er sich am liebsten auf der Stelle unsichtbar gemacht. Aber es gab aus dieser Situation kein Entkommen.

Sein Vater heulte geradezu vor Wut und sprang auf.

Acheron half der Frau hoch und drückte ihr das Kind in den Arm. Ihm war speiübel.

Die Frau schluchzte vor Erleichterung. »Ich danke Euch so sehr für Eure Freundlichkeit! Segen über Euch, dass Ihr meinen Sohn gerettet habt!«

»Ergreift ihn!«, befahl sein Vater den Wächtern.

Acheron begegnete Ryssas Blick und sah im Gesicht seiner Schwester seinen eigenen Schrecken gespiegelt, da ergriffen die Wachen ihn auch schon am Arm und zerrten ihn vor den König. Der Gedanke zu kämpfen schoss ihm durch den Kopf, aber was würde er damit erreichen? Sie taten nur, was man ihnen befohlen hatte. Außerdem drängte sich die umstehende Menge zu dicht um ihn, und es würden Unschuldige verletzt werden.

Er begegnete der Wut seines Vaters, ohne mit der Wimper zu zucken.

»Wie kannst du es wagen, diesen Tempel durch deine Anwesenheit zu entehren?« Er wandte sich an die Wachen. »Sperrt ihn in seinem Quartier ein, bis ich hier fertig bin.«

Acheron grinste. So ein süßes Versprechen von den Lippen seines Vaters! Er konnte den Abend kaum erwarten.

Zum ersten Mal schaute Acheron Apollo an, dessen Hohn für ihn spürbar war. Wenn der Gott nur die Wahrheit gekannt hätte …

Er holte zitternd Atem und sah noch, dass die Priester seine Opfergabe wieder vom Altar nahmen, während man ihn aus dem Tempel zerrte.

Artemis schaute von ihrer Kithara auf, als Apollo sich in ihrem Empfangsraum materialisierte. Sie hatte versucht, so zu spielen, wie Acheron es tat, aber sie war ziemlich unmusikalisch. Also war sie schon frustriert und angespannt genug, das Auftauchen ihres Bruders machte die Situation nicht gerade besser. »Was willst du denn hier?«

Er grinste. »Warum warst du heute nicht auf Didymos?«

»Du hast doch gesagt, dass du an meiner Stelle gehst. Ich weiß nicht, warum wir beide da sein sollten.« Aber in Wirklichkeit wollte sie nicht in der Nähe von Acherons Familie sein. Sie widerten sie allesamt an. Wäre sie doch in den Tempel gegangen, dann wäre Styxx wohl etwas wesentlich Schlimmeres zugestoßen als nur ein verdorbener Magen. Und das hätte ihren Bruder natürlich auf ihre Gefühle für Acheron aufmerksam gemacht, also fand sie es am besten, dem Ganzen einfach fernzubleiben. »Warum? Hab ich etwas verpasst?«

Er warf ihr eine wunderschöne Perlenkette zu. Dabei fielen

die Blütenblätter von weißen Rosen zu Boden, die auf der Kette gelegen hatten. Artemis runzelte die Stirn. »Was soll das?«

»Die Prinzenhure hat sie dir gebracht.«

Ihr blieb das Herz stehen. »Wie bitte?«

»Es war wirklich sehr unterhaltsam. Er kam mit dem Rest des Pöbels herein. Nachdem er diese Perlen überreicht hatte und sagte, er begehre im Gegenzug für seine Opfergabe nichts von dir, wurde er enttarnt. Zuletzt habe ich nur noch mitbekommen, dass er für die Entehrung deines Tempels büßen wird.«

Sie musste sich unglaublich unter Kontrolle halten, um ihre Beziehung zu Acheron nicht zu verraten. Ihr traten Tränen in die Augen, und bittere Wut stieg in ihr hoch, dass man ihn schon wieder verletzen wollte. Sie hätte die Perlen am liebsten geküsst, die er ihr dargebracht hatte, denn sie wusste, dass seine Gabe im Gegensatz zu den vielen anderen wirklich von Herzen kam. Mehr noch, sie wollte zu Acheron und ihm helfen.

Wenn sie das nur hätte tun können!

Sie versuchte, sich zu beruhigen, und warf die Perlen zu Boden. »Warum bringst du sie mir dann mit?«

»Ich dachte, du solltest wissen, dass eine Hure deinen Tempel entehrt hat. Zeus weiß, dass ich eine solche Person nicht in meinem Tempel dulden würde. Wollen wir los und uns an der Hure rächen?«

Sie schlug wieder die Seiten ihrer Kithara. »Das ist er gar nicht wert.«

»Seit wann hast du denn keine Zeit mehr für Rache?«

»Ich bleibe lieber hier und spiele. Jetzt verschwinde und besuch eines deiner Schoßhündchen, du gehst mir auf die Nerven.«

»Wie du willst.«

Artemis regte sich nicht, bis er aus dem Zimmer war, dann streckte sie die Hand nach den Perlen aus, und sie kamen ihr in die Hand geflogen. Sie drückte sie ans Herz und machte sich auf, um zu sehen, ob sie Acheron helfen konnte.

Acheron stand im Hof, die Hände über dem Kopf gefesselt, Lippen und Nase bluteten schon von den Schlägen, die Styxx voller Schadenfreude auf ihn hinabregnen ließ.

Er spuckte Blut und starrte seinen Bruder hasserfüllt mit zusammengekniffenen Augen an. »Müsstest du nicht eigentlich noch im Tempel sein?«

Styxx schlug ihm so fest ins Gesicht, dass ihm die Ohren klangen.

Acheron lachte. »Du schlägst so armselig wie eine alte Frau.«

Styxx trat näher heran, aber sein Vater kam herbei und hielt ihn zurück. Er schaute überheblich und voller Abscheu auf ihn.

Acheron seufzte. »Ich weiß, ich hätte nicht hingehen sollen. Könnten wir einfach mit der Prügelstrafe anfangen, fertig werden, und ihr schleift mich zurück auf mein Zimmer?«

Sein Vater kniff die Augen zusammen. »Warum bist du so wild darauf, geschlagen zu werden?«

»Es ist die einzige Aufmerksamkeit, die mir von dir zuteilwird, Vater. Genau wie bei Estes. Also lass die Hiebe beginnen.«

Sein Vater krallte ihm die Finger ins Gesicht, und Hass blitzte in seinen blauen Augen auf. »Ich habe dir gesagt, dass du den Namen meines Bruders nicht mit deinem dreckigen Mund aussprechen sollst.« Sein Blick glitt zu der Halskette, die Acheron trug.

Acheron hielt den Atem an, als er begriff, dass er vergessen hatte, das Geschenk von Artemis abzulegen, ehe er zum Tempel gegangen war. Ihm blieb das Herz stehen, und zum ersten Mal fürchtete er sich tatsächlich, als sein Vater ihn losließ und die Kette genauer in Augenschein nahm.

»Was ist das?«

Acheron zwang sich, ruhig und lässig zu bleiben. »Das ist ein Anhänger, den ich einmal gekauft habe.«

Styxx spähte seinem Vater über die Schulter. »Es ist der gleiche Ring, den die Priester der Artemis tragen, um sie zu beschwören.« Sein Blick wurde hart. »Du hast ihn gestohlen!«

Sein Vater zerrte an der Kette, sodass sie sich tief in seine Haut einschnürte und schließlich riss. »Glaubst du, die Götter würden dich auch nur zur Kenntnis nehmen?!«

Andere Götter nicht, aber Artemis schon.

Styxx nahm den Ring und ergriff eine Kelle Wasser. »Wir sollten dem Dieb eine Lektion erteilen.« Ehe Acheron sich rühren konnte, schob Styxx ihm den Ring in den Mund, kippte Wasser nach und zwang ihn, den Ring zu schlucken.

Tränen stiegen Acheron in die Augen, als der Ring in seiner Kehle steckte, wo er kratzte und brannte. Er erstickte beinahe an ihm und am Wasser, aber Styxx kippte immer noch etwas hinterher, bis Acheron den Ring geschluckt hatte und Styxx zufrieden war.

Acheron hustete, spuckte und rang nach Luft.

Styxx riss ihn am Haar. »Eine Hure hat unsere geliebte jungfräuliche Gottheit an ihrem Festtag entehrt. Ich finde, er sollte öffentlich kastriert werden.«

Bei der Ankündigung der Strafe riss Acheron voller Schreck die Augen auf.

Sein Vater lachte beifällig und machte ihn los. »Ich glaube, das würde Artemis gefallen.«

Acheron wollte wegrennen, aber sein Vater hielt ihn fest und schlug ihn nieder.

»Sag mir, was du im Tempel wolltest«, verlangte er.

Acheron rappelte sich auf und sah, dass Ryssa zu ihnen kam. Sein Vater schlug ihn erneut und schleuderte ihn herum, sodass er gegen die Wand schlug, wo der König ihm seinen Unterarm auf den Hals drücken konnte.

»Los, gestehe es, du Hure! Warum hast du dich erdreistet, zum Tempel zu gehen?«

Ryssa rannte zu Acheron. »Sag es ihnen, du musst es ihnen sagen!«

Ihn packte die Furcht, und er schüttelte den Kopf.

»Was sollst du uns sagen?«, wollte der König wissen.

»Tu es nicht, Ryssa«, flüsterte Acheron, während er versuchte, den Arm seines Vaters von seinem malträtierten Hals wegzuschieben. »Ich bitte dich. Wenn du mich auch nur das kleinste bisschen liebst, dann verrate mich nicht.«

»Sie wollen dich entmannen! Aber wenn sie die Wahrheit wissen, dann lassen sie dich in Ruhe.«

»Das ist mir gleich.«

Ryssa zerrte ihren Vater von Acheron weg. »Vater, hör auf! Er ist unschuldig! Er ist mit Artemis zusammen. Sag's ihnen endlich, Acheron! Bei allen Göttern, sag ihm die Wahrheit, damit er aufhört, dich zu quälen!«

Sein Vater schlug ihn erneut zu Boden, trat ihm in den Rücken und stellte ihm einen Fuß auf die Kehle, bis ihm die Magensäure hochstieg und ihn zu ersticken drohte. »Was hast du deiner Schwester für Lügen erzählt, du Wurm?«

Acheron versuchte, den Fuß wegzuschieben, aber sein Vater trat nur noch fester auf seine Luftröhre. Er konnte unmöglich sprechen. »Nichts … bit…te …«

»Du lästerst die Götter!« Sein Vater trat zurück und ließ Acheron liegen, der fast erstickte und verzweifelt versuchte, mit seinem verletzten Hals zu atmen. »Nehmt ihm die Kleider ab, und bringt ihn zum Artemistempel! Die Göttin soll seiner Bestrafung beiwohnen. Wenn er wirklich mit ihr zusammen war, bin ich sicher, sie wird ihm helfen.« Er warf Ryssa einen selbstgefälligen Blick zu.

Die Wachen traten heran, aber Ryssa stellte sich vor Acheron. Sie würden nur an ihn herankommen, wenn sie sie verletzten –

und damit auch das Kind in ihrem Leib. »Vater, das kannst du nicht tun!«

»Halte dich da raus.«

»Wenn du Acheron verletzt, wird Artemis unaussprechliche Schrecknisse über dich kommen lassen!«

Ihr Vater lachte. »Bist du verrückt geworden?«

»Nein, Ryssa, bitte hör auf! Sag nichts mehr!«, bat Acheron.

»Acheron ist ihr Gefährte.«

Er bekam keine Luft mehr, und Ryssas Worte klangen ihm in den Ohren. Sie hatte ihn verraten. In ihrer Welt schützten die Götter ihre Gespielinnen. Sie hatte keinerlei Grund, daran zu zweifeln, dass Artemis ihn nicht retten würde, genauso wie Apollo sie, Ryssa, retten würde. Nur zu dumm, dass Artemis nicht war wie ihr Bruder. Er schloss die Augen und wünschte sich, er wäre tot.

Als er sie wieder öffnete, sah er die Umrisse von Artemis im Schatten. Sie hielt seine Perlen in der Hand.

Sein Vater lachte, und Styxx lachte mit ihm. »Du willst der Gefährte von Artemis sein?«

Acheron konnte nicht antworten, als er den Blick von Artemis sah. In ihm lag ungläubiger Schrecken, der allmählich einer glühenden Wut wich, die ihn fast versengte.

Sein Vater spottete. »Du glaubst doch nicht ernsthaft, dass ich dir das abnehme – eine Göttin, die irgendetwas mit dir zu schaffen haben will?!«

Acheron konnte nicht sprechen, er konnte es nicht einmal abstreiten. Artemis hatte ihm die Stimmbänder gelähmt.

Sie glaubt, ich hätte es ihm gesagt …

Acheron schüttelte den Kopf in ihre Richtung und versuchte, ihr verständlich zu machen, dass er niemandem etwas verraten hatte.

Sein Vater packte ihn wieder bei der Kehle. »Nun gut, wir werden ja sehen, was die Göttin von dir hält.« Er wandte sich an die Wachen. »Schafft ihn zum Artemistempel!« Er verhöhnte Acheron. »Wenn du der Göttin etwas bedeutest, dann wird sie sicher kommen und dich retten. Wenn nicht, dann zeigen wir der Welt, wie wir mit gotteslästerlichen Huren umgehen. Peitscht ihn am Altar aus, bis Artemis sich zeigt!«

»Nein!«, kreischte Ryssa.

Aber es war zu spät. Acheron wurde kurzerhand nackt aus dem Palast und durch die Straßen gezerrt.

Sein Körper war schon blutüberströmt, ehe sie überhaupt am Tempel eintrafen. Die Menge wich zurück, als die Wachen ihn zum Altar schleiften und ihn zwischen zwei Säulen festbanden.

»Was hat das zu bedeuten?«, fragte der Oberpriester.

»Auf Befehl des Königs soll der Gotteslästerer bestraft werden, bis die Göttin zufrieden ist. Er soll gepeitscht werden, bis sie erscheint und die Strafe aufhebt.«

Acheron begegnete dem Blick von Artemis, und die Befriedigung in ihren grünen Augen ging ihm durch und durch.

»Ich habe dir gesagt, was geschehen würde, wenn du mich verrätst«, flüsterte ihre Stimme in seinem Kopf.

Er musste seine Tränen hinunterschlucken, als der erste Hieb seine Haut aufplatzen ließ. »Ich habe dich nicht verraten«, flüsterte er, »das schwöre ich.«

Artemis trat auf ihn zu und warf ihm die Perlen, sein Geschenk, ins Gesicht. »Schlag ihn fester«, flüsterte sie seinem Folterer zu. »Er soll jeden einzelnen Hieb spüren.«

Acheron schrie auf, als die Hiebe noch tiefer in seine Haut einschnitten.

Die Menge jubelte über die Strafe. Verdrängte Erinnerungen durchzuckten ihn und trafen ihn noch schmerzhafter als die Hiebe. Er war wieder in Estes' Haus, von Menschen umgeben, die an ihm zerrten, ihn packten, ihn sich unterwerfen und demütigen wollten. Wie oft schon hatte man ihn verhöhnt, ihn verlacht und verspottet?

»Bitte um Gnade, du Hure …« Die Stimme seines Onkels erklang laut und deutlich in seinem Kopf.

Acheron schaute Artemis geradewegs in die Augen. Wie konnte sie ihm das antun?

Artemis zuckte bei der Qual und dem Schmerz in den silbern wirbelnden Augen innerlich zusammen. Sie klagten sie an, als sei sie im Unrecht. Sie hatte ihn gewarnt, was geschehen würde, wenn er irgendjemandem etwas verriet. Hatte er auch nur einen Augenblick lang geglaubt, sie hätte gescherzt?

»Ich habe dir alles gegeben«, knurrte sie ihn an und vergewisserte sich, dass nur Acheron sie hören und sehen konnte. »Wirklich alles!«

Er senkte den Kopf und flüsterte so leise er nur konnte: »Ich habe dich geliebt.«

Artemis kreischte vor Wut, dass er es wagte, diese Worte auszusprechen, nach allem, was er ihr heute angetan hatte. Wenn jemand herausfand, dass sie ihm gestattet hatte, sie zu berühren, dann wäre sie ruiniert! Glaubte er allen Ernstes, seine erbärmliche Liebe würde ihre Demütigung aufwiegen? Ihren Ruin? War das vielleicht Liebe, wenn er sie in den Dreck zog, damit sie sich mit ihm gemeinsam lächerlich machte?

»Schlag fester zu!«, nötigte sie den Mann. »Ich will, dass sein Blut den Boden meines Tempels bedeckt.«

Er würde es schon noch lernen!

»Du bedeutest mir nichts, Mensch«, verhöhnte sie ihn, »du bedeutest mir gar nichts!«

Acheron ließ seinen Tränen freien Lauf, als Artemis ihn aufgab. Es war zwecklos, sie um Vergebung oder Gnade zu bitten, wenn ganz offensichtlich war, dass sie sie nicht gewähren würde. Mehr noch, er spürte, wie sie ihm die Fähigkeit zum Kampf nahm. Sie nahm ihm alles.

Er konnte den Schmerz nicht länger ertragen und überließ sich der Bewusstlosigkeit. Aber die Erlösung war nur von kurzer Dauer, denn man brachte ihn wieder zu Bewusstsein und schlug ihn weiter.

Beim dritten Mal öffnete er die Augen und sah seinen Vater und Styxx vor sich stehen. »Na, wo ist jetzt deine Göttin, du Wurm?«

Er schaute zu Ryssa, die blass und verschlossen aussah. Sie blickte schuldbewusst in seine Augen, Tränen strömten ihr über die Wangen.

»Ich habe keine Göttin.« Er hatte niemanden, das wusste er jetzt endgültig. »Kastriert mich einfach, und beendet das Ganze.«

Aber das taten sie nicht. Stattdessen peitschten sie ihn, bis er die Schläge nicht mehr zählen konnte. Er verlor immer wieder das Bewusstsein und war nicht sicher, wann die Schläge schließlich aufgehört hatten. Er spürte nichts mehr außer stechendem Schmerz in seinem Rücken.

Noch immer ließen sie keine Gnade walten. Sie ließen ihn am Altar festgebunden stehen, wo die Menge ihn treten und schlagen konnte, in der Meinung, sie würden ihre geliebte Göttin damit verteidigen.

Drei Tage lang hing Acheron dort ohne Essen oder Trost. Am nächsten kam ihm während dieser Zeit Merus.

Der Junge blieb mit gerunzelter Stirn vor ihm stehen. »Ich dachte, Ihr wärt ein Adeliger. Ihr habt uns angelogen!« Mit zornigem Blick hob er einen Stein vom Boden auf, warf ihn auf Acheron und traf ihn an der Brust.

Acheron legte den Kopf in den Nacken und starrte hinauf an die vergoldete Decke. »Warum?«, schrie er zu den Göttern hinauf. Warum quälten sie ihn so? Warum war das sein Schicksal?

Er war als Prinz zur Welt gekommen. Er hätte als solcher geehrt werden sollen, doch stattdessen war er ein Nichts. Er war ganz sicher verflucht. Einen anderen Grund konnte es für dieses

Leben, für sein Leiden nicht geben. Er hasste alles und jeden auf diesem Planeten.

Mit einem Schlachtruf, der aus Verzweiflung und Folter geboren war, lehnte er sich gegen seine Ketten auf. Aber niemand scherte sich um ihn, und er konnte sich nicht befreien. Nur die Wunden auf seinem Rücken öffneten sich wieder, und er bekam neue Wunden an den Handgelenken. Letztlich verletzte er sich dabei nur noch mehr.

So hing er dort bis zum Ende des dritten Tages. Dann kehrten die Wachen zurück und befreiten ihn, aber zuvor wurde ihm das Haar geschoren, und das Zeichen der Artemis, der doppelte Bogen, wurde ihm in die Kopfhaut gebrannt.

Acheron lachte über diese Ironie. Ihren Namen trug er schon seit langer Zeit ins Herz gebrannt, nun trug er öffentlich das Symbol einer Göttin, die ihn nie wieder auch nur anschauen würde. Diese Grausamkeit war unerträglich.

Als sie fertig waren, wurde er auf die Straße herausgebracht, wo ein Pferd wartete. Die Hände wurden ihm vor dem Leib gefesselt, das Pferd schleifte ihn zum Palast zurück. Als sie dort ankamen, hatte er kein Stück heile Haut mehr am Leib.

Kaum noch bei Bewusstsein wurde er auf sein Zimmer gebracht und hineingeworfen. Er war zu schwach, um sich zu regen, und lag der Länge nach auf dem Boden. Wenigstens kühlte der Stein seine Wunden.

Diesmal würde Artemis nicht kommen und ihm helfen, die Göttin würde ihm weder Beistand noch Zuflucht anbieten.

»*Du bedeutest mir nichts, Mensch!*« Diese Worte hatten sich für alle Ewigkeit in sein Herz eingegraben.

So sei es denn.

Er schloss die Augen und hatte keine Hoffnung mehr für die Zukunft. Keinen Willen, sich je noch einmal zu erholen oder weiterzumachen. Seine Schwester und seine Geliebte hatten ihn endgültig zerstört. Dieser Verrat war auch durch eine Entschuldigung nicht wiedergutzumachen. Diesmal war Acheron bis an seine äußersten Grenzen gekommen.

Mehr konnten sie nicht tun, um ihn zu verletzen. Mit kranker Seele verkroch er sich tief in sich selbst und schwor, dass er sich nie wieder irgendjemandem gegenüber öffnen würde.

2. SEPTEMBER 9528 V. CHR.

Artemis saß alleine auf ihrer Chaiselongue und hätte am liebsten geweint. Apollo hatte jedem einzelnen Gott auf dem Olymp von Acheron und seiner Behauptung erzählt, er sei ihr Gefährte.

Seitdem lachten alle sie aus.

»Du solltest ihn auf dem Boden deines Tempels ausweiden«, hatte Zeus ihr erst gestern Abend gesagt.

Apollo hatte gespottet. »Das geht nicht. Sein Leben ist an das seines Zwillingsbruders gebunden, und wenn sie beide sterben, würde mir eine Menge Spaß entgehen. Es ist schon saukomisch, was für Lügen diese Menschen erzählen.«

Aphrodite hatte die Augen verdreht. »Ich kann mir nicht vorstellen, was eine Hure sich dabei denkt, dass er ausgerechnet mit Artemis eine Beziehung haben will. Hat irgendjemand schon mal überprüft, ob er noch bei Verstand ist?«

»Er ist ganz sicher geistesgestört«, hatte Apollo gesagt. »Das wusste ich gleich beim ersten Mal, als ich ihn gesehen habe.«

Danach hatte Artemis die anderen Götter gemieden. Aber noch schlimmer als deren Gelächter war der feste Knoten in ihrem Bauch, denn sie wusste genau, welche Schmerzen Acheron genau jetzt durchlitt.

Er hat es verdient.

Das stimmte. Sein Verrat verdiente einen schmerzhaften Tod, und doch hätte sie ihn am liebsten in den Armen gehalten. Sie vermisste die Gefühle, die er in ihr wachrief. Sie vermisste den Geschmack seiner Lippen.

Wenn er mit ihr zusammen war, lächelte sie die ganze Zeit. An ihm war etwas, das sie glücklich machte. Nichts sonst war mehr wichtig – nur sie beide.

Er hat dich verraten.

Das konnte sie ihm nicht verzeihen. Er hatte sie dem Gelächter preisgegeben. Das einzig Versöhnliche war, dass kein Gott dieser Behauptung Glauben schenkte.

Und doch wollte sie nur eines: an seine Seite eilen.

»Artemis, ich beschwöre dich in Menschengestalt herbei!« Ryssa hielt im Tempel der Artemis den Atem an und fürchtete, die Göttin würde sie ignorieren. Sie schaute sich um und vergewisserte sich noch einmal, dass sie allein war. »Göttin, bitte erhöre mein Rufen und erscheine – ich muss dich sehen!«

Ein schimmernder Nebel erschien zur Rechten des Altars. Ryssa lächelte, als sich der Nebel zu einer unglaublich schönen rothaarigen Göttin verdichtete. Sie sah Apollo sehr ähnlich, aber ihre Gesichtszüge waren feiner.

»Was willst du, Menschenfrau?«

»Ich bin wegen Acheron hier.«

Artemis' Augen flammten zornig auf. »Ich kenne niemanden dieses Namens.« Sie begann wieder zu verblassen.

»Nein … bitte, es war nicht seine Schuld. Er hat es niemandem gesagt, ich war es!«

Artemis verdichtete ihre Form wieder, als die Worte sie bis ins Herz trafen. Sie schaute die kleine zartgliedrige blonde Frau an, die das Kind ihres Bruders trug. »Was?«

Ryssa trat einen Schritt vor, ihre Augen schimmerten vor Tränen. »Acheron hat niemals auch nur ein Wort über dich gesagt, nicht einmal zu mir. Ich habe die Bisswunde an seinem Hals gesehen, und ich wusste, dass du dich von ihm ernährst. Bitte, wenn ich unrecht habe, dann vergib mir. Aber wenn ich recht habe, dann … ich will nicht, dass du wegen eines Verrats wütend bist, den er nie begangen hat.«

Artemis starrte auf ihren üppigen Bauch. »Du kannst froh sein, dass du mit dem Sohn meines Bruders schwanger bist, denn allein aus diesem Grund lasse ich dich am Leben. Wenn du je meinen und Acherons Namen wieder in einem Atemzug nennst, schwöre ich beim Fluss Styx, werde ich deine Haut an die Wand meines Tempels nageln lassen.«

Artemis versetzte sich in einem Blitz davon, aber sie hielt sich zurück, ehe sie auf den Olymp zurückkehrte. In Wirklichkeit frohlockte ihr Herz darüber, dass er sie nicht verraten hatte. Ihr Acheron hatte die Wahrheit gesprochen.

Erleichtert machte sie sich auf, ihn zu sehen.

Er lag nackt auf dem Boden seines Zimmers vor seinem Bett. Beim Anblick des kahlen Kopfes und der schweren Wunden am ganzen Körper runzelte sie die Stirn. Aber die Verletzung, die ihr am schmerzhaftesten schien, war ihr eigenes Symbol, das immer noch wund auf der Rückseite seines Schädels prangte.

»Acheron?«

Er öffnete die Augen, sagte aber nichts.

Sie streckte die Hand aus und wollte ihn heilen. Ehe sie ihn berühren konnte, packte er ihr Handgelenk. Sein fester Griff überraschte sie. Sie hätte nicht gedacht, dass er in diesem Zustand noch so stark war. »Ich will nichts von dir.«

»Ich dachte, du hättest mich verraten.«

»Ich breche mein Wort nicht, Artemis. Niemals.«

»Woher sollte ich das denn wissen?«

Er lachte verbittert. »Was denn, glaubst du, ein paar Peitschenhiebe reichen aus, um mich zu brechen? Du bist eine Göttin. Warum weißt du nur so wenig?«

»Du hast keine Ahnung, wie schwierig es ist, eine Gottheit zu sein. Die ganzen wehleidigen Stimmen, die schon bei den kleinsten Wehwehchen um Hilfe schreien. ›Ich will ein Paar neue Schuhe. Ich will eine bessere Ernte.‹ Man muss lernen, das zu überhören.«

»Diese Dinge mögen dir lächerlich erscheinen, aber für einige Menschen kann etwas so Nebensächliches wie ein friedlicher Augenblick einen großen Unterschied im Leben ausmachen. Ein Lächeln. Ein winziger Akt der Freundlichkeit. Das ist alles, was wir brauchen.«

»Nun ja, jetzt bin ich ja hier mit meiner Freundlichkeit.«

Acheron schnaubte. »Ich habe es satt, dein Schoßhündchen zu sein, Artemis. Ich habe nichts, was ich dir noch geben könnte.«

Seine Wut ließ auch ihre erneut auflodern. »Du bist ein Mensch. Du kommandierst mich nicht herum!«

Acheron seufzte. Sie hatte recht. Wer war er schon, dass er ihr irgendetwas sagen wollte, er war nur ein wertloser Wurm. Außerdem war er in keinem Zustand, in dem er mit jemandem streiten konnte. »Vergib mir, Akra, ich habe vergessen, welcher Platz mir zukommt.«

Sie lächelte und fuhr ihm mit der Hand über den kahlen Schädel. »Das ist mein Acheron.«

Nein, das war er nicht. Das hier war der Acheron, der gekauft und verkauft worden war. Die hohle Schale, die eine Show hinlegte, um andere zu unterhalten, der aber selbst nichts dabei empfand. Wie armselig, dass sein Herz allen anderen so wenig bedeutete, dass sie nicht einmal begriffen, dass es gar nicht vorhanden war.

Er ließ ihre Hand los und lag still, während sie ihn heilte. Diesmal tolerierte er den Schmerz.

Als sie fertig war, lehnte sie sich zurück, betrachtete ihr Werk und verzog das Gesicht. »Diese Glatze muss noch weg, ich liebe dein Haar viel zu sehr.«

Es wuchs perfekt nach, doch noch immer rührte Acheron sich nicht.

Artemis verschränkte die Arme vor der Brust. »Kannst du dich nicht wenigstens dafür bedanken, dass ich dich geheilt habe?«

Er dachte daran, dass sie der Grund war, aus dem man ihn derart übel zugerichtet hatte, allein bei dem Gedanken an eine Entschuldigung wurde ihm schon schlecht. Andererseits war er sehr gut trainiert. »Danke schön, Akra.«

Wie ein Kind, das nicht gemerkt hatte, dass es sein Lieblingsspielzeug kaputtgemacht hatte, lächelte sie zufrieden. »Wir sollten heute auf die Jagd gehen.«

Acheron sagte nichts, als sie ihn in ihren Privatforst versetzte und ihn in Rot kleidete, als wäre er ihre Puppe und nicht ein Mann aus Fleisch und Blut. Ihr Gesicht strahlte, als sie ihm Bogen und Köcher reichte. Er warf sich den Köcher wortlos über den Rücken und folgte ihr, als sie auf der Suche nach Wild davonstürmte.

Sie plauderte drauflos, über dies und das, während er tat, was sie von ihm verlangte, er bemühte sich, alle Gefühle auszuschalten.

»Du bist so ruhig«, sagte sie, als ihr auffiel, dass er gar nicht an der Unterhaltung teilnahm.

»Vergib mir, Akra. Was soll ich denn sagen?«

»Was immer dir durch den Kopf geht.«

»Mir geht nichts durch den Kopf.«

Sie schnaubte. »Gar nichts? Du hast gar keine Gedanken?«

Er schüttelte den Kopf.

»Das kann nicht sein!« Sie schob schmollend die Unterlippe vor. »Du willst mich bestrafen, oder?«

Er hielt jegliches Gefühl aus seiner Stimme heraus, besonders seine Wut. »Ich würde nie versuchen, dich zu bestrafen, Göttin. Das steht mir nicht zu.«

Sie packte ihn am Haar, und er verzog das Gesicht, dann zwang sie ihn, ihr in die Augen zu sehen. »Was stimmt denn nicht mit dir?«

Acheron holte tief Luft und wappnete sich für das, was kommen würde. Während er bei seinem Onkel lebte, hatte er eines gelernt: Die Lust stand über der Wut. Sie würde ihn später vielleicht noch schlagen, aber wenn er ihr genügend Lust bereitete, würde die Strafe nicht so hart ausfallen.

Er trat näher und küsste sie.

Sofort lockerte sie ihren Griff und schmolz in seinen Armen regelrecht dahin. Merkwürdig … er fühlte sich in diesem Augenblick mehr wie eine Hure als je zuvor, doch er wusste nicht warum.

Vielleicht, weil er seinen Körper eigentlich nicht einsetzen wollte, um mit jemandem zu verhandeln, dem er sein Herz geschenkt hatte. Und doch war er hier und benutzte seine Berührungen, um ihre Wut zu mildern … wie immer.

Er verachtete sich selbst, bot ihr dennoch seinen Hals dar und starb den Tod eines Feiglings, als sie ihn packte.

Was hätte er sonst auch tun können? Es gab nur die Wahl zwischen Sex oder Prügel. Und um ehrlich zu sein, er konnte inzwischen nicht einmal mehr sagen, was für ihn schmerzhafter war. Das eine hinterließ Wunden an seinem Körper.

Und das andere hinterließ Wunden an seiner Seele.

14. SEPTEMBER 9528 V. CHR.

Acheron saß auf der Balustrade seines Balkons und trank. Es war ihm ein Rätsel, wie Artemis es geschafft hatte, dass er sich so schmutzig fühlte. Doch während die Tage vergingen, fühlte er sich immer mehr wie das, zu dem sein Onkel ihn gemacht hatte.

»Bruder?«

Er drehte den Kopf und sah, wie Ryssa auf ihn zukam. »Ja?«

»Es tut mir leid, wenn ich dich belästige, aber ich habe durch das Kind so starke Schmerzen. Könntest du bitte diese eine Sache tun, damit es mir besser geht?«

Bei ihren Worten schnaubte er, denn sie konnten so leicht falsch ausgelegt werden. Zum Glück hatte sein Vater sie nicht gehört. »Man nennt das eine Massage.«

»Kannst du das für mich tun?«

»Sicher.« Er war gut über jeden einzelnen Muskel des menschlichen Körpers unterrichtet und darüber, wie man ihn lockern und anregen konnte. Er glitt von der Balustrade herab und hieß sie, sich auf den Boden setzen und sich vornüberbeugen, sodass er die Spannung in ihrem Rücken behandeln konnte.

»Mmm, das tut gut«, seufzte sie. »Das ist wirklich Zauberei, was du da machst.«

Eigentlich nicht. Er war nur froh, dass er es einmal bei jemandem anwenden konnte, der sich danach nicht umdrehte und ihn vögelte. »Du bist wirklich sehr verspannt.«

»Ich fühle mich einfach nicht wohl, es tut mir überall weh.«

»Dann atme einfach. Ich werde die Knoten herausmassieren, dann wird es dir besser gehen.« Er bewegte sich hinunter zu dem Punkt, der am stärksten verspannt war, und drückte die Finger hinein.

Ryssa stöhnte zufrieden auf. »Wie machst du das bloß?«

»Ich habe viel Übung.« Und immer viele Schläge bekommen, wenn er etwas falsch gemacht hatte.

»Wir sollten deine Hände wirklich in Bronze gießen lassen!«

Viele Leute hätten ihr zugestimmt, aber aus anderen Gründen.

Sie warf ihm über die Schulter hinweg einen Blick zu. »Willst du dich hier verstecken, bis dein Haar nachgewachsen ist?«

Acheron hielt inne, und bei der Erinnerung durchzuckte ihn ein Schmerz. Er hatte immer nur dann langes Haar, wenn Artemis auftauchte. Obwohl sie der Grund für den kahlen Schädel war, hasste sie seinen Anblick. Sobald sie ihn verließ, wurde sein Haar wieder so kurz, wie es wirklich war.

»Ich habe keinen Grund, aus dem Haus zu gehen.«

»Ich dachte, du gehst so gern ins Theater. Aber du bist schon lange nicht mehr dort gewesen.«

Nicht einmal das Theater konnte den Schmerz lindern, den er verspürte. Den Verrat erträglich gestalten. Wenn überhaupt, dann machte ihn das Zuschauen sogar noch mürrischer. »Ich bleibe im Moment einfach lieber in meinem Zimmer, Ryssa.«

Sie wollte etwas erwidern, aber statt der Worte drang ihr ein spitzer Schrei aus dem Mund.

»Ryssa?«

»Das Baby … es kommt!«

Acherons Herz hämmerte, er hob sie vom Boden auf, trug sie in ihr Zimmer und suchte dann ihre Dienerinnen, damit sie die Hebammen und seinen Vater benachrichtigen konnten.

»Acheron«, rief sie, als er gehen wollte. »Bitte lass mich nicht allein. Ich habe Angst. Ich weiß, dass du den Schmerz lindern kannst. Bitte …«

»Vater wird mich auspeitschen lassen, wenn ich bleibe.«

Sie schrie auf, als sie eine weitere Wehe spürte.

Er konnte sie nicht einfach so allein lassen, also trat er ans Bett und massierte sie wieder. »Atmen, Ryssa!«, sagte er ruhig und drückte besonders dort, wo sie so angespannt war.

»Was soll das werden?«

Als er die knurrende Stimme seines Vaters hörte, zuckte er zusammen. Ryssa wandte den Kopf. »Vater, bitte! Acheron kann meinen Schmerz lindern.«

Sein Vater stieß ihn zur Seite. »Raus hier.«

Acheron gehorchte schweigend. Er ging an Styxx und einer Reihe Senatoren vorbei, die in den Flur gekommen waren, um die Krönung der Verbindung seiner Schwester mit Apollo zu bezeugen. Einige von ihnen schauten ihn höhnisch an und murmelten leise Kommentare vor sich hin, ein paar machten ihm sogar sehr deutliche Angebote.

Er ignorierte sie, ging auf sein Zimmer und verschloss die Türen, um sicherzustellen, dass ihm niemand folgen und ihn überraschen konnte.

Er wünschte, er hätte seiner Schwester helfen können. Er saß in seinem Zimmer und hörte sie über Stunden hinweg schreien, schluchzen und heulen. Bei den Göttern, wenn eine Geburt das bedeutete, dann war es ein Wunder, dass die Frauen diesen Akt überhaupt ertrugen.

Warum taten sie das?

Wenn eine Mutter etwas so schrecklich Schmerzhaftes durchgestanden hatte, wenn sie so lange gekämpft und gelitten hatte, wie konnte sie dann ihr Kind anschließend ablehnen?

Er bemühte sich, sich an das Gesicht seiner Mutter zu erinnern, aber alles, was er vor sich sah, war ein hasserfüllter Blick aus blauen Augen. »*Du bist abstoßend.*« Jedes Mal, wenn er ihr nahe gekommen war, hatte sie ihn geschlagen, sodass er wieder von ihr weglief.

Aber so waren nicht alle Mütter. Er hatte auf dem Markt Mütter gesehen, beim Theater, an den Marktständen, Mütter, die ihre Kinder liebevoll im Arm hielten – so wie die Mutter, die er im Artemistempel zu Fall gebracht hatte. Das Baby hatte ihr alles bedeutet.

Acheron strich sich mit der Rückseite der Finger über die Wange. Er schloss die Augen und stellte sich vor, es wäre die sanfte Berührung einer Mutter oder einer Frau. Dann spottete er über seine eigene Dummheit. Wer brauchte schon Zärtlichkeit? Er musste nur in die Nähe irgendeines Menschen kommen und würde jede Art von Zärtlichkeit erhalten, die man sich vorstellen konnte.

Aber diese Zärtlichkeiten waren nie voller Liebe, sie kamen nie bedingungslos und ohne dass es ihn etwas kostete.

»Es ist ein Junge!« Der Freudenschrei seines Vaters erklang gedämpft durch die Wände, es folgte lautes Jubelrufen, das überall widerhallte.

Acheron lächelte und freute sich für seine Schwester. Sie hatte Apollo einen Sohn geschenkt. Anders als ihre Mutter würde sie für ihre Wehen belohnt werden.

Stunden vergingen, und er wartete, bis er sicher sein konnte, dass sie allein war.

Dann eilte Acheron zu ihrem Zimmer, aber es standen Wachen davor, die ihn aufhielten. »Wir haben Anweisung, Euch nicht einzulassen. Unter keinen Umständen dürft Ihr die Prinzessin sehen.«

Wie dumm von ihm, dass er etwas anderes erwartet hatte. Wortlos kehrte Acheron in sein eigenes Zimmer zurück, und weil er nichts anderes zu tun hatte, ging er zu Bett.

»Acheron?«

Als er den geflüsterten Ruf hörte, fuhr er hoch, öffnete die Augen und sah Ryssa neben sich knien. »Was machst du denn hier?«

»Ich habe gehört, wie sie dich weggeschickt haben, und habe gewartet, bis ich selbst kommen konnte.« Sie hielt ihm ein kleines Bündel hin. »Das ist mein Sohn Apollodorus.«

Als er den winzigen Säugling sah, verzogen sich seine Lippen zu einem Lächeln. Er hatte jede Menge schwarzes Haar und dunkelblaue Augen. »Er ist wunderschön.«

Ryssa erwiderte sein Lächeln und legte ihm das Baby in die Arme.

»Das kann ich nicht, Ryssa, ich könnte ihm wehtun!«

»Du wirst ihm nicht wehtun, Acheron.« Sie zeigte ihm, wie er seinen Kopf halten musste.

Acheron war überrascht, er konnte nicht fassen, wie viel Liebe er in sich aufwallen spürte.

Ryssa lächelte. »Er mag dich. Er hat die ganze Nacht Theater gemacht und mich und die Ammen wachgehalten, schau nur, wie ruhig er jetzt bei dir ist.«

Das stimmte. Das Baby gab nur einen kleinen Seufzer von sich und schlief dann ein. Acheron lachte und betrachtete die winzigen Finger, die ihm ganz unwirklich vorkamen. »Geht es dir gut?«

»Ich habe Schmerzen und bin sehr erschöpft. Aber ich konnte nicht schlafen, ehe ich dich gesehen habe. Ich liebe dich, Acheron.«

»Ich liebe dich auch.« Widerstrebend hielt er ihr Apollodorus hin. »Jetzt geh lieber wieder, bevor du erwischt wirst. Vater wäre unglaublich wütend auf uns.«

Sie nickte, nahm das Baby und schlich hinaus.

Doch sein Geruch haftete an Acheron, genau wie das Bild seiner Unschuld. Es war schwer vorstellbar, dass auch er einmal so winzig gewesen war, und noch schwerer vorstellbar, dass er überlebt hatte, wenn man an die Feindseligkeit dachte, die seine Familie ihm entgegengebracht hatte.

Als er versuchte, wieder einzuschlafen, fragte er sich, wie es wohl wäre, wenn er eine Frau hätte, die sein Kind mit solcher Liebe und solchem Stolz in den Armen hielt. Er stellte sich das Gesicht einer Frau vor, die voller Freude war, weil sie einen Teil von ihm zur Welt gebracht hatte …

Das würde er nie erleben. Die Ärzte seines Onkels hatten dafür Sorge getragen. Sein Schwanz zuckte noch jetzt bei der Erinnerung an die Operation.

Ich will nur dein Bestes.

So schlimm es für ihn auch war, dass ihn der Rest der Welt hasste, er konnte sich nichts Schlimmeres vorstellen, als dass sein eigenes Kind ihn verachtete und ihn verleugnete.

Natürlich, wenn er ein Kind hätte, dann würde er ihm nie einen Grund geben, ihn zu hassen. Er würde es im Arm halten und es lieben – ohne Wenn und Aber.

Schlaf, Acheron. Vergiss einfach alles.

Er schloss die Augen, seufzte müde und versuchte wieder einzuschlafen.

»Was machst du da?«

Er öffnete die Augen und fand Artemis neben sich im Bett liegen. »Ich habe versucht einzuschlafen.«

»Ach so. Hast du schon von unserem Neffen gehört?«

»Ja, Ryssa war gerade mit ihm hier.«

Sie verzog das Gesicht. »Findest du Babys nicht fies und abstoßend?«

»Nein. Ich fand ihn wunderschön.«

Sie schnaubte. »Das sieht dir ähnlich. Ich finde, dass Babys stinken und Theater machen. Nie zufrieden, immer anspruchsvoll. Also ich kann mir nicht vorstellen, so viel durchzumachen, nur damit sich etwas so Fieses an mich klammert.«

Acheron verdrehte die Augen, als er sich die armen Säuglinge vorstellte, die an ihrem Tempel ausgesetzt wurden. Offenbar überließ sie deren Pflege jemandem, der mehr Mütterlichkeit besaß als sie. »Ich finde, die Griechen hätten wissen sollen, was du von Säuglingen hältst. Dann hätten sie dich vielleicht nicht zur Göttin der Geburtshilfe gemacht.«

»Nun, das liegt daran, dass ich meiner Mutter geholfen habe, Apollo zur Welt zu bringen. Das war etwas ganz anderes.« Sie streckte die Hand aus und umfasste ihn sanft. »Was haben wir denn hier?«

»Wenn du das jetzt noch nicht weißt, Artie, dann wird alles Erklären auch nichts mehr nützen.«

Sie lachte tief in der Kehle, als sein Schwanz hart wurde. »Ich hatte gehofft, dass du noch wach bist.«

Acheron sagte nichts, als sie an ihm herunterglitt und ihn in den Mund nahm. Er starrte hinauf an die Decke, während sie mit der Zunge an ihm herumspielte. Es wäre wahrscheinlich lustvoller gewesen, wenn er nicht die ganze Zeit hätte aufpassen müssen, dass er sich zurückhielt. Aber er würde nie kommen, wenn sie so mit ihm spielte. Sie schmeckte ihn gern, aber sie konnte es nicht leiden, wenn er sich irgendwo anders entlud als in ihr.

Selbst dann tolerierte sie es ungern.

Er zuckte zusammen, als sie ihn fest genug biss, um ihm wehzutun. Sie krallte die Finger in sein Schamhaar. Acheron seufzte und wünschte, er könnte zum Anfang ihrer Beziehung zurückkehren, als das alles noch so viel bedeutet hatte und sie nicht einfach nur an ihm herumlutschte.

Sie leckte ihn noch einmal ausführlich ab, ehe sie sich zurückzog. Er erwartete, dass sie zu seinen Lippen zurückkehrte, aber stattdessen schlug sie die Zähne in seinen Oberschenkel, nur Zentimeter von seinem Hoden entfernt.

Er schrie vor Schmerzen auf und musste sich zwingen, sie nicht wegzustoßen, aber dabei hätte er sich nur selbst verletzt.

Der Schmerz ging rasch vorbei, und stattdessen überrollte ihn eine Welle der Lust. Aber sie erlaubte ihm noch nicht zu kommen. »Ich will dich tief in mir spüren, Acheron.«

Er drehte sie auf den Bauch, schob ihr ein Kissen unter die Hüften und kam ihrer Bitte nach. Er packte sie an den Hüften und vergrub sich tief in ihr. Er stieß in sie, bis sie so viele Orgasmen erfahren hatte, dass sie ihn bat aufzuhören. Dann drehte sie sich wieder auf den Rücken und lachte.

Sie seufzte zufrieden, bis sie merkte, dass er noch immer hart war. »Warum bist du noch so?«

Acheron zuckte die Achseln. »Du warst schon fertig.«

»Aber du noch nicht.«

»Ich werd's überleben.«

Sie schnaubte missbilligend. »Acheron, was stimmt denn in letzter Zeit nicht mit dir?«

Er biss die Zähne zusammen, aber beantwortete ihre Frage nicht. Sie wollte nur wieder hören, wie wunderbar sie doch war. »Ich will mich nicht mit dir streiten, Artemis. Was macht es schon für einen Unterschied? Es hat dir doch gefallen, oder?«

»Ja.«

»Dann ist ja alles in Ordnung.«

Sie stützte sich auf und starrte auf ihn hinunter, während er regungslos neben ihr lag. »Ich verstehe dich wirklich nicht.«

»Es ist nicht so kompliziert.« Alles, was er verlangte, waren die beiden Dinge, die sie ihm nicht geben konnte:

Liebe und Respekt.

Sie kratzte mit einem langen Nagel leicht über seinen Hals. »Wo ist der Ring, den ich dir geschenkt habe?«

Bei der Erinnerung daran, wie er ihn hatte herunterschlucken müssen, zuckte Acheron zusammen. »Er ist verloren gegangen.«

»Wie konntest du nur so nachlässig sein!«

Er und nachlässig? Wenigstens hatte er ihr das Geschenk

nicht ins Gesicht geworfen und sie auspeitschen lassen. »Wo sind denn die Perlen, die ich dir geschenkt habe?«

Sie wurde rot. »Na gut, ich schenke dir einen neuen Ring.«

»Nein, ich brauche keinen.«

Ihre Augen verdunkelten sich zornig. »Lehnst du mein Geschenk etwa ab?«

Er konnte nun wirklich auf Geschenke verzichten. Er hatte genügend Missbrauch erfahren. »Ich lehne gar nichts ab. Ich will nur nicht in Gefahr kommen, dich zu beschämen. Wenn man sich überlegt, was alles passiert ist, halte ich es wirklich nicht für klug, wenn ich etwas in meinem Besitz habe, das man so klar dir zuordnen kann.«

»Da hast du allerdings sehr recht.« Sie lächelte ihn an. »Du bist mir gegenüber immer loyal, nicht?«

»Ja.«

Sie küsste ihn auf die Wange. »Ich verschwinde jetzt besser.«

Nachdem sie fort war, drehte sich Acheron auf den Rücken. Er schloss die Augen und ließ seine Gedanken schweifen. Im Geiste stellte er sich eine Frau mit gütigen Augen vor, eine, die in der Öffentlichkeit seine Hand hielt, die stolz darauf war, mit ihm zusammen zu sein.

Er stellte sich vor, wie ihr Haar riechen würde, wie ihre Augen aufleuchten würden, wenn sie ihn anschaute, wie sie einander anlächeln würden. Dann stellte er sich vor, wie sie ihn am ganzen Körper küsste, wie sie zu ihm hinaufschaute, während sie an ihm hinabglitt.

Er keuchte, umschloss sich selbst mit der Hand und tat so, als wäre sie es, in die er stieß.

»*Ich liebe dich, Acheron …*« Er konnte ihre Stimme hören, so süß und ruhig … vor allem aber eines: ehrlich.

Er schnappte nach Luft, als der heiße Samen seine Hand bedeckte und zwischen seinen Fingern hervordrang und nicht in einer Frau versickerte, die ihn liebte.

Ihn überlief ein Schauer. Er war nur zum Teil befriedigt, öffnete die Augen und sah sich wieder der harten Realität gegenüber.

Er war allein.

Keine Frau, sterblich oder unsterblich, würde sich je aus freien Stücken zu ihm bekennen.

23. OKTOBER 9528 V. CHR.

Acheron wälzte sich im Bett herum und versuchte zu schlafen. Apollodorus schrie so laut, dass es durch den ganzen Flur bis in sein Zimmer schallte, er brüllte schon seit Stunden.

Es war ihm eigentlich verboten, in die Nähe des Kindes zu kommen, doch er konnte das wütende und unglückliche Geschrei nicht eine Minute länger ertragen, deshalb stand er auf und zog sich an.

Leise ging er in Ryssas Gemächer und passte auf, dass ihn niemand sah. Er öffnete die Tür einen Spaltbreit und sah Ryssa und die Amme das Baby abwechselnd auf den Arm nehmen.

»Warum schreit er bloß so?«, fragte Ryssa, als würde sie gleich selbst anfangen zu weinen.

»Ich weiß es nicht, Hoheit. Manchmal weinen Babys ohne jeden Grund.«

Ryssa schüttelte den Kopf, als die Amme das Kind in den Armen wiegte. »Bitte, mein Kind, hab Mitleid mit deiner Mutter und schlaf! Ich kann einfach nicht mehr.«

Acheron schlüpfte ins Zimmer. »Ich nehme ihn.«

Die Amme wurde bleich und wandte sich ab.

»Es ist schon in Ordnung, Delia. Acheron soll versuchen, ob er ihn beruhigen kann.«

Die Amme schien mit der Entscheidung nicht einverstanden zu sein, aber sie gehorchte.

Acheron nahm seinen Neffen und bettete ihn in die Armbeuge. »Hallo, mein Kleiner. Du wirst doch bei mir kein Theater machen, oder?«

Apollodorus holte tief Luft, als wollte er erneut losbrüllen, und öffnete plötzlich die Augen. Er starrte Acheron ein paar Sekunden an, dann gurrte er ruhig und sah aus, als würde er gleich einschlafen.

»Das ist wahrhaftig ein Wunder«, flüsterte die Amme. »Was habt Ihr getan?«

Acheron zuckte mit den Schultern und legte sich Apollodorus quer über die Schulter.

Ryssa lächelte. »Ich hab eine Idee: Ich mache dich auch zu seiner Amme.«

Acheron lachte bei dem Gedanken daran, dass er sich um irgendetwas kümmern sollte. »Geh zu Bett, Schwester, du siehst erschöpft aus.«

Sie nickte dankbar und ging auf ihr Bett zu, die Amme streckte die Hände nach dem Baby aus.

Acheron übergab ihr Apollodorus, aber sobald er ihn losließ, wachte das Baby auf und brüllte wieder los.

Ryssa fuhr zusammen. »Bei allen Göttern, lass Acheron den Jungen! Noch eine Stunde Gebrüll ertrage ich nicht.«

Die Frau gehorchte augenblicklich.

Apollodorus kuschelte sich wieder an Acheron und schlief ein.

»Wo soll ich ihn hinbringen?«, fragte Acheron.

Ryssa schwieg einen Augenblick. »Wir wollen lieber nicht riskieren, dass du ihn in sein Zimmer bringst, da könnten Vater oder Styxx auftauchen. Nimm ihn mit zu dir.« Sie schaute die Amme an. »Und du setzt dich ins Kinderzimmer und erfindest eine Ausrede, falls jemand nach dem Kind fragen sollte.«

»Jawohl, Eure Hoheit.« Sie verbeugte sich und verschwand.

Ryssa tätschelte Acheron dankbar den Arm. »Weck mich, wenn er trinken will. Bis dahin muss ich unbedingt schlafen!«

Er küsste sie sanft auf die Wange. »Ruh dich aus. Wir kommen wieder, wenn er dich braucht.« Er sah zu, wie sie ins Bett kletterte, und kehrte mit seinem Neffen in sein Zimmer zurück.

»Sieht ganz so aus, als wären wir beide jetzt alleine, mein Kleiner. Was meinst du, ziehen wir uns aus, betrinken uns und suchen uns ein paar Mädchen?«

Das Baby lächelte ihn tatsächlich an, als würde es ihn verstehen.

Acheron nickte. »So ist das also? Kaum einen Monat alt und schon wollüstig? Du bist wirklich ganz der Sohn deines Vaters.«

Er setzte sich aufs Bett, lehnte sich an das Kopfende und zog die Knie an, sodass er Apollodorus auf die Beine legen und ihn wiegen konnte. Acheron kitzelte ihn am Bauch, daraufhin lachte das Baby und trat Acheron in den Magen.

Der winzige Säugling faszinierte ihn. Er hatte noch nie etwas mit Säuglingen zu tun gehabt. Apollodorus ergriff mit seiner winzigen Hand Acherons Finger und zog ihn zum Mund, sodass er an ihm lutschen konnte. Der zahnlose Gaumen fühlte sich für Acheron merkwürdig an, doch das Saugen schien das Baby weiter zu beruhigen.

Wie konnte man ein Wesen hassen, das so rein und unschuldig war, so hilflos?

Er dachte über seine Eltern nach und versuchte, sie zu verstehen. Er begriff den Hass, den sein Vater hegte, teilweise sogar. Acheron hatte sich schließlich nie besonders angestrengt, um dem Mann zu gefallen.

Aber als Kind, als Säugling, war er doch völlig hilflos und ohne jede Schuld gewesen.

Wie oft war er allein dafür geschlagen worden, dass er jemanden angeschaut hatte? Wie oft hatte Estes ihm die Hände auf dem Rücken gefesselt und ihn geknebelt, weil er eine einfache Frage gestellt hatte?

Die Erinnerungen an die eigene Kindheit ließen ihn fürchten, dass jemand dieses Baby genauso verletzen könnte wie ihn.

»Ich würde jeden umbringen, der dir etwas antut, Apollodorus. Ich verspreche dir, es wird dich niemand je zum Weinen bringen.«

Das Baby gähnte und lächelte, dann schloss es die Augen. Mit Acherons Fingern im Griff seiner kleinen Fäustchen schlief er ein. Acheron spürte, wie eine Welle von Wärme ihn überflutete. Dieses Kind verurteilte ihn nicht und war auch nicht zornig auf ihn. Es akzeptierte ihn ohne jeden Groll.

Lächelnd legte er ihn aufs Bett, damit Apollodorus bequemer lag, und deckte ihn zu.

Acheron lag in den kommenden Stunden regungslos da und sah dem kleinen Jungen zu, wie er zufrieden und in Ruhe schlief. Erst als er selbst erschöpft war, nickte auch er ein.

»Acheron?«

Als er erwachte, sah er Ryssa vor sich stehen. Er lag auf der Seite und hatte die Hand auf dem Bauch von Apollodorus liegen. Das Baby war noch nicht aufgewacht, aber seine kleine Brust hob und senkte sich und zeigte an, dass es ihm gut ging.

»Wie spät ist es denn?«

»Schon spät am Morgen.« Sie schaute ungläubig. »Wie hast du es geschafft, dass er die ganze Nacht durchgeschlafen hat?«

»Ich weiß nicht. Wir haben uns über Mädchen unterhalten, da ist er einfach eingeschlafen.«

Sie lachte. »Das ist nicht dein Ernst, oder?«

»Ich hab's ihm vorgeschlagen, und es schien ihm zu gefallen. Leider hatte er nicht genug Durchhaltevermögen.«

Sie lachte wieder. »Verdirb mir ja mein Kind nicht, du Schuft.«

Acheron zog die Hand weg, sodass Ryssa das Baby hochheben konnte. Apollodorus öffnete die Augen und lächelte seine

Mutter an, ehe er die ganze Faust in den Mund stopfte und daran sog.

»Was immer du getan hast, die Götter mögen dich segnen. Zum ersten Mal seit Monaten habe ich wieder anständig geschlafen.« Sie schaute zur Tür. »Jetzt mach ich mich auf, ehe Vater noch erfährt, dass wir beide hier gewesen sind.«

Das war wirklich das Letzte, was Acheron brauchen könnte!

Er streckte sich und setzte sich auf. Normalerweise war er vor allen anderen wach und kümmerte sich um seine Bedürfnisse, ohne irgendjemandem in die Arme zu laufen.

Jetzt war es jedoch so spät, dass alle anderen mit ihrer Toilette fertig wären.

Er nahm seine Kleider und sein Rasierzeug und ging zum Baderaum, der zum Glück leer war. Wie immer legte er sein Rasiermesser auf das Becken an der Wand und hängte seine Kleider auf.

Nackt stieg er die Stufen zum Becken mit heißem Wasser hinunter, das sich unglaublich gut auf der Haut anfühlte. Das Becken war etwa hüfttief und so groß wie ein Esstisch. Acheron ließ sich auf die Knie nieder und lehnte sich zurück, um sein stoppeliges Haar nass zu machen, sodass er es waschen konnte. Er schloss die Augen und seufzte zufrieden. Das war der schönste Moment des Tages.

Er erhob sich, griff nach der Seife und erstarrte, als er merkte, dass er nicht mehr allein war.

Da stand Nefertari und starrte ihn mit einem Blick an, den er nur zu gut kannte.

Acheron zog die Hand zurück und kniete sich wieder ins Wasser. »Vergebt mir, Herrin. Ich wusste nicht, dass dies Eure Stunde im Bade ist.«

Sie schaute ihm zu wie eine Katze, die eine Maus im Auge behält, und als er nach einem Handtuch griff, hielt sie ihn auf. »Wie kommt es, dass du so viel schöner bist als dein Zwillingsbruder?« Sie zog die Spange heraus, die ihr Gewand festhielt, und es glitt ihr vom Körper. Sie war nackt und wunderschön, aber er begehrte sie nicht.

Acheron schoss regelrecht aus dem Becken heraus, doch sie verstellte ihm den Weg. »Ich muss gehen!«, murmelte er.

Sie lachte und warf sich ihm an den Hals. »Nein, das musst du nicht.« Sie biss ihm sanft ins Kinn.

»Ich bin schon mit jemandem zusammen.«

»Na und? Das bin ich auch.«

Acheron versuchte, sie von sich loszumachen, ohne sie dabei zu verletzen, aber er konnte nicht viel ausrichten, denn sie hielt ihn fest gepackt. Endlich entwand er sich ihrem Griff und wollte weglaufen, aber er trat unglücklicherweise auf die Seife, die neben dem Becken lag, stürzte hin und schlug so hart auf dem Boden auf, dass ihm die Luft wegblieb.

Nefertari warf sich sofort auf ihn. »Schlaf mit mir, Acheron!«

Er drehte sich um, sodass sie unter ihm lag und er sich endlich erheben konnte, doch genau in dem Moment ging die Türe auf.

Er wurde totenbleich, als er Styxx und sein Gefolge eintreten sah. Sie blieben wie angewurzelt stehen, und ihren Augen entging nicht die kleinste Einzelheit.

Acheron fluchte innerlich, als er merkte, wie sich die Situation für die anderen darstellen musste, wie unzweideutig das Ganze wirkte.

Nefertari fing an zu schreien und schlug auf ihn ein. »Tu mir nichts, bitte nicht!«

Ihm war speiübel, und er rollte sich von ihr hinunter. Sie krabbelte von ihm weg, rannte zu Styxx und weinte, als wäre ihr Herz gebrochen. »Dank sei den Göttern, dass du in diesem Moment den Raum betreten hast! Es war so schrecklich!«

Styxx schob sie auf die Wachleute zu.

Acheron erhob sich langsam, um seinem Zwillingsbruder gegenüberzutreten, der so zornig war, dass sich rote Flecken auf seinen Wangen zeigten. Er machte nicht einmal den Versuch, ihm die Situation zu erklären. Styxx würde ihm ohnehin nicht glauben.

Widerstandslos ließ er sich von den Wachen ergreifen. Sie zerrten ihn zu den Gefängniszellen unter dem Palast. Acheron verzog das Gesicht, als er in ein Loch gezwängt wurde, das furchtbare Erinnerungen in ihm weckte. Er schlang die Arme um seinen Körper, um sich zu wärmen und die Kälte zu bannen. Aber nichts konnte die Kälte in seiner Seele vertreiben. Er fürchtete sich unendlich vor dem, was sie mit ihm anstellen würden.

»Artemis?«, flüsterte er leise.

Er spürte ihre Anwesenheit, auch wenn er sie nicht sehen konnte. »Was machst du denn hier drinnen?«

»Man klagt mich der Vergewaltigung an.«

Er spürte einen heftigen Druck am Hals, als würde sie ihn würgen. »Und … bist du schuldig?«

Er hustete. »Das wirst du ja wohl wissen.«

Der Druck nahm ab. »Warum steckst du dann in dieser Zelle?«

»Sie glauben mir nicht, dass ich unschuldig bin, doch ich schwöre bei meiner Seele, dass ich Nefertari nicht berührt habe. Ich … ich brauche deine Hilfe.«

»Wobei?«

Er schaute in Richtung ihrer dunklen Umrisse und sprach das eine aus, das er sich im Leben am meisten wünschte: »Töte mich.«

»Du weißt doch, dass ich das nicht tun werde.«

»Sie werden mich entmannen, Artemis. Verstehst du das?«

»Ich werde dich wieder heilen.«

Acheron lachte bitter. »Du wirst mich wieder heilen. Ist das deine Antwort?«

»Nun ja, was soll ich denn sonst tun?«

»Töte mich!«, schrie er.

»Sei nicht so melodramatisch!«

»Melodramatisch? Sie werden mich anketten, mir den Hodensack aufschneiden, die Hoden entfernen und dann den Kanal zerstören. Das alles bei vollem Bewusstsein, und ich kann dir versichern, dass sie alles andere als sanft vorgehen werden! Und du findest, ich bin melodramatisch?!«

Sie spottete über seine Wut. »Danach werde ich dich heilen. Also musst du dir keine Sorgen machen.«

Fassungslos über ihr Verhalten und ihre Weigerung, ihm zu helfen, spürte er, wie sie sich von ihm zurückzog. Er hätte am liebsten selbst alle getötet und schlug mit dem Kopf gegen die steinerne Wand.

Ich hätte gegen sie kämpfen müssen.

Aber was hätte ihm das gebracht? Die Wachen waren in der Überzahl gewesen und hätten ihn niedergeschlagen, bis er sich nicht mehr hätte rühren können. Danach hätten sie ihn bewusstlos hierhergeschleppt.

Sein Leben widerte ihn an. Er wusste nicht, wie viel Zeit verstrichen war, als die Wachen ihn aus der Zelle holten. Er wurde aus dem Loch gezerrt, gefesselt und in den Thronsaal geschleppt. Dann wurde er nackt vor Styxx, seinem Vater und der immer noch weinenden Nefertari auf die Knie gezwungen.

Der König starrte ihn mitleidslos an. »Ich befinde mich in einem Dilemma. Das Verbrechen, das du begangen hast, sollte mit der Todesstrafe geahndet werden. Aber weil das nicht möglich ist, haben wir entschieden, dass du kastriert wirst. Das hätten wir am besten schon bei deiner Geburt getan.«

Acheron lachte über diese Ironie. »Das wäre zu gnädig gewesen, so gütig bist du nicht. Gar nicht davon zu reden, wie wütend dein Bruder gewesen wäre, wenn du sein liebstes Spielzeug entmannt hättest.«

Sein Vater schoss mit wütendem Brüllen vom Thron hoch.

Acheron zuckte nicht einmal zusammen. »Sei nicht so zornig, Vater. Schließlich hast du immer gewusst, was Estes mir angetan hat. Sein Traum war es, dass du sterben und ihm auch Styxx überlassen würdest, sodass er uns beide auf einmal in seinem Bett hätte haben können.«

Die Flüche und Verwünschungen seines Vaters gellten ihm in den Ohren, als der Mann sich mit allem Zorn der Furien auf ihn stürzte. Der erste Schlag erwischte Acheron am Kinn, der nächste brach ihm die Nase, sodass sie höllisch klopfte. Ein Schlag nach dem anderen prasselte auf ihn ein.

Acheron ertrug jeden einzelnen Schlag ohne Gegenwehr und fuhr fort, den König zu verspotten. Am besten wäre es, wenn sein Vater ihn tötete. Zumindest würde er ihn bewusstlos prügeln, sodass er nicht den vollen Schmerz ertragen müsste, wenn sie ihn kastrierten.

»Vater, bitte!«, sagte Styxx und zog ihn zurück. Er wandte sich an Acheron, der auf der Seite lag. »Du bist nichts als Dreck.« Styxx trat ihn so heftig, dass er seine Rippen krachen hörte. Der Schwung des Fußtritts warf Acheron auf den Rücken, und der nächste Tritt landete genau zwischen seinen Beinen.

Bei dem unerträglichen Schmerz schrie Acheron auf, und sein Bruder trat ihn immer wieder wie besinnungslos, bis er sicher war, dass man ihn nicht mehr entmannen müsste. »Hol den Arzt!«, brüllte sein Vater. »Jetzt beenden wir das Ganze.«

Er keuchte verzweifelt auf, während sein geschundener Körper zitterte. Acheron wurde auf einen kalten Stein gelegt, die Arme über dem Kopf festgekettet, seine Beine wurden gespreizt und ebenfalls angekettet. Er legte den Kopf zurück und lachte sie aus. »Wenn du ein Fest planst, Vater, dann musst du mich mit dem Gesicht nach unten anketten.«

»Knebelt dieses Stück Dreck!«

Eine der Wachen schob ihm ein Stück Stoff in den Mund.

Acheron sah den Schatten des herantretenden Arztes. Er packte die Ketten fester und bereitete sich auf das vor, was kommen würde.

Aber nichts konnte den Schmerz dessen mildern, was folgte. Acheron brüllte, bis seine Kehle wund war und blutete, genau wie sein restlicher Körper.

Als er schließlich in sein Zimmer geworfen wurde, schien ihm seine Seele wie taub zu sein. Wenn der Körper doch ebenfalls taub gewesen wäre! Er konnte nicht mehr stehen und kroch über den Boden zu dem kleinen Tisch, wo er das Messer vom gestrigen Abendessen hatte liegen lassen. Er griff hinauf und umklammerte es zitternd.

Er war es so leid zu betteln, und er war es so leid, verletzt zu werden. Er konnte sein Leben keinen Tag länger ertragen, schlitzte sich die Handgelenke auf und schaute zu, wie das Blut herausströmte.

25. OKTOBER 9528 V. CHR.

Acheron fluchte gotteslästerlich, als er mit unerträglichen Schmerzen erwachte. Warum war er immer noch nicht tot? Inzwischen glaubte er, die Antwort zu kennen: Solange sein Leben an das von Styxx gebunden war, hätte niemand Erbarmen mit ihm, im Palast würde man nicht zulassen, dass er starb. Von Verzweiflung überwältigt, versuchte er, sich zu bewegen, und merkte, dass er wieder an sein Bett gefesselt war.

Etwas zu seiner Rechten rührte sich, und ihm wurde eiskalt, als er die kleine Frau sah, die dort stand. Es war Ryssa in Purpur und Gold gekleidet.

Sie trat an das Bett, und angesichts ihres mitleidigen und schuldbewussten Blicks kamen auch ihm die Tränen. »Ich habe ihnen nichts verraten«, flüsterte sie. »Styxx hat das Bewusstsein verloren, da hat Vater nach dir gesehen und dich fast verblutet gefunden.« Die Tränen rannen ihr über die Wangen. »Ich kann nicht fassen, was sie dir angetan haben. Ich weiß, dass du Nefertari nicht angerührt hast. Du würdest so etwas niemandem je antun, das habe ich ihnen immer wieder gesagt. Ich weiß, dass es die Sache nicht besser macht, aber Styxx hat seine Verlobung gelöst, und Nefertari ist nach Ägypten zurückgereist. Es tut mir so leid, Acheron.« Sie lehnte ihren Kopf an seinen.

Acheron hielt seine Tränen zurück. Es hatte keinen Sinn zu weinen. Das hier war sein Leben, und was immer er auch versuchte, es würde niemals besser.

Außerdem würde Artemis ihn sowieso heilen.

Er hätte am liebsten losgebrüllt, so bitter, frustriert und wütend war er über die gleichgültige Haltung der Göttin.

Ryssa strich ihm über die Wange. »Sprich mit mir!«

»Was soll ich denn noch sagen, Ryssa? Ich glaube, dass meine Taten für mich sprechen, und zwar so laut, dass auch ein Tauber es hören müsste. Aber auf mich hört auch niemand.«

Sie zog die Nase hoch und strich ihm zärtlich durchs Haar. »Du bist so unfair!«

»Im Leben geht es nicht um Fairness«, flüsterte er. »Es geht auch nicht um Gerechtigkeit. Es geht nur darum, dass man alles ertragen muss, und darum, wie viel wir ertragen können.«

Er war müde, aber man würde ihn nicht schlafen lassen.

Durch die Wände hörte er Apollodorus schreien. »Dein Sohn braucht dich, Prinzessin. Du musst zu ihm gehen.«

»Mein Bruder braucht mich auch.«

Er seufzte müde. »Nein, ich brauche dich nicht. Glaub mir, ich brauche niemanden.«

Sie drückte ihm einen Kuss auf die Wange. »Ich liebe dich, Acheron.«

Er sagte nichts, als sie ging. Im Moment spürte er keinerlei Liebe in sich, nur Qual, Verzweiflung und Wut. Er wandte den Kopf und schaute hinunter auf den schlichten weißen Verband an seinem Handgelenk. Er war ausgepolstert worden, sodass er die Wunde nicht wieder aufreißen und das vollenden konnte, was er angefangen hatte.

Er konnte nichts gegen seine Lebensretter unternehmen.

Acheron schloss die Augen und dachte an seine Zukunft, daran, dass sich nichts ändern würde, dass er gefesselt und geschunden bis in alle Ewigkeit leben müsste.

Angesichts dieser überwältigenden Hoffnungslosigkeit brüllte er los und kämpfte mit aller Macht gegen seine Fesseln, aber er konnte sie nicht lösen.

Er schaffte niemals irgendetwas.

Er brüllte noch lauter, und der klopfende Schmerz in seinen Wunden tröstete ihn.

Ryssa kam wieder in sein Zimmer gerannt.

Acheron ignorierte sie und versuchte, die Ketten zu zerreißen, die ihn ans Bett fesselten. »Ich habe genug, und ich will hier raus!«

Sie nahm ihn in den Arm. Er versuchte, sich zu wehren, aber er konnte es nicht. »Ich weiß, Acheron, ich weiß.«

Nein, sie wusste überhaupt nichts! Den Göttern sei Dank, dass sie keine Ahnung hatte, wie verdammt schrecklich sein Leben war, mit wie viel Schmerz er lebte, mit wie viel Ablehnung.

Er hämmerte mit dem Schädel an das Kopfende des Bettes und ließ seinen Tränen freien Lauf. Obwohl er inzwischen ein Mann war, fühlte er sich genau wie der kleine Junge, der die Hand nach seiner Mutter ausgestreckt und nur eine Ohrfeige bekommen hatte. »Ich muss mich betrinken, hilf mir, Ryssa!«

Sie ließ ihn los. »Was?«

»Bei den Göttern, hol mir irgendetwas, damit ich nicht solche Schmerzen habe! Alkohol, Drogen, ganz egal was. Etwas, damit alles aufhört … bitte.«

Ryssa wollte sich weigern. Sie glaubte nicht, dass es helfen würde, den Schmerz zu betäuben, aber als sie Acheron anschaute und sah, wie das Blut aus den Wunden an seinem Körper trat, als sie die Tränen in seinen Augen sah, konnte sie ihm die Bitte nicht abschlagen.

Niemand sollte so viel leiden … niemand.

Gegen ihren Willen glitt ihr Blick zu seinen Lenden, und bei dem vielen Blut, das sie dort sah, wurde ihr übel. Die Grausamkeit, mit der man vorgegangen war, überstieg jedes Maß. Dass sowohl ihr Vater als auch Styxx auch noch Vergnügen bei dem empfanden, was sie ihm antaten, stieß sie ab. Sie könnte keinem der beiden je wieder unbefangen in die Augen schauen. »Ich beeile mich.«

Sie rannte in ihre Gemächer und ergriff eine Flasche Wein, die dort stand. »Nera«, sagte sie zu ihrer Magd, die die Stühle abstaubte, »bitte hol mir mehr Wein und bring ihn in Acherons Zimmer.«

Das zarte Mädchen runzelte verwirrt die Stirn, aber sie fragte ihre Herrin nichts außer: »Wie viel Wein, Prinzessin?«

»So viel du tragen kannst.«

Ryssa eilte zu Acheron zurück. Er lag auf dem Bett ausgestreckt, nur ein dünnes Leintuch über sich. Getrocknetes Blut und blaue Flecken bedeckten einen Großteil seines Körpers, und der Schmerz in seinen silbernen Augen raubte ihr den Atem.

Sie litt mit ihm, wischte ihm die Tränen ab, hob seinen Kopf und half ihm trinken.

»Die Götter mögen dich für deine Freundlichkeit segnen«, flüsterte er, als er fertig war.

Nera kam mit weiteren Flaschen herein. Ryssa nahm sie ihr ab und setzte Acheron die nächste Flasche an die Lippen, bei der dritten war er schon völlig betrunken.

»Acheron?«, fragte sie und hatte Angst, sie hätte ihm möglicherweise zu viel gegeben.

Er seufzte tief auf und richtete seinen gequälten Blick auf sie. »Du musst mir etwas versprechen, Ryssa.«

»Alles, was du willst.«

»Hasse deinen Sohn niemals. Bitte.« Seine silbernen Augen schlossen sich, und er verlor das Bewusstsein.

Ryssa weinte und umarmte ihn, sie litt mit ihm. Sie würde jeden umbringen, der ihren Sohn je so verletzen sollte, sogar ihren eigenen Vater. Acheron hatte eine solche Liebe, eine solche Zuneigung von seiner Mutter niemals erfahren, und das brach ihr das Herz. »Schlaf in Frieden, kleiner Bruder, schlaf in Frieden.«

Sie wischte sich die Tränen ab, ließ ihn allein und schaute nach Apollodorus. Den restlichen Tag hielt sie ihren Sohn an sich gedrückt und versprach ihm, dass er in dieser Welt nie alleine wäre. Dass sie ihn immer lieben und ihn vor jedem beschützen würde, der darauf aus wäre, ihm wehzutun.

Wenn ihre Mutter das Acheron nur auch versprochen hätte!

27. OKTOBER 9528 V. CHR.

Acheron lag im Bett und seine Nasenspitze juckte so stark, dass er von den Schmerzen abgelenkt wurde. Er hätte seine Seele verkauft, wenn er sich hätte kratzen können. Ein heller Blitz zu seiner Linken kündigte die Ankunft von Artemis an.

Sie war in Weiß gekleidet und so schön wie immer, dafür hasste er sie.

Sein Magen ballte sich vor Wut zusammen, weil sie hier wie nebenbei und fast gelangweilt erschien. »Was machst du hier?«

»Mir war langweilig.«

Er lachte verbittert. Erst jetzt, vier Tage nach seiner Entmannung, kam sie mit ihrer Launenhaftigkeit zu ihm! »Ich fürchte, ich kann dich jetzt nicht unterhalten. Ich bin nicht mehr dazu in der Lage.«

Sie zog ihm das Tuch vom Körper und verzog angeekelt den Mund, als sie seine Lenden sah. »Igitt! Was haben sie denn mit dir gemacht?«

Er schloss die Augen, um die Demütigung zu ertragen. »Sie haben mich entmannt, erinnerst du dich? Ich war sogar so einfältig, dich um Hilfe zu bitten.«

»Ach ja, das.« Sie schnippte mit den Fingern.

Acheron schnappte nach Luft, als seine Lenden von noch schlimmeren Schmerzen durchzuckt wurden. Es tat so weh, dass er keine Luft mehr bekam und ihm die Tränen in die Augen traten.

»Siehst du? Es wird gleich viel besser.«

Er holte keuchend Luft, alles brannte wie Feuer.

»Dein Haar ist ja auch schon wieder nachgewachsen.«

War das alles, was sie interessierte? Dass sein Haar wieder länger war? Nur gut, dass er sich nicht rühren konnte, sonst wäre er ihr für diese Bemerkung sicher an die Kehle gegangen.

»Warum bist du ans Bett gefesselt?«

Wenn sie noch eine weitere dämliche Frage stellte, würde er sie wirklich erwürgen. »Sie wollen mich davon abhalten, mir das Leben zu nehmen.«

»Warum solltest du das denn tun?«

Acheron knirschte mit den Zähnen. Was für einen Sinn hatte es eigentlich, mit ihr zu sprechen? Es war ihr ohnehin völlig egal. Sie hatte gleichgültig reagiert, als er sie gebeten hatte, ihm das Leben zu nehmen. Sie interessierte sich für nichts außer für ihre Langeweile und dafür, dass sie sich möglicherweise einen anderen Mann suchen musste, den sie bespringen konnte. Die Götter mochten verhindern, dass je der Schwanz eines anderen sie befriedigen konnte! »Mir das Leben zu nehmen schien mir zum damaligen Zeitpunkt eine gute Idee zu sein, im Moment nicht mehr so sehr.«

Sie starrte ihn verärgert an. »Dann muss ich sie dazu bringen, dass sie dich freilassen. Also wirklich, du machst mehr Ärger, als du wert bist. Warte hier!«

Als ob er eine andere Wahl hätte. »Keine Sorge«, rief er ihr nach, als sie verschwand. »Ich kann noch nicht mal aufstehen, um zu pinkeln.«

Seine Nase juckte immer noch.

Es dauerte nicht lange, da betrat sein Vater das Zimmer und starrte missbilligend auf ihn herab. Na, das war nichts Neues.

Wie immer wirkte der König wie aus dem Ei gepellt. Sein blondes Haar war perfekt frisiert, und sein weißes Gewand leuchtete in der Sonne.

Acheron begegnete seinem finsteren Blick regungslos. »Was kann ich für dich tun?«

Die blauen Augen seines Vaters leuchteten zornig auf. »Was muss ich noch tun, damit du endlich begreifst, wo dein Platz ist!«

Sein Platz? Das sollte der Platz des Thronerben sein, der eines geachteten Prinzen.

Stattdessen lag er hier an ein Bett gekettet, seine Blöße nur durch das blutige Leintuch bedeckt, das Artemis wieder über ihn geworfen hatte, sodass sie die Arbeit der Folterknechte nicht ansehen musste. Er war ungewaschen und schmutzig, sein Haar sah vermutlich genauso schlimm aus wie sein Bart.

Acheron schaute zur Seite. »Ich weiß, wo mein Platz ist.«

Sein Vater trat gegen das Bett. So viel also dazu, dass Artemis sich um seine Freilassung kümmern würde.

»Die Mägde sind es leid, deinen Dreck wegzumachen. Daraus kann man ihnen wirklich keinen Vorwurf machen. Deshalb wirst du losgebunden. Aber wenn du wieder irgendetwas Dummes anstellst, dann, das schwöre ich bei allen Göttern, werde ich dich an eine Wand im Kerker anketten und dich dort verrotten lassen.«

Das hatte er ihm schon einmal angetan.

»Keine Sorge, Vater, ich werde dir aus dem Weg gehen.«

»Das will ich dir auch geraten haben.« Er wies die Wachen hinter ihm an, Acherons Fesseln zu lösen.

Endlich konnte er sich an der Nase kratzen. Da trat Styxx herein und warf ihm ein blassblaues Gewand zu.

Acheron runzelte die Stirn, als er merkte, dass es ein Kleidungsstück von Ryssa war.

Styxx lachte böse. »Ich dachte, du wolltest vielleicht etwas, das zu deinem neuen Ich passt.«

Acheron wurde rot vor Wut.

Ehe er sich eines Besseren besinnen konnte, sprang er auf,

stieß Styxx zu Boden, schlug seinen Kopf gegen den steinernen Fußboden und hätte ihn am liebsten zerschmettert wie eine Melone. Er hieb den Kopf sechsmal auf den Boden, dann zerrten ihn die Wachen von Styxx weg.

Acheron wehrte sich gegen sie, so gut er es vermochte, aber sie verdrehten ihm die Arme hinter dem Rücken, sodass er nicht mehr viel tun konnte, außer sie zu verfluchen. *Danke, Artemis, dass du dein Geschenk rückgängig gemacht hast!*

Styxx kam zornig fluchend vom Boden hoch. Er packte das Schwert ihres Vaters und hätte Acheron erschlagen, wenn sein Vater ihn nicht zurückgehalten hätte.

»Bringt ihn nach draußen, und peitscht ihn aus«, knurrte sein Vater.

»Nein!«

Acheron schaute hoch und sah Ryssa in der Türe stehen.

Sein Vater schaute vollkommen ungläubig drein. »Was hast du gerade gesagt?«

Sie verschränkte die Arme vor der Brust und stand ruhig und entschlossen im Türrahmen. »Du hast mich schon verstanden, Vater. Ich sagte: Nein!«

Der König wurde rot vor Wut. »Du hast mir nicht zu sagen, was ich zu tun habe, Frau!«

»Du hast recht«, sagte sie ruhig. »Ich habe dir nichts zu befehlen. Ich habe keine Macht über dich, aber als Geliebte von Apollo habe ich einigen Einfluss darauf, was er tut und wem er Frieden schenkt, besonders was meine eigene Familie angeht …« Sie warf einen bedeutungsvollen Blick von ihm zu Styxx und wieder zurück. »Ich bin es leid, dass Acheron immer wieder missbraucht wird. Damit muss jetzt Schluss sein.«

Der König wies auf Styxx. »Schau dir deinen Bruder doch an, er blutet.«

Sie schaute Acheron an und nickte. »Er hat schon mehr als genug geblutet.«

»*Styxx* blutet.«

Sie schaute auf ihr Gewand, das am Boden lag. »Ich würde sagen, für seine Grausamkeit hat er durchaus eine kleine Lektion verdient.«

Styxx starrte sie an. »Eines Tages werde ich dein König sein, Ryssa. Du würdest gut daran tun, öfter daran zu denken.«

Sie begegnete seinem wütenden Grinsen ganz ruhig. »Und ich bin die Mutter eines Halbgotts. Du würdest gut daran tun, öfter daran zu denken, Bruder.«

Styxx stieß sie zur Seite und ging hinaus. Ihr Vater schüttelte den Kopf. »Frauen!«, zischte er und ließ Ryssa und Acheron allein.

Ryssa hob das Gewand auf und zerknüllte es. »Ich würde mich ja für ihn entschuldigen, aber dafür gibt es keine Entschuldigung.« Sie schnaubte. »Ich wünschte nur, ich hätte dieses Argument früher ins Feld geführt, um dir zu helfen. Sie haben natürlich keine Ahnung, dass es Apollo völlig egal ist, wie ich über irgendetwas denke. Aber das bleibt unser Geheimnis, ja?«

Acheron zuckte die Achseln, als er sich zum Bett bewegte und das Laken enger um sich zog, um seine Nacktheit vor den Blicken seiner Schwester zu verbergen. »Ich wäre schockiert, wenn Vater mir irgendetwas anderes als Verachtung schenken würde.«

Sie stieß einen langen, traurigen Seufzer aus. »Soll ich dir ein Tablett mit Essen in den Baderaum schicken lassen?«

Er schüttelte den Kopf. »Ich habe nicht die Absicht, diesen Raum noch einmal zu betreten.«

»Aber du musst doch baden!«

Eigentlich nicht. Vielleicht würde sich niemand mehr um ihn scheren, wenn er erst einmal genügend stank. Aber er wollte nicht mit seiner Schwester streiten. »Du solltest dich hinlegen, solange Apollodorus dich nicht braucht.«

Sie umarmte ihn sanft und ging hinaus.

Ryssa hatte kaum die Türe hinter sich geschlossen, da trat Artemis auch schon aus dem Schatten.

Sie lächelte ihn an. »Sag: Danke schön, Artemis.«

»Nur wenn ich es mit zusammengebissenen Zähnen sagen darf.«

Sie starrte ihn an, als könnte sie seinen Ärger nicht fassen. »Du bist mir gar nicht dankbar?«

Acheron hob verzweifelt die Arme. »Ich will nicht mit dir streiten, Artie. Ich will einfach nur in Ruhe meine Wunden lecken.«

Sie erschien hinter ihm und zog ihn an sich. »Die lecke ich lieber für dich.« Sie streckte die Hand nach seinen Lenden aus und wollte ihn umfassen.

Bei dieser Liebkosung zuckte Acheron zusammen und zog ihre Hand weg. »Es ist noch keine Woche her, dass man mir die Eier abgeschnitten hat, Artemis, ich bin wirklich nicht in Stimmung.«

Sie machte ein Geräusch des Missfallens. »Sei nicht albern, du bist doch schon wieder geheilt. Das sollten wir feiern und deine wiederhergestellten Kronjuwelen gekonnt zum Einsatz bringen.« Sie pustete ihm ins Ohr.

Acheron zuckte zurück, doch natürlich ließ sie nicht locker.

Gib ihr einfach, was sie will. Sonst würde sich das Ganze so lange hinziehen, bis sie wütend wurde und ihn womöglich angriff. *Lieber lass ich mir die Augen ausstechen!*

Natürlich würden seine Augen einfach nachwachsen, und er fragte sich, ob mit seinen Hoden nicht dasselbe geschehen wäre, ohne dass Artemis nachgeholfen hätte.

Es war wirklich sinnlos, dagegen anzugehen. Es war ja nicht so, als wäre er noch nie dazu gezwungen worden, mit Leuten Sex zu haben, die er verabscheute. Ein Streit würde das Unvermeidliche bloß hinauszögern und ihn erneut verletzen.

Du kannst es genauso gut so schnell wie möglich hinter dich bringen.

Er wandte sich ihr zu. »Wo willst du mich haben?«

Die Worte waren ihm kaum über die Lippen gekommen, da lag er schon auf dem Rücken in ihrem Bett, und sie saß nackt auf ihm.

»Ich habe dich vermisst, Acheron.«

Er zuckte zusammen, als sie ihm die Zähne in den Hals schlug, und dann tat er das, was er immer tat. Er war ihr zu Gefallen und beanspruchte nichts für sich selbst.

Sie merkte es kaum und stellte nur fest, wie gern sie es hatte, wenn sie beide nicht so befleckt waren wie sonst, wenn er kam. Danach lag er da und hielt sie im Arm, während sie vor Zufriedenheit schnurrte.

Acheron fühlte sich innerlich immer noch ganz leer.

Sie setzte sich auf und warf sich ein Leintuch über. »Du gehst jetzt besser zurück. Hades gibt heute Nacht im Tempel des Zeus ein Fest, da muss ich erscheinen.«

Er hatte nicht einmal Zeit, etwas zu antworten, da war er auch schon wieder allein in seinem Zimmer – wie ein ausrangiertes Möbelstück, das sie leid war. Er ging zur Waschschüssel und goss ein bisschen Wasser aus dem Krug, um sich zu säubern und zu rasieren, dann zog er sich an.

Resigniert erwog er, sich ein Theaterstück anzuschauen, aber das könnte ihm kaum helfen. Es wäre wesentlich mehr nötig, um den Schmerz in ihm zu lindern. Als er sich in seinem Gefängnis umschaute, fiel sein Blick auf den Wein, den Ryssa ihm gebracht hatte. Leider war er nicht stark genug, um das leere, brennende Loch in ihm zu füllen.

Er schnappte seine Geldbörse und seinen Mantel, verließ den Palast und ging in die Straße der Bordelle. Es dauerte nicht lange, bis er seinen alten Händler gefunden hatte. Klein und stämmig, mit einem Glatzkopf und lauter verrotteten Zähnen im Mund, stand der Mann an der Ecke vor einem der verrufensten Bordelle der ganzen Stadt.

Euklid lächelte, als er ihn erkannte. »Acheron, es ist lange her, dass wir uns gesehen haben!«

»Sei gegrüßt! Hast du Morpheuswurzel?«

Er leckte sich gierig die Lippen. »Natürlich. Wie viel willst du?«

»Ich nehme alles, was du hast.«

Er zog eine Augenbraue hoch. »Hast du denn so viel Geld?«

Acheron bezahlte ihn.

Beeindruckt zog Euklid ein kleines hölzernes Kästchen von dem Karren, der für Uneingeweihte oder Naive nur mit Lumpen beladen schien, und reichte es Acheron zur Begutachtung. Der öffnete es und hob die Kräuter an die Nase. Der kräftige Geruch nach Lavendel war schwächer als der Duft der Wurzel, die ihm Linderung verschaffen würde.

Acheron klappte das Kästchen wieder zu. »Ich danke dir. Ich brauche auch eine Wasserpfeife.«

Euklid reichte ihm die Pfeife und erhielt dafür ein paar weitere Münzen. »Nächste Woche bekomme ich wieder eine Lieferung. Sag mir Bescheid, wenn du mehr brauchst. Und falls du das Geld dafür nicht hast, bin ich sicher, wir beide finden eine andere Lösung.« Er fuhr Acheron mit seinen dreckigen Fingern übers Gesicht.

Acheron wusste nicht, warum ihn das beleidigte. Es war schließlich ganz normal, dass Huren mit ihrem Körper für Nachschub bezahlten, aber aus irgendeinem Grund traf es ihn diesmal tief. »Danke, Euklid.« Er zog die Kapuze tiefer ins Gesicht und machte sich auf den Weg durch die dunklen Gassen zurück in den Palast und in sein Zimmer.

Dort öffnete er in der Dunkelheit das Kästchen und mischte die Kräuter und Wurzeln. Merkwürdig, wie gut er sich noch an die genauen Mengenangaben erinnerte.

»Atme das hier tief ein, Junge. Dann kannst du alles richtig genießen.«

Als er die Stimme von Estes hörte, zog sich sein Inneres zusammen. Als er diese Drogen zum ersten Mal bekommen hatte, hatte sein Onkel ihn zu Boden gedrückt und ihn gezwungen, das Gemisch einzuatmen. Danach hatte Acheron so gut wie keine Ermunterung mehr gebraucht. Sein Onkel hatte recht, es machte alles viel erträglicher, denn es nahm ihm das Bewusstsein und die Kraft zu kämpfen. Es hatte ihn völlig gedankenlos und willenlos gemacht, welche abartigen Akte man auch immer von ihm verlangt hatte.

Er zündete die Kräuter an und blies sanft darauf, damit sie genau richtig glühten und die aufsteigenden Dämpfe kräftig genug wären. Er schloss die Augen, zog an der Wasserpfeife, und dann atmete er ein, bis die Schmerzen nachließen.

In seinem Kopf drehte sich alles, er stolperte auf sein Bett zu und legte sich hin, dann sah er zu, wie die Zimmerdecke kippte und sich drehte.

Apostolos? Wo bist du?

»Hallo, ihr Stimmen«, flüsterte er. Immer wenn er high war, hörte er sie lauter als sonst.

Wir wollen, dass du nach Hause kommst, Apostolos! Sag uns, wo wir dich finden können.

Er schaute sich in seinem Zimmer um und seufzte. »Ich bin in einem dunklen Zimmer.«

Wo genau?

Acheron lachte, dann wälzte er sich auf den Bauch und stöhnte, als er das grobe Leinen an seinem Körper spürte. Er holte keuchend Atem, und sein Schwanz wurde hart. Artemis hatte ihn zu früh aus ihrem Zimmer geworfen. Die Droge machte ihn unglaublich lüstern.

Jedes Mal, wenn er in ihrem Bett kam, verzog sie angeekelt das Gesicht und rümpfte die Nase. Deshalb war es für ihn leichter, sie einfach nur zu vögeln und sich dann später, wenn er wieder alleine war, selbst zu befriedigen.

Er holte tief Luft, als das Betttuch an seinen Brustwarzen rieb. Die Lust war quälend, aber er berührte sich nicht selbst.

Er wollte keine Befriedigung und keinen Genuss, er wünschte sich einfach nur Frieden.

Mehr noch, er wollte von jemandem berührt werden, der sich etwas aus ihm machte. Und das war ganz bestimmt nicht er selbst.

12. NOVEMBER 9528 V. CHR.

Acheron saß draußen auf seinem Balkon und ließ den kalten Wind über sich wehen, als er merkte, dass seine Schwester am Fenster stand und ihn beobachtete. Er gab ihr ein Zeichen, sie solle herauskommen.

Ihr klapperten sofort die Zähne. »Es ist eisig hier draußen!«

»Mir tut das gut.« Tatsächlich schwitzte er.

Ryssa kniff misstrauisch die Augen zusammen, während sie näher trat. »Was hast du denn gemacht?«

»Ich habe nichts gemacht, überhaupt nichts.« Er hatte kaum noch die Kraft zu essen.

Sie schüttelte ärgerlich den Kopf. »Hast du wieder diese Drogen genommen?«

Acheron blickte zur Seite.

Sie packte sein Kinn und zwang ihn, sie anzuschauen. »Warum tust du das?«

»Jetzt fang bloß nicht so an, Ryssa.«

»Bitte, Acheron«, sagte sie mit angestrengter Stimme und ließ ihn los. »Du bringst dich damit noch um.«

Das wünschte er sich ja gerade. Er drehte sein Handgelenk um und schaute darauf. Die Haut war perfekt und makellos, keine Spur mehr von dem Schnitt, der Haut und Adern beschädigt hatte. »Ich kann mich nicht umbringen. Die Götter wissen, dass ich es versucht habe! Für mich gibt es keinen Ausweg, also sitze ich hier und warte, bis die Götter meinem Leben ein

Ende setzen. Und ich versuche, möglichst allen aus dem Weg zu gehen.«

Sie strich ihm das Haar aus den Augen. »Du siehst schlimm aus. Wann hast du das letzte Mal gebadet?«

Er stieß sie weg, die Frage machte ihn wütend. »Als ich das letzte Mal gebadet habe, wurde ich der Vergewaltigung angeklagt und anschließend kastriert. Nimm's mir nicht übel, aber da stinke ich lieber.«

Sie schüttelte den Kopf. »Und wann hast du das letzte Mal etwas gegessen?«

»Ich weiß es nicht.« Er kratzte sich am Bart, der seine Wangen bedeckte. »Was macht das schon aus? Es ist ja nicht so, als würde Vater mich verhungern lassen. Ich werde schon essen, wenn ich muss. Wenn sie mich zwangsernähren.«

Ryssa streckte die Hand aus und kniff ihn ganz überraschend ins Ohr. »Du wirst jetzt sofort etwas essen!«

»Hey!«, fuhr Acheron sie an, aber sie ließ ihn nicht los. Entschlossen zerrte sie ihn vom Balkon herunter und zwang ihn, ihr in ihre Gemächer zu folgen. Er musste sich anstrengen, um mit ihren eiligen Schritten mithalten zu können. »Warum hast du es denn so eilig?«

»Es wird einfach Zeit, dass du etwas zu essen bekommst.« Sie ließ ihn los.

Er runzelte die Stirn und rieb sich das brennende Ohrläppchen.

Ryssa deutete auf den Tisch, wo Obst, Brot und Käse lagen. »Setz dich und iss, und zwar sofort!«

»Jawohl, Eure Majestät.« Als Acheron nach einem Stückchen Käse griff, sah er sein Spiegelbild. Tiefliegende rotgeäderte Augen starrten aus einem wilden Gesicht. Sein Bart war verfilzt, sein kurzes Haar zerzaust. Er sah aus wie ein alter Mann und nicht wie ein junger.

Und er fühlte sich sogar noch älter, als er aussah. Er vermied jeden weiteren Blick auf sein Gesicht und schob sich Käse in den Mund, während Ryssa ihm einen Becher Wein eingoss.

Sie ging hinüber zur Tür, die zur Unterkunft ihrer Dienerin führte. »Nera? Kümmer dich darum, dass mir in meinem Zimmer ein Bad eingelassen wird. Und besorg mir ein Rasiermesser!«

Acheron sprach nicht, während er aß. Er war wirklich kurz vorm Verhungern. Die Dienerinnen hatten ihm kein Essen mehr gebracht, und er hatte es nicht gewagt, sich selbst welches zu besorgen, wenn er daran dachte, wie sein Vater das letzte Mal reagiert hatte, als er ihm in der Nähe von Küche und Esszimmer begegnet war.

Als Ryssa zurückkehrte, hatte sie Apollodorus auf dem Arm. Sobald der Acheron sah, lächelte er und streckte die Ärmchen nach ihm aus.

Acheron konnte gar nicht anders, er musste ihn auf den Arm nehmen. »Sei gegrüßt, mein Kleiner. Wie geht es dir?«

Er quiekte zur Antwort.

Acheron schaute zu Ryssa auf, die ein Tuch zu einer Windel faltete. »Er ist gewachsen, seit ich ihn das letzte Mal gesehen habe.«

»Ja, das stimmt.«

Acheron schaute auf sein Haar, das deutlich weniger geworden war. »Du kriegst bald eine Glatze.«

Ryssa musste lachen. »Bei dir war es genauso. Dein ganzes schwarzes Haar ist ausgefallen, und danach bist du blond geworden.«

Apollodorus streckte die Hand aus und zog Acheron am Bart.

Er wollte Ryssa das Kind wieder übergeben. »Ich bin viel zu dreckig, als dass ich ihn auf dem Arm halten sollte.«

»Das ist ihm egal. Er freut sich einfach nur, seinen Onkel wiederzusehen. Er hat dich vermisst.«

Und Acheron hatte seinen Neffen vermisst.

Er drückte das Baby an sich und schaute seine Schwester an. »Das ist nicht fair, Ryssa. Du weißt, was Vater mit mir macht, wenn er herausfindet, dass ich hier war. Und wenn er mich je in der Nähe von Apollodorus sieht …«

Sie legte ihm die Hand auf die Schulter. »Ich weiß, Acheron.«

Die Tür öffnete sich, und Diener traten mit einem großen Zuber und mit heißem Wasser ein. Ryssa nahm das Baby, während Acheron weiteraß.

Sobald das Bad bereitet war, ließ sie ihn alleine.

Mit größerer Begeisterung, als ihm eigentlich lieb war, tauchte Acheron in das dampfend heiße Wasser ein und seufzte zufrieden. Es war so lange her, seit er zuletzt ein Bad genommen hatte, dass er fast vergessen hatte, was für ein wunderbares Gefühl es war. Und doch war es das Risiko eigentlich nicht wert.

»Ich liebe dich, Ryssa«, flüsterte er. Sie war die Einzige, der wirklich etwas an ihm lag. Artemis wollte ihn lieben, aber sie war eine Göttin, und ihre Liebe war eigensüchtig – genau wie die von Estes. Solange er ihr Lust verschaffte, war sie liebenswürdig zu ihm. Zugegeben, sie war wesentlich großzügiger, als Estes es je gewesen war, aber sie war keineswegs grenzenlos.

Was ihn bei Artemis am meisten schmerzte, war die Erinnerung daran, wie sie zu Anfang gewesen waren. Er sehnte sich nach seiner Unschuld zurück, nach dem Gefühl, dass er ihr etwas bedeutet hatte.

Er versuchte, nicht an sie zu denken, und griff nach dem Rasiermesser. Als er mit der Rasur fertig war, erhob er sich aus dem Zuber und griff nach frischer Kleidung.

Nachdem er angezogen war, klopfte er an die Tür zum Zimmer der Dienerin. »Ich bin fertig, sei bedankt.«

Ryssa kam wieder zu ihm und schloss die Tür, sodass die Dienerin sie nicht hören konnte. »Bitte nimm diese Drogen nicht mehr, Acheron. Ich mag nicht, was sie aus dir machen.« Die Besorgnis in ihren hellblauen Augen traf ihn tief.

»Ich werde sie absetzen.«

»Versprochen?«

Er nickte. »Weil du es bist.«

Sie lächelte ihn an. »Du siehst schon viel besser aus. Komm jederzeit zu mir, wenn du willst, dann lasse ich dir ein Bad herrichten.« Sie stellte sich auf die Zehenspitzen und umarmte ihn.

Acheron drückte sie fest und ließ sie dann wieder los. Er war schon viel zu lange hier. Sie wussten beide, dass das Risiko, sich in ihren Gemächern aufzuhalten, für ihn viel zu groß war, solange es Tag und der Rest des Haushalts wach war.

Er ging wieder in sein Zimmer und starrte das Kästchen mit dem Vorrat an Morpheuswurzel auf dem Tisch an.

Schmeiß das Zeug weg.

Nein, das brachte er nicht fertig. Es würde ihm ganz schön dreckig gehen, wenn er von heute auf morgen aufhörte. Sein Leben war auch so schon übel genug. Er würde tun, was er versprochen hatte, aber er würde Schritt für Schritt aufhören.

»Acheron?«

Als er die Stimme von Artemis hörte, erstarrte er. Woher wusste sie immer so genau, wann sie ihm einen Besuch abstatten konnte?

Nun ja, sie war ja schließlich eine Göttin.

»Sei gegrüßt, Artie.«

Sie erschien wie ein Blitz hinter ihm und schlang ihm den Arm um die Taille. »Mmm, du riechst aber gut.«

Er roch nach dem Bad und den Drogen. »Ich habe gebadet.«

Sie machte sich von ihm los und schaute ihn finster an. »Du siehst merkwürdig aus. Bist du krank?«

»Nein.«

»Dann komm mit mir auf den Olymp, ich will tanzen.«

Als ob er eine Wahl hätte. Aber er war nicht in der Stimmung, trotzig zu sein. Er lernte gerade, wie er Bestrafungen aus dem Weg gehen konnte, und genoss es.

Artemis nahm ihn mit in ihren Tempel. Acheron blieb überrascht stehen, als er sah, was sie vorbereitet hatte. Überall standen Kerzen, und es spielte leise Musik. Ein kleines Festmahl war aufgetischt. Er runzelte die Stirn. »Was soll das bedeuten?«

Sie lächelte ihn zärtlich an. »Es ist schon eine ganze Weile her, seit wir zusammen gewesen sind. Ich wollte, dass es heute etwas Besonderes wird. Gefällt es dir?«

Er war so überrascht, dass er nicht einmal mehr denken konnte. »Das hast du für mich gemacht?«

»Nun ja, für meinen Bruder oder eine meiner Koris habe ich bestimmt keine romantischen Kerzen aufgestellt.« Sie ging zum Tisch und nahm eine kleine Schachtel. »Und ich habe Hephaistos gebeten, das hier für dich anzufertigen.«

Acheron war völlig überrascht, als er die Schachtel anstarrte. Es war so untypisch für sie, ihm etwas zu schenken, dass er sich einen Augenblick lang fragte, ob jemand sie auf den Kopf geschlagen hatte. »Du hast ein Geschenk für mich?«

»Nun ja, ich wollte etwas als Ersatz für den Ring. Du kannst es schlecht mit zu dir nehmen, aber du kannst es hier deponieren und immer benutzen, wenn du mich besuchen kommst.«

Neugierig öffnete er das Kästchen und fand ein Paar goldener Armschienen.

Artemis drückte seinen Unterarm. »Die sind für deine Handgelenke, wenn wir auf die Jagd gehen. Du beschwerst dich nie, aber ich weiß, dass die Bogensehne, wenn du sie beim Schuss loslässt, das Handgelenk verletzt. Diese Armschienen schützen die Haut, außerdem stellen sie sicher, dass dein Pfeil immer ins Ziel trifft.«

Die Geste war unglaublich aufmerksam von ihr und erinnerte ihn wieder daran, wie leicht es ihm gefallen war, ihr sein Herz zu schenken. Warum konnte sie bloß nicht immer so nett sein?

»Danke schön, Artie.«

»Freust du dich darüber?«

Sie war fast wie ein Kind in ihrer Anstrengung, ihm zu gefallen. Acheron schob ihr das Haar aus dem Gesicht und küsste sie auf die Wange. »Ich freue mich ungeheuer.«

»Das ist gut. Du bist in letzter Zeit so traurig gewesen, das mag ich nicht.«

Warum tat sie dann lauter Dinge, die ihn traurig machten? Er verstand sie nicht, aber jetzt strengte sie sich wirklich an, und er würde nicht auf vergangenen Fehlern herumreiten.

Er streckte ihr die Hand hin. »Wollen wir tanzen?«

Sie ergriff sie lächelnd und ließ sich von ihm herumwirbeln. Ihr Lachen klang ihm in den Ohren.

Acheron hätte ungeheuer gern die gleiche Freude verspürt, aber in ihm war nichts außer einem kurzen Gefühl der Erleichterung, dass sie ihn nicht aufs Bett warf und sich auf ihn stürzte. Natürlich war er immer noch benommen von der Restwirkung der Morpheuswurzel, die er erst vor wenigen Stunden genommen hatte. Er war jetzt in einer Stimmung, in der sein Körper Ruhe gab, weder war er lüstern noch war ihm übel.

Artemis lehnte den Kopf an seine Brust und seufzte, während sie sich im Takt der leisen Musik wiegten.

Bei den Göttern, er wollte sie so gerne wieder lieben, aber er hatte unglaubliche Angst davor. Jedes Mal, wenn er seinen Schutzwall abbaute, verletzte sie ihn. Wenn sie vor der Welt doch nur zugeben könnte, dass sie beide Freunde waren! Oder ihm zu verstehen gäbe, dass er ihr wirklich etwas bedeutete.

Er wünschte sich ihre Freundschaft zurück und schluckte. »Artie?«

»Ja?«

»Würdest du den morgigen Tag mit mir verbringen?«

Sie lächelte glücklich. »Ich kann dich morgens abholen kommen.«

»Nicht hier, sondern in Didymos.«

Sie machte sich von ihm los. »Ich weiß nicht, Acheron. Es könnte uns jemand sehen.«

Darauf lief es immer hinaus. »Du könntest eine andere Gestalt annehmen. Du musst ja nicht aussehen wie du selbst.«

Sie seufzte frustriert. »Warum ist dir das so wichtig? Warum bleibst du nicht einfach hier mit mir zusammen?«

Sag es nicht.

Aber er konnte nicht anders, die Drogen führten dazu, dass er den Mund nicht halten konnte. »Hier fühle ich mich nicht wie ein Mensch.«

Sie machte ein finsteres Gesicht. »Was?«

Acheron trat unentschlossen einen Schritt von ihr weg. Ein Teil von ihm wollte ihr nicht die Wahrheit sagen, aber der andere Teil war es leid, sie immer vor ihr zu verbergen. »Wenn ich hier bin, fühle ich mich wie ein Schoßhündchen. Es ist, als lebte ich im Haus meines Onkels in Atlantis. Ich darf dein Schlafzimmer nicht verlassen, wenn du nicht dabei bist, ohne deine Erlaubnis darf ich nicht nach draußen gehen. Es ist erniedrigend.«

»Erniedrigend?« Sie kniff die Augen zusammen. »Du bist im Tempel einer olympischen Göttin. Wie im Namen von Zeus könntest *du* dadurch erniedrigt sein?«

Du als Hure. Das hätte sie genauso gut sagen können. Es schwang unausgesprochen in ihrem Tonfall mit, und das traf ihn wie ein Messer mitten ins Herz. »Verzeih mir, Akra. Es steht mir nicht zu, Forderungen an dich zu stellen.«

Sie verzog den Mund. »Ach, jetzt hör schon auf mit diesem wehleidigen Tonfall. Ich hasse es, wenn du so mit mir sprichst. Verschwinde!«

Auf der Stelle fand er sich in sein Zimmer zurückgeworfen. Er schaute sich um und nahm die einfachen Möbel und die dunklen Schatten in sich auf.

»Ich habe das alles so satt.«

Er sehnte sich verzweifelt danach, dass sich etwas änderte, nahm seinen Mantel und eilte aus dem Palast und in die Stadt. Er hielt erst an, als er das Haus von Merus und Eleni erreichte. Hinter den verschlossenen Fensterläden flackerte der Schein des Feuers, und er stellte sich vor, wie die beiden dort drinnen saßen, wie sie lachten und einander neckten.

Eine Familie.

Er kannte das Wort, aber er erfasste seine Bedeutung nicht. Wie es wäre, wenn man zu Hause willkommen war. Zu wissen, dass es irgendwo da draußen jemanden gab, der sich für ihn opfern würde.

Das wirst du hier niemals finden.

Acheron blickte sich auf der leeren Straße um und erinnerte sich an den Tag, an dem sein Vater ihn aus Estes' Haus geworfen hatte. Er war monatelang umhergezogen und hatte versucht, einen Platz zu finden, an dem er zur Ruhe kommen konnte. Er hatte versucht, Arbeit zu finden. Doch alle hatten es abgelehnt, ihn anzustellen. Zumindest für irgendetwas anderes als für Hurerei.

Du bist so ein schönes Ding. Einen solchen Körper kann man doch gut gebrauchen.

Angesichts der bitteren Erinnerungen, die ihn noch immer verfolgten, zuckte er zusammen. *Ich muss einen Ausweg finden!*

Er hatte weiß Gott versucht, einen solchen Ausweg zu finden. Er war in einen Ort nach dem anderen und in eine Stadt nach der anderen gezogen, und es war überall das Gleiche gewesen. Er konnte nirgendwohin gehen, ohne Sex zu haben, und niemand wollte ihn länger als den Zeitraum, in dem sie Sex miteinander hatten. Der einzige Grund, aus dem er hierher zurückgekehrt war, war die Erinnerung an seine Schwester gewesen und an den einen Sommer, in dem er sich wie ein Mensch gefühlt hatte und nicht wie ein Ding.

Ihm war übel, und er schaute den Hügel hinauf, wo der Palast wie ein märchenhafter Stern glitzerte.

Noch immer hörte er das Flüstern der Stimmen aus Atlantis in seinem Kopf.

Komm zu uns, Apostolos. Komm nach Hause.

Acheron lachte bitter. »Warum? Damit ihr mich auch erniedrigen könnt wie alle anderen?«

Er konnte nirgendwohin gehen, es gab keinen Ausweg aus dieser Qual. Der einzige Sinn in seinem Leben lag in den zwei Menschen auf dieser Welt, die ihn nicht verurteilten: Ryssa und Apollodorus.

Die Götter mochten Mitleid mit ihm haben, wenn er diese beiden verlöre! Er wäre nicht in der Lage weiterzuleben, wenn diese beiden die Welt ohne ihn verließen.

18. FEBRUAR 9527 V. CHR.

»Ich weiß nicht, was es mit dir und diesem Baby auf sich hat, du bist einfach die beste Kinderfrau der Welt für ihn.«

Acheron lachte über Ryssas Bemerkung, als sie ihm Apollodorus abnahm. Keiner von ihnen konnte verstehen, warum Acherons Anwesenheit so einen beruhigenden Einfluss auf seinen Neffen hatte. Doch es war nicht zu leugnen: Immer wenn Apollodorus Theater machte, beruhigte er sich augenblicklich, wenn Acheron dazukam. Ryssa hatte angefangen, ihm das Baby mehr oder weniger jede Nacht zu bringen, damit sie in Ruhe schlafen konnte.

»Du weißt ja, dass du ihn jederzeit bei mir lassen kannst. Ich glaube, wir kommen so gut miteinander aus, weil wir nach dem gleichen Prinzip funktionieren.« Acheron fuhr seinem Neffen durch das weiche Haar.

Ryssa lächelte und wickelte Apollodorus in seine Decke. »Den Göttern sei Dank, dass ich dich habe! Ich weiß nicht, was ich tun würde, wenn du nicht hier wärst und mir mit ihm helfen würdest.«

In diesem Augenblick flogen die Türen zu Acherons Zimmer auf, sechs Wachen stürmten herein und warfen ihn zu Boden.

»Was soll das?«, verlangte Ryssa zu wissen.

Sie antworteten nicht. Acheron wehrte sich, aber schließlich fesselten sie ihn, während das Baby protestierend brüllte.

»Er hat doch überhaupt nichts getan!«, rief Ryssa und folgte ihnen aus dem Zimmer und den Flur hinunter.

Sie hielten erst im Thronsaal an und zwangen Acheron vor seinem Vater und Styxx auf die Knie. Die beiden saßen selbstgefällig auf ihren Thronsesseln und schauten ihn voller Verachtung an.

Acheron starrte zurück. »Warum bin ich hier?«

Sein Vater schoss mit wütendem Brüllen von seinem Thron hoch. »Du hast mir keine Fragen zu stellen, Verräter!«

Acheron war vollkommen verblüfft.

»Vater!«, rief Ryssa. »Hast du den Verstand verloren?«

Als Antwort versetzte er Acheron eine Ohrfeige. »Wo bist du letzte Nacht gewesen?«

Acheron keuchte bei dem Schmerz, der auf Wange und Auge explodierte. Er war bei Artemis gewesen, aber das wagte er nicht zu sagen. »Ich war in meinem Zimmer.«

Sein Vater schlug ihn erneut. »Lügner! Ich habe Zeugen, die dich in einem Bordell gesehen haben, wo du einen Anschlag auf mein Leben geplant hast.«

Acheron war so überrascht, dass er nicht einmal antworten konnte. Er konnte nur Styxx anstarren, und die Furcht in den Augen des Prinzen verriet ihm sofort, wer wirklich in diesem Bordell gewesen war. »Ich habe nichts dergleichen getan.«

Sein Vater schlug ihn erneut und wandte sich dann an die Wachen. »Foltert ihn, bis er sich entschließt, uns die Wahrheit zu sagen.«

Acheron bestritt schreiend, in dem Bordell gewesen zu sein, und kämpfte gegen die Wachen, die ihn festhielten.

»Vater, nein!« Ryssa trat vor.

Der König wandte sich mit einem bösartigen Schnauben an sie. »Diesmal wirst du ihn nicht vor seiner gerechten Strafe bewahren. Er hat Verrat begangen, und darauf werde ich angemessen reagieren.«

Keuchend begegnete Acheron, der von den Wachen festgehalten wurde, dem Blick von Styxx. Wie konnte sein Bruder den Tod eines Mannes planen, der den Boden verehrte, auf dem Styxx wandelte? Er hätte seine Seele verkauft, nur um einen Teil der Liebe zu bekommen, die Styxx mit Füßen trat.

Aber es hatte keinen Sinn, um Gnade zu bitten, der König hatte seine Entscheidung bereits getroffen. Nur der Hurensohn Acheron konnte der Verräter sein, nicht der Musterknabe Styxx. Die einzige Person, die ihn entlasten konnte, war Artemis, und sie würde lieber sterben, als öffentlich zuzugeben, dass sie letzte Nacht in ihrem Tempel zusammen gewesen waren.

Acheron wurde aus dem Thronsaal geschleift und in das Gefängnis unter dem Palast geworfen.

Obwohl er sich auf jedem einzelnen Schritt des Weges gegen die Wachen wehrte, konnte er sie nicht davon abhalten, ihm die Kleider vom Leib zu reißen und ihn an den Verhörblock zu ketten. Der Granitstein kühlte ihn aus bis auf die Knochen. Eingetrocknetes Blut bedeckte den Stein, und Acherons Blut würde sich zweifellos bald mit dem der anderen mischen, die dort vor ihm gefoltert und getötet worden waren.

Acheron schloss die Augen und versuchte, an etwas anderes zu denken, an irgendetwas, das ihn vor dem schützte, was jetzt auf ihn zukam. Aber als der Folterknecht erschien, wusste er, dass er nichts mehr tun konnte.

Nichts würde ihn hiervor retten.

»Der König will wissen, mit wem du dich getroffen hast. Jeden einzelnen Namen!«

Acheron zuckte zusammen aus Furcht vor dem, was kommen würde, wenn er ihnen die Wahrheit sagte. »Ich habe mich mit niemandem getroffen.«

Der Folterknecht schlug Acheron mit einer glühenden Peitsche mit stählerner Schnur über die Brust.

Acheron schrie auf, als er begriff, was ihm bevorstand.

Ryssa war entsetzt, als sie in ihre Räume zurückkehrte und ihren weinenden Sohn dem Kindermädchen überreichte. Was sollte sie jetzt tun?

Anders als ihr Vater wusste sie, wer der wirkliche Verräter sein musste. Wenn Zeugen jemanden gesehen hatten, der groß und blond war und aussah wie Acheron, dann konnte das nur Styxx gewesen sein. Acheron würde aus der Ermordung des Königs keinen Nutzen ziehen, außer vielleicht Rache, doch er war kein Mensch, der sich rächte.

Gar nicht davon zu reden, dass Acheron *niemals* ohne Kopfbedeckung in die Öffentlichkeit gehen würde, schon gar nicht in ein Bordell. Wenn er das getan hätte, dann wäre er jetzt immer noch dort und müsste sich die Lüstlinge vom Hals schaffen.

»Was hast du nur getan, Styxx?«, flüsterte sie durch den dicken Kloß in ihrem Hals.

Warum plante er einen Anschlag auf das Leben seines eigenen Vaters? Andererseits wusste sie, dass die Geschichte der Menschheit von den Söhnen geschrieben wurde, die mehr wollten, als auf den Thron zu warten, und die alles taten, um schnell an ihr Ziel zu gelangen. Dennoch hatte sie gedacht, Styxx würde über solchen Machenschaften stehen. Was konnte seinen Geist so vergiftet haben?

»Ich muss Artemis finden.« Niemand sonst konnte ihr helfen, Acheron zu retten.

Ryssa wollte gerade gehen, aber ehe sie auch nur drei Schritte durchs Zimmer getan hatte, öffneten sich die Türen, und die Wachen, die Acheron festgenommen hatten, traten ein.

»Eure Hoheit, wir sollen Euch zur Befragung bringen.«

Ihr Herz wurde bei diesen Worten eiskalt. »Zur Befragung? Das ist unmöglich.«

Aber so war es. Die Wachen umringten sie und führten sie zu ihrem Vater, der mit Styxx wartete.

Sie schaute die beiden so kalt an, wie sie nur konnte. »Was soll das, Vater?«

Er hatte nie so alt ausgesehen wie jetzt. Seine schönen Gesichtszüge waren vor Trauer verzerrt. »Warum hast du mich verraten, Tochter?«

»Ich habe dich nicht verraten, Vater, im Leben nicht.«

Er schüttelte den Kopf. »Ich habe einen Zeugen, der sich gemeldet und ausgesagt hat, dass du dich letzte Nacht mit Acheron getroffen hast.«

Sie schaute Styxx bitterböse an. »Dann lügt dieser Zeuge, genau wie man Acheron denunziert. Ich war letzte Nacht mit Apollo zusammen. Bitte ihn her und befrage ihn.«

Styxx wurde blass.

Offenbar hatte er gedacht, er könnte sie gleich mit Acheron zusammen loswerden. Sie konnte nicht fassen, wie töricht ihr Vater war, wenn es um Styxx ging.

Der König wirkte unendlich erleichtert. »Ich bin froh, dass die Aussage nicht stimmt, mein Kätzchen.« Er legte ihr sanft die Hand aufs Gesicht. »Die Vorstellung, dass meine geliebte Tochter sich gegen mich wendet …«

Und was war mit seinem geliebten Sohn?

Sie schaute an ihrem Vater vorbei auf Styxx, der zu Boden starrte. »Acheron ist unschuldig.«

»Nein, mein Kind, diesmal nicht. Ich habe zu viele Zeugen, die ihn dort gesehen haben.«

Wie konnte sie ihm die Wahrheit nur begreiflich machen? »Acheron würde niemals in ein Bordell gehen.«

»Natürlich würde er das. Er hat schließlich in einem gearbeitet. Wo sollte er denn sonst hingehen?«

Überallhin, aber freiwillig niemals *dahin*. Acheron hatte jede Minute gehasst, die er in diesen Häusern verbringen musste. »Bitte, Vater, du hast ihm schon genug angetan, lass ihn in Ruhe.«

Er schüttelte den Kopf. »Um mich ringelt sich ein Nest von Vipern, und bis ich nicht den Namen jedes Einzelnen erfahren habe, mit dem er gesprochen hat, werde ich nicht nachgeben.«

Tränen traten ihr in die Augen, als sie sich den Albtraum vorstellte, den Acheron würde durchmachen müssen. Wieder einmal. »Die Priester sagen, dass Hades in der Unterwelt einen bestimmten Ort für Verräter bereithält. Ich bin sicher, der Name des wahren Verräters wird dort, während wir hier miteinander sprechen, gerade eingemeißelt.«

Styxx schaute zur Seite.

Also sah sie ihren Vater wieder an. »All die Jahre hat Acheron von dir nichts gewollt außer Liebe, Vater. Dass du ihn nur einen Augenblick ohne Hass in den Augen anschaust. Er hat sich von dir nur ein einziges freundliches Wort gewünscht – doch du hast ihn immer wieder von dir gewiesen und ihn verletzt. Du hast den Sohn gequält, der nichts wollte, als dich zu lieben. Lass ihn frei, ehe du ihm Schaden zufügst, der nicht wiedergutzumachen ist, ich bitte dich.«

»Er hat mich jetzt zum letzten Mal verraten.«

»Er soll dich verraten haben?«, fragte sie, fassungslos über seine Schlussfolgerung. »Vater, das kannst du doch unmöglich glauben! Er hat einzig und allein versucht, dir aus dem Weg zu gehen, damit du ihn möglichst nicht einmal bemerkst. Er zuckt schon zusammen, wenn nur dein Name fällt. Wenn nur eine Minute die Blindheit von deinen Augen fallen könnte, dann würdest du erkennen, dass er sich *nie* mit anderen Leuten zusammengetan und *nie* ein Komplott gegen dich geschmiedet hat.«

»Er war eine Hure!«, brüllte der König.

»Er war ein Junge, der überleben musste, Vater. Von seiner Familie verstoßen, verraten von denjenigen, die ihn vor allem Übel hätten schützen sollen. Ich war dabei, als er zur Welt kam, und ich erinnere mich, wie ihr alle euch von ihm abgewandt habt. Erinnerst du dich auch? Erinnerst du dich noch daran, wie du ihm den Arm gebrochen hast? Er war erst zwei Jahre alt und konnte kaum sprechen. Er hat die Arme nach dir ausgestreckt und wollte dich umarmen, doch du hast ihn so hart weggestoßen, dass du ihm den Arm gebrochen hast, als wäre es ein Zweig. Als er vor Schmerz aufschrie, hast du ihn geschlagen und bist dann gegangen.«

»Genau deshalb plant er den Mord an dir, Vater«, mischte Styxx sich endlich ein. »Lass dich nicht von einer Frau von dem abbringen, was getan werden muss! Die Frauen sind unsere größte Schwäche. Sie erpressen uns mit unserer Liebe zu ihnen. Wie oft hast du mir das gesagt? Auf die Frauen darf man nicht hören. Sie denken mit dem Herzen und nicht mit dem Kopf.«

Das Gesicht ihres Vaters versteinerte. »Diesmal werde ich ihn nicht davonkommen lassen.«

Angesichts der Blindheit ihres Vaters flossen Ryssas Tränen. »Diesmal? Wann hättest du Acheron je ungeschoren davonkommen lassen?«

Sie blinzelte die Tränen in ihren Augen weg und versuchte noch einmal, ihn zur Einsicht zu bewegen. »Pass gut auf die verborgene Schlange auf, sagst du das nicht auch immer, Vater?« Sie warf Styxx einen vielsagenden Blick zu. »Ehrgeiz und Eifersucht sind die Wurzeln allen Verrats. Acherons einziger Ehrgeiz besteht darin, dir aus dem Weg zu gehen, und wenn er eifersüchtig wäre, dann wäre seine Eifersucht nicht auf dich gerichtet. Aber ich kenne einen anderen, der von deinem Tod enormen Nutzen hätte.«

Ihr Vater schlug ihr ins Gesicht. »Wie kannst du es wagen, deinen Bruder anzuklagen!«

»Ich hab es dir ja gesagt, Vater, sie hasst mich! Ich wäre nicht überrascht, wenn sie es auch mit der Hure Acheron getrieben hätte.«

Ryssa wischte sich das Blut von den Lippen. »Der Einzige in

dieser Familie, von dem ich weiß, dass er mit Huren schläft, bist du, Styxx. Ich frage mich, ob man Acheron zufällig in deinem Lieblingsbordell gesehen hat …« Damit wandte sie sich ab und verließ den Palast.

»Lasst uns allein!«

Durch den klopfenden, peinigenden Schmerz hindurch erkannte Acheron die Stimme seines Vaters kaum. Es gab keinen Teil seines Körpers, der nicht gequält und missbraucht worden war. Es tat sogar weh, wenn er die Augen öffnete.

Als der Raum leer war, trat sein Vater auf ihn zu, während er auf den steinernen Platten lag.

Zu seinem Erstaunen reichte er ihm eine Kelle Wasser.

Acheron wand sich und erwartete, dass der König ihn damit schlagen würde.

Aber das tat er nicht. Sein Vater hob ihm sogar den Kopf an und half ihm, aus der Kelle zu trinken. Wäre das Leben von Styxx nicht an seines gebunden, hätte er vermutet, das Wasser wäre vergiftet.

»Wo warst du letzte Nacht?«

Acheron spürte, wie ihm eine Träne aus dem Augenwinkel rann. Diese Frage hatte man ihm immer und immer wieder gestellt. Das Salz der Träne brannte in den offenen Wunden auf seiner Wange, während er mühsam Luft holte. »Sag mir nur, was ich darauf antworten muss, Akri. Sag mir, was mich davor bewahrt, weiter gefoltert zu werden.«

Sein Vater schlug die Kelle auf die Steine neben seinem Kopf. »Ich will die Namen der Männer, mit denen du dich getroffen hast.«

Er kannte die Namen der Senatoren nicht. Sie hatten sich nur selten vorgestellt, ehe sie Sex mit ihm gehabt hatten.

Acheron schüttelte den Kopf. »Ich habe mich mit niemandem getroffen.«

Sein Vater krallte ihm die Hand ins Haar und zwang ihn, ihm in die Augen zu schauen. »Sag endlich die Wahrheit, verdammt!«

Acheron versuchte verzweifelt, sich eine Lüge auszudenken, die sein Vater glauben würde, aber genau wie bei dem Folterknecht, der ihn vorher vernommen hatte, kam er nur immer wieder auf die Wahrheit zurück. »Ich habe dich nicht verraten. Ich war nicht dort!«

»Wo warst du dann? Hast du auch nur einen einzigen Zeugen für das, was du getan hast?«

Ja … aber sie würde niemals aussagen. Vielleicht, wenn er der Thronfolger Styxx wäre … Aber Artemis würde niemals für eine wertlose Hure eintreten. »Es gibt nur mein Wort dafür.«

Sein Vater brüllte zornig auf. Er streckte die Hand nach ihm aus, aber ehe er ihn berühren konnte, erstarrte er.

Acheron hielt den Atem an und versuchte zu begreifen, was geschah. Einen Augenblick später erschien Artemis neben ihm.

Verblüfft starrte er sie an, zu mehr war er nicht in der Lage.

»Deine Schwester hat mir gesagt, wessen sie dich anklagen. Keine Sorge, dein Vater wird sich an nichts erinnern, auch dein Bruder nicht.«

Acheron schluckte, als er versuchte zu verstehen, was sie sagte. »Du nimmst mich in Schutz?«

Sie nickte. Einen Augenblick später war er zurück in seinem Zimmer und geheilt. Acheron legte sich aufs Bett, er war dankbarer, als er es mit Worten ausdrücken konnte. Und doch löschte die Erlösung den Schmerz über das, was er erlitten hatte, nicht aus. Genauso wenig schaffte es die Tatsache aus der Welt, dass Styxx seinen eigenen Vater vom Thron stürzen wollte.

Was sollte er jetzt tun?

Artemis erschien mit sorgenvollem Gesicht an seiner Seite und schob ihm das Haar aus dem Gesicht.

»Wird Ryssa sich an alles erinnern?«, fragte er.

»Nein, von diesem Augenblick an wird sie sich nicht einmal daran erinnern, dass du und ich uns überhaupt kennen. Das hätte ich vielleicht schon früher so einrichten sollen, aber sie schien den Mund zu halten. Jetzt muss ich mir darüber keine Gedanken mehr machen.«

Das war sicher am besten so.

Er starrte Artemis an, verblüfft darüber, was sie getan hatte. Nein, sie war nicht für ihn eingestanden, aber sie hatte ihn gerettet. Das war ein großer Durchbruch, verglichen mit dem letzten Mal, als sie ihn der »zarten Behandlung« durch die Operateure überlassen hatte. »Danke, dass du gekommen bist und mir geholfen hast.«

Sie legte ihm die Hand auf die Wange. »Ich wünschte, ich könnte dich von hier mitnehmen.«

Sie war die einzige Person, die das konnte, aber sie hatte zu viel Angst davor. Vielleicht hatte sie recht. Was würde es ihr bringen, wenn sie sich für ihn zugrunde richtete?

Er war es nicht wert.

Acheron küsste sie auf die Lippen, obwohl er innerlich noch immer fror. Er konnte nirgendwohin, und er war es leid, immer mit Menschen zusammen zu sein, die ihn hassten.

Styxx …

In Sekundenbruchteilen kam ihm die einfachste Antwort auf sein Dilemma in den Sinn. Warum war er nicht schon früher darauf gekommen?

Er machte sich von Artemis los und hielt sie an der Hand. »Du gehst besser, ehe noch jemand hier hereingestolpert kommt.«

»Ich komme morgen wieder.«

Nicht wenn es nach ihm ginge.

Acheron schaute zu, wie sie verblasste, und sobald sie fort war, begann er, seine Zukunft zu planen.

Sein Vater weigerte sich, ihn sterben zu lassen, solange sein

Leben mit dem Leben von Styxx verknüpft war. Und Styxx plante den Tod seines Vaters.

Die Lösung war ganz einfach. Wenn er Styxx tötete, wäre sein Vater in Sicherheit … und er selbst wäre frei.

Frieden. Er würde endlich seinen Frieden finden.

19. FEBRUAR 9527 V. CHR.

Acheron wartete, bis es im Palast völlig ruhig war. Es war noch etwa eine Stunde bis Sonnenaufgang.

Dann wären sowohl Styxx als auch er selbst tot. Allein der Gedanke daran machte ihn glücklicher als alles andere.

Er war mehr als begierig danach und hielt den Dolch fest mit der Hand umklammert, als er sich an den Wachen vorbeischlich und durch die Tür von Styxx' Zimmer glitt. Er machte sie fast lautlos hinter sich zu. Wie ein Schatten glitt er über den Boden zum großen Bett, wo sein Bruder unter Daunendecken schlief. Schwere Vorhänge schützten den Thronerben vor Zugluft.

Aber sie konnten ihn nicht vor Acheron schützen.

Mit düsterem Blick zog Acheron die Vorhänge zurück. Nackt bis auf seine Halskette mit dem königlichen Emblem, lag Styxx schlafend auf der Seite, völlig ungeschützt.

Die ganzen Jahre, in denen sein Bruder ihn gequält hatte, gingen ihm durch den Kopf, Styxx, der ihn verhöhnt hatte, die Erinnerung daran, dass sein Bruder, ohne mit der Wimper zu zucken, in Kauf genommen hatte, dass Acheron für seinen eigenen Verrat bestraft wurde.

Acheron hob den Dolch. Ein Schlitz … ein Stoß …

Und Frieden.

Tu es!

Er stieß den Dolch nieder, doch er hielt inne, ehe er die Kehle des Prinzen erreichte.

Im Stillen fluchte er, als er die furchtbare Wahrheit über sich selbst feststellte. Er konnte es nicht tun. Er war nicht so kaltblütig, so erbarmungslos.

Angewidert trat er einen Schritt zurück, als er merkte, was für ein Feigling er war.

Nein, kein Feigling. Egal was in ihrer Vergangenheit geschehen war, sie waren Brüder. Zwillingsbrüder. Er konnte seinen eigenen Bruder nicht töten, selbst wenn der Dreckskerl es verdient hatte.

Dein Schmerz wird nicht enden, bis du diese Tat vollbringst.

Er würde dir gegenüber keine Gnade zeigen.

Das stimmte allerdings. Styxx war bereit gewesen zuzuschauen, wie Acheron geschlagen, entmannt und sogar getötet worden wäre, wäre sein Vater nur dazu in der Lage gewesen.

Styxx hatte keine Gnade für ihn übrig, kein Mitleid, nicht einmal Mitgefühl, und wenn er ihm jetzt gestattete weiterzuleben, dann würde Acheron weiterhin missbraucht werden. Es würde sich sehr wahrscheinlich alles noch zum Schlimmeren entwickeln, wenn Styxx ihren Vater erst einmal getötet hätte. Und sobald ihr Vater tot war, würde Styxx sich auch an Ryssa rächen.

Damit hatte er bereits wiederholt gedroht.

Styxx könnte sie ungestraft töten. Acheron gefror das Blut in den Adern, als er sich das vor Augen hielt. Wenn es nicht seinetwegen war, so musste er doch wenigstens seine Schwester und ihr Kind schützen.

Styxx musste sterben.

»Vergib mir, Bruder«, flüsterte er einen Augenblick, bevor er Styxx den Dolch ins Herz stach.

Styxx rang nach Luft und riss die Augen auf. Acheron stolperte zurück in die Schatten, während sein Bruder versuchte, aus dem Bett zu kriechen. Er brach auf dem Boden zusammen, Blut lief aus der Wunde und bildete eine Pfütze auf den Steinen.

Keuchend wartete Acheron, dass auch ihn der Tod ereilen würde.

Doch nichts geschah, und mit jedem weiteren Herzschlag stieg seine Panik.

Er fühlte sich nicht anders als sonst – wie war das möglich?

Vielleicht war Styxx noch nicht tot? Voller Angst, dass er seinen Bruder nur verwundet hatte, näherte er sich ihm und drückte die Hand auf seinen Hals. Er konnte keinen Puls fühlen, keine Bewegung oder sonst irgendein Lebenszeichen. Er drehte ihn um und sah, dass Haut und Lippen bereits blau anliefen, dass seine Augen offen standen und glasig waren.

Styxx war tot … doch Acheron lebte?

Voller Grauen rannte er zur Tür und an den schlummernden Wachen vorbei, zurück durch den Flur in sein Zimmer. Nein! Das Wort hallte in seinem Kopf, als er versuchte, die Sache zu begreifen. Wenn er starb, dann starb auch Styxx. Aber wenn Styxx starb …

Dann geschah *ihm* nichts. Wie war das möglich?

Warum hätten die Götter das so einrichten sollen? Das ergab doch keinen Sinn.

Du hast deinen eigenen Bruder getötet. Deinen Zwillingsbruder!

Acheron lehnte sich an die geschlossene Tür, und ihn überkam das blanke Entsetzen. Man würde ihn töten, wenn die Wahrheit je ans Licht käme. Sein Vater würde ihm niemals vergeben. Man würde ihn zerfleischen …

Plötzlich hallten aufgeregte Stimmen durch den Palast, die Wachen wechselten Rufe miteinander, und in den Fluren herrschte Aufruhr.

Sie haben seine Leiche schon entdeckt. Die Götter mögen mir helfen!

Jemand klopfte an seine Tür.

»Acheron?«

Es war Ryssa. Acheron machte auf und sah sie blass und mit

zerzaustem Haar auf dem Flur stehen. Sie trug eine rote Stola über ihrem blauen Gewand. »Ich wollte wissen, ob es dir gut geht. Heute Nacht hat jemand versucht, Styxx umzubringen.«

Versucht? Nein, er hatte es verdammt nochmal getan. »Wie meinst du das?«

Ehe sie antworten konnte, sah er Styxx hinter Ryssa, das Gesicht rot vor Wut, als er die Wachen bei der Durchsuchung der Zimmer anführte. »Ihr müsst meinen Angreifer finden! Ich will ihn haben, hört ihr mich? Durchsucht jeden Winkel, so lange, bis wir ihn finden!«

Acheron schaute ihn ungläubig an.

Styxx lebte? Er begriff noch gar nicht, was das bedeutete. Styxx war wieder zum Leben erweckt worden.

Wie war das nur möglich?

Ryssa schüttelte den Kopf.

»Hast du irgendjemanden gesehen?«

»Ich war in meinem Zimmer«, log er.

Als ob er ihn erst jetzt entdeckt hätte, erstarrte Styxx, drehte sich um und schaute ihm ins Gesicht. Obwohl er voller Blut war, war keine Wunde zu sehen, die ihn getötet hätte. »Wachen!«, brüllte er.

Acheron trat voller Furcht zurück.

Styxx zeigte auf ihn. »Bewacht ihn. Mein Angreifer weiß möglicherweise, dass er einfach nur ihn umbringen muss, wenn er mich töten will. Er muss rund um die Uhr bewacht werden!«

Wenn sein Bruder nur wüsste … Den Göttern sei Dank, dass er offenbar nichts ahnte.

»Was für eine entsetzliche Nacht«, sagte Ryssa. »Ich gehe jetzt zu Apollodorus. Der ganze Tumult macht ihm sicher Angst.«

Acheron rührte sich nicht, als sie ihn verließ. Durch den Türspalt sah er zu, wie die Wachen im Flur ausschwärmten und die Zimmer durchsuchten. Sein Bruder lebte! Diese Tatsache musste er erst einmal verdauen.

Also waren ihre Leben in Wirklichkeit gar nicht aneinander gebunden, zumindest nicht im traditionellen Sinne. Wenn er starb, dann starb auch Styxx. Wenn hingegen Styxx starb … hatte das keinerlei Einfluss auf ihn.

Sein Vater hatte recht. Er war nicht normal.

Warum sollten die Götter ihn beschützen und Styxx nicht? Das ergab alles keinen Sinn.

Er zog sich in sein Zimmer zurück und entschloss sich abzuwarten, bis die Suche vorbei und das Haus wieder still wäre. Sobald er sicher war, dass er den Raum verlassen konnte, ohne gesehen zu werden, warf er sich seinen Mantel über und ging hinaus auf die dunklen Straßen.

Er blieb versteckt, als er sich seinen Weg durch die Gassen zum Apollotempel suchte, und klopfte dort an.

»Der Tempel ist nicht geöffnet.«

»Ich komme vom Königshaus«, sagte Acheron nachdrücklich. »Ich muss unbedingt mit dem Orakel sprechen.«

Die Tür ging einen Spalt auf, bis der alte runzlige Priester sein Gesicht sehen konnte. Sofort veränderte sich sein Verhalten, und er wurde unterwürfig. »Prinz Styxx, vergebt mir! Ich wusste nicht, dass Ihr es seid.«

Acheron machte sich nicht die Mühe, ihn aufzuklären. Ein einziges Mal war er dankbar dafür, dass sie Zwillinge waren. »Führ mich zum Orakel.«

Ohne zu zögern, brachte der Priester ihn durch den Säulengang in den hinteren Teil des Tempels, wo die kleinen Räume für die Priester und die Bediensteten lagen. Der Raum des Orakels war ein bisschen größer als die anderen, schmucklos und kahl, nur ein kleines Bett mit Vorhängen stand darin.

»Herrin?«, rief der Priester und trat auf das Bett zu. »Der Prinz möchte mit Euch reden.«

Eine blonde Frau, die nicht viel älter als fünfzehn sein mochte, setzte sich auf und erhob sich mit Hilfe des Priesters, dann kam sie auf Acheron zu. An ihren Bewegungen erkannte er, dass sie unter dem Einfluss von Drogen stand.

Der Priester führte sie zu einem hohen Stuhl, der über einer Schüssel mit Dämpfen stand. Dem Geruch nach zu urteilen tippte er auf Morpheuswurzel und Risi Opsi, eine Zusammensetzung, die fantastische Halluzinationen hervorrief. Er hatte es nur ein einziges Mal genommen, nachdem Euklid ihm davon vorgeschwärmt hatte, aber das hatte ihm schon gereicht. Er war den ganzen Tag wie im Delirium gewesen und hatte noch Tage später Albträume gehabt.

»Lass uns allein!«, fuhr sie den Priester an. »Du kennst das Gebot.«

Er zog sich augenblicklich zurück.

Das Mädchen zog die Kapuze über den Kopf und goss Wasser auf die köchelnden Kräuter, und der Dampf über der Schüssel verdichtete sich. »Ihr seid nicht der Prinz.«

Er runzelte die Stirn. »Woher wisst Ihr das?«

»Ich weiß alles«, sagte sie mit schneidender Stimme. »Ich bin das Orakel, und Ihr seid der verfluchte erstgeborene Sohn, den der König verleugnet.«

Letzteres wusste niemand in der Öffentlichkeit, daher glaubte er an ihre Fähigkeiten. »Dann wisst Ihr auch, warum ich hier bin.«

Sie atmete die Dämpfe ein und wand sich auf dem Stuhl, als ob sie die gleichen Stimmen hören würde, die auch ihn verfolgten. Als sie die Augen wieder öffnete, durchbohrte ihn ihr Blick gleich einer Lanze. »Ihr könnt ihn nicht töten. Es ist Euch verboten zu sterben.«

»Weshalb?«

Sie atmete wieder tief ein, und ihre Augen glänzten golden auf. »Im Zeichen der Sonne liegt ein Hauch von Silber. Nicht einmal, nicht zweimal, sondern dreimal. Das Zeichen des Vaters zur Rechten, die Mutter zur Linken, und in der Mitte steht derjenige, der die beiden vereint. Drei Leben, die miteinander verflochten sind. Ihr seid, was Ihr wart, doch Ihr wisst es noch nicht. Ihr werdet es erfahren. Der Tag rückt näher, an dem Euer Schicksal sich zeigen wird. Schreitet voller Mut voran und lauscht. Eure Geburt wird schmerzhaft sein, aber es ist notwendig. *Akri di diyum.*«

Der Herr und Meister wird regieren.

Sie streckte den Arm aus und legte ihm die Hand auf die Schulter. »Euer Wille wird Gesetz des Universums sein.«

»Was redet Ihr da?«

»Er, der gegen das Schicksal kämpft, wird unterliegen. Nehmt Euer Schicksal an, Acheron. Je mehr Ihr dagegen kämpft, desto schmerzhafter wird Eure Geburt.« Mit diesen Worten brach sie zusammen.

Acheron fing sie gerade noch auf, ehe sie zu Boden fiel. Er nahm sie auf den Arm, trug sie zu ihrem Bett und legte sie dort nieder. Sie murmelte weiterhin unsinnige Worte über Vögel und Dämonen, die kommen würden, um ihn zu holen.

Noch verwirrter als zuvor verließ er sie, überließ sie der Pflege der Priester und machte sich auf den Rückweg zum Palast.

Ihre Prophezeiung war dummes Geschwätz.

Das musste es sein. Warum sollten die Götter eine Hure erwählen? Warum sollte sein Wille Gesetz des Universums sein?

Sie steht unter Drogen.

Er wusste ganz genau, wie sehr einen das aus der Fassung brachte. Ihre Prophezeiungen waren nichts weiter als Halluzinationen, die er auch gehabt hatte. Er war nichts wert.

Doch in seinem Hinterkopf hörte er immer wieder die gleichen drei Worte flüstern:

Und wenn doch?

3. MÄRZ 9527 V. CHR.

Acheron saß in der Kinderstube und fütterte Apollodorus mit gehacktem Fleisch. Die beiden waren den Großteil des Morgens alleine gewesen, während Ryssa mit üblen Kopfschmerzen darniederlag. Er wusste nicht, warum sein Neffe ihn so bewunderte, aber der Junge folgte jeder seiner Bewegungen.

Er war das einzig Gute in seinem Leben.

Apollodorus rülpste laut, dann kicherte er.

Acheron hob die Augenbrauen. »Ich glaube, jetzt hast du genug gehabt, junger Mann.«

Das Baby kippte um und lachte. Acheron hob ihn hoch und lehnte ihn an seine Schulter.

Er hatte Apollodorus gerade für ein Nickerchen hingelegt, als die Türen aufgingen. Einen Augenblick lang fürchtete er, es wären sein Vater oder Apollo, aber zum Glück war es Ryssa, die mit einer blonden jungen Frau eintrat.

Es dauerte einen Moment, bis er begriff, wer sie war.

Maia.

»Acheron, schau nur, wer hier ist! Maia ist mit ihrer Mutter zu Besuch gekommen.«

Sein Herz war voller Freude, als er sich erhob, um sie zu begrüßen. »Wie schön, dich wiederzusehen!« Er drückte sie an sich.

Sie machte sich los und schaute ihn lächelnd an. »Acheron, es ist viel zu lange her. Du hast dich kein bisschen verändert!«

Aber sie hatte sich verändert. Als sie ihre Hand mit einer verstörenden Liebkosung an seinem Arm entlanggleiten ließ, wurde ihm kalt vor Furcht. Besonders, als das altbekannte Licht in ihren Augen erschien. Es war, als könnte sie sich nicht mehr unter Kontrolle halten. Verdammt – sein Fluch!

Nicht Maia …

Er trat einen Schritt zurück, um Abstand zwischen sie beide zu bringen. »Was führt dich hierher?«

»Ich bin mit meiner Mutter gekommen.«

Ryssa lächelte ihm matt zu, und er begriff, dass sie noch immer Kopfschmerzen hatte. »Sie bleiben eine Woche am Hof.«

Das hätte ihn freuen sollen, aber stattdessen fürchtete er sich davor. »Ach wirklich?«

Maia kam langsam auf ihn zu, wie eine Löwin, die sich anpirschte und auf einen Bissen seines Fleisches aus war. »Wir beide sollten unsere Bekanntschaft auffrischen.«

Bevor er antworten konnte, rief eine Dienerin nach Ryssa.

Sie verzog schmerzhaft das Gesicht und drückte sich die Hände an die Schläfen, dann schaute sie die beiden an. »Ich bin gleich wieder da.«

Maia trat noch einen Schritt näher heran. »Ich hatte völlig vergessen, wie schön du bist …«

Er legte ihr die Hände auf die Schultern, um sie auf Abstand zu halten. »Ich habe gehört, du bist mittlerweile verheiratet.«

»Er ist aber nicht hier.« Sie beugte sich einladend zu Acheron herüber.

»Nein«, sagte er fest. »Ich werde das nicht mit dir tun.«

Sie leckte sich die Lippen, während sie ihn von unten her durch die Wimpern anblickte. »Ich bin kein Kind mehr, Acheron. Ich bin eine erwachsene Frau mit einem eigenen Kind.«

»Ich habe kein Interesse an einer erotischen Beziehung mit dir.«

Sie streckte die Hand aus und wollte seine Lenden berühren.

Acheron packte ihre Hand, ehe sie ihn anfassen konnte. »Maia, ich war dir zugeneigt, als du noch ein Kind warst.«

»Und jetzt hätte ich gern, dass du mir zugeneigt bist, weil ich eine erwachsene Frau bin.«

»Bitte hör damit auf.«

»Warum? Du bist jünger als mein Mann.« Sie versuchte, sich seinem Griff zu entziehen. »Findest du mich nicht attraktiv?«

Ryssa kehrte zurück.

Acheron ließ Maia los und ging schnell durchs Zimmer. »Ich muss jetzt weg.«

»Stimmt etwas nicht?«, fragte Ryssa.

Er würde es ihr nicht erzählen. »Nein, mir geht es gut. Ich muss nur weg.« Er rannte schon fast aus dem Zimmer und blieb nicht eher stehen, bis er sicher in seinem eigenen Zimmer eingeschlossen war.

Er lehnte den Kopf an die Tür und verfluchte das, was geschehen war. Was stimmte nicht mit ihm, dass jedermann, der die Pubertät hinter sich hatte, Sex mit ihm wollte?

Er hatte es so satt, dass alle ihn anfassen wollten, ihm zuzwinkerten und ihn vielsagend anblickten. Es war nicht normal, und jetzt, nach dem Erlebnis mit Maia, begriff er etwas Fürchterliches.

Er würde niemals eine normale Beziehung führen können.

Sein Vater, seine Schwester, die Freundin seiner Kindheit.

Sobald jemand in die Pubertät kam, war er für ihn verloren. Dieser Gedanke machte ihn krank. Er glitt an der Tür entlang zu Boden. Er hasste den Fluch, den die Götter ihm auferlegt hatten.

22. JUNI 9527 V. CHR.

Morgen würde Acheron seine Volljährigkeit erreichen: einundzwanzig Jahre. Er hätte aufgeregt sein sollen, und doch verfolgten ihn die Worte des Orakels und, mehr noch, der Ausdruck auf Maias Gesicht, als sie versucht hatte, ihn anzufassen.

»Es muss sich etwas ändern«, sagte er mit einem tiefen Seufzer. Sein Bruder hegte noch immer den Plan, seinen Vater zu ermorden, und er saß hier und tat nichts, außer dass er versuchte, allen aus dem Weg zu gehen, und hoffte, sie würden ihn möglichst nicht zur Kenntnis nehmen.

»Acheron?«

Er lehnte den Kopf zurück und sah Ryssa, die zu ihm auf den Balkon hinaustrat und misstrauisch die Augen zusammenkniff. »Du nimmst wieder dieses Zeug, stimmt's?«

»Nur heute und morgen«, gestand er ruhig.

»Warum?«

Weil Artemis ihm das Herz herausgerissen hatte und er nicht die Kraft hatte, das Leben die nächsten beiden Tage ohne die Hilfe dieser Drogen zu überstehen.

Es war immer der gleiche alte Streit. Er hatte die Göttin gebeten, ihn anzuerkennen oder ihn zumindest zur Feier seines Geburtstags zu besuchen, doch sie hatte ihm nur ins Gesicht gelacht. Außerdem war er es müde, die ganzen Vorbereitungen mitzuerleben, die für die Geburtstagsfeier von Styxx getroffen wurden. Die Feier der Volljährigkeit des Sohnes, geplant von dem Vater, dessen Leben bald vorbei wäre, weil der Sohn ihn umbringen wollte. Das war wirklich Ironie des Schicksals, aber das hieß nicht, dass es lustig wäre.

»Acheron.« Ryssa fasste ihn am Kinn und zwang ihn, sie anzuschauen. »Kannst du mich hören?«

»Eigentlich nicht.«

Er sah an ihren Augen, wie frustriert sie war. »Was soll ich bloß mit dir machen?«

»Schlag mich doch, wie alle anderen auch.«

Sie starrte ihn an. »Das ist gar nicht komisch.«

Er wollte ja auch nicht komisch sein. Es war eine einfache Tatsache, dass er offenbar in jedem Menschen, mit dem er in Kontakt kam, extreme Gewaltfantasien hervorrief.

Sie schüttelte den Kopf und trat zurück. »Du weißt ja, dass ich Apollodorus nicht in deine Nähe lasse, wenn du Drogen genommen hast.«

Das war der einzige Nachteil. »Ich weiß. Das wäre nicht besonders mütterlich von dir. Nicht dass ich persönlich wüsste, wie eine Mutter mit ihrem Kind umgeht. Ich glaube, ich habe es einmal in einem Theaterstück gesehen, da hat die Mutter ihr Baby einem Löwen zum Fraß vorgeworfen. Zu dumm, dass meine eigene Mutter nicht so gnädig war, was?«

Ryssa zog seinen Kopf an ihre Schulter und küsste ihn hinters Ohr, dann fuhr sie ihm durchs Haar. »Dein Haar ist heller als früher. Diese Länge gefällt mir wirklich gut. Hast du es schneiden lassen?«

Er schüttelte den Kopf. »Wer immer mir die Haare schneidet, will hinterher mit mir schlafen. Ich dachte, ich lasse es so lange wachsen, bis es mir entweder bis an die Zehen reicht oder bis Vater wieder so wütend wird, dass er mir den Kopf scheren lässt. Vielleicht sollte ich den Göttern etwas opfern gehen. Wie ich höre, ist bald der Festtag von Athene.«

Sie schnaubte beunruhigt. »Heute hast du aber wirklich üble Laune.«

Das waren die Drogen, zusammen mit der Frustration. Er selbst hatte es in Atlantis immer gehasst, wenn er in dieser Stimmung war. Seine sarkastische Unverfrorenheit hatte sich nie bezahlt gemacht. Es hatte ihn immer schon aus der Bahn geworfen, dass man ihm zuerst Drogen gab und ihn hinterher für die Wirkung, die die Drogen auf seinen Geist und Körper hatten, bestrafte.

Artemis hegte eine merkwürdige Mischung aus Hass und Liebe für diese Stimmung. Manchmal gefiel es ihr, und manchmal bestrafte auch sie ihn dafür. Das Problem lag darin, dass er nie vorhersagen konnte, wie sie es aufnehmen würde, bis es zu spät war.

Ryssa machte sich widerstrebend von ihm los. Sein Schmerz war spürbar, und sie konnte nichts tun, um ihn zu lindern. Sie hätte über das Ausmaß ihrer Hilflosigkeit am liebsten geweint.

Das Schlimmste war, dass etwas zwischen ihm und Maia geschehen war, aber er weigerte sich, es ihr zu erzählen. Sie glaubte, dass Maia die gleiche Anziehung verspürte wie alle anderen. Es musste etwas mit der Pubertät zu tun haben. Bevor sie die körperliche Reife erreichten, konnten die Kinder es nicht wahrnehmen. Aber danach …

Ihr armer Acheron!

Wenn es nur jemanden gäbe, der sich in seiner Gegenwart unter Kontrolle hätte.

Ich bin die Einzige.

Aber das änderte nichts an der Tatsache, dass Acheron alleine war, er war immer schon alleine gewesen. Ihr Vater würde ihm nie erlauben zu heiraten, und nachdem Styxx bei dem Mordanschlag fast ums Leben gekommen war, waren wieder einmal Wachen vor Acherons Tür postiert worden. Das bisschen Freiheit, das er eine Weile hatte, war längst wieder dahin.

Wie sehr sie sich wünschte, sie könnte die Lage für ihn verbessern!

Als es Abend geworden war, beobachtete Acheron die Aktivitäten, die sich am Hof abspielten. Was seine Aufmerksamkeit am stärksten erregte, war der große Festumzug, der die Prinzessin von Theben ankündigte, die neue Braut von Styxx. Die beiden sollten in wenigen Wochen heiraten.

Diesmal wollte er sich von der Frau seines Bruders so fernhalten, wie es ihm nur möglich war. Als könnten sie selbständig denken und wüssten um die Gefahr, in der sie schwebten, schmerzten seine Hoden plötzlich bei dem Gedanken daran, sie könnten erneut abgeschnitten werden.

Acheron verdammte seinen Bruder für die Kastration. Styxx hatte gewusst, dass seine Verlobte sich Acheron an den Hals geworfen hatte, aber das war dem Dreckskerl egal gewesen.

Na und? Das einzig Wichtige war doch, dass der wertvolle Styxx nicht gedemütigt wurde.

Er seufzte und dachte wieder an das Orakel. *Akri di diyum.*

Was das wohl bedeutete?

Der Herr und Meister würde regieren. Er hatte bereits im Schlafzimmer regiert, was gab es sonst noch?

Es ist nur ein Orakel, das unter Drogen steht, Acheron, vergiss es einfach. Orakel sprachen immer in unsinnigen Rätseln. Kein Wunder – das Mädchen war mindestens so high gewesen wie er jetzt. Vielleicht sollte er auch einmal ein paar Prophezeiungen von sich geben.

Moment mal, eine kannte er schon.

Artemis würde weder heute noch morgen in seine Nähe kommen, aber am dritten Tag würde sie sich auf ihn stürzen, bis er hinkte.

Na also, er war auch ein Prophet. Er konnte die Zukunft sogar präziser vorhersagen als das Orakel.

Er lachte bitter, sprang von der Balustrade herunter und ging auf sein Bett zu.

Als Nächstes befand er sich plötzlich im Tempel der Artemis und lag zu ihren Füßen auf dem Boden. »Eine kleine Vorwarnung wäre schön gewesen, Artemis.«

Sie lachte, schlang ihm den Arm um die Schultern und liebkoste seinen Nacken. »Ich war so hungrig.«

Er hätte es wissen müssen. »Du hast mir gesagt, du könntest mich erst übermorgen wiedersehen.«

Sie streichelte ihn mit den Nägeln am Hals, sodass ihm ein Schauer über den Körper lief. »Es gab eine kleine Terminlücke, also habe ich dich eingeschoben. Dafür könntest du mir ruhig ein bisschen dankbar sein.«

Er legte den Kopf zurück und starrte sie an. »Siehst du denn nicht, dass mir die Dankbarkeit aus jeder Pore strömt?«

Sie tippte ihm auf die Nasenspitze. »Dieser Sarkasmus steht dir gar nicht gut.«

»Und doch begehrst du mich besonders, wenn ich sarkastisch bin.«

Sie lächelte. »Wie machst du das nur, dass du mich so genau durchschaust?«

Das war nicht schwer. Sie liebte es, dass er ihr gegenüber nicht vor Ehrfurcht im Boden versank. Und dass ihre Pupillen größer wurden und sie rascher atmete, waren Zeichen, die man nur schwer missdeuten konnte.

Sie knabberte an seinen Lippen. »Ich habe dich vermisst.«

Ein scharfes Keuchen unterbrach sie.

Acheron erstarrte bei dem Geräusch, und Artemis schoss mit wütendem Gebrüll von ihrer Chaiselongue hoch. Vor ihnen stand eine große, schlanke Frau mit blondem Haar, das einen Stich ins Rötliche hatte. Ihre dunklen Augen hatte sie vor Schreck aufgerissen.

»Was machst du hier, Satara?«

»Ich wollte nur … ich … ich habe nichts gesehen, Tante Artemis. Vergib mir!«

Artemis packte sie an den Haaren und riss sie zu sich. »Schau mich an!« Sie hatte ihre Fangzähne ausgefahren, und ihre Augen schimmerten rot mit einem Hauch von orange. »Wenn du ein Wort über das verlierst, was du gerade gesehen hast, nur ein einziges Wort zu irgendjemandem, dann gibt es nichts, was dein Leben oder deine Seele retten kann. Verstehst du das?«

Satara nickte heftig.

Artemis stieß sie fort. »Geh. Und wag es ja nicht, wieder herzukommen, bis man dich ruft.«

Sie verschwand auf der Stelle.

Dann wandte Artemis sich rachedurstig Acheron zu. »Das ist alles deine Schuld!«

Selbstverständlich. »Du hast mich doch hierhergeholt.«

»Ruhe!« Sie ohrfeigte ihn heftig.

Acheron knurrte, als er Blut im Mund spürte. Er hätte am liebsten zurückgeschlagen, aber er kannte die Folgen. Doch es war mehr als das. Sosehr dieser Schlag ihn innerlich verletzt hatte, er würde nicht mit Schlägen antworten.

»Bist du fertig?«, fragte er.

Sie stürzte sich mit ihren Fangzähnen auf ihn.

Acheron zischte, als sie ihre Wut auf Satara an ihm ausließ. Er spürte Blut von ihren Lippen auf seine Brust tropfen, und Schmerz durchzuckte ihn, als sie ihn aussaugte, ohne die geringste Rücksicht auf ihn zu nehmen.

Als sie fertig war, stieß sie ihn von sich.

Vom Blutverlust geschwächt, fiel er auf die Knie.

Sie packte ihn am Haar und riss ihn wieder zu sich heran. In ihrer Hand erschien ein Messer, und sie ließ es über seinem Herzen schweben.

Acheron schaute sie an und wartete. »Töte mich, Artie! Setz dem Ganzen ein Ende.«

Ihre Augen wurden so dunkel, dass er sicher war, sie würde ihn umbringen, aber als der Dolch auf sein Herz niederstieß, änderte sie im letzten Moment die Richtung und schleuderte ihn an die Wand. Sie schlang die Arme um ihn, drückte ihn an sich und weinte.

»Wie machst du das, dass ich dich immer wieder begehre?«

Acheron lachte bitter. »Ich beabsichtige nichts dergleichen, glaub mir.« Wenn es nach ihm ginge, dann würde niemand ihn je wieder begehren.

Sie stieß ihn erneut weg. »Geh jetzt!«

Als ob er eine andere Wahl gehabt hätte.

Diesmal versetzte sie ihn wenigstens in sein Bett zurück, aber er blutete noch immer. Seufzend stand er auf, um die Wunde zu verbinden.

»Du bist das einzige männliche Wesen, das sie je in ihren Tempel gelassen hat … abgesehen von meinem Vater.«

Acheron fuhr herum und sah Satara neben seinem Bett stehen. »Was machst du hier?«

»Ich wollte den Mann persönlich kennenlernen, für den Artemis alles aufs Spiel setzt.«

Er war panisch und hielt kurz den Atem an. »Sie würde uns alle beide töten, wenn sie wüsste, dass du hier bist.«

Satara zuckte lässig mit den Achseln. »Auf die Sphäre der Menschen achtet sie nicht, glaub mir.«

Acheron regte sich nicht, als sie auf ihn zutrat.

Mit gerunzelter Stirn betrachtete sie ihn, als wäre er eine besondere Sehenswürdigkeit. »Du bist wirklich wunderschön. Vielleicht würde auch ich für dich meine Göttlichkeit aufs Spiel setzen.« Sie streckte die Hand aus und berührte sein Gesicht.

Acheron fing ihre Hand ab. »Du musst jetzt gehen.«

»Ich wäre zärtlicher, als Artemis es ist.«

Als ob er das gebrauchen könnte.

»Mein Lieber«, sagte Satara entschlossen. »An deinen Augen

kann ich erkennen, dass du ein Halbgott bist, genau wie ich, und die Tatsache, dass sie dein Blut trinkt, ist der Beweis. Ich habe gesehen, wie sie dich behandelt. Ich verspreche dir, ich wäre nicht so gefühllos. Gar nicht zu reden davon, dass wir ihr gemeinsam ihre Kräfte abnehmen könnten. Stell dir das nur vor: zwei Halbgötter mit der Macht einer Göttin. Wir wären unbesiegbar!«

»So etwas wie Unbesiegbarkeit gibt es nicht. Jeder hat irgendwo eine Schwachstelle, egal, wie viel Macht er besitzt. Eine Schwäche … und du hast erkannt, dass ich die Schwäche von Artemis bin. Jemand anderes kennt deine Schwäche, und meine werden sie auch herausbekommen. Ob es richtig ist oder nicht, ich habe mich ihr verschrieben, und ich werde mein Wort nicht brechen.«

Sie grinste ihn spöttisch an, als wäre er geisteskrank. »Dann bist du ein Dummkopf.«

»Ich bin schon ganz anders beschimpft worden.«

Sie schüttelte den Kopf. »Bist du wirklich damit zufrieden, ihr Schoßhündchen zu spielen?«

Nein, das war er nicht. Aber hatte er eine andere Wahl? »Noch einmal, ich habe ihr mein Wort gegeben, und ich werde mich nicht als Lügner entpuppen.«

Sie schnaubte voller Hohn. »Dann tut es mir leid, dass ich dich falsch eingeschätzt habe. Wie auch immer, ich stecke jetzt ganz schön in der Klemme. Wenn sie das hier je rausfindet, wird sie mich umbringen, Nichte hin oder her. Aber weil du ein Mann zu sein scheinst, der zu seinem Wort steht … schwörst du mir, dass du Artemis nie verrätst, was ich heute gesagt habe?«

»Ich plane nicht gern den Niedergang anderer, nicht einmal deinen. Und da wir gerade davon sprechen: Wenn du Artemis je angreifen solltest, werde ich ihr sagen, was du getan hast. Solange sie sicher ist, bist auch du sicher, das schwöre ich.«

Sie hielt den Kopf schief, als wäre sie von seiner Drohung völlig verdutzt. »Du verhandelst mit mir, um die dumme Kuh zu schützen, die dich eher auspeitschen lässt, als dass sie dich mit der gleichen Loyalität behandelt, die du ihr gegenüber an den Tag legst?«

Acheron zuckte mit den Achseln. »Ich beschütze meine beste Freundin, in guten wie in schlechten Zeiten stehe ich an ihrer Seite.«

Satara schüttelte den Kopf. »Dann sind wir uns einig. Ich hoffe nur, dass sie deine Loyalität wert ist.«

Das hoffte er auch. Aber genau wie Satara bezweifelte er es irgendwie.

Mit einem letzten warnenden Blick verließ sie ihn.

Acheron fuhr sich mit der Hand durchs Haar und überlegte. Artemis hatte also genau wie sein Vater Widersacher, die ihren Untergang herbeiwünschten. Was war das nur für eine Sache mit der Macht, dass alle sie so sehr begehrten? Warum konnten die Leute nicht einfach zufrieden sein mit dem, was sie hatten? Warum mussten Familie und Freunde sich gegeneinander wenden, wenn es um so etwas irrsinnig Harmloses ging? Etwas, das auf lange Sicht gesehen überhaupt nichts bedeutete.

Wie konnte jemand auf Liebe mit Gier und Eigensucht antworten? Er konnte es einfach nicht begreifen.

Liebe war so rein und unschuldig, wenn man sie verschenkte, und vor allem war sie bedingungslos. Warum konnten diejenigen, die diese Liebe empfingen, sie nicht einfach als das wunderbare Geschenk erkennen, das sie war? Warum mussten sie sie als Werkzeug benutzen, mit dem man denjenigen verletzen konnte, der sie einem schenkte?

Genau so hatte Artemis es mit ihm gemacht.

Und Styxx mit seinem Vater.

Deshalb liebte er seinen Neffen so sehr. Apollodorus wollte nichts weiter als Aufmerksamkeit, und wenn er die Ärmchen um einen schlang und einem einen Schmatzer auf die Wange gab, dann war das reine, freudige Liebe. Er hatte keine List im Hinterkopf, er schenkte nicht, damit er etwas zurückbekam.

Warum konnte die Welt nicht sein wie ein kleines Kind?

Wer war er eigentlich, dass er solche Fragen stellte? Seine eigene Mutter war nicht in der Lage gewesen, ihm auch nur das allergeringste Mitgefühl zu zeigen.

Leider war Liebe eine Schwäche, die bei denen vergeudet war, die sie nicht verdienten.

Acheron ergriff die Weinflasche, die auf dem Tisch stand, und entkorkte sie. Es war kein besonders guter Trost, aber unendlich viel besser als gar nichts. Die Götter wussten, dass er nirgendwo anders Trost finden konnte. Vielleicht hätte er Sataras Angebot annehmen sollen.

Welchen Preis hätte sie wohl dafür verlangt? Es gab für alles im Leben immer einen Preis. Diese Einsicht verdankte er Estes.

Es gab in dieser Welt nichts umsonst.

Gar nichts.

»Acheron?«

Beim Klang von Artemis' Stimme erstarrte er. Sie war nirgends zu sehen, aber er konnte sie fühlen wie ein Flüstern auf seiner Seele.

Sie materialisierte sich hinter ihm. »Es tut mir leid, Acheron. Ich hätte dich nicht so behandeln sollen.«

»Warum hast du es dann getan?«

Immer noch unsichtbar, drückte sie seine Schulter. »Ich habe Angst, und ich habe mich von meiner Furcht leiten lassen.«

»Du bist eine Göttin.«

»Ich bin eine von vielen und nicht so mächtig wie andere. Weißt du, was mit einer Göttin passiert, der man ihre Kräfte nimmt? Sie wird auf die Erde geworfen und muss unter den Menschen leben, die sie missbrauchen und sich über sie lustig machen. Ist es das, was du mir wünschen würdest?«

Warum nicht? Ihr war es egal, dass sich jedermann über ihn lustig machte und ihn quälte.

Aber leider war er nicht so grausam. »Nein. Ich will nur, was für dich das Beste ist, Artie. Aber ich habe es satt, dass du immer alles an mir auslässt. Ich bin keine hirnlose Puppe, auf die du einprügeln kannst, wenn du frustriert bist.«

Sie materialisierte sich, sodass er die Ehrlichkeit in diesen schönen grünen Augen sehen konnte. »Das weiß ich, und ich versuche, mich zu ändern, wirklich. Hab Ungeduld mit mir.«

»Ungeduld?«

Sie runzelte die Stirn. »Das ist wohl das falsche Wort. Ich weiß auch nicht, warum ich sie manchmal verwechsle.«

Diese Augenblicke, in denen sie sich erlaubte, verletzlich zu sein, waren diejenigen, in denen er von ihr gefesselt war. Die Augenblicke, die ihn dazu brachten, sie zu lieben.

Er umschloss ihr Gesicht mit den Händen und gab ihr einen zärtlichen Kuss.

Artemis seufzte, und eine Welle der Erleichterung durchlief sie. Sie liebte ihn so sehr, und doch hatte sie schreckliche Angst vor dem, was Liebe bedeutete. Sie wollte ihn wirklich nie wieder verletzen. Er war der Einzige, in dessen Gegenwart sie sie selbst sein konnte. Gegenüber den anderen Göttern musste sie zornig sein und sich verteidigen, und gegenüber den Menschen musste sie göttlich und intolerant sein.

Acheron war die einzige Person, die ihr erlaubte zu lachen. Er war der Einzige, der sie in die Arme nahm und in dessen Armen es ihr von innen her warm wurde. Aber es gab ein Problem: Immer wenn sie sich ihm öffnete, spürte sie die Kälte in ihm und wusste, dass sie ihn nicht glücklich machte, obwohl er ihr gegenüber loyal war. Das tat weh. Der Schmerz in ihm, den sie nicht lindern konnte, ließ sie vor Wut um sich schlagen. Und sie verletzte ihn dafür, dass er nicht so offen mit ihr war wie sie mit ihm.

Warum konnte er denn nicht empfinden, was sie empfand?

Selbst jetzt war seine Berührung irgendwie zurückhaltend. Zögerlich. Und sie wusste nicht warum.

Wie konnte sie es schaffen, dass er sie wieder genauso liebte wie ganz am Anfang?

Sie wollte ihn dafür bestrafen, dass er sie nicht so liebte wie sie ihn. Sie wollte ihn um ihre Liebe betteln lassen. Aber wie sollte sie das anstellen?

Sie machte sich los, ihr Blick fiel auf seinen Hals, und sie zuckte zusammen, als sie sah, was sie ihm angetan hatte, als sie sich von seinem Blut ernährt hatte. Genauso behandelte Apollo sie auch. »Ich wollte dich nicht verletzen.«

Acheron hielt bei diesen Worten den Atem an. Er hatte sie schon so oft gehört! Warum konnten die Leute nicht ein einziges Mal daran denken, *ehe* sie ihm Schaden zufügten?

»Mir geht es gut.« Aber in Wahrheit ging es ihm nicht gut. Er war nie mit dem Schmerz zurechtgekommen. Er hatte sich einfach nur daran gewöhnt.

Sie strich ihm das Haar aus dem Gesicht. »Du siehst sehr müde aus. Ich hätte dich nicht so aussaugen sollen.« Sie zog ihn zum Bett. »Du solltest dich ausruhen.«

Das stimmte. Man wusste nicht, welche Schrecknisse ihn noch erwarteten. Eine weitere Kastration oder Peitschenstrafe oder einfach nur die üblichen emotionalen Tiefschläge, die Artemis so gerne austeilte.

Er konnte es kaum erwarten.

»Wirst du morgen zu mir kommen?«, fragte er noch einmal, er wollte auf keinen Fall allein sein, während die ganze Welt mit guten Wünschen für seinen Zwillingsbruder um sich warf.

Artemis zögerte. Sie wäre gern gekommen, aber Apollo würde auch auf Styxx' Fest sein, und daher musste sie ungeheuer aufpassen. Weil sie Götter und Zwillinge waren, konnte er sie spüren, wenn sie in der Nähe war. Und wenn er sie erspürte, dann würde er sie suchen kommen, und das könnte Acheron das Leben kosten. »Du weißt doch, dass ich zu einem Fest muss. Das darf ich nicht verpassen.«

Er schaute weg. Sie spürte, wie verletzt er war, und das schnitt ihr ins Herz.

»Ich besuche dich übermorgen.«

Acheron hielt seine Gefühle zurück. »Dann freue ich mich auf übermorgen.«

»Bist du jetzt böse auf mich?«

»Nein.« Er war verletzt. »Ich wünsche dir ein schönes Fest.«

Artemis fuhr ihm mit der Hand durchs Haar. »Denkst du an mich, wenn ich nicht hier bin?«

»Das tue ich immer.«

Sie beugte sich zu ihm hinunter und küsste ihn auf die Wange. »Bei dir fühle ich mich immer, als wäre ich etwas Besonderes.«

Während er sich bei ihr immer wie ein Stück Dreck vorkam. Sie schob ihren Arm unter seinen und nahm ihn an der Hand. Er führte ihre Hand an sein Herz und seufzte tief auf.

Als er das tat, durchfuhr ihn ein schlechte Vorahnung. Morgen würde irgendetwas geschehen. Er konnte es mit jeder Faser seines Seins spüren. Was immer es war, er war sicher, es würde ihn und Artemis für alle Zeiten verändern.

Akri di diyam.

23. JUNI 9527 V. CHR.

Acheron saß völlig betrunken auf der Balustrade seines Balkons in der Dunkelheit und sah zu, wie die prächtig gekleideten Gäste zur Geburtstagsfeier seines Bruders im Palast eintrafen. Er saß mit dem Rücken an die Wand gedrückt, die Beine vor sich ausgestreckt und konnte gerade so sein Gleichgewicht halten. Er war nicht sicher, wie viel er schon getrunken hatte.

Leider nicht genug, um ihn umzubringen. Aber wenn er Glück hatte, würde er vielleicht doch aus der Höhe auf die Steine hundert Meter tiefer stürzen und endlich sterben.

Das würde die Geburtstagsfeier seines Bruders sicher sprengen. Zum ersten Mal seit Wochen lachte er bei dem Gedanken daran, dass Styxx vor den versammelten Adeligen und Würdenträgern tot zusammenbrechen könnte.

Es würde ihnen nur recht geschehen.

»Ich habe heute auch Geburtstag«, rief er und wusste, dass ihn niemand hörte. Selbst wenn ihn jemand hörte, wäre es ihm egal.

Acheron wandte den Kopf und zuckte zusammen, als er den Schmerz an seinem Hals spürte. Er hasste es, dass Artemis ihm diese Schmerzen zufügen konnte. Er war umsichtig genug gewesen, sich vor der Gefühllosigkeit anderer zu schützen. Aber Artemis berührte ihn auf einer Ebene wie sonst niemand.

Und wie allen anderen war es auch ihr völlig egal, wie sehr sie ihn verletzte.

Doch er hätte dankbar sein müssen. Zumindest feierte er den Jahrestag seiner Geburt dieses Jahr nicht im Gefängnis.

Oder in einem Bordell.

Er war immer allein. Sogar wenn er in einer Menge stand, umgeben von Menschen, war er allein.

Er war es wirklich und wahrhaftig leid. Niemand wollte ihn. Es gab nur einen einzigen Grund, aus dem seine sogenannte Familie sich darum scherte, ob er lebte oder tot war: Wenn er starb, dann starb auch ihr geliebter Styxx.

»Ich habe genug davon.«

Obwohl er erst einundzwanzig war, war er müde wie ein alter Mann. Er hatte viel mehr erlebt als andere, die älter waren als er, und er wollte keine Schmerzen mehr erdulden müssen und keine Einsamkeit.

Es war an der Zeit, dem Ganzen ein Ende zu machen.

Die Stimmen, die er in seinem Kopf hörte, waren jetzt lauter. Sie riefen ihn nach Hause.

Acheron stieg auf die Balustrade. Der Wind kam von unten und blies sein Haar hoch, während er hinunter auf die dunkle See starrte, die ihn herbeizuwinken schien wie eine Geliebte. Er ließ den Becher fallen und sah ihm zu, wie er herabstürzte und verschwand.

Ein einziger Schritt.

Und der Schmerz wäre vorbei.

Alles wäre zu Ende.

»Es ist Zeit«, flüsterte er. Es war niemand hier, der ihn aufhalten konnte. Keine Ryssa, die ihn wegzerrte. Kein Vater, der ihn fesseln ließ und die Sache verhinderte. Kein Estes, der einen Arzt rufen konnte.

Freiheit!

Er schloss die Augen, ließ die Wand los und trat einen Schritt nach vorne.

Furcht und Erleichterung durchzuckten ihn, als er schwerelos durch die Luft stürzte. Nur noch ein einziger Augenblick, dann hätte er seinen lang ersehnten Frieden.

Plötzlich traf ihn etwas Hartes im Magen. Acheron schnappte nach Luft und riss die Augen auf.

Statt zu fallen, stieg er nun wieder empor, weg vom Meer. Das Geräusch der Wellen, die gegen die Felsen schlugen, wurde vom heftigen Schlagen großer Flügel übertönt. Er wandte sich um und sah, dass eine Dämonin ihn gepackt hielt. Genau wie das Orakel im Tempel geweissagt hatte.

»Lass mich los!«, rief er und versuchte, sich zu befreien.

Sie ließ nicht locker und setzte ihn wieder auf dem Balkon nieder, auf dem er eben noch gesessen hatte.

Acheron taumelte zurück, als sie sich auf die Brüstung hockte und ihn genau ansah. Sie hatte langes glattes schwarzes Haar, das ihr über die weiß und rot marmorierte Haut fiel. Ihre Augen glühten im Dunkeln. Die Iris war weiß und von strahlendem Rot umgeben. Ihre Flügel und Hörner waren pechschwarz.

»Was machst du hier?«, fragte er giftig.

»Akri sollte vorsichtiger sein«, flüsterte sie freundlich. »Wäre Xiamara einen Augenblick später gekommen, wärst du jetzt tot.«

»Ich wollte sterben.«

Sie legte den Kopf schief, und die Bewegung erinnerte ihn an einen Vogel. »Aber weshalb, Akri?« Sie schaute über die Schulter in den Hof. »So viele kommen, um deine Geburt als Mensch zu feiern.«

»Sie kommen nicht meinetwegen.«

Xiamara runzelte die Stirn. »Aber du bist ihr Prinz und der Thronerbe.«

Er lachte bitter. »Ich erbe höchstens Dreck und bin der Prinz des Nichts.«

»Aber nein. Du bist Apostolos, der Sohn der Apollymi, und alle verehren dich.«

»Ich bin Acheron, niemandes Sohn, und werde nur innerhalb der Grenzen eines Schlafzimmers verehrt.«

Sie trat langsam vor ihn und schlang die Flügel um ihren geschmeidigen Körper. »Du erinnerst dich nicht an deine Geburt, ich verstehe. Deine Mutter hat mich hierher zu dir geschickt. Ich bringe dir ein Geschenk.«

Er versuchte, ihre Worte zu begreifen, aber sein Geist war vom Alkohol benebelt. Die Dämonin war offenbar verrückt. Sie musste ihn mit jemandem verwechseln. »Meine Mutter ist tot.«

»Die Menschenkönigin ist tot, ja. Aber deine wirkliche Mutter, die Göttin Apollymi, lebt und schickt dir all ihre Liebe. Ich bin ihre treueste Dienerin, Xiamara, und ich bin hier, um dich zu beschützen, so wie ich sie beschützt habe.«

Acheron schüttelte den Kopf. Er war betrunken. Er halluzinierte. Vielleicht war er ja schon tot?

»Lass mich in Ruhe!«

Das tat die Dämonin nicht. Ehe er ihr entwischen konnte, drückte sie eine kleine Kugel auf sein Herz.

Acheron schrie auf, als ihn der Schmerz durchfuhr. Noch nie im Leben hatte er so etwas gespürt, und wenn man bedachte, welche Folterqualen er schon durchgestanden hatte, dann besagte das einiges. Es war, als fließe giftiges Feuer durch seine Adern und würde seinen ganzen Körper zerreißen.

Von der Mitte der Brust aus, wo die Kugel ruhte, veränderte seine Haut die Farbe von dunkelgelb zu einem marmorierten Blau.

Als sich der Schmerz und die Farbe weiter ausbreiteten, schrien Bilder und Stimmen in seinem Kopf, sodass er beinahe taub wurde. Gerüche beleidigten seine Sinne, sogar die Kleidung brannte ihm auf der Haut. Er stürzte zu Boden und rollte sich wie ein Neugeborenes zu einer Kugel zusammen, während sich jeder einzelne seiner Sinne angegriffen fühlte.

»Du bist der Gott Apostolos, Bote und Sohn von Apollymi, der Zerstörerin. Dein Wille ist Gesetz des Universums. Du bist das Schicksal von uns allen.«

Acheron schüttelte die ganze Zeit den Kopf. Nein, das konnte nicht sein. »Ich bin nichts, ich bin nichts.«

Die Dämonin hob den Kopf. »Warum bist du nicht glücklich? Du bist jetzt ein Gott.«

Wut packte ihn heiß, und er packte die Dämonin. Er begriff nicht, was er jetzt für Kräfte haben sollte oder was sonst mit ihm geschah, aber alle Jahre seines Lebens, alle Entwürdigungen und Schrecken durchliefen ihn, und er ließ sie von seinem Bewusstsein in ihres gleiten.

Die Dämonin schrie auf und schleuderte den Kopf zurück. »*Ni!* Das sollte dir nicht zustoßen, Akri. Nichts davon.«

Er packte sie und zwang sie, ihm in die Augen zu schauen. »Es war schlimm genug, als man mich für den menschlichen Sohn eines Gottes gehalten hat. Kannst du dir vorstellen, was sie jetzt mit mir machen? Nimm mir diese Kräfte wieder weg!«

»Das kann ich nicht. Sie gehören kraft deiner Geburt zu dir.«

Acheron kippte um und schlug mit dem Kopf auf den Steinboden. »Nein!«, schrie er gellend. »Nein! Ich will das nicht. Ich will einfach nur allein sein und meine Ruhe haben!«

Xiamara versuchte, ihn in den Arm zu nehmen.

Acheron stieß sie fort. »Ich will nichts von dir. Du hast schon genug Schaden angerichtet.«

»Akri …«

»Geh mir aus den Augen!«

Ihre Augen glühten widerwillig auf. »Dein Wille ist auch mein Wille.« Die Kugel, die sie ihm auf den Leib gedrückt hatte, erschien an einer Kette um seinen Hals. »Wenn du mich brauchst, Akri, dann ruf mich, und ich werde kommen.«

Acheron presste die Hände an den schmerzenden Schädel, in

dem es vor neuen Stimmen und Empfindungen pochte. Er fühlte sich, als würde er wahnsinnig – und vielleicht wurde er das ja auch. Vielleicht hatten Grausamkeit, Misshandlungen und Drogen seinen Verstand nun endgültig zerstört.

Er hörte, wie die Dämonin verschwand, und unbekannte Stimmen flüsterten und klangen durch seine Sinne. Es war, als könnte er auf einmal die ganze Welt hören. Er kannte jeden Gedanken, jeden Wunsch, jede Angst.

Keuchend wollte er diesem Wissen entkommen. Er riss an der Kette, aber sie ging nicht entzwei. Stattdessen blitzte sie bei seiner Berührung auf.

Er schrie und wollte wieder vom Balkon springen. Doch er konnte nicht einmal stehen, so schwindelig war ihm, so übel …

Was hatte man ihm jetzt wieder angetan?

Apollymi lief im kleinen Hof von Kalosis auf und ab und wartete auf die Rückkehr von Xiamara.

»Wo ist die Matera von Simi?«

Sie wandte sich um und sah Xiamaras jüngstes Kind in der Tür stehen. Sie war nach ihrer Mutter benannt, Xiamara. Simi, das Charonte-Wort für Baby, war fast dreitausend Jahre alt und sah doch nicht älter aus als ein vierjähriges Menschenkind. Anders als Menschen und Götter entwickelten sich die Charonte-Dämonen nur sehr langsam.

Apollymi kniete nieder und streckte die Arme nach Simi aus. »Sie ist noch nicht zurück, mein Schatz, aber sie kommt bald.«

Simi zog eine Schnute, dann rannte sie zu ihr und warf ihr die Arme um den Hals. Sie schob sich den Daumen in den Mund und griff mit der anderen Hand tief in Apollymis Haar.

Apollymi schloss die Augen, als sie die kleine Dämonin umarmte. Wie sehr sie sich wünschte, dass sie ihren Sohn auch so auf dem Arm gehalten hätte, als er klein war – ein einziges Mal nur! Stattdessen gab sie sich damit zufrieden, Xiamaras Simi mit ihrer Liebe zu überschütten, während sie darauf wartete, dass ihr Sohn erwachsen wurde und sie befreite.

Simi legte den Kopf auf Apollymis Schulter, und Apollymi sang ein Lied für sie. »Warum ist Akra traurig?«

»Ich bin nicht traurig, Simi, ich bin gespannt.«

»Ist gespannt, wie wenn Simi zu viel isst und dann der Bauch wehtut?«

Apollymi lächelte und küsste sie auf den Kopf. »Nicht ganz. Es ist, wenn du kaum erwarten kannst, dass etwas passiert.«

»Oooh – wie wenn Simi Hunger hat und wartet, dass ihre Matera sie füttert.«

»Ja, so in etwa.«

Apollymi spürte eine Bewegung in der Luft und sah Xiamaras Umrisse im Schatten. Regungslos wartete sie darauf, dass ihre beste Freundin zu ihr kam.

Aber sie spürte ein Zögern bei Xiamara, das ihr Herz stehen bleiben ließ. »Was ist los?«

Xiamara streckte die Hände nach Simi aus, die dankbar zu ihrer Mutter lief. Die Dämonin umarmte ihre Tochter, und Tränen liefen ihr über die Wangen.

Apollymi spürte, wie auch ihr die Augen feucht wurden, und Furcht ergriff sie. »Xi? Erzähl mir alles!«

Sie kniff die Augen zusammen und wiegte ihre Tochter. »Ich weiß nicht, wie ich es dir sagen soll, Akra.«

Je länger sie zögerte, desto besorgter wurde Apollymi. »Geht es ihm nicht gut? Ich bin noch immer hier gefangen, also weiß ich, dass er lebt.«

»Er lebt.«

»Liebt er mich nicht?«

Xiamara schüttelte den Kopf und stellte Simi ab. »Geh und such deine Schwester, Simi. Ich muss allein mit Akra sprechen.«

Den Daumen im Mund hüpfte Simi davon.

Als Xiamara sich ihr zuwandte, spürte Apollymi, wie ihr das Blut aus den Wangen wich. »Was verschweigst du mir?«

Xiamara unterdrückte ihre Tränen, ehe sie Apollymi die Hand auf die Schulter legte und ihr die Bilder, die sie von Apostolos erhalten hatte, weiterleitete. Ungläubig und entsetzt, sah Apollymi, was man ihrem Kind angetan hatte.

Diese Emotionen wichen einer so fürchterlichen Wut, dass sie nur noch brüllen konnte. Der Widerhall ihres Gebrülls klang durch den Palast der Toten und den ganzen Weg hinauf nach Katoteros, wo die anderen Götter lebten.

Alle atlantäischen Götter hielten inne, als sie den Klang von allergrößtem Herzenskummer hörten.

Einer nach dem anderen wandten sie sich Archon zu, der erbleichte.

»Ist sie frei?«, fragte Epithymia, die Göttin des Verlangens.

Archon schüttelte den Kopf. »Wenn sie frei wäre, dann wäre sie schon hier oben. Nein, es ist etwas anderes geschehen. Fürs Erste sind wir in Sicherheit.« Das hoffte er zumindest.

Apollymi stolperte von Xiamara weg, als sich ein Bild nach dem anderen in ihren Geist brannte. Was hatten die Menschen ihrem Sohn nur angetan!?

»Ich werde sie alle töten«, knurrte sie mit zusammengebissenen Zähnen. »Jeder, der Hand an ihn gelegt hat, wird in den Flammen umkommen, sie werden um Gnade flehen, aber ich werde sie ihnen nicht gewähren … niemandem!« Sie schaute zu Xiamara hoch. »Auch Archon wird die volle Wucht meines Zornes zu spüren bekommen. Für ihn hege ich nun keinerlei positive Gefühle mehr.«

Xiamara faltete ihre schwarzen Flügel um sich. »Aber Apostolos weigert sich anzunehmen, was sein ist. Er hat mich fortgeschickt.«

»Geh trotzdem wieder zu ihm, Xi. Tröste ihn, und hilf ihm

zu verstehen, was er tun muss. Sag ihm, wenn er zu mir kommt, wird alles gut werden.«

»Ich werde es versuchen, Akra.«

Acheron lag in der Dunkelheit seines Zimmers und versuchte zu atmen, während er vor dem Schmerz zitterte, der von seinen überwältigten Sinnen herrührte. Plötzlich hörte er eine sanfte, freundliche Stimme in seinem Kopf, die alles andere übertönte. Es war wahrhaftig das Schönste, was er je gehört hatte.

Das Atmen fiel ihm jetzt leichter, und der Schmerz ließ nach.

»Jetzt bin ich bei dir, Apostolos.«

»Wer bist du?«

»Die Stimme deiner Mutter.«

Er spähte ins Dunkle und sah, dass die Dämonin neben ihm kniete. Er rollte sich zusammen und drehte sich von ihr weg. »Ich habe keine Mutter. Sie hat mich bei der Geburt verstoßen.«

»Ni, Akri«, sagte die Dämonin sanft. »Ich war diejenige, die dich aus den Armen deiner Mutter genommen hat, während sie aus Angst um dich weinte. Deine Mutter, Apollymi, hat dich in der Sphäre der Menschen versteckt, um dich vor den Göttern zu schützen, die deinen Tod wollten. Ich schwöre es dir bei meinem Leben. Keiner von uns hat je gewollt, dass dir etwas Böses geschieht. Du solltest als Prinz aufwachsen, verhätschelt und geliebt werden. Nichts von alldem, was passiert ist, hätte dir zustoßen sollen.«

Es fiel ihm schwer, das zu glauben. »Das verstehe ich nicht. Warum wollen die Götter meinen Tod?«

»Es wurde geweissagt, dass du das Ende der atlantäischen Götterwelt bedeuten würdest. Du musst verstehen, wie sehr deine Mutter dich liebt. Sie hat ihr Leben aufs Spiel gesetzt und allen anderen Göttern getrotzt, um dich zu retten. Sie wollte dich verborgen halten, bis du alt genug wärst, um mit deinen eigenen Kräften gegen die Götter zu kämpfen. Sogar jetzt noch ist sie in Gefangenschaft und wünscht sich, dass du zu ihr kommst. Befreie sie, Apostolos, und sie wird alles, was dir je an Schlechtem zugefügt worden ist, zum Guten wenden.«

»Wie will sie es denn zum Guten wenden?«

»Sie wird jeden Einzelnen zerstören, der dir je Böses zugefügt hat.« Die Dämonin strich ihm übers Haar wie die Mutter, die sie ihm beschrieben hatte. »Du bist das geliebteste Kind von allen Kindern, die jemals geboren wurden. Jeden Tag habe ich bei deiner Mutter gesessen, während sie über deinen Verlust geweint hat und sich danach sehnte, dich bei sich zu haben. Begleite mich nach Hause, Apostolos, und lerne deine Mutter kennen.«

Er wollte es gern. Und doch zauderte er. »Woher weiß ich, dass ich dir vertrauen kann?«

»Weshalb sollte ich dich belügen?«

Jeder log, ihm gegenüber ganz besonders. »Es gibt eine Menge Gründe dafür.«

Xiamara. Sie kommen. Schnell, lass ihn allein!

Die Dämonin zuckte vom Bett zurück. »Die Götter dürfen mich nicht bei dir finden, sonst merken sie, wer und wo du bist. Hör auf die Stimme deiner Mutter! Ich werde so schnell ich kann zu dir zurückkehren. Bleib verborgen, mein Schatz.« Sie verschwand.

Acheron lag allein da und hörte auf die Stimmen, die in ihm durcheinandersprachen. Er hörte Gelächter und Weinen, Flüche und Schreie.

Bis die Stimme seiner Mutter ihn wieder tröstete. Er konzentrierte sich auf diese einzelne Stimme und schloss die Augen, während sie alle anderen Stimmen in seinem Kopf übertönte.

Hatte die Dämonin die Wahrheit gesprochen? Durfte er auch nur einen Augenblick lang wagen zu glauben, dass er der geliebte Sohn von irgendjemandem war?

Das war wirklich lachhaft.

Er umschloss die Halskette mit der Hand und betrachtete sie genau. Der Anhänger war eine Art Stein, milchig und irisierend. Dann blickte er auf seine Handfläche mit dem Brandmal eines Sklaven.

Es war spurlos verschwunden. Wie war das nur möglich?

Ich bin ein Gott, der ein Sklave gewesen ist …

Nicht einfach irgendein Sklave. Der niederste von allen.

Acheron legte von Scham überwältigt die Hand über die Augen. Und als er so dalag, schossen ihm Bilder durch seinen Kopf … er sah die Vergangenheit, die Gegenwart und die Zukunft durch die Erfahrungen unendlich vieler Leute. Er hörte ihre Hoffnungen und ihre Befürchtungen, das Wesen des Universums.

Zum ersten Mal sah er diejenigen, denen es noch schlechter ging als ihm. Diejenigen, denen es scheinbar besser ging. Die Schreie der Mütter, die ihre Kinder verloren hatten. Kinder ohne Eltern. Bettler und Könige.

Jetzt begriff er, was Artemis gemeint hatte, als sie sagte, sie würde nicht auf die Welt der Menschen achten. Es war überwältigend. Grauenerregend. All diese Menschen, die Hilfe benötigten. Und als er sich vorstellte, wie er ihnen helfen könnte, sah er die unterschiedlichsten Folgen seiner Handlungen im Geiste vor sich.

Das Einzige, was er nicht sehen konnte, war sein eigenes Leben.

Oder Ryssas Leben.

Nicht einmal das von Artemis. Warum sah er von ihnen nichts? Das ergab keinen Sinn. Als ob hier überhaupt irgendetwas einen Sinn ergeben würde. Acheron lachte, so absurd war das alles.

Er machte die Augen auf und merkte, dass er nicht mehr auf dem Boden lag. Er schwebte! Er schnappte nach Luft und fiel wieder auf den Boden zurück. Schmerz durchzuckte ihn, als seine Haut erneut eine blaue Marmorierung annahm. Seine Fingernägel wurden schwarz und wuchsen …

Hier stimmte etwas nicht! Dieser Körper war ihm fremd. Er starrte auf seine marmorierte Haut und versuchte zu verstehen, warum sie einen solchen Farbton angenommen hatte.

Wie sollte er das vor seiner Familie verbergen? *Willst du das denn?* Ein sadistisches Lachen durchlief ihn, als er sich vorstellte, was sein »Vater« für ein Gesicht machen würde, wenn er ihm sagte, wer und was er war.

Ich bin ein Gott.

Kein Halbgott, sondern ein vollblütiger Gott, auf den ein Kopfgeld ausgesetzt war, auf den eine ganze Götterwelt Jagd machte und seinen Tod wollte. Es war lachhaft. Es war kaum zu glauben, und doch war er hier … und seine Haut färbte sich blau.

Acheron versuchte aufzustehen, aber ein Anflug von Schwindel ließ ihn wieder in die Knie sinken. Er schaute sein Bett an und wünschte sich, er würde es bis dorthin schaffen. Als Nächstes lag er unter den Decken.

Er riss die Augen auf, als ihm die volle Tragweite dessen klar wurde, was er war. Er war ein Gott mit den gleichen Kräften wie Artemis.

Vielleicht aber auch nicht. Wie funktionierten eigentlich die Kräfte eines Gottes?

»Acheron?«

Er erstarrte, als er auf einmal Ryssas Stimme in seinem Zimmer hörte, blickte an sich hinunter und sah, dass seine Haut wieder ganz normal aussah, und er war dankbar, dass er unter den Decken lag. »Ja?«

»Bist du krank?«

Eigentlich nicht. Er war nicht einmal mehr betrunken. »Ich ruhe mich nur ein bisschen aus.«

Er spürte, wie sie sich neben ihn setzte und an der Decke zog. »Schau mich doch mal an.«

Er fürchtete sich davor, was passieren könnte, während sie hier saß, aber er zog die Decke vom Kopf weg und tauchte auf.

Sie lächelte. »Ich habe dich den ganzen Tag noch nicht gesehen, und ich möchte dir das hier geben.« Sie hielt ihm ein kleines Kästchen hin.

Sie hatte ein Geschenk für ihn! Er spürte einen Kloß im Hals. »Danke schön.« Er lächelte sie an und öffnete das Kästchen, in dem ein kleines Medaillon an einer Kette lag. Es war eine stilisierte Sonne, die von drei Blitzen durchbohrt wurde. Er runzelte die Stirn, denn dieses Emblem kam ihm merkwürdig bekannt vor.

»Ich weiß, es ist ein bisschen merkwürdig, aber ich habe es auf dem Markt gesehen und musste an dich denken. Der Juwelier hat gesagt, es ist ein Symbol der Stärke.«

»Es ist atlantäisch.« Das Symbol der Sonne, das Symbol von Apollymi … seiner Mutter.

Jetzt ist er traurig. Warum habe ich auch ausgerechnet das hier gekauft? Oh nein …

Er konnte Ryssas Gedanken hören.

»Es ist sehr schön, vielen Dank.«

Sie streckte die Hand danach aus. »Ich kann es auch …«

Er legte die Hand darüber. »Es gefällt mir sehr gut, Ryssa.«

Das sagt er nur. Es tut mir so leid, Acheron. Ich wollte nichts Atlantäisches aussuchen. Wie konnte ich nur so dumm sein?

Es war beunruhigend, ihre Gedanken so deutlich zu hören, während ein unechtes Lächeln auf dem Gesicht erschien.

»Wenn du dir sicher bist …«

Er nickte. »Ich bin mir sicher. Danke schön«, wiederholte er.

Ich bin so dumm! Da wollte ich, dass er wenigstens ein Geschenk bekommt, und dann ruiniere ich alles.

Die ehrliche Liebe, die er bei diesen Worten spürte, trieb ihm Tränen in die Augen. Seine Schwester liebte ihn wirklich und wahrhaftig, und zwar inniger, als er je gedacht hatte.

Er führte ihre Hand an die Lippen und küsste sie. »Du bedeutest mir alles, Ryssa. Das weißt du doch, oder?«

»Ich liebe dich, Acheron.« *Und ich wünschte, ich könnte diesen Tag für dich so besonders gestalten, wie du es verdient hast. Es ist nicht fair, dass du hier allein bist.*

»Ryssa!« Der Ruf ihres Vaters reichte, dass Acheron erschrocken auf die Tür starrte.

Ryssa runzelte die Stirn. *Ihr Götter, was stimmt denn mit seinen Augen nicht?*

Acheron vermied es, ihr in die Augen zu schauen, aus Angst, wie sie jetzt aussehen würden. Sein Körper war noch immer normal, aber was war mit seinen Augen?

Die Tür flog auf, und sein Vater trat ins Zimmer. »Was machst du hier? Es ist Zeit, auf deinen Bruder zu trinken.«

Sie stand auf und hob das Kinn. »Ich habe meinem Bruder sein Geschenk überreicht.«

»Wag es ja nicht, unverschämt zu werden. Du wirst unten gebraucht, und zwar sofort.«

»Geh, Ryssa«, flüsterte Acheron. »Dein Vater will dich bei sich haben.«

Du gottlose Hure.

Acheron lachte, als er die Gedanken des Königs hörte. Wenn der Mann nur wüsste …

Das war sicherlich das allerletzte Wort, mit dem man ihn beschreiben konnte: »gottlos«

Der König regte sich nicht, als Ryssa an ihm vorbeiging. Er stand unter der Tür und starrte voller Wut auf Acheron. »Hast du es endlich aufgegeben, mich als deinen Vater zu bezeichnen?«

Acheron zuckte mit den Achseln. »Glaub mir, ich weiß, dass

du nicht mein Vater bist. Und ich bin sicher, dass dein Sohn unten nur darauf wartet, deine Lobrede auf ihn zu hören.«

Er muss betrunken sein. »Du wirst hierbleiben.«

»Keine Sorge, ich habe nicht die Absicht, auf deiner Feier Unruhe zu stiften.« Und doch … Wenn sein ursprünglicher Plan funktioniert hätte, dann würde der König jetzt um seinen geliebten Sohn trauern.

Ich sollte den Dreckskerl auspeitschen lassen. Aber das würde nur das Fest überschatten. Der eingebildete Dreckskerl. Der König zog sich zurück und schloss die Tür.

Acheron schüttelte den Kopf und versuchte, die Gedanken des Königs zu verjagen. Er hob Ryssas Geschenk auf und betrachtete es genauer. Wie ironisch, dass sie ihm genau das heute schenkte! Es war, als hätte seine Mutter sie irgendwie dorthin geführt.

»*Apostolos?*«

Beim Klang der zögernden weiblichen Stimme erstarrte er. Er hatte sie schon so häufig gehört und immer gedacht, er wäre verrückt. »Matera?«

»*Mein Kleiner. Ich schwöre dir, ich werde dich rächen. Aber wir müssen vorsichtig sein. Xiamara wird zurückkehren und dir zeigen, wie du deine Kräfte benutzen kannst. Lass sie jetzt ruhen, sodass Archon dich nicht entdecken kann. Bleib verborgen. Sobald die anderen ihre Machenschaften ruhen lassen, wird Xiamara dich zu mir führen, und ich werde dafür sorgen, dass niemand dich je wieder verletzt. Das schwöre ich dir bei meinem Leben.*«

Er spürte eine ganz leichte Luftbewegung an seiner Wange, wie eine kleine Liebkosung. Dann war die Luft wieder still und unbeweglich.

Er knirschte mit den Zähnen und spürte, wie ihn der Schmerz übermannte. Seine Mutter liebte ihn … seine echte Mutter.

Er wollte sie unbedingt einmal sehen und nur ein einziges Mal erleben, wie es sich anfühlte, wenn man ein Elternteil hatte, das einen so anschaute, wie der König Styxx und Ryssa anschaute – voller Stolz und Liebe.

Es liebt mich jemand.

Mehr noch, Artemis müsste sich nicht länger seiner schämen! Während es sich für eine Göttin nicht ziemte, mit einer Hure zusammen zu sein, war absolut nichts Unziemliches daran, mit einem anderen Gott zusammen zu sein.

Sie könnte ihn ganz offen lieben.

Vor lauter Freude hätte er am liebsten laut aufgeschrien. Er drückte Ryssas Kette an die Brust, lächelte und dachte daran, wie er Artemis berichten würde, was ihm zugestoßen war. Sie wäre sicher begeistert.

Wie sollte sie es auch nicht sein?

Und doch hatte er immer noch ein merkwürdiges Gefühl und eine Ahnung, die ihn vor dem morgigen Tag warnte.

24. JUNI 9527 V. CHR.

Acheron lief aufgeregt im Zimmer umher und wartete ungeduldig auf die Ankunft von Artemis, damit er sie mit seiner neu entdeckten Identität überraschen konnte. Der Morgen war interessant gewesen, denn er hatte lauter neue Dinge an sich entdeckt. Er konnte mit der bloßen Kraft seiner Gedanken Gegenstände bewegen. Genau wie Artemis konnte er sich nach draußen teleportieren und wieder zurück. Gut, seine Mutter hatte ihm gesagt, er sollte diese Kräfte nicht benutzen, aber er konnte einfach nicht anders. Sie hatten viel mehr Macht über ihn als er über sie.

Außerdem hörte er immer noch die Stimmen der Menschen, die ihn umgaben, sogar welche, die ganz weit entfernt waren, manchmal waren sie so laut, dass der Schmerz ihn in die Knie zwang. Er hörte jeden einzelnen Gedanken. Die ganze Welt war nackt und bloß und ihre Gedanken ihm ausgeliefert.

Frieden empfand er nur in der Nähe von Apollodorus, dessen Bedürfnisse ganz einfach waren: Essen, schlafen, auf dem Arm gehalten und geliebt werden. Es lag so viel Trost darin, seinen Neffen einfach nur in den Armen zu halten, dass es den Schmerz der anderen Stimmen linderte, die in ihm schrien. Acheron konnte sich konzentrieren und wieder Boden unter die Füße bekommen, wenn er mit Apollodorus beschäftigt war.

»Acheron?«

Er wandte sich um, als Ryssa mit Apollodorus auf dem Arm hereingeschossen kam. *Apollo ist ein solcher Arsch. Ich habe es satt, immer nur seine Eroberung oder seine Blutquelle zu sein. Er glaubt, es gibt für mich nichts weiter im Leben, als zu ihm zu eilen, sobald er nur mit den Fingern schnippt.* »Ich muss kurz weg, bitte könntest du so lange auf Apollodorus achtgeben? Bei der Kinderschwester hört er einfach nicht auf zu quengeln, und ich kann mich jetzt nicht um ihn kümmern.« *Sein Vater ist ein egoistischer Dreckskerl, der mich für sein gut dressiertes Flittchen hält.* »Es macht dir doch hoffentlich nichts aus?«

Acheron schüttelte den Kopf und strengte sich an, um zu begreifen, welche Worte er tatsächlich und welche er nur in seinem Kopf gehört hatte. »Es macht mir ganz und gar nichts aus.« Er nahm ihr Apollodorus aus den Armen.

Mama? Will auf deinen Arm …

Acheron packte seinen Neffen fester. »Ich hab ihn. Mach dir keine Sorgen.«

»Danke schön.« *Ich weiß nicht, wie ich ohne dich zurechtkommen würde, Akribos. Du bist der Einzige, auf den ich mich verlassen kann. Die anderen sind alle nichts wert.* »Ich komme zurück, so schnell ich kann.« Sie gab Apollodorus einen raschen Kuss auf den Kopf, rannte aus dem Zimmer, dabei verfluchte sie Apollo bei jedem Schritt.

Acheron schaute seinen Neffen an, der den Blick neugierig erwiderte. »Ich hatte keine Ahnung, dass deine Mutter überhaupt solche Ausdrücke kennt.«

Apollodorus lachte, als würde er ihn verstehen. *Theo mit mir spielen?*

»Aber sicher.« Acheron kniete sich auf den Boden und stellte Apollodorus auf die Füße, sodass er sich an ihm festhalten und ein paar kleine Schrittchen machen konnte.

Appie Theo lieben.

Acheron lächelte, als er den Spitznamen seines Neffen für

sich selbst hörte. *Appie liebt seinen Onkel.* Er behielt diese Worte im Herzen, schloss die Augen und versuchte, den Mann zu sehen, zu dem sein Neffe heranwachsen würde. Aber genau wie bei Ryssa sah er nichts. Das war sehr merkwürdig. Die Zukunft jedes Menschen, der in seine Nähe kam, sah er ganz klar vor sich.

Warum klappte das bei den Menschen nicht, die ihm nahestanden?

Apollodorus plumpste auf sein Hinterteil und steckte sich den Daumen in den Mund.

»Also, was wollen wir beide jetzt anfangen, während deine Mutter unterwegs ist?«

Bauch kitzeln.

Acheron lachte. »In Ordnung.« Er gehorchte, und Apollodorus quiekte vor Vergnügen. Er drehte sich auf den Rücken und strampelte mit den Beinchen, während er sich an Acherons Hand auf seinem Bauch festhielt.

Der reine, einfache Charakter der Freude und Liebe seines Neffen berührte ihn innerlich so tief, dass er das Kind am liebsten den Rest der Ewigkeit in den Arm genommen und beschützt hätte. Nichts liebte er mehr als dieses winzige Wesen. Er betete darum, dass ihr Verhältnis zueinander immer so bleiben würde, dass keine verletzenden Worte oder Handlungen je zwischen sie kommen würden.

Was würde das Kind denken, wenn es älter wurde und Styxx und sein Vater ihm erzählten, was Acheron gewesen war? Könnte es begreifen, dass das alles gegen Acherons Willen geschehen war? Dass er das alles niemals getan hätte, wenn er nur die geringste Wahl gehabt hätte?

Oder, schlimmer noch, würde er so lüstern reagieren wie Maia?

Bei dem Gedanken zog sich alles in ihm zusammen. Acheron hob den Jungen hoch und drückte ihn so fest er konnte an die Brust. »Bitte hasse mich nie, Appie! Deinen Hass könnte ich niemals ertragen.«

Appie liebt Theo.

Acheron wusste jede einzelne Silbe zu würdigen.

»Wie rührend.«

Er öffnete die Augen und sah Artemis im Zimmer stehen. »Hast du Apollodorus je gesehen?«

Sie zuckte die Achseln. »Eigentlich nicht. Apollo hat jede Menge unehelicher Kinder. Aber er ist schon sehr süß, wenn man bedenkt, dass er ein stinkendes kleines Menschlein ist.«

Acheron versuchte, ihre Gedanken zu hören. Aber anders als bei den Menschen war das bei ihr nicht so leicht. Er musste sich sehr anstrengen und hörte auch dann nur Bruchstücke.

Setz das Kind runter. Ich will mit dir zusammen sein. »Wo ist seine Mutter?«

»Bei Apollo.«

Sie verdrehte die Augen und seufzte. »Hat dieses Ding denn keinen Aufpasser?«

»Doch, im Moment bin ich dieser Aufpasser.«

Sie stemmte die Hände in die Hüften.

»Setz dich, Artie, und lern deinen Neffen kennen. Er beißt nicht, und wenn, dann tut es nicht weh.« Anders als ihre Bisse.

Ihr ganzes Verhalten zeigte, wie aufgebracht sie war, als sie sich neben die beiden setzte. »Ist er feucht?«

»Er ist nicht feucht.«

Apollodorus steckte eine Hand in den Mund und starrte Artemis neugierig an. *Sie ist nicht richtig, Theo …*

Acheron lachte bei diesem Gedanken.

Artemis starrte sie beide an. »Was ist denn so witzig?«

»Nichts«, antwortete Acheron und fragte sich, warum sie die Gedanken des Kindes nicht auch hören konnte. Das machte ihn neugierig auf die Frage, wie sehr sich die Kräfte der einzelnen Götter voneinander unterschieden – vielleicht gab es jede

Menge Dinge, die er konnte und sie nicht. »Kannst du als Göttin eigentlich alles hören, was die anderen Leute denken?«

Sie verdrehte die Augen. »Ich tue mein Bestes, damit das nicht passiert. Es ist immer so langweilig. Entweder planen sie, jemand anderem etwas anzutun, oder sie bitten um irgendetwas. Die Menschen sind wie Insekten.«

Ihre wütende Feindseligkeit traf ihn unvorbereitet. Obwohl einige Menschen, die er in seinem Leben kennengelernt hatte, sehr tief gesunken waren, würde er kein Insekt beleidigen, indem er es mit den Kretins verglich, die ihn missbraucht hatten. »Gilt das auch für mich?«

Sie fuhr ihm mit der Hand durchs Haar. »Nein. Bei dir ist alles ruhig für mich, deine Gedanken habe ich noch nie gehört. Deswegen bin ich auch gern mit dir zusammen.«

Er fand es beunruhigend, dass er nicht hören konnte, was sie dachte.

Doch sollte sie als Göttin nicht spüren, dass sie neben einem anderen Gott saß? Warum hatte sie keine Ahnung davon, was gestern Abend mit ihm geschehen war? »Spürst du an mir irgendetwas Neues?«

»Nur dass du einen stinkenden kleinen Jungen im Arm hast, sonst nichts.« Sie ließ die Hand sinken. »Ich weiß, dass ihr Menschen viel Wert auf den Jahrestag eurer Geburt legt, aber in Wirklichkeit ist er nur ein Zeichen, dass ihr dem Tod wieder ein Jahr näher gerückt seid. Wer will so etwas schon feiern?«

Acheron schnaubte, als er ihre Antwort hörte. Offenbar konnte sie seine neue Identität als Gott nicht spüren – faszinierend. »Ich habe nicht von meinem Alter gesprochen.«

»Wovon denn dann? Du hast dir die Haare nicht geschnitten, und daran, wie dieses kleine Ding auf dir herumklettert, kann ich sehen, dass du nicht ausgepeitscht worden bist, sonst würdest du vor Schmerzen zusammenzucken. Was ist denn sonst passiert?«

Dass sie so locker über seine Misshandlungen sprach, machte ihn wütend. Sie hätte einmal den Schmerz und die Demütigungen ertragen sollen, um zu begreifen, dass es nichts war, was man auf die leichte Schulter nehmen sollte. »Gar nichts.«

Sie fegte seine feindselige Antwort vom Tisch. »Du bist vielleicht komisch.«

Apollodorus krabbelte zu Artemis hinüber. Sie starrten einander eine volle Minute lang an, ehe er lächelte und ihr die feuchte Hand auf den Arm legte.

»Igitt, wie ekelhaft.« Sie schob seine Hand weg.

Acheron streckte die Arme aus, und Apollodorus kehrte zu ihm zurück.

»Wie hältst du das nur aus?« Artemis erschauderte, als er den Jungen hochhob, der ihm daraufhin einen feuchten Schmatzer auf die Wange gab.

»Ich liebe ihn, Artie. Es ist überhaupt nichts Ekelhaftes an ihm.«

Sie erschauderte noch stärker, als wäre es das Abstoßendste, was sie sich vorstellen konnte. »Du hättest gern ein eigenes Kind, oder?« Der anklagende Tonfall überraschte ihn. Es war, als hielte sie ihn für einen Schwachkopf, weil er einen solchen Wunsch hegte.

Acheron drückte seinen Neffen an sich und dachte über die Frage nach, die ihm noch nie in den Sinn gekommen war. »Weil ich keine Kinder bekommen kann, habe ich noch nie ernsthaft darüber nachgedacht.«

»Aber wenn du welche bekommen könntest?«

Er betrachtete seinen Neffen und lächelte. Er hätte alles dafür gegeben, in der Lage zu sein, so etwas Wertvolles zu erschaffen. »Ich kann mir kein größeres Geschenk vorstellen, als dass mein eigenes Kind mich so anschaut, wie Appie es tut.«

»Dann sollten wir ein Baby für dich finden.«

Bei diesem Gedanken machte er ein finsteres Gesicht, wechselte das Thema und sprach von etwas, das wirklich wichtig war und um einiges machbarer. »Sag mir, Artie, wenn ich ein Gott wäre, würdest du dann unsere Freundschaft öffentlich machen?«

Sie ließ tief in der Kehle einen Laut äußersten Widerwillens hören. »Du bist kein Gott, Acheron.«

»Aber wenn ich einer wäre …«

»Warum überlegst du etwas so Lächerliches?«

»Warum weichst du mir mit der Antwort aus?«

»Weil es völlig egal ist. Du bist kein Gott. Ich habe es dir schon gesagt, deine Augen sind deformiert, weiter nichts.«

Wie konnte eine Göttin so blind sein, dass sie einen anderen Gott nicht erkannte? Oder war seine Mutter wirklich so mächtig, dass sie es geschafft hatte, seine Identität vor allen anderen Göttern zu verbergen? »Und du bist wirklich noch nie einem Gott begegnet, der solche Augen hatte wie ich?«

»Nein.«

Vielleicht lag es nicht an seiner Göttlichkeit, vielleicht lag es daran, dass sie aus unterschiedlichen Götterwelten stammten. »Bist du je einem atlantäischen Gott begegnet?«

Entnervt machte sie eine wegwerfende Handbewegung in seine Richtung. »Was fragst du denn heute so viel?«

»Warum wirst du bei so einfachen Fragen so böse?«

»Weil ich Zeit mit dir verbringen will, ohne dass du an dieses Ding gefesselt bist. Könnten wir ihn nicht in einen Käfig sperren?«

Acheron war fassungslos. »Artemis!«

»Was denn? Da wäre er doch ganz sicher.«

»Er würde weinen, und er hätte Angst.«

»Na gut.« Sie erhob sich und starrte die beiden an. »Ich komme wieder, wenn du ihn los bist.« Damit verschwand sie.

Apollodorus starrte neugierig zu ihm hinauf. Acheron tätschelte dem Jungen den Rücken und schüttelte den Kopf.

»Nun, Appie, das war deine Tante Artemis in ihrer ganzen Pracht.«

Art-ee-miss

Er lächelte über den Versuch des Jungen, den Namen im Kopf auszusprechen. »Ganz nahe dran. Nicht dass es wirklich wichtig wäre, sie wird vermutlich nicht viel für dich da sein.«

Achee mit Appie sein.

Er grinste darüber, wie Apollodorus seinen Namen ausspach. »Achee wird immer bei dir sein.«

Kichernd rollte Apollodorus sich auf seinem Schoß zusammen. Acheron streichelte seinen kleinen Rücken, und ehe er sich's versah, war das Baby eingeschlafen.

Er hob ihn hoch und legte ihn an die Schulter, wo das sanfte Schnarchen des Babys den Rest der Welt aus seinem Kopf verdrängte. Er war jetzt mit dem ganzen Universum im Reinen und fragte sich, ob seine Mutter ihn auch so auf dem Arm gehalten hätte.

Zum ersten Mal im Leben zog er in Erwägung, dass sie das tatsächlich getan haben könnte. Zumindest seine richtige Mutter.

Apollymi.

Apollymi lief weiter auf und ab, während Xiamara neben ihr stand. »Diese griechische Göttin trifft sich immer wieder mit meinem Sohn. Glaubst du, wir könnten sie dazu benutzen, ihn zu schützen?«

Xiamara zögerte. Vielleicht hätte sie ihrer Freundin nicht so vieles vorenthalten sollen, aber wenn Apollymi das wahre Ausmaß an Leid in Apostolos' menschlichem Leben gesehen hätte, dann hätte sie möglicherweise Unfassbares getan. »Ich weiß es nicht, Akra. Die Griechen sind nicht wie wir, und Artemis ist in ihrer Götterwelt nicht so mächtig wie andere. Ich glaube, sie hätte Angst davor, ihn zu beschützen.«

Apollymi knurrte frustriert. »Wir müssen irgendetwas tun.«

»Ich könnte ihn hierherbringen, aber wenn ich das tue, werden uns Archon und die anderen Götter angreifen.«

»Ich fürchte mich nicht davor! Sobald ich frei bin, kann ich sie besiegen, und außerdem haben wir deine Armee. Aber was Apostolos angeht … sie würden ihn angreifen, und einer von ihnen könnte ihn töten, während wir mit den anderen beschäftigt sind.«

Nur aus diesem Grund war Apollymi vor den Göttern geflüchtet, als sie schwanger war. Die Angst um ihr Baby hatte sie vom Kampf abgehalten. Ein falscher Schlag könnte das Ende seines Lebens bedeutet haben. Es war ein Risiko, das sie niemals in Kauf nehmen würde.

»Soll ich einen Chthonier herbeirufen?«

Bei dieser Frage hielt Apollymi inne. Ihr Herz wand sich. Obwohl die Chthonier als Menschen geboren wurden, besaßen sie die Kräfte von Göttern und fungierten als eine Art Polizeitruppe für die unterschiedlichen Götterwelten. Sie hielten Ordnung und verhinderten, dass ein großer Krieg der Götter ausbrach, bei dem jeder gegen jeden kämpfte. Doch sie hatten auch durchaus ihre eigenen Ziele, die nicht immer im Interesse des Universums und ganz klar nicht in Apollymis Interesse standen. »Ich traue ihnen nicht. Sie könnten Apostolos ebenso gut töten, um den Frieden zu bewahren, wie sie ihn retten könnten. Das werde ich nicht riskieren.« Frustration stieg in ihr hoch. Solange Apostolos in menschlicher Gestalt bei den Menschen weilte, war er verwundbar. Man könnte ihn jetzt ganz leicht töten. Wie konnte sie ihren Sohn an ihre Seite holen, ohne dabei sein Leben zu gefährden?

Jaden.

Sie schaute Xiamara an.

»Akra«, sagte sie tadelnd, »du denkst doch nicht etwa das, wovon ich glaube, du könntest es denken, oder?«

»Man könnte mit Jaden etwas aushandeln, damit er Apostolos zu uns bringt. Aber ich würde einen Dämon benötigen, um ihn heraufzubeschwören.« Sie schaute Xiamara bedeutungsvoll an.

Jaden war ein Vermittler, der Verträge zwischen Dämonen und der ursprünglichen Quelle des Universums aushandelte. Seine Macht kam der eines Gottes gleich, vielleicht war er sogar mächtiger als ein Gott. Wenn es ein Wesen gab, das ihren Sohn schützen und zu ihr zurückbringen konnte, dann war er es.

»Du weißt, dass es nichts gibt, was ich nicht für dich tun würde, Apollymi. Aber Jaden ist unberechenbar. Sogar wenn er sich auf den Handel einlässt, haben wir nichts, was wir ihm dafür anbieten könnten.«

Das war ihr ehrlich gesagt egal. Für ihren Sohn würde sie alles geben. »Was könnte er im Austausch für seine Dienste verlangen?«

»Das weiß niemand.«

Apollymi stolperte auf ihren Teich zu, durch dessen Wasser sie das ganze Universum ausspionieren konnte. Sie hätte es sogar benutzen können, um Apostolos zu betrachten, wie er zum Mann heranwuchs, aber ihre Furcht um seine Sicherheit hatte sie davon abgehalten. Wenn Archon wusste, dass sie ihren Sohn betrachtete, wäre er in der Lage gewesen, den Teich zu benutzen, um seinerseits Apostolos zu finden. Sogar jetzt wagte sie es nicht, ihn zu benutzen, um ihren Sohn zu sehen. Es war ein Risiko, das sie einfach nicht eingehen wollte.

Sie schöpfte Wasser aus dem Brunnen und formte in der Luft eine irisierende Kugel. Sie konzentrierte ihre Kräfte auf deren Zentrum, um Jaden zu sehen und herauszufinden, was er sich am meisten wünschte.

Dunkle Schatten drehten und wanden sich und nahmen allmählich Form an.

Gerade als sie erkennbar wurden, lösten sie sich wieder auf.

Apollymi fluchte. Die Macht, die er besaß, gestattete es ihr nicht zu sehen, wie sie ihn beherrschen könnte.

Verdammt!

Wut und Kummer mischten sich in ihr. Nun gut. »Beschwöre ihn herauf, und biete ihm meine Kräfte und mein Leben an, wenn er mir fünf Minuten allein mit meinem Sohn gewährt, bevor ich sterbe. Und wenn er verspricht, Apostolos für den Rest seines Lebens zu beschützen.«

Xiamara schnappte nach Luft, sie lachte nervös und ungläubig. »Apollymi, das kannst du nicht machen.«

Sie begegnete dem Blick ihrer Freundin ganz ruhig. »Und wenn es hier um Xedrix, Xirena oder Simi gehen würde?«

Xiamara fluchte, als sie merkte, dass sie das Gleiche tun würde, um ihre eigenen Kinder zu schützen. »Bist du sicher?«

»Er ist mein Sohn, Xi. Der einzige Teil von mir, für den es sich zu leben lohnt. Was immer es mich kosten wird, um sein Leben zu schützen, schließ diesen Handel ab. Ich will ihn nur ein einziges Mal in den Armen halten, ehe ich sterbe.«

Xiamara zog sie in die Arme und hielt sie kurz fest. »Du bist die tapferste Frau, der ich je begegnet bin, Akra. Ich werde tun, worum du mich bittest, obwohl ich es nicht will.«

»Wirst du dich mit ihm verbinden, wenn ich nicht mehr bin?«

»Du weißt, dass ich das tun werde. Nach alldem, was wir zusammen durchgemacht haben, würde ich mein Leben für dich und deinen Sohn hingeben.«

Apollymi schluchzte unter Tränen. »Du bist die allerbeste Freundin, die man sich nur wünschen kann.«

Xiamara drückte sie noch einmal ganz fest an sich, ehe sie zurücktrat. »Ich bin so rasch wie möglich zurück.«

Niedergeschlagen und doch voller Hoffnung, sah Apollymi zu, wie Xiamara sie verließ. Sie schaute in den Teich, voller Begierde, ihren Sohn zu betrachten, aber sie tat es wie immer nicht. In dem Moment, als Xiamara Apostolos seine Kräfte verliehen hatte, waren die anderen misstrauisch geworden.

Der Tag der Abrechnung war gekommen. Bei allen Göttern des Universums – sie würden für das büßen, was sie ihrem Kind angetan hatten, und für jeden einzelnen Tag, den sie nicht mit ihm gemeinsam hatte verbringen können.

24. JUNI 9527 V. CHR.

Acheron ging durch die Stadt und spürte die Kraft des Lebens durch seine Adern strömen. Es war, als wäre er ein Teil des Universums. Die Farben waren leuchtender, und er hörte unglaubliche Dinge, wie Herzschläge und das Blut, das den Menschen durch die Adern rauschte. Er kannte jeden, dem er begegnete, mit Namen, er sah seine Vergangenheit, Gegenwart und Zukunft.

Nichts blieb ihm verborgen. Er war mächtig, denn er hatte Kenntnis von jedem Zeitalter, und er fühlte sich unbesiegbar.

Mmm, den würde ich nicht von der Bettkante stoßen.

Er wandte sich der Frau zu, deren Gedanken er gerade gehört hatte. Sofort schaute sie weg, als würde ihre Begierde sie verlegen machen.

Acheron blieb wie angewurzelt stehen, als ihm der Unterschied zu früher auffiel.

Die Menschen fielen jetzt, da er seine neuen Kräfte hatte, nicht mehr über ihn her, wie sie es sonst immer getan hatten. Er testete diese Theorie, denn er wusste, dass er sich mit einem einzigen Gedanken weg teleportieren konnte, und schlug seine Kapuze nieder. Das übliche Raunen ging durch die Menge, aber zum ersten Mal in seinem Leben blieben die Menschen auf Distanz. Es war, als könnten sie seine Kräfte spüren und fürchteten sich davor, ihm zu nahe zu kommen.

Überrascht streifte er auch seinen Mantel ab, reichte ihn

einem Bettler und ging ohne Überbekleidung durch die Straßen. Offen und ungeschützt. So fühlte man sich also, wenn man normal war! Es war unglaublich, dass man so ganz ohne Angst, misshandelt und verletzt zu werden, leben konnte.

Er hätte vor Erleichterung und Aufregung beinahe gelacht, ging zum Artemistempel und trat furchtlos über die Schwelle.

Der Tempel war um diese Tageszeit leer. Durch seine Kräfte ermutigt, näherte er sich ihrer Statue.

»Was tust du hier?«

Er sah Artemis im Schatten stehen. »Ich wollte dich sehen.«

»Du solltest dich doch hüten hierherzukommen«, knurrte sie leise und wütend. »Was ist, wenn dich jemand gesehen hat?«

Er machte ein Zeichen des Missfallens. »Was ist denn los, Artie? Kann ich einer Göttin nicht ein Opfer darbringen? Glaubst du wirklich, ich könnte deinem Ruf durch diese Kleinigkeit schaden?«

Artemis schnaubte. Irgendetwas war heute anders an ihm. Er hatte eine Aura von Macht an sich … wie die Anwesenheit eines Gottes, doch sie war nicht so dumm, das zu glauben. »Bist du etwa betrunken?«

Er grinste charmant. »Ich kann nicht mehr betrunken sein.«

»Was meinst du damit?«

»Nichts.« Er trat auf sie zu wie ein Raubtier auf seine Beute, langsam, sinnlich, verführerisch. Sie war von der Schönheit seiner fließenden Bewegungen, die eine unnatürliche Sexualität ausströmten, fasziniert. Ehe sie sich rühren konnte, zog er sie mit Macht an sich und küsste sie auf die Lippen.

Feuer durchschoss sie, und sie vergaß völlig, dass sie sich hier mit ihm in aller Öffentlichkeit befand. So hatte er sie schon lange nicht mehr geküsst! Als Nächstes waren sie in ihrem Schlafzimmer auf dem Olymp.

Merkwürdig, sie konnte sich gar nicht daran erinnern, dass sie ihn hierhergebracht hätte … Aber sie vergaß ihre Verwunderung sofort wieder, als er sie aufhob und zum Bett trug. Sie liebte es, wenn er sie trug, sie fühlte sich dann besonders weiblich.

Acheron wusste nicht, wo seine plötzliche Begierde herrührte. Es war überwältigend, es war atemberaubend. Er konnte sich nicht entsinnen, dass er sich je so sehnlich gewünscht hatte, mit jemand zusammen zu sein, wie jetzt mit Artemis. Es war, als hätte er plötzlich ein Recht darauf, sie zu besitzen.

Als würde etwas tief in seinem Inneren ihn dazu treiben, sie zu besitzen und über sie zu bestimmen.

Ihre Fangzähne wuchsen, und sie ließ ihrer beider Kleider verschwinden. »Du bist so schön«, sagte sie mit leisem Lispeln. »Ich will dich in mir spüren, während ich dich aussauge.«

Aber dazu war er nicht in Stimmung. Er zog sie hoch an seine Lippen, sodass er sie mit der Wut und Kraft küssen konnte, die tief in ihm brodelten. Es war, als wäre dort keine Menschlichkeit mehr übrig. Er knurrte tief in der Kehle und rollte sie auf den Bauch, spreizte ihre Schenkel weit und drang von hinten in sie ein.

Artemis schnappte nach Luft, als unvorstellbares Vergnügen ihren Körper durchzuckte. Acheron war noch nie so energisch mit ihr umgegangen, und doch war er sanft. Diese Mischung versetzte sie regelrecht in Ekstase. Seine Stöße waren so tief und kräftig, voller Macht. Es fühlte sich an, als würde er einen Teil ihrer unsterblichen Seele berühren.

»Sag mir, nach wem du dich sehnst, Artemis«, knurrte er ihr ins Ohr.

Sie holte keuchend Luft, während er jedes Wort mit einem kräftigen Stoß betonte. »Nach dir.«

»Wen begehrst du?«

»Keinen außer dir.«

»Dann sag meinen Namen! Ich will ihn von dir hören, während ich in dir bin, während ich dich in Besitz nehme.«

»Acheron!«, schrie sie voller Lust auf.

Er zog sich aus ihr zurück und drehte sie um, sodass sie ihm ins Gesicht sah. Keuchend und voll heißer Begierde, starrte er auf sie herunter, dass sie sich fühlte, als würde sie versengt. An ihm war nichts Unterwürfiges mehr, er war wie ihresgleichen.

Nein, er war sogar mehr.

Sein Kuss brannte, ehe er wieder in sie eindrang. Artemis bog den Rücken durch und zog ihn noch tiefer in sich hinein.

Er beugte sich zurück und umfasste ihr Gesicht, während er sie tief und hart ritt. Seine silbernen Augen blitzten rot auf. »Schau mich an, wenn ich in dir bin, und sag meinen Namen!«

»Acheron!«

»Wer hat Macht über dich, Göttin? Wer ist der einzige Mann, der dich vor Begierde feucht werden lässt?«

Sie schrie an der Grenze zum Orgasmus auf.

Er verharrte plötzlich bewegungslos, als wüsste er, dass sie ganz kurz davor war zu kommen, als wollte er sie quälen, und sie hätte beinahe frustriert auf ihn eingeschlagen.

»Antworte, Artemis! Wenn du kommen willst, sag es mir!«

Sie hob den Körper und schlang die Beine noch fester um seine schmalen Hüften. »Du, Acheron! Nur du.«

Er beugte sich mit einem weiteren brennenden Kuss zu ihr hinunter und fing wieder an, in sie hineinzustoßen. Sie ertrug es nicht länger, schob das Haar von seinem Hals und schlug ihre Fangzähne tief in ihn.

Im gleichen Moment versenkte er sich bis zum äußersten Ende seines Schafts in sie, und sie kamen alle beide. Artemis schrie laut auf, als sie in unermesslicher Wonne erzitterte.

Acheron fühlte sich durch das Zucken seines Körpers wie gelähmt. Er kam nur so selten in ihr, dass diese Erfahrung ihn kurze Zeit wie blind werden ließ. Sie verkrampfte sich um ihn, dann rollte sie ihn auf den Rücken und trank weiter.

Vollkommen befriedigt, lag er da, während sie sein Blut trank. Doch diesmal wurde er nicht schwach dabei.

Mit einem schockierten Ausdruck auf dem schönen Gesicht zog Artemis sich zurück und starrte auf ihn hinunter. Ihre Augen waren silbern, ihre Lippen von seinem Blut benetzt. »Was bist du?«

Bevor er antworten konnte, spürte er, wie die fremde Kälte ihn durchdrang, mit dem Zittern wie von leichter Elektrizität, das ankündigte, dass seine Haut gleich blau würde.

Artemis schnappte nach Luft und flüchtete sich zum Fußende des Bettes, wo sie sich hinkauerte, als wäre sie jederzeit bereit, ihn anzugreifen.

Acheron warf den Kopf zurück, als seine Kräfte mit solcher Macht aus ihm drangen, dass es die Fenster ihres Zimmers zerschmetterte.

»Raus hier!«, kreischte sie. Aber als sie diesmal versuchte, ihn in die Sphäre der Menschen zurückzuversetzen, weigerte er sich.

Er packte sie und zog sie an sich. Wie er vermutet hatte, war seine Hand auf ihrem blassen Arm blau marmoriert. »Was ist los, Artie? Hast du etwa Angst vor mir?«

Artemis schluckte beim Anblick ihres kostbaren Acheron. Der goldblonde Mann mit den perfekten Gesichtszügen war verschwunden, und das Geschöpf, das sie jetzt gepackt hielt, war unheimlich und schön zugleich. Seine Haut wirbelte in einer Mischung blauer Farbtöne, sein Haar war schwarz, ebenso die Lippen und die Nägel.

Und diese Augen …

Sie blitzten von Silber zu Rot und wieder zurück.

Das hier war ein Gott der Zerstörung, das wusste sie. Sie konnte Kräfte spüren, die selbst diejenigen von Zeus in den Schatten stellte. Acheron könnte sie töten.

»Du hast mich reingelegt«, klagte sie ihn an.

»Ich habe nichts dergleichen getan.« Seine Haut nahm kurz wieder ihren normalen Farbton an. »Ich habe dir einst mein

Herz angeboten, Artemis. Du hast mir gesagt, ich wäre nicht gut genug für dich, weißt du noch? Bin ich jetzt deiner würdig?«

Nein, das hier war noch schlimmer. Einen so mächtigen Gott auf den Olymp zu bringen …

Die griechischen Götter würden sie töten.

»Was willst du von mir?«, fragte sie und hatte Angst vor seiner Antwort. War er gekommen, um sie alle zu töten?

Er steckte seine marmorierte blaue Hand aus und umfasste ihre Wange. Seine Augen verbrannten sie mit verzweifeltem Verlangen. »Ich will, dass du mich liebst.«

»Ich liebe dich ja.«

»Das sagst du nur, weil du Angst hast, das spüre ich.«

»Nein, Acheron, es ist die Wahrheit. Ich habe dich von dem Moment an geliebt, als du mich zum ersten Mal geküsst hast.«

Seine Augen leuchteten auf und wurden flammend rot. »Dann beweise es!«

»Und wie?«

»Geh mit mir durch den Palast von Didymos. An meiner Seite. Als meinesgleichen.«

Allein bei dem Gedanken daran grauste ihr. »Das kann ich nicht tun.«

»Ich bin ein Gott. Warum kannst du nicht mit einem Gott zusammen durch den Palast gehen?«

Artemis schüttelte den Kopf. So einfach war das nicht. »Du warst mal eine Hure.«

Acheron zuckte zusammen, als diese Worte ihn mit der Grausamkeit einer zustechenden Klinge trafen.

»Ich bin eine jungfräuliche Gottheit«, betonte sie. »Niemand darf je erfahren, dass ich von einem Mann verführt worden bin, der eine ganz gewöhnliche Prostituierte war. Gott hin oder her, ich kann mich nicht zu dir bekennen, niemals.«

Er war noch immer nicht gut genug. Egal ob er ein Gott war

oder nicht, er war noch immer wie unwillkommener Dreck. Nicht einmal seine Mutter konnte sich zu ihm bekennen.

Innerlich gebrochen, holte er tief Luft und sah, wie sich Artemis zusammenkauerte. In diesem Moment hasste er sich selbst für das, was er gewesen war, und für das, was er war.

Ein Tyrann.

Er war nicht besser als diejenigen, die ihn um Freundlichkeit hatten betteln und kriechen lassen. Der Gedanke machte ihn krank.

Er stand auf und zog Artemis auf die Füße. Sie zitterte, als er sich zu ihr hinunterbeugte und ihr ins Ohr flüsterte: »Duck dich nie wieder vor mir, Artie. Ich habe dir mein Wort gegeben, dass ich dir nie etwas antun würde, und ich werde mein Wort immer halten.« Er umfasste ihre Wange mit seiner blauen Hand und küsste sie zum Abschied sanft auf den Kopf.

Artemis hielt den Atem an, bis Acheron fort war. Nackt und zitternd, stand sie in ihrem dunklen Zimmer und war völlig verwirrt von allem, was geschehen war.

Acheron war ein Gott!

Aber aus welcher Götterwelt stammte er? Sie konnte seine Macht noch immer spüren, diese Macht vermischte sich mit ihrer und verschaffte ihr einen kleinen Einblick in seine Fähigkeiten.

Er war ein Zerstörer, ein Gottestöter. Alle Götter Griechenlands lebten in Angst vor solchen dunklen Göttern, vor denen, die die Urquellen des Universums beherrschten. Nicht viele besaßen Macht über diese Urquellen, von den griechischen Göttern besaß sie keiner.

Nicht ein einziger.

Acheron hingegen …

»Was habe ich nur getan?«

Ihre dumme Sorglosigkeit könnte bedeuten, dass sie den Tod für das gesamte Pantheon heraufbeschworen hatte.

25. JUNI 9527 V. CHR.
MITTERNACHT

Xiamara stand vor einer alten knorrigen Eiche, die aus einem Berghang wuchs. Von Anbeginn aller Zeiten wurden Bäume mit Gottheiten in Verbindung gebracht. Ihre Wurzeln streckten sich tief ins Herz der Erde und breiteten sich auf ihr Zentrum hin aus, während die Äste sich in den Himmel reckten.

Im Inneren trugen diese Bäume das Leben der Erde, und in jedem Baum steckte ein Teil des allumfassenden Geistes, der die Welten und Geschöpfe miteinander verbindet.

Die Bäume bestanden aus drei der vier grundlegenden Elemente Luft, Wasser und Erde. Und wenn sie brannten, waren alle Elemente miteinander vereint.

Aber das Wichtigste an diesem Baum war, dass Xiamara mit seiner Hilfe und mit Menschenblut, das sie mit dem ihren mischte, eines der mächtigsten Wesen des Universums heraufbeschwören konnte.

Al-Baraka.

Jaden.

Niemand wusste, woher er kam, wann er erschaffen, gezeugt oder geboren worden war, man wusste nicht einmal, ob er ein Mensch, ein Dämon oder ein ganz anderes Wesen war. Aber wenn ein Dämon etwas brauchte, wandte er sich an Jaden und schloss mit ihm einen Handel ab.

Mit hämmerndem Herzen goss sie das menschliche Blut, das

eine von Apollymis Priesterinnen gespendet hatte, auf die Wurzeln des Baumes, dann schnitt sie sich in die Hand und flüsterte die Worte, mit denen sie Jaden heraufbeschwor.

»Ich beschwöre dich mit Stimme und Blut herauf. Mit dem Gewicht des Mondes und der Stärke des heiligen Holzes. O Dunkelheit, komm zu mir. O Dunkelheit, so soll es sein.«

Ein Blitz zuckte, und ein schwerer Wind erhob sich. Xiamara wickelte ihre Schwingen um sich, sodass sie im Sturm nicht beschädigt würden.

Ein wirbelnder schwarzer Nebel stieg dicht und schwer vom Boden auf und legte sich über den Baum.

Jaden hatte immer schon einen Sinn für Theatralik gehabt.

Sie trat zurück und beobachtete, wie der Nebel die Gestalt eines Mannes annahm. Er hatte Augen, die nicht die eines Menschen waren, eines war dunkelbraun, das andere strahlend grün. Um diese Augen bildete sich ein Gesicht, so schön, wie es sich ein Mann nur wünschen konnte. Halblanges schwarzes Haar fiel auf starke, muskulöse Schultern. Unerbittliche Macht und Intoleranz gingen von ihm aus.

Er stand auf einem großen Ast und schaute auf sie hinunter. Seine dunkelbraune Lederhose und der lange braune Mantel passten sich perfekt an den Baum an.

»Schöne Charonte«, sagte er mit tiefer Stimme in ihrer Muttersprache. »Sag mir, warum du im Auftrag deiner Herrin gekommen bist, obwohl du doch weißt, dass ich mit den Göttern keinen Handel abschließe.«

Xiamara ließ ihre Flügel als Zeichen des Vertrauens aufflattern. Selbst wenn sie sie um ihren Körper schlang, könnte Jaden sie ihr jederzeit ausreißen, wenn er wollte. »Ich liebe Apollymi und bin nicht als ihre Stellvertreterin hier, sondern will um meinetwillen einen Handel mit dir abschließen.«

Bei diesen Worten zog er eine Augenbraue hoch. »Was soll das heißen?«

»Ich weiß, dass du ihr weder das Leben nehmen noch einen Handel mit ihr abschließen kannst. Also trete ich, eine ungebundene Dämonin, allein und aus freien Stücken vor dich, um mit dir den Handel über das abzuschließen, was sie sich wünscht.«

Er lehnte sich an den Baum und beugte sich, ein Knie gebeugt und die Arme vor der Brust verschränkt, gespannt vor. »Was bietest du mir an, Dämonin?«

»Meine Seele, mein Leben – was immer du willst, um Apollymi mit ihrem Sohn wiederzuvereinen. Alles, solange es nicht das Leben oder die Freiheit eines meiner Kinder ist.«

Er kniff die Augen zusammen und dachte über ihr Angebot nach. »Du bist an Apollymi gebunden.«

Ja und nein. »Ich bin in Freundschaft und Liebe an sie gebunden, nicht durch Sklaverei. Wir sind seit unserer Kindheit befreundet, lange bevor meine Art von ihrer unterworfen und versklavt wurde.«

Jaden stieß einen tiefen Atemzug aus. »Und was ist mit deinem Simi? Hast du keine Angst um sie, wenn ihre Mutter fort ist, die sie beschützt?«

Xiamara blinzelte, um die Tränen zu vertreiben, als sie daran dachte, dass ihre Jüngste ohne sie groß werden könnte. »Ich weiß, dass Apollymi sich um sie kümmern wird und dass sie das Beste bekommt, was sie in dieser Welt haben kann. Ich habe zwei Simis bis ins Erwachsenenalter aufgezogen, doch Apollymi hat nur ein einziges Kind. Keine Mutter sollte ohne ihr Simi sein – nicht einmal eine Göttin. Ich möchte ihr das eine schenken, das sie sich am meisten wünscht.«

Jaden sprang vom Baum herab und landete elegant vor ihr. Er war so groß, dass sie den Hals recken musste, um zu ihm hinaufzuschauen. »Weißt du, wie selten es vorkommt, dass ich um einen so altruistischen Handel gebeten werde? Noch dazu im Namen der Freundschaft und nicht, weil der Bittsteller ein Verwandter ist.«

Er glitt mit einem eiskalten Finger über ihr Gesicht. »Bist du tatsächlich willens zu sterben, damit deine Freundin fünf Minuten mit ihrem Sohn verbringen kann?«

»Wenn du diesen Preis verlangst, dann ist die Antwort Ja.«

Er ließ die Hand sinken. Seine seelenlosen Augen verrieten keinerlei Emotion und ließen nicht auf seine Laune schließen. »Ich muss mir das genau überlegen. Bis morgen Nacht werde ich meine Entscheidung getroffen haben, dann bekommst du eine Antwort.«

Sie sank vor ihm auf die Knie. »Danke, Akri. Xiamara wird deine Entscheidung erwarten.«

Er verblasste im Wind.

Xiamara erhob sich, kehrte zu Apollymi zurück und berichtete ihr, dass Jaden einen Handel erwog. Doch niemals würde sie ihr die genauen Bedingungen verraten, die sie mit Jaden aushandeln wollte.

Acheron leerte seinen goldenen Becher, fluchte und schleuderte ihn gegen die Wand. Er hatte so viel getrunken, dass er eigentlich ins Koma fallen müsste, und doch war er stocknüchtern. Nicht einmal seine Drogen wirkten noch.

Sein ganzes Dasein hatte sich verändert.

Er hätte das alles verdammen mögen.

Er spürte, dass sich die Luft bewegte, und sah stirnrunzelnd, wie Artemis vor ihm Gestalt annahm.

Überrascht hob er eine Augenbraue. »Ich hatte nicht erwartet, dass du hierherkommst … eigentlich hatte ich nicht erwartet, dich überhaupt je wiederzusehen.«

Ein kleines Lächeln umspielte ihre Mundwinkel, während sie ihn schüchtern ansah. »Ich weiß. Ich wollte mich für das entschuldigen, was ich vorhin gesagt habe. Ich hatte unrecht.«

Jetzt war er in Alarmbereitschaft. »Du entschuldigst dich bei mir?«

Sie nickte, als sie sich seinem Bett näherte, hinaufkletterte und sich neben ihn legte. »Ich bringe dir ein Friedensangebot.«

»Ein Friedensangebot?«

Sie reichte ihm eine kleine bedeckte Schüssel.

Er runzelte die Stirn noch mehr, hob den Deckel und sah eine gelbe, klebrige, fruchtige Substanz. So etwas hatte er noch nie gesehen. »Was ist das?«

»Ambrosia, die Nahrung der Götter.«

Er hob die Schüssel hoch und roch daran. Es roch scharf und würzig … köstlich. »Warum bringst du mir das?«

»Du bist jetzt ein Gott, und du solltest standesgemäß essen.« Mit zärtlichem Gesichtsausdruck strich sie ihm über den Schenkel und schaute unter aufgeschlagenen Wimpern zu ihm hoch. »Sogar ich esse es – es ist köstlich.«

Er konnte weder zustimmen noch widersprechen, also nahm er eine kleine Portion zum Probieren. Ambrosia war viel süßer, als es roch. Artemis hatte recht, er hatte noch nie etwas gegessen, das ihm besser geschmeckt hatte.

Zumindest dachte er das, bis sich der Raum zu drehen begann. Seine Augenlider wurden plötzlich ganz schwer, seine Muskeln erschlafften, und das Atmen fiel ihm schwer. Sofort erkannte er die Anzeichen des Rauschs, und die Wut ließ das Blut in seinen Adern kochen, als ihm all die Jahre in den Sinn kamen, in denen er gegen seinen Willen unter Drogen gesetzt worden war.

»Du hast mich vergiftet!«

Sie schoss vom Bett hoch. »Vergib mir, Acheron!«

Von allem, was sie ihm angetan hatte, traf ihn dieser Verrat am schlimmsten. »Was hast du nur getan?«

Artemis antwortete nicht, sondern sah zu, wie er erst menschlich aussah, dann blau wurde und schließlich wieder hell.

Er versuchte, die Hand nach ihr auszustrecken, aber sie achtete darauf, dass sie außerhalb seiner Reichweite blieb, bis er das

Bewusstsein verlor. Sie war sich nicht sicher, was er ihr antun würde, hätte er sie packen können. Als er endlich zusammenbrach, seufzte sie erleichtert.

Hypnos hatte es geschafft, ihn mit Schlaf außer Gefecht zu setzen – die eine Waffe, gegen die nicht einmal Götter immun waren. Sie hatte Angst gehabt, dass es bei Acheron nicht wirken würde.

Doch Zeus sei Dank, es hatte gewirkt.

Ihr zitterte die Hand, als sie eine Klinge aus ihrer verborgenen Scheide hervorzog. Hephaistos hatte sie auf dem Olymp geschmiedet, und genau wie die Droge würde auch die Waffe bei einem Gott wirken. Sie hatte die Klinge sogar mit dem Blut von Titanen bestrichen, um sicherzugehen. Ein Schnitt, und Acheron wäre tot.

Sie biss sich auf die Lippen, stand über seinen perfekten nackten Körper gebeugt, der auf der Seite lag, und sah zu, wie er ganz flach atmete. Sein blondes Haar fiel ihm über das schöne Gesicht, sodass er fast jungenhaft harmlos aussah, während er schlief.

Sie erinnerte sich an die Zeiten, als diese vollen Lippen sie befriedigt hatten, an das Aufblitzen von Glück in seinen silbernen Augen, wenn er sie anschaute. Aber damals war er noch ein Mensch, jetzt war er eine Bedrohung, und das nicht nur für sie, sondern für jeden einzelnen Gott auf dem Olymp.

Ein Schnitt nur …

Seine Kehle lag bloß. Aber als sie ihm die Halsschlagader durchschneiden wollte, hatte sie plötzlich sein Bild vor Augen, wie er lachte.

»Ich liebe dich, Artie.«

Niemand hatte sie je geliebt – nicht so wie er. Acheron hatte sie nie verletzt. Er stellte keine Forderungen, er bat nur.

Und er gab sich freigebig hin.

Bring ihn um, verdammt nochmal, tu's endlich!

Artemis fasste den Dolch fester. Sie hob ihn in der festen Absicht, Acheron zu töten. Aber sie konnte es nicht. Immer wieder sah sie sein Bild vor ihrem inneren Auge.

Acheron liebte sie, und sie liebte ihn.

Schluchzend ließ sie das Messer fallen und legte den Kopf auf seine Brust. Als Mann hatte er sie bloßgestellt und bedroht wie niemand zuvor, doch als Gott bedrohte er allein durch seine Existenz ihre gesamte Götterwelt. Sie musste ihn loswerden.

Aber sie brachte es nicht über sich.

Zornig über ihre eigene Schwäche legte sie ihn aufs Bett zurück. Sie fuhr die Linien seines Kiefers nach und hätte am liebsten geweint. Irgendetwas musste sie unternehmen.

Vielleicht konnte sie einen der anderen Götter dazu bringen, ihn zu töten.

Acheron hörte, wie jemand aufschrie. Der Klang war schrecklich und ging ihm durch und durch, er hallte durchs ganze Zimmer. Er drehte sich im Bett um und versuchte aufzustehen, aber er konnte nicht. Die Droge, die Artemis ihm verabreicht hatte, beeinträchtigte ihn noch immer, er hatte keine Kontrolle über seinen Körper.

Dann hörte er Apollodorus weinen.

»Theo! Appie Theo brauchen! Mama! Mama zu Appie kommen, Mama!«

Acheron wollte zu Apollodorus gehen, aber er vermochte es nicht. In seinem Kopf drehte sich alles, selbst bei der kleinsten Bewegung wurde ihm schlecht.

»Ich komme morgen zu dir, Akribos«, flüsterte er und verlor erneut das Bewusstsein.

Doch noch immer drangen die Schreie durch seine Benommenheit.

25. JUNI 9527 V. CHR.
MITTAGS

Acheron erwachte von schrecklichem Wehklagen. Irgendjemand weinte, als würde man ihm das Herz herausreißen. Er öffnete die Augen und merkte, dass die Sonne hell durch die offenen Fenster schien.

Sein Kopf hämmerte vor Schmerz. Als er sich im Bett aufsetzte, kippte er beinahe um, während sein Magen einen unangenehmen Satz machte. So krank war er nicht mehr erwacht, seit er das Haus von Estes verlassen hatte. Es fühlte sich an, als hätte er eine Überdosis von irgendetwas erwischt.

Artemis.

Im blendenden Licht der Sonne erinnerte er sich an ihr »Geschenk«. Mehr noch, er erinnerte sich daran, dass sie über ihm schwebte und einen Dolch in der Hand hielt, während sie mit sich rang, ob sie ihn töten sollte oder nicht.

»Du verdammtes Miststück«, knurrte er.

Einen Augenblick später flogen seine Türen auf. Das Geräusch dröhnte so sehr in seinem Kopf, dass er zusammenzuckte und es in seinem Kopf noch stärker hämmerte. »Nicht so laut«, flüsterte er.

Als Nächstes war Styxx über ihm und packte ihn an der Kehle. Er stieß ihn aufs Bett zurück und setzte sich rittlings auf ihn. »Bist du betrunken?«

Acheron schüttelte den Kopf.

Styxx ohrfeigte ihn. Er riss das Kästchen mit den Kräutern vom Tisch neben dem Bett und warf es Acheron mitten ins Gesicht. »Du wertlose Hure! Hier liegst du, niedergestreckt von deinen eigenen Drogen und von deinem Wein, während irgendjemand meine Schwester getötet hat!« Er schlug erneut auf ihn ein.

Acheron versuchte, die Schläge abzuwehren, aber er war durch Artemis' Drogen noch immer ganz schwerfällig, und es dauerte eine volle Minute, bis Styxx' Worte den Nebel in seinem Kopf durchdrungen hatten. »Was sagst du da?«

»Ryssa ist tot, du Dreckskerl!«

Nein, schrie es in seinem Kopf. Das konnte nicht sein! Styxx war ein Mistkerl, der Lügen verbreitete.

Sicher würden nicht einmal die Götter, die ihn hassten, ihm das antun!

Acheron schob Styxx zur Seite, zwang sich aus dem Bett und stolperte den Flur herunter in Ryssas Gemächer. Er merkte nicht einmal, dass er nackt war. Schließlich fand er den König, der Ryssa in den Armen hielt. Sie sah aus wie eine Puppe, doch ihr Gesicht war blau angelaufen, und ihr Körper …

Er würgte, als er es sah. Sie war in Fetzen gerissen worden, ihr Gesicht und ihr Körper waren von etwas verheert, das wie große Klauen gewesen sein musste. Bett und Fußboden waren voller Blut. Acheron fiel auf die Knie und bekam keine Luft mehr, er konnte überhaupt nichts mehr denken angesichts dessen, was er sah.

Ryssa war tot.

Dann erst sah er Apollodorus und das Kindermädchen auf dem Boden, beide blutüberströmt, beide tot.

Acheron schlug den Kopf auf den steinernen Boden und versuchte sein Bestes, um den Nebel in seinem Kopf zu lichten. Er spürte, wie sein Herz brach.

»Ich habe sie gehört«, flüsterte er, als er realisierte, was letzte Nacht passiert sein musste.

Verdammt sollst du sein, Artemis! Er hatte die Kräfte eines Gottes, war aber nicht einmal in der Lage, zu Hilfe zu eilen und die einzigen beiden Menschen zu retten, die ihn jemals geliebt hatten. Und warum? Weil diese Schlampe ihn vergiftet hatte!

Er brüllte vor Wut laut auf.

In diesem Moment sah er vor seinem inneren Auge, wie sich alles abgespielt hatte. Er sah Männer durchs Fenster eindringen und die drei abschlachten. Er hörte, wie Ryssa nach ihm schrie.

Er hörte, wie Apollodorus nach seinem Onkel rief.

Plötzlich traf ihn etwas in die Rippen. Die Kraft des Schlages warf ihn um, und als er hochschaute, blickte er in das zornige Gesicht von Styxx, der ihn in den Magen trat. Dann stürzte sein Zwillingsbruder sich auf ihn und schlug seinen Kopf immer wieder auf den Boden.

»Warum bist du nicht derjenige, der tot ist, du Wurm!?«

Acheron dachte gar nicht daran, sich zu schützen. In diesem Moment wollte er auch tot sein. Es gab für ihn keinen Grund weiterzuleben. Ryssa und Apollodorus waren nicht mehr.

Und Artemis hatte versucht, ihn zu töten.

Ohnmächtiger Zorn durchfuhr ihn. Mit aller Kraft stieß er Styxx von sich weg, aber ehe er wieder auf die Füße kommen konnte, explodierte ein helles Licht im Zimmer. Acheron hob den Arm und schützte seine Augen, während Apollo erschien.

Es herrschte absolute Ruhe, als der Gott sich langsam im Zimmer umschaute und jede Einzelheit wahrnahm. Sogar der König hatte aufgehört zu weinen und wartete voller Angst darauf, wie der Gott reagieren würde.

Apollo sagte nichts, als er Ryssa tot in den Armen ihres Vaters liegen sah und den leblosen Körper seines Sohnes, der in den Armen seiner toten Kinderschwester verborgen war, erblickte.

»Wer war das?«, fragte Apollo mit zusammengebissenen Zähnen.

Styxx zeigte auf Acheron. »Er hat die beiden sterben lassen.«

Ehe Acheron widersprechen konnte, drehte Apollo sich zu ihm um und schlug ihn mit der Faust, dass er drei Meter hoch gegen die Wand flog.

Acheron stürzte zu Boden. Sein ganzer Körper schmerzte. Apollo packte sein Haar und zerrte daran. Acheron wollte ihn wegstoßen, aber er war immer noch zu schwach.

Der Gott ohrfeigte ihn, Blut spritzte, als seine Nase brach und seine Lippe aufplatzte. Der Gott stürzte sich mit solchem Zorn auf ihn, dass Acheron sich noch nicht von dem ersten Schlag erholt hatte, als schon zwei weitere auf ihn niedergingen.

»Artemis!«, rief Acheron. Er brauchte sie, damit sie ihren Bruder beruhigte.

»Wag es ja nicht, den Namen meiner Schwester auszusprechen, du dreckige Hure!« Apollo griff einen kurzen Dolch, der an seiner Hüfte steckte, griff nach Acherons Zunge und schnitt sie ab.

Acheron keuchte und hustete, als Blut in seinen Mund strömte. Unvorstellbare Schmerzen hämmerten in ihm, und er hatte nur noch eines im Sinn, vor Apollo wegzukriechen.

Aber der packte ihn so fest an der Kehle, dass sich sein Handabdruck auf der Haut abzeichnete.

»Akri! Ni!« Xiamara schrie auf und erschien über den beiden Göttern. Sie stieß Apollo von Acheron fort und stellte sich zwischen die beiden.

»Aus dem Weg, Dämonin!«, herrschte Apollo sie an.

Als Antwort warf sie sich auf ihn. Die beiden bildeten ein Knäuel aus Licht und Federn, als sie aufeinandertrafen.

Acheron stiegen Tränen in die Augen, während er gegen den Schmerz ankämpfte, der ihn beinahe ohnmächtig werden ließ. Sein einziger Gedanke war, Apollo zu töten, und er kroch zu der Stelle, wo der Gott das Messer hatte fallen lassen. Die Klinge war mit seinem eigenen Blut bedeckt. Mit einem Mut, der aus

Kummer und jahrelangem Missbrauch herrührte, erhob Acheron das Messer und schlich um die Kämpfenden herum.

Ryssa hatte Apollo nichts bedeutet. Nicht mehr, als er selbst Artemis bedeutet hatte. Seine Schwester hatte den Gott verabscheut, doch jetzt verhielt der Mistkerl sich so, als würde ihr Tod ihn treffen.

Es war nicht richtig! Bei den Göttern, die ihn zur Welt gebracht hatten, er würde diesen Gott nicht damit davonkommen lassen, dass er die Dämonin angriff, die seine Mutter ihm gesandt hatte! Die Klinge erglänzte von seiner Wut, als er auf die beiden zustürmte.

Acheron hatte nur Apollo im Blick und achtete nicht genau auf den Kampf. Er konzentrierte sich nur auf eines: Den Gott mitten in sein gefühlloses Herz zu treffen. Aber als er vor Apollo stand, stieß der Gott Xiamara zurück und genau auf Acheron zu. Sie riss die Augen weit auf und schaute ihn entsetzt an. Mit schrecklicher Gewissheit begriff er, dass Apollo die Dämonin direkt in sein Messer geschleudert hatte.

Acheron spürte, wie ihr Blut seine Hand bedeckte. Er schaute hinunter auf die Wunde. Xiamara stolperte mit einem leisen Schmerzensschrei zurück. Er wollte ihr etwas sagen, aber ohne Zunge vermochte er es nicht.

Er zog sie an sich, während sie nach Luft rang.

Sie hob eine blutige Hand und legte sie ihm auf die Wange. »Apollymi liebt dich«, flüsterte sie in der Sprache der Charonte – eine Sprache, die er verstand, obwohl er sie nie zuvor gehört hatte. »Beschütze deine Mutter, Apostolos. Sei stark für sie und für mich …« Dann schwand das Licht in ihren Augen, und sie tat ihren letzten Seufzer.

Acheron warf den Kopf zurück und versuchte, seinem Zorn und seiner Verzweiflung Ausdruck zu verleihen, aber er brachte nur einen erstickten Schrei hervor. Er packte das Messer und wirbelte zu Apollo herum.

Der ergriff seine Hand und entwand ihm die Waffe. Dann packte er ihn an der Kehle und warf ihn zu Boden. Acheron trat nach ihm und rollte sich weg.

Er sah einen Schatten in der Ecke stehen. Es war Artemis, bei deren Anblick er erstarrte. Sie schaute den Kämpfenden zu und hatte die Hände vor den Mund geschlagen. Ihre Augen blickten voller Entsetzen auf die beiden Götter.

Acheron brauchte ihre Hilfe wie nie zuvor und streckte bittend eine Hand nach ihr aus.

Sie schüttelte ablehnend den Kopf und trat einen Schritt zurück, sodass ihr Bruder sie nicht sehen konnte.

In diesem Augenblick starb etwas in ihm. Eine große Kälte erfüllte ihn.

Artemis weigerte sich einzugreifen. Sogar jetzt, als er unermesslich verwundet und verletzt war, war seine Liebe nicht genug. Er war ihr nicht wichtig.

Müde und besiegt, rollte er sich wieder auf den Rücken. Apollo ragte vor ihm auf. Er schaute ihm in die zornigen Augen. Knurrend vor Wut, senkte der Gott seinen Dolch tief in Acherons Herz und schlitzte ihm den Oberkörper bis zum Nabel auf.

Ein entsetzlicher Schmerz brannte in ihm, als Apollo ihn langsam auf dem Boden ausweidete, keinen Meter von Ryssas Leiche entfernt und direkt vor den Augen von Artemis.

Tränen strömten ihm aus den Augen, bis das Licht und der Schmerz verblassten …

Artemis blieb im Schatten stehen und weinte leise, als sie zusah, wie ihr Bruder Acherons Leiche mit dem Fuß zur Seite stieß. Erst als Apollo sich dem König näherte, merkte sie, dass auch Styxx tot unter dem Türrahmen lag.

Nicht dass Artemis der Prinz wichtig gewesen wäre.

Ihr tat das Herz weh, sie rutschte an der Wand hinunter und

kauerte sich zusammen, während ihr tränenverschleierter Blick auf Acheron gerichtet blieb.

Sie hatte gedacht, sein Tod würde ihr Erleichterung verschaffen. Stattdessen spürte sie jetzt Höllenqualen. Sein Tod brachte eine Endgültigkeit mit sich, die sie jedes Gedankens beraubte. Sie litt unter unvorstellbaren Schmerzen.

Der Schrei des Königs, als Apollo ihm Ryssa aus dem Arm nahm und er begriff, dass sein Thronerbe tot war, passte genau zu dem Schrei in ihrer Seele.

Er vergaß alle Würde, kroch zu Styxx hinüber, schrie und drückte seinen Sohn an sich.

Um Acheron trauerte niemand.

Niemand außer ihr.

Sie ertrug den Anblick nicht mehr und kehrte in ihren Tempel zurück, wo sie jeden Spiegel und jeden Gegenstand aus Glas und Ton zerschlug. Ihr Zorn verheerte alles um sie herum.

Was hatte sie nur getan!?

»Ich habe ihn sterben lassen.«

Nein, schlimmer noch, sie hatte versucht, ihn umzubringen. Gestern abend noch hatte sie ihm den Tod gewünscht. Nie hätte sie sich träumen lassen, wie viel er ihr tatsächlich bedeutete.

Seine Berührung, seine Freundschaft …

Und jetzt war er fort. Für immer.

»Ich liebe dich, Acheron«, schluchzte sie verzweifelt.

Es ist vorbei. Jetzt wird niemand je die Wahrheit über euch beide erfahren. Du bist in Sicherheit.

Das schien eine so belanglose Sorge zu sein, verglichen damit, dass sie in alle Ewigkeit leben musste, ohne je wieder sein Gesicht zu sehen.

Apollymi schnappte nach Luft, als sie spürte, wie sich ein Gewicht von ihrer Brust hob. Ohne dass ihr jemand etwas gesagt hätte, wusste sie, dass sie Kalosis verlassen könnte.

Sie konnte gehen, wohin sie wollte, sie war frei.

»Nein!«, schrie sie, als sie begriff, was das bedeutete. Sie konnte ihre Freiheit nur auf eine einzige Weise erlangen.

Apostolos war tot.

Diese drei Worte gingen ihr pausenlos im Kopf herum, bis ihr übel wurde.

Sie konnte es nicht glauben, rannte zu ihrem Teich und beschwor das allwissende Auge herauf. Dort im Wasser sah sie, dass Xiamara tot auf dem Boden des Palastes lag und Apostolos …

Nein!

Aus der Tiefe ihres Seins drang ein zorniger und trauriger Schrei. Als sie diesen Schrei ausstieß, schlug der Teich Wellen, und der Garten um sie her erzitterte.

»Ich bin Apollymia Thanata Deia Fonia!«, schrie sie, bis alles schmerzte.

Sie war die absolute Zerstörung.

Und sie würde ihren Sohn heimholen.

Die Götter sollten Erbarmen füreinander haben, denn sie hätte ganz sicher keines.

25. JUNI 9527 V. CHR.
TARTARUS

Hades, der griechische Gott des Todes und der Unterwelt, stand in seinem Thronsaal und starrte ungläubig auf den Neuankömmling, der in einer der dunkelsten Zellen des Tartarus lag.

Er selbst hatte ihn dort nicht eingesperrt.

Er schaute auf den Zeitmesser an seinem Handgelenk und knirschte mit den Zähnen. Immer noch drei Monate, bis seine Frau zu ihm in die Unterwelt zurückkehren würde. Doch jetzt musste er sie ganz dringend sprechen.

Er konnte keinen Augenblick länger warten.

»Persephone?«, rief er und hoffte, ihre Mutter wäre nicht in der Nähe, sodass sie ihn hören konnte. Die alte Schlampe würde der Schlag treffen, wenn sie die beiden zusammen erwischte. Nicht dass das etwas Schlechtes gewesen wäre … wenn der Schlag sie nur töten würde.

Das Bild seiner Frau flackerte in der Dunkelheit neben ihm auf. »Butterböhnchen«, flüsterte Persephone. »Ich habe dich schon ganz schrecklich vermisst.«

Er verabscheute die Spitznamen, die sie immer für ihn erfand. Den Göttern sei Dank, dass sie sie nur verwendete, wenn sie beide alleine waren. Sonst wäre er der Gott, über den man sich am meisten lustig machen würde. Aber seiner wunderschönen Frau verzieh er alles. »Wo ist deine Mutter?«

»Sie ist mit Zeus unterwegs und schaut sich ein paar Felder an. Warum?«

Gut. Das Letzte, was er brauchte, war Demeter, die hereinkam und sie mitten im Gespräch störte.

Das brachte ihn wieder auf sein aktuelles Dilemma. Wut kochte in ihm hoch, und er deutete auf die Wand, auf der man die Zellen sehen konnte, in denen er seine Gefangenen festhielt. »Weil ich es leid bin, ständig den Dreck der anderen Götter aufzuräumen. Und ich möchte vor allem gerne wissen, wessen Arsch ich für dieses neueste Fiasko drankriegen muss.«

Sie erschien in ganzer Gestalt vor ihm. »Was ist denn passiert?«

Er nahm sie an der Hand und führte sie zu der Zelle. Sie konnten beide hineinsehen, aber der Gefangene nicht heraus.

Zumindest normalerweise nicht. In diesem Falle wusste er nicht, was der Inhaftierte sehen konnte und was nicht.

Er zeigte auf den blau marmorierten Gott, der zusammengerollt auf dem Boden lag. »Hast du irgendeine Ahnung, wer *das da* umgebracht und hierhergeschickt hat?«

Mit aufgerissenen Augen schüttelte Persephone den Kopf. »Was ist das?«

»Ich bin mir nicht sicher. Ich glaube, es ist ein Gott … ein atlantäischer … vielleicht. Aber so was wie ihn habe ich noch nie gesehen. Er ist vor Kurzem gekommen und hat sich seither nicht gerührt. Ich habe versucht, seine Seele zu zerstören und ihn in die absolute Vergessenheit zu schicken, aber ich glaube nicht, dass meine Kräfte dafür ausreichen. Eigentlich bin ich sogar ziemlich sicher, dass ich ihn allein durch den Versuch schon stinksauer gemacht habe.«

Persephone nickte. »Nun ja, mein Süßer, mein Rat wäre: Wenn du ihn nicht besiegen kannst, dann freunde dich mit ihm an.«

»Wie soll ich mich denn mit ihm anfreunden?«

Persephone lächelte ihren Mann an. Er hatte nicht gerade

herausragende soziale Fähigkeiten. Hades war groß und muskulös, hatte dunkles Haar und dunkle Augen und war wunderschön, selbst wenn er verwirrt und wütend war. »Bleib mal hier stehen.« Sie öffnete die Tür der Zelle und ging langsam auf den unbekannten Gott zu.

Je näher sie ihm kam, desto besser konnte sie Hades' Besorgnis begreifen. Von diesem Gott ging so viel Macht aus, dass man es spüren konnte. Sie hatte ihr ganzes Leben in der Nähe von Göttern zugebracht, aber das hier war etwas anderes. Seine blau marmorierte Haut war merkwürdig schön, denn sie bedeckte einen Körper von perfekten Proportionen. Langes schwarzes Haar fächerte sich um ihn. Er hatte oben auf dem Kopf zwei schwarze Hörner, außerdem schwarze Lippen und Klauen.

Mehr noch, er war kein Gott, der etwas erschuf. Er war ein Gott der absoluten Zerstörung.

Seph, komm da raus.

Sie hob die Hand, um ihrem Mann zu signalisieren, dass es ihr gut ging. Ihre Beine zitterten vor nervöser Unruhe, als sie die Hand ausstreckte, um den Gott zu berühren.

Er öffnete die Augen. Sie waren von einem gelben Orange, von Rot umgeben, blitzten einmal auf und wurden dann silbrig. Sie waren voller Qual.

»Bin ich tot?«, fragte er mit der Stimme eines Dämons.

»Willst du denn tot sein?« Sie fürchtete seine Antwort, denn wenn er nicht tot sein wollte, dann konnte das schlimme Folgen nach sich ziehen.

»Bitte sag mir, dass ich es endlich geschafft habe.«

Die Verzweiflung, die in seinen Worten lag, ging ihr ans Herz. Sie streckte die Hand aus, um ihn zu trösten, und strich ihm das schwarze Haar von der blauen Wange. »Du bist tot, aber weil du ein Gott bist, lebst du.«

»Das verstehe ich nicht. Ich will nicht anders sein als alle anderen. Ich will einfach nur meine Ruhe haben.«

Persephone lächelte ihn an. »Du kannst so lange hierbleiben, wie du willst.« Sie zauberte ein Kissen herbei und schob es ihm unter den Kopf, dann deckte sie ihn mit einer Decke zu.

»Warum bist du so nett zu mir?«

»Weil du es offenbar brauchen kannst.« Sie tätschelte ihm den Arm, dann stand sie auf. »Falls du irgendetwas brauchst: Ich bin Persephone. Mein Mann Hades hat hier das Sagen. Ruf uns, dann sind wir gleich bei dir.«

Er nickte leicht, dann schloss er die Augen und lag wieder still im Dunklen.

Es war ihr ein Rätsel, und sie kehrte zu ihrem Mann zurück. »Er ist harmlos.«

»Harmlos, ach du Scheiße! Seph, bist du wahnsinnig? Spürst du nicht, was er für Kräfte hat?«

»Oh doch, die spüre ich sehr wohl. Wenn man ihm zu nahe kommt, kriegt man sicher Albträume. Aber er will nichts. Er ist verletzt, Hades, und zwar ganz übel. Er will nur seine Ruhe.«

»Schon klar. Er will hier in *meiner* Unterwelt seine Ruhe haben? Ein fremder Gott, dessen Kräfte mit meinen im Wettstreit liegen? Verdammt, er ist sogar stärker als ich. Wie blöd müsste ich denn sein, ihn hier zur Ruhe kommen zu lassen? Du weißt doch genau, dass die verschiedenen Götterwelten aus gutem Grund immer voneinander getrennt bleiben.«

»Du kannst dich mit ihm verbünden«, sagte sie und versuchte, ihn zu beruhigen. »Einen Freund zu haben ist eine gute Sache.«

»Bis sich der Freund gegen dich wendet.«

Sie schüttelte den Kopf. »Hades …«

»Ich bin um einiges älter als du, Seph. Ich habe gesehen, was passiert, wenn ein Gott sich gegen einen anderen wendet.«

»Und ich glaube, dass er für keinen von uns eine Gefahr darstellt.« Sie stellte sich auf die Zehenspitzen und küsste ihn auf die Wange. »Ich muss gehen, ehe meine Mutter merkt, dass ich weg bin. Du weißt ja, wie sie wird, wenn ich dich treffe, obwohl sie an der Reihe ist, die Zeit mit mir zu verbringen.«

Sie hielt ihm schnell den Mund zu, ehe er ihre Mutter beschimpfen konnte. »Ich liebe euch alle beide. Jetzt benimm dich, und kümmer dich um deinen Gast.«

Nur seine Frau konnte mit so etwas durchkommen! Ihr gehörte sein Herz, und er würde ihr alles durchgehen lassen.

Er küsste ihre Finger. »Ich vermisse dich.«

»Ich dich auch. Ich komme bald wieder nach Hause.«

Bald … schon klar.

Aber er konnte nichts daran ändern.

Er nickte deprimiert, dann fluchte er, als Persephone verblasste. Verdammt sollte Demeter sein, die sie dazu verurteilt hatte, das halbe Jahr über getrennt zu leben. Aber jetzt hatte er wirklich größere Probleme als seine Schwiegermutter.

Der Gottestöter war ungefähr zwei Meter groß und damit ganz klar ein *großes* Problem.

25. JUNI 9527 V. CHR.
DIDYMOS

Der eisige Wind blies ihr geisterhaft helles Haar um sie und drückte ihr das schwarze Gewand an den Leib. Apollymi stolperte über die Felsen in der See, wo die Leiche von Apostolos in zusammengekrümmter Haltung lag. Ihr geliebter Sohn war hier hinuntergestürzt worden, als wäre er nichts wert.

Nichts wert.

Unvergossene Tränen quälten sie, und von innen her war ihr eiskalt. Sie fühlte sich besiegt. Es gab keine Worte, die beschreiben konnten, wie schrecklich es für sie war, den Leichnam ihres Sohnes hier, mit dem Gesicht im Wasser liegend, vorzufinden, verlassen und vergessen.

Weggeworfen.

Nach allem, was sie ihm angetan hatten, bestatteten sie ihn nicht einmal anständig.

Schwach vor Trauer, sank sie im flachen Wasser auf die Knie und zog Apostolos von den Felsen herunter. Sie schrie so laut, dass einige Vögel erschrocken aufflatterten.

»Apostolos!«

Aber er konnte sie nicht hören. Sein Körper war so kalt wie ihr Herz. Seine silbernen Augen standen offen und waren verschleiert, sogar in diesem Zustand wirbelten sie noch wie ein stürmischer Himmel. Trotz der grauenhaften Umstände seines Todes sahen seine Gesichtszüge ruhig und abgeklärt aus.

Er war wunderschön, schöner, als es sich jede Mutter hätte wünschen können. Sie erblickte sich selbst in seinem Gesicht, sah, dass ihre Hoffnungen in Erfüllung gegangen waren. Er war so ausnehmend schön, groß und stark.

Und die Götter hatten ihn einfach abgeschlachtet. Ihren Sohn gefoltert, entehrt und gedemütigt – *ihr* wertvolles Kind!

Mit ersticktem Schluchzen ließ sie die Hände über den langen tiefen Schnitt in seiner Brust gleiten und heilte ihn. Erst als er wieder perfekt aussah, fing sie an zu weinen und drückte ihm die Lippen auf die Wange, küsste ihn und weinte.

Zum ersten Mal, seit sie ihn aus ihrem Leib geschnitten hatte, hielt sie ihn in den Armen. Sie drückte ihn an sich und wiegte ihn. »Ich habe versucht, dich zu beschützen, Apostolos«, flüsterte sie ihm ins Ohr. »Ich habe es so sehr versucht!«

Sie hatte vollkommen versagt und hatte das Leben für ihn unerträglich gemacht.

Sie wollte ihn trösten und wusste doch, dass es zu spät war, also rieb sie vergeblich seine kalten Arme, wie um sie zu wärmen.

Wenn er sie doch nur anschauen könnte! Ihre Stimme hören! Aber das würde er nie.

Und sie würde niemals hören, wie er sie Matera nannte.

Es war mehr, als sie ertragen konnte. »Bitte«, flüsterte sie. »Bitte komm zurück zu mir, Apostolos. Ich schwöre, dass ich dich diesmal in Sicherheit bringen werde. Ich werde nicht zulassen, dass dir irgendjemand etwas antut. Bitte, mein Kleiner, ich kann nicht damit leben, dass ich an deinem Tod Schuld trage. Ich kann es einfach nicht. Bitte schau mich an!«

Aber das konnte er nicht, und sie wusste es auch.

Wenn sie doch nur die Kraft besessen hätte, sein Leben wiederherzustellen! Aber anders als sein Vater war sie aus der Zerstörung geboren: Tod, Pest, Krieg – das waren ihre Gaben an die Welt. Es gab nichts, was sie tun konnte, um denjenigen, den sie am meisten liebte, ins Leben zurückzuholen.

»Warum?«, schrie sie zum Himmel auf. Wo waren die Chthonier, bei denen sie Blutrache für ihr totes Kind verlangen konnte? Warum waren sie nicht wegen Apostolos hier?

Es war ihnen egal. Allen war es egal – nur ihr nicht.

Und Xiamara, die mit allen Kräften versucht hatte, ihn zu retten. Xiamara, ihre engste Freundin. Die Einzige, der sie jemals hatte vertrauen können. Näher als Schwestern, enger als Mutter und Tochter hatten sie sich gestanden. Doch jetzt war auch sie tot.

Apollymi war allein, ganz bitterlich einsam.

Sie drückte den Kopf ihres Sohnes an die Brust und schrie so laut auf, dass der Klang vom Wind den ganzen Weg bis in die Hallen von Atlantis getragen wurde. »Verdammt sollst du sein, Archon, verdammt sollst du sein!«

Wie hatte er je behaupten können, dass er sie liebte? Wie hatte er zulassen können, dass Apostolos auf diese Weise ums Leben kam? Dass er so viel Schmerz hatte ertragen müssen?

Mit gebrochenem Herzen vergrub sie ihr Gesicht im nassen blonden Haar ihres Sohnes und weinte, bis sie keine Tränen mehr hatte.

Dann stieg ihre Wut wieder und schlug Wurzeln in ihrem Herzen. Sie waren alle beide von genau denen verraten worden, die sie hätten lieben und ehren sollen.

Und sie würden für ihren Verrat büßen.

Es war Zeit, ihren Sohn heimzubringen, dorthin, wo er hingehörte. Es war Zeit, dass ihre sogenannte Familie für den Verrat blutete.

Nachdem sie ihren Entschluss getroffen hatte, kleidete Apollymi ihren Sohn in die schwarze Formesta-Robe seines Standes. Das war das Recht seiner Geburt. Als der Sohn der Zerstörerin war sein Symbol das der Sonne, die Apollymi symbolisierte, durchbohrt von den drei Blitzen seiner Macht.

Er war kein Abfall. Er war ein atlantäischer Gott.

Und er war der Sohn der Zerstörerin.

Sie hob ihn aus der Brandung auf und wiegte ihn, dann versetzte sie sie beide ins heimische Katoteros.

Es war eine Insel, die von anderen Inseln umgeben und atemberaubend schön war. Es gab keinen Platz in der Sphäre der Menschen, der sich mit Katoteros messen konnte. Apollymi stand am höchsten Punkt der Insel, wo ihre Mutter, der Nordwind, in ihrem Auftrag schrie und heulte, und schaute über die Landschaft, die Apostolos hätte gehören sollen.

Die Inseln funkelten im perfekten Licht unter der Sonne, die vergeblich versuchte, ihre kalte Haut zu wärmen.

Die Insel zu ihrer Rechten beherbergte die Paradiesländer, wo die Seelen der Atlantäer bis zur Wiederauferstehung ruhten. Die Insel zu ihrer Linken hatte vor ihrer Unterwerfung den Charonte-Dämonen gehört. Anders als ihre eigene Familie hatten diese Dämonen Apollymi loyal beigestanden und waren ihr alle nach Kalosis gefolgt.

Die Insel vor ihr hätte die Heimat ihres Sohnes werden sollen.

Aber sie richtete ihre Aufmerksamkeit jetzt auf die Insel mit dem zweithöchsten Punkt von Katoteros, die alle anderen Inseln regierte und vereinte. Auf dieser Insel lag die Halle der Götter.

Sie war Archons Insel.

Ihr Blick verdunkelte sich, als sie sie beide vor die prachtvolle Marmorhalle brachte, die dort so hoch und stolz stand und auf die Welt hinunterschaute. Musik und Gelächter drangen aus der Halle zu ihr heraus.

Musik und Gelächter!

Die Götter hatten gar nicht bemerkt, was geschehen war und was sie erwartete, sie feierten ein Fest. *Ein gottverdammtes Fest!* Sie spürte die Anwesenheit jedes einzelnen Gottes, sie spürte sie alle miteinander, wie sie feierten, lachten, jubelten und Spaß hatten.

Während ihr geliebter Sohn tot war.

Tot!

Ihre Welt lag in Trümmern, und die Götter lachten.

Apollymi drückte Apostolos an sich, stieg mit trügerischer Ruhe die Treppen hoch und ließ mit ihrer Macht die Türen weit aufkrachen. Das weiße Marmorfoyer war rund, und alle paar Schritte standen an der makellosen Wand Götterstatuen.

Ihr Herz hämmerte rachsüchtig und zornig, während sie mitten durchs Foyer ging, wo das Emblem der Sonne in den Fußboden geätzt war. Als sie darüber hinwegschritt, veränderte es sich und zeigte jetzt das Zeichen von Apostolos. Ein Blitz nach dem anderen durchbohrte ihr eigenes Zeichen, das Sonnensymbol.

Die Farben veränderten sich zu Rot und Schwarz, um ihre Trauer und sein vergossenes Blut darzustellen.

Ohne zu zögern, ging sie auf die goldenen Türen zu, die zu Archons Thronsaal führten. In den Raum, wo die Götter feierten, während ihr Sohn wegen ihres Verrats tot in ihren Armen lag.

Bei allen dunklen Mächten des Universums – sie würden nicht mehr lange lachen!

Apollymi öffnete die Türen mit der vollen Kraft ihres Zornes. Das Krachen klang durch den Saal, als die Türen gegen die Marmorwände flogen, aus den Angeln fielen und auf den glänzenden Boden stürzten.

Die Musik verstummte auf der Stelle.

Alle im Saal wandten sich um und schauten sie an, einer nach dem anderen wurden sie bleich.

Wortlos hielt Apollymi ihren Sohn in den Armen und ging mit einer Ruhe, die sie in Wirklichkeit nicht in sich verspürte, auf das Podest zu, wo ihr schwarzer Thron neben dem goldenen Thron ihres Mannes stand. Archon stand auf, als sie sich näherte, und trat auf sie zu, als wollte er mit ihr reden.

Sie ignorierte ihn und legte Apostolos auf den Thron von Archon, wo er hingehörte. Mit zitternden Händen richtete sie ihn auf und legte seine Hände auf die Armlehnen. Sie hob seinen Kopf und strich ihm das blonde Haar aus dem bläulichen Gesicht, bis er aussah, als würde er jeden Moment blinzeln und sich regen.

Nur dass er nie wieder blinzeln würde.

Er war tot.

Genau das wären die Götter auch gleich.

Apollymis Herz schlug wütend, und ihre Kräfte nahmen immer mehr zu. Ein tödlicher Wind peitschte durch den Saal und riss an ihrem Haar, während ihre Augen rot aufglühten. Sie wandte sich an die Götter und machte sie alle der Reihe nach mit grausamen Blicken nieder. Jedermann hielt den Atem an und erwartete voller Furcht ihren Zorn.

Bis sie zu Archon kam.

Erst dann sprach sie mit einer hasserfüllten Stimme. »Schau dir meinen Sohn an!«

Er weigerte sich hinzusehen.

»Schau hin, verdammt!«, fuhr sie ihn an. »Ich will, dass du siehst, was du getan hast.«

Archon zuckte zusammen und gehorchte, und die offensichtliche Erleichterung in seinen Augen ließ sie noch zorniger werden. Wie hatte sie nur jemals etwas so Herzloses und Verworfenes wie ihn in ihr Bett lassen können?

Schlimmer noch, in ihren Körper?

Apollymi knurrte. »Deine Bastard-Töchter haben meinem Sohn das Leben genommen. Diese kleinen Huren haben ihn verurteilt. Und *du*«, stieß sie höhnisch hervor, »hast es gewagt, sie anstelle meines Kindes zu schützen!«

»Apollymi …«

»Sprich meinen Namen nie wieder aus.« Sie versiegelte ihm mit ihren Kräften den Mund. »Du hattest jedes Recht, Angst zu haben. Aber deine Bastard-Schlampen hatten unrecht. Es wird nicht mein Sohn sein, der diese Götterwelt zerstört – ich selbst werde das erledigen! Apollymia Katastrafia Megola. Pantokratatria. Thanatia Atlantia deia oly!«

Apollymi, die große Zerstörerin. Die Herrscherin der Welt. Tod den Göttern von Atlantis!

Alle drängten sich zu den Türen oder versuchten, sich aus dem Raum zu teleportieren, aber das ließ Apollymi nicht zu. Mit dem dunkelsten Teil ihrer Seele versiegelte sie die Halle. Niemand würde hier herauskommen, bis sie zufrieden war.

Kein einziger Gott.

Wenn die Chthonier sie später dafür töten würden – sei's drum. Sie fühlte sich innerlich ohnehin schon wie tot. Nichts konnte sie mehr erschüttern, sie wollte nur eines: dass alle für den Anteil zahlten, den sie am Leid ihres Sohnes hatten.

Archon fiel auf die Knie und versuchte, um Gnade zu bitten. Aber in ihr war nichts mehr außer einem Hass, der so mächtig und bitter war, dass sie ihn regelrecht schmecken konnte.

Sie gab ihm einen Tritt und warf einen Blitz nach ihm, bis er nichts mehr war als die Überreste eines Gottes.

Basi schrie auf, als Apollymi sich gegen sie wandte. »Ich habe dir geholfen! Ich habe dir doch geholfen! Ich habe ihn dorthingebracht, genau wie du mir befohlen hast!«

»Du hast überhaupt nichts gemacht, außer zu jammern und mir auf die Nerven zu gehen.« Apollymi schleuderte sie in die Vergessenheit.

Einen nach dem anderen wandte sie sich den Göttern zu, die sie einst als ihre Familie angesehen hatte, und verwandelte sie in ihrer rastlosen Wut zu Stein. Sie versuchten vergeblich, Apollymi zu bändigen, doch wenn ihr Zorn erst einmal entfesselt war, konnte keine Kraft des Universums ihn aufhalten.

Außer dem Kind, das sie in ihrer Dummheit getötet hatten. Nur Apostolos hätte sie noch retten können.

Der Einzige, bei dem sie zögerte, war ihr geliebter Stiefenkel Dikastis, der Gott der Gerechtigkeit. Er reagierte nicht wie die anderen – er wich ihr nicht ängstlich aus, bat nicht um Gnade, und er kämpfte auch nicht gegen sie. Er stand da, hatte eine Hand auf die Stuhllehne gelegt und begegnete ihrem Blick ruhig und auf Augenhöhe.

Andererseits begriff er auch, was Gerechtigkeit war, er verstand ihren Zorn.

Er neigte respektvoll den Kopf und rührte sich nicht, als sie ihn zerschmetterte.

Dann war da noch Epithymia, ihre Halbschwester, die Göttin des Wohlstands und der Begierde. Sie war die Schlampe, der Apollymi in ihrer Einfältigkeit mehr vertraut hatte als allen anderen.

Mit Tränen von kristallenem Eis in den Augen trat Apollymi ihr gegenüber. »Wie konntest du nur?«

Epithymia, klein und zerbrechlich und vom Aussehen wie ein Engel, starrte zu ihr hinauf. Sie hatte sich auf dem Boden zusammengekauert. »Ich habe getan, was du von mir verlangt hast. Ich habe ihn in die Welt der Menschen gebracht und sichergestellt, dass er in einer königlichen Familie zur Welt kommt. Ich habe sogar versucht, ihn der Königin zu geben, damit sie ihn stillt. Warum willst du mich dafür bestrafen?«

Apollymi hätte ihr am liebsten die Augen ausgekratzt für das, was sie getan hatte. »Du hast ihn berührt, du Schlampe! Du hast gewusst, was das bedeuten würde! Von der Hand der Begierde berührt, ohne göttliche Kräfte, die er dem entgegensetzen konnte. Es ist deine Schuld, dass jeder Mensch, der ihn erblickte, vor Lust verrückt wurde und ihn besitzen wollte. Wie konntest du nur so nachlässig sein?«

Da sah sie die Wahrheit in den Augen ihrer Schwester aufblitzen.

»Du hast es mit Absicht getan!«

Epithymia schluckte. »Was hätte ich denn tun sollen? Du hast ja gehört, was die Parzen gesagt haben. Sie haben verkündet, er würde den Tod bringen. Er hätte uns zerstört.«

»Du hast gedacht, die Menschen würden ihn so begehren, dass es ihn umbringt?«

Eine Träne glitt Epithymia über die Wange. »Ich habe nur versucht, uns zu schützen.«

»Er war dein Neffe«, spie Apollymi sie an.

»Ich weiß, und es tut mir leid.«

Apollymi verzog den Mund. »Mir auch. Es tut mir leid, dass ich dir jemals bezüglich dieser einen Sache vertraut habe, von der du wusstest, dass sie mir mehr bedeutete als alles andere. Du undankbare Schlampe! Ich hoffe, was du getan hast, wird dich in alle Ewigkeit verfolgen.« Damit vernichtete Apollymi ihre Schwester.

Doch noch immer hatte sie keinen Frieden. Obwohl inzwischen alle Götter tot waren.

Die Leere in ihr war nach wie vor da, und es tat so weh, dass sie nichts tun konnte, außer zu schreien. Sie brüllte, bis sie heiser war, warf zornig die Arme in die Luft und legte die Halle in Schutt und Asche, bis nur noch Trümmer übrig waren. Sie besaß nichts mehr, außer den Erinnerungen an ihre Hoffnung für einen Sohn, der jetzt tot war.

Es hörte nicht auf wehzutun.

Apollymi stand auf und wischte sich die Tränen vom Gesicht. Sie schaute sich an, was sie angerichtet hatte. Und sie fühlte nicht das kleinste bisschen Befriedigung.

Sie musste weiter Rache üben.

»Der erste Teil wäre erledigt.«

Dann wandte sie sich um und machte sich auf den Weg zum Inselkönigreich, das Archon für sie geschaffen hatte.

Nach Atlantis.

Diese armen Schwachköpfe hatten gedacht, sie würden Apollo

treffen, indem sie seinen Sohn und seine Geliebte töteten. Jetzt duckten sie sich vor Angst, dass er die Täter entdecken und das ganze Volk für deren Vergehen bestrafen würde. Aber nicht der griechische Gott wollte ihren Tod.

Sie wollte, dass alle starben, ihre Schutzpatronin.

Durch ihre Hand würden sie für die Taten, die sie an ihrem Sohn begangen hatten, leiden und sterben.

Sie würde keine Gnade walten lassen. Denn die hatten sie auch Apostolos nicht gewährt, sie würde es ihnen mit gleicher Münze heimzahlen.

Mit einer einzigen Bewegung ihres Arms versenkte sie die ganze Insel im Meer. In ihren Ohren klangen die Schreckensschreie, die Bitten um Erbarmen und Rettung, als die Elemente zuschlugen und diese grässlichen Menschenleben beendeten, wunderbar. Es war das Schönste, was sie je gehört hatte. Sollten sie doch bitten und betteln.

Wenn Apostolos und Xiamara das sehen könnten!

Sie zuckte vor Schmerz zusammen und schob ihren Kummer zur Seite, während sie die beiden rächte.

Der Rest des Inselkönigreichs verschwand im Meer, als die Sonne sich senkte. Apollymi wandte sich um und schaute gen Griechenland.

Sie würden als Letzte drankommen. Nicht nur die Menschen, die ihr Kind verletzt hatten, sondern auch diese verdammten Götter, die sich für so klug hielten, die so selbstzufrieden waren.

Doch am teuersten würden die Bastard-Töchter von Archon bezahlen. Sie wähnten sich auf dem Olymp in Sicherheit, weil sie unter dem Schutz ihrer Mutter standen. Aber die drei Parzen waren nichts im Vergleich zur Tochter des Chaos.

Zur Mutter der kompletten Zerstörung.

Ihre Todesschreie würde sie am allermeisten genießen.

25. JUNI 9527 V. CHR.
AUF DEM OLYMP

Hermes, von kleiner schmaler Statur und mit dunklen Augen und Haaren, flog durch die Halle des Zeus, bis er vor seinem Vater stand, der nur um weniges älter aussah als er selbst. Hermes war nicht sicher, was vor sich ging, aber die meisten Götter waren hier versammelt.

Sie ignorierten Hermes, bis er sprach. »Ihr kennt doch das Sprichwort, dass man den Überbringer einer schlechten Nachricht nicht töten soll? Behaltet das bitte dringend im Kopf, und beherzigt es.«

Zeus schaute ihn finster an und stand auf. Er hatte mit Poseidon Schach gespielt und war in ein weißes Gewand gekleidet, hatte kurzes blondes Haar und wache blaue Augen. »Was ist los?«

Hermes wies auf die Wand, deren Fenster auf die Sphäre der Menschen hinausgingen. »Hat irgendeiner von euch in der letzten Stunde mal einen Blick auf Griechenland geworfen?«

Artemis hielt die Luft an, und eine ganz üble Vorahnung beschlich sie, während sie an ihrem Bankettisch Aphrodite, Athene und Apollo gegenübersaß.

Apollo verdrehte die Augen und tat die Frage mit einer arroganten Handbewegung ab. »Was denn, reagieren sie darauf, dass ich die Apolliten verflucht habe?«

Hermes schüttelte den Kopf, es war eine sarkastische Geste

der Verneinung. »Ich glaube, das macht ihnen nicht so viel aus wie die Tatsache, dass Atlantis untergegangen ist und die atlantäische Göttin Apollymi eine Schneise der Gewalt durch unser Land zieht und alles und jeden, der ihr im Wege steht, in Schutt und Asche legt.« Hermes warf Apollo einen selbstzufriedenen Blick zu. »Falls es dich interessiert, sie kommt geradewegs auf uns zu. Vielleicht irre ich mich ja, aber ich glaube, die Frau ist ziemlich sauer auf uns.«

Bei diesen Worten sank Artemis in sich zusammen.

Zeus wandte sich an Apollo. »Was hast du getan?«

Apollos Arroganz war jetzt völlig verschwunden, er wurde bleich, und die Furcht ließ seine Augen groß und dunkel werden. »Ich habe mein Volk verflucht, nicht das ihre. Ich habe den Atlantäern überhaupt nichts getan, Vater. Wenn ihr Blut nicht mit dem meiner Apolliten vermischt war, dann sind sie von meinem Fluch verschont geblieben. Was hier geschieht, ist nicht meine Schuld!«

Artemis zogen sich die Eingeweide zusammen, als sie begriff, zu welcher Götterwelt Acheron gehört haben musste. Voller Furcht vor dem, was sie und Apollo angerichtet hatten, verließ sie die Halle, wo die Götter sich nun auf den Krieg vorbereiteten, und ging in ihren Tempel, sodass sie nachdenken konnte, ohne die gellenden Schreie der Wut in den Ohren zu haben.

»Was soll ich bloß tun!?«

Sie wollte gerade ihre Koris herbeirufen, als die drei Schicksalsgöttinnen in ihrem Zimmer erschienen. Sie waren Drillinge und auf der Höhe ihrer jugendlichen Schönheit, ihre Gesichter waren Ebenbilder voneinander. Aber das war auch schon das Einzige, was sie gemeinsam hatten. Atropos, die Älteste, hatte rotes Haar, Clotho war blond, und Lachesis, die Jüngste, hatte dunkles Haar. Sie waren Töchter der Göttin der Gerechtigkeit, und niemand wusste, wer ihr Vater war, aber viele hatten Zeus im Verdacht.

Das Einzige, was alle Götter des Olymp wussten, war, dass diese drei Mädchen die mächtigsten im ganzen Pantheon waren. Nicht einmal Zeus versuchte, sie zu überlisten.

Seit sie vor zehn Jahren hier angekommen waren, hatten alle einen großen Bogen um sie gemacht. Wenn die drei einander an den Händen fassten und eine Erklärung abgaben, wurde sie Gesetz, und niemand konnte sich dagegen wehren.

Absolut keiner.

Artemis hatte keine Ahnung, warum sie in ihrem Tempel auftauchten. »Geht bitte, falls es euch nichts ausmacht, ich habe gerade ziemlich viel zu tun.«

Lachesis fasste sie am Arm. »Artemis, du musst uns zuhören. Wir haben etwas Schreckliches getan.«

Genau deswegen lebten die Götter in so großer Furcht vor ihnen. Sie taten immer irgendjemandem irgendetwas Schreckliches an. »Was immer es ist, es wird warten müssen.«

»Nein«, sagte Atropos grimmig, »es kann nicht warten. Apollymi kommt her und will uns töten.«

Verblüfft schaute Artemis sie an. »Was?«

Atropos schluckte. »Du darfst niemandem etwas davon sagen, was wir dir jetzt verraten, hast du verstanden? Unsere Mutter hat uns schwören lassen, dass wir dieses Geheimnis bewahren.«

»Dass ihr welches Geheimnis bewahrt?«

»Schwör es uns, Artemis«, verlangte Clotho.

»Ich schwöre es. Und jetzt sagt mir, was hier vorgeht.« Und am dringendsten musste sie wissen, was sie damit zu tun hatte.

Atropos sprach im Flüsterton, als hätte sie Angst, dass jemand sie belauschen könnte. »Unser Vater ist Archon, der König der atlantäischen Götter. Er hatte eine Affäre mit Themis, unserer Mutter, aus dieser Affäre stammen wir. Unsere Mutter hat uns nach Atlantis geschickt, damit wir dort aufwachsen, und Archon hat uns aufgenommen. Apollymi ist unsere Stiefmutter. Wir haben, ohne dass wir es wussten, unseren Halbbruder verflucht, als wir erfahren haben, dass er zur Welt kommen würde.«

»Es war ein Irrtum«, platzte Clotho heraus. »Wir wollten ihn gar nicht verfluchen.«

Lachesis nickte. »Wir waren kleine Kinder und wussten noch gar nicht, was wir für Kräfte haben. Wir wollten unseren Bruder nie verfluchen. Wirklich nicht, wir schwören es!«

Artemis wurde es eiskalt. »Acheron ist euer Bruder?«

Clotho nickte. »Apollymi hat uns nur ungern toleriert, als wir bei den atlantäischen Göttern gelebt haben. Wir haben sie immer an die Untreue ihres Mannes erinnert, dafür hat sie uns gehasst.«

Das ergab alles keinen Sinn, genauso wenig wie die schreckliche Angst der drei. Artemis versuchte zu begreifen, was sie ihr erzählten. »Aber es weiß doch jeder, dass Archon seiner Frau niemals untreu gewesen ist.«

Lachesis schnaubte. »Das ist eine Lüge, die die atlantäischen Götter erzählen, damit Apollymi ihnen nichts tut. Du weißt ja nicht, wie unglaublich mächtig sie ist! Sie kann uns töten, ohne mit der Wimper zu zucken. Alle Götter fürchten sich vor ihr, sogar Archon. Er ist genauso untreu wie die meisten Männer, und deswegen gibt es schließlich uns.«

»Sie will uns töten«, warf Clotho ein.

Noch immer war Artemis damit beschäftigt, die Geschichte für sich zusammenzusetzen. »Wie genau habt ihr Acheron verflucht?«

»Wir waren ja so dumm«, sagte Atropos. »Als klar war, dass Apollymi schwanger war, haben wir dumme Bemerkungen gemacht. Wir haben gesagt, er würde unser aller Tod bedeuten, und heute erleben wir offenbar, wie unsere Prophezeiung Wirklichkeit wird.«

Artemis wurde immer verwirrter. »Aber er bedroht uns doch gar nicht, es ist seine Mutter.«

Clotho nickte. »Sie wird uns alle für die Rolle, die wir bei seiner Verfluchung gespielt haben, töten. Auch dich.«

»Aber ich habe doch gar nichts gemacht!«

Atropos spottete, als die jungen Frauen einen Kreis um sie bildeten. »Wir wissen, was du gemacht hast, Artemis. Wir sehen alles. Du hast ihn sogar noch mehr verletzt als wir. Du hast ihm den Rücken zugekehrt, als Apollo ihn auf dem Boden ausgeweidet hat, Apollymi weiß das ganz genau.«

Furcht durchzuckte sie. Wenn es stimmte, was die drei sagten, dann würde Apollymi kein Erbarmen mit ihr kennen. Ehrlich gesagt, verdiente sie auch keines, aber auf der anderen Seite wollte Artemis nicht sterben. »Was können wir denn tun? Wie können wir sie besiegen?«

Atropos seufzte tief auf. »Das kann keiner, ihre Macht ist viel zu groß. Einzig und allein ihr Sohn könnte ihre Kräfte zügeln.«

In diesem Fall waren sie verloren, denn Acheron war tot. Warum hatte ihr das denn niemand gesagt, bevor sie ihn Apollo überlassen hatte? Diese Information kam arg spät und hätte ihr früher am Tag wesentlich mehr genützt.

»Wir sind alle so gut wie tot«, sagte Artemis leise, und Bilder, wie Acherons Mutter sie ausweiden würde, schossen ihr durch den Kopf.

»Nein«, sagte Clotho fest und schüttelte sie am Arm. »Du kannst ihn zurückholen.«

Artemis blickte sie finster an. »Bist du wahnsinnig? Ich kann ihn doch nicht von den Toten zurückholen.«

»Doch, das kannst du. Du bist die Einzige, die diese Macht besitzt.«

»Nein, das kann ich nicht.«

Atropos knurrte sie an. »Du hast sein Blut getrunken, Artemis. Du hast einige seiner Kräfte in dich aufgenommen.«

Clotho nickte. »Er ist unser Schicksal. Er kann die Toten auferwecken, und das bedeutet, du kannst es jetzt auch.«

Artemis schluckte. »Seid ihr sicher?«

Sie nickten alle drei.

Noch immer war Artemis unschlüssig. Gut, sie hatte Acherons Kräfte geschmeckt, aber diese besondere Macht war nur für eine sehr kleine auserwählte Gruppe Götter reserviert, und wenn die ihn nicht zurückholen konnten …

Es konnte alles nur noch schlimmer werden.

Atropos packte sie am Arm. »Die atlantäischen Götter haben ihre vereinten Kräfte dazu genutzt, Apollymi festzusetzen. Solange Apostolos in der Sphäre der Menschen lebt, ist sie in Kalosis eingeschlossen.«

Lachesis ergriff Artemis' anderen Arm und nickte. »Wenn wir Apostolos wieder zum Leben erwecken, wird Apollymi wieder in Kalosis eingesperrt sein.«

»Und dann sind wir in Sicherheit«, ergänzte Clotho. »Wir alle!«

»Du wirst die Retterin des Pantheons sein!«, sagten alle drei wie aus einem Munde.

Hatte sie denn noch eine Wahl? Sie holte tief Luft und wappnete sich, dann nickte sie. »Was muss ich tun?«

»Du musst ihn dazu bringen, dein Blut zu trinken«, sagte Atropos, als wäre es das Leichteste von der Welt.

»Und wie zum Teufel soll ich das schaffen?«

»Mit unserer Hilfe.«

Acheron lag auf dem Boden. Er war ruhig und ernst. Endlich spürte er nichts mehr aus der Vergangenheit und der Gegenwart. Er verspürte eine Ruhe, wie er sie nie zuvor gekannt hatte. Die Wände seiner Höhle schützten ihn vor den Stimmen der anderen, nicht einmal mehr die Götter konnte er in seinem Kopf hören.

Zum ersten Mal im Leben war es völlig still in ihm.

Sein Körper schmerzte nicht, er verspürte keine Trauer – gar nichts. Er liebte dieses Gefühl der Ruhe.

»Acheron?«

Als er die Stimme von Artemis hörte, erstarrte er. Natürlich musste diese Schlampe den himmlischen Zustand stören. Sie würde ihn nie in Frieden lassen.

Verdammt soll sie sein!

Er versuchte, ihr zu sagen, sie solle verschwinden, aber er brachte nur ein heiseres Krächzen hervor. Er hustete und versuchte, sich zu räuspern, damit er sprechen konnte.

Doch er brachte kein einziges Wort heraus. Was war denn los, wieso hatte es ihm die Stimme verschlagen?

Artemis warf ihm einen zärtlichen, besorgten Blick zu, als sie vor ihm erschien. »Wir müssen miteinander reden.«

Er schob sie weg, aber sie weigerte sich zu verschwinden.

»Bitte«, sagte sie mit einem lockenden, schmeichelnden Blick, der seinen Entschluss noch vor wenigen Tagen geändert hätte. Aber er hatte endgültig jegliche Zuneigung für sie verloren. »Nur ein paar Worte, dann lasse ich dich in Ruhe. Und zwar für immer, wenn du das willst.«

Wie sollten sie miteinander sprechen, wenn er nichts sagen konnte?

Sie hielt ihm einen Becher hin. »Trink das, dann kann ich mit dir reden.«

Er war wütend auf sie und wollte seinen Zorn an ihr auslassen, also packte er den Becher und kippte den Inhalt hinunter, ohne auch nur das Geringste zu schmecken. »Fahr zum Tartarus und verrotte«, fuhr er sie an, dankbar, dass sie diesmal seine giftige Stimme hören konnte.

Dann geschah etwas Sonderbares. Schmerz fuhr durch seinen Körper, als ständen seine inneren Organe in Feuer. Er keuchte und blickte zu Artemis hoch. »Was hast du mir jetzt wieder angetan?«

In ihrem Blick lag keinerlei Gnade oder Bedauern. »Ich habe nur getan, was ich tun muss.«

Im einen Moment war er noch in der stillen Dunkelheit im Reich des Hades, und im nächsten stand er an der Küste von Didymos, nicht weit vom Palast entfernt.

Oder vielmehr von dem, was von ihm übriggeblieben war.

Verwirrt blickte er sich um und versuchte zu begreifen, was ihm und dem Land zugestoßen war. Ehe er irgendetwas begriff, durchzog ihn ein stechender Schmerz mit einer solchen Gewalt, dass es ihn in der Brandung auf die Knie zwang.

Acheron schrie auf und wollte nur noch, dass diese fürchterlichen Schmerzen ein Ende nahmen.

Plötzlich war Artemis an seiner Seite, nahm ihn in den Arm und drückte ihn an sich, während die Wellen gegen sie beide schlugen. »Ich musste dich zurückholen.«

Er stieß sie von sich, schaute sich um und blickte auf die schwelenden Reste von Didymos. »Was hast du getan?«

»Das war ich nicht, es war deine Mutter. Sie hat alles und jeden zerstört, der dir je zu nahe getreten ist. Sie war schon unterwegs, um uns auf dem Olymp zu töten. Deshalb musste ich dich auf die Erde zurückbringen. Sie hätte uns sonst alle vernichtet.«

Er starrte sie so unnachgiebig an, dass er sicher war, seine Augen wären rot. »Glaubst du, dass mir das auch nur das Geringste ausmachen würde?« Er trat von ihr weg, doch ein Schmerz riss an seinem Magen und hielt ihn zurück. Die Qualen zwangen ihn, sich vornüberzubeugen und nach Luft zu ringen.

Artemis näherte sich ihm langsam. Sie stand über ihm und sah auf ihn hinunter. »Ich bin jetzt diejenige, die die Kontrolle besitzt, Acheron. Ich habe dich mit meinem Blut an mich gebunden. Du gehörst mir.«

Diese drei Worte ließen seinen Zorn aufflammen. Er spürte, wie die altbekannte Hitze über ihn kam, als sein menschliches Erscheinungsbild sich änderte und zu seinem göttlichen wurde. Er erhob sich trotz der Schmerzen, streckte die Hand aus und packte Artemis. »Du Schlampe unterschätzt meine Fähigkeiten gewaltig.«

Sie packte seine Hand und versuchte, seinen tödlichen Griff zu lockern. »Wenn du mich umbringst, wirst du zur allerschlimmsten Sorte Monster, die man sich vorstellen kann. Du brauchst mein Blut, um einigermaßen bei geistiger Gesundheit zu bleiben. Ohne mein Blut wirst du zu einem gedankenlosen Killer, der nur darauf aus ist, alles um sich herum zu zerstören … genau wie deine Mutter.«

Acheron brüllte frustriert auf. Die Schlampe hatte tatsächlich an alles gedacht. Sogar als Gott war er noch ein Sklave. »Ich hasse dich!«

»Das weiß ich.«

Er stieß sie wieder von sich und wandte ihr den Rücken zu.

»Acheron, hast du gehört, was ich gesagt habe? Du wirst dich von meinem Blut ernähren müssen.«

Er ignorierte sie und ging vom Strand zum Hügel, auf dem einst der königliche Palast gestanden hatte. Von ihm war nichts mehr übrig als rauchende Asche und geborstene Steine. Überall lagen die Leichen von Dienern und Händlern.

Mit Tränen in den Augen stieg er durch die Trümmer und suchte eine Spur von Ryssa oder Apollodorus. Traurig benutzte er seine Kräfte dazu, Stein und Marmor zu bewegen, bis er zu ihren Gemächern vorgedrungen war.

Dort fand er in den Ruinen drei der Tagebücher, die Ryssa so sorgfältig geführt hatte, sie waren vom Feuer ein bisschen beschädigt, aber wundersamerweise hatten sie das Ganze überstanden. Er öffnete das erste Buch und starrte auf ihre kindliche Handschrift, in der sie den Tag seiner Geburt beschrieb und die Freude, die sie darüber empfunden hatte, dass sie Zwillingsbrüder bekam. Er wischte sich die Tränen ab und drückte das Tagebuch ans Herz, weil er ihre Stimme die im Tagebuch geschriebenen Wörter sprechen hörte.

Seine geliebte Schwester war tot, und es war seine Schuld.

Dieses Wissen schmerzte ihn. Plötzlich sah er einen der silbernen Kämme, den er ihr geschenkt hatte.

Er kroch zu ihm hin und drückte ihn an die Lippen. »Es tut mir so leid, dass ich dich enttäuscht habe, Ryssa, es tut mir so schrecklich leid.«

Als er dort kauerte, traf ihn der Gedanke wie ein Schlag, wie wenig doch von einem Leben so voller Lebendigkeit, von einer so schönen Seele, übrig blieb. Drei Tagebücher und ein zerbrochener Kamm, das war alles, was ihm von seiner geliebten Schwester geblieben war. Er legte den Kopf auf das Buch und schluchzte vor Kummer.

»Apostolos … bitte weine nicht.«

Er spürte die Anwesenheit seiner Mutter. »Was hast du getan, Matera?«

»Sie sollten dafür bezahlen, dass sie dich verletzt haben.«

Machte das überhaupt noch etwas aus? Was sie ihm angetan hatten, war nichts im Vergleich zu dem, was seine Mutter ihnen angetan hatte. »Jetzt gehöre ich Artemis.«

Der Schrei seiner Mutter klang genau wie sein eigener. »Wie ist das möglich?«

»Sie hat mich mit ihrem Blut an sich gebunden.«

Er hörte, wie sich seine Wut in der Stimme seiner Mutter widerspiegelte. »Komm zu mir, Apostolos. Befreie mich, dann werde ich diese Schlampe vernichten und mit ihr alle Dreckskerle, die dich verflucht haben.«

Acheron schüttelte den Kopf. Eigentlich hätte er tun sollen, wozu sie ihn aufforderte. Sie hatten alle miteinander nichts Besseres verdient, und doch konnte er sich nicht dazu durchringen, die Welt zu zerstören und so viele unschuldige Menschen zu töten.

Seine Mutter erschien als durchscheinender Schatten vor ihm. Acheron zog scharf den Atem ein, als er sie zum ersten

Mal sah. Sie war die schönste Frau, die ihm je begegnet war. Ihr Haar war so weiß wie frisch gefallener Schnee und quoll unter einer Krone hervor, die mit schimmernden Diamanten besetzt war. Ihre blassen silbernen Augen wirbelten genau wie seine, und ein schwarzes Kleid floss über ihren Körper, als sie ihm die Hand hinstreckte.

Er wollte sie berühren, aber seine Hand glitt durch sie hindurch.

»Du bist mein Sohn, Apostolos, das Einzige in meinem Leben, was ich je wirklich geliebt habe. Ich würde mein Leben für deines geben. Komm zu mir, mein Kind. Ich will dich in den Arm nehmen.«

Er liebte jedes Wort, das sie sprach. »Das kann ich nicht, Matera. Nicht wenn es bedeutet, dass die Welt dafür geopfert wird. Ich weigere mich, derart selbstsüchtig zu sein.«

»Warum solltest du eine Welt schützen, die dir den Rücken zugewandt hat?«

»Ich weiß, wie es ist, für Dinge bestraft zu werden, an denen man keine Schuld trägt. Ich weiß, wie es ist, wenn dir Dinge aufgezwungen werden, die falsch sind und die gegen deinen Willen geschehen. Warum sollte ich das anderen wünschen?«

»Weil es nur gerecht wäre!«

Er schaute sich um und blickte die schlimm zugerichteten Leichname an. »Nein. Es ist nur grausam. Die Menschen haben es verdient, dass man ihnen Gerechtigkeit widerfahren lässt.«

Ihre Augen blitzten wütend. »Was ist mit Apollo und Artemis?«

Er knirschte mit den Zähnen, als er ihre Namen hörte. »Sie stehen für die Kräfte der Sonne und des Mondes. Ich kann sie nicht zerstören.«

»Aber *ich* kann es!«

Damit würde sie auch die ganze Welt zerstören und alle, die

auf ihr lebten – genau deshalb konnte er seine Mutter nicht befreien. »Ich bin das Ende der Welt nicht wert, Matera.«

Ihre Augen brannten, als sie ihn anschaute. »Für mich bist du es.«

In diesem Augenblick hätte er seine Seele verkauft, um sie in den Arm nehmen zu können. »Ich liebe dich, Mama.«

»Nicht annähernd so sehr, wie ich dich liebe, m'Gios.«

M'Gios. Mein Sohn. Sein ganzes Leben lang hatte er darauf gewartet, dass jemand diese Worte zu ihm sprach. Aber so gerne er seine Mutter auch umarmen wollte, er würde dafür nicht das Ende der Welt riskieren.

Plötzlich peitschte ein kalter Wind um ihn und zerrte an seinen Kleidern und an seinem Haar, doch er verletzte ihn nicht. Die Welt um ihn herum verblasste, und er fand sich an einem unbekannten Ort wieder. Das Bild seiner Mutter flackerte an seiner Seite. »Das hier ist Katoteros, dein rechtmäßiges Erbe.«

Angesichts des Schutthaufens runzelte er die Stirn. »Es liegt in Schutt und Asche.«

Sie schaute verlegen um sich. »Ich war ein bisschen in Rage, als ich herkam.«

Ein bisschen?

»Schließ die Augen, Apostolos.«

Er vertraute ihr voll und ganz und schloss die Augen.

»Jetzt atme tief ein.«

Er holte tief Luft, und dann spürte er seine Mutter in sich. Ihre Kräfte mischten sich mit seinen, und ehe er auch nur zwinkern konnte, erhoben sich die Ruinen vor seinen Augen und bildeten wieder einen wunderschönen Palast aus Gold und schwarzem Marmor. Dann spürte er, wie die Gegenwart seiner Mutter sich wieder aus ihm enfernte.

»Willkommen daheim, Palatimos.« *Mein Schatz.*

Die Türen öffneten sich, und als Acheron hindurchtrat, änderte sich plötzlich seine Kleidung. Sein Haar wurde länger und schwarz, und ein fließendes Gewand breitete sich hinter ihm aus, als er über den Boden aus weißem Marmor schritt. Er hielt inne, als er das Zeichen der Sonne sah, das von drei Blitzen durchbohrt wurde.

Seine Mutter verlangsamte ihren Schritt, als sie merkte, dass er es aufmerksam betrachtete. »Die goldene Sonne ist mein Symbol, sie repräsentiert den Tag. Das Silber der Blitze steht für die Nacht. Der linke Blitz steht für mich und die Vergangenheit, der rechte für deinen Vater und die Zukunft. Dein Blitz ist der in der Mitte, der die drei vereinigt und verbindet, er steht für die Gegenwart. Das ist das Zeichen des Talimosin und bedeutet deine Herrschaft über die Vergangenheit, die Gegenwart und die Zukunft.«

Bei dem atlantäischen Wort runzelte er die Stirn. »Der Bote?«

Sie nickte. »Du, Apostolos. Du bist der Talimosin. Das endgültige Schicksal. Dein Wort ist Gesetz, dein Zorn ist übermächtig. Sei vorsichtig, wenn du deinen Willen aussprichst, denn was immer du dir wünschst, selbst wenn es unbedacht ausgesprochen wird, bestimmt das Schicksal der Person, mit der du sprichst. Es ist eine Bürde, die ich dir niemals auferlegt hätte. Deshalb hasse ich die Parzen. Aber ich kann nicht ungeschehen machen, was sie dir verliehen, niemand kann das.«

»Worin genau bestehen meine Kräfte?«

»Ich weiß es nicht. Ich habe sie dir genommen und sie nie angeschaut, aus Furcht, dass ich dich damit den anderen Göttern zeigen könnte, die dich suchen. Aber du wirst deine Kräfte rechtzeitig kennenlernen. Ich wünschte nur, du würdest zu mir kommen, sodass ich dir zur Seite stehen kann, bis du stark genug bist.«

»Matera …«

»Ich weiß.« Sie hob abwehrend die Hände. »Ich respektiere

dich als den, der du bist, und ich bin stolz auf dich. Doch solltest du deine Meinung ändern, dann weißt du, wo ich zu finden bin.«

Er lächelte sie an.

»Und in der Zwischenzeit gehört dies alles dir.«

Acheron schaute sich um und sah die Statuen, und woher auch immer wusste er, wer jeder einzelne Gott war. Als er sich den goldenen Türen näherte, sah er das Bildnis seiner Mutter zur Linken und das Bildnis Archons zur Rechten.

Die Türen öffneten sich, und er sah die Überreste der Götter dort liegen, wo seine Mutter sie angegriffen hatte. Sie waren im Schrecken ihrer letzten Augenblicke erstarrt.

Seine Mutter zeigte nicht das kleinste bisschen Reue über das, was sie ihnen angetan hatte. »Wenn dich ihr Anblick stört, dann gibt es da einen Raum unterhalb des Thronsaals, wo du sie aufbewahren kannst. Während ich in Kalosis eingesperrt bin, reichen meine Kräfte nicht aus, dass ich sie dort verstaue, aber für dich dürfte das kein Problem sein.«

Er schloss die Augen und wünschte, die Statuen wären alle fort. Im nächsten Augenblick waren sie verschwunden. Er hatte nicht das Bedürfnis, die Bildnisse von Leuten zu sehen, die ihm den Tod gewünscht hatten.

Seine Mutter lächelte zustimmend. »Du müsstest auch die Fähigkeit haben, zwischen der Sphäre der Menschen und dieser hier hin und her zu wechseln, wie du willst. Du wirst merken, dass Katoteros sehr groß ist und es hier viele unerforschte Gebiete gibt. Auf den Berggipfeln heult der Wind, und an der äußersten Nordspitze kannst du die Stimme deiner Großmutter hören, den Nordwind. Zenobi wird dir etwas zuflüstern und dich in meiner Abwesenheit unterstützen. Wann immer du Trost brauchst, geh zu ihr und lass dich von ihr umarmen.«

»Danke schön, Matera.«

»Ich werde jetzt gehen und dir Zeit lassen, dich einzugewöhnen. Wenn du mich brauchst, rufe mich, und ich werde kommen.«

Er neigte zustimmend den Kopf, während sie verblasste und ihn allein an dem fremden Ort zurückließ.

Es war sehr merkwürdig, hier zu sein, er würde einige Zeit brauchen, bis er sich daran gewöhnt hätte. Er schloss die Augen und konnte die Götter sehen, wie sie hier gehaust und regiert hatten. Er konnte ihre Stimmen als ganz schwaches Flüstern hören. Sobald er die Augen aufmachte, waren sie alle weg, und er hörte nichts mehr.

Als er im Raum umherging, merkte er, dass er eine Art Beinkleid trug.

Hosen.

Wie merkwürdig, den Namen von allem zu kennen, ohne dass man auch nur überlegen musste. Jede Information, die er brauchte, war auf der Stelle da.

Er durchquerte den Raum und näherte sich dem einzelnen Thronsessel in Schwarz und Gold … dem Thron von Archon. Das Bild des toten Archon auf seinem Thron erschien vor seinem inneren Auge. Im nächsten Moment saß Acheron auf dem Thron und schaute durch den schimmernden, leeren Raum. Obwohl alles reich geschmückt und mit Gold verziert war, wirkte es steril.

Es gab kein Anzeichen von Leben im Palast, keinen Trost.

Er stand auf, da erschien ein langer Stab an seiner Seite. Er war über zwei Meter lang, und an seiner Spitze steckte Acherons Symbol in Gold und Silber. Atlantäische Worte waren in das glatte Holz geschnitzt.

An mir erkennt man den Talimosin. Er wird für sich und andere kämpfen. Sei stark!

Sei stark. Er biss die Zähne zusammen, als ihm Xiamaras Worte wie ein Flüstern in den Sinn kamen. Er packte den Stab fester und teleportierte sich auf die Spitze des nördlichsten

Berges. Die Sonne war gerade dabei unterzugehen, als die Winde seine Formesta hinter ihm hochpeitschten. Er fasste den Stab noch fester und blickte über die Schulter zurück, dorthin, wo weit unter ihm der Palast stand.

Und dann hörte er es.

Apostolos … spüre meine Kraft. Sie wird die deine sein, wenn du sie brauchst.

Er lächelte ernst, als er die Liebkosung seiner Großmutter auf der Haut spürte. Er schloss die Augen und genoss den Trost und die Kraft.

Als er sie wieder öffnete, wusste er, dass sie jetzt rot leuchteten. Er sah vieles, was er zuvor als Mensch nicht wahrnehmen konnte. Er spürte den Pulsschlag des Universums in seinen Adern, er spürte die Kraft des Urquells, und zum ersten Mal begriff er, wo sein Platz im Kosmos war.

Ich bin der Gott Apostolos. Ich bin Tod, Zerstörung und Leid. Ich werde derjenige sein, der den Telikos bringt – das Ende der Welt.

Falls er je herausfinden würde, wie er seine Kräfte gebrauchen konnte. Acheron lachte über diese Erkenntnis.

Er wandte sich um, ging den Berg hinunter und zurück zum Thronsaal in Archons Palast. Nein, jetzt war es ja sein Palast. Trauer schwebte über ihm, als er begriff, dass er zwar seine Großmutter und seine Mutter als Geister bei sich hatte, aber noch immer völlig allein in dieser Welt stand.

Ganz und gar allein.

Er erstarrte, als er hörte, wie sich etwas hinter seinem Thron regte. Es war ein leises trippelndes Geräusch … wie ein großes Nagetier. Er runzelte die Stirn und teleportierte sich darauf zu, bereit, alles zu töten, was seine neue Heimat zu beflecken drohte.

Doch was er sah, verblüffte ihn.

Es war eine kleine Dämonin mit marmorierter roter und weißer Haut und langem schwarzem Haar. Kleine rote Hörner kamen unter ihren Locken hervor, als sie mit roten Augen mit orangefarbenem Rand zu ihm aufschaute.

»Bist du mein Akri?«, fragte sie lispelnd in kindlichem Tonfall.

»Ich bin niemandes Akri.«

»Oh …« Sie blickte sich suchend um. »Aber Akra hat mich hergeschickt. Sie sagte, mein Akri würde hier auf mich warten. Simi ist verwirrt. Ich habe meine Mama verloren, und jetzt braucht Simi ihren Akri.« Sie setzte sich und fing an zu weinen.

Acheron legte den Stab zur Seite und hob das Kleinkind hoch. »Weine nicht, es wird alles gut. Wir werden deine Mutter schon wiederfinden.«

Sie schüttelte den Kopf. »Akra hat gesagt, die Mama von Simi ist tot. Die bösen griechischen Leute haben sie umgebracht. Jetzt braucht das Simi Akri, damit er sie lieb hat.«

Acheron wiegte sie sanft hin und her, als der Schatten seiner Mutter vor ihm auftauchte.

Simi hörte auf zu weinen. »Akra, er sagt, dass der Akri von Simi nicht hier ist.«

Seine Mutter lächelte die beiden an. »Er ist dein Akri, Simi.«

Acheron runzelte bei dieser Erklärung die Stirn. »Was?«

»Ihre Mutter war deine Beschützerin Xiamara. Genau wie du steht auch Simi allein in der Welt, niemand kümmert sich um sie. Sie braucht dich, Apostolos.«

Er schaute hinunter in die großen Augen, aus denen das Gesicht der kleinen Dämonin zu bestehen schien. Sie blinzelte und starrte zu ihm hinauf. Auf ihrem Gesicht lag genau das gleiche Vertrauen und die gleiche Unschuld wie auf dem Gesicht von Apollodorus. Er verlor sich spontan in diesem liebenden Blick, der ihn weder beurteilte noch verurteilte.

»Verbinde dich mit ihm, Simi. Beschütze meinen Sohn, wie deine Mutter mich beschützt hat.«

Der Gedanke, dass sich jemand mit seinem Schicksal verbinden sollte, erschreckte Acheron zutiefst. Er wollte keinen Sklaven haben. »Ich will keine Dämonin.«

»Willst du sie lieber mutterseelenallein in der Welt stehen lassen?«

»Nein.«

»Dann gehört sie dir.«

Ehe er noch einmal widersprechen konnte, verblasste seine Mutter.

Simi kuschelte sich an ihn und legte ihm den Kopf an die Schulter. »Ich vermisse meine Mama, Akri.«

Bei diesen geflüsterten Worten traf ihn das Bewusstsein der Schuld mit voller Wucht, und er drückte Simi an sich. Wäre er nicht gewesen, wäre ihre Mutter noch am Leben und könnte Simi lieben. »Wo ist dein Vater, Simi?«

»Er ist gestorben, ehe Simi auf die Welt kam.«

»Dann werde ich dein Vater sein.«

»Ja wirklich?«, fragte sie hoffnungsvoll.

Er nickte und lächelte sie an. »Ich schwöre dir, dass es dir nie an irgendetwas mangeln wird.«

Ihr unschuldiges Lächeln wärmte ihm das Herz. »Dann hat Simi den besten Akri-Papa der Welt.« Sie drückte ihn eng an sich. »Simi liebt ihren Akri.« Als sie diese Worte ausgesprochen hatte, verblassten ihre Umrisse, genau wie die seiner Mutter. Aber während sie verblassten, begann die Haut direkt über seinem Herzen zu brennen wie Feuer.

Acheron zischte vor Schmerz, riss die Tunika auf und entdeckte einen kleinen farbigen Drachen, der seine Haut schmückte. Das Tattoo rückte noch ein kleines bisschen höher, weiter hinauf zu seinem Hals. Es kitzelte, als es sich auf seiner Haut bewegte, bis es sich schließlich oberhalb seines Schlüsselbeins niederließ.

»Simi ist jetzt ein Teil von dir, Apostolos. Wenn sie auf deinem Körper ruht, kann sie dich nicht hören, es sei denn, du rufst sie. Aber sie überwacht deine Lebenszeichen. Wenn sie spürt, dass du in Gefahr bist, wird sie wieder Dämonengestalt annehmen und dich beschützen.«

»Aber sie ist doch noch ein Baby.«

»Sogar als Baby kann sie todbringend sein. Unterschätze sie niemals. Die Charonte-Dämonen sind von Natur aus Killer. Sie wird Hunger haben, und du wirst sie oft füttern müssen. Wenn du das vergisst, wird sie alles fressen, was ihr über den Weg läuft … möglicherweise sogar dich selbst. Kümmer dich darum, dass sie nicht zu hungrig wird. Und das Letzte, was du wissen solltest: Diese Dämonen altern nur sehr langsam. Ein Jahr in der menschlichen Entwicklung dauert bei ihnen ungefähr tausend Jahre.«

Das klang nicht gut. »Was sagst du da?«

»Das Simi, das du jetzt hast, ist etwa dreitausend Jahre alt.«

Bei dieser Enthüllung schnappte Acheron nach Luft. »Sollte sie dann nicht lieber mit anderen Dämonen zusammen aufwachsen, die sie besser erziehen können?«

»Du bist alles, was sie auf dieser Welt hat, m'Gios. Kümmer dich gut um sie. Wie du gesagt hast: Du bist jetzt ihr Vater. Du bist derjenige, der ihr alles beibringt, was sie wissen muss.«

Acheron legte die Hand über das Tattoo auf seiner Schulter. Er hatte jetzt ein Kind …

Aber wie konnte er sich um eine Dämonen-Tochter kümmern und sie beschützen, wo er doch nicht einmal wusste, wie er seine eigenen Kräfte nutzen konnte?

30. JUNI 9527 V. CHR.
ATHEN, GRIECHENLAND

Acheron versuchte verzweifelt, Futter für Simi zu finden. Er war heute Morgen wach geworden, weil sie ihn in die Hand gebissen hatte. Zum Glück hatte er sie aufhalten können, ehe sie weiterknabberte.

»Man beißt seinen Vater nicht, Simi«, hatte er ihr freundlich, aber bestimmt gesagt.

»Aber Simi hat Hunger, und Akri lag da ganz still und sah zum Reinbeißen lecker aus.«

Und er hatte gedacht, das Schlimmste, was ihm passieren könnte, wäre, dass er für eine geile Menschenfrau zum Reinbeißen lecker aussah.

Während sie durch die Straßen dieser einstmals prächtigen Stadt spazierten, begriff er erst, was für einen unglaublichen Schaden seine Mutter in der kurzen Zeit angerichtet hatte, in der sie in Freiheit gewesen war. Die Welt, wie er sie kannte, war ausgelöscht. Straßen und Gebäude waren dem Erdboden gleichgemacht, und ganz Griechenland war von Leichen übersät.

Apollymia Katastrafia Megola.

Apollymi, die große Zerstörerin. Während er einerseits geschmeichelt war, dass sie ihn liebte, war er andererseits entsetzt darüber, was sie angerichtet hatte. So viele Leben geopfert! Die ganze Welt in Schutt und Asche gelegt. Die Menschheit war auf den Stand der Steinzeit zurückgeworfen. Jegliche Technologie, alle Werkzeuge waren verloren.

Die Überlebenden jammerten auf den Straßen, dass die Götter sie verlassen hatten. Wäre es doch nur so gewesen – dann wären sie wesentlich besser davongekommen. Sie alle waren unglückliche Opfer eines Krieges, von dem sie noch nicht einmal gewusst hatten, dass er ausgetragen wurde.

Er packte Simi an der Hand, während sie umherliefen und den Marktplatz suchten. In ihrer Menschengestalt hatte Simi ein Aussehen angenommen, das dem seinen sehr ähnlich war. Sie hatten beide langes schwarzes Haar, doch während seine Augen immer noch silbrig wirbelten, waren ihre hellblau. Sie sah aus wie ein ganz normales kleines Mädchen, das mit ihrem Vater unterwegs war.

»Hey, Simi. Ich habe etwas zu essen für dich.«

Acheron fuhr herum, als er eine tiefe Männerstimme hörte, die sie von hinten ansprach. Da stand ein großer dunkelhaariger Mann mit dichtem Bart. Seine Haut war dunkel wie die eines Sumerers, und doch sprach er untadeliges Griechisch. Acheron hielt Simi zurück, die gleich zu ihm rennen wollte. »Wer bist du?«

Der Mann trat um eine umgestürzte Säule herum und kniete sich vor Simi hin. Er stellte einen Korb zu ihren Füßen ab und nahm das Tuch fort, das Brotlaibe, Fisch und Käse bedeckte. »Ich weiß, dass du Hunger hast, Kleine. Lass es dir schmecken.«

Simi quiekte vor Freude, dann stürzte sie sich auf das Essen.

Der Mann stand auf und streckte Acheron die Hand hin. »Mein Name ist Savitar.«

Acheron runzelte die Stirn, als er das Tattoo eines Vogels auf seinem Unterarm sah, dann schüttelte er ihm die Hand. »Woher kennst du Simi?«

Sein Mundwinkel zuckte. »Ich weiß vieles, Acheron. Ich bin

gekommen, damit ich dir helfen kann, deine Kräfte kennenzulernen und deine Dämonin Simi zu verstehen. Sie ist noch zu jung, als dass man nachlässig mit ihr umgehen könnte. Und das Letzte, was ich will, ist, dass einer von euch beiden aus Unkenntnis zu Schaden kommt.«

»Ich würde ihr nie Schaden zufügen.«

»Das weiß ich, aber Charonte-Dämonen haben ganz besondere Bedürfnisse, und die musst du erst kennenlernen. Sonst könnte sie sterben … und du auch.«

Acheron spürte, wie sich seine Nackenhaare aufrichteten, ohne zu wissen warum. Etwas hier kam mit seiner Gottheit ins Gehege, und das machte ihn argwöhnisch. »Willst du mir etwa drohen?«

Savitar lachte. »Ich drohe nie jemandem. Ich bringe die Leute einfach um, die mir auf die Nerven fallen. Nur die Ruhe, Acheron. Ich bin als dein Freund hier.«

Als Simi alles bis auf den letzten Krümel verputzt hatte, nahm Savitar sie auf den Arm und trug sie, während sie gemeinsam durch die zerstörten Straßen gingen. »Sie ist ganz schön beeindruckend, was?«

»Meine Mutter oder Simi?«

Savitar lachte. »Beide. Aber jetzt meinte ich eigentlich deine Mutter.«

Acheron schaute sich um und seufzte angesichts der Zerstörung, die seine Mutter angerichtet hatte. »Ja, allerdings.« Während sie weitergingen, fiel Acheron etwas auf. »Ich kann deine Gedanken nicht hören.«

»Nein, das kannst du nicht. Und du wirst sie auch nie hören. Du wirst noch feststellen, dass viele höhere Wesen des Universums für dich nicht zu hören sind. Einige Götter, Dämonen und andere besondere Lebewesen. Wir alle haben unsere Geheimnisse, aber ein Trost sollte für dich sein, dass die meisten von uns deine Gedanken auch nicht hören können.«

Das war wirklich tröstlich. »Kannst du sie hören?«

»Du möchtest gerne ein Nein hören, aber die Wahrheit, Acheron, ist, dass ich sie höre. Und ja, ich weiß auch alles über deine Vergangenheit.«

Er verfluchte diese Antwort, die er tatsächlich nicht hören wollte. »Was ist mit den anderen? Wissen sie auch über meine Vergangenheit Bescheid?«

»Einige schon.« Savitar schob Simi in seinen Armen zurecht und schaute ihn an. »Deine Vergangenheit ist mir egal, Acheron. Es ist deine Zukunft, die mich interessiert. Ich will sicherstellen, dass du überhaupt eine Zukunft hast und dass du verstehst, was für eine wichtige Rolle dir im Gleichgewicht der Kräfte zukommt.«

Im Gleichgewicht der Kräfte? »Das verstehe ich nicht.«

»Apollo hat seine Apolliten verflucht.«

»Und meine Mutter hat sie alle getötet.«

Savitar schüttelte den Kopf. »Viele sind mit Atlantis untergegangen, aber Tausende sind über die Mittelmeergegend verstreut und leben in anderen Ländern. Darunter ist auch Strykerius, Apollos Sohn. Sie alle sind dazu verdammt, an ihrem siebenundzwanzigsten Geburtstag zu sterben – *alle*.«

»Worin liegt dann das Problem? Wenn sie alle in ein paar Jahren sterben, sind sie schließlich endgültig ausgelöscht.«

Savitar strich Simi über den Kopf und ging weiter. »Sie werden nicht sterben, Acheron. Sie werden weiterleben und sich fortpflanzen, und es werden immer mehr.«

»Wie das?«

Savitar seufzte tief, ehe er antwortete. »Eine Göttin wird sie anführen und ihnen zeigen, wie sie Jagd auf die Seelen der Menschen machen können, um den Fluch Apollos zu umgehen.«

Acheron war erschrocken. »Das verstehe ich nicht. Warum sollte denn jemand so etwas tun wollen?«

»Weil das Universum eine komplizierte Angelegenheit ist.

In allem liegt ein instabiles Gleichgewicht, das gewahrt bleiben muss.«

»Ja, aber wenn du weißt, dass diese Menschen sterben werden, kannst du dann nicht die Göttin davon abhalten, ihnen beizubringen, wie man den Fluch umgeht?«

»Das könnte ich tun. Aber das könnte das Innerste des Universums in Bewegung setzen.«

Frustriert seufzte Acheron. Er verstand das alles nicht. Warum sollte der eine dem anderen nicht helfen, wenn er doch die Macht dazu hatte?

Savitar hob einen Stein vom Boden auf und hielt ihn in der Hand. »Sag mir, was passiert, wenn ich diesen Stein mit aller Kraft werfe.«

Acheron runzelte die Stirn, bis er ein Bild in seinem Kopf sah. Der Stein flog durch die Luft und wurde immer schneller, bis er einen Mann an der Schulter traf und ihn verletzte. Nicht irgendeinen Mann, sondern einen Soldaten. Sein Arm war jetzt lahm, und er wurde zum Bettler.

Acht mal zwanzig Menschen würden sterben, weil dieser Soldat sie nicht in Schlachten verteidigen könnte, die erst in vielen Jahren gekämpft werden würden. Aber einer von diesen Menschen, die sterben würden, war …

»Und so geht es immer weiter und weiter«, sagte Savitar. »Eine winzige Entscheidung: Werfe ich den Stein oder nicht? Und eine einzige unschuldige Entscheidung verändert Tausende von Leben.« Er ließ den Stein zu Boden fallen.

Jetzt war er wieder harmlos, und die Geschichte lief genauso weiter, wie sie es hätte tun sollen.

Savitar lächelte auf Simi herab, die in seinen Armen eingeschlafen war. »Du und ich sind dazu verdammt zu begreifen, welche Ausmaße die winzigsten Entscheidungen, die jedes Wesen trifft, annehmen und wie sie den Rest des Universums beeinflussen können. Ich weiß, was geschehen sollte … und was geschehen müsste. Und wenn ich etwas so Einfaches wie einen Steinwurf nicht verhindere, könnte es katastrophale Folgen haben. Aber anders als du sehe ich die Zukunft erst, *nachdem* ich gehandelt habe. In dem Augenblick, wenn ich etwas tue, sehe ich, wie sich alles von diesem Punkt an entwickeln wird. Du bist glücklicher, du siehst die Zukunft immer schon, *bevor* du handelst.«

»Aber den Tod meiner Schwester habe ich nicht vorausgesehen.«

»Nein. Die griechischen Schicksalsgöttinnen haben für dich, als sie dich verflucht haben, das Schicksal derer, denen du nahestehst, unsichtbar gemacht. Du wirst bei denen, für die du etwas empfindest, stets einen blinden Fleck haben.«

»Das ist nicht fair.«

»Nun, mein Junge, Kopf hoch. Es gibt noch eine schlimmere Nachricht: Du bist nicht in der Lage, deine eigene Zukunft vorherzusehen und genauso wenig die von jemandem, der sehr eng mit deiner Zukunft verbunden ist.«

Das war so ungerecht, dass Acheron mit den Zähnen knirschte. »Aber du kannst sie sehen?«

»Deswegen bin ich ja hier.«

»Dann sag mir, was du siehst.«

Savitar schüttelte den Kopf. »Nur weil ich etwas kann, heißt das noch lange nicht, dass ich es auch mache. Wenn du wüsstest, was vor dir liegt, würdest du es möglicherweise unterlassen, bestimmte Dinge zu tun, die getan werden müssen, eben damit sich die Dinge so entwickeln, wie sie sollen. Eine kleine, harmlose Entscheidung, und dein Schicksal ändert sich für immer.«

»Aber du kannst deine eigene Zukunft sehen?«

»Erst nachdem ich sie in Bewegung gesetzt habe, und dann kann ich sie nicht mehr ändern.«

Acheron schüttelte den Kopf und grübelte darüber nach, wer von ihnen beiden übler dran war: Derjenige, der blind war, oder derjenige, der die Konsequenzen sofort sah und nicht in der Lage war, sie zu verhindern.

Savitar klopfte ihm auf den Rücken. »Ich weiß, wie verwirrend es für dich ist, so viel Macht und so viele Einsichten zu haben und nicht zu wissen, wie du das Ganze kanalisieren oder anzapfen kannst.«

Acheron nickte. »Es ist schwer.«

Savitar lächelte. »Deswegen werde ich dir als Erstes das Kämpfen beibringen.«

»Wieso das Kämpfen?«

Savitar lachte, als sie weitergingen. »Weil du es brauchen wirst. Es wird ein Krieg kommen, Acheron, und du musst auf ihn vorbereitet sein.«

»Ein Krieg? Was denn für ein Krieg?«

Savitar antwortete ihm nicht. Stattdessen weckte er Simi. »Kleines, du musst zu deinem Akri zurückkehren und auf ihm bleiben, während er kämpft. Aber mach dir keine Sorgen, es ist kein echter Kampf. Du musst ihm nicht zu Hilfe kommen.«

Simi nickte schläfrig, dann tat sie, was er sagte, und glitt auf Acherons Arm. »Höher hinauf, Simi«, sagte Savitar. »Oben an seinen Hals, wo du nicht getroffen werden kannst.«

Acheron runzelte bei Savitars Anweisungen die Stirn. »Kann sie einen Schlag spüren, wenn sie auf meiner Haut ist?«

»Ja, das kann sie. Und wenn sie auf deiner Haut einen Stich abbekommt, der dich verwundet, dann wird er auch sie verwunden. Pass immer gut auf deine Dämonin auf, mein Junge.«

Als Nächstes standen sie an einem leeren Strand. »Takeshi!«, rief Savitar.

Schwarzer Rauch drang aus der Erde.

Acheron trat zurück, als der Rauch sich verzog und ein Mann in Rüstung sichtbar wurde, wie er noch nie zuvor eine gesehen hatte, blutrot und aus glänzendem Metall. Bösartig geformte Klingen zogen sich über seine Schultern, und sein Nackenteil reichte so hoch, dass es den unteren Teil seines Gesichts bedeckte. Man konnte nur die Augen sehen und das rote verschnörkelte Tattoo, das sich über seine Stirn zog.

Das schwarze Haar hatte rote Spitzen, die Augen waren exotisch geschlitzt wie die einer Raubkatze und von einem tiefen Blutrot. Aber in dem Augenblick, als sich die Augen auf Savitar richteten, leuchteten sie freundschaftlich auf. Das Metall um seinen Hals klappte herunter, und das schöne Gesicht eines Mannes tauchte auf, der nicht mehr als ein oder zwei Jahre älter war als Acheron.

»Savitar-san«, grüßte er mit schiefem Grinsen. »Lange nicht gesehen.«

Savitar neigte zur Begrüßung den Kopf. »Und ich fordere meinen Gefallen ein.«

Mit einer Hand auf dem Griff seines Schwertes schüttelte Takeshi missbilligend den Kopf und schaute den Strand entlang. »Sav, so kannst du wirklich nicht weitermachen. Allmählich geht mir der Platz aus, wo ich die Leichen stapeln kann.«

Savitar lachte. »Keine Sorge, du musst niemanden töten.« Er trat zurück, sodass die beiden Männer einander mustern konnten. »Takeshi, darf ich vorstellen, das ist Acheron. Acheron, das ist Takeshi-sensei. Von ihm kannst du lernen, so zu kämpfen, wie du es dir in deinen kühnsten Träumen nicht vorstellst.«

Takeshi kniff die Augen zusammen und schaute Acheron misstrauisch an. »Ich soll für dich einen neuen Gott trainieren?«

Savitar beugte sich vor und flüsterte Takeshi etwas zu, das Acheron nicht verstehen konnte.

Takeshi nickte. »Wie du willst, Bruder.« Er trat auf Acheron zu, lächelte und schlug ihm dann den Stab aus den Händen. Er seufzte lange und enttäuscht. »Dir muss ich noch viel beibringen. Komm, bei mir kannst du die Kriegskunst von dem lernen, der sie erfunden hat.«

Ein bisschen übermütig folgte Acheron ihm – schließlich war er jetzt ein Gott und könnte doch sicherlich kämpfen. Zumindest dachte er das, bis Takeshi ihn mit einer schnellen Bewegung zu Fall brachte, die Acheron kaum wahrgenommen hatte. Plötzlich lag er mit dem Gesicht nach unten im Sand.

»Den Gegner nie aus dem Blick lassen«, sagte Takeshi, dann trat er einen Schritt zurück und ließ Acheron wieder aufstehen. »Und glaube nie, dass du für einen Sieg nicht arbeiten musst. Sogar jetzt könntest du mich überraschen.«

Acheron runzelte die Stirn.

Takeshi verdrehte die Augen. »Überrasche mich, Atlantäer. Greif mich an! Das ist hier kein Tanzvergnügen.«

Acheron ging wieder und wieder auf ihn los, doch er landete stets im Sand. »Das dient nicht gerade dazu, mein Selbstvertrauen aufzubauen. Ich glaube, ich bleibe lieber ein bisschen liegen und sonne mich.«

Takeshi lachte und klopfte ihm auf die Schulter. »Steh auf, Acheron!« Er schaute hinüber zu Savitar, der auf einem Felsen saß und zuschaute. »Er regt sich nicht leicht auf. Das ist gut.«

Acheron lachte bitter. »Ja, ich bin eher jemand, der so lange brodelt, bis er überkocht und alles kaputtmacht.«

Takeshi wandte sich wieder an Acheron und gab ihm seinen Stab. »Denk immer daran: Die Wut ist dein Feind. Du musst deine Gefühle unter Kontrolle halten. Sobald du die Kontrolle über sie verlierst, verlierst du auch den Kampf.«

Acheron wirbelte den Stab herum und brachte ihn in Verteidigungsstellung.

Takeshi schüttelte missbilligend den Kopf. »Du sollst immer angreifen. Wer sich verteidigen muss, der siegt nie.«

»Verteidiger kriegen den Hintern versohlt«, sagte Savitar. »Glaub mir, ich habe erstklassige Abdrücke in diversen Hinterteilen mit jedem einzelnen Paar Schuhe hinterlassen, das ich besitze.«

Takeshi hob eine Augenbraue. »Willst du ihn lieber selbst unterrichten?«

»Eigentlich nicht.«

»Dann sei entweder still, oder schnapp dir ein Schwert und hilf mir.«

Die gute Laune verschwand von Savitars Gesicht. »Willst du mich etwa herausfordern?«

»Das würde ich tun, wenn ich nicht genau wüsste, dass du ohnehin zu faul bist, um darauf einzugehen.«

»Zu faul? Mesoula?«

»Eqou«, neckte Takeshi.

Savitar schoss vom Felsen hoch und stand auf einmal mit einem Schwert vor Takeshi, wie Acheron noch nie eins gesehen hatte. Sein Hieb landete auf Takeshis Armschiene, und als Nächstes führten die beiden regelrecht Krieg gegeneinander.

Takeshi spottete. »Ah, du kämpfst wie ein feiger Dämon.«

»Ein feiger Dämon? Bist du je einem feigen Dämon begegnet?«

»Ich hab heute schon drei umgebracht.«

Savitar schlug nach seiner Kehle. Die Klinge schnitt durch die Luft und verfehlte den Adamsapfel des Mannes nur knapp.

Acheron fühlte sich vernachlässigt, aber gleichzeitig war er dankbar, dass er nicht im Mittelpunkt dieses verrückten Händels stand. Er setzte sich auf den Fels, den Savitar verlassen hatte.

Savitar drängte Takeshi zurück. »Deine Mutter war eine Ziegenhirtin.«

»Das ist ein ehrbarer Beruf.«

»Ja, für eine Ziege.«

Takeshi fuhr herum und trat nach Savitar. Der drehte sich weg und antwortete mit einem Aufwärtsschlag, der seinen Gegner nur knapp verfehlte und ihn sonst aufgeschlitzt hätte.

Takeshi schüttelte den Kopf. »Hast du heute Morgen etwa

getrunken? Wie konntest du mich denn verfehlen? Ich schwöre, ich habe schon mit alten Weibern gekämpft, die bessere Reflexe hatten als du.«

»Dass du mit alten Weibern kämpfst, verrät schon, wie eingerostet du bist. Hatte dein Ego es so nötig, oder waren sie die Einzigen, die du gefunden hast und schlagen konntest?«

»Savitar, Savitar! Zumindest habe ich gesiegt! Warst du es nicht, der vor dem Rat so gejammert hat, dass man dich vor dem Angriff eines Vierjährigen retten musste?«

Savitar schnappte in gespieltem Ärger nach Luft. »Ein vierjähriger … Tarranine-Dämon. Du hast wohl das Wichtigste vergessen: Diese Dreckskerle schlüpfen aus und sind voll entwickelt, außerdem war es auch nicht nur einer, es war ein ganzer Schwarm.«

»Du gibst also zu, dass du Hilfe nötig hattest?«

»Das war's jetzt, Sensei. Jetzt wirst du Sand schmecken …«

Angesichts ihrer Neckereien schüttelte Acheron den Kopf. Sie waren sehr schroff zueinander, aber es herrschte eine Stimmung, die ihm deutlich machte, dass sie kein Wort böse meinten. Es war, als würden sie mit Worten genauso kämpfen, wie sie es mit Schwertern taten.

Das überraschte ihn. Er hatte nie einen Freund gehabt, mit dem er so hätte reden können, und er beneidete sie darum.

Savitar wich behände einem bösartig aussehenden Würgeangriff aus. »Moment mal, haben wir nicht irgendwas vergessen?«

»Deine Würde vielleicht?«

Savitar verdrehte die Augen. »Nein, du hast mich schon wieder durcheinandergebracht.« Er deutete auf Acheron. »Wolltest du *ihm* nicht eigentlich das Kämpfen beibringen?«

Takeshi seufzte spöttisch. »Du gibst also zu, dass ich dir überlegen bin, indem du meine Aufmerksamkeit auf den Anfänger lenkst.«

»Ich gebe überhaupt nichts zu. Ich stelle schlicht und einfach fest, dass wir beide wissen, wie man kämpft, er hingegen nicht. Und es wäre vielleicht eine gute Idee, dass er es lernt.«

»Stimmt.« Takeshi legte sich sein Schwert über die Schultern, hielt es rechts und links mit den Händen und lächelte Acheron an. »Bist du bereit weiterzumachen?«

»Sicher. Mein Ego hat genug Zeit gehabt, um sich wieder zu einem Mindestmaß an Würde aufzurappeln. Schnell, wir sollten es rasch niederschmettern, ehe ich noch den Fehler begehe, mich für einen Gott zu halten.«

Takeshi lachte. »Er gefällt mir, Savitar. Er passt zu uns.«

»Deswegen habe ich dich ja gerufen.« Savitar gab Acheron sein Schwert. »Viel Glück, mein Junge.«

»Danke schön.«

Acheron brachte den restlichen Tag damit zu, mit Takeshi zu trainieren, der offenbar der härteste Zuchtmeister war. Er arbeitete mit ihm, bis Acheron sicher war, dass er vor Anstrengung gleich umfallen würde. Bis endlich die Sonne unterging und er verschnaufen durfte, schmerzte sein ganzer Körper.

Und doch spürte er mehr Zuversicht in seine Fähigkeiten als je zuvor.

Savitar reichte ihm seinen Stab. »Geh heim nach Katoteros, wir machen morgen früh weiter.«

Er war noch immer nicht sicher, warum Savitar ihm half, nachdenklich wünschte er dem älteren … Geschöpf eine gute Nacht und kehrte nach Hause zurück.

Acheron blieb wie angewurzelt stehen, als er sah, dass Artemis im Thronsaal auf ihn wartete. »Was willst du?«

»Ich habe dich seit Tagen nicht mehr gesehen.«

»Das war eine wunderbare Zeit!«

Sie kniff die Augen zusammen. »Ich habe dir doch gesagt, dass du dich von meinem Blut ernähren musst.«

Acheron blickte sie kühl an. »Dann bin ich jetzt also ein sadistisches Monster … so wie du.«

Sie verzog den Mund. »So ist das also. Du bist jetzt nur noch gemein zu mir.«

»Ich gemein zu dir? Gemein?«, wiederholte er wütend. »Du kannst mich mal, Artemis!« Seine Worte wurden von einem heftigen Windstoß betont, der sie auf den Hintern warf. Er ging zu ihr hinüber und sah die Furcht in ihren Augen. Es hatte eine Zeit gegeben, da hätte diese Furcht Schuld und Mitgefühl in ihm hervorgerufen. Heute jedoch widerte es ihn nur noch an. »Dein Bruder hat mich auf dem Boden regelrecht geschlachtet, und du hast zugeschaut. Dann, als ich endlich tot und glücklich war – was die Götter verhüten mögen! –, hast du mich betrogen und mich dazu gebracht, dein Blut zu trinken, damit ich an dich gefesselt bin. Und du findest mich gemein? Verdammt, du hast noch nicht erlebt, wenn ich gemein bin!«

Sie hielt sich die Ohren zu und rollte sich auf dem Boden zusammen.

Damit schaffte sie es tatsächlich, seine Wut auf sich selbst umzulenken, denn er hatte einen Anflug von Mitleid mit ihr und hasste sich dafür. Sie verdiente sein Mitleid nicht, nur seine Verachtung.

»Ich habe dich geliebt, Acheron.«

Er schnaubte verächtlich. »Wenn das Liebe war, wäre es mir lieber, du würdest mich hassen und wärst fertig mit mir.«

Sie brach in Tränen aus.

Acheron legte den Kopf in den Nacken und fluchte, weil ihre Tränen ihn beeindruckten. Warum machte es ihm überhaupt etwas aus, dass sie weinte? War er nicht ganz bei Sinnen, dass er sie wirklich und wahrhaftig trösten wollte?

Er schlug mit dem Stab auf den Boden, und sie weinte noch lauter. »Was willst du von mir, Artie?«

»Ich will meinen Freund wiederhaben.«

»Nein«, sagte er bitter. »Du willst dein Spielzeug wiederhaben. Dein Freund bin ich nie gewesen. Freunde schämen sich nicht füreinander. Sie leben nicht in der ständigen Furcht, dass andere Leute sie zusammen sehen könnten.«

Sie schaute zu ihm auf, und ihre grünen Augen schimmerten vor Tränen. »Es tut mir leid. Da … jetzt hab ich's gesagt. Ich wünschte, ich könnte die Zeit zurückdrehen und alles, was geschehen ist, verändern. Aber das kann ich nicht. Ich wünschte, ich könnte unseren Neffen retten. Ich wünschte, ich wäre anständiger zu dir gewesen. Ich wünschte, du wärst …« Sie zögerte, aber es war schon zu spät. Er hatte ihren Gedanken laut und deutlich gehört.

» …keine Hure gewesen. Glaub mir, das wünsche ich mir sehnlicher als du. Du bist schließlich nicht entwürdigt und benutzt worden. Ich bin derjenige, der mit dieser Vergangenheit leben muss, nicht du. Du solltest dankbar sein, dass dich meine Albträume nicht im Schlaf verfolgen.«

»Ich habe meine eigenen Albträume, danke schön.«

Vielleicht hatte sie die wirklich. Schließlich war sie das bedauernswerte Kind, das Apollo hatte ertragen müssen.

Sie schaute zu ihm hoch. »Normales Essen reicht dir nicht mehr, Acheron. Du musst keine Menschennahrung mehr zu dir nehmen. Aber mein Blut musst du trinken, sonst wirst du dich zum Boten der Zerstörerin entwickeln. Du wirst kein Mitleid mit der Welt haben, sondern sie vernichten.«

Ein Muskel zuckte in seiner Kinnpartie. Er hätte Artemis am liebsten als Lügnerin beschimpft, aber er kannte die Wahrheit. Er hatte diesen gewalttätigen Drang bereits in sich verspürt. Er hasste sie dafür, dass sie ihm das angetan hatte.

Er fluchte und streckte die Hand nach ihr aus.

Sie ergriff sie, und er zog sie auf die Füße und in seine Arme. Zuerst wollte er sich wild und ungestüm auf ihre Kehle stürzen, aber dann überlegte er es sich und biss sanft hinein.

Er war kein Monster. Er würde sie nicht brutal behandeln, auch wenn sie es eigentlich verdient hätte.

Er hatte ihr etwas versprochen, und er mochte ein Dieb und eine Hure gewesen sein, aber ein Lügner war er nicht. Er würde ihr nicht Gleiches mit Gleichem vergelten, sondern immer darüberstehen.

Artemis seufzte, als sie spürte, wie Acherons Kräfte sie umschlossen. Seine Haut wechselte zur blauen Marmorierung, während er trank. Sein heißer Atem auf ihrer Haut reizte ihre Lust, aber als sie ihn ausziehen wollte, hielt er sie auf.

»Ich bin nicht in der Stimmung, mit meinem Essen zu spielen, Artemis.«

Sie schloss die Augen, als sie seine Stimme in ihrem Kopf hörte.

Als er genug getrunken hatte, trat er beiseite. Seine Augen waren leuchtend rot, und er wischte sich das Blut von den Lippen. »Ich möchte dich jezt eine Weile nicht mehr sehen.«

Die Worte trafen sie mitten ins Herz. »Was sagst du da?«

»Schick mir eine Kori mit deinem Blut.«

»Nein.«

Diesmal ging er mit all seinen Kräften auf sie los.

Beim Anblick seiner Gestalt als Gott fuhr Artemis entsetzt zurück. Er war gewaltig und beeindruckend.

»Du wirst tun, was ich dir befehle«, knurrte er durch seine Fangzähne hindurch. »Du hast mich gegen meinen Willen zurückgeholt und hast mir nicht im Geringsten zu sagen, wie ich dieses neue Leben zu leben habe. Hast du das verstanden?«

Sie nickte langsam, und ihr brach erneut das Herz bei dem Gedanken an das, was sie verloren hatte. »Bevor du mich wegschickst, solltest du noch wissen, dass auch Styxx ins Leben zurückgekehrt ist, als ich dich wiedergeholt habe. Und er hegt noch mehr Wut und Hassgefühle als du.«

Bei der Erwähnung seines Zwillingsbruders fluchte Acheron. »Wo ist er?«

»Er ist auf der Verschwindenden Insel, in der Obhut eines

Gottes, der mir einen Gefallen schuldig ist. Dort kann er niemandem etwas antun, es geht ihm gut, und ihm wird jeder Wunsch erfüllt.«

»Dann lass ihn dort. Ich habe nicht den Wunsch, sein Gesicht jemals wiederzusehen.«

»Ziemlich schwierig, oder?«

Er verzog den Mund. »Treib es nicht zu weit, Artie. Noch ein Wort, dann verliere ich die Geduld, es dauert nicht mehr lange. Glaub mir, das möchtest du lieber nicht erleben. Jetzt geh mir aus den Augen. Ich will dich nie wieder in meinem Reich sehen.«

Tränen rannen ihr über die Wangen, aber diesmal rührten sie ihn nicht. Er weigerte sich, es zuzulassen. Sie hatte einen anderen aus ihm gemacht.

Die Hure war tot, und ein Gott der Zerstörung war geboren, verflucht und gehasst, mächtig und tödlich.

Sein Hass auf die Welt war ihm ins Herz geschrieben. Seine Vergangenheit war ein Gewicht, das er mit sich herumschleppte, und seine Zukunft war unsicher.

Er hatte viele Feinde, die ihn gerne tot gesehen hätten, eine wütende Mutter, die darauf aus war, das Ende der Welt heraufzubeschwören, eine Baby-Dämonin, die alle paar Stunden gefüttert werden musste, zwei Wahnsinnige, die ihn für einen Krieg ausbildeten, über den niemand mit ihm sprach, und eine rollige Göttin, die ihn an ihr Bett ketten wollte.

Ja, es war wirklich gut, wieder in der Sphäre der Sterblichen zu sein. Er konnte kaum erwarten, was der morgige Tag alles bringen würde. Zu dumm, dass er die Zukunft für sich selbst nicht voraussehen konnte.

Die Schicksalsgöttinnen sollten verdammt sein – seine Schwestern, die ihn verraten hatten, wegen denen sein Leben so war.

Eines Tages würde er es auch ihnen heimzahlen.

10. APRIL 9526 V. CHR.
AUF DEM OLYMP

Acheron wusste nicht, warum er sich bereiterklärt hatte, Artemis zu treffen. Allein der Gedanke, sie zu sehen, reichte, dass ihm schlecht wurde – wenn ihm hätte schlecht werden können. Seit fast einem Jahr war er dabei, hinter Apollo aufzuräumen. Es gab übrig gebliebene Apolliten, die sich in seelenfressende Daimons verwandelten, und es wurden täglich mehr.

Nicht dass er es ihnen übel nahm. Die Königin von Atlantis hatte eine kleine Gruppe von Männern ausgesandt, um Ryssa und Apollodorus zu töten. Sie war eifersüchtig gewesen, dass Apollo nicht mehr zu ihr kam, und wollte ihre Nebenbuhlerin beseitigen lassen. Mitten in der Nacht waren die Männer in Ryssas Gemächer eingedrungen und hatten sie getötet, als sie Apollodorus stillte.

Später, nach Acherons Tod, hatte sich Apollo dann gegen das Volk gewandt, das er einst selbst geschaffen hatte. Die Meuchelmörder hatten es so aussehen lassen, als hätte ein wildes Tier Ryssa und Apollodorus zerrissen, also verfluchte Apollo sie dazu, sich in Zukunft voneinander zu ernähren. Sie konnten nur überleben, wenn sie das Blut von ihresgleichen tranken. Was hatten Apollo und Artemis nur immer mit ihrem Blut?!

Als ob dieser Fluch noch nicht ausreichen würde, hatte Apollo sie auch dazu verdammt, nie wieder das Licht der Sonne zu erblicken. So musste er die Apolliten nicht mehr sehen und wurde weniger an ihren Verrat erinnert. Als Höhepunkt des Ganzen hatte er die gesamte Rasse dazu verurteilt, langsam und schmerzhaft an ihrem siebenundzwanzigsten Geburtstag zu sterben – genau in Ryssas Alter.

Diese Strafen waren so streng, dass Acheron versucht war zu glauben, der Gott hätte seine Schwester wirklich geliebt. Aber er wusste es besser. Apollo war genauso wenig in der Lage zu lieben wie Artemis. Es war nichts weiter als eine Machtdemonstration, eine Warnung an andere, die vielleicht daran gedacht hatten, sich mit Apollo anzulegen. Mit seinen drakonischen Strafen ließ er alle wissen, dass er Atlantis zerstört hatte, um es den Apolliten heimzuzahlen.

Er war ein Dreckskerl, und alle glaubten seinen Lügen.

Acheron schwieg, nicht, um den Gott zu schützen, sondern weil Apollos armselige Arroganz ihn amüsierte.

Der Gott würde irgendwann durch seine eigene Dummheit zu Fall kommen. Apollymi schmachtete in ihrem Gefängnis und plante seinen Tod … und den von Artemis. Kaum hatte Apollo sein Volk verdammt, da war Apollymi schon zu Strykerius gegangen, Apollos Sohn, den er verflucht hatte. Sie hatte ihm gezeigt, wie die Apolliten den Tod umgehen konnten, indem sie die Seelen toter Menschen in ihren Körper aufnahmen und so ihr Leben verlängerten.

Kein Wunder, dass Savitar nicht in der Lage gewesen war, Acheron den Namen der Göttin zu sagen, gegen die er kämpfen würde.

Es war seine eigene Mutter! Sie führte die Armee der Daimons an, die auf Rache aus waren. Er hätte es wissen müssen.

Seine Rache war viel direkter gewesen. Er hatte die Männer verfolgt, die seine Schwester und seinen Neffen getötet hatten – zumindest die paar, die die Verwüstungen durch seine Mutter überlebt hatten, und diese Menschen hatten sich danach gewünscht, sie wären nie geboren.

Jetzt lag er also im Krieg mit seiner Mutter.

Acheron seufzte schwer. »Eines Tages werde ich die verdammten Schicksalsgöttinnen umbringen.«

Aber nicht heute. Heute traf er sich mit Artemis, um zu hören, was sie zu jammern hatte und warum sie gedroht hatte, ihn umzubringen. Endlich war er, abgesehen von der Zeit, in der er tot gewesen war, eine Zeitlang von ihrer ständigen Nörgelei verschont geblieben, doch jetzt musste er sich das Gekreische wieder anhören.

Ein Schauder lief ihm über den Rücken und kündigte ihre Ankunft an. Acheron erstarrte und wartete auf ihre zänkische Stimme. Als sie ihn nicht ankeifte, wandte er den Kopf und sah, dass sie zögerte.

»Warum bist du so nervös, Artemis?«

»Du bist ganz anders als früher.«

Er lachte über ihre zutreffende Feststellung. Er war tatsächlich anders. Kein unterwürfiger Sklave mehr, sondern ein Gott, der sehr verärgert war und nur noch wollte, dass die ganze Welt ihn in Ruhe ließ.

»Mir gefällt dein Haar in Schwarz nicht.«

Er starrte sie an. »Und mir gefällt es nicht, dass dein Kopf auf deinen Schultern sitzt. Wir können wohl nicht alles kriegen, was wir wollen, oder?« Wütend kniff er die Augen zusammen. »Ich habe keine Zeit für diesen Blödsinn. Wenn du sonst nichts von mir willst, dann kannst du mich von hinten bewundern, während ich gehe.« Damit drehte er sich um.

»Warte!«

Wider besseres Wissen zögerte er. »Und warum?«

Sie war vorsichtig näher gekommen, als hätte sie Angst vor ihm. »Bitte sei nicht wütend auf mich, Acheron.«

Er lachte bitter. »›Wütend‹ trifft nicht im Allergeringsten auf das zu, was ich empfinde. Wie konntest du es wagen, mich wieder zurückzuholen!«

Sie schluckte und spannte sich an. »Ich hatte keine andere Wahl.«

»Wir haben alle eine Wahl.«

»Nein, Acheron, das haben wir nicht.«

Sie war schon immer selbstsüchtig und eitel gewesen, deshalb hatte sie ihn zweifellos zurückgeholt, obwohl er lieber bei den Toten geblieben wäre. »Bestellst du mich deswegen her? Willst du dich bei mir entschuldigen?«

Sie schüttelte den Kopf. »Es tut mir nicht leid, was ich getan habe. Ich würde es noch einmal ganz genauso machen.«

Sie sah ihn eindringlich an. »Ich möchte, dass zwischen uns Frieden herrscht.«

Frieden? War sie verrückt geworden? Sie konnte von Glück sagen, dass er sie nicht auf der Stelle umbrachte. Wenn er keine Angst vor den Folgen gehabt hätte, dann hätte er es getan.

»Zwischen uns wird niemals Frieden herrschen. Nie! Du hast jede Hoffnung darauf zunichtegemacht, als du zugesehen hast, wie dein Bruder mich getötet hat, ohne dass du eingegriffen hast.«

»Ich hatte Angst.«

»Und ich wurde auf dem Boden dahingemetzelt wie ein Opfertier. Tut mir leid, wenn ich deinen Schmerz nicht nachempfinden kann, aber ich bin zu sehr mit meinem eigenen beschäftigt.« Er drehte sich um, um fortzugehen, aber sie hielt ihn zurück.

Da hörte er das leise Wimmern eines Säuglings. Er schaute böse und voller Schrecken zu, wie sie das Kind aus den Falten ihres Peplos holte.

»Ich habe ein Baby für dich, Acheron.«

Er zog seinen Arm mit einem Ruck von ihr zurück und glühte vor Wut. »Du Miststück! Glaubst du tatsächlich, das würde mir je meinen Neffen ersetzen, den du hast sterben lassen? Ich hasse dich, und ich werde dich immer hassen. Tu ein einziges Mal in deinem Leben das Richtige, und gib das Kind seiner Mutter zurück.«

Sie schlug ihn so hart, dass seine Unterlippe aufplatzte. »Geh und verfaule, du wertloser Bastard!«

Er lachte und wischte sich das Blut mit der Hand ab, während er sie boshaft anstarrte. »Ich mag vielleicht ein wertloser Bastard sein, aber das ist immer noch besser als eine eiskalte Hure, die den einzigen Mann geopfert hat, der sie jemals liebte, und das nur, weil sie zu sehr mit sich selbst beschäftigt war, um ihn zu retten.«

Der Ausdruck auf ihrem Gesicht versengte ihn fast. »Ich bin hier nicht die Hure, Acheron, du bist es! Von jedem gekauft und verkauft, der deinen Lohn zahlen konnte. Wie konntest du auch nur einen Augenblick lang denken, du hättest je eine Göttin verdient?«

Der Schmerz über diese Worte brannte sich für alle Zeiten in sein Herz und seine Seele ein. »Ihr habt recht, meine Dame! Ich habe weder Euch noch irgendjemanden sonst verdient. Ich bin nur ein Stück Dreck, das man nackt auf die Straße wirft. Vergebt mir, dass ich Euch je beschmutzte.«

Damit verließ er sie.

Ihre Beziehung war endgültig vorüber. Keine Macht im Universum könnte bewerkstelligen, dass er je wieder mit ihr sprach.

Aber du brauchst ihr Blut!

Was tun? Von ihm aus konnte die ganze Welt untergehen. Besser würde jeder vom Angesicht der Erde verschwinden, als dass er auch nur fünf Minuten wieder zum Sklaven von Artemis wurde. Er war es leid, immer der Sündenbock zu sein. Jetzt würde er an sich selbst denken, der Rest der Welt musste schauen, wie er zurechtkam.

»Ich bin fertig mit dir, Artemis. Für immer.«

GRIECHENLAND, 7382 V. CHR.

Acheron spürte, dass jemand hinter ihm stand. Er fuhr herum, den Stab zum Schlag erhoben, denn er erwartete, dass ihn wieder einmal ein Daimon angriff.

Aber so war es nicht.

Stattdessen sah er Simi kopfüber in einem Baum hängen, die langen burgunderroten fledermausartigen Flügel um den kindlichen Körper geschlungen. Sie trug einen lockeren schwarzen Chiton und ein Himation, die sanft im Nachtwind wehten. Ihre blutroten Augen glühten im Dunklen, und ihre langen schwarzen Zöpfe hingen bis zum Boden.

Acheron entspannte sich und stellte den Stab wieder ins feuchte Gras, während er ihr zuschaute.

»Wo warst du, Simi?«, fragte er scharf. Er rief die Charonte-Dämonin seit einer halben Stunde.

»Ach, ich hab nur so rumgehangen, Akri«, sagte sie lächelnd und schwang an ihrem Ast. »Hat Akri mich vermisst?«

Acheron seufzte. Er liebte Simi mehr als sein Leben, aber er wünschte, sein Dämon wäre älter und reifer und benähme sich nicht sogar im Alter von fünftausend Jahren noch wie ein fünfjähriges Kind.

Es würde noch viele Jahrhunderte dauern, bis Simi erwachsen war.

»Hast du meine Botschaft überbracht?«, fragte er.

»Ja, Akri«, sagte sie mit dem atlantäischen Begriff für »mein

Herr und Meister«. »Ich habe sie überbracht, genau wie du es mir aufgetragen hast, Akri.«

Acheron merkte, wie es ihn im Nacken kribbelte. In ihrem Tonfall lag etwas Besorgniserregendes. »Was noch, Simi?«

»Simi hat nichts gemacht, Akri. Aber …«

»Aber?«, ermunterte er sie.

»Simi hatte auf dem Rückweg hierher Hunger.«

Ihm wurde ganz kalt vor Furcht. »Wen hast du diesmal gefressen?«

»Es war kein Wer, Akri. Es war etwas mit Hörnchen auf dem Kopf, so wie ich. Genau genommen war es eine ganze Herde. Alle hatten Hörnchen und haben komische Geräusche gemacht wie ›Muh-muh‹.«

Bei dieser Beschreibung runzelte er die Stirn. »Meinst du Kühe? Du hast Vieh gefressen?«

Sie strahlte. »Genau das, Akri. Ich habe Vieh gefressen.«

Warum war sie dann so besorgt? »Das ist nicht so schlimm.«

»Nein, es war sogar ziemlich lecker, Akri. Warum hast du Simi nichts von Kühen erzählt? Sie schmecken sehr gut, wenn man sie brät. Sie haben Simi sehr gut geschmeckt. Wir müssen uns auch einige Muh-muhs anschaffen. Ich glaube, wir könnten sie sogar im Haus halten.«

Er ignorierte ihr Gerede. »Und worüber machst du dir Gedanken?«

»Weil dieser mächtig große Mann mit nur einem Auge aus einer Höhle kam und Simi angeschrien hat. Er sagte, Simi wäre böse, weil sie die Kühe gegessen hat, und ich müsste sie bezahlen. Was bedeutet das, Akri? Bezahlen? Simi weiß nicht, was das heißt.«

Acheron wünschte, er könnte das Gleiche auch von sich behaupten. »Dieser mächtig große Mann, war das ein Zyklop?«

»Was ist ein Zyklop?«

»Ein Sohn des Poseidon.«

»Ach so, ja, das hat er gesagt. Nur hatte er keine Hörnchen, sondern einen großen kahlen Kopf.«

Acheron wollte mit seiner Dämonin nicht über den großen kahlen Kopf des Zyklopen reden. Er musste wissen, wie er ihre Fressgier wiedergutmachen und den Zyklopen bezahlen konnte. »Was genau hat er zu dir gesagt?«

»Dass er wütend auf Simi ist, weil sie sein Vieh gefressen hat. Er sagte, die hornigen Kühe gehörten Poseidon. Wer ist Poseidon, Akri?«

»Ein griechischer Gott.«

»Ach so, na dann hat Simi bald keinen Ärger mehr. Ich bringe den griechischen Gott einfach um, dann ist alles in Ordnung.«

Er musste ein Lächeln unterdrücken. »Einen griechischen Gott kann man nicht einfach so umbringen, Simi, das ist verboten.«

»Jetzt sagst du schon wieder Nein zu Simi, Akri. Iss das nicht, Simi. Töte jenes nicht, Simi. Bleib hier, Simi. Geh nach Katoteros, Simi, und warte, bis ich dich rufe.« Sie verschränkte die Arme vor der Brust und runzelte die Stirn. »Ich mag es nicht, wenn man Nein zu mir sagt, Akri.«

Acheron verzog bei dem Schmerz, der hinten in seinem Kopf aufstieg, das Gesicht. Er wünschte sich, er hätte zum einundzwanzigsten Geburtstag einen Papagei als Haustier bekommen. Die Charonte-Dämonin wäre irgendwann noch sein Tod … noch einmal.

»Warum hast du Simi gerufen, Akri?«

»Ich brauchte deine Hilfe bei den Daimons.«

Sie entspannte sich und schaukelte wieder an ihrem Ast. »Es sah nicht so aus, als ob du Hilfe nötig hättest, Akri. Simi findet, dass du das sehr gut gemacht hast. Besonders gut hat mir gefallen, wie der eine Daimon hoch in die Luft geflogen ist, ehe du ihn umgebracht hast. Sehr hübsch. Ich wusste nicht, dass sie so bunte Funken versprühen, wenn sie explodieren.«

Sie sprang vom Baum und kam zu ihm. »Wohin gehen wir jetzt, Akri? Wirst du Simi wieder irgendwohin bringen, wo es kalt ist? Der letzte Ort, an den wir gegangen sind, hat mir gut gefallen. Der Berg war sehr schön.«

Acheron?

Er hielt inne, als er spürte, dass Artemis ihn rief, und stieß einen leidgeprüften Seufzer aus.

Seit zweitausend Jahren ignorierte er sie jetzt schon, doch noch immer versuchte sie, ihn zu rufen.

Eine Zeitlang hatte sie ihn höchstpersönlich aufgesucht, aber er hatte ihr die Fähigkeit dazu genommen.

Die geistige Gedankenübertragung war der einzige Kontakt, den er nicht völlig unterbinden konnte.

»Komm, Simi«, sagte er und begab sich auf die Reise, die ihn zurück nach Therakos führen würde. Dort hatten die Daimons eine Siedlung gegründet und machten von dort aus Jagd auf ein kleines griechisches Dorf.

Acheron, ich brauche deine Hilfe. Meine neuen Dark Hunter brauchen jemanden, der sie anleitet.

Bei diesen Worten von Artemis erstarrte er.

Die neuen Dark Hunter? Was zum Henker sollte das bedeuten?

»Was hast du getan, Artemis?« Seine Stimme reiste mit dem Wind zum Olymp, wo Artemis in ihrem Tempel wartete.

Also sprichst du noch mit mir. Er konnte die Erleichterung in ihrer Stimme hören. *Ich habe mich schon gefragt, ob ich deine Stimme je wieder hören würde.*

Acheron verzog den Mund. Für so ein Geplänkel hatte er keine Zeit.

Acheron?

Er ignorierte sie.

Sie begriff den Wink mit dem Zaunpfahl nicht.

Die Bedrohung durch die Daimons breitet sich schneller aus, als du sie eindämmen kannst. Du brauchst Hilfe, und ich habe welche für dich.

Bei dem Gedanken an ihre Hilfe schnaubte er nur verächtlich. Die griechische Göttin hatte nie irgendetwas für andere getan, nur für sich selbst, das war schon seit Anbeginn der Zeiten so.

»Lass mich in Ruhe, Artemis. Mit uns beiden ist es vorbei. Ich habe eine Aufgabe zu erfüllen und keine Zeit, mich dabei stören zu lassen.«

Nun gut. Dann werde ich sie ohne deine Anleitung aussenden, damit sie den Daimons entgegentreten. Und wenn sie sterben – wem liegt schon etwas an einem Menschen? Ich erschaffe einfach ein paar neue, die dann weiterkämpfen.

Das war ein Trick.

Doch tief im Inneren wusste Acheron, dass es nicht so war. Sie hatte diese Dark Hunter offenbar wirklich erschaffen, und wenn sie es einmal getan hatte, würde sie es wieder tun.

Besonders, wenn sie ihm dadurch Schuldgefühle machen konnte.

Verdammt! Er müsste in ihren Tempel gehen. Lieber hätte er sich ausweiden lassen.

Bei der Erinnerung daran zogen sich seine Eingeweide zusammen, seinem Inneren gefiel dieser Scherz gar nicht.

Er schaute seine Dämonin an. »Simi, ich muss jetzt zu Artemis. Du kehrst nach Katoteros zurück und stellst keine Dummheiten an, bis ich dich rufe.«

Die Dämonin verzog das Gesicht. »Simi mag Artemis nicht, Akri. Ich wünschte, du würdest Simi diese Göttin töten lassen. Simi will ihr die ganzen langen roten Haare ausreißen.«

Dieses Gefühl kannte er nur zu gut.

»Ich weiß, Simi, und genau deswegen musst du in Katoteros bleiben.« Er ging weg, drehte sich aber noch einmal zu ihr um. »Und bitte iss um meinetwillen nichts, bis ich wieder da bin. Ganz besonders keinen Menschen.«

»Aber …«

»Nein, Simi. Nichts essen!«

»Nein, Simi. Nichts essen!«, äffte sie ihn nach. »Simi gefällt das nicht, Akri. In Katoteros ist es langweilig, da gibt es überhaupt nichts Lustiges. Nur alte tote Leute, die wieder auf die Erde zurückwollen. Bäää!«

»Simi …«, sagte er warnend.

»Ich höre und gehorche dir, Akri. Simi hat nur nicht gesagt, dass sie ohne Widerspruch gehorchen würde.«

Er schüttelte den Kopf über seine unverbesserliche Dämonin und versetzte sich in den Artemistempel auf dem Olymp.

Acheron stand oben auf der goldenen Brücke, die einen gewundenen Fluss überquerte. Das Geräusch des fließenden Wassers klang von den senkrechten Felswänden des Berges wider.

In den letzten zweitausend Jahren hatte sich hier nichts verändert.

Der gesamte Bereich auf dem Berggipfel bestand aus funkelnden Brücken und Pfaden, die von einem Regenbogen verschleiert wurden und zu den verschiedenen Tempeln führten.

Die Hallen auf dem Olymp waren reich und üppig, jede ein perfektes Zuhause für das Ego eines Gottes.

Der Tempel der Artemis war aus Gold gefertigt, hatte eine gewölbte Kuppel und weiße Marmorsäulen. Die Sicht aus ihrem Thronsaal auf den Himmel und die Welt dort unten war atemberaubend.

Zumindest hatte er es in seiner Jugend so empfunden.

Aber seitdem hatten Zeit und Erfahrung seine Bewunderung getrübt. Jetzt erblickte er hier nichts Spektakuläres und Schönes mehr, nur die eigennützige Eitelkeit und Kälte der Olympier.

Die griechischen Götter hatten die Macht übernommen. Sie waren ganz anders als die atlantäischen. Dort waren bis auf einen alle Götter voller Mitgefühl, Liebe, Freundlichkeit und Vergebung gewesen.

Ein einziges Mal nur hatten sich die atlantäischen Götter von ihrer Angst leiten lassen: als die Geburt von Acheron bevorstand. Dieser Fehler hatte sie alle miteinander ihr unsterbliches Leben gekostet und dazu geführt, dass die Götter des Olymp an ihre Stelle getreten waren.

Das war in vielerlei Hinsicht ein trauriger Tag für die Menschheit gewesen.

Acheron zwang sich, über die Brücke zu gehen, die zum Tempel der Artemis führte. Es war zweitausend Jahre her, dass er zuletzt hier gewesen war, und er hatte gehofft, er müsste nie mehr zurückkehren.

Er hätte wissen müssen, dass Artemis früher oder später einen Plan aushecken würde, mit dem sie ihn zu sich lockte.

Wütend nutzte Acheron seine Telekinese und öffnete die riesigen vergoldeten Türen. Ihm drang das durchdringende Geschrei der Koris von Artemis entgegen, die es nicht gewohnt waren, dass ein Mann die privaten Gemächer ihrer Göttin betrat.

Artemis zuckte bei dem schrillen Kreischen zusammen und ließ alle Koris nacheinander verschwinden.

»Hast du sie alle acht getötet?«, fragte Acheron.

Artemis rieb sich die Ohren. »Das hätte ich vielleicht tun sollen, aber ich habe sie nur draußen in den Fluss geworfen.«

Überrascht starrte er sie an. Das war ungewöhnlich für die Göttin, wie er sie in Erinnerung hatte. Vielleicht hatte sie in den letzten zweitausend Jahren ja doch ein Mindestmaß an Mitgefühl und Gnade entwickelt?

Aber das hielt er für unwahrscheinlich.

Da sie allein waren, erhob sie sich von ihrem gepolsterten elfenbeinernen Thronsessel und kam auf ihn zu. Sie trug ein durchsichtiges weißes Himation, das an den Kurven ihres sinnlichen Körpers anlag.

Ihre dunkelroten Locken glänzten, und die grünen Augen leuchteten warm als Willkommensgruß.

Ihr Blick durchbohrte ihn wie ein Speer, heiß, durchdringend, schmerzhaft. Er hatte gewusst, dass es ihm schwerfallen würde, sie wiederzusehen – das war einer der Gründe, aus denen er ihr Rufen ignoriert hatte.

Aber etwas zu wissen und es selbst zu erfahren, waren zwei verschiedene Dinge.

Er war auf die Gefühle, die ihn zu überwältigen drohten, nicht vorbereitet. Hass, Verachtung – und am schlimmsten von allen: Begierde.

Hunger.

Lust.

Ein Teil von ihm liebte sie noch immer und war willens, ihr alles zu vergeben.

Sogar, dass sie ihn ins Leben zurückgeholt hatte.

»Du siehst gut aus, Acheron. Genauso schön wie das letzte Mal, als ich dich gesehen habe.« Sie streckte die Hand aus.

Er trat zurück, sodass sie ihn nicht berühren konnte. »Ich bin nicht auf ein Plauderstündchen gekommen, Artemis, ich …«

»Früher hast du mich immer Artie genannt.«

»Früher habe ich eine Menge Dinge getan, die ich jetzt nicht mehr tun kann.« Er starrte sie streng an, um sie an all das zu erinnern, was sie ihm genommen hatte.

»Du bist noch immer wütend auf mich.«

»Meinst du?«

Ihre Augen funkelten smaragdgrün und erinnerten ihn daran, dass in ihrem göttlichen Körper eine Dämonin steckte. »Ich hätte dich auch zwingen können, zu mir zu kommen. Ich bin deiner Missachtung mit sehr viel Toleranz begegnet. Mehr vielleicht, als ich hätte aufbringen sollen.«

Er schaute weg und wusste, dass sie recht hatte. Sie allein verfügte über die Nahrungsquelle, die er brauchte. Wenn er zu lange ohne ihr Blut blieb, wurde er zu einem unkontrollierbaren Killer, zu einer Gefahr für jeden, dem er zu nahe kam.

Artemis allein besaß den Schlüssel. Ihr Blut machte ihn zu dem, was er war: Bei Verstand. Ganz.

Voller Mitgefühl.

»Warum hast du mich nicht gezwungen, zu dir zu kommen?«, fragte er.

»Weil ich dich kenne. Wenn ich es versucht hätte, hättest du dafür gesorgt, dass wir beide dafür zahlen müssen.«

Wieder hatte sie recht. Seine Tage der Knechtschaft waren lange vorbei. Er war in seiner Kindheit und Jugend mehr als genug geknechtet worden, und jetzt, wo er Freiheit und Macht gekostet hatte, hatte er sich entschieden, dass er sich nie wieder von irgendjemandem unterdrücken und misshandeln lassen würde.

»Erzähl mir von diesen Dark Huntern«, sagte er. »Warum hast du sie erschaffen?«

»Das habe ich dir doch schon gesagt, du brauchst Hilfe.«

Er verzog ärgerlich den Mund. »Ich brauche keine Hilfe.«

»Ich und die griechischen Götter sind da anderer Meinung.«

»Artemis ...«, knurrte er, denn er wusste, dass sie log. Er war sehr gut in der Lage, die Daimons, die Jagd auf Menschen und ihre Seelen machten, in Schach zu halten und zu töten. »Ich schwöre dir ...«

Er knirschte mit den Zähnen, als er an die ersten Tage in seinem neuen Leben dachte. Niemand hatte ihm auch nur das Geringste erklärt. Niemand hatte ihm gezeigt, was er tun musste.

Wie man lebte.

Diese neuen Wesen wären ohne einen Lehrer völlig verloren, verwirrt und, was am schlimmsten war, verwundbar, bis sie gelernt hätten, ihre Kräfte einzusetzen. Sie hatten keinen Savitar, der ihnen dabei half.

Verdammt!

»Wo sind sie?«

»Sie warten in Falossos und verstecken sich in einer Höhle,

in die kein Sonnenlicht fällt. Aber sie wissen nicht, was sie tun sollen oder wie sie die Daimons finden können. Es sind Menschen, die einen Anführer brauchen.«

Acheron wollte das nicht. Er wollte niemanden anführen, genauso wenig wollte er die Befehle von jemand anderem befolgen. Er wollte nichts mit anderen zu schaffen haben.

Er hatte sein ganzes Leben nie etwas anderes gewollt, als in Ruhe gelassen zu werden.

Allein der Gedanke, mit anderen in Kontakt zu treten, ließ ihm das Blut in den Adern gefrieren.

Acheron war versucht zu tun, wonach ihm der Sinn stand, aber er wusste, er könnte es nicht. Wenn er den Männern nicht beibrachte, wie man die Daimons bekämpfte und tötete, wären sie sehr schnell tot. Und tot zu sein, ohne eine Seele zu haben, war ein schlimmes Dasein, das wusste er selbst am besten.

»Nun gut«, sagte er. »Ich werde mich um sie kümmern.«

Sie lächelte.

Acheron versetzte sich zu Simi und befahl ihr, noch ein bisschen länger zu bleiben, wo sie war. Die Anwesenheit seiner Dämonin hätte die schwierige Angelegenheit nur noch komplizierter gemacht.

Sobald er sicher war, dass sie in Katoteros bleiben würde, teleportierte er sich nach Falossos.

Wie Artemis gesagt hatte, fand er drei Männer in der Dunkelheit zusammengekauert. Sie sprachen leise miteinander und saßen um ein kleines wärmendes Feuer. Vom hellen Feuerschein tränten ihnen die Augen, die nicht mehr menschlich waren und die Helligkeit dieser Lichtquelle nicht ertrugen.

Acheron musste ihnen noch viel beibringen.

Er trat aus den Schatten hervor.

»Wer bist du?«, fragte ihn der größte der Männer, sobald er seiner ansichtig wurde.

Der Mann war zweifellos ein Dorier und hatte langes

schwarzes Haar. Er war groß und kräftig gebaut und steckte noch in seiner menschlichen Kriegskleidung, die dringend hätte repariert und hergerichtet werden müssen.

Die anderen Männer waren blonde Griechen. Ihre Rüstungen sahen kein bisschen besser aus als die des ersten Mannes. Der Jüngste von ihnen hatte in der Mitte seiner Brustplatte ein Loch, wo er mit einem Wurfspeer ins Herz getroffen worden war.

In dieser Kleidung konnten sie sich auf keinen Fall draußen zwischen den Lebenden bewegen. Sie brauchten Fürsorge und Ruhe.

Und einen Lehrmeister.

Acheron schob seine Kapuze zurück und schaute die Männer der Reihe nach an.

Als sie seine silbrig wirbelnden Augen bemerkten, wurden sie bleich.

»Bist du ein Gott?«, fragte der Größte wieder. »Uns wurde gesagt, ein Gott würde uns töten, wenn wir seine Gegenwart besudelten.«

»Ich bin Acheron Parthenopaeus«, sagte er ruhig. »Artemis hat mich geschickt, damit ich euer Lehrmeister werde.«

»Ich bin Callabrax von Likonos«, sagte der große Mann. Er wies auf seinen rechten Nachbarn. »Dies hier ist Kyros von Seklos, und dies«, er wies auf den Jüngsten, »ist Ias von Groesia.«

Ias schaute bewegungslos zu, seine dunklen Augen waren leer. Acheron konnte die Gedanken des Mannes so genau hören, als wären es seine eigenen. Sein Schmerz drang bis zu ihm, und vor Mitgefühl zog sich sein Magen zusammen.

»Wie lange ist es her, dass ihr Männer erschaffen worden seid?«, fragte Acheron sie.

»Bei mir ist es einige Wochen her«, sagte Kyros.

Callabrax nickte. »Ich wurde etwa um die gleiche Zeit erschaffen.«

Acheron blickte Ias fragend an.
»Vor zwei Tagen«, sagte er tonlos.
»Ihm ist übel von der Umstellung«, erklärte Kyros. »Bei mir hat es fast eine Woche gedauert, bis ich mich angepasst hatte.«
Acheron unterdrückte das Bedürfnis, bitterlich zu lachen. »Anpassen« war ein gutes Wort.
»Habt ihr schon einen Daimon getötet?«, fragte er sie.
»Wir haben es versucht«, sagte Callabrax, »aber es ist etwas ganz anderes, als Soldaten zu töten. Die Daimons sind stärker und schneller, sie sterben nicht so schnell. Wir haben schon zwei Männer verloren.«
Acheron zuckte bei dem Gedanken zusammen, dass zwei unvorbereitete Männer im Kampf gegen die Daimons gefallen waren. Ihnen stand eine grauenhafte Existenz bevor, wenn sie ohne Seele gestorben waren.
Dann dachte er an seinen ersten Kampf.
Aber diesen Gedanken schob er gleich wieder von sich. Obwohl Takeshi ein großartiger Lehrer gewesen war, hatte er nie gegen einen Daimon gekämpft. Acheron hatte bald gemerkt, dass sowohl er als auch Savitar nicht in der Lage gewesen waren, Acheron *alles* beizubringen. Seine ersten Jahre waren hart und brutal gewesen.
»Habt ihr gegessen?«
Sie nickten.
»Dann folgt mir nach draußen, ich werde euch beibringen, was ihr wissen müsst, um die Daimons zu töten.«
Acheron übte mit ihnen, bis die Dämmerung anbrach. Er lehrte sie alles, was in einer Nacht möglich war, brachte ihnen neue Taktiken bei, erklärte ihnen, wo und wie die Daimons am besten zu verwunden waren.
Am Ende der Nacht führte er sie zu ihrer Höhle zurück.
»Ich werde einen besseren Ort finden, wo ihr euch vor dem Tageslicht verbergen könnt«, versprach er ihnen.

»Ich bin ein Dorier«, sagte Callabrax stolz. »Ich benötige nicht mehr als das, was ich habe.«

»Aber wir sind keine Dorier«, sagte Kyros. »Ein Bett wäre uns sehr willkommen und ebenso ein Bad.«

Acheron neigte den Kopf und winkte Ias, ihm nach draußen zu folgen.

Er führte ihn ein Stück beiseite, sodass die anderen sie nicht hören konnten.

»Du willst deine Frau wiedersehen«, sagte Acheron ruhig.

Ias schaute erschrocken auf. »Woher weißt du das?«

Acheron antwortete nicht. Als Mensch hatte er persönliche Fragen gehasst, denn sie führten oft zu einer Unterhaltung, die er nicht führen wollte. Sie zerrten Erinnerungen empor, an denen er lieber nicht rühren wollte.

Er schloss die Augen und ließ seinen Geist schweifen, bis er die Frau fand, die Ias nicht aus dem Sinn ging.

Liora.

Sie war schön, mit Haaren so schwarz wie die Schwingen eines Raben und Augen so blau und klar wie das Meer.

Kein Wunder, dass Ias sie vermisste.

Liora lag auf den Knien und weinte. »Bitte«, flehte sie die Götter an, »bitte gebt mir meinen Liebsten wieder. Bitte lasst den Vater meiner Kinder zurückkehren.«

Acheron verspürte Mitleid mit ihr, als er ihre Angst sah und hörte. Niemand hatte ihr mitgeteilt, was geschehen war. Sie betete für das Wohlergehen eines Mannes, der nicht mehr lebte.

Das ging ihm nah.

»Ich verstehe, dass du traurig bist«, sagte er zu Ias. »Aber sie darf nicht erfahren, dass du in deiner jetzigen Form existierst. Die Menschen würden dich fürchten, wenn du nach Hause zurückkehrst, und würden versuchen, dich zu töten.«

Ias traten Tränen in die Augen, und als er sprach, sah Acheron die Fangzähne über seine Lippen ragen. »Liora hat sonst niemanden, der sich um sie kümmert. Sie ist eine Waise, und mein Bruder ist einen Tag vor mir gefallen. Niemand wird sich um meine Kinder kümmern.«

»Du kannst nicht zurück.«

»Warum nicht?«, fragte Ias wütend. »Artemis hat gesagt, dass ich Rache an dem Mann nehmen könnte, der mich umgebracht hat, und dass ich dann weiterleben und ihr dienen könnte. Sie hat nichts davon gesagt, dass ich nicht nach Hause zurück könnte.«

Acheron packte seinen Stab fester. »Ias, überleg einmal. Du bist kein Mensch mehr. Wie, glaubst du, würde dein Dorf reagieren, wenn du auf einmal mit Fangzähnen und schwarzen Augen nach Hause kommst? Du kannst dich nicht ins Tageslicht hinauswagen. Du hast eine Treuepflicht gegenüber der ganzen Menschheit, nicht nur deiner Familie gegenüber. Niemand kann diesen beiden Dingen gleichzeitig gerecht werden. Du kannst nicht zurück.«

Seine Lippen zitterten, aber er nickte zum Zeichen, dass er verstanden hatte. »Ich rette die Menschen, während meine unschuldige Familie ausgeliefert ist und verhungern wird, weil niemand sie beschützt. So sieht also mein Handel mit Artemis aus.«

Acheron schaute zur Seite, und sein Herz schmerzte, angesichts des Schicksals von diesem Mann und seiner Familie.

»Geh zu den anderen hinein.«

Er schaute ihm nach, wie er davonging, und dachte über seine Worte nach. Er konnte es nicht dabei belassen.

Acheron kam allein zurecht, aber die anderen …

Er schloss die Augen und versetzte sich durch die Kraft seines Willens zurück zu Artemis.

Als ihre Dienerinnen diesmal anfangen wollten zu schreien, fror Artemis ihnen einfach die Stimmbänder ein. »Lasst uns allein«, befahl sie ihnen.

Die Frauen eilten zur Tür, so schnell sie konnten, und warfen sie hinter sich zu.

Sobald sie allein waren, lächelte Artemis ihn an. »Du bist zurück. Ich hatte nicht erwartet, dich so bald wiederzusehen.«

»Lass das Gesäusel, Artemis«, sagte er und versetzte ihrer spielerischen Art einen Dämpfer. »Ich bin eigentlich hier, um dich anzubrüllen.«

»Wofür?«

»Wie kannst du es wagen, diese Männer anzulügen, damit sie in deine Dienste treten!?«

»Ich lüge nie.«

Er hob eine Augenbraue.

Sofort sah sie aus, als wäre ihr nicht ganz wohl. Sie räusperte sich und lehnte sich in ihrem Thron zurück. »Bei dir war das etwas anderes. Ich habe nicht gelogen. Ich habe nur vergessen, ein paar Dinge zu erwähnen.«

»Red nicht drum herum, Artemis – es geht hier nicht um mich, sondern um das, was du ihnen angetan hast. Du kannst diese armen Kerle nicht einfach so da draußen sich selbst überlassen.«

»Wieso nicht? Du hast ja auch allein überlebt.«

»Ich war anders als sie, das weißt du. Ich hatte nichts, zu dem ich zurückkehren wollte, keine Familie, keine Freunde.«

»Da muss ich aber widersprechen – was war ich denn für dich?«

»Ein Fehler, den ich seit zweitausend Jahren bedaure.«

Sie wurde rot und stieg die Stufen von ihrem Thron hinab, bis sie vor ihm stand. »Wie kannst du es wagen, so mit mir zu sprechen?«

Acheron riss sich den Mantel herunter und warf ihn und seinen Stab wütend in die Ecke. »Bestraf mich doch dafür, Artemis! Na los, mach schon! Tu uns beiden einen Gefallen, und erlöse mich aus meinem Elend.«

Sie wollte ihn schlagen, aber er fing ihre Hand ab und starrte ihr in die Augen.

Artemis sah den Hass, der in Acherons Blick lag, die verletzende Verachtung. Ihre zornig keuchenden Atemstöße vermischten sich miteinander, und die Luft um sie herum knisterte, als ihre beiden Auren der Macht aufeinanderprallten.

Aber sie wollte nicht, dass er wütend war.

Seine Wut hatte sie nie gewollt …

Sie ließ ihren Blick über ihn gleiten, die perfekt geformten Flächen seines Gesichts, seine hohen Wangenknochen, die lange Adlernase, das schwarze Haar.

Das unheimliche Quecksilber seiner Augen.

Nie hatte es einen Gott oder einen Sterblichen gegeben, der auch nur ansatzweise körperlich so perfekt gewesen war.

Doch es war nicht nur seine körperliche Schönheit, die die Leute zu ihm hinzog. Auch Artemis fühlte sich nicht nur von seiner Schönheit angezogen.

Er hatte eine raue, seltene Art von männlichem Charisma, Macht, Stärke, Charme, Intelligenz, Entschlossenheit.

Ihn anzusehen hieß, ihn zu begehren.

Ihn zu sehen bedeutete, ihn schmerzhaft gern berühren zu wollen.

Er war dazu geschaffen, anderen zu gefallen, und er war dazu erzogen worden, anderen zu Willen zu sein. Alles an ihm, von den geschmeidigen Muskeln bis zum tiefen erotischen Klang seiner Stimme, war Verführung pur. In seinen Bewegungen, genau wie in denen eines wilden, tödlichen Tieres, lag ein urtümliches Versprechen von Gefahr und Macht, ein Versprechen von vollkommener sexueller Erfüllung.

Und er ließ alle Versprechungen wahr werden.

Er war der einzige Mann, bei dem sie je schwach geworden war. Der einzige Mann, den sie je geliebt hatte.

Er besaß die Macht, sie zu töten, das wussten sie beide. Dass er es nicht tat, fand sie faszinierend und herausfordernd.

Verführerisch und erotisch.

Sie schluckte und erinnerte sich daran, wie er gewesen war, als sie einander zum ersten Mal begegnet waren, schon damals stark und leidenschaftlich. Trotzig hatte er in ihrem Tempel gestanden und nur gelacht, als sie gedroht hatte, ihn zu töten.

Direkt vor ihrer Statue hatte er gewagt, etwas zu tun, was kein Mann zuvor oder danach je gewagt hatte.

Sie spürte den Kuss noch immer.

Anders als andere Männer hatte er sie nie gefürchtet. Jetzt versengte die Hitze seiner Hand regelrecht ihre Haut – andererseits war es immer schon so gewesen, wenn er sie berührt hatte. Nichts begehrte sie mehr als den Geschmack seiner Lippen, das Feuer seiner Leidenschaft.

Und durch einen einzigen Fehler hatte sie ihn verloren.

Artemis hätte am liebsten vor Hoffnungslosigkeit geweint. Vor langer Zeit hatte sie versucht, das Rad der Geschichte zurückzudrehen und diesen Tag ungeschehen zu machen.

Acherons Liebe und sein Vertrauen zurückzugewinnen.

Die Schicksalsgöttinnen hatten sie für dieses Wagnis schwer bestraft.

In den letzten zweitausend Jahren hatte sie alles versucht, um ihn an ihre Seite zurückzuholen. Nichts hatte funktioniert. Nichts hatte auch nur ansatzweise dazu geführt, dass er ihr vergab oder zu ihr in den Tempel kam.

Nichts – bis ihr das Einzige eingefallen war, zu dem er nie Nein sagen konnte: eine gefährdete menschliche Seele.

Acheron würde alles tun, um die Menschen zu retten. Ihr Plan, ihn für die Dark Hunter verantwortlich zu machen, die sie mit seinen Kräften der Auferstehung erschaffen hatte, hatte funktioniert, er war wieder bei ihr.

Wenn sie ihn doch nur halten könnte!

»Du willst also, dass ich sie freilasse?«, fragte sie.

Für ihn würde sie alles tun.

»Ja.«

Für sie würde er nichts tun. Nicht, wenn sie ihn nicht dazu zwang.

»Was bietest du mir im Austausch dafür, Acheron? Du kennst die Regeln der Götter. Eine Hand wäscht die andere.«

Er ließ sie mit einem wütenden Fluch los und trat von ihr weg. »Ich mache diese Spielchen nicht mehr mit.«

Artemis zuckte lässig die Achseln, aber sie fühlte sich ganz und gar nicht so lässig, wie sie tat. In diesem Moment stand alles auf dem Spiel, woran ihr etwas lag.

Wenn er Nein sagte, wäre sie so gut wie zerstört.

»Nun schön, dann werden sie als Dark Hunter weiterkämpfen, ohne jemanden, der ihnen beibringt, was sie wissen müssen. Es kümmert sowieso niemanden, was aus ihnen wird.«

Er stieß einen langen, müden Seufzer aus.

Sie wollte ihn trösten, aber sie wusste, dass er ihre Berührung zurückweisen würde. Er lehnte Trost und Zuspruch ab. Er war stärker, als irgendjemand hätte sein dürfen.

Als er ihrem Blick begegnete, überlief sie ein sinnlicher Schauer. »Wenn sie dir und den Göttern dienen sollen, Artemis, dann musst du sie ausstatten.«

»Womit zum Beispiel?«

»Rüstungen zum Beispiel. Du kannst sie nicht ohne Waffen in den Kampf schicken. Sie brauchen Geld für Essen, Kleidung, Pferde und Diener, die über sie wachen, wenn sie tagsüber schlafen.«

»Du verlangst zu viel.«

»Ich verlange nur, was sie zum Überleben brauchen.«

Sie schüttelte den Kopf. »Du hast für dich selbst nie derlei verlangt.« Das verletzte sie.

Er bat nie um irgendetwas.

»Ich brauche keine Nahrung, und meine Kräfte erlauben es mir, alles herbeizurufen, was ich sonst brauche. Zu meinem

Schutz habe ich Simi. Aber die Dark Hunter schaffen es nicht alleine.«

Niemand schafft es alleine, Acheron.

Niemand.

Nicht einmal du.

Und ganz besonders ich nicht.

Artemis hob entschlossen das Kinn, sie wollte Acheron an sich binden, koste es, was es wolle. »Ich frage dich noch einmal: Was bietest du mir im Austausch für ihre Ausrüstung?«

Acheron schaute zur Seite und hatte einen Knoten im Bauch. Er wusste, was Artemis wollte, doch er wollte es ihr nicht gewähren. »Es geht hier um deine Dark Hunter und nicht um mich.«

Sie zuckte die Achseln. »Na schön, dann müssen sie es eben ohne jede Hilfe schaffen, denn sie haben ja schließlich nichts, was sie mir anbieten könnten.«

Seine Wut loderte auf, als sie so beiläufig über Leben und Wohlbefinden der Dark Hunter sprach. Sie hatte sich kein bisschen verändert.

»Verdammt sollst du sein, Artemis!«

Sie kam langsam auf ihn zu. »Ich will dich, Acheron. Ich will dich so zurück, wie du gewesen bist.«

Sie wollte ihn als Hure. Als *ihre* Hure. Er wand sich innerlich, als sie sein Gesicht berührte. Sie konnten niemals zu dem zurückkehren, was sie einst miteinander geteilt hatten. Er hatte seither viel zu viel über sie gelernt.

Sie hatte ihn einmal zu oft verraten.

Acheron glaubte, dass er nur langsam lernte, aber das stimmte nicht. Er hatte so verzweifelt nach jemandem gesucht, der etwas für ihn empfand, dass er ihre dunkle Seite einfach ignoriert hatte.

Er hatte sie so lange ignoriert, bis Artemis ihm den Rücken zuwandte und ihn sterben ließ. Und es gab Vergehen, die nicht einmal er vergeben konnte.

Seine Gedanken wanderten zu den unschuldigen Männern, die in ihrer Höhle lebten. Männer, die nichts über ihre Existenz oder ihre Feinde wussten. So konnte er sie dort nicht allein lassen.

Er konnte einfach nicht zulassen, dass auch sie ihre Seelen und ihr Leben verlieren würden. »In Ordnung, Artemis. Ich werde dir geben, was du verlangst, wenn du ihnen gibst, was sie zum Überleben brauchen.«

Sie strahlte.

»Doch«, fuhr er fort, »dies sind meine Bedingungen: Du wirst ihnen jeden Monat ein Gehalt zahlen, das ihnen erlaubt, alles zu kaufen, was sie brauchen oder wünschen. Wie schon gesagt, werden sie Schildträger brauchen, die sich um ihr persönliches Wohlergehen kümmern, sodass sie sich nicht damit plagen müssen, um Essen, Kleidung oder Waffen zu betteln. Ich will nicht, dass sie abgelenkt werden.«

»Nun gut, ich werde Menschen suchen, die ihnen dienen.«

»Lebendige Menschen, Artemis. Ich will, dass sie ihnen aus freiem Willen dienen. Und du schaffst keine weiteren Dark Hunter.«

Sie starrte ihn an. »Aber drei reichen auf keinen Fall aus. Wir brauchen mehr, um die Daimons in Schach zu halten.«

Acheron schloss die Augen, als er begriff, dass die Sache unendlich lange so weitergehen würde. Nur zu leicht konnte er sich die Zukunft vorstellen und das, worauf das alles hier hinauslief.

Je mehr Dark Hunter sie schuf, desto stärker wäre er an Artemis gebunden. Er konnte nicht entkommen, sie würde ihn für immer an sich ketten.

Oder gab es noch einen Ausweg?

»Nun gut«, sagte er. »In diesem Punkt gebe ich nach, falls du ihnen eine Möglichkeit verschaffst, aus deinem Dienst auszuscheiden.«

»Was meinst du damit?«

»Ich will, dass du den Dark Huntern eine Möglichkeit gibst, wie sie ihre Seele wiederbeschaffen können, sodass sie nicht mehr an dich gebunden sind, wenn sie es nicht mehr wollen.«

Artemis trat einen Schritt zurück. Das hatte sie nicht vorausgesehen. Wenn sie das zuließ, dann würde das auch für ihn gelten.

Er könnte sie verlassen.

Sie hatte vergessen, wie hinterhältig Acheron sein konnte. Wie gut er die Spielregeln kannte und wie er diese Regeln und sie selbst manipulieren konnte.

Er war ihr wirklich ebenbürtig.

Doch wenn sie ihm seine Bitte nicht gewährte, würde er sie ohnehin verlassen. Sie hatte keine Wahl, das wusste er genau.

Doch es gab noch immer Dinge, die ihn an sie fesseln konnten. Sie kannte einen Weg, der seine Anwesenheit in ihrem Leben in alle Ewigkeit sichern würde.

»Na gut. Dann lass uns die Regeln festlegen.« Sie spürte, wie seine Gedanken zu Ias wanderten. Er bemitleidete den armen griechischen Soldaten, der seine Frau liebte. Mitleid, Gnade und Mitgefühl würden noch seinen Untergang bedeuten.

»Nummer eins: Sie müssen sterben, um ihre Seele wiederzuerlangen.«

»Warum das?«, fragte er.

»Der Körper gibt seine Seele nur dann frei, wenn er stirbt. Und die Seele kann nur in ihren Körper zurückkehren, wenn er tot ist. Solange sie als Dark Hunter leben, können sie keine Seele haben. Das ist nicht meine Regel, Acheron, so ist einfach das Wesen der Seelen … frag deine Mutter, wenn du mir nicht glaubst.«

Er runzelte die Stirn. »Wie soll man denn einen unsterblichen Dark Hunter töten?«

»Tja, man könnte ihnen den Kopf abschlagen oder sie dem

Tageslicht aussetzen, aber weil das ihren Körper unwiderruflich zerstört, ist das nicht in unserem Interesse.«

»Das ist nicht lustig.«

Er fand das gar nicht komisch. Sie wollte sie einfach nicht aus ihren Diensten entlassen.

Genauso wenig wollte sie ihn entlassen.

»Man muss ihnen ihre Kräfte als Dark Hunter nehmen«, sagte sie. »Ihre unsterblichen Körper einem Angriff gegenüber verletzbar machen und dann ihr Herz anhalten. Nur dann sterben sie so, dass sie ins Leben zurückkehren können.«

»Nun gut, das kann ich bewerkstelligen.«

»Nein, das kannst du nicht.«

»Was meinst du damit?«

Sie kämpfte gegen das Bedürfnis zu lächeln an. Jetzt hatte sie ihn.

»Es gibt einige Regeln im Zusammenhang mit Seelen, die du noch kennenlernen musst, Acheron. Eine davon besagt, dass der Eigentümer einer Seele sie freiwillig hergeben muss. Und weil ich ihre Seelen besitze …«

Acheron fluchte. »Ich werde also für jede einzelne Seele einen eigenen Handel mit dir abschließen müssen.«

Artemis nickte.

Er sah nicht gerade erfreut aus. Aber er würde sich schon wieder beruhigen, ganz sicher.

»Was noch?«, fragte er.

Jetzt kam die eine Regel, die ihn für immer an sie binden würde. »Nur ein reines und treues Herz kann die Seele zurück in den Körper holen. Derjenige, der die Seele zurückholt, muss den Dark Hunter mehr als alle anderen lieben. Und es muss eine Person sein, der der Dark Hunter seinerseits vertraut und die er liebt.«

»Warum?«

»Weil die Seele etwas braucht, damit sie sich bewegt, anderenfalls bleibt sie, wo sie ist. Ich benutze Rache als Motivation, um die Seelen in meinen Besitz zu bringen, und nur eine ähnlich mächtige Kraft wird die Seele dazu bringen, in ihren Körper zurückzukehren. Weil ich diese Kraft aussuchen kann, wähle ich die Liebe. Das schönste und edelste aller Gefühle. Das Einzige, wofür es sich zurückzukehren lohnt.«

Acheron starrte auf den Marmorfußboden, als ihre Worte an sein Ohr drangen.

Liebe.

Vertrauen.

Das sagte sich so leicht und war doch so schwierig zu empfinden. Er beneidete alle, die die wahre Bedeutung dieser Worte kannten. Er hatte weder Liebe noch Vertrauen je kennengelernt. Verrat, Schmerz, Erniedrigung, Argwohn, Hass. Das war sein Leben gewesen, das war alles, was er je erfahren hatte.

Am liebsten hätte er sich einfach umgedreht, wäre fortgegangen und hätte Artemis für immer verlassen.

»*Gebt mir meinen Geliebten zurück, bitte! Ich werde alles tun, damit er wieder heimkommt …*« Lioras Worte hallten in seinem Kopf wider. Sogar jetzt konnte er noch ihre Tränen sehen und ihren Schmerz spüren.

Und den Schmerz von Ias, als er an seine Kinder und seine Frau dachte, an seine Sorge über ihr Wohlergehen.

Acheron hatte diese selbstlose Art von Liebe nie erfahren, weder vor seinem Tod noch danach.

»Gib mir die Seele von Ias!«

Artemis hob eine Augenbraue. »Bist du bereit, den Preis zu zahlen, den ich verlange, und die Bedingungen für die Freisetzung seiner Seele zu erfüllen?«

Bei ihren Worten schreckte sein Herz zurück. Er erinnerte sich an den jungen Mann, der er einst gewesen war.

Alles hat einen Preis, Acheron. Es gibt niemals etwas umsonst. Sein Onkel hatte ihn den Preis fürs Überleben gut gelehrt.

Acheron hatte für alles, was er je gehabt oder gewollt hatte, hart bezahlt: Essen, Schutz, Kleidung. Mit seinem eigenen Fleisch und Blut hatte er dafür bezahlt.

Manches änderte sich nie. Einmal Hure, immer Hure.

»Ja«, sagte er mit erstickter Stimme. »Ich bin einverstanden. Ich erfülle deine Bedingungen.«

Artemis lächelte. »Schau nicht so unglücklich drein, Acheron. Ich verspreche dir, es wird dir gefallen.«

Sein Magen zog sich noch mehr zusammen. Auch diese Worte hatte er schon einmal gehört.

In der Abenddämmerung kehrte Acheron zur Höhle zurück.

Er war nicht allein, als er die kleine Anhöhe hinaufging, sondern hatte zwei Männer und vier Pferde dabei.

»Was hat das zu bedeuten?«, fragte Callabrax.

»Diese Männer sind Schildträger für dich und Kyros. Sie sind gekommen, um euch die Häuser zu zeigen, in denen ihr wohnen werdet. Sie werden sich um eure Bedürfnisse kümmern, ich komme später wieder und übe mit euch.«

Ein Anflug von Furcht verdunkelte Ias' Augen. »Und ich?«

»Du kommst mit mir.«

Acheron wartete, bis die anderen ihre Pferde bestiegen hatten und davonritten, dann wandte er sich zu Ias. »Bist du bereit, nach Hause zurückzukehren?«

Ias sah überrascht aus. »Aber du hast doch gesagt …«

»Ich habe mich geirrt. Du kannst zurückkehren.«

»Was ist mit dem Eid, den ich Artemis geschworen habe?«

»Darum habe ich mich schon gekümmert.«

Ias umarmte ihn wie einen Bruder.

Acheron zuckte zusammen, denn bei der Umarmung spürte er die tiefen Striemen auf seinem Rücken, die Artemis ihm im Austausch für Ias' Seele zugefügt hatte. Aber sie belog sich selbst, wenn sie behauptete, sie hätte ihn geschlagen, um Ias' Seele zu befreien. Er kannte die Wahrheit. Sie hatte ihn geschlagen, um ihn dafür zu bestrafen, dass sie ihn liebte.

Die Striemen auf seinem Rücken waren nichts im Vergleich zu den tiefen Striemen auf seiner Seele.

Er hatte es immer schon gehasst, berührt zu werden.

Sanft schob er Ias weg. »Komm, ich bringe dich nach Hause.«

Acheron versetzte sie auf den kleinen Hof von Ias, wo seine Frau eben die Kinder zu Bett gebracht hatte.

Ihr schönes Gesicht wurde blass, als sie die beiden plötzlich an ihrem Herd stehen sah.

»Ias?« Sie zwinkerte überrascht. »Heute Morgen hat man mir gesagt, du wärst tot!«

Ias schüttelte den Kopf, seine Augen leuchteten. »Nein, Liebste. Ich bin hier. Ich bin zu dir zurückgekehrt.«

Acheron holte tief Luft, als Ias auf sie zulief und sie in die Arme schloss. Der Schmerz auf seinem Rücken ließ allmählich nach.

»Zuerst gibt es noch ein paar Dinge zu erledigen, Ias«, sagte Acheron ruhig.

Ias machte sich stirnrunzelnd los.

»Deine Frau muss deine Seele in den Körper zurückführen.«

Liora schaute finster drein. »Was?«

Ias küsste ihr die Hand. »Ich habe mich verpflichtet, Artemis zu dienen, aber sie lässt mich gehen, sodass ich zu dir zurückkehren kann.«

Bei diesen Worten schaute Liora völlig verblüfft drein.

Ias wandte sich an Acheron. »Was müssen wir tun?«

Acheron zögerte, aber es blieb ihm nichts anderes übrig, als die Anweisung zu geben. »Du musst noch einmal sterben.«

Ias wurde bleich. »Ganz sicher?«

Acheron nickte und reichte Liora seinen Dolch. »Du musst ihm ins Herz stechen.«

Sie schaute erschrocken und entsetzt drein. »Was?«

»Das ist der einzige Weg.«

»Das ist Mord, man wird mich dafür hängen!«

»Nein, das schwöre ich.«

»Tu es, Liora«, drängte Ias sie. »Ich will wieder bei dir sein.«

Mit skeptischem Blick nahm sie den Dolch in die Hand und versuchte, ihn ihm in die Brust zu stoßen.

Es funktionierte nicht, die Klinge ritzte gerade einmal die Haut.

Acheron verzog das Gesicht, als er sich daran erinnerte, was Artemis über die Kräfte der Dark Hunter gesagt hatte. Ein durchschnittlicher Mensch wäre nicht in der Lage, einen Dark Hunter mit einem Dolch zu verletzen.

Aber er konnte es.

Er nahm Liora den Dolch ab und stach Ias mitten ins Herz. Ias taumelte keuchend zurück.

»Keine Panik«, sagte Acheron und legte ihn auf den Boden vor seinem Herd nieder. »Ich halte dich fest.«

Acheron griff nach oben und zog Liora zu sich hinunter. Er holte das steinerne Medaillon, das die Seele von Ias enthielt, aus seiner Umhängetasche. »Du musst das hier in die Hand nehmen, wenn er stirbt, und seine Seele zurück in den Körper entlassen.«

Sie schluckte. »Und wie soll ich das machen?«

»Drück den Stein auf das Brandzeichen mit Pfeil und Bogen.«

Acheron wartete, bis Ias fast tot war, dann reichte er Liora das Medaillon.

Sie schrie, als sie es berührte, und ließ es fallen. »Es brennt wie Feuer!«, rief sie erschrocken.

Ias rang nach Luft und kämpfte um sein Leben.

»Heb es auf!«, befahl Acheron Liora.

Sie pustete sich auf die Handfläche und schüttelte den Kopf.

Acheron war fassungslos. »Was stimmt nicht mit dir, Frau? Er stirbt, wenn du ihn nicht rettest. Heb seine Seele auf!«

»Nein.« Ihre Augen leuchteten entschlossen, Acheron begriff nichts mehr.

»Nein? Bist du verrückt? Ich habe gehört, wie du darum gebetet hast, dass er zu dir zurückkehrt. Du hast gesagt, du würdest alles tun, damit dein Geliebter heimkommt.«

Sie ließ die Hand sinken und warf ihm einen kühlen Blick zu. »Ias ist nicht mein Geliebter, ich liebe Lycantes. Er war es, um dessen Heimkehr ich gebetet habe, doch er ist tot. Ich habe erfahren, dass der Geist von Ias ihn getötet hat, weil Lycantes Ias in der Schlacht umgebracht hat. Wir beide wollten zusammen sein und gemeinsam unsere Kinder großziehen.«

Acheron war von ihren Worten wie vor den Kopf geschlagen. Wie konnte er das nur übersehen? Er war doch ein Gott. Warum war ihm das verborgen geblieben?

Er schaute Ias an und sah den Schmerz in seinen Augen, ehe sie ausdruckslos wurden. Ias war tot.

Mit hämmerndem Herzen hob Acheron das Medaillon auf und versuchte, die Seele selbst in den Körper zurückzuführen.

Es funktionierte nicht.

Wütend ließ er Liora erstarren, dann tötete er sie für das, was sie getan hatte.

»Artemis«, brüllte er zur Decke empor.

Die Göttin erschien.

»Rette ihn!«

»Ich kann die Regeln nicht ändern, Acheron. Ich habe dir die Bedingungen genannt, und du hast ihnen zugestimmt.«

Er wies auf die Frau, die jetzt eine Statue war. »Wieso hast du mir nicht gesagt, dass sie ihn nicht liebt?«

»Ich wusste nicht mehr als du.« Sie schaute allmählich gelangweilt drein. »Auch ein Gott kann mal einen Fehler machen.«

»Warum hast du mir dann nicht wenigstens gesagt, dass das Medaillon ihr Brandwunden zufügen würde?«

»Das habe ich nicht gewusst. Mich verbrennt es nicht, dich hat es auch nicht verbrannt. Und vor ihr hat noch nie ein Mensch ein solches Medaillon in der Hand gehalten.«

Acherons Kopf summte vor Schuld und Trauer, vor Hass auf Artemis und auf sich selbst. »Was geschieht jetzt mit ihm?«

»Er ist ein Schatten. Ohne Körper und Seele ist er in Katoteros gefangen.«

Acheron heulte auf vor Schmerz über das, was sie ihm mitteilte. Er hatte soeben einen Mann getötet und ihn einem wesentlich schlimmeren Schicksal als dem Tod überantwortet.

Und wofür?

Aus Liebe?

Aus Gnade?

Bei den Göttern, er war ein solcher Idiot!

Besser als jeder andere hätte er wissen müssen, dass er die richtigen Fragen hätte stellen müssen! Er hätte es besser wissen müssen, als der Liebe eines anderen zu vertrauen.

Verdammt, wann würde er es je begreifen?

Artemis streckte die Hand nach ihm aus und zog sein Kinn zu sich empor, bis er sie anschaute. »Sag mir, Acheron, gibt es jemanden, dem du je genug Vertrauen entgegenbringen wirst, um deine Seele zurückzuholen?«

Er schüttelte den Kopf. »Das solltest du doch wissen. Du hast mich nur zu gut gelehrt, wie hinterhältig Frauen sein können. Wie sehr die Liebe jemanden ruinieren und zerstören kann. Danke für diese Lektion, Artemis! Das war genau das, was ich gebraucht habe. Ich versichere dir, ich werde diese Lektion nie vergessen.«